《运河志》传奇

王绪益 著

团结出版社
UNITY PRESS

图书在版编目（CIP）数据

《运河志》传奇 / 王绪益著. -- 北京：团结出版社, 2022.6
ISBN 978-7-5126-9367-8

Ⅰ. ①运⋯ Ⅱ. ①王⋯ Ⅲ. ①长篇历史小说–中国–当代 Ⅳ. ①I247.5

中国版本图书馆 CIP 数据核字 (2022) 第 056965 号

出　　　版：团结出版社
　　　　　　（北京市东城区东皇城根南街 84 号　　邮编：100006）
电　　　话：(010) 65228880　65244790
网　　　址：www.tjpress.com
E – mail：65244790@163.com
出版策划：书香力扬
经　　　销：全国新华书店
印　　　刷：成都兴怡包装装潢有限公司

开　　　本：170mm×240mm　1/16
印　　　张：37
字　　　数：666 千字
版　　　次：2022 年 6 月第 1 版
印　　　次：2022 年 6 月第 1 次印刷

书　　　号：ISBN 978-7-5126-9367-8
定　　　价：128.00 元

目 录

楔　子
凉国公南京托孤　结奇缘蓝文世交

　　大明洪武二十四年深秋。入夜，秋风萧萧，凉雨淅淅。南京堂子街凉国公府内，灯火摇曳，飘忽不定，偌大一个府第显得格外寂静冷清。随着一阵杂沓的脚步声，书房门前出现了一个中等身材、眉清目秀的书办。他向房中张望了一下。幽暗的烛光下，凉国公蓝玉双目紧闭、嘴唇微启，神情严肃，寂然枯坐。他的左手的拇指和食指来回捻动，一串檀香木的念珠上下转个不停。平素威武粗豪的凉国公此时似乎忧心忡忡。

　　年轻书办抬脚进了屋，轻轻地叫了一声："公爷，我来了。有事吗？"

　　蓝玉倏地睁开双目，精光闪射，但转眼又像火苗被疾风刮熄了，一片混浊，充满红色的血丝。他平静地说："文光地，有一件事我想托付给你。"

　　"公爷尽管吩咐。"

　　蓝玉徐吐一口气，将心中埋藏已久的一件事告诉了这位贴身亲信。

　　七月初，蓝玉获悉了一个天大的机密。丞相杨宪用重金暗中收买凉国公府一位将军，唆使他诬陷蓝玉私藏兵器和元朝皇家禁物，图谋造反，篡位自立。并向这位将军许诺，只要事成，一定让他加官晋爵。不料，这位将军不但不愿意卖主求荣，落井下石，还将此事密报于蓝玉。蓝玉心里很纳闷：杨宪是个文人出身的丞相，平时对自己的态度非常谦恭，为什么如今会这样胆大妄为？

　　他便通过御史台中的内线等渠道四下打探，很快就获悉，杨宪的所作所为完全来自朱元璋的指使。那一刻，蓝玉的精神崩溃了，猛然想起洪武十二年朱元璋以谋逆罪严办丞相胡惟庸的惨案。胡惟庸下狱死，受株连被杀者三万余众，其中封侯者二十余人，五品以上官员不计其数。一时南京城内血雨腥风，日色无光。蓝玉知道朱元璋对元老功臣猜忌已久，必欲除之而后快，这一次绝不会放过自己。因此，他做了最后的打算。

蓝玉说："你是我从常熟民间拣回的亲信，又做过公府长史。多少年来，你对我忠心耿耿，我与你恩同父子。我就要大祸临头了，我不甘心像胡惟庸那样被满门抄斩，株连九族，寸草不留。我有一个幼子，叫蓝珠树，年方六岁，我想把这点骨血托付给你。不知你意下如何？"

文光地说："公爷，事情有你说的那么严重吗？"

蓝玉说："这些年被枉杀的功臣不计其数，民间对此议论纷纷，说朱元璋炮炸功臣楼。我已不存侥幸之心。只是心里好恨。我作为太祖的义子，追随他几十年，东征西讨，出生入死。曾带甲十万，孤军深入漠北，直捣元帝老巢，携获无数，立下大功，位列公侯。没想到转眼就成了阶下囚。这真是鸟兔尽，良弓藏；敌国破，谋臣亡。我心有不甘啊！"

文光地说："小公爷一直单独住在府外，将他偷偷带走，倒是可能的。只是，我和小公爷到哪里安身呢？"

蓝玉说："山东临清县郑官庄。那里有我儿的亲娘。叫裴小怜。她是我率兵下燕赵时收纳的一个小妾，虽然没有名分，但她知书达礼，深明大义。你可以去投靠她，还子于裴家。"他叹了一口气，又说："我原来想正式将她收作填房的，可惜没有机会了。也好，她可以逃过一劫了。"

文光地说："我愿意带幼公爷外出避难。覆巢之下无完卵，我不走也是死。只是我除了会赋诗作文，身无长技，担心无力将小公爷抚育成人，有负您的重托。"

蓝玉摆摆手："这个你不用担心，府中金银珠宝任你拿。你才学过人，以后安定下来，可以参加科举考试，博个出身。另外，我还有一件机密物件也让你带走，我也刚从部属手里追查到的，原来想献给太祖皇帝的，现在看来不可能了。以后新皇帝即位，如有为我平反之意，你可持此物入宫，为我申冤。"

文光地点了点头，说："我知道，公爷说的那件要紧东西是何物。我会把它保管好。我再穷也不会卖掉它。"

蓝玉踱了片刻，猛然转过身来，说："要走就快走。前几天，御史台都事袁时中已派人传唤我的部下。时间不多了，你最好即刻就走，马车银两我已经为你准备好，你今晚就带我儿找个客栈住一宿，明早城门一开便远走高飞。拜托了！"

文光地说："我绝不会辜负公爷的信赖，你我主仆之间就此诀别。公爷多保重。"他深深地向蓝玉鞠了一躬，便转身离去了。

蓝玉的眼中盈满了泪花。

就在翌日早晨，一辆马车随着滚滚人流悄然出了挹江门，一直往北驶去。

是年冬，一代开国名将、凉国公蓝玉以大逆罪被处死，株连族人一万五千人，南京石子岗新冢累累。终有明一朝，已被灭门九族的凉国公在黄泉之下并没有等到昭雪的消息。他在山东临清的后裔虽世代繁衍，却一直隐姓埋名，讳莫如深。直至明亡清兴，临清城内才有了几户姓蓝的布衣之家。那个文氏的后代也早已辗转回到了常熟。书香传家，人才辈出。而蓝文两家的那桩旧事也渐渐被人淡忘了，只存在于各个家族的记忆之中。让人没有想到的是，一根因缘的红线后来又将这两家人连到了一起。蓝家世代传承的那个机密物件也如神龙一般在一条大河上下忽隐忽现。中华民国初期的社会，风云突变，暗流涌动。

第一回

京城慈父托重担　游子船上话运河

　　早春的京城，太阳鲜艳了，天空明亮了，风儿柔和了，鸟鸣欢畅了，后海的水面也变蓝了，层层波澜之上泛着金光。远处的天际有几只艳丽的风筝随风飘荡，间或有一群鸽子掠过，响亮的鸽哨声催动白云飘荡，如絮如烟。

　　文曾植在庭院中一边散步，一边观景，心情如同日头穿过云层，忽明忽暗。他忽然觉得疲倦，索性又回到了书房。

　　俗话说，剑老无芒，人老无钢。近来，文曾植越来越觉得自己心里存不住事了，明知儿子迟早要出门远行，可就是放心不下。中午小憩，他做了一个奇怪的梦：晴空艳阳下，天边飞来一只玉色蝴蝶，其大如箕，贴着一条大河的水面缓缓滑翔。忽然，一声闷雷，乌云翻滚，一只暴睛长喙的巨型怪鸟凌空而下，张开刀锯般的利爪，扑向玉色蝴蝶。躲闪不及，玉色蝴蝶倏地坠进漩涡，转瞬踪影皆无，唯见波涛翻滚，浪花飞溅。

　　这个白日梦搅得文曾植更加心绪不宁，久久地伫立在窗前，眼睛盯着内院的垂花门，焦急地等待如玉的归来。

　　这是位于京城后海南沿的一座老宅，文家数代人都住在这儿。早春的阳光恹恹地照着深宅大院，给房舍、湖石、树木涂上一层斑驳陆离的色彩。荷花池旁的几株柳树虽然已经吐出嫩芽，但看上去仍然是那样稀疏，一只乌鸦在枝头跳来跳去，不时啼叫数声，这让文曾植的心绪变得更加烦躁。

　　侍女婉儿来了。她知道老爷身体不适，怕他久站着把老毛病累犯了，一连数趟跑进书房，催促文曾植躺到红木罗汉榻上去。还安慰主人说：公子南下考察大运河的报告部里迟早是会批下来的。公子也跟我说过，建设部水利司的赵汉卿司长对他考察大运河的设想很感兴趣。更何况最近报纸上不断有人撰文呼吁疏通大运河，使之重放异彩，以利民生。这都是民意，是会引起部里上层重视的。尽管文曾植认为婉儿的话有道理，可他就是忐忑不安心情也难以平静，毕竟为了这个报告如玉到部里已经跑了多趟，可就是迟迟批不下来。这不，下午出去，到现在仍然不见人影这怎能不让他感到心焦？

婉儿给文曾植重新沏了一杯太湖碧螺春茶，又扶他倚到罗汉榻上。婉儿轻轻地对文曾植说，老爷，您是不是吃点燕窝粥？

文曾植咳嗽片刻，点了点头。婉儿便去张罗补品。

文曾植的老病从去年初冬就复发了，胸闷低烧，整天咳嗽不停，有时痰里还带着鲜红的血丝。文曾植对自己的病情并不清楚，只是感觉不好，似乎有一种大限临头的不祥之感。他也问过一向交好的白天士医师，可就是问不出究竟来。其实，白天士是知道文曾植病情的，是老肺病复发。但他却不敢对文曾植明说，怕增加病人的思想负担，不利于治疗。白天士还在前清皇宫里当太医时，就与任前清工部侍郎如今的文曾植交厚，故而很想凭自己祖传的岐黄之术为文曾植祛除病患，可毕竟这位前清文华阁大学士的公子已经病得不轻，中医的汤药不是一下子就能奏效的。为了尽到人事，白天士几乎每天都要进府来看文曾植。

吃过药，文曾植的情绪似乎安定了一些。他随手拿过久已搁置的《运河志》草稿翻阅了起来。这部书他已经写了多年，可一直未能完稿，原因是素材还不太充足，有好些地方还需要补充和完善。看了片刻，他觉得头有点晕，心血翻腾，迷迷糊糊之中，眼前仿佛有一条大河在夕阳的余晖中静静地流淌。尽管已是肃杀的深秋，大河两岸的垂柳依然葱茏如烟，河畔的芦荻摇曳着半青半黄的枝叶，在秋风中哗哗喧嚣，让人分不清是水声还是风声。残照中，一艘金碧辉煌的龙舟在如蚁般纤夫的拉动下缓缓前行，纤夫的身边站着凶神一样的兵丁，拉纤人的脚步稍有些迟缓或跟跄，皮鞭就会劈头盖脸打下，以至时有骨瘦如柴的纤夫仆地而亡。龙舟的雕栏前，隋炀帝依红偎翠，高举昆仑之玉雕琢的羽觞，频频向周围的臣工劝酒。这位以残暴闻名的帝王没有理由不踌躇满志：征民夫百万，短短数年便修通了贯穿南北的千里运河，率雄兵十万远征高丽，让大隋的国威加于海外，终成四夷臣服的霸业，让雄主的英名流芳百世，岂不让人快哉壮哉，要连浮三大白？

文曾植看了一会书稿，觉得心里有些忧闷，便放下了。刚想躺下，门房领着一个身材高挑干瘦、长脸疏眉细眼的老者进了书房。他一见文曾植就满面春风地说："文兄，听说你贵体有恙，我特地来看看。"

此人叫裴树声，总统府办公厅副秘书长，文曾植的老同事。

文曾植淡淡地说："我拖个多愁多病身，你戴顶倾国倾城帽，境遇差别判若云泥。怎敢劳您大驾。"

裴树声干笑一声，说："你我是老交情了，你原来也是办公厅副秘书长，我也是个卿贰，惺惺惜惺惺。我不甘心一直让蕲南苏压着，文兄你得帮我。蕲南苏除了会唱两句皮黄，还有长袖善舞能捞钱，有什么能耐？凭什么稳居正秘书长高位？"

文曾植说："我如今已是跳出三界外，不在凡尘了。就连我当的这个实业部次长也是个闲职，我怎么帮你呢？"

裴树声沉下了脸："文兄不必拒人于千里之外嘛。那件事我也跟你说过，可你总是云山雾罩的，揣着明白装糊涂。你难道就真的不能割爱吗？我确有大用场啊！还有一样东西据说也在你手里，可有点犯忌，最好拿出来，怎么样？谈谈条件吧。"

文曾植说："我的脾气你也不是不知道。不信邪、不怕压、不跟风。你究竟想说什么我真是听不明白，你到底想得到什么我真的拿不出来。我身体不好，恕不奉陪了。送客！"他端起了茶杯，目视裴树声眼波闪闪，犀利而风棱。

裴树声摇摇头，悻悻地走了。

文曾植的胸脯起伏，觉得五脏六腑都在翻腾，他闭着眼养了一会神，又缓缓踱起了步子。倏地，墙上一幅山水绣品画牵住了他的目光。心中一颤，想起了让他魂牵梦萦的情侣蓝沅芷。

早年，文曾植在河督府署签事道，经常到大运河沿线视察或监修河工。在临清段，他结识了河监蓝之翰。两人经常在一起谈论治河，彼此引为同道。有一天，他到蓝家找蓝之翰下围棋，不料没有遇到蓝之翰，倒意外看到了他的女儿蓝沅芷。姑娘热情大方，文曾植便与她谈起了诗文。他发现眼前这个姑娘读书不少，颇有文采，对唐宋八大家的诗文居然也如数家珍。说到彼此的家世，文曾植心中那一段尘封已久的家族记忆忽然被唤醒了。他将当年先祖救护凉国公蓝玉幼子的旧事告诉了蓝沅芷。蓝沅芷也给文曾植讲了一个故事，让他惊诧的是，这个故事竟然与自己讲的故事一模一样。那一刻，文曾植觉得与眼前这个姑娘似曾相识，倍感亲切。从那以后，两颗年轻的心渐渐贴到了一起，并最终碰撞出了爱情的火花，还做出了一件让两人终身后悔的事情。想到这一切，文曾植的心中泛起了一丝内疚。他觉得自己始乱终弃，真的有愧于蓝沅芷，如今看到她亲手绣的绣品，不由得又平添了几分思念之情。或许是想平定一下思绪，文曾植又拿起了《运河志》书稿。看着看着，他似乎又走进了隋朝，走近了大运河。

或许是神志恍惚，渐渐地，隋炀帝羽觞筋觥中的琼浆玉液变得像血一样红，甚至让文曾植闻到了一股血腥味。他猛然觉得喉头发紧，一股鲜血如箭般射出，在洁白的西域产羊毛地毯上撒下了万点桃花。

就在这时，婉儿带着白天士急匆匆走进了书房。眼见这位名宰的后代病势凶险，大家一阵手忙脚乱，文曾植才缓过气来，只是双颊潮红，气息短促。恰巧，儿子文如玉回来了，见父亲病情沉重，不由得焦急万分，眼圈都红了。文曾植向白天士和婉儿挥了挥手，两人知道他有紧要话要说，便退了下去。文曾植抓着儿子的手，说，儿啊，我的病情好像又加重了，我还有几件事未了，你要帮我去办。这一么，你的母亲还在人世，你一定要找到她，代我向她表示歉意。再一桩，我与运河打了一辈子交道，一直想写一部《运河志》，多年过去，还是一堆残编断简，你要继续写下去。再就是有两件要紧物件你要送到江南老家。详细的情况我会向你交代。这三件事，你能应存下来吗？

文如玉点点头，说，爹，我都答应你，放心养病吧。建设部水利司已经批准我考察运河，我很快就会回到江南去。听说儿子的报告批了下来，文曾植的脸上露出了笑容。又谈了一阵，他合上了双眼，默不作声。他完全相信，儿子一定有能力实现他的心愿。

文如玉在北京什刹海通惠河玉河码头上船的时候，忍不住又回望了初春晨光中的帝京一眼。毕竟父亲还在病中，尽管眼下还无大碍，但还是让一个游子牵肠挂肚。

文如玉的衣着早已换过，不再是西装革履，而是一袭半旧的长衫，手提一只发黄的藤条箱，就像一个教书先生。他是这样打算的：从北京雇船沿千里大运河直奔江南，即便是路途遥远，有个一年半载也能大致把父亲交代的几件事做好，并完成考察大运河的任务。

开船了。文如玉无意间回首一望，只见数十丈外有一条船也在起锚，船头站着一位精壮的黑衣中年汉子，眼睛似乎一直没有离开如玉租的"沙雁"老漕船。

文如玉无暇多想，躬身进了船舱。他拿过一张地图，计算起行程来。婉儿从书箱中拿出一大包资料，一边整理，一边说："少爷，老爷的学问真大啊！你看，这些全都是关于运河的，不少事真是闻所未闻啊！"

文如玉很喜欢这位善解人意又通晓文墨的侍女，也乐意与她讨论一些问题。他翻了翻资料说："要想了解大运河，就离不开隋炀帝。隋炀帝是大运河的缔造者，他开掘运河既是为了经济，也是为了军事。从国家发展来看，他有功；而对人民，他又有罪。不过，千秋功罪不是一下子就能盖棺定论的。不管怎么说，当年隋炀帝在中国版图上划了一道线，从此就无法抹杀它的功用。正是运河，沟通了黄河、长江两大动脉，使南中国和北中国融会贯通，浑然一体了。"

文如玉正说间，忽然发现婉儿睁大眼睛久久凝视着自己，眼神有些异样，便问道："你在想什么？是不是走神了？"

婉儿扑哧一笑，说："我今天才发现，少爷不但你的人品学问像老爷，就连长相也像一个模子扣出来的。只是不知道你会不会像老爷一样对我好？"

如玉说："婉儿，你只知道老爷对你好，可知不知道你是怎么到我家的？"

婉儿摇摇头："我到你家时，年纪还小，有些事情还真的不太明白。"

如玉说："你想不想知道这件事的来龙去脉？"

婉儿点点头。

如玉说："我爹年轻时在淮阴疏浚过大运河，你爹张清标从江南追剿捻军回到淮安后，调任大河卫指挥副使，专门负责河防，两人过从甚密。后来，你爹因追捕劫船河匪中箭身亡，家道一下子就衰落了下来。你母亲甚至想把你卖掉，只留你哥哥一个人。我爹看你可怜就给你母亲一些钱，将你带到了北京，一直留在身边。"

婉儿说："这么一说，我这条命还是老爷给的。少爷，我一定会像服侍老爷一样服侍你，以此报答老爷的养育之恩。"说着，她的眼眶湿润了。

如玉说："婉儿你应该高兴，因为不久你就会见到你母亲和哥哥了。算了，不说这些了，我还是给你讲讲运河的故事吧。你想帮我整理文稿，不了解大运河不行。"

"好呀！好呀！"婉儿眼神又活泼了起来，说："听老爷说过，大运河不是一次修成的，是吗？"

文如玉告诉婉儿说，运河确实不是一次挖成的。隋大业元年，也就是乙丑年，公元 605 年三月，炀帝颁布诏书说：古代的贤君听取百姓的意见，向平民咨询国事，所以能够审视治国为政的利弊得失。现在我将巡视淮、海地区，考察民情民俗。为此，炀帝命令尚书右丞皇甫仪在全国征发丁壮一百万人开挖通济渠，从西苑引谷水、洛水到黄河，再由板渚汴引黄河入沐水，又引汴水入泗水，再引到淮河。接着又征发百姓十万人开凿扬州附近的邗沟引入长江。新开挖的通济渠宽四十步，渠的两岸筑有皇帝专用的御道，道旁栽种柳树。从长安到江都，沿途设置皇帝临时居住的离宫四十多所。又派遣黄门侍郎王弘等在江南建造龙舟及各种用途的大小船只三万艘，以备皇帝出行南巡。由于官吏督造各项工程严酷紧迫，服苦役的壮丁在数日内死伤逃亡的近五十万人之众，通济渠的两岸白骨累累，新冢座座。自此，长安经水路可直达洛阳并经南运河由淮河抵达江都。

见婉儿饶有兴味，如玉更是如数家珍，口若悬河。他说，我记得是同年八月，隋炀帝驾临江都，所乘龙舟高达四十五尺，舟首尾长达二百尺，上层有正殿、内殿、朝堂；中间两层有一百二十个房间，全都用金、玉装饰；下层是宫中内侍房间。皇后乘坐翔螭舟，规模比龙舟稍小一些。另有浮景船九艘，船上三层全是水上宫殿。其余还有几千艘船，供后宫、诸王、公主、百官、僧尼、道士、外邦客人乘坐，船队共用挽舟纤夫万余人。禁卫士兵所乘的船又有几千艘，船头与船尾相连长达二百余里。骑兵们护卫在两岸跟随行进。经过的州县，五百里内均进献食物。多的一州要献到一百车，极尽水陆珍奇。后宫吃腻了山珍海味，船出发时，都抛入运河。

婉儿说："这不是糟蹋老百姓吗？这个隋炀帝也太不像话了。"

如玉说："离奇的事情还在后头呢。三年后，也就是隋大业四年，戊辰，公元608年开春正月，隋炀帝又下诏征发黄河以北各军一百多万人开凿永济渠，引沁水向南到黄河又北通河北涿郡，以使南运河与北运河直接贯通。这次工程更加浩大，加之严寒，成年男子不足，开始役使妇女，死亡人数难以计算。"

婉儿说："像隋炀帝这样的坏皇帝、坏官吏历朝都有，他们都不知道爱惜老百姓，滥用民力，真是坏透了。文老爷可是个好官。可我又有些不明白，他在总统府办公厅干好好的，为什么又离开呢？是不是大总统不欢喜他？"

如玉说："还真是这样。我给你讲讲个故事吧。"

"好啊！"

如玉说故事是这样的。去年冬末、袁世凯忽然心血来潮，和湖南才子杨度邀请总统办公厅秘书长靳南荪、副秘书长文曾植、裴树声到通州大运河畔燃灯塔下喝酒赏梅。喝了一会，袁世凯说，光喝闷酒没劲，得找点乐子。我出个题目考考诸公，回答的好，有赏。由杨公作评判。众人就让袁世凯出题。袁世凯说："如果我把面前这条大运河赏给诸公，你们派什么用场呢？"靳公答道："载货射黄白。"文公答道："观光娱黎元。"裴公答道："运兵舞干戚。"袁世凯便请杨公裁量。杨公说："如果公平地说，文公应列第一，靳公列第二，裴公列第三。"袁世凯说，"为什么？"杨公说，"文公好名，靳公好利，裴公好武。"袁世凯说，"我看三公答的都不好。不但器局太小，而且多多少少不对我的心思。如果一定要分出高下，文公是狗屁放，靳公是狗放屁，裴公是放屁狗。"于是，众人就请袁世凯自问自答。他高举酒杯，手指运河，说："倘若运河属我，流觞唱大风。怎么样？"众人都惊呆了，自此，都知道袁世凯有改弦更张、黄袍加身之意。袁世凯也明白了三公对自己态度：裴公无能而贪财，不能助己，文公无欲而刚正，不肯助己。裴公无德而狂妄，不愿逆己。这样，他便与文公逐渐疏远，而有心以裴公取代靳公。

如玉问婉儿："这个故事你听明白了吗？"

婉儿说："听明白了，袁世凯想复辟当帝，文老爷当然不能趟这种混水了？好容易民国了，走回头路，还不被人截脊梁骨？少爷，你还是给我讲讲大运河吧。"

如玉喝了一口茶，说，隋大业七年，辛未，公元 611 年，春二月，隋炀帝亲自率军征讨高丽。四月，隋炀帝乘龙舟渡黄河入永济渠，照例下赦令选部、门下、内史、御史的官员在龙舟上接受选拔。接受选拔者三千多人，不少都徒步随船行走，路上冻饿疲劳，死亡的人十之一二。并令幽州总管元弘嗣到东莱海口造船三百艘，以用于征伐高丽。造船的工匠、役丁因为官吏的监督甚严，昼夜站在水中不得休息，不少人自腰部以下都生了蛆，死去十之三、四。又征发长江、淮河以南的民夫和船只运送军粮，运河上运粮船队首尾相连达千里，役丁几十万人，昼夜兼程，死伤无数，到处堆积着尸体。天下开始骚动，险象环生。山东邹平的平民王薄自称"知世郎"，说可以预知天下事势，申言隋朝暴政即将解体，号召民众造反。又自编了一首《无向辽东浪死歌》，鼓动百姓，不要参加征伐高丽的战争，逃避征役的人越来越多，纷纷投奔王薄，在齐郡、济北郡举义。当年秋天，将军宇文述等所率九军在鸭绿江边会齐，进发萨水，结果中了高丽大臣乙文德的诈降之计，兵败于萨水，全军三十万五千人回到辽东的仅二千七百人。这次征讨，仅于辽水西攻克了高丽的武厉逻，设置了辽东郡和通定镇。炀帝颜面扫地，迁怒于最宠信的宇文述将军，将他锁拿回国。九月，炀帝黯然回到东都洛阳。宇文述的儿子士及娶了炀帝的女儿南阳公主，炀帝不忍杀他，便将他降为平民，又杀了慰抚使刘士龙泄愤。

婉儿说："让你这么一说，这条大运河对老百姓也没有什么好处。可为什么你要考察和想疏浚大运河呢？"

如玉说："大运河也有两面性，就看用它干什么了。总的来讲，大运河对发展经济和惠泽民生还是很有作用的。现今的大运河病了，所以我要考察它，疗救它。"

婉儿说："那个隋炀帝后来变好了没有？"

如玉摇摇头，说："然而，炀帝并没有接受教训，更没有忘记游乐，一次又一次沿运河北上穷兵黩武打高丽，一次又一次沿运河南下巡幸江都。这位昔日的江都王似乎十分偏爱水，一次与群臣在西苑水上宴饮，命令学士收集古代七十二个关于水的故事，用木板刻制出来，其中还有妓船、酒船，木制的人物能自动能发出乐曲的声音，珍技奇计匪夷所思。但最终这位残暴的皇帝还是未能从江都沿运河返回京都，而是惨死在江南，被葬于江都近郊的雷塘，尸首一次又一次被雷炸出棺外，倒是他的皇后萧娘娘一直活到李世民登基才在扬州含羞死去。可以说，是大运河耗尽了隋朝的国力，点燃了民众造反之火，最后终于亡国。"

婉儿说："我看过老爷写的《运河志》草稿，那上面说大运河修筑的年代比隋代还要早，是怎么回事？"

如玉说："看来你也是个有心人，没白跟老爷这么多年。大运河又称京杭运河，北至北平，南至杭州，经北平、天津及河北、山东、江苏、浙江六个地方。沟通海河、黄海、淮河、长江、钱塘江之水，全长近1800公里。春秋末期就开始陆陆续续分断开挖，隋朝工程更大，完成主体部分，元朝又扩建过一次，才算完备。它主要是利用天然河道加以疏浚修筑连结而成，所以不是一次完成的。后人都把功罪加在隋炀帝身上也是不对头的。主要是炀帝在人们心中是个暴君，跟修长城的秦始皇一样，人们才会把大运河的账算在他一人头上。依我看，炀帝修大运河倒是大手笔，功大于过，称得上一个伟大的水利工程，否则我爹那一辈人也不会为了漕运而一次又一次修浚大运河了。"

婉儿说："听说运河还分成好几段，各段皆有名称是吗？"

如玉说："分七段吧，北平到通县称通惠河，通县至平津称北运河，天津至南运河，临清至台儿庄称鲁运河，台儿庄至清江段称中运河，清江至扬州称里运河，也就是古邗沟，镇江至杭州称江南运河。其实，杭州的运河还可直通余杭，也有人将这一段也称为江南运河呢。"

婉儿说："京杭运河在北平的那一段终点是哪里？老爷的书上说没说？"

如玉说："你忘了，我们住的什刹海你不是去玩过吗？那里就是通惠河的源头，元代海子的西北斜东南有一条河就直通到通惠河。明初，上游淤废，这里形成三个相通的水面，俗称后三海也就是西海、后海、前海，总称什刹海或十汉海，才与通惠河隔绝呢。"

婉儿说："没想到少爷的学问这样好。老爷托付给你的《运河志》这本书迟早一定会问世。"

正说话间，船老大端木林的女儿端木碟进了船舱，对婉儿说："船马上就要到通州了，我想上岸买点东西，顺便看看景致，你去吗？"

　　婉儿说："通州既是运河终点，又是出京第一个水陆码头，有什么景致我还不知道呢，还是问问少爷吧，也好有个数。"

　　如玉说："我也要去通州。你看，现在天色已近黄昏。最好还是明天上午去，时间也从容些。好书要慢慢看，好景也要慢慢赏。"

　　端木蝶和婉儿也认为少爷的话有道理，便相约明早去逛通州城。两个姑娘很高兴，内心充满期待。可她们哪里知道，如玉的心中却另有隐情。

第二回

迎福寺内祭先贤　通州城里访母踪

　　这天夜里，文如玉失眠了。他想起了父亲的话，心潮久久难平。

　　文如玉现在的继母冯氏是文曾植的正室，如玉的亲生母亲蓝沅芷二十多年前已离家出走。蓝沅芷是文曾植在督修临清运河大堤时认识的，但却一见钟情，很快两个年轻人就好得如胶似漆，以至没结婚，沅芷已珠胎暗结。不料，待文曾植回家提起蓝沅芷这门亲事，母亲已在京为他订下一户通家之好的千金，也就是现在如玉的继母冯氏，文曾植虽一再坚持要娶蓝沅芷，无奈母亲却看不上临清城里一个小小河监的女儿。沅芷一气之下，独自离开文曾植在北平为她安下的香巢，在一个风雨交加的秋夜，远走高飞。二十余载，天各一方，音信稀疏。文曾植告诉儿子，他也曾打听过蓝沅芷的下落，只是信息虽多，却没有个确切消息，便叮嘱儿子在运河沿线留心查访。如玉也曾听说母亲曾出现在通州，为一个大户人家娶亲的公子做绣品，那家姓马，住在城关大街，后来就不知道什么情形了。如玉决计明天上午到城关大街去寻访母亲。想到这里，他从藤箱中拿出一张发黄的照片，端详母亲的面容，想象着人到中年的母亲的模样。看着看着，他的眼睛湿润了，在心里轻轻唤道："娘，你哪里？你的儿子想念你啊！"

　　风生水起，涛声一阵阵透过船板，敲击着如玉的耳鼓，直折腾到半夜，他才模模糊糊进入梦乡。第二天一大早，婉儿便叫醒了如玉，服侍他吃过早饭，端木蝶已从附近人家租来三头毛驴，三人便踏上了通向城关的大道。

　　婉儿急切想知道如玉带她到哪里玩，便要如玉讲一讲通县的景致。不料，如玉却有意卖关子，不肯讲，只说，通州是京杭大运河的真正终点，历史久远，古迹众多，好玩的地方不少，只要跟他走，一定错不了。端木蝶知道文如玉是个饱学公子哥儿，见识又广，便一声不响地跟着如玉向城西走。

不大功夫，远远便看见一座石砌三孔拱卷形大桥飞架在通惠河上。三人急走一阵，来到桥头。如玉有意考考婉儿："你知道这叫什么桥吗？"

婉儿嗔了少爷一眼："少爷，你当我是谁？怎么会知道这座古桥的名字。哪像你，秀才不出门，全知天下事。"

如玉又望着端木蝶。端木蝶说："少爷，我随爹来过通县。这桥好像叫永通桥，对吗？"

如玉说："是这名字。这桥建于明正统十一年，也就是1446年。横跨通惠河，南北向，长五十多米，宽十多米。最精彩的是桥两侧护栏上的纹饰和各三十三根望柱上的石狮子，还有桥头的石兽，和东西面石驳岸上的四只镇水兽。"

如玉又把两人带到桥东那通立于雍正十一年也就是1773年御制的通州石碑前。他一边读碑文，一边介绍说，这块碑讲的主要是京师至通州修筑道路的情况，碑文出自雍正皇帝之手，很少见。因为雍正皇帝在位时间很短，只有十三年，所以留下的碑刻不多，值得一看。乘婉儿和端木蝶看碑，如玉拿出纸笔，将碑文抄录了下来。两位少女见如玉笔走龙蛇，一派风流儒雅之风，一时竟呆了。如玉偶然抬起头见二位少女脸红红的，眼睛定定的，便说："喂，你们两个傻丫头在想什么呢？"

这一说，婉儿和端木蝶更不好意思了，搭讪着上了石桥。

婉儿侍如玉上了毛驴，便问："少爷这下往哪里去？是不是直奔县城大街？"

如玉摇摇头："不！我们先奔北门，那里还有一处景致，不能不看。"

婉儿说："是什么景致，要舍近求远跑冤枉路？"

如玉说："那里有座古墓，我想去看看。告诉你们，这可是明代名儒、福建泉州人李卓吾李贽的墓。这人可有学问，有思想，是个大文学家，思想家，著有《焚书》《藏书》等，因反对封建礼教和假道学，触犯朝廷，被以'敢倡乱道，惑世诬民'之罪下狱致死。他友人马经纶冒着风险将李卓吾尸体收葬在北门外马氏家庙迎福寺侧。只是几百年过去了，这位先贤的墓不知还在不在？"

端木蝶说："少爷，你知道的东西为什么这么多？就连这小县城郊的一座古墓也知道。"

如玉说："这没有什么，多读点书就行了。你要是有兴趣，以后我会教你多看点书。"

端木蝶说："我可比不了你身边的才女婉儿。读书我是不行。

不过，我也有别的长处。"

"噢！你会什么？"如玉问。

端木蝶说："到时候你就知道了。只是你别害怕。"

进了迎福寺，三人见古庙已破旧不堪，没甚看头，便去寻找李贽墓，还好，古墓尚在。如玉见墓前立有一块碑，便细细读起来。这块碑是李贽好友焦竑手书的"李卓吾先生墓"碑，碑阴有詹轸光于明万历四十年即 1612 年所书《李卓吾碑记》和《吊李卓吾先生墓诗二首》。如玉便将碑文与诗抄了下来。

想到这位数百年前的先贤为了坚持真理，唤醒民众，打碎封建礼教枷锁，反对封建专制而惨遭杀害的境遇，如玉的心头像压上了一块巨石。他感到很愤慨：为什么有才气、有骨气、有志气的正人君子，不能见容于当世，却落得个身首异处，惨死他乡；而那些庸才奴才却能平步青云，这恐怕也是人间异数吧？自古英才多磨难，这李卓吾先生自然也逃不了人生的劫难。不过，他不会仅仅只留下这抔黄土，他思想的火矩一定会照亮更多的人前行的道路。你看，清王朝不是倒下了，民国的曙光是不照彻人寰吗？真是"青山遮不住，毕竟东流去"。卓吾先生，我，还有许许多多的世人是不会忘记你这位先驱的。

蓦地，他发现婉儿和端木蝶的手上各捧着一束野花，便会心地点点头，接过花束放在墓前，又恭恭敬敬地鞠了三个躬，这才离开李墓。

如玉等人正行走间，从寺里出来一位老者，看了看文如玉，说："不知这位少爷从何而来？又为什么要凭吊这位李卓吾先生？"

如玉说："读书人那有不敬先贤之理。这也是惺惺惜惺惺吧！我是从京师来的。不知您有何见教？"

老人说："这李先生之墓我也看护了几十年，只是已多年不见有人来了。我想告诉你的是，李先生之墓所以一直未被毁坏，主要靠马氏族人照料。这儿是马家的祖墓。"

如玉心头一惊，忙问道："这马氏是不是住在城关大街，是当地的乡绅？"

老人诧异地看了如玉一眼，说："是啊！先生是北平人，怎么会知道马家？"

如玉不便说破心中事，便搪塞了几句，说："这位马氏还有没有后人？我倒想去寻访一番。"

老人说："有，少当家的叫马少堂，也是个读书人，北大学生，因病正休学在家，你可以访一访。"

如玉心中一阵欣喜，谢了老人，便和婉儿、端木蝶直奔县城。

进了城，婉儿和端木蝶的眼睛不够用了，这边看看，那边瞅瞅，几次催如玉歇歇脚，看看市容。如玉却不依，只是一个劲地奔向城关大街，弄得婉儿和端木蝶一头雾水，只好跟着他赶路。不过，在路过漕米总仓时，如玉还是停留了片刻。他围着仓房转了一圈，发现仅仅过了不到一百年，这座显赫一时的北方最大的皇家粮库已破烂不堪，成了一座大杂院。如玉不免感慨一番。

马家是个大户，没费什么周折如玉就找到了这座大宅门。少主人马少堂很好客，听说文如玉从京师来，很客气，便试探着问文如玉是不是有什么难事要帮助。

如玉不说有什么事，只是和马少堂谈论一些通县的风物掌故和前人诗文。马少堂见文如玉腹笥甚丰，便说："我家中有一篇李卓吾的行书立轴，不知道你想不想看一看？"

如玉大喜过望，说："这可是难得的珍宝，先谢谢马兄的美意。"

马少堂将文如玉领到了卧室，从一个博古室架上取下一个卷轴，展开让如玉观赏。这真是一副李卓吾手迹，为一首赠马经纶的律诗。马少堂告诉文如玉，李卓吾与他先祖马经纶是故交，后来李卓吾惨死京师，是马经纶将他收葬在自家祖墓里。李卓吾散落在狱卒手中的物件也是马经纶花银子从牢里买出来的，其中就有李卓吾在狱中书赠马经纶的诗轴，只是当时还没有装裱。马经纶死后，李卓吾这幅墨迹便作为马家传家宝一代又一代传了下来，直传到马少堂手中。

知道这番周折，文如玉睹物思人，感慨不已。无意间，他忽然发现卧室里有不少绣品，桌布，椅垫，床围都是手工刺绣的，每一件都非常精美。心头一动，便问马少堂："马兄，小弟酷爱美术，对民间工艺也很偏爱。我想问一下，你家这些绣品不知出自哪一位良工之手？"

马少堂说："这还是我结婚时先父请一位临清的绣娘刺绣的。能入文兄的法眼，可见绣工不俗。"

文如玉试探地问道："你能不能给我讲一讲这位绣娘的事，她还在通县吗？"

马少堂说："此人姓蓝，名字不知，家父称她叫蓝五娘，是临清人，在我家待了有大半年。绣品完工，就回临清去了。有一年，我父亲到临清运河码头采购毛竹，还去寻访过蓝五娘，只可惜没有找到，人不在家。"

如玉问："令尊为什么会去寻访一位普通的绣娘呢？"

马少堂指了指床围，说："你看，这上面绣的鸳鸯荷花，寓意是祝福新人恩恩爱爱早生贵子，上面还绣了两句古诗：'四张机，鸳鸯织就欲双飞'。后来，内人果然生了儿子，而且是双胞胎，马家五世单传，直到我这辈才得了两子，家父怎能不心存感激呢？只可惜不知道这位蓝五娘是不是还有机会能再见上一面呢？"

如玉又问了一些情况，突然灵机一动，说："马兄，我有个小小请求，不知当讲不当讲？"

马少堂说："你我都是读书人，不必拘礼，有何请托，直管说。"

如玉说："我十分喜欢这位蓝五娘的绣品，堪称鲁绣精品。想请马兄割爱一件，钱多少不计，不知可否？"

马少堂一愣："这些东西都是内人心爱之物，已用了多年，按理不能割爱。我看文兄也是个性情中人，就赠送你一件吧，钱是万万不能收的。"说罢，马少堂从墙上取下一幅绣画，打开镜框，将绣品拿了出来，说："这是一副小品，画意很好，叫'故园常念什刹海'，绣的是京师风光。如中意，请笑纳。"

文如玉忍不住心头一阵狂喜，一连向马少堂鞠了几个躬，说："没想到与马兄萍水相逢，却赠此重礼，我真的不知如何感谢你才好呢！"

马少堂说："这也好办。文兄是读书人，又是同光年间名相文大人的后裔，书法大家的传人，书法一定不错，不知能否赠送一副墨宝？"

文如玉连称见笑。见马少堂真的取来了文房四宝，便蘸笔濡墨写下了一副字："海屋添筹，祈少堂仁兄萱堂增寿，京师文如玉。"

马少堂的母亲还在，这幅字书意俱佳，正可为高龄老母添寿，马少堂心中也非常感激。文如玉见日头已近午，便匆匆告辞了。当天夜里，如玉躺在床上辗转反侧就是睡不着。他反复观赏着那幅绣品，眼前不时闪过母亲的面容。他为母亲的遭遇而感到痛心，一个年轻女子，抛家离子，四处漂泊，身如转篷，命似薄纸，从青春到迟暮，孤苦伶仃一个人，也不知道受了多少苦。想到这，他更加思念母亲，还是无法入睡，索性出了船舱，上了甲板。此时已近子夜，月朗星稀，风生水起，波光粼粼，万籁俱寂。如玉站了片刻，觉得有些发困，两眼艰涩，便倚在了船篷上。渐渐地，他觉得自己的灵魂已离开躯壳，如同一缕轻烟在河面上御风而行。倏地，一声水响，河面开了，如同莲花一样的波澜中缓缓升起一个妙龄女子，褒衣长裙，面若美玉，黛眉星眼，蹑风凌波而来，披帛飘举，环佩叮当。她默默地看着如玉，欲言又止，眼波闪烁，柔情似水。恍惚之间，如玉觉得眼前这位女子有些面熟，极像年轻时的母亲，可定睛一看，又不像。他问道："请问佳人姓甚名谁，为什么夜间在此徜徉?"女子说："我乃运河水神，敬你不辞辛苦，长途考察大运河，特来向你致意。"如玉说："岂敢，只是不知这大运河水性如何? 敢劳水神指点一二。"女子说："大运河并非天成，而是人造，自然有人的秉性。它厚德以行，载物为用，隐忍负重，融汇通达，时时怀惠泽国计民生之念，不敢稍有懈怠，犹如世之君子。愿公子立身行事也如此。则小神不胜欣慰。只是它已饱经人间劫难，变得垂垂老了，满目疮痍，百病丛生，就如同当下这尘世。公子若有志，惟愿以仁爱之心唤起举国之力拯救之，让它重放异彩。如此，则我愿足矣。"

如玉说："我愿为大运河重光尽绵薄之力。愿河神佑我。"

女子说："你此行，风波险恶，祸福相伴，还望珍摄，勿生悔心，只要坚韧，定获正果。天人隔路，小神告辞了。"说着，飘然而去。

夜风愈劲，如玉身躯一颤，醒了。这才明白是南柯一梦。他心里很乱，不知道梦遇运河水神是祸是福。便回到船舱，和衣而眠，可还是心事重重，思绪绵绵。他的心已飞到远方。可谁知，一场风波已悄然而至。

第三回

天津巧遇泥人张　茶棚误撞碰瓷客

如玉所雇"沙雁"漕船沿着运河由北向南，虽然走的是上水船，但因船主端木林雇的纤夫都是熟人，而且年轻力壮，所以走得很快，只两天半的功夫，就经长陵营、香河、武清来到了天津卫。

行船途中，如玉一直忙着测量水深，观察大堤，勘验水闸，搜集资料，晚上还要整理笔记，所以人觉得特别累。晚上到了天津，他原打算稍做停留第二天就走，可婉儿却再三央求说想进城去逛逛。蝶儿也很久没到天津了，也在一边帮腔敲边鼓。如玉忽然想起一件事，就应承了下来。

第二天早上，如玉等人上了津西大道。路上，如玉为婉儿、蝶儿讲起了天津旧事。天津是大运河北方最大最重要的枢纽，开发很早，隋大业四年，即公元608年，开凿的永济渠已通过天津地区，从此天津成为大码头，中转站。李唐建立，为对付北方游牧部族，在幽州、渔阳，即京津地区驻有重兵，所需粮饷全通过大运河从南北运。现在南运河、北运河和海河相汇的地点叫三汊口。海河有五大支流，北运河、南运河、永定河、大清河、子牙河，而以南运河流域最广，运输最繁忙。南运河流入海河这个三角地区，是天津市区的发祥地，主要是靠运输。北京成为金元的首都后，官僚和军队供给浩繁，因而经由天津运往北京的漕运物资越来越多。1181年，即南宋淳熙八年，金大定二十一年，金朝通过运河经天津运向北京的粮食一年就达一百多万石。天津好玩地方不少，最热闹的是天后宫。如玉答应等会带两个姑娘去玩玩。

到了天后宫，如玉让蝶儿陪婉儿逛商店，自己却独自寻找旧书店，想买几本地方志。到南街拐角处，只见一团人围在小广场一角，伸头探脑的，似乎正在看什么景致。

如玉觉得好奇，便挤了进去。

一张破旧木桌后面，坐着一位精瘦的中年汉子，正在捏泥人。如玉心中一喜，心话，我正想找天津的"泥人张"，没想半道上就撞上了。便悄悄观看起来。那个中年汉子正在捏仕女塑像，一手攥着胶泥，一手拿着竹签，抻抻捏捏，截截点点，片刻工夫，仕女已见雏形，众人哄然叫好，有个人还掏出钱，说要买这个仕女塑像。汉子见来了生意，手脚变得更麻利了，转眼已捏好，又将仕女装入锦盒，递给那个买主。

如玉上前一步，说："师傅，我想请你捏个写真塑像可成？价钱好说。"中年汉子也不说话，点了点头，瞄了如玉一眼，从桌上拿过一团胶泥，双手一抄，玩起了袖里乾坤。如玉吃了一惊：莫非他眼不看就能捏出真人塑像？中年汉子似乎看穿了如玉的心思，朝他微微一笑，可双手却一直没离开衣袖。也就一袋烟功夫，泥人已捏好。汉子将泥人放在桌上，意思是让文如玉评价一下。如玉凑上前，只见以自己为模特的泥人只有五、六寸高，一袭长衫，脖上围着围巾，身材高挑，面容清秀，剑眉细目，隆准薄唇，仔细观看，眉目间似有一丝忧郁之色，真的酷肖自己。再注意一看，如玉不禁失声叫起来："好！"原来，泥人手上还捧着一只瓜子大小的紫砂茶壶，把、盖、流齐全，更奇的是，壶身上还刻着兰草奇石。四周围观的人也啧啧称奇。

如玉连声称谢，付过钱，便和中年汉子攀谈起来。

一问才知道，眼前这个中年汉子确是天津"泥人张"的传人，是第一代"泥人张"张明山的儿子张玉亭，深得其父真传，不但掌握了父辈的捏塑技法和各种传统人物粉本，还自创了京剧戏文人物品种，深受人们喜爱，蜚声津门。更让人赞叹的是，张玉亭还练就了一手"袖内捏塑"的绝技，刚才，他显露的就是这种独门功夫。

早在晚清时，张玉亭的父亲张明山的泥人就已行销京津，不但普通百姓喜欢，而且受到官宦富商、文人雅士的青睐。如玉记得父亲的书房的博古架上就有张明山的泥塑作品《烂柯山》，取材于仙人在烂柯山弈棋的神话故事，十分传神。这尊泥塑还是如玉的爷爷晚年回江南探亲路过天津时买的，后来便传给了儿子文曾植。张玉亭原来在天后宫偏街上有一件铺面，专门为顾客捏造人物。近几年，华北平原连年遭受旱灾，加上战事连连，兵荒马乱，生意非常萧条，店里三五天也不见一个客人。日久天长不敷出，债台高筑，只好将铺房卖掉，从此流落街头，靠家传手艺勉强糊口度日。

见张玉亭如此窘迫，如玉又给了他一点钱。张玉亭推辞不掉，便从包里拿出几盒彩塑泥人送给如玉。说到天津泥人与无锡惠山泥人的区别，张玉亭告诉如玉，天津泥人在取材上主要是来自现实生活，讲究现抓现捏，真实生动，给人一种亲切感；在技法上，讲究按形造像，不太注重衣饰等细节，功夫都在刻画人物性格特征上，面部表情细腻逼真。无锡惠山艺人做的泥人主要靠雕工，手捏的成分要少一些，而且做的多是大阿福一类的神话或民间传说中的人物，比较祥和生活气息。张玉亭说，南北两派泥人各有千秋，差别到底在什么地方，也是仁者见仁，智者见智，自己也说不好。

如玉似乎动了感情，说："张师傅你这门手艺千万不能失传啊，一定得想办法传下去。这可是运河沿岸民间工艺品中的一绝啊。如果丢了，太可惜了。"

张玉亭叹了一口气："这年头，人连一张嘴都顾不住，谁还有闲钱买这种土玩艺？不过，我告诉你，这门手艺我暂时还不会丢。我有个小儿子，就非常喜欢捏泥人。我准备让他跟我学。"

又谈了一会，怕耽误张玉亭的生意，如玉便告辞了，回去寻找婉儿和蝶儿。正走着，街边上来几个涂脂抹粉的女人，不由分说，你拉我扯，要如玉上楼去喝茶。如玉知道这些女人就是半掩门子的"野鸡"惹不得，连忙抽身走了。他见不远处有个茶棚，便走了过去，想坐下来喝口茶，顺便等待婉儿和蝶儿。这里是个三岔路口，婉儿和蝶儿逛街回来必经此处。

如玉见茶棚边上有一条长板凳空着，便挨了过去。恰巧有个手捧锦盒的黑衣汉子喝过茶刚起来，身子一转，和如玉撞了个正着。黑衣汉子手一撒，手中锦盒摔在地下，只听着"哗啦"一声，分明是锦盒中的瓷器被摔碎了。"不好！"如玉心中暗暗叫苦，连忙弯腰去捡锦盒，打开一看，是一只五彩观音尊，已经成了碎片。如玉心里一"格登"，随手拿了一块有字的瓷片，窝在手里。他对黑衣汉子说："老哥，实在对不起，碰碎了你的瓷瓶。多少钱，我赔。"

黑衣汉子冷笑一声，说："不是我小看人，恐怕你赔不起！"

"这不就是一个普通的瓷瓶吗，能值多少钱？"此时，如玉已定下心来，不慌不忙地说。

黑衣汉子从地上拿起一块较大的瓷片，指着说："你看看清楚，这可是大明万历五彩官窑观音尊，价值连城啊！"

如玉知道遇到大麻烦了，便拉黑衣汉子坐了下来，又叫了两杯茶。他呷了一口茶，说："你刚才的话可当真？"

黑衣汉子说："半句假话都没有。这只瓷瓶，是我刚从天津最大的古玩店'博古斋'买来的，是准备送人的，可花了大价钱。不信，你可以到博古斋去问问，离这不远，就在天后宫后面的旧货街上。"

如玉试探了一句："那你想要多少钱呢？"

黑衣汉子伸出一个手指头："一万大洋。"

如玉倒吸一口凉气，心话，就是尽我所有，也拿不出这个数。眼睛一转，有了主意，说："我看你这个东西不值这个数，顶多也就几百块钱。"

黑衣汉子冷笑一声，说："你说说，为什么就值这几个钱？"

如玉说："看来你也是懂古玩的，现在满大街古玩店能找出几个真正官窑的瓷器来？大多数都是仿货，民国仿前清，前清仿明朝，明朝仿宋元。你这个瓶子顶多也就是老仿，根本到不了明万历。真货与假货的价钱差的可远了。"

黑衣汉子盯了如玉一眼，心话，这小子还是个行家呢。便说："话是不错，可我这个东西可是真货。绝对不是几百块钱。"

如玉亮出手心里的那块带字的瓷片，说："我今天要让你心服口服。你看看，这'大明万历年制'六字真书横写款，笔道乏力，出锋软弱短促，而且苏麻里青釉色漂浮，没有晕散，与真正的明万历题款差距太大，一看就知道是江西景德镇小窑新仿的。"

黑衣汉子又气又急，张嘴要分辨。

如玉手一摆，说："你别急，我的话还没说完。还有，这只瓶上绘的是'满地骄'图案，有荷花、水草、鸳鸯、芦鸡等，看上去五颜六色的很热闹，可釉色根本不对。这红色，泛紫，这黄色，发绿，都是邪色，真正的官窑不可能用这种彩釉。再说这画工，太细了，像是工笔，真正的万历五彩瓷器，笔法非常粗放，有点像民间画法。你要是不信，可以找一两个行家来看看，鉴定费算我的。如果他们也说是明代官窑，你要多少钱我绝无二话。如何？"

黑衣汉子头上已经冒汗，说："我不跟你讲那么多。我这东西就值一万块钱。说出大天来，你也得给。否则，你就走不了。"

如玉说："你这不是讹人吗！我上哪找这么多钱？"

黑衣汉子说："听你口音是从北京来？"

"是。"

"怎么来的？"

"坐船来的。"

黑衣汉子喝了一口茶："我倒有个主意，你如果随船带有什么值钱的古玩，如什么金银器之类的，或者名人墨迹，用它顶也行。"

如玉心里一咯噔，心话：这话大有深意，莫非我的行藏泄漏了？他打定主意要跟对方周旋下去，便说："我没有这些东西。一万块钱我无论如何是掏不出来的。"

"你这个外乡人想要赖是不是？眼皮放漂亮点，不要自讨苦吃！"

"对，不给钱就不让他走。"

这时，如玉才发现身边又多了几个壮汉，凶神恶煞，七嘴八舌，不像良善之辈，估计是黑衣汉子的同伙。他忽然想起自己有个表哥叫冯南星，在天津道警察署做事，便对黑衣汉子说："这事也不知道你我就能私了的。这样吧，我们还是找警察吧，我相信，是非自有公断。怎么样？"

黑衣汉子摇摇头，说："不行，找警察能有什么好事，到时间事成事不成，都得扒我一层皮，我不去。"

如玉一时倒没了主意，皱着眉头说不出话来。忽然，他发现婉儿和蝶儿不知道什么时候来了，正站在一旁冷笑观察。婉儿神色有些焦急，可蝶儿却像没事人一样。如玉心一横，站了起来，对黑衣汉子说："这样吧，我身上没带多少现金，只有一张一千块钱的银票，你要同意，我就拿钱，一拍两散，你要嫌少，我一分钱也不给，你看着办。"

黑衣汉子没想到如玉这样强硬，一时倒愣住了。支吾半天才说："这太少了，还得添。如果不方便，我可以叫人跟你到码头去拿。这样减半收，五千块钱。"

如玉说："就一千块钱，多一分也没有！"

黑衣汉子满脸凶相："那你今天就回不了船。"

如玉"哼"了一声，站起来就要走，几个壮汉上前堵住了他。

如玉说："你们是不是想打架？要打也可以，咱们一对一，要想仗着人多，欺负我这个外乡人，你们也讨不了便宜。要知道，谁打伤谁，都要吃官司。"

黑衣汉子一把揪着如玉的衣襟，说："我看你这小子欠揍！"

蝶儿身形一晃，已到了黑衣汉子身旁，右手一拂，黑衣汉子的手便松了开来，怔怔地望着面前这位小姑娘。

蝶儿说："你们谁想打架，冲我来！"

黑衣汉子等人摸不清蝶儿来路，一时谁也不敢轻易出头。

蝶儿从桌上抓起一个瓷杯，用劲一捏，茶杯碎成数片。她杏眼圆睁，说："有不服气，上来！"

黑衣汉子知道遇到了硬茬，说话的语气也变软了，对如玉说："不管怎么说，你打碎了我的东西，不能一走了之吧？"

如玉说："我不是说赔你一千块钱嘛！可你又嫌少，还狮子大开口。"

黑衣汉子手一伸："罢了，算我倒霉，你就赔一千块钱吧。"婉儿走上前，说："公子，一千块多了。"

如玉不想再纠缠下去，从身上掏出一张银票，递给黑衣汉子："这是北平最大的钱庄'万全堂'的银票，全国通汇通兑，你看好了。"

黑衣汉子瞄了银票一眼，知道不会有假，装入衣袋，向身边的那些壮汉挥挥手，扬长而去。

婉儿脸都气红了，大声说："真是晦气！碰到这帮无赖。公子，不行，咱们得找人收拾他们。"

如玉说："算了，京油的，卫嘴子，天津卫的地痞流氓也不亚于北京那些人渣。还是花钱消灾吧。咱们走！"

说罢拉了婉儿就走。可蝶儿却站着不动。

如玉说："蝶儿，你想干什么？"

蝶儿说："我好像掉了一样东西，我得回去找找。你们先走，我随后就到。"

如玉说："有什么要紧东西？算了吧。"

蝶儿说："不！我得去找。"说罢扭头走了。

如玉苦笑一声，只好和婉儿先走。俩人走了不多远，迎面看见管家万福堂，满头是汗，看样子已跑了不少路。

如玉说："万爷，你怎么来了？"

万福堂说："我看你们出去这么长时间还不回船，有些担心，出来找找。千万不要出什么事。"

婉儿说："可不出事了。公子被人敲了竹杠。"

"怎么回事？"

婉儿便将刚才的事说了一遍。万福堂听了非常生气，对如玉说："文家有个小老表不是在天津做警察吗，干嘛不去找他？"

如玉说："我脱不开身啊！"

万福堂说："我们出来带的钱本来就不多，一下子去了一千块，这往后盘缠怎么够呢？这不是断我们的路嘛！"

让万福堂这么一说，如玉倒起了疑心，觉得刚才那帮人分明是有意冲着自己来的，顿时心里便冒出一种不祥之感。一时竟说不出话来。

走了一阵，还不见蝶儿人影，婉儿有点着急，说："公子，蝶儿会不会出什么意外？"

如玉说："不会，你没看她会武术吗？还真不能小看这小丫头，这么点年纪，就有这么好的功夫。"

万福堂说："公子，我倒忘记告诉你了，这端木林父女俩都是我托朋友找来的，听说，她爷俩都有一身好武艺呢！"

"是嘛？"如玉大感意外。

正说着，蝶儿气喘吁吁跑了过来。刚站定，就从身上摸出一张银票，说："公子，你的银票我帮你讨要回来了。"

如玉大吃一惊，说："你是怎么要来的？是不是打伤了人？"

蝶儿笑嘻嘻地说："那怎么会。刚才，我一直尾随那帮人，等黑衣汉子落单了，我就逼他将银票拿了出来。"

如玉说："人家毕竟是地头蛇，那么怕你？"

蝶儿会所："毒药治毒疮。我要是报出我们端木家在江湖上的名号，没准让你吓一跳。那人不是怕我，而是怕我爹。"

"怎么回事？你快说说。"如玉急于想知道这其中的秘密，催促蝶儿快说。

蝶儿说："这不可能说，要是让爹爹知道，那还得了！对了，刚才这事也得保密。"

三万福堂说："我们还是快走吧，到了码头就起锚，免得节外生枝。"

众人便快步赶往运河码头。

第四回

杨柳青青赏年画　　人流滔滔观圣母

在津南小镇杨柳青，文如玉整整待了一天。

这天，吃过早饭，如玉、婉儿、蝶儿就进了小镇东便道，向最繁华的十字街走去。如玉注意到，此时路边的杨柳已一片翠绿，而且天气也渐渐闷热起来，毕竟已是人间四月天了。

杨柳青原名"柳口"，最早是驻扎兵营的要寨，目的是保护漕运。后来兵丁在寨子周围种了不少柳树，每年春天，杨柳含烟绕寨沿河，一片葱郁，雨天，更显得妖媚，疑是江南风光，便名为杨柳青。随着漕运的发展，这里人烟渐稠，慢慢便成了村落。

北宋时，辽兵经常南下，朝廷就在村北子牙河畔设立了当城砦。双方交战，你进我退，我进你退，形成拉锯状态，当城砦屡毁屡建。到了民国初，当城砦只剩下残垣断壁。不过，人们并没有忘记它，后世有不少典籍都曾提到当城砦，如顾祖禹的《方舆纪要》。北宋王朝对辽国一贯畏敌如虎。双方交战时，宋朝在这里投放的兵力不多，最强的一支军队就是杨家将中的六郎杨延昭。杨延昭死后，辽兵毫无顾忌，很快就占领了杨柳青。又兵锋南指，攻下东京汴梁，不但俘虏了宋朝皇帝，而且将汴梁大批精通绘画的画师带到北方为奴。有的画匠因畏北地寒冷，半道上便逃跑了，躲藏在杨柳青。无以为生，不少人又重操旧业，慢慢地这里就成了画家村。他们的传人还创造出了年画这种新样式。因为受到老百姓喜爱，销路不错，从事制作年画的人便越来越多。因为工匠艺人师从北宋"院体"画派，故而早期的杨柳青年画在题材上与宋画暗合，如《丰稔图》《村塾图》《闲忙图》《春雷惊蛰》，等等。正因为如此，一些老艺人在谈到杨柳青年画时，都承认"北宋画传杨柳青"。

到了明代，杨柳青的街道规模已很可观，全镇住户多达数百户，人口数万人，十分热闹。明代文人吴承恩、画家陈老莲北上都曾经过杨柳青，并作诗文赞赏。到了清代，年画已发展到全盛时期，远销到新疆、内蒙古及东北黑龙江等边远地区。到了十字街，如玉发现有不少杨柳青年画作坊，便一家家浏览。婉儿和蝶儿对年画不感兴趣，便去逛商铺。

看了一二十家画店，在"汇文堂"如玉停了下来。一问才知道，这家画店的老板姓张，名祝三，是个名画师，虽已年近七旬，但精神依然十分健旺。张老板见如玉像个读书人，便吩咐伙计上了一杯"六安瓜片"绿茶。

如玉背着手观赏墙上的年画，发现这里的货色不但画工精巧，着色素雅，而且装裱考究，大有南派"苏裱"的风致。他的目光被一幅题为《北京城百姓抢当铺》的画作吸引住了。

这张年画描写的清光绪末年北京饥饿难忍的市井百姓起来造反的情景。图中有农民、工匠、城市贫民还有僧、道、儒等，其中有赤身者，有衣装破旧者，手中抢来的东西有衣物等。既反映了画家对饥寒交迫的民众抢当铺的同情，又展示了封建王朝末世的社会乱象，给如玉以强烈的视觉冲击和心灵震撼。他真没有想到，这种专用来装点太平盛世喜庆年景的民间年画居然这样接近现实，就像报纸上一条图片新闻报道。他深深地喜欢上了这张年画，想把它买下来，作为《运河志》一书中运河沿线民间工艺专题中的插图。

如玉打听起了价钱："张老板，这张抢当铺要多少钱？"

张祝三摇摇头："这张画不卖。"

"为什么？"

张祝三告诉如玉，这张年画是他晚年的作品，是一张代表作，自己也比较满意，挂在店里能招揽顾客。他还说，店里早年的年画已经卖得差不多了，自己想保留几张传给子孙作为"粉本"。

如玉有些失望，便挑选其他的年画，最后买了几张。经过攀谈，如玉得知，杨柳青年画的制作工艺比较复杂。首先从"过稿"开始，即一张画稿画好了，用薄纸摹拓数百份。这种工艺还是北宋画师刘宗道传下来的。后因底稿用久易损，渐改为刻板，印好黑线轮廓，再用笔来加敷染色彩。到了清末，才发展到五色彩版，套印衣装景物等，但人物头面和粉彩衣服等，仍用彩笔来完成。因它工序较多，印绘出来的作品妙如工笔人物画，故民间常把杨柳青年画误认为是画工亲手所绘制。

张老板还告诉如玉，杨柳青年画无论是墨线刻版、笔彩着色或人物开脸，都有独到之处。黑线刻版讲究线纹粗细刚柔，随物变化，笔不妄下，精确简练。色彩要求既不可灰暗不明，又不能对比过于强烈，而应"软靠硬，色不楞"，"硬"指的是黑、蓝、红、绿等，这几色不能相近并用，色度要拉开差距才好。比如人物上身着红衣，下身若要着蓝色，必须调以铅粉，使之呈淡蓝色才好看。"黑靠紫，色发死"，肯定失败。人物开脸细腻俊美，一个头脸至少用六道工序才能完成，而且要打好粉底，因为是流水作业，人物都要横放来画，这也是杨柳青画工独有的特技。

张老板还说了年画题材方面的情况，大概分为明君圣主、忠臣良将、贤妇孝子以及宣传传统道德和因果报应之类。但有创新精神的画师，也比较关注社会现实。

如玉问道："现在这里的年画生意如何？"

张祝三叹了一口气，说："四个字，'死撑活挨'，现在年景不好，买年画的人不多了，每逢过年时稍好一点，开春后就卖不动了。顾客多是乘船由运河南下北上的外地人，平时也不多，而且价钱上不去。过去，镇上有上百家作坊画店，现在只剩下十分之一多一点。这年头手艺不值钱，日子难过啊！"

如玉告辞时，因出手比较大方，没怎么讨价还价，张祝三特地又赠送给他一副清末时文汇堂印制的《母子四条屏》。画工精细，色彩明快，如玉大喜过望，再三称谢。

吃中午饭时，如玉没有找到婉儿和蝶儿，便独自在路边一家小饭店里吃了一碗通州大馄饨。稍作休息便朝运河码头方向走去。

半路上，如玉发现，不时有一队又一队逃荒要饭的灾民从身边匆匆走过，一边走，一边还叽叽喳喳谈论着什么，似乎要去参加一个集会。如玉觉得奇怪就向一个老年人打听。谁知人家却不愿意说。无奈，如玉只得跟在人家后边。快到蚂蚱庙时，如玉看到了一幕惊心动魄的场景：成千上万的流民围在庙前广场上，万头攒动，摩肩接踵，人声鼎沸，尘土飞扬。仔细听，还有隐隐约约的鼓乐声。音乐是从庙后的运河上传来的。如玉更加觉得奇怪，便穿过人群，向庙后走去。

刚转过蚂蚱庙围墙，如玉就看见运河码头上停靠着一只奇怪的大船：长约十丈，高约三丈，龙首高阁，雕窗朱户，彩幡飘扬，迎风猎猎，船头两侧站立着八名壮汉，人人头包红巾，手执红缨枪，神色凛然，一动不动；前舱阁楼前，放着一把硕大的红木太师椅，上面端坐着一个少女，凤冠霞帔，粉面含春，双目低垂，极像戏台上的神女。如玉还发现，不时有衣衫褴褛的流民经过跳板走上船头，向少女行五体投地大礼，少女见有人来，便会替他摩顶，口中好像念念有词，只是听不清她说的是什么。凡是被摩过的顶人都会向船头那只特大的洞炉中上一束香，由于敬香的人多，大船周围烟雾弥漫，因而显得更加诡异。

如玉急于弄清个中原委，便向身边一个穿长衫的年轻人打听："老弟，这是怎么回事？是不是逢什么庙会？"

年轻人低声说："我也是一头雾水。只知道这些灾民是朝拜黄莲圣母的。船头那个少女就是黄莲圣母。"

如玉说："这个黄莲圣母是什么来头？"

年轻人说："搞不清，只听说她姓董，是清末直隶义和团大师兄董福海的妹妹，叫董七姑，也就十七八岁吧，听说很有法力，能呼风唤雨，撒豆成兵。凡是被他摩过顶的人，不但能脱离苦海，还能变得刀枪不入，也不知是真假。还有人说黄莲圣母是白莲教的人，或者来自红枪会。真实情况还真说不上。"

如玉说："这只奇怪的大船又是怎么回事？我怎么看都像是皇家用品。"

年轻人说："还真让你说对了，听说这只大舟是'翔螭舟'，是清朝乾隆皇帝六下江南时的遗物。好像是最后一次下江南吧，三艘龙舟经过静海时，其中一只便漏水了，乾隆皇帝只好将它抛在运河护卫所署，而乘另外两艘龙舟返回京城。大清朝灭亡，这艘龙舟便长期不知去向。没想到今天居然在这里看到它。也算是奇遇吧！"

如玉说："我看那个黄莲圣母身边的人手没有几个，万一要是有人捣乱，那该怎么办？"

年轻人摇摇头说："这就不清楚了。从早上到中午好像也没有什么人来干涉她，应该不会发生什么意外吧!"

两人正聊着，如玉忽然听见龙舟上传来一阵争吵声。定睛一看，只见一队警察正在推搡上船朝拜的几个灾民，被驱赶的人不服，一边辩解叫骂，一边反抗，以至于有一个灾民被警察推到了水里。这下，码头上的灾民们被激怒了，一边高声叫骂，一边将手中的物件砸向警察，有要饭棍、有搭背、有饭瓢，漫天飞舞，局势大乱。奇怪的是，护卫黄莲圣母的人仿佛对眼前的这一切熟视无睹，依然一动不动；黄莲圣母也安然端坐，神色如初，庄严肃穆，如神附体。

正争吵推搡间，一位身穿灰色西装的青年人走上船头，低声向警察说了几句什么，那些警察便迅速撤离了龙舟。那位青年人也下了船，向如玉这边走来。如玉似乎觉得这个青年人有些面熟，注意一看，才发现是自己的表哥冯南星，只是心里有些纳闷：他不是一直在天津警察署做事吗，怎么跑到这里来了？而且穿的是一身西服，似乎有意在隐瞒自己的身份。

如玉迎了上去，叫道:"表哥!"

冯南星也认出了文如玉，一愣说:"是如玉老弟啊! 你怎么到这里来了?"

如玉说:"我也正要问你，你怎么到杨柳青来了?"

冯南星狡黠地笑笑，说:"这里不是说话的地方，你跟我来。"说着便朝蚂蚱庙走去。如玉紧紧跟随。

蚂蚱庙后院有一间斋房很安静。在这里久未见面的表兄弟俩进行了一场密谈。

冯南星告诉文如玉，黄莲圣母的龙舟是从静海方向过来的，他已经跟了好多天。据初步调查，黄莲圣母是义和拳余党，现在已与白莲教勾结在一起，到处开坛收徒，传法布道，很得贫苦农民和手工业者拥戴。

如玉问道:"这些人为什么会拥戴黄莲圣母呢?"

冯南星叹了一口气，说:"近几年，京津一带连年大旱，地方乡绅和一些官吏乘机加大租税，导致大批农民破产，被逼出卖手中仅有的一点土地。乡绅和官吏则乘人之危，大肆吞并农民土地，以致形成了不少土地连及阡陌的大地主。静海县知事章文钧，其父是前清湖广总督，门生遍天下，势力极大，章文钧依仗其父余威，不但大量收购农民土地，而且派手下四处挖掘坟墓，扒出棺材卖给窑场，骨以烧成灰卖给肥田粉厂。老百姓对章文钧恨之入骨，称之为

'爱民如子，泽及枯骨'。农民和手工业者对现实失望找不到生活出路，只好投靠黄莲圣母，寻求精神上的慰藉。"

"这黄莲圣母到底是什么人？"如玉又问道。

冯南星说："这也说不清，在静海，黄莲圣母曾被县警察所抓过，关在大牢里，夜间有个狱卒，见黄莲圣母年轻漂亮，想奸污她，谁知，竟着了她的道，手指一戳，便不省人事。只知道他们主张杀洋人和贪官。我们署长曾会见过黄莲圣母，尽管是好言好语，一连三天也没问出什么东西来。第四天夜里，黄莲圣母突然人间蒸发，可奇怪的是牢房门窗一点破损都没有，估计是内外勾结，将她弄了出去。"

如玉问道："那你们在杨柳青为什么不抓黄莲圣母？而要保持克制态度？"

冯南星说："上峰有指示，说现在天下乱象已显，对黄莲圣母最好不要采取过激行为，万一激起民变，局势很难收拾。"

突然外面传来一阵枪声。

冯南星一惊站起来说："肯定是杨柳青警察所那帮蠢货在镇压灾民，情况危急，我不跟你谈了。我得过去看看。你也趁早离开这是非之地。"说罢，从衣袋里掏出一张名片递给如玉说："我有个同班女同学在济宁警察局，叫胡玫。你到济宁如果有什么事，可找她帮忙。我们走！"

文如玉随着冯南星出了蚂蚱庙后门。如玉抬眼一看，龙舟上下一群警察和几十个灾民正纠缠在一起，打得人死命活。龙舟上有个包红头巾的壮汉还振臂高呼："杀了袁电蛋，我们好吃饭！"呼应声此起彼伏，震耳欲聋。

"如玉你看！"冯南星忽然用手向东一指，如玉随手势一看，只见龙舟不远处十几只沙船上挤满了人，个个头包红巾，手执红缨枪，正争先恐后下船，有的正向龙舟奔去。

冯南星说："黄莲圣母的后台和同党终于露面了。看来今天要出事。我走了，你也快离开这地方。"说罢，他快步走向龙舟。

如玉上了运河大堤，忽见婉儿和蝶儿正在不远处四下张望。她两人也看见了如玉，齐声说："公子，快走。我们都找你半天了，万管家都急死了！"

如玉拉了婉儿、蝶儿沿运河堤快步向东走去。他们的船就停在杨柳青镇东郊运河码头上，距龙舟也就一箭之地。

第五回

沧州狮城救孤女　露雾手段斗恶徒

登上大堤，文如玉深深地吸了一口气，又转过身来久久凝视着脚下古老的大运河。

清晨，雾气还没有完全消散，犹如一层轻纱笼罩在河面上。因为有风，雾气缓缓移动。此时，码头上不少船只上已经燃起炊烟，雾与烟交织在一起，更变得朦胧一片。只听见河水在哗啦啦地流淌，还不时传来几声鸟鸣。大堤上的柳树葱茏含烟，杂花生树，草长莺飞，到处生气灌注。

如玉招呼了婉儿和蝶儿一声，下了大堤，朝沧县旧州城方向走去。

都是年轻人，脚力足，走了两三个时辰，谁也没觉得疲惫。天傍午时，如玉他们就赶到了老城南关。

如玉此行的目的是去看沧州有名的铁狮子。半路上，如玉曾给婉儿、蝶儿讲过铁狮子的故事。

沧州古城又名狮子城，因铁狮子而得名。铁狮子由数百块约三十厘米见方的铁块采用分节叠铸拼铸而成。狮身高近五米，长近六米多，宽约三米，总重量达四十余吨。历史久远，高大威猛，为沧州一景，闻名遐迩。故而凡是到沧州的游人，都以能一睹铁狮子真容为快。

穿过开元寺残墙断壁，就看到了神往已久的铁狮子。饶是心理有准备，如玉他们仍然被眼前的奇观所震撼。春日的阳光下，一个庞然大物兀然挺立，头南尾北，昂首怒目，巨吻箕张，四肢叉开，作奔走之状，显得那样雄壮狞狰，似乎只要作一声狮子吼，就能引起地动山摇。刹那间，如玉他们都愣住了，居然一时说不出话来。

如玉扫视铁狮子周遭一眼，发现附近有不少房舍，都是老房子，青砖黑瓦，房顶上长满了瓦楞草，景象显得有些破败萧条，远非沧州新城之热闹繁华可比。

婉儿发现铁狮子边上有一块残碑，半插土中，已倾斜，便招呼如玉过来观看，只一眼，如玉已认出这是清代文人李云峰所书的那道有名的《铁狮赋》碑。碑文多数还能看清楚："飙生奋鬣，星若悬眸，爪排若锯，牙利如钩，既狰狞而蹀躞，乍奔突而淹留。昂首西倾，吸波涛于广淀；掉尾东扫，抗潮汐于蜃楼。……"即便是碑文已不甚完整，如玉还是掏出笔与纸来，将它抄了下来，准备将它写入《运河志》。

如玉细细观看，才发现狮子身披障泥，背负着一只巨型仰莲圆盆。狮子前胸及臀部还饰有束带，带段分垂于两肩至胯部，头部毛发作波浪状，披垂颈部。更珍奇的是铁狮子头顶及颈下，还各有"狮子王"三字，项右则有"大周广顺三年铸"七字，左肋有"山东李云造"五个字。如玉又将这些文字抄在笔记本上。

这时，一个身着破旧长衫的独眼汉子走了过来，向如玉兜售开元寺碑文拓片。如玉翻了翻。东西倒是不假，只是并非原拓，如像是从木板上翻拓下来的，价值已大打折扣。如玉有些犹豫。独眼汉子便说："这位小哥，你要是能买个一两张，我告诉你一个关于铁狮子的秘密。"

"喔！能有什么秘密？"如玉似乎并不相信独眼汉子的话。

独眼汉子说："我不会骗你的。"

如玉便从那拓片中挑了一张《铁狮赋》。

独眼汉子指着铁狮子肚子说："你仔细看，肚子上还铸有隶体金刚经全文。"

如玉勾头一看，果然不错，不禁连声称奇。他问独眼汉子："听说，你这座铁狮子原来就在开元寺内，可当真？"

独眼汉子点点头："这不假，县志上就有记载。"

"那么，这铁狮子原来又是做什么用的呢？"

独眼汉子说："有人说，它可能是文殊菩萨佛像底座。后来，佛像坏了，只剩下这座铁狮子。只可惜无文献可考，聊存一说罢了。"

如玉问道:"这旧州城内还有什么景致可看呢?"

独眼汉子沉思片刻说:"除了铁狮子,杜林村还有一座登瀛桥,遍雕人物、狮子、猴子,非常精致。桥建于明万历年间,也算是一座古迹。只是离这里太远,不值得跑一趟。"

"别的没有了?"如玉有些失望。

独眼汉子瞥了婉儿、蝶儿一眼,低声说:"这位小哥,我看你也是个贵介公子,肯定喜欢年轻的侍女。距此不远,就在大照壁后边,能买到黄花少女和小男孩,都是附近农村灾民子女。有兴趣,我领你去看看。"

如玉心头一震:"没想到此处居然有人出卖自己的亲生骨肉。这世道成什么了?"便点了点头。

独眼汉子将如玉一行领到了大照壁背后。果然不错,三五成群的灾民依墙而坐,有男有女,衣衫破旧,面带菜色,各人面前都有一两个小男孩或者少女,头上还插着草标。一看就知道是在等待买主。四周围观者不少,可真正下手的却没有几个。

一阵低哑的哭声引起了如玉的注意。扭头一看,只见照壁边上有一个少女正在哭泣,脚下还躺着一具尸体。上面盖着苇席,看不清男女。如玉便问独眼汉子:"这个少女是怎么回事?"

独眼汉子叹了一口气说:"今天早上,这个女孩子的母亲还活着,没想到因为肚子里没有食物,没搁几个时辰人就撒手走了,只撇下小姑娘一人。她这阵子是自卖自身,为她母亲筹棺材钱呢。可怜啊!"

如玉正思虑如何帮助这个可怜的少女,忽然从北街过来几个壮汉,走到少女身边,一边大量,一边低声商议着什么。

如玉踱了过去。

一个麻脸汉子抹了少女的脸庞一下,笑嘻嘻地说:"姑娘,你的亲娘反正死了,哭也不顶事。我看这样,我出钱找人将你娘打发了,你就跟我走。行吗?"

少女抹了抹脸上的泪水,胆怯地说:"你这打发是什么意思?是不是给我娘买一副棺木?要是这样,我就跟你走。"

麻脸说:"你说得倒轻巧。这年头,死人多,棺木老贵了。我的意思找人挖个坑，用几张苇席一卷，将她发送了。棺木我是不会买的。"

少女的眼睛瞪大了，说："不行。我不会跟你走。"

麻脸的两道扫骨眉竖了起来，恶狠狠地说："这恐怕就由不得你了。你可记得，早上，我曾给你娘俩几个小麦饼子。你要不依我，那就把饭钱还给我。"

少女急了，说："给我麦饼时，不是没说要钱嘛！"

麻脸哈哈大笑："你当我是财主啊，到处散财。告诉你，我的饼子也是花钱买来的，不白吃！"

少女一时语塞。

麻脸伸手就拉少女："别啰唆了，快跟我走！"

少女不肯，一边挣扎，一边号啕大哭。

如玉欲上前制止麻脸的无赖行径，独眼汉子拉了他一把，低声说："这个麻脸是老城一霸，绰号叫'花大虫'，不但有一身功夫，而且手下有不少青皮，势力很大，一贯欺男霸女，没人敢惹，你不要多事。"

麻脸有一身蛮力，眼前少女就要被他拉走。如玉忍无可忍，飞身上前挡住了麻脸，一声断喝："把人放下！"

麻脸没料到有人出头打抱不平，脸气得通红，高声喝道："嗑瓜子嗑出臭虫来。你算什么东西！竟敢管老子的闲事。"

如玉不急不躁，说："光天化日，你强抢民女。这叫犯法，不是闲事。"

麻脸压根没瞧上面前这个文弱的青年，挥舞着拳头说："我就是犯法也轮不到你来管，你能咽口唾沫把我咽下去？"

"哼！"如玉一把拉过少女，推到婉儿身后，说："今天这事我管定了！"

麻脸暴跳如雷："他妈的，你想打架是不是？"

如玉知道今天这事躲不过去，语气也变得强硬起来："男子汉打架也不算什么丢人。怎么打，你划个道。一对一，还是一起上？"

见如玉这么硬气，麻脸心头有点发虚，朝旁边一个刀条脸汉子努努嘴，意思是让他先上，摸摸如玉的底牌。

刀条脸也斜了眼如玉一眼，逼了上来。

如玉撩起长衫，卷起腰间，双手一推，摆了个门户。

刀条脸一招饿虎扑食，右手一伸，曲指如钩，抓向如玉双眼。如玉已看破对方路数，是北方常见的"刁手"，身躯微侧，闪过来掌，左手抓住刀条脸右臂，顺势一带，脚底一挑，刀条脸已扑倒在地。

蝶儿高叫一声："好！"

刀条脸吃了亏，不敢大意，一个鲤鱼打挺，又站了起来。他右手冲拳，击打如玉胸膛，待如玉抬臂挡住，突然飞起右脚踢向如玉小腹。如玉在家学习几年武术，师傅就是自家的护院武师，叫南浦云，是大刀五王子斌的关门弟子，精通长桥硬马的通臂拳。他见刀条脸这一脚来的太急，闪避不及，腹一吸，已消去对方脚力，手臂向上一撩，正中刀条脸下巴，刀条脸惨叫一声，倒了下去。

婉儿、婉儿齐声喝彩。

这时，麻脸亲自出马了。他知道刀条脸不是如玉的对手。他围着如玉转了几圈，冷不防贴了上来，双掌一推，紧接着肩膀一立撞了过来，如玉光顾中盘，没想到对方肩掌并用，中虚上实，稍慢半步，已被撞出一丈开外。麻脸得势不饶人，飞起一腿，劈向如玉，如玉刚要招架，麻脸顺势一滚，来了一招"六路盘花"，又将如玉蹬倒在地。如玉连败两招，心里有点纳闷，一时竟不清对方的功夫出自何门何派。他连退数步，重立门户，眼睛盯着麻脸。

麻脸手一招，欺身又进，飞快打出一拳。如玉一个剪子步，与麻脸错开，对准他后背打了一拳。麻脸居然不避不让，背一挺，猛接了如玉一拳，随即右腿擦如玉阴档。如玉一个蹲档，右手抄住麻脸右脚，腰一沉，猛力下压。

麻脸万没想到如玉如此猛招，待想收腿已然来不及，"哎哟"一声，跌在尘埃，抱着右腿，痛得满地打滚。

如玉侥幸得手，又见伤了麻脸，一时竟呆住了。

蝶儿高声喊道："少爷，赶快走！"说着就去拉如玉。

"慢！"

一个精瘦的老者挡住了如玉和蝶儿的去路："伤了人，还想跑！"

如玉头一昂，说："我根本就没跑。你是谁？想干什么直说。"

蝶儿、婉儿心头暗暗叫苦。

老声朗声说道："小老儿是乡间闲人，名字就不报了。我只问你一句话，什么叫镖不喊沧？"

如玉答道："略知一二。大意是沧州多英雄好汉，凡镖车借道，一概不喝道，以免冒犯主人。"

"好！有才学。"老者微微一晒，说："你既然知道这个规矩，就不应该不问青红皂白出手伤人。怎么办，你自己说。"

如玉笑笑："就凭你这句话，就知道你是麻脸汉子的后台。你护短，我也不想申辩。你说怎么办？"

老者说："你给你指两条道。第一，我俩比一场，你如打得过我，任你所为。打不过，你得听我的。不过我想提醒你，老朽自小练武，至今已历五十个春秋寒暑，南北各种拳术都略知一二，洪拳华拳少林拳，三皇炮锤地趟功，无极太极子午门，戳脚翻子内家法，习手携拿峨眉掌，通臂猿拳六合派，鹰爪豹拳金刚指，形意八卦开碑手，都曾得过名师真传，虽然在下已年近七旬，可寻常三五十人近不得身。我不想以老欺少，交不交手，过不过招，你自己拿主意。第二，嗯，我就不说了。势必你也知道。"

如玉当然知道老者的话意，对方想来个不战屈人之兵，让他当场向麻脸认错赔情，然后把那个少女带走。他有意想试试对方的武功？便说道："听你这话，似乎当今武林你是第一高人，再没有对手了？"

"非也！"老者摇摇头，说："少年人，如果你是'南陆北端'的传人我就不跟你交手了。"

如玉说："你能不能告诉我这南陆是何人？北端又是何人？"

老者仰面大笑，说："我料你也不知道这两位南北大宗师的威名。算了吧，我俩还是谈谈怎么比武。"

如玉犹豫了。他真的被老者唬住了，心话，这人练武几十年，南北拳法兼通，内外门派俱知，武功一定深不可测，如果贸然出手，不慎被他打伤，那父亲托付的大事定然无法完成，这才叫小不忍乱大谋，得不偿失呢。如玉不想与老者比试，可一时又想不出解脱的办法，只得凝眉苦思。

老者得寸进尺，说："这样吧。我让你打三拳，如果你能打倒我，此事也能了却。要是打不倒，你再让我打你一拳，不过，生死无论。"

到底是年轻人，血气方刚，宁可被对方打死，也不能被吓死。如玉心一横，说："是事躲不过。你出招吧！"

老者一愣，问道："你真想比？我这人下手可重。"

如玉让他一问，又有点犹豫了。正想出招，忽见蝶儿走到老者身边，施了一礼，说："我倒知道南陆北端是什么人？"

老者满脸狐疑，说："你不妨说说看。"

蝶儿说："南陆，便是南派大侠陆凌霄。江湖人传言，'打遍天下无敌手，莫打小浦陆凌霄。'这北端，真实是复姓，端木。我就姓端木。"

"喔？"老者吃惊不小，说："姑娘，府上何处？"

蝶儿说："山东即墨仙家寨。"

老者点点头，说："原来如此，久闻大名，失敬失敬。"

蝶儿说："你的门人抢人在先，我家公子伤人在后，两边都有过错。怎么办，你说好了。"

老者说："人情留一线，日后好见面。我的徒弟伤得不轻，你看能不能赔点药费？如果见允，那个小姑娘你们尽管带走。"

如玉上前一步，说："我依你。"

他将钱拍到老者手上，拉过小姑娘，掉头便走。路上，如玉得知，这个小姑娘叫顾莹。河北东光乌马营人。父母已死在逃荒途中，老家还有一个姐姐，一直跟着舅舅，如玉决定送她去东光。

婉儿见如玉闷闷不乐，便问道："少爷，今天这事也算圆满，你为什么不高兴呢？"

如玉说："我是学水利的，原来一心想靠自己的学识为民造福。现在看来，这种想法有些幼稚。你看，一路上，哀鸿遍野，灾民成群，流离失所。贪官污吏胆大妄为，地病流氓横行霸道，简直是天下大乱了。要靠水利救国富民又谈何容易。可如果放弃自己原来的理想，出路又在哪里呢？一时，我还真想不明白，所以才觉得气闷。"

婉儿、蝶儿也不知道如何安慰如玉，一时面面相觑，说不出话来。

第六回

连镇如玉梦惊魂　古渡游侠显绝技

　　船至东光县运河码头，如玉亲自将顾莹送到鱼市口，交给她的小姨。回到船上，见日头刚刚甩西，如玉便吩咐继续赶路。暮色四合之时，船停在了连镇码头。这里距东光已有数十里。

　　吃过晚饭，如玉和婉儿上了大堤，两人一边走，一边聊天。

　　如玉说："蝶儿已经与我们相处了一段日子，你觉得这个人怎么样？"

　　婉儿说："挺好，这个姑娘直爽，对人热情，嫉恶如仇，聪明伶俐，还有一身武艺。我怪喜欢她。"

　　如玉说："你不觉得她身上有好多谜吗？……"

　　婉儿说："我也纳闷，正要问你呢。上次在天津的天后宫，这次在沧州开元寺，你两次遇到麻烦，都是蝶儿帮你解的围。她一个小姑娘，即便是会些武艺，也狠不到那里去，可那些人为什么对她如此忌惮呢？这就是我纳闷的地方。"

　　如玉说："这我也琢磨过，我倒以为人家怕的不是蝶儿，而是她的爹爹端木林老伯。没准，端木林就是一个隐身漕帮的武林大宗师，过去他在江湖上的名声太大，以至于武林中人一听到他的名字，就敬畏有加。端木蝶之所以能在我遇险时，屡屡轻易解困，恐怕正是得益于此。"

　　婉儿说："公子，你说的还真有道理呢。这一段时间，我们对端木老伯一直没注意，以为他就是一个普通的船老大。恐怕是有眼不识金镶玉，看走眼了。沧州那个麻脸汉子的师傅所说的北派大侠，即使不是蝶儿的爹爹，恐怕也与端木家有关系。以后，我们要多留意端木老伯，想办法摸清他的底细。端木父女对我们的作用真是太重要了。"

如玉说："这恐怕也不易。蝶儿总是藏头露尾的，端木老伯又整天一声不吭。"

婉儿说："这倒不用担心，反正有的是时间。只要得空，我会掏蝶儿的话。她毕竟岁数还小，不是老江湖。"

这端木父女究竟是什么来路呢？

带着这个疑问，如玉在船舱里渐渐进入了梦乡。

迷迷糊糊之际，如玉的耳鼓内风生水起，一片喧哗。深夜的风声忽远忽近，忽高忽低，忽急忽缓，一会儿如游丝掠水，一会似铁哨钻天，一会儿如碧霄鹤鸣，一会儿似深山虎啸，一会儿如怨妇夜泣，一会似散仙朝歌，显得那样诡异，听得人心里发毛，身上打颤。就在这变化不定的风声里，月光下河面上卷起了千堆白雪，"哗啦"，波涛滚滚，"哗啦"浪涌阵阵，波光明灭，如同万条锦鲤出没在波浪之中，其景凄清，其色幽明，给人无限遐思。

突然间，狂风乍起，大雨倾盆，白浪滔天，电闪雷鸣，震耳欲聋。隐隐约约之中，似有一群披头散发的野鬼在夜空里奔走呼号，一会儿捏鼻抹泪，幽幽戚戚，一会儿捶胸顿足，呜呜嗬嗬。还有一群厉鬼裹风挟电冲上漕船，有的抱着桅杆狂笑，有的抓着蓬索晃悠，有的满船乱跑，有的蹬击舱板。波浪之中也时有孤魂出没，一边哭泣，一边拍打船舷，咚咚咚，咚咚咚……，恍恍惚惚之际，如玉看见一大群面目狰狞的鬼魅钻进了船舱，目如闪电，手如钩锯，怪叫着向他一步步逼近。如玉心中大惧，惊跳了起来，正撞在舱盖上，顿时眼冒金星，头疼欲裂。眼前鬼魅更多了，只是变成了金色，也不哭不叫了，一个个睁大眼睛死死盯着如玉，神色怪异，如玉大叫一声，一掌打飞舱盖，双手一撑上船板。举目四望，月白风清，星辰闪烁，万籁无声，原来是南柯一梦。

婉儿睡觉一向警醒，大概是被如玉的尖叫声惊醒了，便过来陪他。婉儿问道："少爷，刚才是怎么回事？是不是睡魔了？"

吵醒了婉儿，如玉心中甚感不安，笑笑说："像也不像。刚才，我明明听见一群野鬼在哭泣。这小小连镇是不是有什么古怪？"

婉儿说："境由心造，能有什么古怪？你睡不睡？不睡，我陪你说会话。"

如玉说："不用，离天亮还有一阵时间，你回舱睡吧。我也回舱去眯一会。"

如玉一觉醒来，已是日上三竿。正洗漱间，发现端木父女俩正在大堤草坡上练功。两人练的是剑术，一攻一防，你来我去，剑光闪烁，矫若游龙，煞是好看。可能是蝶儿屡攻不下，心中焦躁，转眼之间招数已变，出剑迅疾，步步紧逼，宝剑如同银蛇游走，只见剑光不见人影。而端木林却沉着应战，见招拆招，以慢打快，丝毫不落下风，一派武林泰斗风范，如玉竟看呆了，心想：这个端木老伯的武功真是深不可测啊！

吃早饭时，如玉问蝶儿："你们刚才练的是一种什么剑法？真好啊！"

蝶儿说："是内家武当太乙剑。这种剑法，只能练练手眼身法步，要是上阵对敌，威力就有限了。"

如玉颇感意外，问道："那什么剑法最实用呢？"

蝶儿看了端木林一眼，说："这得问我爹爹。"

如玉含笑看着端木林。

端木林放下饭碗，沉吟片刻说："真正的剑术早在明末差不多失传了，叫九天含元剑，会的人很少。明代，高手只有个俞大猷，以宝剑对倭刀，令倭寇胆寒。前清要数僧王爷，也是僧格林沁，曾生擒太平军北伐主将李开芳。目下情形就不清楚了。"

如玉又问一句："这含元剑的创始人是谁呢？"

端木林说："真正的武林中高人，大多数是神龙见首不见尾，所以有名等于无名。据说叫西门白羽，恐怕也是假托之名。"

如玉正想刨根问底，见端木林已端起饭碗，便将舌尖上的话又咽了回去。

收拾碗具时，婉儿偶然发现不知道什么时候，堤坡上已聚集起几十号人，一个个衣帽不整，东倒西歪，好像在等什么人。她以为是一群要饭花子，也没往心里去。

过了片刻，婉儿才觉得情况有异。那帮闲汉四下张望了一阵，便三五成群向西岸码头走来，不少人手中还拿着木棒、铁锹、石头等，显然是来寻衅的。码头只停了端木家一只船，目标无疑是文如玉了。婉儿拉了身边的如玉一下，指着那帮闲汉说："少爷，这些人不像是良善之辈，一定是来闹事的。我们得有个准备。"

　　经历了天津天后宫那场纠纷，如玉的警觉性明显增强，事事处处小心，以防别人暗算。听婉儿这么一说，深以为然，便走到端木父女身边，说："端木老伯，码头上那帮闲汉可能要找事，你能不能帮帮我？"

　　其实端木林一直在旁冷眼旁看，早已发现那帮闲汉图谋不轨，心里正防备着。听如玉这么一说，他点点头，说："你放心，船是我们家的，我可不想让它出什么意外。我们先监视一下，等他们动手我们再出手。"

　　这时，一个光头黑胖子走到了漕船对面，朗声说："哪位是船主，请出来答话。"

　　如玉走到船头，说："我就是，你是谁？有何事请讲。"

　　黑胖子说："我们都是连镇乡下的饥民，荒年断了活路，特来告帮。"

　　如玉说："你们要多少粮食？"

　　黑胖子说："粮食不要。只要现钱和金银珠宝。"

　　如玉说："这两样东西都没有，有一点也不能给你，因为我们还要赶路。"

　　黑胖子说："我好言相告，你不听，可别怪我们无礼！"

　　如玉心里已有数，这帮人正是冲自己来的。他提高了嗓门："要强抢，你们尽管来。只怕伤了人，官府也不会放过你们。"

　　黑胖子手一招，数十号闲汉齐叫一声，向漕船冲了过来。

　　此时，端木林已做好准备：蝶儿和七八个纤夫各执竹篙，站在船舷西侧，严阵以待，自己则徒手立在船头，担任指挥和接应。

　　如玉抄起一支木浆，与蝶儿并肩站立，万福堂和婉儿各拿一把挠钩站在如玉身后，准备拿人。

　　黑胖子一声怪叫，众闲汉开始了第一轮冲击，有的冲向跳板，有的下水，有的挪石头。一场混战就此拉开大幕。船头最吃紧。见有人冲上来，蝶儿手中竹篙连点，几个闲汉先后落水。饶是如此，闲汉仍死命向船上进攻。如玉拉开蝶儿，自己守住船头，依样画葫芦，用木浆痛击来犯者。

　　船舷西侧，也受到了攻击。众纤夫都是下苦人出身，有的是力气，众闲汉轮番冲击半个时辰，一点便宜也未得到。

　　黑胖子心里焦急，满脸流油汗，只见他点燃一支火药箭，用弩机射向天空，一声巨响烟雾漫天。刹那间，从大堤后面又涌出五六十号人，怪叫着冲下堤来。

此时，闲汉已多达百人，情况万分危急。

又斗了半个时辰，如玉、蝶儿和众纤夫都已体力不支。渐渐地，几个闲汉爬上了船。端木林从船头麻包里抓过一把黄豆，手一扬黄豆带着风声飞了出去，几个闲汉应声倒地。蝶儿接连起脚，将他们踢下船去。

再打一阵，如玉这方更是左支右绌，接连有纤夫被打伤倒地。转眼间，只剩下如玉、蝶儿、端木林三个人。

此时，端木林心中十分矛盾，几番想痛下杀手，又怕给如玉带来大麻烦，故而一直忍耐。又有一伙人冲上船头，如玉、蝶儿手中家伙被夺，只得徒手相搏，无奈对方人多，渐渐力不能支。麻袋里本就不多的黄豆早已用完，端木林手中暗扣几颗铁莲子，见情况危急，连发数弹，十多个闲汉都被他打翻。他带眼一看，只见几十个闲汉已抓住船帮，正向上翻。端木林忍无可忍，从船东侧抽出一根两丈多长的铁镐，纵到跳口，连连扫击来犯者。他的铁镐被五六个闲汉抓住了，稍稍僵持片刻，端木林大吼一声，手中铁镐猛地向上一挑，几个闲汉一起飞上半空，又栽入水中。

黑胖子似乎被吓呆了，也不乱叫了，立在码头上直抖。片刻，他又回过神来，指挥几个闲汉向船上甩石灰包。只见满天烟尘如降瑞雪，端木林双目被迷，眯着眼挥篙反击。他手中的铁镐变得越来越吃力。蝶儿、如玉忍着伤痛冲了过来，联手反击众闲汉。

眼见众闲汉就要得手。

蝶儿急得大叫："爹爹，不能再手下留情了！"

端木林放下手中铁镐，纵到蝶儿面前，立下门户，闭着眼，着耳辨别敌情。一个壮汉逼到近前，挥拳就打，端木林低吼一声，拍出一掌，壮汉惨叫一声，飞出丈外，口吐鲜血，栽入水中。这就是端木林赖以成名的绝技之一铁砂掌，中者轻则受伤吐血，重则筋裂骨断。刚才，即便是他只用了四分功力，那个壮汉已受重伤。

众闲汉知道面前的老者功力非凡，不敢硬上，只是团团围住端木林，用木棒轮番击打。饶是端木林钢筋铁骨，时间一长也不易应付。正危急，听得大堤上一声马嘶，一个箭装红脸大汉骑着一匹白马疾冲而来；刚靠近码头，手中飞蝗石已打出，如同满天花雨，刹那间打倒二十多个闲汉。敌方阵势顿时大乱，众人纷纷逃窜。他似乎已认出黑胖子是领头的，双腿一夹，白马已飞到黑胖子身后，大汉轻扭熊腰探出一手，只一抓，已将黑胖子提到马上，他从肩上抽出一把钢刀，架在黑胖子颈上间，高声说："你赶快下令撤围，否则宝刀无情。"

黑胖子吓得面如土色，连声说："我撤我撤，好汉饶我一命。"

大汉手一松，黑胖子跌下马来，刚站稳就吹了一声尖利的口哨。众闲汉见势不对，撒腿奔向大堤。

如玉见大汉的坐骑已到船头，上前一步，深深施了一礼：

"多谢好汉搭救！快请上船喝茶。"

大汉下了马，走向船跳。

婉儿和万福堂连忙打扫舱板，足足忙活一袋烟功夫，总算让客人有了个歇息喝茶的地方。

如玉亲自敬茶。谁知大汉却不接，推给端木林："老前辈先请！"

端木林心头颇为惬意，心话："这大汉倒是粗中有细，晓得尊老敬贤。"他稍做客套便接过茶杯。

大汉问如玉说："刚才这伙人是仇家还是土匪？"

如玉说："不清楚，说不上来。请问好汉尊姓大名？府上哪里？"

大汉答道："在下姓吉，名念祖，祖籍广西宜安。"他又转向端木林问："敢问老前辈名讳？"

端木林很喜欢吉念祖，爽声答道："老朽复姓端木，单名一个林字。干的是水上漂营生，是这只漕船的船主。"

话刚落音，吉念祖已跪倒在船板上，向端木林行了个大礼，惊得端木林连声说："惭愧惭愧！"连忙伸手将吉念祖拉了起来，说："萍水相逢，怎敢受此大礼！更何况你对我还有恩。"

"前辈有所不知，刚才我在大堤上已领略您的三铁绝技，'铁镐铁掌铁莲子'，估计您老就是北侠端木林，对你的大名，我早已如雷贯耳，向您行礼那是应当的。"吉念祖一脸虔诚。

端木林见泄了行踪，只得承认，说："哪里哪里，老朽只不过是浪得虚名罢了。英雄出在少年，老朽对你的技艺也佩服得紧呢！只是不知你从何人口中得知我的姓名？"

吉念祖答道："我的师傅就是南侠小浦陆凌霄。他老人家常提到您老，只是缘铿一面罢了。"

端木林说："你是广西人，怎么跑到河北地界上来了？是不是有什么要紧事要办？"

"大家都是江湖中人，我就不隐瞒了。"吉念祖从背上抽出一把钢刀，递给端木林："端木前辈可认识这把刀？"

端木林手一搭，只觉得这把刀沉重异常，细看黑如玄铁，刀刃寒光闪闪，刀柄镶着红绿宝石，用手指一弹刀腹，隐隐似龙吟虎啸久久不息。他知道这是口难得一见的宝刀，只是叫不上名来："老朽还真认不出来，还请吉老弟指教。"

"不敢！"吉念祖稍欠身躯，说："这把到叫遏必隆刀，是前清八旗都统遏必隆所用之刀，用这把刀他曾斩杀过闯王李自成。遏必隆去世，此刀被顺治帝封为护国之宝。后来同治皇帝又将它赐给科尔沁亲王僧格林沁。在这把刀下，太平军诸多将领都死于非命。远的不说，就在东光东西连镇，僧屠夫就杀了太平军数万将士。运河西大堤下就是西连镇，镇东有一座卧佛寺，那里就是僧格林沁夺下西连镇之后的指挥部，东连镇王家大院就是太平军北线主将林凤祥的老营。联结东西连镇的浮桥你们是经过的，桥下阵亡太平军将士就不下五千人，可以说到处都是冤魂啊！"说到这，吉念祖的眼角湿润了，可以看出他的心情很沉重。

如玉心里有些奇怪：这个江湖游侠为什么对太平军历史这样了解，莫非这之间有什么隐情？僧格林沁的宝刀又是如何到他手里的呢？

吉念祖似乎洞穿了文如玉心中的疑问，长叹一口气，说："一想起那些往事我就心痛不已啊！真的不想提起它。"

原来，这吉念祖是太平天国北伐军军官副丞相吉文元的孙子。当年，北伐军在林凤祥、李开芳率领下，由江苏经河南、山东一直打到京津附近。后来，受到清军围追堵截，渐次退到河北、山东交界处，兵分三处，一处是林凤祥，在河北东光连镇；一处在高唐，由李开芳带领；一处在阜城，由吉文元掌军；还有一部分太平军援军被堵在山东境内。僧格林沁派兵分别包围了阜城高唐、东光连镇，使太平军彼此不能呼应，僧格林沁先攻克阜城，逼吉文元溃围而出至清凉江交河大桥。不久僧格林沁追到，吉文元持铁棒亲自与之交战，不幸被僧格林沁用剑刺伤，为避免被擒受辱，吉文元投河而亡。接着，李开芳兵败被擒。最后，僧格林沁又打破东西连镇，捕获林凤祥。至此，太平天国北伐全军覆灭。乱军之中，吉文元夫人带着幼子吉阜城逃出重围。南返老家广西。吉念祖长大后，便跟父亲学艺，后又投到陆凌霄门下，终成武林高手。几年前，他奉命四处联络太平天国旧部将士及其后裔，企求东山再起。今年开春他先在河南活动了一阵，后来为办一件事，又去了辽西法库县科尔沁草原，几天前才到河北。如玉等人这才真正弄清吉念祖的身历，不禁大为感慨。

如玉问吉念祖："那把遏必隆刀是如何到你手里的呢？"

吉念祖说："我掘了僧格林沁墓，刀是陪葬品。就在墓碑下边，当时我一肚子火，真想砸了墓碑。"

如玉摇摇头："你下手砸了吗？"

吉念祖说："没有，不过我到现在还后悔呢？你要知道，同治皇帝在碑文上骂我们是畜生，把僧格林沁捧为英雄，这不让人愤慨吗？"

如玉问："你还记得碑文内容吗？"

吉念祖从背袋中拿出一张纸片递给如玉："我把它抄下来了，你看看。"

如玉认真读了一遍。

关惟朝廷赐恤之恩典，莫隆于勋戚；策府酬庸之制礼，尤备于哀荣。轸念前劳，周筵即没，追恩伟烈石碣宜镌。尔科尔沁博多勒葛台亲王，僧格林沁，忠勇性成，勤劳懋著。荷三朝之宠眷，经百战之勋名。由懿戚而备屏藩，典旗营而依禁御；属从匪跃之窜扰，爰修戎政以歼除。命尔专征，授为参赞，威扬连镇，凯旋高唐。特邀先帝之恩，用晋亲王之爵。泊乎朕承大统，深依重臣，御侮折冲，督师五省；侵寒耐署，临阵六年，奋爪牙以同仇，熊罴共壮；秦肤公而告捷，枭竞叠擒。乃余孽之犯奔，遂率偏师而进巢。何图小丑鼠伏难防，突掩重围，阢张愈炽。挽枪誓扫，期克日而藏功；锋镝军撄，致将星之掩乘。览封章而涕陨，示恸辍朝；赐奠而躬临，泛衰给赙。社崇太庙。诏配稚绤而仪隆。泽逮后昆；谕加封而典渥，顷兹忧和。予溢曰："忠"。呜呼，炳千秋日月之光，贞珉永勒。把万古云霄之光，亮节常昭。式峙空碑，敬承休命。

大清同治四年　敕建

如玉将碑文抄了下来。心里想这篇碑文写的虽不怎么样，但也可见晚清朝廷对僧格林沁之倚重，不失为一份研究太平军在运河作战的珍贵资料。他问吉念祖："这僧王是怎么死的？"

吉念祖说："死于太平军余部捻军之师，是在山东菏泽吴家楼用遏必隆的刀自尽的。那时他已陷入重围，身临绝地，身边只有一个卫士。"

如玉忽然想起一件事，问道："你是太平军后裔，知道幼天王洪天贵福的事情吗？有人说他被清军捉住杀害了，有人说他远遁海外了，到底哪一种说法是真？"

吉念祖沉吟片刻，说："这两种说法都不对。幼天王还在人间。当年天京被攻破，幼天王带着卫队和众多替身突出重围，经句容南走浙江湖州，又奔江西广昌。石城被困，经卫队死战又脱险。后来又辗转安徽等地，幼天王现在还健在。"

如玉说："你见过他吗？"

吉念祖点点头。

如玉说："我能见到幼天王吗？"

吉念祖笑笑："将如机缘巧合，你或许能见到他。"

如玉知道他不会泄露幼天王行踪，又问道："太平军余部老人及其后代还有吗？"

吉念祖说："有，还不少呢。不过，他们现在多已奉命加入兴中会，但是建设一个自由平等的天国的初衷倒没有变。我想这也是顺应时代潮流吧。"

如玉说："下一步你如何打算呢？"

吉念祖说："我准备去淮海，还有点事情要办。"

如玉握住吉念祖的手真诚地说："但愿日后我们还能相见。"

吉念祖重重地点了点头。

如玉忽然想起昨夜发生的那件怪事，心想："夜半闻鬼哭，看来是事出有因啊！他打算在吉念祖走后到浮桥去祭奠一番那些太平军的亡灵。"他从内心敬佩这些敢于反抗黑暗势力的英雄好汉。

第七回

学子德州揭秘约　南海圣人护孔教

五月的华北平原，天气已渐渐炎热，微微暖风吹在脸上、身上，既闷热又粘腻，皮肤就像抹上了一层油，让人一阵阵犯迷糊。天空一片湛蓝，无边无际，显得十分神秘而又旷远，白云高高挂在半空，几乎一动也不动。大片的农田伸向远方的天际，一眼望不到头。青纱已悬挂起来，满目青翠葱花，一片乳白色的烟雾悄无声息地蠕动着，变幻着。小溪的水哗哗地流淌着，为静谧的原野平添了几分生气。路边、田头一排排白杨树的树梢和叶片耷拉着，显得无精打采，偶有微风吹来，只轻轻地摇摆几下，又归于寂寞。一条黄色的土路，蜿蜒伸向远方，路面上尘土已成粉末，行人的脚步稍大，就会腾起一团黄烟。树上的蝉儿被热乎乎的太阳炙烤得烦躁不安，不停地鸣叫着，声音此起彼伏，忽高忽低。一个不知名的小村庄掩隐在远处树丛中，隐隐传来鸡鸣犬吠之声。

如玉和婉儿、蝶儿各骑着毛驴，一边赶路，一边搭着话。婉儿问道："少爷，苏禄王墓离这还有多远呢？"

如玉说："我们是从德州北门外抄近道直接往苏禄王墓，估计快到了。"

蝶儿说："一座古坟有什么看头？要跑这么远路？"

如玉说："这苏禄王墓可是德州最有名的一处古迹。苏禄王国在南洋加里丹岛与菲律宾之间的苏禄岛上。明永乐十五年，也就是 1417 年，苏禄王巴都·巴哈喇与西王、东王率一个近四百人的大型使团访问中国，在北京受到明朝政府的盛情款待。归国途中，走到山东德州，东王不幸染病去世。明成祖为他举行隆重葬礼，赐谥'恭定'，遣官致祭并亲撰碑文，仰珙刊石。东王长子图玛哈率众回国继承王位，东王妃葛木宁和王次子、三子及侍从十余人留在德州守墓，朝廷每年还拨给俸禄。永乐二十一年，东王妃回国，留偏妃和两个王子继续守墓，他们死后也葬在苏禄王墓侧。苏禄王墓是中国与苏禄国世代睦邻友好的见证，不可不看。"

蝶儿做了个鬼脸说："没想到一个土堆子还有这么个说道。少爷真有学问。"

如玉也很得意，竟高声吟起诗来："万里游魂滞此方，丰碑犹自焕奎章……"

婉儿问道："少爷，这是谁的诗句？"

如玉说："清人陈先贞的。明末顾炎武也曾以诗纪其事：'世有国人供洒扫，每勤词客驻轮蹄。'今天，我们也要学一学古人来个苏禄王墓驻轮蹄。"

婉儿笑道："我们这是驴蹄。"

忽听蝶儿叫道："少爷，苏禄王墓到了。"

如玉抬眼一看，果然不错，一座高大的牌坊迎面而立，周围松柏苍翠，群鸦噪天；通道两侧，高大的石翁仲、石兽排列有序，雕工精致；树木深处隐约可见雕梁画栋的御碑亭和明堂。可能是因为苏禄王墓在德州城北郊外，交通不便，此时墓园内几乎看不到什么游人，显得冷冷清清。

三人下了毛驴，沿通道走向明堂。瞻仰过苏禄王遗像。如玉一行又来了墓前。墓前有石桌，石香炉，有人正在烧香，一男一女，分明是夫妻。男的三十多岁，个子不大，高而瘦，皮肤黝黑，浓眉深目，颇不类汉人。

如玉上前向那个年轻男子打了个招呼："这位大哥，你与苏禄王是什么关系？不年不节的烧什么香呢？"

年轻男子说："这是我家老祖宗，自然要来敬香。"

如玉明白了，问道："莫非你是苏禄王的后裔，贵姓？"

年轻男子说："我姓温，是苏禄王次子温哈喇的后代。"

又谈了一阵，如玉才知道：当年苏禄王留在中国的两个王子，次子温哈喇、三子安德鲁后来都入籍德州，并与汉人通婚，一称温姓，一称安姓，数百年下来，后裔已达数百人。加上侍从后代更多达千余人。苏禄王后裔多居住在德州，少部分为谋生迁居陵县等地，但一直互有来往，并视苏禄王二子为德州温、安二姓开基祖。

面前这位温姓男子就来自陵县神头镇，做小学教师，算是知识分子。

如玉便问道："神头镇离德州不远吧？有什么古迹吗？"

男子答道："不远。名胜古迹不少，最出名的是西汉大中大夫给事中东方朔墓。东方朔就是神头镇人。墓园中有一块颜鲁公手书的东方朔画像赞碑，大气磅礴，笔力雄强，为碑中珍品，值得一看。"

如玉又问道："颜真卿为什么会在神头镇留下手迹？"

男子说："唐天宝十二年，颜真卿守平原郡，即今陵县。安禄山欲叛，借游历之名来到陵县，刺探军情。颜真卿伴作不知，带安禄山游东方朔故居，见原碑残破便亲书新碑。后安禄山反，河朔尽陷，唯平原得以不失。"

"原来是这么回事，真算是艺林一段佳话。"如玉茅塞顿开，忽然又问道："你和妻子到德州是不是找本家？"

"不！你恐怕不知道吧？中日二十一条密约上天签订了，日本人在山东胶州湾和内蒙古、东北取得了更大的权益，山东各地都炸营了，纷纷组织活动抵制卖国条约。听说还有不少北京学生到德州进行声援，不少学校甚至举行罢课。国家兴亡，匹夫有责。我和妻子到德州是参加教育局的一个会议，议题就是抵制日货。"

听了这话，如玉心头一震，心想："原来在北京就听说中日正在商谈二十一条密约，没想到袁世凯还是向日本人低了头，出卖国家主权。他已无心再逗留，便招呼婉儿、蝶儿赶快去德州。"

经过德州北街上一个牌坊时，婉儿忽然发现石柱上贴着一张告示，便指给如玉看。原来，南海圣人康有为到了德州，定于当日下午三时在听鹂馆做学术演讲，陪同他的是其挚友衍圣公山东省孔教会会长孔令贻。对康南海的大名如玉早已如雷贯耳，只是他流亡海外多年，一直无缘一睹其风采。如玉决定下午到听鹂馆去一趟，他很想知道康南海对当下时局的看法，也渴望就一些困扰自己的问题请教一下这位领导戊戌变法、倡导君主立宪的领袖。

牌坊北面有一个广场，四周商铺林立，人来人往，非常热闹。如玉想给婉儿、蝶儿买些日用品，便朝广场方向走去。半道上，如玉就觉得情况异常，马路上每隔一段路就站着一个巡警，而且手执警棍，还有几个巡警骑着马四处巡视。到广场了，只见数百位市民围在一起，伸着头向前张望，场中有人正在发表演说。这当是一次街头群众集会。如玉快步走了过去，顺着人缝一看，临街一家店铺的山墙上挂着一条红色的横幅，上面赫然写着："强烈要求取缔中日二十一项不平等条约！"横幅下站着几个学生模样的男女青年，一个瘦高身材的青年手执话筒正在演讲。他情绪激动，两眼喷火，还不时挥舞一下拳头。如玉听了片刻，就已知道这个青年讲演的内容是反对中日密约的，大意是号召全国民众一起抨击卖国行径，捍卫国家主权，共同抵制日货，振兴民族实业。演讲人的口才极好，而且口齿伶俐，极富煽动力，不时博得一阵阵雷鸣般的掌声。

突然，婉儿拉了如玉一把，指着场中一个留分头的青年说："少爷，那个人很像是通州马家少爷。你再仔细看看。"

如玉凝眸一看，果然是北大法学系学生马少堂。他便挤出人群，绕到山墙边上，低声呼唤："少堂兄！马少堂！"

马少堂也发现了文如玉，连忙挤出人群。他拉着如玉的手不住摇晃，说："真没想到在德州又遇到如玉兄！"

"是啊！我也没想到。还真以为通州一别，日后再也无缘相见了呢！"如玉端详着马少堂，关切地问道："你的病好了？"

马少堂说："稍好一点。只是现在已顾不上养病了。中日密约一透露出来，北平九城都炸了营。接到同学的信我就返回了北大，参加了北大师生反对中日密约南下演讲团。没想到第一站在德州就遇见如玉兄！"

如玉问道："到德州演讲，你们到没到警察局办批准手续？"

马少堂说："我们去德州警察局跑了几趟也没有结果。管它呢！现在是大社会小政府，我们所做的一切都是爱国行为，谅他们也不敢拿我们怎么样。你一路上考察运河还顺利？"

如玉摇摇头，说："你知道我是学水利专业的，在唐山工学院毕业又考上清华大学研究生，后来又留学美国读博士。原来我一直以为兴办水利能利国济民，没想到一路上哀鸿遍野，饿殍载道，无数农民破产失地，逃荒要饭，卖儿卖女。更让人惊心动魄的是，到处乱象纷呈，民间秘密社团四下集会，大有揭竿而起之势。真是内忧外患，照这样下去，离亡国灭种也就不远了，畅通了南北交通运输，又能怎么样？我真不知道自己现在所做的这一切有什么实际意义？可到底应该怎么办，自己也说不清楚。希望少堂当面教诲。"

马少堂见如玉的情绪非常激动，便安慰他说："我不还是跟你一样，原来的想法也很幼稚，以为法律能给社会带来公平，能为民众主持正义。现在看来，根本靠不住。如今中国列强环伺，如狼似虎；民国政府，风雨飘摇；袁家父子，包藏祸心，国家前途命运未卜，真让人痛心疾首又迷茫彷徨。拔剑四周心茫然，你问我该怎么办？我也不知道。不过，我倒是对孙中山、黄兴的兴中会的政治主张很感兴趣，觉得咱们的国家如果不来一番根本性变革就只能任人宰割，坐以待毙。"

如玉呼了一口气，说："这个问题我也考虑过，只是还理不出个头绪来。你看，孙中山先生是主张通过暴力手段变革社会、振兴民族的，可到头来又怎么样？辛亥革命的桃子还不是被一帮军阀摘走了？栽树人白忙活一场。"

马少堂说："那你对袁世凯又是怎么看的呢？"

如玉四下看了看，低声说："我的看法是走着瞧。没准他就是当代的王莽、曹阿瞒。可谓是司马昭之心，路人皆知。只是他现在伪装得很好，兴中会、革命党没拿到他什么把柄。不过我可以告诉你，一旦袁世凯露出狐狸尾巴，他就距覆灭不远了。经验证明，凡是逆历史潮流而动的人，最后都没有什么好下场。"

马少堂似想起了什么，说："南海圣人到了德州你可知道？"

如玉说："知道，我看过街头告示了。少堂兄，对此你有什么想法？"

马少堂挥舞一下拳头，说："这事我们正在商议，没准我们会派人去踢他的场子。如今国内有一股复辟声浪，保皇党势力又有所抬头，我们不能坐视不管。"

如玉说："那我们下午在听鹂馆见。"他忽然想起一件事，问道："你们在德州抵制日货的行动进行得怎么样？"

马少堂说："还比较顺利。不过，也有少数洋货铺不配合。我的一位男同学早上去了一家卖日本仁丹的洋药店，口水浪费一大摊，老板就是不买账。那个同学就披麻戴孝跪在药店门口边哭边控诉日本人的罪行，围观的市民有上千人。老板怕触犯众怒，只好交出仁丹，关门大吉。还有一位女同学，更有心计。她从北平带来一大包女同学们绣的手巾，站在一家洋货铺门口，大声低价兜售，大受欢迎。洋货铺老板见没生意，气得将店里所有的日产机制手巾拿出来一把火烧了。真是大快人心啊!"

如玉说:"由此可见,老百姓还是有爱国之心的,只要能把他们组织起来,用正确思想予以教育引导,就能形成一种强大的革命势力。老百姓觉醒了,我们的国家也就有希望了。"

这一席话,说得马少堂频频点头。

突然间,听演讲的人群出现了骚动。如玉抬头一看,只见场子四周已围满巡警。他们不断挥舞手中的警棍驱赶市民。不远处,巡警的马队也正向广场开来。这么一搅和,不少胆子小的市民纷纷离开了广场。

马少堂气得脸都白了。他走到一个小头目模样的高个子巡警面前,大声抗议道:"我们的演讲是爱国之举,是为了唤醒民众,你们不能无理阻挠,驱赶市民。"

高个子巡警斜了马少堂一眼,说:"什么爱国行动?明明是破坏中日邦交,这是犯法行为。我劝你们还是停止一切活动,趁早离开德州。免得引火烧身。"

马少堂的几个同学也围了过来,七嘴八舌抨击高个子巡警。见学生与巡警发生冲突,不少市民又围了过来,有的还高声指责警察吃里爬外,以强凌弱,伤天害理。

高个子巡警也不吱声,手向刚才演讲的那个学生一伸:"你把刚才的演讲稿交出来,还有剩下来的传单,我也不再难为你。"

那个学生还未答话,马少堂又挤上前去,说:"你凭什么要没收我们的演讲稿?在北平,那些警察也没拿我们北大学生怎么样。结社、游行、演讲、出版刊物,是中华民国宪法赋予我们的权利,你不能随便践踏法律吧?"

高个子巡警眼珠一转,说:"本来我也不想干预你们的行动,可你们在演讲中多次诋毁邻国日本,攻击天皇,还污蔑民国领导人,这可是破坏中日友好邦交,恶攻政府领袖的重罪,我们完全有权拘捕你们。年轻人,识时务者为俊杰。这样,我们各退一步,你们还是把演讲稿和传单交出来吧,我包你们平安离开德州。"

马少堂手一挥:"同学们,不听他哆嗦,我们先回旅社!"几个北大男女同学开始向人群外头挤。几个巡警堵住了他们。双方形成僵持。马少堂急了,大声骂道:"你们这帮黑狗,怎么这样不讲道理!"一个操鲁南口音的胖巡警骂了一声："你他妈的还敢出口伤人！揍你个狗日的！"说着，用警棍猛击马少堂的脑袋，顿时鲜血直流。学生急了，市民们火了，群情激愤，一齐拥向众巡警，一时场面大乱。

如玉怕纠缠下去，学生会吃亏，便向蝶儿使了一个眼色，两人一起冲了过去。如玉一把抱住高个子巡警，又回过头叫马少堂带学生快走。只一掌，蝶儿便打翻了胖子巡警，待其他巡警过来，她三钻两钻出了人群。

马少堂他们安然离开了广场，如玉却被带到了警察所。婉儿和蝶儿一起守在大门外等候，因人生地不熟，一时想不出办法来，急得团团转。

蝶儿说："婉儿，现在你看应该怎么办？"

婉儿说："我也没有主意。"

蝶儿说："要不，下手硬抢？"

婉儿摇摇头："这不行，万一再把你折进去，事情就更难办了。要不这样吧，你守在这里，我回码头去找万管家。他见多识广，经历过大阵仗，没准会有办法。"

蝶儿沉吟片刻，说："看来也只有这条路了。"两人正说着，忽见高个子巡警陪着如玉走出了大门。

婉儿、蝶儿喜出望外，赶忙迎了上去。

高个子巡警拍着如玉的肩膀说："文公子，刚才误会了，请多多海涵。你走好，我就不送了。"

如玉客气两句，拉了婉儿、蝶儿就走。

蝶儿一边上下打量着如玉，一边说："把我吓死了。少爷，他们没有打你吧？"

如玉说："谅他们也不敢。"

蝶儿说："少爷，你是怎么忽悠的？居然能毫发无损，全身而退。"

如玉笑笑："我一点也没有忽悠警察，只是亮出名片，自报家门，先震慑他们一下。闲谈中，警察所所长得知我是天津警察署处长冯南星的表弟，对我更加客气，因为他俩是北平警察学校的同学。就这关系，他能拿我怎么样？"

蝶儿说："还是官府的牌子和关系唬人啊！要是换了我，不蹲十五天大牢才怪呢。"

婉儿说："从早上出来到现在，我们还没吃饭呢，都饿死了！"

如玉便带着两个姑娘到附近一家小饭店吃水饺。吃过一看怀表，已是下午一点半钟。如玉便带着两个姑娘直奔中大街听鹂馆。进了园门，发现院子里一个人都没有，只听得大厅内隐隐约约有人在讲话。如玉心话：来迟了。可心里又有点纳闷，不是还没到下午三时吗？原来主持方已获悉北大学生可能会来冲击会场，便早早开讲了，此时已接近尾声，进入现场问答阶段。

如玉让两个姑娘到茶舍喝茶，独自进了大厅。打眼一看，主席台上坐了三位老者，年龄都在六十上下。问了边上人才知道，坐在中间那个花白胡子老者是学界学流，叫南怀瑜，现任德州民间孔教会会长，会议由他发起并主持。左边那位身材高大，慈眉善眼的老者是孔子嫡传后裔、衍圣公孔令贻；右边那位身材不高而又臃肿、肥头大耳、目露精光的老者便是大名鼎鼎的康有为，人称"南海圣人"。康有为此番从杭州西湖北上到山东，暂住青岛小鱼山，第一站去的就是曲阜。孔令贻与康有为是至交，康有为曾多次到曲阜孔府做客，孔家还向他赠送过玉虹楼碑拓。康有为今天是主讲人，本来南怀瑜推他坐在左首，可康有为敬重孔令贻，执意不肯，才坐在末位。康有为这次来德州演讲的内容主要是儒家学说。前一阶段，他曾在北平报纸上发出呼吁，鼓噪成立全国孔教会，目的还是恢复满清帝制。

参加这次演讲会的顶多也就一二百人，成分很复杂，有商人、有私营作坊主、教师、学生，地方报纸记者，甚至还有前清遗老遗少，一般的劳苦市民，只占很小比例。

这时，只听一个理短发的女学生问道："康先生，现在时代不同了，你还在大力倡导儒家学说，是不是有些落伍？按照时下舆论，绝大多数人都认为儒家已经成为束缚人们思想、阻挠社会进步的落后学说。您认为呢？"

康有为扫了女学生一眼，摆摆手，示意她坐下，随即操着一口含混难懂的闽南方言答道："后生可畏。小小年纪能提出这个问题，说明提问者还是关心政事的，也有一定独立思考的能力。刚才这位女同学说的是一家之言，我讲的也是一家之言，我并不想强加于人，'己所不欲勿施于人'嘛。我以为，任何一种思想学说都不存在先进与落后的问题，凡是对治国济民有用的，都是好学说。儒学就是一种好学说。我们国家，从汉武帝时董仲舒提出'罢黜百家，独尊儒术'开始，吃的不就是孔夫子的饭吗？为什么吃了两千年，到民国就不行了呢？儒学博大精深。别的不说，不管什么社会，无论任何政体，纲常民教还是要的，否则，上下尊卑不分，那不乱套了吗？社会公理何在？社会道德何在？社会秩序何在？当然，世间任何学说都不是十全十美的，都必须与时俱进，逐步完善提高。如果不分良莠，一棍子打死，那不成学霸了？有人说儒学过时了，孔子主张的'仁爱大同，修身治国'，'天下为公'过时了吗？那纯粹是胡说。有人提出打倒孔家店。孔夫子是一根擎天柱，打得倒吗？"

康有为口若悬河，绵里藏针，这一段话猛听上去似乎还真有道理，那个女学生一双大眼睛忽闪半天也没说出话来。

如玉心想，难怪号称南海圣人，人虽老锋芒却犹在。

《德州日报》的一位记者欠了欠身，问道："康先生，戊戌变法时，你是精神领袖，拥护的是帝制，倡导的是变革。现在都民国了，您是不是还希望溥仪小皇帝重回紫禁城，取代袁大总统？自己也能把大清忠臣当到底？"

康有为紧盯着记者，脸色青一阵白一阵。沉吟片刻，说："康某对个人的进退荣辱从不介怀，看重的是国家的前途命运。也就是说，一人之利，不谋；众人之利，必谋。凡是对国家和人民有利的事，即使是'冒天下之大不韪'，我也会勇往直前。故百日维新，血雨腥风；十年流亡，颠沛流离，我都没有退缩，坚持帝制并没有错，完全符合国情，问题在于它是否完善，如果不完善，就要改革，假如经过改革这种政体又进步了，那完全可以予以恢复并继续推行。比如，我们过去所倡导的君主立宪制，就是一种创新进步嘛，为什么一定要采取过激行为进行革命呢？民主共和与君主立宪这两种政体到底哪一种更适应中国国情，康某恳请大家拭目以待。世事有反复，轻易盖棺定论不是一种科学态度。"

康有为话锋一转，已避开记者所提问题的要害之处，不过听上去，立论似乎倒平正。如玉看了那个记者一眼，心想，南海圣人老于江湖，知识渊博，反应敏捷，极富辩才，寻常人还真不易难倒他。在如玉看来，复辟倒退是没有出路的，重新回到帝制，是死路一条；比较起帝制，民主共和肯定是一种进步，毕竟是以公天下取代家天下。至于说以袁世凯为领袖的中华民国究竟能否坚持民主自由的初衷，他倒同意康有为的观点，不妨再等一等，看一看。

接下来又有几个人提问，多数涉及儒学本身，康有为大概是舟车劳顿，乏了，便推给孔令贻回答。衍圣公精研儒术多年，家学渊源，讲起来头头是道，滔滔不绝，加上一口鲁中土语，既冲又涩，更听得众人呵气连天，索然无味。尽管有人早已听烦了，也不敢当面唐突因为大家都知道衍圣公与山东督军张宗昌、安徽督军张勋是盟兄弟，势力极大。

如玉心中也有不少疑问。直观上，他觉得成立孔教会倡导儒学就是为恢复满清帝制提供理论依据，保皇派这一招是暗藏祸心。不过，他是学水利专业的，对儒家学说缺乏深入研究，儒学到底好不好？是批判继承，还是全盘否定，他也说不准。本想就这个问题与康有为辩论一番，见南海圣人正闭目养神，便打消了原来的念头，悄悄溜出了会场。

站在紫藤架下，风一吹，如玉的头脑清醒了不少。他忽然产生了一种想法，有些问题是否应该去找马少堂和他的同学一起聊聊，或许能得到某些启发，只是不知道马少堂他们此时是否还在德州，会不会再出现什么意外？

想到这，他的心揪了起来，连忙去找婉儿、蝶儿。

第八回

临清寻母遇刺客　船头闲话说旧家

文如玉离开德州，放船直奔临清。他之所以一路不停船，是想早点找到母亲，下午到了临清。临清是一座特别的城镇，大运河环绕城墙一周，卫河在这里连接大运河通往海河入海。大运河在临清九十度左转弯让道给卫河，然后又九十度右转弯与卫河平行往南。文如玉带着婉儿找了一家临近文庙的客栈住了下来，在饭店吃了点面条，就独自去找姥爷的家。父亲告诉过如玉，蓝沅芷的父亲叫蓝之翰，家就在临清文庙对面的一条小巷子里，如果蓝之翰已不在人世，一定还有后人。如玉心存侥幸，既然马家少爷说他的母亲当年确实回了临清，就一定能在她家里找到。

文如玉费了很大的劲，才找到了姥爷蓝之翰的家。原来，蓝家已由文庙搬到弓箭营。一座四合院子，显得很破旧，只是院里栽的蜡梅、南天竺、桂花、竹子倒很茂盛，隐隐透出一股书香门第气息。一问，如玉大失所望，蓝家只有三儿子还在，也就是蓝沅芷的三弟，如玉的三舅，叫蓝沅润。姥爷已经过世，大儿、二儿都外出谋生去了，蓝沅润半身不遂，脑子也不大清楚，靠老婆在院门口开了间杂货铺，勉强维持生计。问了半天，蓝沅润才告诉外甥说，如玉的母亲几年前确实回来小住过，但后来就离开了家，四处帮人做绣活，居无定所，已很少回来。现在人可能在清江浦的二舅家。

文如玉见三舅家境很凄惨，留下一些钱就回了客栈。

婉儿见如玉闷闷不乐，就再三盘问是不是遇到什么不开心的事，如玉也不吱声。婉儿告诉如玉说，端木蝶来了，想见他。如玉就叫婉儿去喊端木蝶。

如玉问端木蝶，跑了一天船，怎么还不歇着？

端木蝶说，我碰到一件怪事，特地从码头跑来告诉你。

喔？如玉从床上坐了起来，说，什么怪事？

端木蝶说，你走后不久，就有一个人到码头打听我家的船，还问船工文家少爷上哪里去了？这人一身短打，很精悍，看样子很有来历，文少爷，你得留心。

如玉说，我身上一没带多少银钱，二没有什么珍宝，这人想干什么呢？

端木蝶说，我眼皮子直跳，总觉得要发生什么事。

如玉说，不要疑神疑鬼的。

端木蝶和婉儿出了屋。蝶儿说，婉儿，今晚我想留在客栈跟你一起住。你看如何？

婉儿说："有你在那太好了。就是碰到什么事，也能应付一阵。"

婉儿便将蝶儿带到自己房里。不大功夫，婉儿就睡熟了。蝶儿一直没合眼，支楞着耳朵听着院儿的动静。过了一会，她也有些困了，便和衣迷迷糊糊睡着了。忽然她听见房顶上似乎有什么响动，悄然下了床，轻轻拉开门，出了屋，贴着墙向房顶上张望。果然，一个黑影轻轻飘下了房顶，直奔如玉的住处跑去。蝶儿就悄悄跟着黑影。那人到了如玉窗口，侧耳听了一阵，便从身后拔出一柄钢刀，对准门缝就拨。蝶儿不敢怠慢，轻喝一声："朋友，干什么的？"

那人一怔，转身就跑。蝶儿猛蹿几步，伸手就抓。那个夜行人"噫"了一声，反手一掌打了过来，蝶儿身一闪，一个蝴蝶穿花转到那人背后，伸出五指击向夜行人后脑勺。夜行人转身挥刀劈向蝶儿，蝶儿连出几招也没能将他手中单刀击落，知道这人功夫不凡，便大声叫起来："有贼，快来人啊!"刹那间，客房的灯都亮了，如玉、婉儿、店老板都先后跑出了屋。那个夜行人见势不妙，身子一提，上了房顶。蝶儿的手中已暗扣一柄柳叶刀，见那人要跑，手一扬，刀就飞了出去。那人用钢刀一隔，跳下房顶，一晃不见了踪影。

如玉过来了，问蝶儿："你没有走？刚才那人是干什么的？"

蝶儿说："那个人刚才想插你的门。幸亏被我发现了，真悬啊!"

婉儿很害怕，贴到了如玉身边，对端木蝶说："蝶儿，要不是你，今晚我们少爷就遭殃了。可吓死我了!"

蝶儿说："不用怕，那人今晚不会再来了。回去睡觉吧。"她心里有些奇怪：这个夜行人为什么要谋害文公子呢？其中是不是有什么隐情。她原想问一问文如玉，一见院子里那么多人，便将嘴边的话又咽了下去。

第二天一大早，如玉便带着婉儿、蝶儿离开了客栈，一到码头就吩咐开船。如玉是这样想的：既然在临清找不到母亲，还不如抓紧赶路。

船帆扯起来，偶遇了一阵东北风，船儿顺着南运河飞快往南驶去，不大功夫，便把临清这座运河边上的小城甩到了身后。下站便是聊城了。

早上，船头是看运河两岸风景的最好地方。如玉刚站定，婉儿凑过来了，说"我还没去过聊城，你能给我讲讲吗？如玉正要开口，端木林过来了，后面跟着蝶儿。"

如玉忽然想起一件事，灵机一动，说："端木老伯，有一件事，我正想请教你呢！"

端木林说："我是粗人。不敢当。"

如玉说："我正在修一部《运河志》，其中涉及运河船家行帮的旧事。不知您在不在安清帮？"

端木林说："我家一直跑漕运，在帮。不过，到我这一代跟行帮的关系就有些疏远了。"

如玉说："这事你能说说吗？直当讲故事。"

端木林说，运河上的漕帮叫安清帮，又叫青帮，三点会。清雍正年间兴起于运河，正式开山立堂，但最早要追溯到明嘉靖年间。历代帮主有六位，独立开堂收徒，即金幼孜、罗清、陆逵，称前三祖，翁岩、钱坚、潘清称后三祖。后三人多年护卫漕运，很有威望。雍正四年，皇粮由漕帮在运河出运，皇上钦赐佛经一册，老堂船一只，并赐行帮谱名为对金图，还赐玉印一颗。安清帮江北有十帮，江南有八帮，共十八大帮，小帮一百二十八帮半，大小香堂都自由收徒，势力很大。因此长期控制着运河漕运，一般江湖帮会不敢招惹安清帮。

如玉说，听说安清帮也有帮规？

端木林说，厉害着呢，号称十大帮规，一不许欺师灭祖，二不许藐视前人，三不许引水代纤，四不许拦闸放水，五不许奸盗邪淫，六不许江湖乱道，七不许搅乱帮规，八不许爬灰倒拢，九不许大小不尊，十不许代师收徒。另外还有十大禁令，十大谨遵。如有违反，就要动家法。

如玉说，这帮规都是叫人行善的，没有什么不好。可这些江湖人能遵守吗？

端木林说，运船的十有八九是受苦人，本性还是不错的，一般也不敢触犯帮规。

如玉说，他们既然收徒，那一定有序字了？要不怎么受业上谱？

端木林说，一共有二十四个序字，叫"清静道德，文成佛法，仁伦智慧，本来自信，元明兴礼，大道悟觉"。时下以大字辈最长。正因为有序字，几千条船上的徒子徒孙彼此规矩才不乱。

如玉说，他们总香堂在何处呢？

端木林说，过去一直在杭州哑吧桥，如今不知有无变动。

如玉说，运河粮船上是不是也有很多讲究？

端木林说，太多了，一言难尽。就说工具吧，都是比照朝廷六部起的名称，锚舵因便利叫吏部，靠把能护船叫户部，大蓬须理而后用叫礼部，铜锣通娄奴兵之奴叫兵部，跳板利行走叫刑部，篙子运行如弓叫工部。整个一大清国六部衙门的做派。

如玉哈哈大笑，说，今天真长学问。这些都是书中看不到的。

端木林也来了兴致，说，船上各部位装饰和叫法也很有意思，主桅叫雀杆，鸟形装饰叫金鸡，挂的大旗叫"天庚正贡"。船头有一柄青龙偃月刀，又叫波水刀，大桅后头叫官仓，管待客，二仓叫神仓，祭神，三仓叫厩仓，用于起居，四仓叫皂堂，管处罚。

婉儿问，安清帮的人常年在外，有没有会武功的人呢？

端木林说，跑马行船三分险。船家为了护身保载，不少人都会武功，北派多练戳脚翻子，拳法实用而又刚猛；南路主要为南拳，功架小，套路绵密，能拳打卧牛之地，这也是行船环境形成的。

端木蝶问道，安青帮里有高手吗？

端木林说，安清帮也是卧虎藏龙的江湖大帮会，高手不少，但多在上层。

端木蝶说："爹，你讲一个高手给我们听一听吧！"

端木林说，好。这次我们的船要经过梁山，也就是宋代梁山好汉聚义的地方，那里现在还有黑风口、聚义厅等遗迹。我要说的是，梁山一带晚清练武之风仍然很盛，安清帮里不少武林高手就出自梁山县。这就不说了，我想给你讲一个人。先前有个叫王培玉的，又叫王蓝田，是六祖之外的小爷。成都人，入帮会后，替潘祖理事。夜间行船至清江天妃闸，遇江湖高手洪泽湖水上漂董松龄，带四十余人劫船，王培玉以少敌多，连杀五人，重创水上漂，自己虽受了枪伤，却保住了粮船。谁知到了济宁，又碰到北派名家木公龄等人，王培玉带伤死战退敌，不料却中了木公龄蛇舌镖，半路毒发而亡。可自此却闻名四海，被青帮尊为护法，在祖堂还立了牌位。

如玉说："老伯，讲了这么多，一定累了。得便我还要请教您。"

端木林点点头说："这些陈芝麻烂谷子摆在粗人肚子里也没用，还是说给你们读书人能流传下去。"

正说着，万福堂来找端木林，俩人便去了后艄。

蝶儿忽然问道："前面大码头就是聊城了，公子准不准备停船？"

如玉说："我想在聊城停一下。那里明代的光岳楼，宋代铁塔都有名，可我最想去的地方是聊城柳氏藏书楼，仅次于宁波天一阁范氏，也远超过刘庸后人诸城刘燕庭。"

傍晚，到了柳林镇，船停了下来。端木林找到文如玉，说："公子，有件事，我想请你帮忙。"

如玉心里很奇怪，说："你也太客气了。什么事情直说。只要我能做到，一定照办。"

端木林说："我想去看望一下教中的老少爷们，给他们送点粮米和蔬菜。这一向运河上人载船生意清淡，我也没挣到什么钱心里虽然一直牵挂教中那些老兄弟，可却是有心无力。你能支点钱给我吗？只当是预支的租船费。"

如玉明白了，说："这好办，这钱我替你出了。我这就叫万爷上街去采购。多少，你说个数。只是有一件事我不明白，你说的教中兄弟住在哪里？你们信的又是什么教？"

端木林说："公子如果对这些事有兴趣，不妨跟我一块去看看。也可多知道点江湖上的事情。"

如玉说："那敢情好。我一定去。"说罢，就和端木林去找万福堂。

吃过晚饭，端木林等人走了二里多地，便到了柳林镇北飞龙山。月光下，一座古庙兀然挺立于高坡之上，一片青砖黛瓦老房子，足有几十间，只是年久失修，已破烂不堪。走到石阶上，如玉见山门上挂着一块黑底绿字木匾，上书"罗祖庵"三个大字。如玉心话，想必端木林老伯教中的兄弟就住在这里。

进了庙门，端木林拿起一根木棒，在近门的大铁钟上轻轻敲了两下。片刻，从各个房间涌出一大群人，足有六七十口。看上去他们年纪多在六十岁向上，衣衫破旧，有的居然光着上身，不少人还有残疾，缺胳膊少腿，或者失明，也有些老年妇女和小孩。他们看见端木林，连忙围了上来，"端木老弟"，"端木大哥"，"护法爷"，叫个不停，有的还流下泪来。端木林连声答应，依次和众人打招呼。如玉看得眼眶都湿了，心里想：天下穷苦人真是太多了，没想到这里还有一大帮可怜人，真是不胜周济啊。

蝶儿叫两个纤夫将粮米蔬菜送到后院伙房，又回到前院，对端木林说："爹，有什么事情你还是赶快交代吧。文少爷可不能在这待得太久。"

一位白胡子老人将端木林、文如玉等人领进大殿，找了一块干净地方让他们坐下，又叫人送上几条洗净的黄瓜，权当茶水。白胡子老人说："端木老弟，这黄瓜是我们自己种的，你和客人尝尝。这里寒酸，没有茶水，就凑合吧。"

端木林欠欠身，说："老香主，都不是外人，不用客气。"

如玉发现这间正殿还算整齐，正中香案上供着一尊罗祖神像，衣着打扮像道教中人，仙风道骨，只是已布满灰尘，在微弱的烛光中显得更加神秘。神像上方挂着一块大匾，上书"真空无为"四个大字，也不知是何意。供桌上还有几部经卷。如玉便和端木林叙谈起来。

端木林告诉如玉，漕运水手，不但人人在漕帮，而且信奉罗教。罗教又称"无为教""悟空教""罗道教"。明正德间由山东即墨仙家寨人即青帮前三祖之一的罗清创立，其教义与佛教禅宗南派相近，不立文字，否定佛像、寺庙，以绝对的、永恒的"真空"作为宇宙的根本。罗清还根据其"真空"理论创立了"真空家乡，无生父母"的八字真诀，教导众信徒一切都要做到认命随缘，胸中无碍，六根清净，这样自然心无烦恼，肩无担当，快乐无极，最终才能悟道而修得正果。由于运河两岸的漕运水手在现实生活中遭到官府和船主残酷的剥削压榨，大多数人除了一身力气，一无田地，二无船只，三无房产，日挣日花，无法养家糊口，赡养父母，过着极其悲惨的生活。因此罗教很快就被他们接受，并成为精神上的重要寄托。漕运水手是罗教的基本群众，运河两岸的乡镇则是他们的活动中心。罗教的庵堂不仅是漕运水手的歇宿之地，更是老弱病残水手赖以存活及至死后的葬身之地。运河两岸有许多罗祖庵，柳林镇的这座罗祖庵则是罗教祖庭，罗清死后便葬在庵堂后岗岭上。明朝中晚期，罗教大盛。入清以后，被视为"邪教"，教徒活动受到严格限制，不少庵堂也被拆除，罗教日趋式微。到了民国，罗教与青帮一样已是日薄西山。

端木林从供桌肚子里拿出一双硕大的麻鞋递给如玉，介绍说："这是罗祖遗物，原来还有宝剑等，都已失落。罗教主与我的先祖都是仙家寨人，两人还是表兄弟。罗主是个落第秀才，很有文才，后来成了青帮帮主。我的先祖因武功高强，担任了罗教护法，而且身份世代不变，后来一直传到我这辈。"

老香主回来了。

端木林问道："这阵兄弟们生活得怎么样？"

老香主叹了口气，说："那是老样子。大伙除了要饭，还在庵后开了点荒地，种点粮食蔬菜，勉强糊口。"

端木林又问道："我怎么觉得庵中的人少了不少？到哪里去了？"

老香主摇摇头，说："能跑能动的大都走了，只剩下我们这些行将就木的活死人了。"

如玉悄悄问道端木林："罗教现在的教主是谁？现在何处？"

端木林沉吟片刻，说："他几年前已离开柳林，云游去了，行踪不定。"

如玉见端木林不愿说出详情，便不再深问。又寒暄片刻，端木林告别老香主，和如玉等人下了飞龙岭。刚拐过黑松坡，忽见一队人马急奔而来，还打着火把，蜿蜒约一里，看上去足有几百号人。

端木林叫了一声："不好！有歹人！赶快走。"说时迟，那时快，火龙一转，已团团围住端木林等人。

如玉有些惊慌，问端木林："端木老伯，你看怎么办？"

端木林手一举，说："沉住气，先看看他们的来路。"

这时，火龙中走出一个头扎白头巾的大汉，高声说："谁是京城来的文如玉文少爷？只要把他交出来，其余人等我们一概放行。谁是文少爷？"

文如玉不想连累其他人，闻声挺身而出，端木林身形一晃，已将他挡在身后。

第九回

聊城茶园听古调　墨源堂里观奇书

早晨，天气晴好，风和日丽，如玉便叫端木林起锚开船。在前往鲁西重镇聊城的路上，如玉想起飞龙岭夜间那一幕还感到后怕，所幸是有惊无险。

原来，那伙强人是受人指使专门来截文如玉的。危急之中，端木林挺身而出，自报家门，原想震慑对方一下，再设法脱身。没想到，这些强人当中有一大半是青帮旧人、罗教信徒，一见青帮大佬、罗教护法端木林现身，又愧又怕，任凭强盗头目"芝麻李"再三催逼，也没人愿意出头，到后来干脆一哄而散。如玉这才脱身。由此，他才真正揣出端木林在江湖中的分量，不但对他更加敬重，而且对他的身世也更加感兴趣，很想抽空摸摸底。

聊城是座千年古城，因周遭水泊星罗棋布，又号称北方水城，古迹众多，景色优美，街市也很齐整。船到聊城，午后，如玉带婉儿便进了城。先去了光岳楼，往回走时，拐过一条小街，婉儿看见路左有一座叫"众乐园"的茶楼，里边隐隐传出丝竹声。她知道里边有乐子，便对如玉说："少爷，你不是一直想欣赏一下民间曲艺吗？这儿是座茶园，我们何不进去看看。"

如玉扫了茶园一眼，见大门口竖着一块木牌，上面写的是茶园上演的节目，便弯腰读了起来。这座茶园里安排的各种曲艺节目还真不少，几乎涵盖了所有的北方曲艺，有徽北大鼓、苏北琴书，河南坠子，山东琴书，北京大鼓，等等。

如玉顿时来了兴致，便与婉儿进了茶园。

茶园场面不小，戏台下的大堂内摆了十几张桌子，坐了大约有一半客人，有的在品茶，有的在闲聊，有的在打盹。台上一位中年男人，正唱着渔鼓《太公钓鱼》："说的是红日高升照天下，表一个时运衰败姜子牙。他也是未从得第卖过面，好可叹贩过猪羊断宰杀。……"中年男人嗓音嘶哑，好像倒呛，唱的实在一般。如玉和婉儿听了一阵，便挑了一张靠墙角的桌子坐了下来。又要了一壶茶、几包瓜子。两人正说闲话，对面桌子又来了两位客人，都是中年人，穿戴得很齐整，神态优雅，不像是下苦力的。两个人低声谈论了一阵，不知为什么争执了起来，嗓门也变大了。那个酒糟鼻子男人说："我说刘三爷，你可不能见事情有难处就顺坡下驴。受人之托，忠人之事。这桩大买卖咱一定得做成！"那个叫刘三爷的人说："你要知道，那批货可是价值连城，现在人家开价很高，杀不下价又怎么办！"

酒糟鼻子咳嗽一声："这不用你操心，儿玉一郎先生有的是钱。"

刘三爷似乎也有了信心，说："宁吃仙桃一口，不吃烂桃一筐。实在不行，咱们就把柳家墨源堂里的宋元版善本书买走。这样也就对得起日本人了。那咱俩的佣金也就拿到手了。"

一听到墨源堂三个字，如玉的心里"咯噔"跳了一下，心想，莫非这两个家伙是到聊城里来买柳家藏书的，刚才对话的那两个人听口音像是京都人。不行，这事得弄清楚。绝不能让东洋人把柳家藏书买走。想到这，他又将板凳朝对桌挪了挪，想听得更仔细一点。

对桌俩人又说了一会话，居然起身走了。

如玉目送俩人出了茶园大门。

这时，台上又上来一位老人，高大精瘦，但两眼有神，精光闪烁。他咳嗽一声，抄起一把擂琴拉了起来。这擂琴是北方特有的一种胡琴，丝弦粗而柔韧，靠艺人的一双手就能演奏出各种音调。

老人见台下还有人走动，人声嘈杂，左手弓弦一抖，右手一个抹音，两根丝弦居然说出话来："各位客官，少安勿躁，多多捧场。"

所有人立即安静下来，眼睛一齐盯着戏台。老人用擂琴又拉出"谢谢"二字。接下来，大显身手，拉了一曲《百鸟朝凤》，只听得满堂群鸟飞鸣，五音交响，婉转多变，一会儿画眉对语，嘈嘈切切，一会儿百灵入云，声转九霄，一会儿芙蓉争食，叽喳乱叫。众人齐声叫好，掌声如潮。

老人朝台下点了点头，抖弓又拉出一段京剧二黄的过门，随即用琴弦模拟京剧老生泰斗余叔岩的声腔唱起了《借东风》，其声惟妙惟肖，让人如临其境，真的好像诸葛亮披发仗剑登台祭天。直乐得众人眉开眼笑，连声称奇。

如玉正听得入神，忽见老人收弓起身，又朗声说道："小老儿献丑了！下面就请惜儿给大家唱上一段西河大鼓《黛玉悲秋》，请多多关照！"

老人手向后台一招，出来一位十六七岁少女，上身穿一件白色滚蓝边短袖，下身穿一条阔腿皂色长裤，瓜子脸，高鼻凤目，不笑自喜脸上深嵌一对酒窝儿。站定，左手云板一碰，右手鼓点已起。咚咚数声，惜儿放声唱到："金陵春色美无穷，林黛玉的风姿众不同。针红儿熟悉活技儿巧，文理儿博通诗赋皆能。真生得千娇百媚容颜绝代，可惜她多病急急意不宁。……"

惜儿的嗓音忽高忽低，舒展优美，唱腔如同行云流水，让人如闻天策。大堂里静悄悄的，一丝杂音皆无。

如玉心里叹道："这姑娘不但生得好，而且有一副好嗓子，真称得上声艺双绝。"忽然，他觉得这个姑娘有些面熟，只是想不起像谁。

忽然，"砰"的一声，一把茶瓶砸在戏台上，应声而碎，瓷片乱飞。惜儿惊叫一声，花容失色，如同受惊的小鹿，两眼盯着台下张望，一时不知所措。

一位理着短发的壮汉站了起来，高声骂道："你唱什么玩艺？什么《黛玉悲秋》！你张七爷不爱听，快换一个《潘金莲戏叔》。"

先前那个老人出来了，作了一辑，说："张七爷，你先消消气。《潘金莲戏叔》惜儿不会唱。等会，我给你唱。行吗？"

壮汉头一昂："不行！你唱我不听。立马就得改，叫惜儿唱。"

老人一时竟愣住了。

壮汉边上一位商人模样的中年人悄声说了一句："你这不是强人所难嘛！"

壮汉飞起一脚，踢翻八仙桌，抬手给了商人一个耳光："哪家大姑娘的裤裆了，漏出你这么个东西来！再吱声，我废了你！"

全场鸦雀无声。

如玉"腾"地站了起来，走到壮汉身边，说："你这个人怎么这样霸道！你想干什么？"

壮汉斜了如玉一眼，道："你想充好汉？也得有本钱。瞧你那样，细皮嫩肉的，还不够大爷一拳的！"

婉儿过来，说："少爷，咱们走吧！"

壮汉一脸坏笑，伸手朝婉儿胸前摸了一把。婉儿脸羞得通红，连忙躲到如玉身后。

壮汉不依不饶，伸手就拨如玉。如玉心中的怒火燃了起来，猛推一掌，壮汉连退数步。转瞬，壮汉就扑了上来，挥拳击向如玉。如玉见壮汉来势汹汹，四边都是桌子，怕误伤了人，便后撤一步，待壮汉贴近，一招"半闭金门"，又接乌龙脚柱，一个大别子，将壮汉摔倒在地。壮汉一个鱼跃又跳了起来，一个三跳步，使出西阳拳八路老架中的对打心锤，击向如玉胸口。如玉闪过，还了一招"扑步抢背"，壮汉中招倒地。片刻才爬了起来，对如玉说："小子，算你狠！有种你在这等着！"说罢，扭头就走。

众人大约知道要出事，一哄而散。老人带着惜儿走到如玉身边，连声称谢。

如玉说："老人家，请问尊姓大名？"

老人说："不敢当。我姓汪，名玉田，东光人。"又拉过惜儿说："这是我的外甥女，叫顾惜，她还有个妹妹，叫顾莹，上街买东西去了。"如玉恍然大悟，原来惜儿是莹儿的姐姐，怪不得有些面熟了。便将在沧州发生的那件事讲给汪玉田听，汪玉田连声道谢。

正说着，莹儿回来了，一见如玉和婉儿，分外亲切。她告诉如玉，是舅舅的同事把她带到这儿的。

如玉问汪玉田："你为什么不在家乡做艺呢？"

汪玉田说："是这样，每年正月十二灯节前，惠民县胡集镇都要举行书会，河北、河南、山东、江苏各地的艺人都会到那里聚会献艺，今年正月我和惜儿也去了。书会结束，往回走，因缺少盘缠，就临时在聊城这家茶园搭班卖艺，想苦几个路费。没想到，这里地面不靖，歹人太多。"

如玉说："我想打听一件事。刚才来的那两个人，好像是要到柳家墨源堂买书，这事你可有耳闻？"

汪玉田说："实不相瞒。柳家管家柳玉书柳七爷常来茶园听戏，跟我也熟，东洋人来买书的事，他对我也说过几句，只是不知到底是怎么回事。看来是真有其事，因为柳家现在已败落，正缺钱。我晚上会找柳七爷帮你打听打听。"

如玉说："汪先生，我建议你还是早点回家。免得再遇到大麻烦。"

汪玉田说："我也不惧刚才那个坏蛋。一般情况下，只要有柳七爷在，地店流氓还不敢乍翅。那些歹人无非想敲诈几个钱，万一不行，我就花钱消灾。"

如玉说："我还有事。这就告辞了。抽空，我会来听你拉琴。"老人谢过如玉，带惜儿、莹儿进了后台。

如玉和婉儿也出了茶园。刚到大门口，呼啦一声，涌过来十几个人，青年居多，领头的正是刚才那个壮汉。壮汉抢前一步挡住如玉去路，说："外路人，你看今天这事如何了结？"

如玉说："你说呢？"

壮汉说："你看花钱消灾如何？"

如玉说："我要是不答应呢？"

壮汉说："那你们俩人今天就出不了聊城。"说罢，一声招呼，众人便围了上来。如玉护住婉儿，退到墙边，准备硬拼。忽然，一声喝叫，蝶儿从众人头上飞进圈内。她护住如玉、婉儿，对壮汉说："你想怎么着？有种，冲我来。"

壮汉笑笑："又是一个不怕死的。"说罢，晃着膀子逼近蝶儿，猛地一头撞了过来，蝶儿伸掌罩着壮汉的脑袋，立地生根，壮汉居然动弹不行，干撑在那里。另外几个年轻人鱼贯顶住壮汉后背，用力后前推，却依然难以撼动蝶儿的桩步。蝶儿不想再纠缠下去，手一松，壮汉等哗啦一声栽倒在地。蝶儿拉着如玉和婉儿，说："我们走！"说罢，迅速离开茶园。

壮汉爬起来就追。蝶儿见对方逼近，甩手打出一把柳叶刀，正中壮汉脚面，鲜血直流。众人见势头不对，都不敢再造次。

如玉、蝶儿、婉儿这才不慌不忙离去。路上问了蝶儿，如玉才知道，万管家见如玉傍晚还没有回船，怕出什么事，便叫蝶儿上街寻找，不想恰巧帮如玉和婉儿解了围。蝶儿问如玉："少爷，明天离不离开聊城？"

如玉说："不走，我还有事未了。"

柳家是聊城内有名的缙绅豪门，翌日早晨，在顾莹的指点下，如玉和婉儿没费什么工夫就找到了南街高台门柳府。接待如玉的是柳府管家柳玉书，一个五十多岁的老人，为柳氏本家。见了如玉，柳玉书有些诧异。如玉便自报家门，又简单说明了来意，一听说是京城文家，柳玉书便肃然起敬，客气地将如玉请进了客厅。柳玉书给如玉和婉儿奉上两杯浮莱春茶。他和如玉闲聊了片刻，便突然问道："文公子，你是怎么知道柳府要出售祖上藏书之事的？"

文如玉说："这事也是机缘凑巧。昨天，我在众乐园喝茶听戏，偶然从北平来的两个南纸店商人口中听说此事，便托汪先生到贵府打听。我觉得贵府这些善本古书如果落到东洋人手里，那真是太可惜了，就起了购书之心。还望你老玉成此事。"

柳玉书说："你知道我们家都收藏了哪些古书吗？"

文如玉说："贵府的墨源堂藏书天下闻名。我知道从漕台柳大人一辈，柳府已经开始收藏古书了，到漕台大人公子前清工部主事柳玉德，柳家藏书已名冠海内。至于说，贵府都收藏了哪些古书，其实不知，不敢乱说。不知道能否让我一饱眼福？"

柳玉书未置可否，沉吟片刻，说："我们有些书是很珍罕的，价值也很高。如果不是家道中落，是绝不可能出售这些古书的。如果公子真的对这批古书有意，我想请教三个问题，还望如实回答。"

如玉说："您老尽管问，我一定实话实说。"

柳玉书说："这第一桩事，文公子，你也知道，先前想买我们家藏书的是东洋人，他们已经托北京古艺斋的老板同我商讨过这件事。据我所知，那个叫儿玉一郎的东洋人出价很高。在商言商，凡所售之物，皆是价高者得。不知公子对这件事是如何看待的？"

如玉已经明白柳玉书的话外之音，便说："这事老伯放心，我不会让你们在经济上吃亏。东洋人出什么价，我也出什么价。"

"好！"柳玉书点了点头，说："第二，不知公子是想整买还是买一部分？"

如玉说："贵府藏书据称不下二十万册，数千部。我因一人外出，有事在身，不可能将这些藏书如数捆扎而归，只能购买其中一部分。"

柳玉书说："不知是哪一部分？"

如玉说："我这里有个界限，那就是，只买宋元到明代嘉靖年间的古书，而且一定要是官刻、坊刻本，另外，必须是善本、足本、精本。"

柳玉书一愣，心想，到底是官宦人家的子弟，见过世面，腹笥深厚，称得上是内行。他有心想考一考文如玉，便说："文公子，为什么明版书你只定到嘉靖年间？"

如玉说："明嘉靖以下，不论是官刻还是坊刻、私刻，都远不如嘉靖版书籍精妙，考证、刻工、纸张、印刷都不行。"

柳玉书说："这事恐怕不好办。"

如玉说："柳老伯，难道这其中还有什么难处吗？"

柳玉书说："那个东洋人可是不论孬好，全部都要的。你把宋元善本书抽走了，剩下来的谁要？"

如玉在来的路上已经料到柳家会提出这个问题，便说："柳老伯，我想你也是个读书人，一定知道柳家这批古书可是来之不易啊！当年，江南大藏书家泰兴季沧苇、吴县人黄尧圃、常熟人钱曾家的后人出售藏家，被贵府漕台大人以重金全数买下。可以说，除了宁波天一阁藏书，国内的宋元善本便基本上归于柳府了，这事天下读书人谁人不知？这批宋元善本书可以说是中国最宝贵的文化遗产，如果为了钱，将这批书卖给东洋人，这事一旦传出去，恐怕有损柳家数代清名啊！"

柳玉书摇了摇头，说："这事关系也过于重大，并非老朽一人能定夺。眼下，我家公子还在北京，过几日才能回来，我看还是等我请示了主家再答复你吧。"

如玉说："这样也好。只是晚辈还有一个请求，还望老伯应承。"

柳玉书说："什么事好商量。"

如玉说："我是真心想让这批宋元善本留在国人手中的。我想现在就看一下那些古书，也好在价钱上有个数。以便早作准备。"

柳玉书说："也罢。这批古书已经数十年不曾示人了。今天我就破一回例。"

柳府是个深宅大院，藏书楼墨源堂就在第三进院子左首。柳玉书将如玉和婉儿引进了墨源堂。门一开。只见数十只黄花梨书架贴三面墙排开，架上的图书连函叠匣，书香味沁人心脾，只是隐隐还夹着一些霉味，想是多年未暴晒的原因。如玉还发现对门的书架边上，还摆着二十几只樟木箱子，心想，好书一定是藏在这里了。

柳玉书说："书大部分都在这里了，公子随便看吧！"

文如玉心想："这个老伯到底是读书人，心眼不少，这么多书，让我怎么个看法？莫非是想让我知难而退？"便说："老伯，我看过漕台大人编撰的墨源堂藏书要目《楹书偶录》，贵府一定还有，还请拿出来一观。"

柳玉书笑笑，从左首一只红木画案的抽屉内拿出一本线装书，递给如玉，说"这就是《楹书偶录》，文公子，真是什么事也瞒不住你啊！佩服！"

文如玉冲柳玉书点点头，接过《楹书偶录》翻了起来，片刻之间，他的心头一震，深感聊城柳氏藏书之多之精，堪称海内无双。

文如玉家学渊源深厚，曾饱读诗书，记忆力又强，略翻书目，便立即发现了书中珍品。柳氏藏书除了以宋元善本为胜，还有唐代五代等古刊本，称得上国宝的书目可以排上一长串，像唐咸通九年刻本《金刚经》、五代《仪礼》，均属凤毛麟角。宋刻本，北宋开宝八年吴越国王钱椒刻本《陀罗尼经》，杭州猫儿桥版纸马铺钟宗刻本《文选五臣经》、咸淳廖氏世彩堂刻本《河东先生集》《昌黎先生集》，黄善夫家塾刻本《史记解索隐正义》，《曾南丰先生文粹》：金刻本则有《刘知远诸宫集》《庄子全解》《萧闲老人明秀集注》；元刻本，元正至五年，江浙等处行中行省刻本《金史》，元大德三年广信书院刻本《稼轩长短句》，元大历三年广勤书堂刻本《新刊王氏脉经》，元至正余志安勤有堂刻本《故唐律疏议》；明刻本，明嘉靖十四年，苏献可通津草堂刻本《诗外传》、明弘治十四年涂祯刻本《盐铁论》，明正德郭勋刻本《白乐天文集》等等，真称得上是沧海遗珠，百年难得一见。看着看着，如玉似乎已经进入一种沉醉忘我的境界。他心里说，我一定不能让这些华夏宝贵遗产落入外国人之手。

婉儿见文如玉待的时间已不短，便拉了拉如玉的衣角，轻声说："公子，时间已经不短了。你不能光看书目，得看一看架子上的书，看品相如何！要不怎么个买法。"

如玉如梦方醒，移步走到书架前，随便抽出几匣书，一看多为明代私刻善本书，只可惜书已被虫蛀过，一抖，纸屑纷纷，如蝶飞舞。如玉心中一紧，感慨不已，随口吟出一首鸿都百练生的《东昌访书》绝句："沧常遵王士礼居，艺芸精舍四家书，一齐归入东昌府，深锁琅环饱蠹鱼。"

柳玉书问道："公子，你刚才吟的是谁的诗句？似乎有所指？"

文如玉自觉孟浪，便说："随口乱吟的，我也记不得是谁的诗句了。只是觉得这些辛辛苦苦搜罗来的古书被虫蛀了，太可惜！"

柳玉书长叹了一口气："家道中落，这也是没有办法的事。"

文如玉还想再翻一翻箱子内书，这时一个少年匆匆上楼来，对柳玉书说："柳爷，门外来了两个商人，就是先前来过的北京南纸店的老板。说想见一见您。"

如玉急忙跟柳玉书告辞。柳玉书关照那个少年将文如玉和婉儿领到后院门，从那儿出去，自己去前门迎接客人。文如玉沿街走了片刻，对婉儿说："婉儿，你看今天这事能有几分把握？"

婉儿说："我看那个柳管家已经被你的话打动，要不，他不会让你进墨源堂。只是这事要想如愿，也不容易，恐怕得多跑几趟腿。下面你打算怎么办？"

如玉说："最关键的是能让三家都满意。"

婉儿问："哪三家？"

如玉说："第一，我能买到那批宋元善本书，第二，柳家能将我挑过的书都卖出去，第三，那两个北京商人能说服东洋人，吃下我挑剩下的书。"

婉儿说："公子，你这是自说自话。宋元善本是柳氏藏书之魂，没有魂灵，徒有躯壳，谁还稀罕，让三家满意，谈何容易。"

如玉说："这事我已经有办法。明天早上，我们再去找柳管家。这事一定要办成。"

婉儿说："买这批书的钱可不是小数，你一人在外，也无法跟老爷商议，你一个人自己做决定妥当吗？老爷会同意吗？"

如玉说："你在我家多年，难道不知道我爷爷那一辈子就酷嗜收藏古书？我爹爹也是爱书如命。他不会责怪我的。"

婉儿说："我倒忘了，北京文家也是海内藏书大家呢！"

第十回

成窑一盏解燃眉　珍籍万卷归真主

第二天，刚吃过早饭，如玉便带婉儿又来到了柳府。见到柳玉书，如玉不再客套，而是单刀直入，问道："柳老伯，昨天下午同北京客人谈得怎么样?"

柳玉书答道："听那两位客人说，东洋文化商人儿玉一郎也到了东昌府。他们说，日本人的主意不变，那就是买下全部藏书，价格好商量。"

如玉问："你老答应了。"

柳玉书摇摇头。

如玉又问："那北京客人可知我来贵府买书之事?"

柳玉书说："我不会泄露你的行藏。昨天我叫你从后院门出去就是这个意思。"

如玉胸中松了一口气，说："我想问一下，卖这批书，老伯您有最后决定权吗?"

柳玉书说："算是有吧。"

"那好! 你看这事到底怎么办呢?"如玉又问道。

柳玉书拿出水烟袋，边装烟丝边说："这事恐怕不好办?"

如玉有点着急，站了起来："为什么?"

柳玉书吐出一口烟，说："因为北京人订购在前，你在后，而且我已经答应过北京人，将书全部卖给他们。如果他们发现被抽去了精华，那这事就黄了。少爷怪罪下来，我可担当不起，尽管我是少爷的本家叔叔，有最后的决定权。"

如玉说："我看这事没问题。北京商人会将我拣剩下的书全部买走的。"

柳玉书满腔狐疑："为什么？你就这么有把握？"

如玉笑笑说，说："老伯您也许不知道，柳家藏书固然很精，但恕晚辈直言，其中也有不少伪版书，不但是宋元版中有假的，明清本当中也有赝品。"

柳玉书一向认为自己对古书版本有些研究，一听这话，脸便挂了下来，将手中的烟袋吸得吧吧响，说："老朽倒要请教，哪些书是赝品，你又是怎么看出来的。"

如玉说："那晚辈就直说了。是这样，我昨天看了书目，又大概浏览了一下架子上的书，初步估计，宋元版本古书不下四十种，但至少有一半是赝品。主要是纸张和字体不对。"

柳玉书沉着脸说："唤！既然谈到古书版本鉴别，就请文公子说得具体一点吧，老朽也长长见识。"

如玉侃侃而谈，先说古书的用纸。古书用纸的名称都是后人定的，但已经约定俗成，种类和年代都各不相同，大约有一二十种，代表各个年代。一是棉经纸，南北朝至唐朝下到宋朝，多用此纸，色黄质厚有棉性，通常用于翻印经卷。贵府所藏唐代刻经就是棉经纸。二是藏经纸，色如茶汤，略有棉性，质地厚硬。唐人写经即此纸。三是麻纸，分黄白两种，正面光洁，背面粗糙，有帘子纹，宋元至明刻印本多用此纸。宋本多用白麻纸，元本多用黄麻纸。明眼人一看便知。如贵府宋版书《文选五臣注》就用白麻纸，四是麻纱纸，色稍黄，质细薄坚韧，无纸纹，宋版书也常用此纸。五是南方皮纸，分黑白两种，质地细柔而多纤维，故韧性强，明代前期至嘉靖年间版本多用此纸。六是罗纹纸，明代用此纸很少见，清印本中居多，如贵府所藏清雍正年间武英殿刊印的《唐宋诗文醇》。其余还有开花纸，册子纸，竹纸，连史纸，毛边纸，都是清初至乾隆间用纸。至于说机制太史连纸、棉连纸、川连纸、料半纸、玉版宝纸、官堆纸、粉连纸、有光纸，都是清末民初刻书用纸，后两种纸多用于铅印本、石印本。要想鉴定古书版本，最便捷的方法就是看纸张。比如说，近年坊间常见唐人手抄佛经，但多数是假的，因为用的是麻纸，年代不对。射利者即使想造假，搞不到古纸也是枉然。

柳玉书心中暗想："别看这位文公子年纪不大，可却是才高八斗，满肚子学问。"他也因此对古书版本鉴定产生了兴趣，便问道："那古书用字又有什么讲究呢？"

如玉说："这里头差别很大。比如南北朝至唐，刻版书仅见唐元刊《金刚经》等，其他通为写经，其字体为写经体，转笔露锋，撇捺重平。宋、金、元至明初，刻版书都是书写体，用明代名家字做模，字体各不相同。北宋早期用欧体，后来用颜体，南宋多用柳体。从地区看，汴梁本和浙本欧体，蜀本多颜体。闽本多柳体，江西刻本欧柳兼用。金刻本近于柳体。元刻本多赵体，即赵孟頫所书写。还有一个特点多用简体字。明刻本多为软体字，兼有颜柳欧赵四家韵味。也有摹仿宋人字体，时间多在正德末年至隆庆年间，凡仿宋人字体刻印的宋版书，都是赝品。为什么？味道不对。就说贵府所藏的宋版黄善夫本《史记》，架子上有两种，我都看了，其中一种品相较好，新的就是赝品，那是明嘉靖年间文渊阁大学士王鏊之长子王延喆翻刻的。康熙年间吏部尚书，山东博兴人王士禛就看见过这种伪品，此事见其所著《池北偶谈》。"

柳玉书的神情有些激动，问道："文公子，为什么宋元古本中会有那么多赝品？"

如玉说："明正德年间，朝野复古之风大盛，论诗古体必汉魏，今体必盛唐，为文也是句摹字拟。在这个背景下，也兴起发扬古籍、翻刻宋元善本的风潮，此风一直延续至明朝中叶。为首的是户部主事李梦阳、何学明，后来还有黄省曾、郭云鹏、徐时泰、闻人诠等都是翻刻宋本名家。他们翻刻的宋元古书不但版式、字形逼肖，而且不改原书刻工姓名，甚至连宋讳笔也原封不动，只在卷末加印当时刻书人的题跋或牌印。这些书流传到后世，不法书贾稍稍改头换面就可鱼目混珠。做假手段主要是抽去明代刻书人题跋或牌记。贵府有不少宋元版古书就是清代人伪造的。"

柳玉书说："现在我才知道文公子是鉴定古书版本的方家。佩服！佩服！墨源堂藏书如能归你所有，也算是对得起柳氏前人了。"

如玉说："我对古书鉴别只懂点皮毛，家父，尤其是敝人祖父才是鉴定大家。他的学问都是在京都琉璃厂书坊学来的。小时候，家父给我讲过鉴定古书的知识。"

柳玉书说："就出让古书这件事，我想听听文公子的想法。"

如玉说：“这事其实也简单。其一，我只要一部分宋元真善足本书；其二，其余古书，处置权在您老手中，卖给谁都可以；其三，价格你定。北京商人一定会说服东洋人全部买下。因为，其中的还有一部分宋元版古书，虽然赝品，但书商却不能辨别，东洋人更是棒槌，乐意如数捆扎而去。柳府在经济上并不吃亏。”见柳玉书沉吟不语，如玉又说：“说到底一句话，真本宋元古籍，绝不能落到东洋人手中。近些年，已不知有多少中华古籍流入东洋、西洋。可悲可叹！再这样下去，保存国粹就成了空话，如果连文化都断根绝种，那还怎么讲爱国。还有一句话：如果日本人不买我拣剩下的这批书，我还可以全部买下。只是一定要运到北平去。”

柳玉书踱了几步，忽然站定，说：“就这样吧！公子的话，于公于私都是站得住脚的，因为占了一个理字。你要什么书，尽管挑，价钱也好说。只是这事不能让外人知道，免生枝节。还有，我想问一下，不知公子怎么付款？”

如玉说：“我随着带着全国通存通兑的银票，是万泉堂票号的，东昌府也有分号，我就给你银票吧。”

柳玉书说：“好！就这样。三天后夜间，你就来挑书，随即付款走人。北京商人我再另约。”

如玉站了起来，将一张书目递给柳玉书，高声说：“柳老伯，这是我开的书目您收好。你先帮我把书挑出来，能买到贵府传世善本书称得上是晚辈平生一大快事，真该浮一大白，只是现在有所不便。”他叫婉儿拿出一封银洋递给柳玉书，说：“这点钱就算是我给你您老的定金吧！不过，这钱在书款之外。还请您收下。”

柳玉书也很高兴，接过银洋，说：“改日我请公子到众乐园喝茶听戏吧！”

如玉说：“我还真想再欣赏一回河北大鼓呢！那个惜儿不但品貌一流，演技也算是一绝呢！”

柳玉书哈哈大笑：“同感！同感！”

如玉也笑了起来。

婉儿挖了如玉一眼，如玉脸刷地红了。

如玉和婉儿离开柳家，见天已将午，就进了一家饭店。等菜时，婉儿说：“少爷，我都为你愁得慌。”

如玉说："为什么事？"

婉儿说："买书呗！你想，柳家的古书那么珍贵，钱能少得了吗。你有那么多钱吗？"

如玉说："我也不瞒你。要说银票，我还真拿得出来，只是如果全买了书，路上，我们就得要饭了。"

婉儿叹了一口气："穷家富路，出外可不能缺钱。那你看怎么办？"

"是得想个法子。"饭菜已上齐，如玉一边吃，一边琢磨。想了半天，也没想出个办法来，只觉得头发涨。离开了饭店，如玉和婉儿直往码头走去。这是一条小街，路边没有什么店铺，大多数是住家。如玉低着头，默默而行。忽然，一家门内泼出一盆热水，正好泼在如玉身上，裤子和鞋子都湿了。

如玉叫了起来："这是谁呀！怎么回事？"一位中年妇人从门内走了出来，一手端着铜盆，一手拿着一只小瓷杯，头发湿漉漉的。她走到如玉身边，连声道歉："对不起！对不起！"

婉儿嗔道："你这位大嫂向外泼水也不看人！"

如玉摆摆手，说："算了，算了，人家也不是有意的。"中年妇人将如玉和婉儿让进家里，拿过一条干毛巾递给如玉："大兄弟，赶快擦擦。"

如玉刚想走，忽然眼前一亮。妇人刚才拿的那个小瓷杯，这会正放在小桌子上，看上去有些特别。他顺手拿了过来，一看心中吃了一惊。这只杯子胎薄如纸，色白似玉。上面画了一把紫葡萄，一只松鼠跃跃欲试，色彩艳丽，画工精细，构图奇巧，非常养眼。他心里有点数。便对中年妇人说："大嫂，你泼了我一身水，我也不怪你，因为你是无意的。只是，我这脚上这双布鞋却是北平名店所制，要值三块银元呢，一沾水，就会变形，你得给我个说法。"

中年妇女慌了："这位少爷，你可不能讹我。三块大洋一双鞋，我怎么能赔得起呢？"

如玉拿起小瓷杯说："不赔也成。我喜欢你这只装皂角水的小杯，你把它卖给我。"

中年妇女说："这也不打紧，只是这只杯子我还用着呢！不能卖。"

如玉说："我给你钱，另外买一只吧。"

中年妇女思忖片刻，说："也行，你一定要买，给我三块站人大洋。"

婉儿站了起来："这位大嫂，你可不能拿我们当冤大头啊！"

如玉挡住婉儿，从口袋里掏出三块银洋递给中年妇女，说："就依你。"

中年妇女看着手里的大洋，嘴张的老大，说不出话来。她实在想不明白，一只普通小瓷杯为什么能值三块银洋。

如玉拉了婉儿就走。

到了衙前街，婉儿停了下来，说："少爷，你这是散财神啊！三块大洋买一只小瓷杯。"

如玉不理婉儿，四下观察。街西一面店幌印入他的眼帘，上书"聚珍轩"三个颜体大字，正是一家古玩店。

"婉儿，买书的钱大半有了。你跟我走。"如玉说罢，拉着婉儿直奔"聚珍轩"。

进了聚珍轩，如玉掏出几个银毫子，对伙计说："请你给我拿一只上等锦盒，小碗口大就行。"

伙计一下子拿了好几个锦盒，让如玉挑。如玉挑了一只古铜色锦盒，付完钱，转身就走。婉儿跟在如玉后面，一头雾水，搞不清如玉想干什么。

衙前街有十多家古董店，门脸最大的叫"涵芳斋"。如玉和婉儿走了进去。一进门，如玉咳嗽一声："掌柜在吗？"

一位小伙计正在打盹，听见有人吆喝，连忙上来招呼："这位少爷，你想买什么？"

如玉说："我什么也不买。你家收古玩吗？"

"收。有什么好东西？"就像变戏法，如玉从怀中拿出一只锦盒放到柜台上，说："有件好东西，你打开看看，只是要小心。"

伙计打开锦盒，拿出小瓷杯，反复看了几遍，也不知这是什么宝贵，心中便有些不屑，说："大路货，你要多少钱！"

如玉提高了嗓门："我说小兄弟，你的眼睛也太浊了。这可是珍宝！一万两千大洋，少一分不卖。"

伙计笑笑："你开什么玩笑！别唬人。一只小瓷杯一万两千大洋，你绑票呢！"

如玉合上锦盒，说："你把你家掌柜的叫出来吧！"

伙计斜了如玉一眼，进了后院，把掌柜的请了出来。是个老头，大扁脸，留八字胡，两只三角眼，露出精光。如玉将锦盒递了过去："请您过目。"

掌柜打开锦盒，取出小瓷杯，看了一眼，面露喜色，问道："这只小瓷杯我要了，你想要多少钱？"

如玉说："想必伙计也对你说了。一万两千大洋。"

掌柜伸出两只手指，轻轻敲着柜台。沉吟片刻，说："请教，这只小瓷杯怎么就值一万二千大洋？"

如玉拿过瓷杯，装进锦盒，说："你是真不懂还是假不懂。你要是不识货，我找别的店。"说罢，转身就走。

掌柜慌了，一把拉住如玉："好商量！好商量！"

如玉说："你真让我说道说道这只小瓷杯？"

掌柜说："是啊！你说说我也长长见识。古玩行人吃的是三片，软片是字画，硬片是瓷器，不软不硬是古典家具。依我看，就是这硬片水太深。你这只小瓷杯，我一眼还真看不出好孬来。"

如玉说："这是官窑瓷，你承认吗？"

老板点了点头。

如玉说："这是斗彩，你认识吗？"

老板说："嗯，不错，是斗彩。"

如玉说："杯底的'大明成化年制'蓝料款你看到了吗？"

老板说："看到了。"

"这不就结了，这是一只大明成化年间官窑烧制的斗彩松鼠葡萄杯。你难道不知道它的身价？"如玉坐了下来，准备打持久战。

老板也坐了下来，吩咐伙计上茶。他说："光看款不行，不能肯定就是真的。"

如玉说："我也没有叫你光看款。你看看它彩料的颜色。"

他开始详细解说成化彩瓷的彩料特点，从绿说到紫，从蓝说到黄，滔滔不绝，头头是道。

老板似乎被说服了，又问道："就算是明代官窑斗彩杯，也不值一万两千大洋吧？"

如玉说："明代万历皇帝有一只常用的斗彩鸡缸杯，当时就值十万贯呢？几百年过去，怎么不值一万两千大洋？去年，北京琉璃厂集古斋刘老板淘到一只明成化斗彩高士杯，在串货会上，汇文阁的张老板花了一万八千块。拿到上海，卖给做洋装生意的文海堂的万老板，卖了四万八千块，整整赚了三万块。我是从北平来的。要不是路上一时手紧，才舍不得卖祖传的东西呢！"

老板沉吟片刻，说："你是从北平来的？贵姓？"

如玉说："我家在北平已经住了三代。我姓文。北平的文家你知道吗？"

老板站了起来："你是北平文家的后人！久仰大名啊！科甲蝉联，累代簪缨，钟鸣鼎食，部院、总督、中堂，代代都出大人。好！这东西我要了。小店总号在北平，我想总能出手。只是你可不能一口价。"

如玉也站了起来："这样，让你两千，一万大洋，不能再少了。不过我要银票。"

老板捧起锦盒，吩咐伙计说："到内柜给文少爷拿一万块钱银票。"

如玉向婉儿眨眨眼，婉儿做了一个鬼脸。

出了衙前街，婉儿对如玉说："少爷，你这是空手套白狼啊！一只小杯子换了一万块大洋。真叫人佩服！"

如玉说："要不是缺钱，我还不稀罕这一万大洋呢。明代官窑斗彩瓷器可是百年难遇一回呀！"

婉儿说："我估计要买书，这钱还不够。"

如玉说："走一步看一步吧！吉人自有天相。"

路过清初聊城人傅以渐状元府旁边的一处大宅门，婉儿看见一团人正在看一张启事。凑上去一看，才知道是求医的，主家姓孟，便招呼如玉过来看。如玉看了，方知是孟家的女儿得了一种怪病，腹胀如鼓，不吃不喝，已是气息奄奄，如有良医能妙手回春，愿付五千大洋。问了站闲的人才知道，这位姓孟的求医者，是山东章丘旧军镇上有名的巨商之一，其家族在北平、天津、上海、济南都有"祥"字号商铺，北平前门有名的瑞蚨祥布庄就出自孟氏家族。他思忖片刻，对婉儿说："我想揭榜进去试一试，你看怎么样？"

婉儿说："偌大一个聊城，懂医术者何止上百人，人家都束手无策，你能有多大把握？再说，我还没看过你给人治过病呢。还是别孟浪了。"

如玉说："这又不花本钱，试试又何妨。"

婉儿说："我知道你是想钱想魔怔了。那就试试吧。"

如玉分开众人，一把将启事揭了下来。一旁过来一位老人，将如玉和婉儿带进了大宅门。接待如玉的正是孟老板，五十多岁，身材高大，浓眉高鼻，俨然圣人后裔风范。两人交谈片刻。如玉已知道内情，便说："我想看一下令爱，可以吗？"

孟老板说："中。"便叫一位侍女将如玉和婉儿带到了后院小姐卧室。隔着纱帐，如玉看见一位小姑娘，十六七岁模样，躺在那里，脸色苍白，双目紧闭。他叫侍女掀起纱帐，推开被子，开始为孟小姐把脉。蓦地，他的心里一亮，便已有数，想笑又强忍住了。就对侍女和婉儿说："你俩都出去。我跟孟小姐说几句话。"

侍女带婉儿出了卧室，又关上门。

如玉拿出笔和纸写了一张字条，递给姑娘。姑娘看过字条，脸上露出羞涩和愧疚的神情，默默望着如玉。

如玉说："我开出的药方你愿意接受吗？"

姑娘点点头。

如玉说："我说的话你能照办吗？"

姑娘重重地点了点头。

如玉说："那就好，我包你明天就能下床走路。"

姑娘流下了泪水。

如玉说："只要你能好好配合我，我敢保证，你能重新找回丢失的东西。"

姑娘说："我相信。"

如玉击了一下手掌，侍女和婉儿一起进了屋。

如玉又写了一张字条，交给那个侍女："你上街去把单子上开的食品都买回来，每天都要亲自烧给你家小姐吃。这事不能对任何人讲。行吗？"

侍女点了点头，匆匆而去。

如玉又写了一张字条，又掏出几块银元，对婉儿说："你去抓药。快去快回。药方和药不能露出去。"

婉儿扭头走了。当天晚上，那个姑娘就喝下了如玉开的汤药。怕出意外，如玉和婉儿当晚都没有走，一直轮流守候在闺房过道里。第二天一大早，婉儿进房，将姑娘的马桶悄悄拎到茅房倒了。姑娘没起来，但吃了早饭。中午，姑娘吃过饭，又睡了两个小时。

如玉和婉儿将姑娘领到后花园，让她晒太阳，如玉又叫那个侍女去喊孟掌柜。过了片刻，孟老板来了，一见闺女站在花栏旁，手持一枝玫瑰正频频嗅着，神色安然，已无病容，不觉大喜过望，双拳一抱，给如玉行了个大礼："文公子，你真是扁鹊在世，华佗重生。没想到短短时间，俺闺女的病就去了一大半。我一定要重谢你！"

如玉笑笑，调皮地说："不是去了一大半，而是全好了。只要静养数日，完全可以康复。不过，有一句话我要叮嘱你：'姑娘大了不中留，留来留去结了仇。过几天，你还是让她上学去吧。'"

"好好！"孟掌柜忽然问道："文先生，俺姑娘得的是什么病？"

如玉说："'瘾'病，来时有，去时无，我这是神仙一把抓。"

孟掌柜似懂非懂，但还是忍不住哈哈大笑。

第三天晚上，如玉和婉儿到了柳家，将那批尘封百年、传承三代的古书拉走了。书款刚刚够数，剩下一点，如玉送给了惜儿姐妹俩，说是让她们买几件新衣服。

九十多年后，文如玉买的这批珍稀善本书，虽历尽劫波却大部分保存了下来，最终以善价被京图收购，从远在大洋彼岸的美利坚合众国文氏后人的手中又回到了祖国。当然这已是后话了。

第十一回

东阿曹植七步诗　莘县王旦三槐堂

　　从聊城经内运河住东阿，如玉讲起了曹植的故事，曹植七步成诗家喻户晓。

　　曹植（192年—232年），字子建，沛国谯县（今安徽省亳州市）人，是曹操与武宣卞皇后所生第三子，生前曾为陈王，去世后谥号"思"，因此又称陈思王。曹植是三国时期著名文学家，是建安七子的代表人物之一。建安七子，是汉建安年间（196—220年）七位文学家的合称，包括孔融、陈琳、王粲、徐干、阮瑀、应玚、刘桢。这七人大体上代表了建安时期除曹氏父子（即曹操、曹丕、曹植）外的文学成就，所以"七子"之说，得到后世的普遍承认。

　　曹植在两晋南北朝时期，被推尊到文章典范的地位。其代表作有《洛神赋》《白马篇》《七哀诗》等。后人因其文学上的造诣而将他与曹操、曹丕合称为"三曹"。其诗以笔力雄健和词采华美见长，留有集三十卷，已佚，今存《曹子建集》为宋人所编。曹植的散文同样亦具有"情兼雅怨，体被文质"的特色，加上其品种的丰富多样，使他在这方面取得了卓越的成就。南朝宋文学家谢灵运有"天下才有一石，曹子建独占八斗"的评价。王士祯（原名王士禛，世称王渔洋。山东新城人，祖籍海州当路村。清初诗人、文学家、诗词理论家。为清顺治十五年进士，康熙四十三年官至刑部尚书）尝论汉魏以来两千年间诗家堪称"仙才"者，曹植、李白、苏轼三人耳。

黄初元年（220 年）正月，六十六岁的曹操病死，曹丕由世子荣升魏王；同年十月，汉献帝被迫禅让帝位，曹丕上位，称帝为魏文帝。由于争封太子这段经历让曹丕无法释怀，在他称帝后，他仍对曹植耿耿于怀。他担心这个有学识又有政治志向的弟弟会威胁自己的皇位，就想着法子要除掉他。曹植知道哥哥存心陷害自己，可自己无法开脱，只好在极度悲愤中七步之内应声成诗。

煮豆燃豆萁，豆在釜中泣。

本是同根生，相煎何太急？

这首诗以萁豆相煎为比喻，控诉了曹丕对自己和其他众兄弟的残酷迫害。口吻委婉深沉，讥讽之中有提醒规劝。这一方面反映了曹植的聪明才智，另一方面也反衬了曹丕迫害手足的残忍以此来比喻兄弟相残，十分

作者在刑部尚书王士祯故居前牌坊"四世宫保"

贴切感人。曹丕听到这首诗后，有了一丝的悔意，于是就没有杀曹植了。

曹丕要求所有被封王的兄弟们，都得到封地待着，没有朝廷的命令，不能离开封地，不能到京城来，否则就是犯罪，不仅仅是曹植，还包括曹彰和其他兄弟，曹操有 25 个儿子，曹丕在当时是最大的一个，还有 20 多个弟弟，都被一起管制。这是曹丕用来加强中央集权的方法，不是针对曹植的，而是所有的诸侯王都一视同仁，曹丕当上皇帝后，用了很多方法来加强皇权，比如规定太监不能干政，皇族不得留在中央，而要回到封地。后来有人诬告曹植有罪，罪名不详，这事被曹植记在《黄初六年令》中，曹植到京城向曹丕陈述申辩，有大臣劝曹丕治曹植的罪，但是曹丕力排众议，免了曹植的罪，并让他回到封地，甚至连爵位都保留着。曹丕屡次与曹植把酒言欢，最终曹丕死在曹植前面，也没有为难曹植。曹丕病逝于公元 226 年，而曹植死于 232 年，

到了鱼山，如玉指着曹植墓讲解到，曹植墓位于山东省聊城市东阿县鱼山镇鱼山村，依山而建，始建于三国魏太和七年（233 年）三月，是三国时期魏

国著名文学家、曹操三子曹植的墓地。

曹植墓

曹植墓碑

如玉说，鱼山有曹植墓是曹植曾被封为东阿王，在东阿时常登鱼山游览，有安寝于此的愿望，死后其子遵嘱将其葬于此。另外，全国还有几处也有曹植墓。一处是河南淮阳城南三里之"思陵冢"。曹植晚年以陈四县被封为陈王，食邑 3500 户。当年即死在这里；一处在河南通许七步村曹植墓。曹植两度被封为雍丘王，在雍丘生活时间最长，此地又是著名的《七步诗》诞生地；一处位于安徽省合肥市肥东县八斗镇南侧。八斗来自谢灵运曾说过"天下才有一石，曹子建独占八斗，我得一斗，天下共分一斗，"故取"八斗"为名。

船回到聊城，又从聊城沿徒骇河过大运河，从王堤口村沿徒骇河继续往西约 45 华里到达了莘县。如玉向大家讲起了莘县三槐堂的来历，莘县有两千多年历史，在唐末年，海州当路王氏后裔王练被任命为莘县武官县尉，在莘县城东靠近徒骇河安家，逐渐形成了村落，村名叫王家堡（现群贤堡）。

三槐堂王氏谱帘

　　王练传到第六代孙王言科考中榜当上县令。王言的儿子王彻聪明过人，品学俱佳，在后唐科举考试夺得头魁，任左拾遗，其子王祜才十几岁父亲王言因病早逝成为孤儿。王祜凭借自己的才华17岁闻名京城，后担任县令。宋朝建立后受到皇帝赵匡胤重用，王祜历任监察御史、知州等职。大家都认为王祜是一个相才。

　　当时在驻守大名府节度使是符彦卿，他是三朝元老，掌握军权，外面传言他有反叛之心，赵匡胤对此人怀有戒心，委派王祜为大名知府，并秘令王祜查办符彦卿，暗示事后可升相位。王祜是一个正直的人，他到任后，调查了解明察暗访，发现只是符彦卿手下的人借势欺人，并无查出符彦卿谋反之实。他依律处理了扰民者，并以全家性命担保符彦卿并无反乱之意。王祜这样做虽然保住了符彦卿的性命，但是他本人确失去了赵匡胤的信任，宰相梦也化为乌有并被排挤出京。到宋太宗年间任命王祜为开封知府未上任，最后当上兵部侍郎，64岁那一年王祜病重，他亲手在自家院内栽了三颗槐树，寓意"三公"之位。并说："我当不了宰相，我的后代中一定有人能登上相位，这三棵槐树可为见证"。如玉说，当年开封三棵树这个地方现在叫"三教堂"，也是后来三槐堂主堂。

　　王祜有三个儿子，长子王懿、次子王旦、三子王旭。王旦，字子明。因貌

王祐在开封住处开封三教堂及门前三棵槐树（三槐堂祖堂）

不惊人，但确有聪明的智慧和品行。小时候王旦学习刻苦，在这个时候王祐手载三棵槐树，预言就是暗指王旦。

王旦二十三岁中进士、不负父望步步高升，先后担任大理评事、知县、通判、殿中丞、兵部郎中、翰林院学士、工部侍郎，在49岁时担任工部尚书、同中门下平章事，登上相位。是宋真宗赵恒依赖的宠臣，赵恒称王旦为"致太平者"。王旦担任相位十年，被称为"太平良相"。王祐手植三棵槐树的预言实现，其三棵槐树的王家厅堂被称之为"三槐堂"。王旦的孙子王巩的好朋友苏轼为纪念其盛事，特撰《三槐堂铭》流传后世，千古传颂。由王祐传下的这一支王姓，被称之为"三槐王氏"，至今仍传承不衰。民间有一个俗语"姓不姓王、看是不是三槐堂"。讲到这里，婉儿说我们这里面没有姓王的，碟儿说，保不准你以后嫁一个王槐堂后代，哈哈大笑起来。

如玉接着说，王旦之后，三槐堂王氏名人高官辈出，北宋的王旭、王素、王质、王巩、王靖、王古、王震，南宋的王伦、王楠，在《宋史》中都有传记。由于三槐堂王氏后人有如此多的高官，故老家莘县的王家堡被称为"群贤堡"。原来在村东头有王言、王彻、王旦以及王彻次子王祉和王祉之子王献之墓和三槐祠堂。到明嘉靖年间，三槐堂圯毁。现三槐堂匾与清代重修三槐堂石碑保存了下来，成为三槐堂王氏发祥地莘县的物证。说话间大家来到了王旦墓前。

作者在观看莘县千年古匾 "三槐堂"

王旦墓碑

王旦墓碑文

第十二回

百忍堂绅民争讼　黄河口蛟鼋斗法

　　黄昏时刻，船暂停在河南台前县北张村附近运河码头。纤夫们正在船头吃饭，如玉觉得有些闷倦，独自一人上了岸。见南边有几户人家，他便踱了过去。刚绕过一片杂树林，忽然听见河边上传来一阵嘈杂声，一大群围在一起，正议论着什么。如玉赶了过去，只见地上坐着一个花白胡子老汉，一边哭喊，一边挣扎着要起来，却被几个妇女牢牢按住动弹不得。如玉问了身边的一位中年人才知道：这个老汉是北张村的张姓族长，叫张学翰。因为遇到了难以排解之事，便跑到这里投河，想以一死以谢族人。"究竟是什么过不去的火焰山，这么大年纪要自寻短见？"如玉很同情这个张老汉，便开始刨根问底。中年人说："这事还真不好办，也很难让人咽下这口气。"

　　原来，北张村是一座已有上千年历史的古村落，全村都姓张。开基祖叫张公艺，生于北齐，因治家有方，全家几百余口一直吃住在一起，九代同堂从未分过家。这件事被传为佳话，闻名遐迩。一年春天，唐高宗李治和武后到山东封祀泰山，路过张公村，听到了不少有关张公艺的轶事，颇有些不以为然，便换便服来到了张家。张公艺已经探知李治的真实身份，心里忐忑不安，觉得一定是自己有什么事情做得不妥，引起了朝廷的猜忌，得小心应付，绝不能给全家带来横祸。李治要吃要喝，张公艺有求必应，竭尽所能，滴水不漏。李治想考考张公艺治家的能力，便拿出两只梨对张公艺说："你家人多，而我只有两只梨，你能让每个人都分一份，而且又不失公平吗？"张公艺点点头，叫人抬来一口大缸，放上凉开水，又将两只梨捣碎放入水中，这才将全家人召来。偌大一个院子，男女老少几百号人，排着队，挨个上前持瓢喝水，秩序丝毫不乱，鸦雀无声。看得李冶暗暗叫好。晚上，李冶就寝在张家。第二天早上，李冶要走了，问张公艺："你家这么多人，靠什么冶家"。张公艺说："世间诸事皆可容忍。那么你为什么又能容忍呢？"张公艺从怀中掏出一叠纸呈了上去，李冶打开一看，第一张是个"忍"字，第二张还是"忍"字，从头翻到最后一张都是"忍"字，李冶大为感动，不但亲书"九世同堂"横幅一张，还为张家题写了"百忍堂"堂号，并吩咐地方官不许为难张家。这件事给北张村带来了极大的声誉，被人称为"天下第一家"。张公艺死后，朝廷害怕张家聚众造反，便强令张氏分家，结果张姓后代便四处迁徙到山东、河南、河北、江苏等地散居，其中有一支迁山东阳谷县张秋镇，张秋镇位于京杭大运河与金堤河、黄河的交汇处，这一支年仅6岁的张省三随宗亲到海州发展，住海州的新浦后街以经营珠宝为业，张省三长子张福印家四女儿起名张秋霞，意为祖籍山东阳谷县张秋镇。

但北张村却一直保留了下来，而且子孙后代一直非常和睦，如同一家。因为张家有根基，大部分人家都是自耕农，基本上能自供自给。为了应付灾荒，现任族长张学翰便在张公村村头修建了一座粮仓，凡遇灾年，失去生计的族人都可到仓库取粮活命。去年夏秋，这一带遇到旱灾，庄稼绝收，饥民遍地。村中富绅苗坦之是天主教信徒，担心流民到他家抢粮食，便挑唆一帮地痞啸集数百名流民冲入张家粮库，将存粮一抢而光。张学翰欲哭无泪，便去找苗坦之说理，要求补偿损失，谁知苗坦之找到村中天主教教堂法国传教士李国一，诬告张学翰依仗大族大，人多势众，上门闹事，请求李国一主持公道。李国一视教民为心腹和爪牙，存心袒护苗坦之，当下写了一张便条叫人送到县府，要求严惩张学翰，县长得罪不起李国一，立即派人锁拿张学翰，不但罚了钱款，还罚他在县府大门口带枷示众三日。受此奇耻大辱，张学翰哭诉无门连气带急，一时想不开，便投了运河，幸巧被族人及时救起。

"世间居然会有这种怪事！"听中年人一说，如玉义愤填膺，对张学翰深感同情。他走到张学翰面前，说："老人家，你受了委屈，在县里告不倒苗坦之，还有地方说理。"

张学翰此时情绪已平定下来，见文如玉文质彬彬，气度不凡，便说："这我何尝又不知道？可上哪说理去？那些民国官员，无论是大是小，那一个敢得罪传教士和教民？我不是没拜门头，香也烧了不少，还专门请了律师，可谁都装聋作哑。这场诉讼看来我是输定了，如今这个世道真是暗无天日啊！"

如玉一时语塞，心想：没想到世俗之事如此复杂，看来我还是少不更事，单纯幼稚啊！他沉思片刻，有了主意，说："张老伯，你现在有什么要求？"

张学翰说："我也不想把事情闹大，只要苗坦之能当众向我认个错，再退我一部分粮食，我也就得过了。"

如玉知道解决这事的关键在那个法国传教士李国一。便说："你能带我到教堂去找李国一吗？"

张学翰拍着胸口说："我也豁出去了。我这就带你去。路不远，就在大堤西面。"

一群人直奔教堂，路上，人越走越多，到教堂已聚起几百号人，大多数是张氏族人。

在教堂礼拜厅里，文如玉见到了传教士李国一。五十多岁，大个子，精瘦，高鼻深目，嘴上留着大胡子，一说话就眉飞色舞，指手画脚，是个地道的法国人，只是不知为何却取了个中国汉人姓名。他见如玉像个贵介公子，来了个一百八十度大转变，变得笑容可掬。

如玉决计说动这个法国佬。他先作了一番自我介绍，又接着说："李牧师，我想请教一下，你不远万里来到中国传教布道不知道是为什么？"

李国一耸耸肩，手一摊，说："你这个问题很简单，就是为了请求上帝给中国老百姓带来福音，让人的内心变得更加安宁，让社会变得更加安定。"

如玉说："这么一说，是你来播撒博爱的种子的，那你肯定不希望到处树敌了？"

"那当然。"李国一频频点头。

如玉说："中国人向来是讲究宽恕忍让的，也有以德报怨的气度。可一旦便逼得走投无路，他们其中一部分人也会铤而走险，以牙还牙，以血还血。假如你做了什么有失平等公正的事情，你就不怕招来报复吗？"

李国一的眼睛瞪了起来，说："谁敢报复我？"

如玉手朝门外一指："你看，对你恨之入骨的人多啦！"

李国一见门外黑压压一大群人，个个横眉冷对，不禁有些心虚胆寒。说："我有中国地方官府的武力保护，谁敢拿我怎么样？"

如玉说："中国人有一句老话，叫'明枪易躲，暗箭难防'。当地官兵也不可能时时刻刻都为你看家护院吧？万一月黑风高闯进来一群土匪，那你不死定了？"

李国一说："我与土匪无冤无仇，他们为什么要来杀我？"

如玉说："土匪只认钱财不认理，如果你得罪了我，我只要拿几个小钱，就能买到土匪砍你的脑壳。"三绕两绕，李国一已经昏了头，觉得如果刚才所言是话糙理不糙，不禁为自己的处境担心起来。他的语气软了下来，问道："那你是什么意思？是不是想帮张家打官司？"

如玉摇摇头："不不不！讼无赢家。我不想让你卷入一场官司，只是为你的处境担心。我以为，只要你稍稍做出点姿态，让苗坦之给张学翰认个错，再拿点粮食补偿一下，不但能息事宁人，而且能给自己带来平安和威信。这种一举多得的事情你不想试试吗？"

李国一皱着眉似乎在思考什么。

如玉又烧了一把火，说："如今是荒年，张家粮仓一毁，数以千计的人都会因失去救济而难以活命。一旦他们都面临死亡的威胁，那还有什么可怕的事情不会发生？我完全是为你着想。如果你不愿采纳我的意见，我只有告辞了。"

李国一已经被如玉说动，只是觉得面子有点下不来，心里还在犹豫。

忽然，从门外飞来一把柳叶刀，贴着李国一的耳朵飞过，插在大厅圆柱上，嗡嗡作响。如玉抬头一看，只见蝶儿正在人群中朝他做鬼脸，心想："这鬼丫头还真有心计，能见机行事。"

李国一吓坏了，脸色煞白，说："文先生，你不能走。你得帮我把这件事摆平。以后，我们会成为朋友，我会到北平去拜访你和你的父亲。"

如玉将张学翰叫到大厅内耳语几句。如玉见他首肯自己的意见，又叫人拿来纸笔，当场写下了一张调解合约，让调解人李国一签字画押。李国一画过押又叫人去喊苗坦之。

不大功夫，苗坦之便来了，看过合约，老大不快，嘴里嘟嘟囔囔。

李国一生气了，说："张家的粮食大部分进了你家的粮仓，物归原主，你没有吃亏，不要再说了。"

苗坦之之所以敢得罪张家，主要是仗着李国一这座靠山，如今见靠山化为冰山，心里也发虚，只得硬着头皮签字画押。

门外众人顿时欢呼起来。有几个年轻人还冲进大厅把如玉抬了起来，再三请他到村里吃酒。

如玉好不容易脱身。跟张学翰告辞时，这位张氏的七十代传人顿时老泪纵横，呜咽着说："文先生，我要给你刻一块功德碑，将它立在张氏祠堂里，跟唐高宗还有历代名臣贤士的碑刻并排，让它传至千秋万代。"

如玉不住摇头，说："今天我只是侥幸做成了一件好事。要知道，在中国这块大地上，传教士和教民欺压老百姓的事情真是随处可见，原因还不是国家积贫积弱。单凭一人之力是无法消除世间不平之事的。老百姓要想过上好日子，根本的出路还是靠变革啊！"

张学翰中过秀才，也留心时事。这一席话，只说得他频频颔首，以为有了像如玉这样一批年轻有志的青年，中国还有前途和希望的。

日上三竿起锚时，如玉正站在船头。他感觉今天的天气不错，风和日丽，晴空万里；大运河波澜不起，汩汩无声，波光明灭，锦鳞时跃；东西大堤上，杨柳依依，炊烟袅袅；堤坡上，大片野菜红绿交织，绿的像翡翠，红的如玛瑙，偶有微风吹来，此起彼伏，犹如一块巨大的织锦揭地而起；傍岸浅水中芦苇密布，郁郁葱葱，围网片片，在竹竿之间随风飘荡，一只小船载着十多只鸬鹚破浪而来，渔翁手持船篙，立在船头，眼睛紧紧盯着水面。

如玉深深地吸了一口气，活动几下身肢，觉得心情无比畅快，真想吟一首诗抒发一下情怀。就在这时，端木林带着蝶儿走了过来。

端木林说："文少爷，有一件事我想跟你商量一下。"

如玉说："端木老伯，什么事？"

端木林抬手打了个眼罩，朝前方水面晾了一阵，说："再过一阵，就到斑鸠店黄河口了。我想过了午时再穿过渡口。"

"为什么？"如玉有些不解。

端木林说："你有所不知。大运河就在前面不远处与黄河交汇，形成十字形河面，不但宽阔，水急浪大，旋涡迅猛，而且在这水下，屡屡发现古怪。按照我们这一行惯例，每次过黄河口，时间必在午时之后。"

如玉忽然觉得行船的速度慢了下来，低头看了一下河面，原来还比较清亮的河水已变得混浊起来，一股黄色的水流，就像一条巨龙在水面上游走翻滚，与运河的水形成强烈的反差，泾渭分明。如玉这才意识到黄河口就要到，这股黄色的水流当是来之奔腾千里挟沙裹土的黄河。朝前头河面上一瞭，顿觉浩瀚迷茫，水面上来往船只似乎也变小了，就像一只只小舢舨。他问道："端木老伯，你刚才说的古怪是什么东西？有那么可怕吗？"

蝶儿也似乎是第一次听说这事，瞪大眼睛看看端木林，而端木林似在思索着什么，沉吟一阵才说："我也说不清楚。反正这东西出没无常，每隔一段时间就会现身。"

如玉问："最早出现在什么时候？"

端木林说："明崇祯末年，闯王李自成攻下北京，登上大顺皇帝宝座，崇祯皇帝吊死在煤山，黄河口出现过这种东西。清雍正末年，皇儿子弘毅派刺客在山东境内谋杀太子弘历，也发现古怪。再就是新近一次，冯玉祥逼宫，赶走小皇帝溥仪，不过动静比较小。这些传闻也都是听老辈人说的，没亲眼见过。不过行船时有些规矩倒是要遵守的。"

"什么规矩？"如玉问道：

"比如，船上人不能胡说八道，提到神啊鬼啊，尤其是妇道人不能乱说；桅杆上不能晾晒女人褒衣内裤，不能往河里倒残饭剩菜；过黄河口必在午时过后，等等，多了。"端木林边想边说。

如玉说："如果不在午时过黄河口，会出现什么意外？"端木林说："这也说不准，还是小心为妙。清雍正末年夏天，漕帮老大潘清午时过黄河口就吃了亏。"

"喔？您详细说说。"如玉大感兴趣。

端木林说："那一次过漕船时，河面上帆樯蔽日，连营结队。快临近黄河口时，一阵怪风刮过，河水暴涨，白浪滔天，烟云之中古怪突然现身，呼吸之间，船队逆不能行，东倒西歪，上下颠簸。潘祖师的主船走在前面，一个巨浪过来，几乎翻船。慌忙之中，潘祖师抓起船头那只御赐铁锚就抛出去，只见金光一闪，古怪突然沉入水中，河面上顿时风平浪静。饶是如此，潘祖师因被蓬杆撞了一下受了重伤，当场口吐鲜血。过了几个月之后，就驾鹤西游了。"

如玉暗暗吃惊，问道："御赐铁锚是哪来的？"

端木林说："还是潘祖师揭皇榜领皇家漕运差事时，由雍正皇帝亲赐的，一共两只铁锚。其中一只就扔在这里。"

如玉说："为什么不把它打捞上来？"

端木林说："烟水茫茫，上哪打捞？不过，那只铁锚似有仙气，偶尔也会在水面上现身，不少人都看见过。"

"这倒神了！"如玉有些疑疑惑惑，正想深问，忽然发现天色突变，刚才还是红花大太阳，只过了半个时辰，已是天暗云飞，罡风阵阵，河面上的涌浪也骤然迅急了。举目四看，不少散载船、人载船都已靠向河岸，拉纤的纤夫走走停停，纤绳垂如弯弓。他这下感到事情有些不妙，心话："刚才端木老伯所说的那些传闻看来不虚，得小心点。"

这时，天色更暗了，乌云翻滚，如同脱缰野马，偶露缝隙，一缕阳光直射在水面上，将河水染得像黄纸一样，一浪接着一浪响咆哮而来，将船撞得左右摇摆，上下沉浮。端木林大叫一声："不好！"连忙吩咐蝶儿拿出香炉摆在船头，燃起三支顶香，顿时烟雾弥漫。端木林不知从哪里找来一只猪头，也供在船头。

如玉发现前面的数十条船也停了下来，不少船头还烧起了香烛纸马。

"啊！快看，起蛟了！"

随着万福堂一声惊叫，河面上冲出一根巨大的水柱，高可接天，水花四溅，云气弥漫。随之地底传来一阵低沉而有力的轰鸣声，河水骤然分开，冉冉腾起一条巨蟒状的怪物，身躯露出水面十多丈，腰粗似水桶，皮肤鱼肚白色，鳞甲皎然，头大如斗，两只怪眼发出幽幽绿光，头随着躯体上下摆动，每扭动一下，水面上便激起层层波澜。不移时，阴云四合，电闪雷鸣，远方天际上隐约挂着雨脚。

如玉等人面面相觑，不知所措，婉儿吓得直往如玉身后躲。

还是端木林、万福堂见多识广，沉得住气，跪在香炉前，一边磕头，一边默默祷告。

忽然，远方河面上腾起一片阔大的波浪，冲得岸边的芦苇哗哗作响。波浪悠地平息了，旋涡开处，缓缓浮出一只巨鼋，口似血盆，眼如铜铃，四肢拨水，轰然有声。大鼋似乎发现了巨蛟，前肢一分，后肢猛蹬，张开大嘴，猛地扑向巨蛟。巨蛟若有准备，腾在半空，甩尾猛击大鼋脑袋。大鼋探起，前爪击出，正中巨蛟尾巴，空中鳞甲纷飞，如降瑞雪。巨蛟负痛，猛叫一声，如同牛鸣，头下尾下扑向元鼋。瞬间蛟鼋绞成一团，一会儿在水面，一会儿纵向半空，一会沉入水中，浪花飞溅，搏斗异常惨烈。

"哗——"

下雨了，如同天上水坝决口，雨点既大又密，在河面激起万点水花。乌云越压降纸，天光渐消，四周一片黑暗。而蛟鼋犹在酣斗，只闻轰轰巨响，不见怪物身影。

满船上的人都看呆了，顾不得钻进船舱避雨，一转眼就成了落汤鸡，直打寒战。

如玉招呼婉儿、蝶儿等人进了船舱，透过触窗向外张望。不知过了多少时辰，雨止云雾，舱外寂静无声，烟水苍茫。如玉第一个钻出船舱，朝河面上一看，只见河水尽赤，鱼虾漂浮，腥气扑鼻。他用抄网兜起一片蛟鳞，其大如掌，如玉似珉，灿然有光。端木林等人也到了船头，你抢我夺，挨个传看，啧啧称奇。

如玉问端木林："端木老伯，这可是百年难遇的奇事啊！你是怎么看的？"

端木林想了片刻说："太凡时间精怪骤然现身，都是一种征兆。到底有何奥妙，我还真说不上来。不过有一点倒肯定的，那就是蛟鼋相斗鱼虾遭殃。"

万福堂说："蛟是龙种一族，只是无角罢了。龙是天子的化身，大家都知道。可这蛟又代表什么呢？巨鼋类龟，是四灵之一，也不是凡物，又代表什么呢？还真不好琢磨。"

如玉说："黄河口怪物现身，不在朝代鼎革之时，就在世事巨变之际，莫非这民国要出什么妖孽？我心里有点数，只是还在观察。我想总有一天，这个谜会水落石出的。可惜我们都是肉身凡胎，缺少一双巨眼，不能见微知著。"

端木林看见前头那些船已起锚，便吆喝纤夫们上岸行船。运河和黄河交汇处的水情的确不比寻常，水深浪大，折腾两个多时辰，才过了斑鸠店。又行数里，岸上群山迤递，林木扶疏，令人心情豁然开朗。

第十三回

运河三怪郝颜走　奈良五鬼闹梁山

过了斑鸠店，大运河河面明显变宽阔了，船贴西岸而行，看东岸一片浩渺，大堤影影绰绰，河水也深多了，而且流得更急。端木林告诉如玉，这主要是因为运河岸东平湖顶托的缘故：东平湖是宋代八百里梁山泊的遗存，因与黄河、运河相通，水量一直很充足，是以船只每行到这里便格外省力。

说到梁山，如玉、蝶儿、婉儿都来了兴致。如玉问端木林："过去老听人说，这一带是梁山好汉的故乡，民间练武之风一直很盛，武林高手甚多，真实情况是这样吗？"

端木林说："梁山东临东平，西傍郓城，自古以来就是个武术之乡。你没听人说梁山一百单八将，七十二将在郓城？宋江、阮氏三雄等都是这一带人。民间武术流派很多，而且隐藏着不少高人，比如说相传是宋江、武松传下来的子午门技法，就有不少独到之处。此外，像白鹤门、梅花拳、武当大洪拳、宋氏少林拳、形意八卦拳、孙氏太极拳等门派也不乏名家。"

如玉又问道："这一带还能不能见梁山英雄好汉的遗迹呢？"

端木林说："有一些，像阮氏三雄故里石庙村、宋江碑、宋江河、梁山旧寨，等等。我告诉你，东平湖中央还有一座晁盖墓呢。按书上说，晁盖死在梁山，葬在梁山，可不知道为何东平湖里却有他的坟冢。听说每年清明。总有一些梁山好汉后代前去烧香呢。"

如玉说："我听说，这一带有两座梁山，都跟宋江他们有关，这里真的吗？"

端木林说："是真的，除了人们常说的那座梁山，东平湖附近还有一座棘梁山。有人说，那里才是真正的梁山。到底是什么情况我也说不清。"

蝶儿问道："爹，现在的梁山还有宋江老寨吗？"

端木林摇摇头："这都多少年过去了，就是有，也早就倒了。不过还能找到李逵黑风口，林冲杀王伦的分金亭等遗址。"

婉儿插了一句："端木老伯，你是练武之人，你认为梁山一百单八将，哪一个武功最厉害？"

端木林说："也是各有千秋吧。马上功夫当数林冲，步战要数武松。他俩都师出名门，武功很实用，而且屡经大阵仗，有实战经验。"

如玉也深以为然。

就这样说着唠着，不知不觉，船已到了梁山县城东门外的运河码头。吃过午饭，如玉等人正在看书，船外忽然传来一阵嘈杂声。如玉出舱一看，码头上围了不少人，正指指点点说着什么。有个大汉还上了跳板。

如玉大声问道："你有什么事吗？"

大汉期期艾艾地说："我们听说武林宗师端木大侠到了梁山，我们想见他一面，你看中不中？"

如玉知道端木林做人一向低调，不喜欢张扬，便说："你恐怕弄错了，这里没有什么大侠。还是请回吧！"

大汉说："底我们早已摸来了，还是让我们见一面吧。"

正僵持着，端木林、蝶儿也先后出现在船头。端木林望了大汉一眼："你为什么想见端木林呢？"

大汉说："这些年，端木大侠都是神龙见首不见尾，寻常难见真容。可江湖上的人都把他说神了，我们有点不相信，很想跟他切磋切磋武功。"

端木林知道行藏已露，瞒也瞒不住，便说："你们来了多少人？都是武林同道吗？"

大汉说："大约有几十人吧，都是打熬筋骨的把式。"

端木林说："你们都是这一带人吗？"

大汉点点头，说："有的来自梁山，有的来自鄄城，有的来自东平。"

端木林说："本来切磋一下武功也没有什么。可你们好几十号人，要是每个人都上，那还不把我这老骨头累散架了？"

大汉已知道眼前这位老者便是大名鼎鼎的端木大侠，抱拳施了一礼："端木前辈好。"又说道："既然这样，就请端木大侠自己划个道，我们这些晚生后辈无不遵从。"

端木林哈哈大笑，说："好！我今天就满足你们的要求。"说罢，他脚一勾，挑起一根长约五丈的竹篙，左右一挑，便收起铁锚和船跳，竹篙又向码头一点，船便离了岸，足有四、五丈宽距离。他将竹篙朝水里一放，说："我这里有个考较，你们谁能踩着这根竹篙上船，我就跟谁过过招。否则，概不奉陪。怎么样？"

这一下，码头上炸了营，那帮人你看我，我看你，一时竟说不出话来。显然，端木林这一手使他们感到为难了。要知道，如果没有相当的轻功，是很难以篙当跳飞上船头的，弄不好就会变成落汤鸡。那人不丢大了？

大汉高声说："机会难得。既然端木大侠给我们脸，我们就得兜住。我来试试。"

大汉提了一口气，"刷"一下飞下码头，脚踩着竹篙就往船舱跑去，可走了几步，"噗通"一声便落入水中。大汉一边抹脸，一边向岸上走。

码头上一片喧哗。

又有几个人技痒，先后显示身手，可都步了那个大汉的后尘。

这时，人群中出来一个瘦子，走到河边，一个"八步赶蝉"，身一纵，已稳稳落在船头。

众人齐声喝彩。

端木林嘉许地点了点头："嗯，燕子门的轻功，果然名不虚传。年轻人，你出招吧！"

瘦子刚要出手，蝶儿闪身上前，说："你先过我这一关。"

瘦子有些恼怒，看了看蝶儿，又看着端木林。

端木林说："这是小女，自幼便练习武功，你不妨和她过几招。如不济，我肯定向你讨教。"

瘦子左右云手一亮，一招通天锤打了过来，蝶儿一闪，已避过。瘦子"咦嘻"了一声，又使出一招穿捶，再接马袖踢腕，蝶儿见来势凶猛，左手下劈，罩住瘦子上盘，右肩一靠，左脚一挑，瘦子"扑通"一声倒在船头。爬起来，红着脸看着端木林。端木林手一伸拉起瘦子，奋臂一摔，瘦子已被到半空，他一个团身上了码头，挤入人群不见了。

端木林和蝶儿正商议如何收场时，一个胖大和尚已飞上船头，脚步甫定，便"呼"地一掌劈向端木林。端木林上前一步，左手抓住和尚手腕，右手一招拔水穿心箭，正中和尚胸膛，和尚"哎呦"一声弯下腰，动弹不得。

岸上人一边惊呼。他们已经看出，这端木林父女功夫确实高妙，三招两式就能挫人锋芒。这一来，再也无人敢出头上前。

如玉将跳板搭上码头，拿出几块银洋，说："端木大侠行船累了，要休息，诸位还请回吧。我这还有点钱，你们拿回去喝茶吧！"

众人正犹豫，一旁急匆匆过来三个壮汉，虽然个个奇丑无比，怪里怪气，可面貌都差不多，好像是弟兄三人，年纪都在三十上下，每人手上都有一把明晃晃的钢刀。

年纪较长的那个壮汉指着端木林说："端木林你记得东平'浪里蛟'上官云吗？我们是他的后人，今天要向你讨还血债！"

如玉正要上前搭话，端木林上前一步将他拉在身后，说："记得，你们想必就是江湖中传言的'运河三怪'了。今天这事难道一定要用武力解决吗？"

壮汉说："那是当然，血债要用血来还嘛！"

端木林说："这都是陈年旧账了，你们犯得着再纠缠吗？要知道，当年那件事可是有公断的，其中是非曲直我想你们一定也清楚，就不用再挑开了吧？"

壮汉说："你杀了我们的父亲，不必花言巧语。有胆量的，上岸来，我们今天就做个了断。"

端木林知道说也无益，脚一点已上了岸，说："好！我今天就给你们一个报仇的机会。你们说，怎么个较量法？"

壮汉说："我们也不想以多欺少，就让我来向你这位成名的大侠讨教几招。"

端木林摆摆手，说："这样吧，你们弟兄三个一起上，我徒手对你们三把刀，如果我能在一招内将你们手中钢刀打飞，旧账咱们一笔勾销。要不然，我不再还手，任你们所为。这样如何？"

壮汉心话："你本事再高，也不可能一招之内打落三把刀。"他点了点头，说："好！你爽快我们也爽快，就依你。"他回过头向那两个壮汉手一招，说："我们一块上，今天非要挫挫这个老匹夫的威风不可！"

三个"嗷"一声，手舞钢刀扑了上来。

端木林一个滑步闪过，围着弟兄三人转起了圈子，脚下越来越快，可就是不出手。几圈下来，弟兄三人已乱了脚步，下盘不稳，彼此难以呼应，瞬间居然站成了一条线。端木林大喝一声："撒手"，突然三兄弟之间，双手曲指左右疾点，又倒踢出一脚，"当啷"一声，三人手中钢刀已然脱手。

众人齐声叫"好"。

端木林上前一步，飞快将三人一一拉了起来，说："男子汉大丈夫应该懂道理，明是非。我看今天这事就这样了结了吧。我绝不会为难你们。如果你们不服，等练好了武功，随时可以来找我报仇。不过我要奉劝你们一句，做人一定要走正道。"说罢，向众人作了一揖，转身走向船跳。弟兄三人又羞又愧，脸如红布扭头便走。

众人一齐拥到码头上，七嘴八舌恳请端木林下船，说要为他接风洗尘。端木林笑脸推辞。

正在这时，几个身穿箭衣的年轻人拥着一个中年男子走上了码头。中年人双拳一抱，对端木林说："端木大侠，在下子午派掌门人杨展，久闻前辈大名，今天特来请大侠进城为梁山武林同道压阵。"

一听这话，端木林便知道梁山县城内必定发生了什么事情。

便走到码头上，问道："杨掌门，大家都是武林中人，有什么难处，直说无妨！"

杨展说："老前辈也许有所不知，自从中日二十一条密约签订，山东境内到处都在游行集会，抵制日货。日本驻青岛领事馆领事恼羞成怒，居然从他们国内招来一帮武士，在各地进行什么武士道巡回表演。到后来就变味了，每到一处都大摆擂台，炫耀武力，企图压服中国人，这不是欺负我中华无人吗？端木前辈，我想这事你不会坐视不管吧？"

端木林问道："莫非在梁山县城内也摆了擂台不成？"

杨展说："那还错了？还真摆了。他们以为自己是什么东西，简直不把梁山武林放在眼里。"

如玉知道这事非同小可，插了一句，说："日本人挑衅，你们自己不能应付吗？"

杨展说："我们当然能应付，可就怕万一失手，灭了咱们的威风，长了人家的志气。他们的表演我也看了，有几个人武功还真非同小可呢，所以一定得有武林大侠前去压阵。"

如玉正要说话，被端木林摆手制止，对杨展说："怯于私斗，勇于公争，这本是武林中人一贯的襟怀和风范。你不用说了，我下午进城就是了。你们先回去准备吧。"

杨展带人走了。

如玉说："端木老伯，我看这事得从长计议。"

端木林说："你是不是害怕日本人？"

如玉说："我不是这个意思。我是想，善者不来，来者不善。日本武术您也许不知道，源出明朝旅日武术名家杨濂士，又融入日本柔术等技法，讲究实用，刚猛凶狠，号称'唐手'。你年纪大了，万一有个闪失，后果不堪设想。还请您三思。"

端木林说："这么多年，我端木林一直在江湖当中藏着掖着，人活得很憋屈。我怕什么呢？我是怕别人找我比武，伤了武林和气；我是怕过去那些仇家寻衅报复。刚才你也看到了，那上官三兄弟，今天不就是找上门了吗？"

如玉说："我正想问这是怎么回事呢？"

端木林说："那些陈年旧账多了，不是一句话两句话就能说清楚的。就说那个'浪里蛟'上官云吧，当年他可是运河一霸，到处袭击货船，杀人越货不眨眼。几年前，他在济宁运河段劫了上海荣氏茂新面粉厂跑北方的商船，劫走'兵船'牌上好面粉数千袋。这事恰好被我撞见，便打了他一掌，后来就病死了，这明明是为民除害吧？可他的后人却一直不肯放过我。这叫什么事吗？好了，以后，我什么也不忌讳了，堂堂正正做人，该干什么干什么。现在，日本人打上门来，我就更不能袖手旁观了。"

端木林的情绪很激动。看得出，他已压抑很久。

如玉只觉得浑身的鲜血都在沸腾，高声说："端木老伯，您这话真是掷地有声，让我们这些年轻人打心眼佩服。我同意你进城就是了，爱国之心谁没有？"

蝶儿说："这些日本人也太猖狂了。我非教训教训他们不可！"

如玉说："下午，我们一块进城去。我倒要看看日本武士有多大本事。"

吃过午饭，如玉和婉儿、端木林乘一辆马车上了路。而蝶儿则留在船上看家。

日本武士的演武场设在梁山县城的穆王台。相传周穆王外出游猎曾到过县北昆山，为寇所困，苦于无水，马咆哮刨地得泉，因名之马跑泉，后脱险至梁山县城。后人为纪念此事，便修建了穆王台。原来台有庙宇，但因年久失修已倒塌。日本演武团在台上搭了一座彩棚，所有武士便在这里休息候场。

文如玉一行赶到穆王台时，发现这里人山人海，到处挤得水泄不通。杨展等人坐在台前一溜长凳上，看见如玉他们正四处张望，便叫人将他们领到了台前。正寒暄时，一个日本雇的华人通事出现在台上，他双手一压，举起了手中的喇叭，高声说："今天大日本国武士到梁山，目的是以武会友，增进中日睦邻友好关系。下面就开始表演武术，第一个上场的是北海道武术名家宫本，如果谁想跟他切磋武功，可以上台挑战。"

宫本穿着一身黑色练功服出现在台上，一边活动手脚，一边"嘿哈"叫喊，意态张狂，似乎不可一世。

杨展告诉端木林，这次日本演武团一共来六个人，为首的叫片山横冈，奈良人，其余五人是他的徒弟，个个武功高强，号称"奈良五鬼"。宫本是年纪最小的一个，近三十岁。功夫也最差。

宫本架子一理，练了一套空手道擒拿功法。简单实用，基本功显得很扎实。

人影一晃，台上已多了个人。此人叫叶子玉，是勺手门弟子。宫本一声断喝，欺身直进，叶子玉一边游走，一边琢磨对手的路数。一看对方露出破绽，身形一晃已到面前，一个穿掌直取对方咽喉。宫本头一偏已卸去来招，左手一抓已拿到叶子玉右腕，一个摆膝直击对方阴档。叶子玉欲以反擒拿手法脱身，怎奈宫本力大无穷，叶子玉数次发力也未能奏效，被宫本一个肘锤打下台去。

台下众人俱骇然变色，发出一阵惊叫。

宫本双手高举，来回走动。

"我来!"一声娇喝，一个白衣年轻女子又飞到台上，她叫白门柳，梁山白鹤门传人，张展表妹。白门柳双臂一错，摆了个"白鹤亮翅"的架势，手一招，宫本已到他面前。白门柳手法极快，连使"鹤鸣九皋""鹤鹿同春""鹤唳松涛"三招，环环相扣，间不容发，直逼得宫本连连后退，脚步跟跟跄跄。白鹤拳是个小拳种，宫本根本没见过难免手慌脚乱。又斗数个回合，白门柳突发一招"对打心锤"又接"云手大跨"，轻喝一声"下去"宫本应声倒地。

台下一片喝彩声，白门柳一个后空翻，又立下桩口，挥手向台下致意。

杨展告诉如玉，他这个表妹出身殷实之家，不喜欢读书，只爱好武术，初中毕业便辍学在家，专门跟师傅练习武艺。宫本的师哥小野抱着膀子晃到了白门柳对面，冷冷地盯着对方。

白门柳揉身又上，一招"拔草寻蛇"，打了过去，小野伸出左腿，一击便消去来招。白门柳突发一招"白蛇吐信"，次接"燕子穿水"，小野以慢打快，连接两腿，又逼退对手。白门柳有些急躁，大喊一声，身形一纵已到半空，双臂大张，一招"苍鹰搏兔"双掌直扑小野上盘。小野身子一侧，突然倒地，一个"朝天蹬"，白门柳便飞到半空。说时迟，那时快，文如玉纵身飞起，双手一抄，便托住了白门柳的腰，又轻轻放下，白门柳脸一红，跳下了台。

如玉并未打算出马挑战，只是情急之下为救人才上的台，本想下去，一见小野气势汹汹地逼了上来，心一横立了个门户，等着对手。

"不好!"端木林一见如玉上了台，心中暗暗叫苦，怕他吃亏，掏出两颗铁链子窝在手心，眼睛紧盯着台上。

婉儿急得直叫唤："少爷，快下来，快下来!"

如玉已经无法脱身，此时小野频频出招，腿如旋风，逼得如玉透不过气来，步步后退，眼看就到台边了。他知道小野以腿法见长，闪展腾挪的身法未必能胜过自己，便使出跟董海川传人学习的八卦掌的独特步法，绕着小野四下游走。小野数次出腿未能踢倒对手，气得"哇哇"大叫，出腿更快了，鞭腿，扫蹚腿，飞腿，劈挂腿，一腿连一腿，呼呼生风，招招致命。如玉掌随步换，似东似西，如进而退，避虚击实，转个不停。小野耗费了大半力气也未能沾到如玉丝发。情急之中使出绝招连环腿，一扫复一转踢向如玉脑门。如玉见他身形歪斜，一个交叉步转到小野背后伸出右手，曲指如钩，猛点他的腿弯，小野出腿已老躲闪不及正中要穴，"哎哟"一声，腿一软单膝跪在地下。如玉又突使一招如封似闭，将小野击了一个跟头。小野一个鲤鱼打挺又跳了起来，一个站步又冲了上来。

台下一齐叫喊："滚下去，滚下去，你输了！"

片山横岗连声击掌，招呼小野退场。小野无奈，只得退回彩棚。

如玉正兴奋莫名，只见彩棚中出来一个寸头浓须、深目大嘴的武士。他看过宣传单上的照片，知道此人就是片山的第三个徒弟大岛三郎，双臂一错，又立了门户。

大岛三郎的功夫远在小野之上，掌法、腿法、摔法无一不精，而且有一身横练功夫，尤其抗击打。他伸出左手食指朝如玉一勾，自己则摆好架势静候对手出拳，如玉"呼"地一掌劈了过去，大岛三郎挥掌相迎，双掌一碰，如玉浑身一震，退下五六步才站稳。他知道遇到了硬手，不逢多想，使出本门功夫通臂拳，近身快打，一拳又一拳，连出十多招。大岛三郎已看清如玉路数，见他下盘不稳，出拳虚浮，迅速欺身切入，双手一插便抓住如玉身躯，怪吓一声"出去"，双臂一送，如玉横飞了出去。杨展眼疾手快，一个箭步冲到台前，抓住如玉右手一带，卸去来劲，如玉这才免受皮肉之苦。他抱拳向杨展施了个礼，回到端木林身边。端木林拍拍他的肩膀，说："文少爷，没想到你敢上台挑战日本武士，可把老夫吓坏了"

如玉连称侥幸，婉儿连忙递过一条毛巾，让他擦汗。

台上，大岛三郎和杨展已斗得难分难解。杨展的子午拳源于北派少林，拳法严密且力道刚猛，长于摔拿和腿法，而大岛三郎技法全面，几乎没有什么破绽，两人可谓旗鼓相当。又斗了片刻，大岛三郎越战越勇，出招更加狠辣，杨展迭遇险招，情急之中，他身法一变，使出了祖师武松流传下来的本门绝技连环鸳鸯腿，左右两腿交替，疾如风雨，大岛三郎防不胜防，左支右绌打了一个趔趄趄，被杨展抓了个正中，飞起一腿正中对手小腹，一声惨叫摔出台外。

片山第二个弟子高桥见师弟失手，一个箭步已冲到杨展对面，不由分说，一招油锤贯顶便砸了下来，杨展刚才力战大岛三郎浑身力气又耗去大半，不敢硬拼，只得以守为攻，边退边走。高桥得势不饶人，步步紧逼，见对手已到台边，猛地纵身跃起，左脚踢向杨展。此时杨展已无退路，大叫一声，气一提也跳了起来，用右腿迎击对方来腿，"啪"的一声，两人同时重重倒在地下。高桥被对方踢中阴档，已失去战斗力，起不来身。杨展伤势也不轻，大胯受到重击，疼痛不已，虽然已挣扎起来，却无法迈步。

这时，片山的大徒弟铃木过来将高桥抱回彩棚。杨展不好自动退场，便用一条好腿勉力支撑，等待铃木。

忽然，一个身影一晃已飞到台上。杨展眼一瞄，是个胖大和尚，认得是梁山连台寺的主持万印大师，螳螂拳名家。

万印高声说："杨老师，你已经受伤，快下去吧，让我来对付这个铃木。"

杨展拖着伤腿下了台。

铃木走了过来，扫了万印一眼，一招仙人指路，挥拳就打，万印身形一伏，右臂一摇，用缠腕手术去锁对手小臂。刚近身铃木一个夜行步已转过万印身后，伸臂夹住万印，接使大背腾，用空手道特有的摔法将万印摔了出去，万印一个怪蟒翻身，在空中打了两个筋斗，又落在台上。铃木"咦"了一声，一个寒鸡步又到万印左路，左手曲指如钩来锁万印咽喉，万印使了个双金刚架，化去来招。身形一矮，欺身抢入铃木怀中，一招流星赶月，打得铃木满脸开花，鲜血直流。铃木受伤，恼羞成怒，嚎叫一声猛扑过来，万印一闪，奎星点斗连环八招早已招呼上去，一点人中，二点咽喉，三点户井，四点泥丸，五点肩尖，六点太阳，七点眼睛，八点心窝，快如闪电，一气呵成，间不容发。铃木勉强应了几招，泥丸穴一麻，如僵尸仆倒在地。

万印双手一抖，高声道："痛快！"

杨展暗付："几年不见，这个万印功夫至少已长三成。这奎星点斗连环八招，还真厉害，寻常人很难躲过。"

端木林也嘉许地点了点头，对如玉说："这个万印的武功在佛门武术界也算得上是一等一的高手了。"

正说着，彩棚中一声吆喝，奈良五鬼的师傅片山横冈披着黑披风穿着木拖鞋走了出来。他身材高大，目光犀利，太阳穴高高凸起，步伐沉稳，颇有大宗师的派头，据说他自到山东至今还未出过手。

万印一个三踮步已到近前，刚要出手，片山傲慢地摆摆手，示对方稍等，接着右手向后一招，华人通事跑了过来，片山叽里哇啦地说了一通，又示意通事翻译给万印听。通事对万印说："片山大师讲了，你不是他的对手，趁早下去，免得受伤。"

万印"碎"了一声，说："纯属放屁，我打的就是片山，你告诉他这个擂我打定了。"

通事对片山学说了一遍。片山又吐出一串日语，让通事再翻，通事说："片山大师说，你的螳螂拳还欠功力，再不下去，他就要动手了。"

万印不想再哆嗦，大叫一声，一招托杯献酒，打向片山。片山纹丝不动，待拳头近前，不退反进，右手疾探，一把抓住万印左掌，一拧一送，复使肘锤，万印脸一苦，抱着小腹蹲了下去。万印被抬了下去，脸色煞白。

台下观众一阵骚动，议论纷纷，有人还骂出声来。

正混乱时，台前站起一个人，身形一晃，已纵上台。他叫阮云飞，来自郓城石庙村，据传是梁山阮氏三雄后人，以一身宋式少林金刚八式拳功夫享誉鲁西。片山横冈见阮云飞逼近，一个交叉步侧肩撞了过来，阮云飞急使蹬云推雾，又接乱箭射主，但俱被片山一一化解，只见他大喝一声，双手早插入阮云飞腰间，一举一扔，阮云飞便跌下了台。

杨展瞥了端木林一眼，见他神色凝重，便不再言语。

这时，又接连上去几个高手，一个天里剑少当家童大林，一个是大洪拳名宿金幼林，一个是武当拳教头孙魁垣，但每人都刚使出三两招，就被片山横冈一一打下台来。

会场大乱，吼声如雷："打死日本人，打死他！"

杨展"呼"地站起来。他作为梁山武林盟主已无颜再躲下去，决计带伤出战。

端木林搭住了杨展肩膀，将他生生按在板凳上，低声说："这个老鬼子功法怪异，我已看了多时，正在找他的破绽。你不要着急，我这就上去会会他。"

杨展含泪抓住端木林的手不住摇晃："您要多留神！"

如玉低声对端木林说："拳怕少壮，片山不到五十，比你小多了，你要当心，不要硬拼。"

婉儿嘴直张说不出话来。

端木林笑笑："事情没有那么严重，放心。"说罢，双脚略点，如同大鹏展翅，已到台上，双拳一抱，施了一礼，没等片山反应过来，双臂上下一转，吐出个门户，正是端木派独有的起手式"云手扑步"。通事低声给片山横冈说了几句什么，片山点点头，弯腰垂臂还了一礼，又甩去黑披风，脱下木拖鞋，放在一旁，身形一晃，也放了个桩口，像是叠胯双展手。

端木林手一招，示意对方先出手。

片山横冈探出丁字步，侧身缓缓贴了上来，刚近前，右臂突出，"呼"地打出一拳，端木林想试试对方功力，曲臂一架，已知片山内力浑厚刚猛，心中不禁暗暗赞了一声："此人功力确实不同凡响。"他想再摸摸片山的路数，稍进即退，引得片山再次出手，侧身踢出一腿，端木林沉肩硬架，觉得如中铁棍，气一提已将来腿震开。此时端木林已知片山腿法了得，绝不在自己之下，心神一转，便有了主意。端木林突发一招双推掌，待片山后退，他脚下一滑，已转到片山左侧，片山探掌猛劈，端木林一个垫步已到片山身后，随即如同风摆杨柳一般围着片山左右穿梭，片刻工夫，片山已眼睛发花。教拳不教步，教步打师傅。他哪里知道，这正是端木派武功的独门步法"四灵八卦步"，分别取法于青龙、白虎、朱雀、玄武，快中有慢，进中有退，左中有右，又循六十四种卦象或进或退，变化莫测，对手稍现破绽，即乘势而上，往往一招制敌。

又捱片刻，片山横冈只觉得心血上涌，眼前的端木林已化成百身千躯，影像重叠，虚实难辨。他心里暗暗叫苦，此时方知中华武术博大精深，后悔刚才出手过于狠辣，以致引来劲敌。正心神不定时，端木林低吼一声，步法突变，一个"转身舞花"已到片山右侧，提腿连扫对方下盘，一连三腿，震得片山踉踉跄跄，连连后退。端木林见他脚步虚浮，疾使弓步亮掌，一连劈出九掌，掌掌挟风裹雷，声势惊人。这正是端木林三铁绝技之一的铁砂神掌。片山横冈凝神屏气连消带打，勉强架了几掌，只觉得对方手掌重如铁磨，每架一掌都必须使出全身力气，心中不免怯意暗生。端木林老于江湖，眼疾手快，见片山出招犹豫不决，知其方寸已乱，一个担铲回山逍遥步，右掌"力劈华山"，只听得"嘭"的一声，正中片山胸口，片山身躯一仰"哗"喷出一口鲜血，弯腰连连后退。端木林的双眼变得血红，充满杀气，突然一招"窝风脚"，正踢在片山背上，片山一个翻滚，如山崩倒，动弹不得，

口中直吐大气，每吐一口便喷出一团血雾。眼见得是受了重创，伤及

肺腑。

端木林大步走到台边，伸手抓住一根竹竿，用力一扯，彩棚轰然倒地。

这时，台下一片欢呼声。

早有人点起火把，冲上台将彩棚点着，"呼"的一声，烈焰升腾，转眼化为灰烬。

不知何时，白门柳已站在文如玉旁边，见端木林重创片山横冈，一把抓住如玉的手，不停地摇晃，还连声说："大快人心，大快人心！"待如玉回过神来，挣出手，白门柳的脸上顿时飞起两朵红云。

如玉低声说："这下你高兴了吧?"

白门柳连连点头："那还用说。你这个师傅真是厉害，你得帮我说说，我要向他好好讨教几招。等会，我请你们喝酒！"

如玉说："那倒不必。我们还要走船呢！"

白门柳嗔道："这酒我是请你们喝定了！你可不能驳我的面子哟！再说，刚才是你救了我。"

如玉没想到这个白门柳如此难缠，找了个借口，拉了婉儿就走。

白门柳脚一跺，拔腿就追。

此时，鞭炮声已响彻梁山县城。在一片老鼠过街人人喊打声中，"奈良五鬼"抬着他们的师傅灰溜溜的离开梁山，当晚就去了青岛。

第十四回
汶上县白英点泉　徐集遇书生报国

昨天晚上，如玉看了大半宿书。第二天早上醒来，船已到了运河边上一个叫徐集的小镇。

吃早饭时，听众人谈起汶上县的风土人情，如玉忽然想起父亲《运河志》草稿上所记的"白英点泉"的典故。这桩旧事已经困惑了如玉多日。白英点泉的事故颇有几分神秘色彩：青帮后三祖山西太原人翁岩，山东东昌人钱坚，浙江杭州人潘清，奉旨造好九千九百九十九只漕船后，通过徒弟沿运河探路，才得知北自临清向南至南阳湖有八百里的河段普遍枯水，不能行船。于是潘清等人就以漕运总舵的身份上奏大清乾隆皇帝，请求朝廷想办法解决这段运河缺水的难题。乾隆皇帝闻听此事，想了好几天也没有想出办法。一天夜里，乾隆偶得一梦：见一只白鹰在金殿上来往飞腾。连得三梦皆如此。白鹰临飞走时，丢下一张白纸上书四语："四下飘飘迹无踪，来往行走总悬空。落在山东兖州府，王镇东北有门庭。"乾隆醒来不解其故，就宣文武百官上殿解梦。铁脖刘庸出班奏道："这是有人给圣人托梦。四下飘飘迹无踪，是指下雪，雪为白色，托梦人应姓白。'来往行走半悬空'此即飞鸟也，必与此人名字有关。后两句很清楚，指的是托梦人的住址。"刘庸便奉旨赴州访查。刘庸扮成道士，来到了兖州。不料寻访数日，居然毫无头绪。一天，刘庸徒步来到汶上县城西南三十里处的王镇白家庄。在村头遇一民妇，口唤小儿名曰白鹰。刘塘大喜，便上前搭讪。一问才知道白家的小儿才九岁，大名曰英。但却熟读诗书，聪明异常。刘塘便向白英的爷爷贺喜，说白家风水甚好，日后必出一个将军。然后又将奉旨寻访白英之事和盘告诉了白英爷爷，并请求他同意让白英进京面圣。白英爷爷答应后，刘塘便将白英带到北京，见了乾隆皇帝，又随刘庸到山东。神奇的小白英接连在山东境内找出七十二个泉眼，称只要挖出渠道，就能向运河供水。于是，从此临清到南阳湖运河再无断水之虞，漕粮得以北运。白英助修运河有功，乾隆钦赐点泉将军，在朝侍驾。正因为白英有恩于青帮，故青帮一直将白英当作神灵膜拜，还将白英点泉的事迹写入了安清帮"通草"，即《入道须知》，以示纪念。对这件事，安清帮中几乎无人不晓。

原来，如玉对白英点泉之事也深信不疑，不过，待他查过清史稿等典籍才发现，清朝参与治理北运河的官吏当中，根本就没有白英这个人。而且，他坚信，一个九岁小孩不可能懂得地理知识，也找不出七十二泉。与此同时，他又感到困惑：这个神话传说中的白英到底是何许人呢？白英点泉又到底是怎么一回事呢？

如玉心想：这件事绝不会是空穴来风。此次，船正好停在汶上境内，何不上岸调查一番呢？运气好，没准还真能有所收获。吃过早饭他叫上婉儿直奔徐集。

翻过运河大堤，走了十几里路，如玉便到了徐集镇郊外。放眼望去田里的麦子金黄一片，分明已经到收割的季节。

这时，一队小学生沿着镇外的土路走了过来，人人都挎着一个小竹筐，前头还有一个带队的女教师。不用说，已经放麦假了，这群小学生是到田里去拾麦穗子的。

如玉一行与小学生擦肩而过。过了片刻，突然从后传来一阵急促的马蹄声，还有人在高声喝叫："吁！吁！"

如玉回头一看，惊呆了，只见一匹高头大马拉着马车狂奔而来，驾辕的人一边喝叫，一边不停地扯着马缰，眼看就要接近学生队伍。女老师被这个突然而来的场面吓傻了，茫然站着，不知所措，而那些小学生却浑然不觉，仍在朝前走。

如玉叫了一声"不好！"拔腿就向学生队伍奔去。受惊的马拉着马车距学生队伍只有十几米了，眼看一场祸事就要发生。正在这危急关头，忽然从北边一条小路上跑出一个年轻人，一阵迅跑，已插到学生队伍与马车之间。他见马车已到近前，不避反进，一个箭步冲到马前，伸手抓住马缰，一个千斤坠，便将马拽停了下来。那马仰天嘶叫，前蹄一阵乱创，终于安静了下来。年轻人这才长长地出了一口气。

女教师走到年轻人面前说："白大哥，今天多亏你，要不然这些孩子可就遭殃了！"

年轻人松开马缰，拍拍身上的灰尘，冲女教师摆摆手，对驾车人说："今后你得小心点，你看多危险。"

"是是是！"驾车人连连点头。

如玉走了过来，问年轻人说："你姓白？"

年轻人打量了如玉一眼，点点头："我是姓白。你有什么事吗？"

如玉说："你知道古时汶上有个叫白英的人吗？"

年轻人说："你要是问别人还真不知道。是有白英这么个人，他是我的远祖。"

"喔！巧了。"如玉大喜过望，说："我能跟你谈谈吗？"

年轻人说："可以，到我家去吧。就在前面大槐树下。"

到了白家，如玉发现屋前麦场有几十号人，有男有女，正在打麦子。便问年轻人："你家怎么有这么多劳口？"

年轻人笑笑，没吱声。

到堂屋坐定后，如玉才知道年轻人叫白季方，运河师范毕业，原住在汶上县城郊，上一辈才迁到徐集。如玉说："你能给我讲讲白英老人的事情吗？"

白季方说："漕帮通草上的那个传说我也听说了。其实事情没有那么神。白英是我的远祖，明永乐年间人，进学中过秀才，后来便以教村塾和业农为生，因为酷爱地理，对山东鲁西一带水文情况了如指掌。"

"那朝廷为什么要请他出山治理鲁运河呢？"如玉迫切想弄清此事的原委。

白季方说，是这样：永乐十九年，明成祖朱棣迁都北京后，全国的政治中心转到了北方，大量的南方粮食和物资需要运往北京，漕运方向发生了变化。为了改善航运条件，提高运输能力，必须重开京杭运河。于是，组织了大规模的整治与改造。着重解决的是会通河水源、运河避黄、过河、过湖、过江及整治江南运河等问题。其施工地段大部分在江苏境内，而重要地段则在山东境内的会通河沿线。会通河开凿于元代至元年间，由于经过地段地形复杂，水源短缺，元代开凿以后，一直未能充分发挥作用。明洪武二十四年，黄河在原武决口，漫安山湖而东，会通河尽淤。永乐九年，为解决南粮北运，由工部尚书宋礼主持，征发山东及徐州、应天、镇江等府民工三十万人，疏通会通河，但却遇到了水源缺乏这个拦路虎。

宋礼一时找不出办法，也不知道水源在哪，便微服私访，结果在汶上县城巧遇白英。白英告诉他，如果在堽城和东平县东六十里的戴村同时筑坝，遏汶水尽出难旺以分水，南北分流，"南流接徐、邳者十之四，北流近临清者十之六"，就能让会通河获得充足的水源，恢复这一段老航道的漕运。这就是白英著名的"引汶济会"方案。同时，他还针对会通河河床纵坡分向南北倾斜的特点，建议宋礼"相地制闸，以时蓄洪"，在北至临清建二十七座闸，南至徐州建二十一座闸，通过闸门逐级控制水流，形成梯级航道，满足航运的需要。在后来施工时，实际共建闸四十八座。于是，会通河航道大畅，朝廷为此表彰了老人，他的事迹还写进了《汶上县志》。

白季方讲得头头是道，显然他也是懂得水利知识的。如玉心里又冒出一个疑问："那为什么这件事会被遭帮的人说得神乎其神呢？"

白季方说："这也可以理解。漕帮是靠运河漕运为生的，上万条船数万水手，会通河一断流，他们就可能失业，以至衣食无着。白英老人帮他们解决了一个重大的实际问题，他们怎能不心存感激呢？再则，官府中内情普通百姓怎么知道？只有靠道听途说和附会想象来还原这件事的过程了，这其间难免会掺入神话色彩，传来传去，几百年过去，那肯定就失真了。"

如玉如梦方醒，频频点头。接着他又想起一件事问道："你是学师范专业的，为什么不教书却回家种田呢？"

白季方说："现在不是提倡实业救国吗？我也赞成这个观点故而想在农村搞个试验？"

"搞什么试验？"如玉越发糊涂。

白季方说："我有个老师是研究新村主义的，也就是如何建设新农村。我认为他的理论与办法非常符合国情，就回家搞起了新村建设。"

如玉大感兴趣说："你能具体描绘一下你的宏伟蓝图吗？"

白季方摇摇头："称不上宏伟蓝图，顶多也就是一个陶渊明笔下的桃花源。"接着，他讲起了事情的来龙去脉。

原来，民国初年兴起的"新村主义"一时风靡华夏，它所幻想的无政府、无剥削、无强权、既读书又劳动的田园诗般的新生活，对一批有志报国的知识青年产生了巨大的吸引力。经周作人等人在报刊上大力鼓吹，当时的一些青年才俊如毛奇、恽代英等在校园里都对建设新村作出设计，而白季方则较早将其付诸实践，在汶上县徐集乡下创办了"桃园新村"。

白季方教过几年书，也有些积累。到徐集后，他相中了老黄河故道周围的一片荒地，产权是几家地主的，有两千多亩，地价很便宜，平均二三元一亩。白季方便自己拿出一笔钱，又说服四十多户中小农户集资五千多元，买下了这块地，进行开垦，并将这个农村合作社定名为"桃源新村"。他想，既然自己打定主意息影田庐，却又缺少陶渊明"归去来兮"的条件，既无"将芜的田园"，又不可能"息交已绝游"，何不自己创造条件，亲手打造出一个世外桃源，为拯救破产农户复兴农村尽绵薄之力呢？

一开头，白季方的计划进行得还比较顺利。附近城市资本家经营的黄河故道垦殖公司的荒地，农户若想开垦，每亩要交十元才能拿到地，收获后三七分成，虽然农户拿大头，土地的产权还是公司的，实际上还是佃农。而由白季方创办的"桃园新村"，农户以劳力、资金都可以入股，产品按照股分配，且不用交租。桃园新村所购的荒地，平均每亩不过三元左右，农友用自己的劳力加上水利工程成本开垦出来以后，基本上能做到"耕者有其田"，比租种垦殖公司的荒地划算多了，因此农户参股的积极性很高。起初，买地钱凑不够数，白季方就去找初中时的老同学汪训初，他在新军第八镇做过军官，有些积蓄，结果投了近一千元，总算迈过了这道坎。垦殖刚开始，不能光靠劳力，资金周转不过来，贫苦农民总不能饿着肚皮开荒。于是，白季方便通过各种门路去找一些有钱人来投资，但收效甚微，直到遇到一个大人物潘馥，事情才有了转机。

如玉问道："这个潘馥又是何许人呢？"

白季方告诉如玉，潘馥原籍山东微山县潘庄人，自曾祖父那辈才迁居济南府。中过举人，由于科场失利，便纳资捐了一个知府衔。后任江苏督军程德全幕宾。当时程德全手下军队因缺饷出现哗变迹象，程督军心急如焚，一连打了七八份请饷报告，都石沉大海。潘馥拿过报告底稿，将文中"倘若不及时拨饷，军心实难稳定，社会秩序必不能维持，一旦酿成事端，非惟卑职难辞其咎，亦必累及中枢"这段文字稍做改动，变为"军中乱象纷呈，旦夕哗变，再无粮饷，虑变必生。"报告到京，军饷当天就拨了下来，潘馥由此一举成名，被誉为"江北才子"。不久又出任山东南运河疏涉事宜筹办处总办。为调查运河水文情况，潘馥到了汶上，偶识白季方，两人兴修水利谈到农村复兴，越谈越投机。当潘馥得知白季方创办桃源新村资金不足，当即拿出两千元参股。新村这才得以维持下去。几年后，潘馥出任北京军政府国务院总理，还捎信邀白季方进京襄助政事，但被白季方婉拒。

如玉又问道："后来合作社的境况是不是改善了？"

白季方说："还可以吧。过去，当地农民祖辈都单一种植麦子，由于管理粗放，亩产不过百斤，我懂些科学知识，大力改善田间管理，亩产突破三百斤。我们不但种麦子，还种了棉花，亩产很高，也比麦子卖钱多；另外还搞起了果园、养猪场、养鱼场、油坊等。两年下来，收支基本平衡。农民的生活也小有改善，能吃饱饭。"

如玉高兴地说："这真是一个了不起的奇迹啊。这种社会试验很有意义。如果坚持下去，没准真的复苏农村经济。"

白季方摇摇头，说："文老弟，情况不容乐观哟！老实说，现在合作社最缺的就是周转资金，修水利，买饲料，购农具，建仓房，进良种，那一样不要钱？真愁人啊，有时候我真想打退堂鼓。"

如玉心里想：搞社会改良试验，真不是一件容易事，不但要有韧性，还得有充裕的资金。可有如何筹措呢？想来想去，他也没寻思出什么好办法，便安慰白季方说："白兄，不要着急，人急无智，一步一步地来，到时间总会有办法的。你可不能半途而废啊！"

白季方笑笑："这倒不用担心。"忽然他站了起来，说："文老弟，你稍坐，我去接个人。"

白季方刚要走，婉儿领着一男一女进了门。如玉一看，其中那个女的认识，正是梁山打擂时勇斗日本武士的女中豪杰白门柳。白门柳也认出了文如玉，满脸笑容，大声大语地说："文大哥，没想到在我大哥家碰到你，真是让人想不到。"

如玉这才知道，白季方和白门柳是一家人。

白季方又将那个男子介绍给如玉，说："这是我的老师池宗禹，平民教育专家，知名学者。"他又将如玉的情况告诉了池宗禹。池宗禹在北京大学兼过课，知道文家的根底，便握着如玉的手说："不简单，大家子弟能亲力亲为考察千里大运河，想必也是有抱负的青年。佩服！"

如玉被池宗禹夸的很不好意思，说："我做的这点事算不了什么，比起你们搞的新村建设和平民教育真是差远了，真叫人汗颜啊！"

又聊了一阵，已经到了午饭时，白季方倾其所有，叫农民食堂的一位临时厨子做了几样土菜，如红烧大鲤鱼、炒鸡蛋、九转大肠、爆炒双脆等，还上了一瓶李白当年喝过的山东名酒兰陵大曲。

开席了，白门柳与婉儿坐在一块，可她与婉儿的话却很少，而是一直勾着如玉，说个不停，眉飞色舞，笑声朗朗。如玉的心思在白季方和池宗禹身上，一边应付白门柳，一边与他俩交流。

白季方说："池老师，你在邹平新坝搞的平民教育情况怎么样呢？还顺利吧？"

池宗禹端起一杯酒一饮而尽，抹抹小胡子，说："很不错啊可以说是风生水起啊！只是人手不够。要不我不会上你这儿搬救兵。"

白季方有意装糊涂说："我自己都忙不过来，哪有什么救兵可搬？"

池宗禹说："你就算一个，专业对口。听说你搞新村建设，穷得叮当响，快撑不下去了。还不如跟我走。"

白季方只比池宗禹小六七岁，不甘在老师面前认输，指着白门柳说："谁说我撑不下去？这不，我的本家妹妹白门柳今天不是已经把钱送来了。告诉你池老师，我是能撑下去的，而且一定要把合作社做大做强。"

池宗禹肩一耸，说："看来这还是观念问题。观念决定志向，不好勉强。这样吧，今天我们几个人还难得聚到一起，我出个题目，大家讨论讨论，那就是走什么样的道路能振兴中华？大家各抒己见。谁先说？"他望着众人，见没人应答，便指着婉儿说："小孩嘴里有真言，小姑娘，你先说说吧。"

婉儿嗫嚅着说："这么大个题目我一个黄毛丫头怎么敢置喙？不过我倒以

为，任你搞什么主义，不能让老百姓过上好日子，吃得饱穿得暖，有地种，有工做，有生意买卖做，有地方说理，国家大事能参上言语，国家能富强，不再受洋人欺负，就是好主义，我就拥护。除了这一条其余都是白扯。"

池宗禹拍手一笑："哇！我们这些读书人满世界寻找真理，还整天奢谈什么主义，原来富民强国的真谛就在这个小姑娘的肚子里，真让我受益匪浅。"他又转向白门柳："白姑娘，你也说说吧！"

白门柳嘴里塞着一块海参，让池宗禹一催，三口两口咽了下去，擦擦嘴，大声说："你们这些文化人说的这些大道理，我一点都不感兴趣。也可能我是武侠小说看多了，中毒太深，我只敬佩古代那些大侠，像荆轲啊，窦尔墩啊，那活得才像个人样，'千里不留行''十步杀一人'，多痛快！我要有他们那个本事，我要把天下所有的贪官污吏、土豪劣绅、军阀恶棍、地痞流氓，还有那些横行霸道、为非作歹的洋人统统杀光。这样，天下才太平，老百姓才有好日子过。文化人没有用，用嘴皮说话，不如拿刀说话。"

池宗禹看看白季方，又望望文如玉，见各人神情都有些异样，便摇着头说："又一个思想家！白姑娘的话大有深意：变革社会，除了有主义，还得靠暴力。"

白季方笑笑："我这个妹子说话一向口无遮拦，当大家见笑了，不要往心里去。"

文如玉说："有人说，真理永远掌握在少数人手里，我看也不见得。社会最低层的人往往才知道什么叫真理。尽管朴素无华但也有思想火花，能给人以启迪。"他转向池宗禹："池老师，我很想听听你搞的平民教育到底是怎么回事，快说说吧！"

池宗禹说："我和我的同事在新坝镇开展平民教育已经一年了。我们在镇上小学里办了一个夜校，每天晚上八时到九时开课，主要讲国文和算学，另外还讲些科普知识和公共卫生常识，学生都是镇上的手工业劳动者和镇郊的农民，四个班大约三百多人。不收学杂费和火耗茶水费。"

婉儿问："你们不收费没有生活来源，吃什么？"

池宗禹说："这个问题提得好。我们教员的生活费用主要靠在中学里教书，每月收入还比较稳定。如果有节余，我们就用拿点钱出来帮学员买些纸和笔。

教材是我们自己编的，讲究实用。"

如玉问道："目前能看到什么效果吗？"

池宗禹说："三百多学员，能认千字以上的有十分之一，能粗略认识《农家日用杂字》的占十分之二，认识五百字以上的占十分之三；其余的认字多少不等。还有不少人现在能写简单的信件，能记日常经济收支，还有的人能大抵看懂报纸的新闻。总而言之，还是收到预期效果的。"

如玉说："你搞平民教育的最终目的是什么呢？"

池宗禹说："我是这样想的，中兴业，靠人杰。要想民富国强，人杰是必不可少的，也是他们的本身职责所在。'治天下之治者在人才，成天下之才者在教化'嘛。当然，人才是从知识阶层当中产生的，平民教育也培养不出人才，但对开启民智，培训人才教育基础却是有重要作用的。如果一个国家的最广大、最底层的民众都是一群没有文化、没有见识、没有智慧、没有科学知识、没有思想的愚人，要实现民主是不可能的，更不可能提高生产力水平。现在的民国政府实行的是资产阶级民主制度，他们关心的是少数人的利益，体现的是少数人的意志，不可能得到绝大多数人的拥护与支持。如果要建设一种更高形态的社会制度，没有劳动阶级知识化根本不可能。但社会总在是进化的，是一个不断由低层形态向高级形态发展的过程，我们的目光必须看得更远，现在就要为未来做好各种准备，而最重要的储备就是人才和知识化的劳动者。你们以为如何？"

如玉的心中有一种醍醐灌顶、拨云见日的感觉，觉得眼前的一切突然变得敞亮了。不过他有一个疑问却挥之不去。他问道："你的意思我明白，比较起封建主义制度，资产阶级民主制度无疑是一种社会进步，但却不是最好的，因为它不能代表最大多数人的利益。那么，中国还有其他的道路可走吗？实业救国行不行？科学救国行不行？新村主义行不行？回到孔夫子那一套行不行？"

池宗禹说："你说的这些都不行，包括你的水利救国，也不解决根本问题。至于说别的出路，目前中国知识分子当中的精英正在探索。最近，西方马克思主义理论已被介绍到中国来了。马克思是主张建立无产阶级政权的。至于说这种理论符不符合中国国情，在中国能不能实行，又如何才能实行，不少学者正在研究和探索。我在北大兼过课，也读过马克思在 1848 年写的那本《共产党宣言》，比较了解这方面的理论动态。不过，我自以为还没有真正弄懂马克思主义，也没有自觉接受这种思想武器。所以，中国将来走什么样道路的问题，一直在困扰着我，思想上也很苦闷。"

白季方说："你是不是对现在的资产阶级民主共和国不以为然？"

池宗禹摇摇头说："不是这个意见。或许，现在的这种政权制度只是一种不可逾越的过渡，不能盲目否定。至于说是不是会过渡到无产阶级民主制度，我也看不清。"

白季方说："一说主义事情就复杂了。所以，大学者胡适之先生才主张多研究些问题，少说些主义，以为不切实际，也没有什么作用。我倒以为，只要现在的中华民国在政治上能昌明一些，不走回头路，努力向民主、自由、科学方面靠拢，那它还是有一定生命力的。所以在这个社会制度下，我坚持新村主义也还是有前途的，池老师开展的平民教育也是有实际社会意义的，如玉兄主张的水利救国也是能对国家建设起到帮助作用的，大可不必人云亦云，见风使舵。五心不定，输得干干净净啊！"

一时，众人皆语塞，现场气氛显得很沉闷。不过各人的思考却并未停止，反而更加激烈，这也难免。平时有很多问题各人想也想过，但是却没整理过，讨论过，深究过，理性过，而一旦思维的激流在前进中遇到阻碍甚至进了死河，一时又找不到出路，人们的心里自然会产生一定的迷茫感和失落感，有时还会非常痛苦。如玉心想：既然暂时还找不到比资产阶级民主制度更好的道路，那不如在倒退与进步、旧与新当中选择后者。要知道任何一种政治模式都不可能超越社会发展的一定阶段。历史上往往有些事情一时还看不清，但随着时间的推移，便会越来越清晰。他已打定主意，就按父亲交代的那样去做，而且一定要完成他的夙愿。吃过饭，白季方带领众人一齐去参观他的桃源新村。五月的阳光下，田地里一片金黄，一排排杨树挺拔青翠，养鱼塘里鱼儿翻花咳喋，涟漪淀伏，新荷初生，苇蒲摇曳，桃园中的空地上，一大群鸡儿在嬉戏觅食。走着、看着、说着，众人心中的郁闷渐渐地消散了。

如玉正看得出神，白季方凑了上来，悄悄地说："如玉老弟，我给你保个媒吧，你看如何？"

如玉一时愣住了，丈二金刚摸不着头脑。

白季方说："我家妹妹白门柳看上你了，想嫁给你，你要不要？"

如玉推了白季方一把："开什么玩笑？"

白季方正色说："不是开玩笑，真的对你有意，刚才她在来的路上巧遇池老师，还在他面前夸你来着。我妹妹说，与你在梁山见第一次面，她就喜欢上你了。"

如玉思了片刻说："季方兄，你也知道，我这次外出是考察大运河，这件事很重要，另外，我还有别的事情要办，其他事情还没有想过，感谢你妹妹的美意，只是这事我不能应允，这也实在太突然了。"

白季方笑着说："你小子撞上桃花运了，真走时！我劝你还是把这事好好想一想，我妹子虽然文化不及你，但人长得还是不错的，人品也好，算得上是梁山一枝花。你可别错过大好姻缘。"

如玉说："我会认真考虑的。对了，我想问你一件事，你准备放弃合作社跟池老师去邹平搞平民教育吗？"

白季方说："这事池老师跟我说过多此了，我暂时还不准备放弃。不过，我会给他推荐一些同学。"

如玉叫过婉儿，低语了几句。婉儿从身上掏出一张银票放到白季方手里，说："白老师，你为了搞农村合作社，把家底都掏空了。这一千元钱是少爷的一点心意，不多，但或许能应急。"

事出突然，白季方有点不知所措，边推辞边对如玉说："一来无功不受禄，二来穷家富路，你比我更需要钱。这钱我不能要，你的心意我领了。"

如玉按住白季方的手，诚恳地说："我是真心实意的。我一向敬佩踏踏实实干实事、干大事的人。你收下，只当是我参股。将来我要是找不到什么好事由，没准还会到汶上来投奔你呢！"白季方收下了银票，说："好，这桃源新村就算你一份，而且是大股东。等你从江南回来，一定要走我这地方，我聘请你做水利主管。如果把水利工程搞好，粮食、棉花亩产还会提高。你信不？"

"我信我信！"如玉连连点头。

池宗禹踱了过来，笑着说："看了季方的新村，我的心里很高兴，很想做首诗，只是一时半会做不出，只好背几句古人的诗句应应景：'绿树村边合，青山郭外斜，开轩面场圃，把酒话桑麻。'这正可代表我此时此刻的心境。如玉老弟，你不来两句助助兴？"

如玉说："好！我希望季方兄除了要办好新村，还得在新民上花些心思。我这里有八个字送给季方兄，叫'明德亲民，止于至善'。"

池宗禹赞了一声好，转过身看着白季方。

白季方会意，说："我的人生追求是革除众生无谓的痛苦、烦恼，创造人群共同的乐利、幸福。我要将它付诸实践。"

"小姑娘呢？"池宗禹对婉儿说。

婉儿歪着头想了一会说："我家在清江浦乡下，眼下我的妈妈和哥哥还在受苦。我许个愿：谁能带领穷苦百姓创造出一个富足安宁的大同世界，我就把谁当作活菩萨来供。"

"说得好！"池宗禹、白季方、文如玉齐声称赞。

白门柳说："这下该轮到我了，古诗云：'十年磨一剑，霜刃未曾试。今日把示君，谁有不平事'。我愿为先知先觉者指出的光明大道赴汤蹈火，扫除一切障碍。另外，我想发句牢骚，天下好男人无数，眼前就有，为什么就不能分我一个？这不公平！"

众人哈哈大笑，笑声在田野上久久回荡。

第十五回

济宁城观太白楼　塘子街争运河书

　　到了济宁城，一下船如玉就向人打听太白楼在何处。远远看见这座运河边的名楼时，如玉心里竟然有几分激动。

　　婉儿问如玉："公子，太白楼是不是纪念诗人李白的？"

　　如玉点点头。他告诉婉儿，济宁唐时叫任城，李白36岁时在任城，曾在这里生活了六年，还娶了当地一位大家闺秀做继室。另外，李白在汶上县还买了几十亩地。他的经济来源靠地租收入。否则，他就不会经常登楼饮酒赋诗，看着夕阳下运河上的帆影怀念故乡了。记得有一回，李白在酒店喝醉了酒，应酒家要求，提笔写下了"壮观"两个大字。

如玉指了指楼台一角那块石碑，说："婉儿你看，就是这块碑。"

婉儿一看，只有一个"观"字。就问："怎么只有一个字？"

如玉说，就这一个字还是从泥土里挖出来的，原碑已破损了，毕竟时光已过去一千多年了。这儿原来只是城墙根一个小酒馆。这楼是后人修的，不过当时离李白去世没有多少年，否则就不会有唐代文人沈光的篆书题词了。以后元、明、清各朝都修过。

楼上还有几十块碑石，如玉和婉儿饶有兴趣地摩望着，诵读着。"太白一去不复留，任城尚有崔巍楼"，婉儿觉得这两句诗很好，就读出声来。

接着，如玉等人又参观了李白涤笔处，墨华亭和李白、杜甫、贺知章石刻画像。

蝶儿对这些字画好像不太感兴趣，独自一人眺望着远处的大运河。

婉儿问道："公子，当时李白在任城是不是很得意？"

如玉说："不，恰恰相反，这是李白最失意的一段岁月。当时，李白虽然名气很大，但却得不到朝廷赏识，只好云游四海，后来才在这里落了脚。可悲的是几年后他的夫人、故相许氏的孙女就在任城去世了。他与继室的关系很不好，许夫人留下一女叫平阳，一男叫伯禽与继母格格不入。因此，李白心情很苦闷，常常以酒浇愁。"

婉儿说："那他一定在这留下不少诗篇吧？"

如玉说："这段时间，他与文人孔巢父、韩准、裴政、张叔明、陶沔、相友善，常于居莱山聚会论诗，号称'竹溪六逸'，因此诗作不少。以后我找书给你看。我手上还有一本宋版的《青莲诗集》，是我爷爷传下来的。不过李白在四十三岁那年就被唐玄宗召到皇宫里去了，境况这才改变。"

太白楼

对这座高耸于城墙上的两层歇山重檐式建筑，如玉似乎很感兴趣，盘桓再三，才带蝶儿、婉儿来到铁塔寺。他早就知道这里的汉代碑刻很有名，只是一直没有机会观赏研究。碑石放置在州学明伦堂内，有几十块，婉儿看不明白就请教如玉。如玉说："汉代碑刻多为隶书，保存至今的千不存一，所以很珍贵，宋代大金石家赵明城和夫人李清照，还有欧阳修都到济宁看过这些碑刻，赵氏《金石录》、欧阳修《集古录》对此均有记载。"

如玉走到一块碑前，指着说："你看，这块碑就是'孔子见老子'，汉代画像石，是清乾隆年间金石学家黄易在山东嘉祥武梁祠挖掘出来的，后来连同'执金吾丞武荣碑'一齐运到这里，很著名的。"

婉儿说："那嘉祥还有存石吗？"

如玉说，绝大多数还留在原地呢！接着他又带婉儿看了"朱君长墓石""北海相景君碑"等著名汉代石刻。有的碑文他还抄了下来。

"咚咚——"

忽然，不远处传来一阵钟鸣声，其音响亮旷远。蝶儿问如玉：

"公子，这钟是哪里传来的？真好听。"

如玉说，不远处有座声远楼，钟声就是从那里传出来的，看来有游人。楼建于宋，听说那只铁钟也是宋代遗物，又大又重，堪称"钟王"所以声音特别洪亮。

走了一阵，蝶儿说肚子饿了。如玉说："济宁的小吃也很有特色，你和婉儿可以在这里品尝几样。附近有条旧货街，等会我们去看一下，没准能见到什么好东西。"

婉儿、蝶儿急着上旧货街，随便买了几样点心，就和如玉直奔南长街。街不大，除了买旧货的，还有十多家古玩店，摆地摊的也不少。

如玉在地摊上看见一把犀牛角月牙梳就买了下来，送到蝶儿面前说："这把梳子不错，送给你。"

蝶儿很高兴，连声称谢。

婉儿有点眼热，就有点不高兴。

如玉说："不偏不倚，有合适东西我会买了送给你的。"婉儿脸上才有了笑容。

在一家旧书店，如玉看见一本乾隆年间印的《任城志》，一匣四本，不贵，便买了下来。他认为这对写作《运河志》有帮助。正要走，又看见一只乌木三屉带镜子的梳妆盒，便一并买了，送给婉儿。如玉说："这东西还是明代的。好好收着，将来出嫁用得着呢！"

婉儿的脸顿时红了，说："我一辈子都不嫁，就跟着少爷！"

婉儿推了一把蝶儿，蝶儿笑着躲开了。

如玉在一家旧货地摊上发现一块旧砚，擦了一擦，居然是块绿端砚，上面还有字，落款为孙星衍，极精致。如玉就问多少钱。摊主说，你看着给吧。如玉掏出一把碎钱，也没数就给了摊主，然后用旧纸小心翼翼地将砚包了起来。孙星衍是清代大学者，他知道这块古砚是个好东西，心里很高兴。他忽然又发现隔壁地摊上有几幅旧画，便随手打了开来，一看居然有一轴清初诗人山东博兴王渔洋的自作诗条幅，是咏微山湖荷花的，字写得龙飞凤舞，诗句清新简朴，一看就是真迹。他便买了下来。

婉儿看时间不早了，就催如玉回去。几个人就插向北长街，刚到青莲居，一个精壮汉子对如玉喊了一声："看镖！"一支钢镖便朝如玉飞了过来，蝶儿眼尖手快，手向空中一抄，将钢镖夹在两指间，再找人，已不见踪影。蝶儿一看，漂上还有一个纸条，就交给如玉。如玉惊魂未定，打开一看，脸色大变。意思是要如玉早早将随身带的要紧物件交出来，大家不伤和气。否则，绝对不可能全身到江南。

婉儿问如玉："公子，上面写的什么？"

如玉说："这事回去再说吧，反正我的处境一直不妙。"

蝶儿说："肯定你从京城一出来就被人盯上了。如果你能告诉我其中缘由，我倒有办法帮助你。"

如玉说："这事先让我考虑考虑再说。"

上午，如玉进城主要是要买一些日用品和笔墨纸张。物品齐了，他们便回到了码头。如玉觉得头有发烫，进舱就歇了。此时已是初夏，舱里闷热，不大功夫，如玉满头是汗，嘴干舌燥。这阵子，他的脑子一直没闲着，反复考虑要不要将内心的隐情告诉端木父女，想了好大一阵，还是拿不定主意。

他觉得如果说出内情，有利有弊。利是自己和万管家、婉儿势单力薄，说出来可能得到端木父女的严密保护；弊是，此事非同小可，一旦泄露出去，可能会招来更多的歹人，弄不好就可能身首异处。他始终认为，这种事知道的人越少越好。不过，眼下情况似乎不妙，他心中的秘密好像已经被人察觉了，而且杀手一直没有离开自己，说不定随时随地都会发难。

过了片刻，如玉突然想出一个办法。就叫婉儿去请端木父女。

端木父女一进仓，如玉就说："老伯，上午在济宁发生的事，想必你也知道了。实不相瞒，我此次回江南，身上确实带了点稀罕物件不料却被人盯上了。我想请老伯帮帮我。"

蝶儿说："到底是什么东西？"

如玉从一个提箱里拿出一块硕大的玉璧，说："这事块汉代玉璧，很少见，是家父在京师琉璃厂从古玩商手里买到了，花了数千金。另外还有一些金银珠宝、文书什么的。我想交给端木老伯保管。"

端木林说："谁保管都一样。重要的是要把这些东西平安送到江南。你的意思我懂。按理说，这次你们家雇佣我的船，跑的是人载，我只要把你送到地头就行了，现在又增加了护送细软的任务，那就变成镖船了。我不怕歹人找我麻烦，就怕万一出了事，我担待不起。"

如玉说：“就是东西丢了，我也绝无二话。当然，老伯会为这事承担风险，事后，按你们的规矩我一定会重谢您的。”

端木林说：“就这样吧，我答应你，不过东西你还是自己保管。”

蝶儿悄悄对父亲说：“爹，你这么做好不好？责任也太大了。”

端木林说：“押镖也是我们船家的本行，这没有什么的。凡事小心就是了。”

蝶儿说：“文公子是官宦子弟，这点细软对他也算不了什么。我总觉得他还有什么难言之隐。”

端木林说：“不要胡思乱想的，人家有难处求到我们，我怎能袖手旁观呢？有些事人家不好说，我们就不要问。”

下午，如玉带婉儿又进了城，随行的还有几个搬运工人，抬着几箱书籍。如玉想把在聊城杨家购的那些善本书邮寄回江南老家。

从邮政局出来，路过塘子街，如玉见不远处有家旧书店，便和婉儿走了进去。正浏览架上旧书时，他突然发现五六个人正在墙角一个书架旁议论着，说的日语，其中一个说华语，想必是通事了；他们的脚下还放几个麻袋，口敞着，露出一些书籍。如玉凝神听了片刻才明白：这些日本人想买那几麻袋书籍。是什么好东西呢？如玉感到纳闷，便踱了过去。他随手在一口麻袋里翻了翻，不由得大吃一惊，这麻袋里装的居然是前清驻济宁北河总督府的旧档。有奏报、有渝批、有报、有水文资料、地图、水利工程预决算报告等等。有一本小书看上去很特别，如玉便将它抽了出来。封面上有字：《山东南运河疏浚事宜筹办处第一届报告》，作者不详。内容很丰富，主要是几份调查报告：《汶河之现在大略情形》《汶泗比较表》《南旺湖现在之大略情形》《牛头河现在之情形》。还有一篇是工程视察员王孟撰写的《湖边筑堤蓄水济运干涸之计划》。有仔细翻了翻，如玉这才明白，这本书是时任山东南运河疏浚事宜筹办总办潘馥于1914年在山东汶上一带考察、疏浚运河时组织编写的综合报告，写作地点就在塘子街筹办处。更为可贵的是此书还附有大量水利工程图片。

如玉还没来得及把这本书看完，所以不知道此书的写作背景。1855年黄河夺路大清河入海，截断和淤塞了大运河。清光绪末年，持续了一千多年的漕运停止，被海上运输取代。从此，鲁境运河无人过问，航运之利尽失。民国初，自黄河南岸十里铺至安山一段长三十公里的运河，受黄河侵淤，船只不通。安山至济宁一段，八十公里，因戴村坝失修，石工渗漏、缺水，除七八月涨水期间尚能通船，其余时间皆断航。而南阳镇向南，湖泊相连则航运渐开。这期间曾对鲁运河进行过勘测规划工作。未几，潘馥出任山东南运河疏浚事宜筹办处总办，开始对鲁运河进行治理。这项工作一结束，筹办处摘牌，不久所有资料全部散失。

如玉觉得这本书对研究运河的变迁和疏浚历史真是太重要了，便想把它与几麻袋书一起买下。

正思索间，那个华人通事拍了拍如玉的肩膀，说："你翻什么呢？这批资料日本人已经看过了，正在和书店老板商议价格。你不要再乱翻了。"

一听这话，如玉心里更有些发躁，心想：这件事还不大好办呢！从几个日本人的对话当中可以听出他们是日本驻山东青岛株式会社的社会调查员，其实就刺探经济情报的特务，来头不小，恐怕很难缠。

想了片刻，如玉有了主意。他走到柜台前，问老板说："墙角那几麻袋书日本人付过钱没有？"

老板说："没有，刚问过价格，不过没还价。怎么，你对那堆废书也有兴趣？"

如玉问道："这些书都是哪弄来的？"

老板说："是一个收废纸的人送来的，不知出自何处。"

如玉说："我想把这些书都买下来行吗？你出个价。"

老板说："等会我问问日本人，看他们还不还价。如果不还价，我就卖给你。"

如玉灵机一动，说："他们现在不是没还价吗，我现给你定金。"说着拿出三十元钱放在柜台上，老板没置可否。日本人来了。

通事说："老板，这批东西我们全要了，你要的价格有点高，能降低一点吗？"

老板见来了新的买主，底气十足，说："一口价。不能降。"

通事说："那我们就不要了，一堆废纸，你指望拿它发财呀！哪有你这么死心眼的。"

如玉趁机说："老板，他不要我要。你说个价。"

老板手一伸："八十块钱。"

"行！"如玉就要掏钱。

通事急了，气势汹汹地对如玉说："你这个人怎么凭空插一杠子？我们不正在谈嘛！"

如玉说："那是你与老板之间的事，你不买还不许别人买吗？这么大店就做你一家生意？"

日本人也哇啦哇啦朝着如玉乱叫。

如玉懂日语，知道他们在骂人，佯装不懂。他将五十块钱放在柜台上。老板正要收钱，通事一把按住了他的手："这钱你不能收。我们也出八十块。"老板感到很为难，说："人家钱已经给过了，我不能一个姑娘找两个婆家嘛？"

通事这才知道事情有点难办，说："要不这样，一人一半。行不行？"

老板指着如玉说："那你得跟这位小哥商量，他不同意我也没办法。"

如玉头一摇："我不同意。"

老板手一摊："这我就不好多说了。"

通事把柜台一拍，恶狠狠地说："不行，我们谈在先，你不能卖给他。你要是不识相，我把你这店给烧了。"

老板有点发慌，说："别！你看这样好不好？一件东西两家争，我看就来个现场竞价吧，价高者得。"

通事说："行。"

如玉怕连累老板，也只得同意。

老板说："事情说好了，不许反悔。现在我开始出价。一百元。你们两方可以竞价了。"

通事说："我出一百一十元。"

如玉说："我出一百五十元。"

通事说："我出一百六十元。"

"二百元。"

"二百五十元，不，二百六十元。"

如玉伸出三个指头："三百元。"

通事有点迟疑，思忖片刻方说："三百三十元。"

如玉说："三百五十元。"

通事情头上开始冒汗，一边与日本人商议，一边摸口袋里的钱，可能是钱没带足，便无奈地摇摇头，放弃了。

几个日本人气坏了，一齐瞪着如玉。

如玉掏出一张银票交给老板说："麻烦你帮我找几个伙计，将这几袋书送到码头上去。"

老板说："可以，你等等。"说着进了后院。几个日本人和通事扭身出了书店。

如玉见两个伙计已把麻袋背上肩，手向婉儿一挥："我们走。"出了书店，如玉等人顺着塘子街向西走，直奔运河码头。没走多远，那几个日本人和通事突然围了上来。

如玉知道要出事，急走几步，贴墙站定，看着日本人。

通事说："你小子识相点快把书放下，要不然，你今天就死定了。你要知道日本株式会社的背后是日本驻青岛领事馆，我们打死你白打，谁也不敢多管闲事。"

如玉高声说："你不要吓小孩。我不吃你这一套，在中国人的地面上，我还不信日本人敢撒野。"几个日本人一拥而上，扑向如玉。如玉见没有退路，便和他们对打起来。婉儿在一边急得直跺脚，可又想不出办法来。如玉闪展腾挪，又周旋了一阵，渐渐不敌，身上挨了好几拳，腿上也受了伤。正在危急时，一个身穿黑色制服的女警察跑了过来，大声喝道："赶快住手！大白天干什么？闹事？"如玉和几个日本人都收了手，望着女警察。女警察问那个通事说："你说说，是怎么回事？"通事说："这小子和我们抢生意。我们与书店老板商议在前，要买麻袋里的书，他却半路插一杠，还哄抬书价。我们不服就找他论理来了。"

女警察问如玉："你也说说，是不是这样？"

如玉说："不。最后老板让我们双方竞价，我出价最高，三百五十元，这书才归我的。不信，你可问问书店里的两个伙计。"

女警察转向两个伙计："是这么回事吗？"

两个伙计点点头。

女警察又问如玉："什么书，这么贵？"

如玉说："这是清代北河总督府和山东疏浚运河筹办出的水文资料，不能让它落到日本人手里。日本人亡我之心早已显露，这些经济地理资料是他们一直想得到的东西。我是学水利的，知道这些资料的价值。你是中国警察，应该不会站着帮日本人说话。"

"我懂了。"女警察手一挥，说："你可以连人带书走了。"

如玉正要走，日本人齐发一声喊，扑向女警察，看样子要动武。

女警察杏眼圆睁，高声叫道："站住！别动！"说着拔出腰间的手枪，对准了几个日本人："谁动我打死谁！"

通事愣了。他没想到，这个秀秀气气的女警察敢拿枪对日本人。片刻，他对几个日本人说："这事我们有地方说理。走，找这个小丫头的上司去。"

通事领着日本人走了。

如玉忽然问警察说："你是不是叫胡玫？"

女警察很诧异，点点头："是啊！你怎么会认识我呢？"

如玉说："我的表哥冯南星向我介绍过你。还说到济宁如果有什么事就去找你。没想到半路上碰到你。"

胡玫说："唤，你同冯南星是表兄弟。这事你放心。日本人就是告到天上，我也不怕他们。"

如玉说："我有一事不明，这些日本人在山东为什么会这样嚣张呢？简直肆无忌惮，就跟在他们自家一样。"

胡玫叹了一口气，说："这种情形也不是一天两天了。日本人在山东的势力非常大，不但驻有少量军队，还设立了不少特务机构。刚才那帮人就是日本驻青岛株式会社的情报人员，他们在青岛就有两处事务所，一在馆陶路六号，一在文登路六号，主要任务是替日本政府搜售军事、政治、经济情报。这个株式会社里还有不少中国人中的汉奸，在山东可以说是无孔不入。"

如玉吃了一惊，说："情况这么严重？"

胡玫说："还不止这些呢。此外，日本驻山东等地特务机构还有青岛帝国领事馆，兴亚院华北联络部出张所，青岛居留民团，山东产业馆，等等。他们打着做生意的幌子到各地去刺探情报，为日本政府入侵中国提供决策依据。可以说现在的日本特务已渗透到山东政务、财政、金融、产业、贸易、港口建设、都市规划、宗教、卫生、文化等各个领域，对我们的威胁极大，而且犯下了不可饶恕的罪行。"

如玉说："那你们就这样听之任之？"

胡玫说："弱国无外交。你就是抗议一百次，日本人也听不进一句，还不是照常我行我素。日本人在山东活动这么多年，已经是盘根错节了，我们能有什么办法？"

如玉的心一下子便沉了下来。

心话："没想到事情这么复杂，局势这样严重。中国简直就是洋人的殖民地。看来非得有一个大变局才能振兴中国。"

他对胡玫说："谢谢你对我的帮助。我走了，不过，我会记住你这个中国第一代女警察中的警花。后会有期。"

如玉带着婉儿和伙计离开了小街。

胡玫还站在原地，一直目送着如玉。

第十六回
微山湖边观龙挂　沛县龙固品三绝

　　船行到微山湖龙固镇码头时，已经是半夜。端木林等人俱已疲乏不堪，便泊船休息了。如玉想改善一下船工们的伙食，第二天一大早，就和婉儿、蝶儿前往龙固北边的渔场买鱼。沿湖堤步行了六七里，碰到一伙人，正在湖滩上摆香案。如玉觉得很奇怪，心想：难道捕鱼的也要敬神不成？真是十里不同风，百里不同俗。他扯住一个六十多岁的老渔民，问道："老人家，你们这是干什么？"

　　老人一边往香案上摆放香烛纸马，一边说："我们这是在敬大王。这里多少年就是这么个风俗，每年初冬和开春下湖捕鱼，都要先敬神，这样取采才能保个太平，而且捕到鱼。"

　　如玉问道："你的是这伙人的头吗？"

　　老人答道："是的。我们这里称捕鱼敬神的领头人叫'草头'。"

　　如玉又问道："堤外有座大王庙，你们敬神为什么不在庙里摆香案？"

　　老人答道："原来大王庙在湖边。这几年，湖水北移，离岸边越来越远，大王庙也就远离湖滩了，只好将香案摆在湖边，这样才灵。"

　　如玉问道："敬大王都有什么讲究？"

　　老人答道："讲究可多啦？搭香棚，摆香案，贴神符，还得摆上双猪、双羊等十样供品；草头上还得提两条微山湖名产四鼻鲤鱼。"

　　婉儿说："你们敬的大王是哪方神圣呢？"

　　老人说："我们都不识字，也不太清楚，只知道微山湖的湖神姓张，名有年，济宁府城北二十里铺姜庄人，清乾隆年间两榜进士，做过道台。有一年西边黄河决口，怎么也堵不上，皇上下诏说：'堵不上决口，张有年提头来见。'他便脱下官袍，摘下顶戴花翎，纵身下去。决口堵上，张有年却再没上来。尸体向上浮了六十里。于是皇上下旨御赐祭葬，并在此处建祠以祀。从此张有年成了湖神。我们这里的大王庙就是乾隆年间建的。"

蝶儿说："你们不在庙里对着大王神像敬供，那大王能受到香火吗？"

老人哈哈大笑："姑娘有所不知。真正的大王并不在庙里而在湖里，就是一条蛇。等摆好香案，我帽子一招，它就能来。当然，也得看我这个草头的心诚不诚。"

如玉问："大王每次都能来吗？"

老人摇摇头："那也不一定。敬大王，正供主要是每年十月十六或二十，大王多数能来。立春、夏至、中秋、过春节等时节是偏供，可供可不供，大王可来可不来。主要是敬一下图个吉利。"

如玉问："这大王到底是什么样子？"

老人说："这种大王蛇也就几尺长，筷子粗细，四楞子头，头上有'王'字，原来是黄色，可说变就变，一会儿穿红袍，一会儿穿绿袍。它会游到供桌上盘着。桌子的边上还会出现几条秃尾巴灰蛇，那就是'将军'，是保卫大王的。"

此时，香案上的盘香和红烛已经点燃，加上焚烧的黄元、金箔，湖滩上烟雾弥漫。渔民一个挨一个跪到香案前叩拜。

作为草头的那个老人口中念念有词，也不知说什么。

忽然，他扯圆嗓子唱了起来，其声调高亢悠长，抑扬顿挫，有一种神秘感，听了让人头皮发炸汗毛直竖。

如玉凝神屏气，听到老人仿佛唱的是一种流传于燕鲁运河两岸的《百神赴号》小调：

哪吒其实哟好神仙哪，

星不得睡哟月不眠，

伸腿不睡缩腿睡，

蹬倒了乾坤塌了天

开么喽！

先要请金吒、木吒、哪吒来三神仙。

……

老人唱时，婉儿、蝶儿一直盯着香案看，盼望着真能有大王和将军游到香案上，可是，香案是那个除了香烛纸马，连一条小虫子都没有。两人都有点失望。

也就两袋烟功夫，敬大土的仪式已经完毕。大王到底还是没有来。老人开始带着众渔民插苇箔。片刻工夫，上百片苇箔就围成了一个迷魂阵，一圈套一圈，形同八卦图。连外行的如玉也看出了，如果鱼虾钻进这种迷魂阵，那只有束手就擒的份儿了。老人抽烟歇息时，他问道："老人家，我们想买十几斤鱼，是不是还得等上一会？"

老人说："我知道你是来买鱼的，过往客人常到我们渔场来。刚才我们来敬神时，已经用旋网打了几十斤鱼，现在你可以拿走。鲤鱼、鲢鱼、白鱼，什么都有，保证比街上的新鲜。"

老人说完，就叫一个伙计给如玉拿鱼。

忽然，蝶儿尖叫一声，其声凄厉瘆人。如玉转头看着蝶儿。蝶儿嘴连张却说不出话来，只是用手朝西边指。如玉抬头一看也惊呆了。西边湖滩上空，火光冲天，烟气弥漫，仔细看，烟雾当中有一大一小两条龙盘旋飞舞，大龙色青，小龙色赤，霞光中，鳞甲闪铄，灼灼逼人、天空中还隐隐传来一阵仙乐声。如玉连忙指给老人看，问道："老人家，你看那边天上是什么？"

老人却不慌不忙，说："那有什么？那是龙挂，这里的人捕鱼时，常烧草龙，主要是为了清除湖滩上的杂草，好下渔网，有时候一不小心，就把草里的龙烧出来的，这就叫烧草龙。"

其时，原先盘旋在一起的那两条龙已经散开，分别向吴越和荆楚两个方向飞了过去，青龙向东，赤龙向南，越飞越远，越变越小，不一会就消失了，只余下一片烟云。

如玉问："老人家，这儿是不是常常能看见龙？"

老人说："也不尽然。我记得，大约已经有五十年没有过真龙了？上一次还是在晚清时。这没准与天象有关呢。"

如玉："您的意思是说要天下大乱？"

老人摇摇头："我们这些人都是凡夫俗子，肉眼凡胎，哪能看破天象的玄机。不过我倒听说过流传在湖区的一条民谣。那里边好像真有奥妙，没准真要有真龙天子出现了。"

如玉催促老人："您快说说民谣。"

"风雨如晦天不明，

天蚕困海窥古桑。

蛟螭出关无消息，

吴楚真人日边来。"

老人背完民谣又说："你是读书人，应该能琢磨出其中的含意。莫非这世道要变？"

如玉问："您知不知道这条民谣从何而来？"

老人说："据说，最早是从湖心岛上看守张良墓的那个老道口中传出来的，究竟如何，还真说不上来。还有一件奇事，岛上普救寺老和尚前年还有湖中捉到一条小龙，后来被日本人买走了。据说现在还放在日本大坂瑞龙寺里。"

老人这话如玉也没上心，见时候不早，便叫婉儿付了鱼款，三人提了鱼，仍沿原道返回。刚走过一片树林，忽然蹿出四五个手拿棍棒的壮汉，一字排开挡住去路。如玉等人一怔，立住不动。

领头的一个红脸汉子朗声说道："眼皮活络的，拿出银钱来，买路消灾。要不然，我们就要动粗了！"

如玉说："这青天白日，你们竟敢拦路抢劫，不怕王法吗？"

红脸汉子说："哪来这么多废话。什么叫王法，老子就是王法。拿钱来！"

蝶儿说："让我来打发这几个小毛贼！"

如玉说："一路上都是你为我遮风挡雨。今天就让我来打发这几个人。"

他向红脸汉子招招手："当家的，放马过来吧！"

红脸汉子冷笑一声，挥拳扑了上来，一招饿虎扑食，直取如玉中路。

如玉好整以暇，纹丝不动。待红脸汉子逼近，一个蝴蝶穿花，转到对方身后，劈出一掌。红脸汉子"噫"了一声，身形一矮，使出一招"武松脱铐"拳中童子拜佛，连消带打，直击如玉心窝，如玉不退不让，一个刁手拿住对方右手，顺势一带，又扫出一脚，红脸汉子应声摔倒在地。

婉儿、蝶儿齐叫一声"好"。

红脸汉子见势不妙爬起来就要溜。

如玉抢先一步，挡住红脸汉子去路，说："朋友，不妨稍留片刻，我想问你几句闲话，等会没准还会给你点好处。"

红脸汉子说："公子，我真打不过你，你就当我是一个屁，把我放了吧。"

如玉说："放是自然。不过，当着两个姑娘吧，现在还不能放。"

婉儿、蝶儿在一边窃笑不止。

如玉说："你在青帮吗？"

红脸汉子说："青帮是大帮会，我这种小角色还不配，我是'杆子会'的，专门打家劫舍。"

如玉说："我还真没听说有个'杆子会'呢？你们这里帮会组织是不是很多？"

红脸汉子说："太多了，多如牛毛，遍地皆是。去年，运河两岸，尤其是汉高祖刘邦老家丰沛地界，遇到大旱，没有饭吃的农民，十之五六都成了帮会中人。"

"你说说，都有什么名堂？"

红脸汉子说："大约有四五十种，像什么，一贯道、圣贤道、中央道、中央无极道、红旗会、黄旗会、黑旗会、眼光会、大刀会、一心天道龙华圣教会、中和慈善会、金华堂、西华堂、黎卦道、来生道、仙天道、通天道、南方道、一空堂、乾门、无极道、智慧道、北方道、佛门、天明道、医生牌，一卦一道、杆子会、春秋社道、金光道、离卦红旗道、无仙道、中元道、日本黄党、玫瑰道、黎门等，海了去啦！"

如玉叹了口气，心里话："莫怪那个草头老人说世道要变，这么多帮会，鱼龙混杂，啸聚山林，横行乡里，天下能太平吗？"他觉得这个杆子会的小头目还真懂得不少事情，就想通过他进一步了解一些社会情况。便对红脸汉子说："我也不想拿你们怎么样。这样吧，我们不妨找个地方坐坐，我还可以供你们一顿饭。有合适地点吗？"

红脸汉子一听说有饭吃，便答应了如玉的要求。他告诉如玉，不远处有一家临湖酒店，叫"听涛阁"酒家，是一家老店，据说最早是西汉开国功臣安国侯、右丞相、沛县人王陵家的产业。

当年，汉高祖刘邦做泗水亭长时，经常和萧何、樊哙到这里喝酒。

那里的菜肴很有特色。如玉便叫红脸汉子带路，直奔听涛阁酒家。到了听涛阁，如玉便吩咐伙计，给红脸汉子手下的兄弟每人上了一碗羊肉汤，另外还有小麦煎饼卷章丘大梧桐大葱。他又将红脸汉子拉到一张临窗面湖的八仙桌旁，又喊婉儿、蝶儿入座。伙计问如玉想吃些什么。如玉说："不知道你这里什么特色菜，要是有，可以上几样。"

伙计打量一下如玉，说："菜肯定有，只是价钱也高。"

红脸汉子刷地站了起来，把桌子一拍："你不要欺负外乡人，想宰客，也得看看人头。"

如玉按下红脸汉子，说："你先说说，什么菜，一份多少钱。"

伙计说："菜包你满意，每份一块银元。中不？"

如玉说："中，你快点上菜，再拿两瓶兰陵大曲。"

伙计先送上两瓶酒，不大功夫，便端了一盘菜上来，说："客官请用。"

如玉一看，是一盘鱼，刀鱼，每条都很小，只有食指长，干燥燥的，也看不出是名掌。正纳闷，红脸汉子又恼怒了，说："就这一盘小鱼要一块光洋？我看都能买一船小鱼了。"

伙计对如玉说："这位客官,你先尝一下吧。"

如玉侠了一条鱼,放入口中,舌头和牙齿还没用劲,小鱼已碎成粉,无骨无刺,鲜香酥脆,毫无湖鱼的腥味。便问伙计:"你说说看,这叫什么菜,为什么能值一块光洋。"

伙计说:"不瞒你说,寻常客人,我们不会上这道菜。告诉你,这叫微山湖酥鱼,全国独一份,是我们店里的招牌菜,当年汉高祖刘邦锦衣返乡,就曾尝过这道菜。它以湖里小刀鱼为原料,去肠,不刮鳞,不剔骨,不去刺。洗净,放入特制调料,放入陶罐中,用苇柴文火焙烧,一直要烧一天一夜,然后再取出保温。这种鱼,入口即酥,无滓无耗,鲜美无比。我们收的是功夫钱。客观们看值不值一块光洋。"

如玉频频点头,说:"值!值!"又招呼婉儿等人品尝,众人尝了,齐声叫绝。伙计昂着头走了。就像变戏法,很快又上了一盘菜。

如玉又瞧,一口砂锅里装着浆糊糊,吃一口,味美绝伦,无以形容,只是搞不清是什么东西。

伙计告诉如玉,这叫"鸽熬",用三个月大野生乳鸽,去毛,以石磨研碎,放入枸杞、阿胶、红枣肉,加水熬一天一夜,即成。特点是,味美,大补,壮阳。婉儿和蝶儿吃了,都被震住了,一句话都说不出来。

红脸汉子只吃了一勺,就不吃了,说:"粗人不吃细果。我不吃了。也难为你们能琢磨出这种独家菜品来。我想这大约也是汉皇吃过的。"

伙计说:"还真是。下边我再上道菜,你们再尝尝。你们能猜到是什么东西,我分为不取。"转身他进了灶间,不到一袋烟时间又上一道菜。

如玉见又是一只砂锅,里边摆着条状肉,便连吃了两块,奇怪的是两块肉两种味道,品之再三,还真不知是什么肉。就问伙计:"这道菜可有名称?"

伙计说:"有。叫'一快一慢'。"

红脸汉子说:"这叫菜名?尽唬人!"

"我来猜猜看,这一快的,想必是鸡肉,慢的应当是鸭肉。对吗?"婉儿尝了一口,说道。

伙计摇摇头。

如玉说:"我来猜,再猜不到,我再贴你五块钱。一快一慢,用的是'龟兔赛跑'的典故？肯定是兔肉和龟肉合炖了。对吗？"

伙计竖起了大拇指："公子，你到底是读书人，八九不离开十。只是不全对。"

"喔？你倒说说看。"如玉心中又泛疑问。

伙计说："兔肉是对的，只不过不是家兔，而是湖滩上的老苍兔，肉要肥，汁兑浓，味道好。慢的也不是龟肉，而是湖中的老鳖肉，每只都在二斤以上，大补。两种肉合炖，味道既美又有滋补作用。"

蝶儿说："反正猜的差不多，你只能收半价。"

伙计说："就是免费也不要紧，难得的是，今天我们有准备，能让你们这些外地客人吃到微山湖'听涛阁'的三绝。日后好帮小店扬名，那还怕没钱赚吗？"他告诉如玉等人，这三道菜原先是镇上一家地主预定的，因临时有事来不了，否则，现做还真来不及。

如玉说："钱一分不少。等会，你可在帮我们上点馍头，面条。"

伙计连声道："好说，好说。"

婉儿忽然想起一件事，对如玉说："公子，我们光顾喝酒，这天都快晌午了，鱼不送回去，船上的人恐怕就没有菜吃了。"

如玉说："昨天走夜船，船工都乏了，一觉怕要睡到下午时，到时再弄饭也来得及。"

婉儿一想也是，便不吱声，只顾吃菜。

如玉向红脸汉子敬了一杯酒，说："老哥，你为什么加入帮会，当土匪？"

红脸汉子叹了一口气，说："这主要是逼的。地里不长庄稼，穷人没饭吃，不找靠山打家劫舍又怎么办？"

婉儿说："你可以出去要饭嘛！一个农民怎么能加入黑道去当土匪呢？"

红脸汉子说："赤地千里，不是旱灾就是蝗灾，哪都一样，到哪要去？"

如玉说："这么多帮会、土匪，地方政府和军队难道就不管吗？现在毕竟是民国了。"

红脸汉子说："县府里的老爷只管吃吃喝喝，升官发财，怎么会把老百姓放在心上？军队更不用说。我们这里驻扎着一支北洋政府军，直系军阀朱玉璞的一个师，上万人，可管什么用？"

朱玉璞只干两件事，一件事是圈地，大量收买破产农民的土地，能挂千顷牌子了，还有一件事是娶小老婆，够一个排。有一年，数千土匪围攻县城，朱玉璞为保存实力，居然弃城逃跑。城破，百姓死伤无数。民国比清廷也好不到哪里去。"

听了这番话，如玉默然良久。喝了一口闷酒，他又问红脸汉子："这微山湖物产丰饶，这里的农民和渔民生活一定不错吧？"

红脸汉子摇摇头："你们这些读书人哪里懂得什么民情。恰恰相反，水深火热。"

如玉问道："什么原因呢？"

红脸汉子说："一言难尽。主要原因是清咸丰五年，鲁西南数千灾民迁居沛境沿湖，或农或渔，成为客民。沛民不能容让，常常因争地争湖面而械斗，一斗就是几十年。至今还在斗，小斗死伤无数人，大斗数十人，势同水火。当年，两江总督曾国藩曾大人到山东嘉祥祭拜曾子宗圣庙，奉同治皇帝圣旨曾到湖区调解此事，规定沛民与客民以湖堤为界，各不相扰，但只管一阵功夫，人一走，又是老样子，年年死人。沛民和客民已成世仇，都不通婚，像这种事，多着呢！都没人管。天下能太平？老百姓能有好日子过？"

此时，如玉已无采风问俗的心情，低头不语，只管喝闷酒。

红脸汉子说："沛县是帝乡，有许多古迹，泗水亭，刘邦歌风台，汉皇祖墓，吕布射韩台，秦皇琉璃井，樊井。公子有时间可以游玩一番，我可以为你们带路。"

蝶儿说："听说沛县是个武术窝子，运河沿线很有名？"

红脸汉子说："是这样。民间武馆不少，练武的人很多。门教主要有武当大洪拳、梅花拳、少林拳、西阳拳、八卦拳、太极拳等。姑娘有兴趣，我可以向你推荐几个有名拳师，切磋切磋。"

蝶儿说："我看你武艺不怎么样嘛"

红脸汉子说："我只懂点皮毛。过去富人家看家护院，混口饭吃，我那两下子只能吓唬一般人。遇到会家子，就草鸡了。要不，怎么会被你们公子几拳打倒？这一带真正的大土匪头子多着呢，武功也高，比如仲八。"

如玉点点头站起身来，对红脸汉子说："老哥，我看你也不像顽劣歹民，我奉劝你一句，如果有可能，还是不要再干那种打家劫舍的营生了，伤天害理啊！"

红脸汉子点点头："是，是。"

如玉说："我们只顾谈话，你也没吃饱。这样我再给你们点饭钱，你和你们弟兄等会再加点菜，也可以喝点酒。我们这就告辞了。"

红脸汉子说："公子大人大量。在下感激不尽。后会有期。我只想关照公子一声，如今世道不太平，巨奸惯匪到处都有，还望多加小心。"

如玉说声谢了，又叫婉儿给了红脸汉子一点钱，便缓步走出店门。放眼微山湖，一碧万顷，风波浩荡，白帆点点，鸥鸣声声，远处微山岛若隐若现，浮玉沉金，沿堤柳树含烟笼雾，迷离十里，真不愧丰沛胜景。他忽然想起刘邦晚年抑吕扬戚的旧事。

据史载，刘邦老病，吕后欲夺皇权，察此隐情，乃起废太子刘盈之意，改立戚夫人之子赵王如意。无奈吕后羽翼丰满，改立未成。刘邦郁闷至极，遂令戚姬作楚舞，自唱楚调《鸿鹄歌》，其声凄切委婉，催人泪下。

联想到民国宫围秘闻，朝局难料，仿佛汉宫当年事，如玉心中不禁悲怆莫名，遂高声吟诵起《鸿鹄歌》来：

鸿鹄高飞，一举千里。

羽翼已就，横绝四海。

横绝四海，当可奈何？

虽有赠缴，尚安所施？

婉儿和蝶儿听了，不解其意，面面相舰，一时居然呆了。

第十七回

台儿庄会友遇恶　端木林震怒惩敌

掠过微山岛，再向东南行十来里，船就要由韩庄运河叉口出微山湖了。此时已是下午，如玉站在船头，举目远跳，烟水茫茫，蒹葭苍苍，湖风荡荡，水天一色，不禁心旷神怡。船行如箭，回望微山岛上的目夷塔，若隐若现，越发模糊了。

船只取道韩庄出湖是有原因的。

微山湖称南四湖，由南阳、独山、昭阳、微山四个湖泊组成。南北走向，北临山东济宁，南抵江苏徐州，长一百二十公里，宽二十多公里，堪称鲁西巨浸。因北接汶水，东邻沂河，水量尤为丰沛，最深处达三十米。它原为古泗水河道，自汉元封二年黄河夺泗注淮，河道渐次淤塞，渚积成大片沼泽，又六百多年过去，最终成为湖泊。大运河自济宁郊进入微山湖，一向以湖为河道，沿西岸向南延伸二百余里，至微山岛附近河道就分成两条了，一条由郝寨向南出湖，经茅村向南，一条由韩庄出湖，经涧头集向东，两条河道在岔河附近又合而为一，可东至邳县。如果要想节省时间，船以从郝寨出湖最快，从韩口出湖则要多半一半路程。

端木家的船之所以要经韩口向东出湖，主要原因是端木林想顺便到台儿庄去看望一位多年未见的老朋友。台儿庄是运河上的著名商埠，如玉也想去看看，便同意了端木林的要求。

太阳落山时，船已到了台儿庄镇东门外运河码头。

台儿庄运河码头

如玉上了运河大堤，边溜边看。晚霞中，台儿庄高大的城墙，贴运河向东西延伸，城喋影影绰绰；城中的清真古寺披着金黄色的霞光，显得雄伟而古朴；四周黑瓦白墙的商号与居民鳞次栉比；运河码头上停泊着上百条货船和人载船，桅杆高举，密如树林。运河东岸远处的泰山行宫隐约可见。如玉决定早上进城一趟，看看市容。

第二天一大早，端木林便独自一人去泰山行宫。他的老友孟海雨的家就在宫后不远处一个叫独树浦的小村庄里。

孟海雨恰好在家，一见端木林来访，喜出望外。一边将客人往花厅里引，一边说："怪不得一大早起来就看见喜蛛儿挂在窗柱上，原来是要来稀客。"

到了花厅，两人一边喝茶，一边唠嗑。正投机，孟海雨的大徒弟赵在中进来了，将一张拜帖呈给了师傅。孟海雨打开一看，见是武林中人，便吩咐赵在中将客人带过来。

来人进了客厅，是个中年汉子，他仿佛没有看见端木林，将一封信交给了孟海雨。孟海雨一看，眉头皱了起来。这封信是静海无极拳掌门人吴昊天写来的，大意是说，请孟海雨劝告端木林不要自找麻烦，尽早抽身，不要替文家押镖，免得伤了和气。如果劝不下来，他们对端木林下手，也希望孟海雨不要插手此事。

孟海雨将信交给端木林。他略微一扫便知其意，说："孟兄，没想到，无端会给你带来麻烦。"

孟海雨一摆，对来人说："这样吧，端木是我的好友，我自然不会做出对不起朋友的事，你告诉你家主人，有什么先冲我来。"

中年汉子说："我家主人绝不敢跟你过不去。不过你既然强行出头，那只好先跟你做个了断，然后我们再找端木前辈理论了。"

孟海雨说："你打算怎么办？"

中年汉子说："今天傍晚，你我双方比武，我们输了，这事就拉倒。你输了，也得有个说法。"

孟海雨说："我要输了，绝不再管闲事。"

"那就这样定了。"中年汉子双手一拱，转身走了。

端木林说："孟兄，这事还是让我自己料理吧。"

孟海雨说："你心里也不必过意不去。咱还是照江湖规矩来吧，这事我要摆不平，你也不要怪我。"

端木林回到船上，将这事对如玉、蝶儿说了。如玉很觉过意不去，说："老伯，需要我做什么，尽管说，需要钱还是找公门中人？"

端木林劝如玉不要紧张，说这事已经落到孟海雨身上，看着风向再说吧。

傍晚，孟海雨、端木林，如玉等人早早就到了泰山行宫广场上等着那个中年汉子。不大功夫，中年汉子带了几个人进了庙门。孟海雨迎了上去，对中年汉子说："怎么个比法，你划个道子。"

中年汉子说："一对一。单挑。三场两胜定输赢。"

孟海雨哈哈大笑："不必三场，一场就行。"

中年汉子说："你也是前辈，还是按江湖规矩来吧。"

孟海雨点点头，立好门户，等着来人。

中年汉子向一个大胡子招招手。大胡子进了场。手一拱立好了门户。

孟海雨说："我是主，你是客，进招吧。"

大胡子说了声"失敬"，打出一拳。

孟海雨避开，还了一掌。

两人来来回回斗了一袋烟功夫，分上下。

蝶儿有点着急，对端木林说："孟叔叔在彭城一带也算个高手，为什么总拿不下这个无名小辈？"

端木林说："你有所不知，这其一，你孟叔不想早早下重手，怕出大乱子，留下后患。其二，静海无极拳出于关外，虽是一个小门派，而且功架不大好看，可这种拳法注意攻防，非常实用，一向是开镖局武师的杀手锏，寻常拳法还真对付不了。"

蝶儿说："他不见得比螳螂拳、鹰爪功、戳脚厉害吧？"

端木林说："依我看，它们都未必比得上无极拳。看看你就知道了。"

如玉问端木林："老伯，你跟孟师傅是不是同门？"

端木林摇摇头，说："我们是好友，可并不是一门。"

孟海雨见大胡子步步紧逼，有些焦躁，认为这小子不知进退，就拿出了看家本事，连消带打，只几招，就逼得大胡子连连后退。

孟海雨的拳法属北派劈挂门，动作大开大合，极为刚猛迅疾，与无极门绵密内敛的拳法，正好相克。两人斗了一阵，大胡子已落下风，气喘吁吁。

两人又斗片刻，孟海雨见大胡手下盘不稳，劈面虚晃一掌，右腿顺势踢出，大胡子应声跌出一丈多远。

如玉等人哄然叫好。

孟海雨面有得色，双手一抱，说："得罪！"他本来就没把对手放在眼里，刚才重挫对手，自然更加轻视大胡子。

大胡子若无其事爬了起来，拍拍身上的灰尘，双掌一推又上。

孟海雨打了几个回合，决定故伎重演。见大胡子顺势一转，使了个刁手，缠住孟海雨左掌，猛地一个后撤步，左腿侧端，孟海雨从他头上飞了出去，摔在地上。他暗叫一声："惭愧！"

婉儿问端木林，孟师傅怎么这样快就败了？

端木林说："骄兵必败啊！"不住摇头。

　　第二场是比暗器。有人在一棵大柳树下摆了个站靶，离孟海雨大约有五十步。

　　孟海雨对大胡子说："你先来吧，随便用什么暗器，一个人五次，中多为胜。"

　　大胡子略为客气了一下，掏出五支透骨钉扣在手中，瞄空靶心，甩手连射五发，全部中靶。众人一齐叫好。端木林吃了一惊。孟海雨却不慌不忙，掏出五支钢镖，略为瞄了一眼，便一支又一支飞出。

　　前四支全中靶心。孟海雨将手中最后一支镖抛了抛，接住，手臂一挥，钢镖已飞出，看看要到靶心，似乎被什么东西碰了一下，一偏，扎在红心之外。孟海雨惊愣莫名。

　　端木林忽见不远处一棵老槐树仿佛动了一下，连蹿几步，身子一纵已飞上树枝，定睛一看，什么也没有。跳下树，怅然而回。大胡子走到孟海西对面，说："前辈，在下得罪了。"孟海雨扭头就走。

　　端木蝶早走到大胡子对面，说："你们是冲着我们来的，现在就领教你几招！"

　　大胡子朝中年汉子看了一眼，中年汉子走了过来，对端木蝶说："后会有期。要想不伤和气，趁早让文少爷把要紧物件交出来，要不然你们过了台儿庄，过不了邱县。"说罢，带手下人走了。

　　"你!?"端木蝶气得杏眼圆睁，想去追中年汉子，被端木林拉住了。

　　端木林等人到了孟海雨庄上。端木林对孟海雨说："刚才你发最后一镖时，好像有人发暗器，只是东西太细小，没看清。本来第一场你是不会输给大胡子的。最后一场比器械，那人根本就不是你对手。只是有些轻敌。"

　　孟海雨说："过去我不大瞧得起无极门，今天一交手，还真厉害。我确实大意了，没能帮你消去过节。实在对不起。"

　　端木林说："本来也没有孟兄什么事。在下谢过，后会有期。"

　　如玉等人刚行至泰山行宫西侧小树林处，突然闪出七八个人，如玉一看，领头的正是刚才那个中年人。端木林也发现有情况，便收住脚步。

　　中年人说："端木大侠，我想问你最后一句，今后能不能不再管文家的闲事？"

端木林充满怒气地说："你有什么资格来问我？告诉你，我刚才就想收拾你，因为你出言不逊，不知尊老敬贤。你们现在依仗人多是不是？好，我今天就一个人对付你们所有人。不怕死尽管上来，别怪我手下无情。"

中年人还未有领教过端木林的武功，大大咧咧地说："其他人是不是不上？"

端木林说："对付你们几个人，我一个人足够了。"

中年人向后手一招，一个矮胖子冲了上来，提拳就打。端木林真的被激怒了，本来就想去找无极门算账，这会见他们有点不知天高地厚，心里更生气，所以上来就下狠手。他见矮胖子冲来，身一斜闪过来拳，右腿早已踢出，只听"嘭"一声，矮胖子便跌出两丈开外，趴在哪里动弹不得，显见已受了重伤。

中年人大吃一惊，高声道："再给我上，两人一起上。"

两个大汉一左一右攻了过来，拳脚并用，端木林猛地插上，挥出两掌，分击二人，由于用了八分功力，两人惨叫了一声飞了出去。口中直吐鲜血。

端木林手一招："你们干脆一起上吧，省得我费事。"

大胡子吃不住劲了，说："我来。"说罢使出本门功夫，"呼"地劈出一掌，又接使"流星赶月"，踢出一腿。端木林闪过来掌，抄起大胡子的右腿，大叫一声："走！"大胡子应声飞了出去。大胡子赶忙收身，但仍然没有卸去来劲，摔倒在地。

中年人手一挥，众人一齐来攻端木林。

蝶儿欲上前迎敌，端木林向他摆摆手，身影一晃，已到中年人对面，左手一晃，虚击一掌，中年人抬臂招架，端木林右掌早已挥出，只听见"膨"的一声，中年人按着左肋倒了下去，满地打滚。端木林早就讨厌这个不阴不阳的中年人，所以刚才那一掌用了九分功力，只一击就打断了他三根肋骨。

大胡子此时又冲了上来，只一个照面便被端木林劈中肩头，疼痛彻骨。他提了一口气，疾退几步，对其余的人说："并肩子上，用无极门的莲花阵法累死这个老匹夫！"

大胡子等人步法一转，已摆成莲花状，一边转动，一边轮番攻击端木林。端木林笑笑，心话："你这阵法对别人有用，对我屁用皆无。"他心神一动，大喝一声，向阵心冲了过去，甫入阵中，身形一挫，扫蝶腿连发，如旋风一般，转眼就打倒了两个人。一击成功，端木林趁机而上，直取大胡子。大胡子有点慌神，步伐稍慢已被端木林抓住右臂，一个反关节携拿，大胡子胳膊生生被折断。剩下的两个人吓得"噗通"一声跪了下来，口中连喊"饶命"。

端木林操撑身上的灰尘，啐了一口，说："无极门怎么出了你们这帮废物！都给我老老实实跪在这，思量思量。"

中年人、大胡子俱已受重伤，趴在地下动弹不得，其余几个人稍好，赶紧跑过来跪下。

端木林高声说："本来我想结果你们几个人狗命，一看你们如此不中用，倒不想下杀手了。你们回去告诉你们师傅，不要给人当走狗，当枪使。黑心钱收不得，浑水蹚不得。我现在给你们一个小惩罚，跪在这里两个时辰再滚回去。以后，再让我见到你们，我绝不容情。"

说罢，端木林向如玉、蝶儿手一挥："现在没事了，我们回码头。"

路上，如玉问端木林："端木老伯，你今天为什么下手这样狠？"

端木林说："这一路上我们都没消停过，这其中必有无极门在参合，真是可恶。他们还威胁我，说让我别管闲事，否则过不了邳州。这帮狗东西，他们以为自己是谁？居然敢这样对我讲话，真把我气死了。"

蝶儿说："爹，你伤了吴昊天手下人，他知道会不会来找我们的麻烦？"

端木林大声说："他敢！算什么东西？"

蝶儿说："那个大胡子的武功并不弱，连孟海雨叔叔都吃了他的亏，那他的师傅不是更厉害吗？他功夫到底怎么样？"

端木林说："说实话，那个大胡子的武功顶多也就跟你孟叔叔挨肩，强不到哪里去。吴昊天再厉害，又能厉害到哪里？不是你爹说大话，他能挨过我十掌就算高手了。说真话，我行走江湖几十年还没遇到过对手。他算老几？"

如玉今天又一次领教了端木林的武功，简直就是一头雄狮。心里不禁又多了几分敬佩与信赖。他已拿定主意，抽空和这位侠义的武林宗师说说心里话，主动求得他的帮助，平平安安回到江南。

"呜呜——"此时，一列火车缓缓开进台儿庄车站，烟雾腾腾，汽笛声声，目睹此景，如玉的心中油然升起一股浓浓的暖意。

第十八回

邳州飞虎寨赴宴　古邳镇主客交心

船到邳州，刚抛锚放缆，端木林就接到一张请帖。来人三十多岁，短小精悍，带来了两匹马，黑马自乘，白马是为端木林准备的。看他那架势，请到端木林有十分把握。

端木林扫了一眼请帖，已知来意。这张帖子是矩山青帮大字辈堂主飞虎寨寨主仲八送来的，大意是闻听端木林前辈路过矩山，仰慕已久，特请他上山，接风洗尘。他将帖子送给文如玉看过，又转给蝶儿。

如玉问："端木老伯，这个仲八是何许人？"

端木林说："这可是大名鼎鼎的角色。仲八，原名仲兆驹，东海羽山人，出身贫苦，父母双亡，从小就要饭。长大后，喜欢舞刀弄枪，后来拜海州武状元卞赓的关门师弟石达为师，学习武术，练出一身好功夫。听说他在军队也混过，但因不愿接受管束，便投了横山土匪头子三眼彪。数年后，仲八杀三眼彪自立为王。某日，他手下小头目带人下山劫道，无意中得罪了徐州青帮'礼'字辈堂主官云沛。仲八早就有意投靠青帮，便亲自带人将所劫的运粮小车队送至贾汪宫云沛住处，不但当面赔罪，还送了一份厚礼。交谈之中，仲八透出了想拜宫云沛为师的意图。宫云沛控制着徐州地区最大的运粮车队，专门为车站码头商栈跑运输，因为车队在海州地面老出纰漏，一直想找个关系保驾护航，见仲八为人既豪爽又义气，便欣然收他为徒，还给了他一个'大'字辈排序，准许他在海州一带开香堂招收门徒。仲八入了青帮，如鱼得水，两年功夫就聚集了一千多号人。又将老巢搬到羽山，不久，又在邳县矩山另辟山寨，此人很复杂，大多数时候都是劫富济贫，但有时也残害百姓，欠下不少血债。故而民间传言‘羽山到矩山，毛贼万万千。’说的就是仲八和他的手下。”

如玉问：“他请您，您以为是好意还是歹意？”

端木林说：“酒无好酒，宴无好宴。估计没什么好意，没准另有所图。”

蝶儿插了一句：“爹，那你干脆不用理他，免得出岔子。”

端木林说：“这不符合青帮规矩。他以同门晚辈身份请我上山赴宴，我不去就是以老欺小，蔑视同门，那不失礼了吗？我得去。”

蝶儿说：“你一定要去，得带上我。”

端木林说：“你去有害无益，万一我出什么事情，还得搭一个。”

如玉隐隐约约觉得此事与自己有关，担心端木林的人身安全，便力劝端木林拒绝赴宴。可端木林就是不听，执意要去赴宴。

蝶儿气坏了，躲在一边，噘着嘴，干脆不理端木林。

端木林将下帖人叫了过来，大致问了问山上的情形，听到一个熟人也在山上，他心里有了点底。心想：有事躲是躲不过去的，有毒疮迟早要出头。还是去看看动静再说。端木林随下帖人乘马走了。矩山运河码头也就十几里路，个把时辰两人便到了飞虎寨门口。有人出迎。端木林一看，认识，正是刚才下帖人所说的那个杨士奇，现任矩山寨副堂主，地位仅次于仲八。杨士奇与端木林是同门，也系青帮师祖翁凡门下，属“通”字辈，端木林为“礼”字辈，班序长他两辈，且在直隶时曾指点过他武功，两人关系一直很好。

杨士奇久不见端木林，再次相会非常高兴，拉着端木林的手一口一个“师祖”。

端木林低声问杨士奇：“这个仲八请我上山是何意呢？”

杨士奇支开下帖的那个小土匪，压低喉咙说：“他葫芦里卖的是什么药，暂时还不知道。师祖还是小心点好。有什么意外，我会出手帮你。”

仲八已在山寨大厅门口等待多时，看见端木林，抢先一步上前，行了个大礼：“师叔好！请。”

端木林点点头，径直进了大厅。

酒席早已摆好，虽说没有什么海参鱼翅，倒也有不少野味。酒是仲八从家乡带来的十字坡烧酒，很冲。

三巡酒令行过，宾主已喝得面红耳赤。仲八本来就是个话痨，这会更是滔滔不绝。杨士奇看上去还算文静，喝得不多，一直在一旁冷眼相看。

仲八开腔了，说："端木师叔，晚辈今番请您上山是想请您老给我一个面子。不知您老肯不肯赏脸？"

端木林说："我与你虽同在青帮，我辈分也高，但你我并非出于一门，有什么话直说，不必拘礼。"

仲八哈哈一笑："您出自翁祖师门下，我是潘祖师的徒孙，不管怎么说，都带三点水。那我就直说了。是这样，最近山寨生意不好，弟兄多，花销大，有点拉不开栓。刚好有个朋友给我送来一桩财，想让我出面，找您老说合，不要多管江湖上闲事，尤其是公门中事更不要随意插手。"

端木林已知仲八话中深意，淡淡地说："我现在靠跑人载船为业，没管什么闲事啊！此话从何说起？"

仲八说："你这趟接的客人是京城豪门公子文少爷吧？"

"不错，怎么啦？"端木林点点头。

仲八说："这个人很有来头，仇家不少。一路上如果不是您罩着，他早丧命了。我的意思是，该出手时就出手，该撒手就撒手。人得识时务不是？"

端木林咳嗽一声，站了起来："我这个老头子今天算是长见识了，让你这么一开导，还真明白了不少事理。"

他四下溜达，看也不看仲八。

仲八一惊，知道自己有点托大，口气缓和了下来："端木师叔，你我虽初次见面，可我对您在江湖上的大名那可是早就知晓，实在佩服得紧。俗话说，人为财死，鸟为食亡。这样，我已收下那个朋友的礼金，俺们爷俩一人一半。条件是让那个文少爷另外雇船。怎么样？"

端木林纵横江湖数十载，技压黄河两岸上千里，从来没人敢跟他当面叫板，让仲八这么一说，心中的怒火"腾"地就起来了，把桌子一拍，高声说："文少爷是我的客人，我收了人家的佣金，就应该为他负责。我靠的是自食其力，那些肮脏的钱再多，我一个子儿也不要。你刚才说的话等于放屁！"

仲八一愣，半天说不出话来，心想："这个端木林还真不是凡人，虎老雄心在，胆气过人，无愧于武林泰斗的名声。"仲八手下的人也吓得不轻，个个面面相觑，作声不得。仲八在徐海一带可以说是威风八面，号称"飞虎"，他们从未见过有人敢撸仲八的虎须。

杨士奇的脸上浮起一丝看不见的冷笑。

仲八定了定神，说："端木师叔，钱我已经收下了，你说该怎么办？"

端木林踱到桌前，拿过一罐酒，斟了满满一碗，一饮而尽，冷冷地说："哥作孽哥受。那是你的事，与我有什么相干？"

仲八的脸上已经挂不住了，愠然道："这么一说，师叔是不是给我面子了？"

端木林冷笑一声："你以为你是什么东西，有什么面子？"

仲八勃然大怒说："我好言好语相劝，你就是滴水不进，莫怪我翻脸不认人？"

端木林"腾"地站了起来："你想欺师灭祖，残害同门。是不是？你可知道本帮的十不准戒条？"

仲八"哼"了一声，怒视着端木林，心话："这年头，有枪就是草头王，谁还拿旧帮规当回事。我的地盘我做主，等会让你知道我仲飞虎的厉害。"

这时，有个小土匪来找仲八。仲八转身出了大厅。杨士奇上前劝端木林消消气，有什么事，坐下来商量。他伸手捏了端木林一把。端木林已会意。

仲八回来了，干笑一阵，说："端木师叔，你是油盐不进，可让我作难了。你看这事到底怎么办呢？是不是再商量商量？"端木林已无心待下去，站了起来，说："你的酒我也喝过了，味道不错。我还有事，就此别过吧！"说罢，就要走。仲八手一伸："等等，您是长辈，青帮大佬，罗教护法，武林泰斗，对您我绝不敢用强，要留，我继续好酒好菜款待。要走，我大吹大播送你下山。只是，有人得留下。"

端木林一愣，心话："这是什么意思？"

仲八手一举，几个匪徒押着两个人进了大厅，手绑着，头上戴着黑布套，认不出是谁跟谁。

一个匪徒先后扯下两个人的头套，端木林这才看清，原来是如玉和蝶儿，不由得大吃一惊，心里急速地盘算着应对的办法。

蝶儿高声骂道："你个死仲八，快把我的手松开！"

如玉看了端木林一眼，又低下了头。看得出，他的心里又恼又悔。

端木林朗声道："仲八，你是不是存心想算计我？"

仲八摇摇头，说："不是不是，你的闺女和这个文少爷是自己送上门来的。他们大白天闯山，我可不能听之任之，否则，那不坏了山寨规矩。"

端木林整了整衣裳，平静地说："看来这两个人我是带不下山了。我也不要了。你看着办。告辞！"

端木林一边走，一边用两眼的余光瞄着仲八。

"这……这……"仲八没想到端木林使出这一招，方寸大乱。他还真没有想过，应该如何处置文如玉和端木大侠的独生女，更没想过要取这两个人的性命。他也知道，这个文少爷可不是一般人，如果为了一点钱就痛下杀手，弄出人命来，那可不是闹着玩的。至于说这个端木蝶也是扎手的角色，凭她爹在帮中和江湖上的身份，谁敢轻易杀她？如果走错一步，没准江湖就会搅起一场血雨腥风，那还不知道有多少人要流血。想到这，仲八心里直发毛，汗都下来了。

杨士奇走了过去，对仲八说："仲爷，这事恐怕有些欠妥，为了那点飞来之财，我们犯得着担待残害同门、蔑视官府的罪名？这不是因小失大吗？"

仲八龇着牙花说："银钱又不烫手。莫非能把到嘴的食吐出去？"

杨士奇说："那倒不必。如今是天高皇帝远，我们人多势众，量谁也不敢拿我们怎么样。"

仲八眨巴眨巴小眼，说："你是说黑就吃黑。"

杨士奇狡黠地笑笑："这事还用人教吗？"

"有点道理。"仲八频频点头。他的心里已经冒出放过文如玉的念头，可转念又想，自己应承下来的这件事也是大有来头，弄不好也会得罪官府。拿了人家的钱财，却不替人消灾，那别人会放过自己吗？想到这，他左右为难，一时沉吟不语。

此时此刻，文如玉正为自己的鲁莽而懊悔。今天早上，端木林前脚走，端木蝶后脚就租了一匹马跟了上去，自己心一急，也依样画葫芦，尾她上了山。谁知道上山容易下山难，自己有个什么不测倒也罢了，无辜连累端木父女俩那才是罪无可赦呢。忽然他发现身边几个匪徒已不在身边，便悄悄贴近蝶儿，三下两下，解开了蝶儿手上的绳索。向她使了个眼色，又朝仲八努努嘴。

蝶儿早就想收拾仲八，双手一自由，"呀"地叫了一声，双脚一蹬，一个"飞仙摘星"已窜到仲八身后，左手一伸拿住仲八双臂，右手疾探，已扣住他脑后死穴，厉声道："仲八，你想死还是想活？"

仲八觉得后脑发凉，似有一股强力直透脊背，知道这是大力金刚指，只要对方一用力，自己非死即伤。不禁大窘，心里急速想着脱身的办法。

风云突变，十几个匪徒持刀分别围住了端木林、蝶儿和文如玉，静观其变，只要仲八一声令下，就将敌人剁成肉泥。

端木林笑笑，缓步朝仲八走去。有两个匪徒上来阻拦，端木林双手一挥，两人已仆倒在地。有个匪徒挥刀就砍，端木林略闪了一下，伸手抢过钢刀，只一扭已成麻花，众匪徒都惊呆了。端木林到了仲八面前说："蝶儿，你松开。都是同门，不要失礼。"

蝶儿不松手。端木林左手一拉，已将仲八抢到自己怀中，右手有意无意当中已扣住仲八左手腕，稍为一用劲，仲八顿觉筋骨酥麻，痛彻心扉。心想："没想到在江湖上混了几十年，今天倒在自家的老巢里着了别人的道，惭愧惭愧！"仲八知道端木林的铁砂掌威力无穷，能断金碎石，已打定主意认栽，放文如玉下山。他朝端木林笑笑，说："端木师叔，刚才是小侄一时糊涂，财迷心窍。这样，我叫人送你们下山，决不会再为难你们。"

端木林就势松开仲八的手腕，朝杨士奇点点头，拉了蝶儿和如玉就走。

仲八的猪腰子脸成了苦瓜，神色异常尴尬，进也不是，退也不是。

杨士奇抢先一步，礼送端木林一行出了大厅。

端木林一行骑着马一阵疾驰，一个时辰已将矩山远远抛在身后，来到了古邳。各人都觉得累了，便下了马。如玉在一棵大树下坐了片刻，便一边溜达，一边观赏古镇的风光。

古邳在矩山西南，本来不顺路，是如玉要到这看看的，因为这个古镇非常有名，属于昨宁。朝东看，半戈山、矩山、二龙山兀然挺立，忽隐忽现；身后一条水坝蜿蜒东去，一眼望不到头，坝下水光潋滟，杂草丛生，间有几处残垣断壁露出水面；近坝处有一座已经残破的城楼，上面写着"白门楼"三个大字；朝北看，羊山傍路而立，虽不甚高，却树木葱茏，山顶上，东汉丹阳日莋融任下邳相时修建的浮屠寺隐约可见，只是那座闻名遐迩的九级八面的九镜塔早已倒塌，只余下残基；朝西看，古邳镇民居连院，商铺接户，镇外小河上的祀桥和桥畔的黄石公庙旧貌犹存；南边则是麦田，一片金黄。

端木林和蝶儿也走了过来。

蝶儿问道："文少爷，听说这古邳小镇大有来历，古迹很多，是这样吗？"

如玉点点头："古邳就是汉代的古下邳城，原为下邳国，刘氏皇族先后在这里封了六代诸侯王；韩信在这里做过楚王；关羽也在这里镇守过；吕布就是这不远处的白门楼被曹操擒杀的，死后首级被送到洛阳汉宫，尸骸听说就葬在羊山上，另外那里还有一座貂蝉墓。大坝下的水滩你看到了吧？这水下就是古下邳城，后来被曹操引泗水和汴水淹没掉了。还有南边的祀桥和黄石公庙，就是纪念黄石公和汉初三杰之一张良的。据传，黄石公叫魏辙，曾为秦庄襄公手下重臣。嬴政即位，独断专行，黄石公便离开了咸阳。秦始皇骑马追到骊山下，也未能挽留住他。黄石公隐居在邳州西北黄山北麓的黄花洞中，易名黄石公，著兵书《三略》等多部和《素书》。后来，在祀桥巧遇张良，便以《素书》相赠。此书计一千三百三十六言，分原始正道、术人之志、本道、宗道、遵义、安礼六篇，其实就是治国安民的思想理论，终助刘邦夺得天下。"

蝶儿说："没想到这个小小的古邳镇居然还是个卧虎藏龙的地方。"

如玉说："这里传说多了，简直可以写一部书呢！"

端木林忽然开口道："文公子，你对这次的矩山之行有什么想法吗？"

如玉思村片刻，说："是我连累了你和蝶儿。而且不仅是矩山这一次。我真的感到很不安。"

端木林点点头："有一句话我不知当问不当问？"

如玉说："你尽管问。"

端木林说："那好，我俩今天就交交心。文公子，你认为我这个老头子的为人处事如何，信得过我吗？"

如玉说："这一路你的一举一动我都看在眼里，古道热肠，侠义过人，没得话说，我完全信您。"

端木林摇摇头："不！我倒以为文公子的心中另有隐情，没有跟我这个老头子讲真话。"

如玉的脸刷地红了，说："端木老伯，何出此言？"

端木林说："在济宁你碰到黑道中人，怕出意外，就委托我替你保管古玩珠宝。依我看，那些人想从你手中得到的，并非就是这点东西，很可能还有更重要的物品，只是你不肯讲出来罢了。是不是这样？"

如玉重重地点点头，神色也变得严肃了，说："是我不好，对你说了假话。只是，因为我心里也有顾虑，才不敢将真情对你和盘托出。"

端木林说："你是不是想了解我的身世呢？"

如玉说："是的，您能给我说说吗？"

端木林说："好！为了今后我们能相互好好配合，我就把我的情况跟你说说，免得你疑心，不托底。过去，我一直江湖上行走，后来又加入安青帮，义和拳兴起后，我做过总坛武师，杀了不少贪官和洋人。清廷倒台前，手握重兵的袁世凯在东北等地大肆屠杀革命党人。有个要人便找到我，请我出山，伺机刺杀袁世凯。一天，袁世凯下朝从东华门走过，我和几个刺客突然现身，一起攻击袁世凯，眼看就要得手，却被来援的清兵包围，袁世凯侥幸得脱，我也拼命杀出重围。从此我便隐居在运河上，靠跑船为生。清政府倒台，风声小了点，我才重出江湖。有一年，全国武林中人在河北沧州举行比武大会，我连败十八位武林高手，从此扬名立万，江湖中人便称我为端木大侠，在黄河两岸薄有名声。这就是我的大半生行藏。你还有什么不明白的尽管问。"如玉握住端木林的手说："原来，端木老伯一直就是个有正义感、有血性的武林豪杰，真是相见恨晚。你这么一说，我心里就没有什么疑虑了。您确实是个可以托付大事的人。我没有看错您。"

蝶儿说："文公子，爹爹刺杀袁世凯的事很少对人讲过。现在袁世凯还在台上，势力大得很，你可要为我爹爹遮掩一二哟！"

"那是那是！"如玉连忙答应，接着又说："我的苦衷说复杂也复杂，说简单也简单。背景我就不说了，就拣要紧的大概说说吧。我爹和我都同情倾向南方的同盟会，也就是过去的兴中会，三年前，又改名中国国民党。我身上确实带着两件要紧物品，都事关国家利益和北京政局隐秘，对革命党很重要。我这次出来，一是要考察大运河，第二件事就是将这两件东西送到南方去。什么东西和其中详情我会择时告诉你。反正，这两件东西比我的性命还重要，还请端木老伯和蝶儿还像原来那样照顾我，帮我完成这个重要任务。你看怎么样？当然，事成我也一定会重谢您的。"

端木林哈哈大笑："话说到这里，我的心里就敞亮了。你放心，只要对国家有利，我老头子和蝶儿就是豁出性命也要为你保驾护航，包你平安到达江南。"

蝶儿说："其实我和爹爹早就看出你心里另有隐情，虽然对你也有一点不满，不过，你的为人我们还是看得很透的，是个正人君子。所以一路上，我们才事事处处帮衬你。今后，你就拿我当个妹子吧有什么事，尽管吩咐，千万不要客气。你们这些读书人什么都好，就是有点迂腐。"

端木林嗔了蝶儿一眼："蝶儿，别信口开河，没大没小的。"蝶儿吐了吐舌头。

如玉说："今后要走的路还很长，风险也少不了。有了端木老伯的帮助，我的信心就足了。"

端木林说："刚才，文公子讲了不少有关古邳的故事。这里我也来过多次，也讲一个传说凑凑兴。据说，有一年三月初五大晴天，睢宁桃园仔仙庙正逢庙会，来了一个推车卖伞的大汉。各人都取笑他，说一冬一春滴雨不下，你卖雨伞谁要？大汉说不要紧，午后一下大雨就好卖了。午时，突然就下起了瓢泼大雨，众人这才争着找那大汉买雨伞。等伞卖完，大雨也就停了。各人觉得这卖雨伞的大汉很神秘，不像凡人，就四处找，但却人车皆无，只发现庙东边南北向青石板路上轧着一道深深的车辙沟。后来人们才知道那个晴天卖伞的大汉就是柴王周世宗，也就是柴荣。据说，车辙沟六十年一显露，而且都在雨后，天一放晴沟就消失了。人们便编了一首歌谣四下传唱。"

蝶儿说："我知道这首歌谣。"说着就唱了起来：

赵州桥什么人修？

玉石栏杆什么人留？

什么人骑驴桥上过？

赵州大桥鲁班修，

玉石栏杆圣人留，

张果老骑驴桥上过，

柴王爷推车留下一道沟。

曼妙的歌声在风中传出很远很远。

第十九回
如玉窑湾观古城　端木独闯鹭儿岛

黄昏时分，如玉和婉儿正徜徉在窑湾前门大街上。走了一阵，见路旁有一座名为"小蓬莱"的酒馆，建筑样式极似欧式风格，不由得大为好奇，便走了进去，此酒馆为当地举人陆文椿所开，这一天他亲自当伙计迎客。见来客一表人才，谈吐不俗，便以茶当酒，和如玉攀谈起来。从陆文椿的口中，如玉竟了解到窑湾不少旧事轶闻。

公元前二百余年，楚汉相争时期，窑湾一带是古战场。由沂蒙山脉山洪冲下形成一条自然河流，经窑湾拐向直入黄河道，造成窑湾北西两面环水。楚霸王利用有利地形屯扎军需粮草于此，山河两岸农民兴集供驻军生活日用品，就是后来的隅头镇。每年夏季山洪暴发上游冲下来泥土积淤很多，驻军利用战俘和犯人烧窑、烧砖、烧泥盆、烧泥碗、烧泥缸作为日用品。当时划分三大窑群，从窑湾向东五华里叫"上窑"，再向东五华里叫"下窑"，再向东五华里叫"五里窑"和"六里窑"，十六华里窑群集结。当时山河东岸湾内叫"窑湾"，它是军需特区，

不受州县管辖。

公元 220 年，关公守下邳，与曹兵战于窑湾，因孤军作战而大败，兵退四十里被困土山。后来窑湾人在山河处建了一座关帝庙，占地面积万余平方米。关公坐式塑像高达一丈，庙殿内西山墙壁上画关公骑赤兔马飞越山河画像。关帝庙后有一个红石马槽，当年关公在此喂过赤兔马。庙前有半块碾盘石，是关公磨青龙偃月刀所用。由关帝庙向南不远有三圣庙，供奉的是桃园结义的刘、关、张。三圣庙规模高于关帝庙，单大殿中周仓站式塑像就有一丈高，是一般庙宇少有的。

公元 605 年，隋朝开掘大运河从窑湾经过，切断了通往黄河的山河。公元 618 年，唐朝施行州县制，徐州、邳州、海州三州中窑湾位于后二州交界处。隅头在邳州最东边和窑湾隔一条山河。"隅"是角落，"头"是前头、尽头、唐初把它命名为"隅头镇"。而窑湾千百年来是军事、政治特区，不受州县管辖，没有命名，因海州最西边界湾子里有很多烧窑处，顺景简称"窑湾"。

公元 1627 年，明朝天启七年七月初七，窑湾头湾决堤，洪水淹没到灌南新安镇。公元 1668 年，清康熙八年，郯城发生特大地震，震级 8.5 级，震中位于郯城临沭，莒县一带，波及三百余里，与窑湾三里相隔的隅头镇被沉没地下。骆马湖飞沙喷水，从此，千年早湖变为水湖。

公元 1670 年，清康熙皇帝登基十年大典期，因多年战争，对地震灾区无财力和人力救援，于农历四月初八下旨赦天下政治犯，亡国的明朝官员被迁到灾区从事开荒，以免灭族之罪。迁入窑湾的前朝官员与族人、乡亲来自全国河北、青海等十多个省，他们文化素质高，又有管理经验，到窑湾后便对街道布局重新进行规划，利用窑湾曲折回复的自然河岸筑五里长街道，按五行八卦作为太极线，按八卦九宫方位建十条街道和一条回族街，共十一条街。另建八省会馆，建筑工艺庄重、宏伟、豪华。江西会馆和福建会馆的建筑工艺可于北京皇宫相比，河南会馆、河北会馆、山东会馆、安徽会馆、山西会馆、苏镇扬会馆、青海回族清真寺等均具有一定规模。后来他们经营全国十八省工商业、东西两处当铺，著名建筑有十八家钱铺、奶奶庙、大仙堂、碧霞宫、三清观、城隍庙、慈云寺、观音庵、小街子奶奶庙、九宫道升仙楼。到清末时期，"窑湾"已有"小上海"之称。

公元 1840 年，清道光二十一年，举人藏纤青为防外侵之敌，在窑湾建筑军事设施：奇门遁甲八卦迷阵，设二十一个炮楼、八方炮台、两米高土城墙、十米宽壕沟和吊桥，统一由中央炮楼指挥。楼上设有八卦旗，用旗语指挥作战。弯形狭长街道直通四门，为四象，西门死门、北门为生门，南门伤门，东方惊门，外敌入内，就会迷失方向，堪比《水浒传》中祝家庄的迷魂阵。窑湾建筑幽、奇、险的风格引起了清朝皇帝的重视。公元 1765 年，乾隆皇帝第四次南巡曾驻窑湾天后宫，即福建会馆，还留下半副仪仗。临走时，他带走了天后宫西花厅、江西会馆戏楼图纸，回到北京，仿建了中南海西花厅和圆明园戏楼。

窑湾近三百年来几经兴衰。第一次兴盛于清康熙年间，商人大批投资兴建街道，筑造楼台亭阁，建筑工艺取自全国各地风格和精华，堪称一绝。第二次兴起是清末，政治控制日疏，窑湾人大展宏图，全国十八省商人都与窑湾有贸易往来。东北三省的大豆、山货、干果、毛皮和窑湾绿豆烧酒、鸡蛋清、面油经窑湾运河远销南洋、日本等国以及我国与南沿海、台湾等地区；又从这些地方带回海内外货物。外国汽艇、小货轮日夜在窑湾运河码头来回装卸。运河岸建起两座石油库，可容十万斤石油。美孚石油公司、亚西亚石油公司和五洋百货公司也在此设立分号。街上洋人随处可见，国籍有美、英、法、意大利、加拿大、荷兰、德国，既有商人又有传教士。海州、徐州、临沂、淮安商人利用运河、铁路等交通设施汇集到窑湾从事长途贩卖。运河上船桅如林，街道人流如织，昼夜不息，市声鼎沸，以至形成窑湾夜市，百年不息。

窑湾地处苏鲁交汇处，运河由此过境，沟通南北，加上经济繁华，曾吸引不少文人志士。明"金陵八家"中的大画家高岑、吴宏以及清"扬州八怪"画派中的郑板桥、李方鹰等都曾流寓于此，留下不少书画真迹。闻名全国的秦淮歌女也纷纷沿运河由金陵北上窑湾，开设秦楼楚馆，高张艳帜，迎新送旧。清道光年间，举人藏纤青绘海防图三万言书上奏朝廷，以防外侮。奕亲王至窑湾招其入幕，惜未得重用，长才难展，郁郁而终。清末鼎革，平民将军冯玉祥曾到窑湾阅兵，留下一座点将台，台为亭式，柱上有联曰："口若悬河涤国耻；舌如利剑斩扶桑。"让人想见将军当年英姿。

告别陆文椿，如玉和婉儿又信步来到了慈云寺。这一带庙宇众多，观音庵、大仙堂、碧霞宫、奶奶庙、关帝庙等朱墙毗邻，飞檐相望，环境极为古朴。他听说窑湾八庙中最小的庙宇城隍庙攻防供奉的城隍老爷是明代名臣史可法，觉得其中必有来头，便一路寻了过来。

刚进山门，就看见一株高大的古槐，其形如伞盖，枝繁叶茂，郁郁苍苍，大有画意，不由得赞叹一声。瞻仰过正殿史可法像，如玉发现山墙上嵌着一块石碑，文字尚清晰，便俯下身读了起来。原来，明末，史可法曾由窑湾运河南下扬州督师抗清，后来不幸殉命，当地人仰其忠义，建城隍庙祀之。刚走到院中，如玉忽然发现对面站着几十个衣衫褴褛的花子，正盯着自己。一时也没往心上去，继续朝前走。

这时，一个瘦如麻杆的青年花子上前拦住了如玉，高声道："阁下可是京师来的文少爷？"

如玉有些惊奇，便说："你是谁，怎么会认识我？"

花子说："我是康茂德，是江南省丐帮第十四代掌门人，这儿就是我的住处。我有些私房话想对公子讲一讲。"

如玉说："你我萍水相逢，你有私房话为什么要对我讲？"

康茂德笑笑，说："听说，你是日本人派到我们这里来的密探，随船带有不少不义之财和见不得人的文书档案。这些东西是中国人的，你得留下来。"

如玉惊诧莫名，说："康帮主，此话从何说起？我是民国政府建设部水利专员，这次下江南主要任务是考察大运河。何来日本密探这一说？你不要听人挑唆，免得误伤好人。"

康茂德说："你说这些我也知道。只是人家红口白牙说得有鼻有眼，有根有据，岂能凭一面之词就让我相信你？"

如玉说："那你能不能告诉我，是谁指我为日本密探的？"

"我不能说。这是江湖规矩。"康茂德摇摇头。

如玉有些急躁，高声说："那你怎样才能相信？"

"这好办？"康茂德说："让我带人到你的船上搜一搜，如果没有什么夹带，我自然会息事宁人。"

如玉心想："这事万不能答应。"便说："我要不让你搜呢？"

"那你今天就走不了。等会我会派人把你送到另外一个地方去，到了地头不怕你不吐实情。"康茂德头上的青筋暴了起来。

如玉知道康茂德要动武，便向婉儿使了个颜色，暗示她寻机逃跑，回码头去报信。婉儿会意。如玉迈开大步走向山门。康茂德双臂一展，喝道："站住！"

如玉左角一站，呼地打出一拳，又接低鞭腿，扫击康茂德下盘，康茂德身形一纵，张开双臂如同鹰爪搏兔自上而下扑向对手。如玉刚才那一招是虚的，见康茂德来攻，一个急转身，窜向正大殿，康茂德等人呼啦一下追了过来。

婉儿乘乱跑出了山门。

这时，如玉已跑进大殿，抄起一根顶门柱守在殿门口。他知道，对方人多，在院里纠缠下去，绝占不了上风，只要守住大门，康茂德人再多，也不易得手。

康茂德手一挥，一个叫花子冲了过来，如玉当头一棒，花子惨叫一声跌了出去。又连续冲进来几个人，都被如玉乱棒打出。康茂德手一举，高声说："你们退下，我来！"他双手向下一按，提了一口气，暗运内功，倏地上了台阶，大步直闯殿门。如玉挥棒就打，谁知道康茂德居然不闪不避，头一挺，硬接了一棒，只听得"咚"一声，居然若无其事。"这人倒有一身横练内功！"如玉心里也骇然。

康茂德冲入门内，见如玉挥棒打来，身形一侧，闪过来棒，左手疾，右手跟进，一下子便锁住了木棒，身体一退，大喝一声："拿过来吧！"如玉只觉得两臂上有一股大力袭击，一个拿捏不住，木棒已被康茂德夺去。他见势不妙，身躯一拔，一个鱼跃，已从康茂德头顶飞了过去，稳稳落下。几个花子见他要跑，疾追几步，又缠住了如玉。如玉施出八卦掌步法，一边游走，一边伺机反击。又周旋片刻，如玉已感到浑身乏力，气喘吁吁，脑门上汗如雨下。

康茂德大声说："对！就这样缠住这小子，来个车轮大战，时间一长，准把他累趴下。"

"给我住手！"

一声断喝，端木林、蝶儿、婉儿和陆文椿大步进了院子。端木林手指着康茂德声色俱厉地说："你这人真不知好歹！快住手！"

康茂德等人见来者神威凛凛，怯意暗生，便一起收了手。

陆文椿上前一步，说："康当家的，你为什么要为难文公子？"

康茂德一愣："陆爷，你认识这小子？他可是个汉奸！"

陆文棒指指端木林："我来给你介绍一下，这位老人就是名震黄河两岸的北侠端木林，我的老前辈。"又拉过康茂德："他叫康茂德，是丐帮第十四代掌门人。也是条好汉，只是头脑有些简单。"康茂德抱拳作了一握："前辈好！"

端木林哼了一声，表示还礼。

原来，这个陆文棒虽然是个圣人门徒，前清举人，可平时却喜欢练武，曾在燕青拳上下过苦功。有一年，端木林行船路过窑湾，陆文椿经人介绍得以结实端木林，并向他学习过擒拿术，两人也算是师徒关系，只是没拜帖子罢了。所以当婉儿回码头跟端木林提起陆文椿，端木林便到小蓬莱将他请了过来。端木林知道丐帮中人难缠，非得有地方德高望重之人出面才能消除误会。

陆文椿说："康爷，这个文少爷是民国政府水利专员，这次来窑湾，是专门考察大运河情况的。你不能听别人挑唆，误将好人当匪类！"

康茂德点点头："对你陆爷我向来敬重，你的话我信。"他转向文如玉，抱拳施了一礼："文少爷，康某刚才冒昧，我给你赔礼！"

如玉正要还礼，突然，一支飞镖从大槐树上射了过来，如玉躲避不及，正中左臂。

端木林几步奔到大槐树下，抬眼一看，树上已不见刺客踪影。他走到如玉身边，抹起他的长衫，一看，吃了一惊，说："这是支毒镖。"

如玉，这才发现臂上的伤口隐隐发黑，让端木林这么一说，顿觉左臂又麻又胀。

端木林拔下飞镖，又撕下衣襟，将如玉的伤口包扎了起来。

他走到康茂德对面，右手疾探，一下子便捏住了他的喉咙，厉声说："康茂德，你告诉我，那个发射暗器的人到底是什么来路，跟你有什么关系？你要是敢说假话，我就弄死你！"

康茂德一边挣扎，一边说："刚才那人叫辛树声，是骆马湖鹭儿岛匪帮二当家的。就是他叫我找文少爷麻烦的。不过，刚才这事与我无关。"

端木林松了手，说："文少爷的镖伤耽误不得，你要想摆脱干系得上鹭儿岛去一趟，看如何才能拿到解药。"

康茂德说："这事因我而起，那我就去一趟。不过鹭儿岛大当家金螃蟹人蛮得很，拿不拿得到解药我可没把握。"

端木林说："这不用你操心，你就当个传话人好了。他们有什么条件，你回来告诉我，到时我自有主张。"

康茂德转身出了山门。其实这个康茂德也是条汉子。1942 年日寇攻进窑湾，一伙日本兵闯进城隍庙要砍大槐树修工事，康茂德坚拒，独斗众日寇，连毙数人，最后伤重而亡。这当然是后话了。

见康茂德走了，陆文椿对端木林说："端木大师，你们还赶快回船去吧。等会康茂德回来，我就带他上码头找你。我这就带文公子到街上'李记'药铺给文公子抓药去。""李记"药铺在新沂地区和运河东岸一带颇有盛名，李光郭行医治病时常接济穷人，遇拮据百姓，不收分文。李光郭替如玉用了祖传金创药止住疼痛。陆文椿说：先回船上休息，对李光郭说。谢了！说罢，他扶着如玉出了山门。

话说神医李光郭药铺后来传到李四全这一辈，李四全从骆马湖边来到海州徐圩盐场落户，其子李绪云在军队服役十年后退伍回到徐圩盐场行医，兢兢业业，医技精湛，深得一方群众称赞。

蝶儿、婉儿也离开了城隍庙。天擦黑时，端木林骑着一匹健骡，独自一人到了暨儿岛。

骆马湖是窑湾附近的一个泄湖，面积近五十万平方公里，湖边芦苇密布，水上散布着大大小小二十多个岛屿。鹭儿岛就是其中一座，只不过只是个半岛，三面环水，一面与陆地连接，地形非常险要，易守难攻，进退自如，历来是土匪安营扎寨之地。金螃蟹的老巢就在岛上。

端木林一边走，一边寻思。从康茂德那里，他已得知金螃蟹的条件：解药须用黄金珠宝来换。正因为如此，他在出发时才特地带上文如玉的那只珍宝箱。饶是如此，端木林实在心有不甘，心想："平白无故让文少爷破财，这算哪门子事？这个金螃蟹实在可恶！"可究竟如何应付金螃蟹，他一时还未想好主意。鹭儿岛到了。

端木林拴好骡子，走到寨门前，叫了一声："我是端木林，快开门！"

一个小土匪上前打开寨门，将端木林引到了聚义厅。金螃蟹是个大胖子，晃着膀子走了出来，对着端木林瓮声瓮气地说："端木大侠，在下金万春，江湖中人叫我'金螃蟹'。有礼了！"

端木林点点头，大方方坐到了太师椅上，说："金寨主，我还急等着解药，就不绕弯子了。我想知道，解药是不是一定得用财物来换？你还有另外什么条件吗？"

金螃蟹说："一物换一物，其他不必谈。"

端木林说："你凭什么这样硬气？我们行我们的船，你当你的杆子头，井水不犯河水，凭什么要我们拿钱财来孝敬你？"

金螃蟹咧开蛤蟆嘴哈哈大笑："端木大侠，亏你还是个江湖中人，你想想，在杆子窝里能有什么道理可讲？这就叫黑吃黑！"

端木林说："黑吃黑也得有依仗，你靠什么？"

金螃蟹头一昂，说："我靠三样，其一，我有一身功夫，寻常之人不是我对手；其二，我有一个铁打的寨子，官军、绿林中人，都拿我没办法；其三，我有个好酒量，万一碰上硬茬子，我也会装孬，陪人家大碗喝酒，大块吃肉，灌得人家高兴了，没准就抬抬手让我过去了。可我自己再怎么喝都不会醉，江湖上人称我是'酒仙'。"

听到这话，端木林心念一转，有了主意。便试探着问了一句：

"金当家的，你能不能告诉我，是谁指使你与我们为难的？他背后都说了些什么？"

金螃蟹大手一挥，说："这也没有什么好隐瞒的。是无极门的人，以所谓武林盟主的身份在江湖上下了追杀令，说你们那位文公子是个暗通日本人的内奸，船上带有不义之财，叫我们绑人劫财。其余的倒没说什么。我这个人也不懂什么公理正义，只是喜欢黄白之物，所以才……嘿嘿，不好意思。"

此时，端木林才知道，无极门的人并没有将事情真相告诉金螃蟹，只是想浑水摸鱼，趁火打劫，便放心了。他有意想试试金螃蟹的酒量，便说："当家的，我急着找你，还没吃晚饭，咱爷俩是不是整两盅？"

"这是我失礼了！"金螃蟹吩咐手下人拿出了一坛烈酒，倒了六大海碗，说："我知道你还有事，这样，六碗酒，我们各饮三碗，如何？"

端木林说："好！你先请。"

金螃蟹一口气喝光了三大碗烈酒，脸色发亮，眼睛通红。

端木林笑笑，心想："你的酒量也不过尔尔。"他将三碗酒喝下，又倒了六大碗，说："我看你的酒量也就这么一回事，你还能喝吗？我可是没过瘾。"

金螃蟹被端木一激，又喝了三碗。此时，他已目光迷离，脸红如赤布。

端木林也喝了三碗。他从脚下拿起珠宝箱往桌上一放，说："金寨主也是痛快人，我也不想拖泥带水，咱们交割吧，这是你要的细软之物。你的解药呢？我们一手交钱，一手交货。"

金螃蟹从口袋里摸一只葫芦形粉缠枝莲小瓷瓶，说："这个你拿回去，让文少爷就黄酒喝下，镖毒两个时辰可解。"

端木林一把抓过瓷瓶，放入怀中，又站了起来，说："金当家的，我也喝醉了，想出去散散酒气，你能不能陪陪我？"

"没问题。今天我要让你见识见识鹭儿岛水寨的妙处！"金螃蟹也站了起来，拉着端木林的手，摇摇晃晃来大了大厅外，一边走，一边指点，神情极为自负。

转了一圈，端木林也暗暗吃惊：这个鹭儿岛水寨还真不同寻常：据半岛而建，一面围栏，三面临水，聚义厅位于中央；寨门狭小，只可通一人一马，两边是望楼，弓弩手密布，只要有人强攻寨门了，顿时便会乱箭齐发，将人射成刺猬，端的易守难攻，难怪金螃蟹有博无恐。不过，他也看出了一点破绽：两边寨墙紧贴着一堵峭壁，林木丛生，寨墙上除了一两个巡哨的匪徒，并无其他守护之人。端木见时间不早，对金螃蟹说："金当家的，我酒也喝了，景致也看了。文少爷还等着解药，我这就告辞了。"

金螃蟹嗫嚅着说："也好，也好！"说罢，他喊了两个匪徒，陪着端木林出了寨门。

上了坐骑，端木林久久凝视着鹭儿岛：溶溶月色下，山寨坚栅壁立，危楼高耸，古木森森，隐隐透出一股杀气，就像一头张开血盆大口的怪兽。他心中暗暗地说道："今天，是我端木林平生第一次向别人服软认输，这口恶气非出不可。哪怕鹭儿岛大寨是龙潭虎穴，我也要再来闯一闯！"

只一个时辰，端木林便赶到了窑湾码头。他将解药交给蝶儿，又找来黄酒，调好药，让如玉外敷内服。如玉用过药，精神好多了，人也不那么委顿了。端木林见状，便去舱内歇了。

第二天清晨，当霞光照亮整个码头时，众人便张罗起锚开船。七八个船工一边收锚，一边唱起了运河船工号子中的《起锚号子》。一人领唱，众人和，节奏整齐划一，其声铿锵有力，声震晨空：

咳哟，起铁锚哟！

咳哟，收缆绳哟

咳哟，加把劲哟

咳哟，莫泄气哟！

咳哟，乘长风哟！

咳哟，行万里哟！

蝶儿告诉如玉，运河船工号子起源于河北沧县，那里是个水手之乡，代代都有人从事水运营生。在行船时，为了省力，水手便编了各种船工号子，用以协调操作动作。除了《起锚号子》，还有《扯篷号子》《摇橹号子》《拉纤号子》，等等，各有各的调儿，各有各的说辞。自运河船工号子问世之日起，至今已传唱了上千年。

如玉说："这也是一种运河沿线特有的民间艺术，算得上是一种口头传唱文学。有时间，我得好好搜集整理一下，将船工号子写入《运河志》，让它永远流传下去。"

蝶儿忽然想起一件事，一边东张西望，一边说："哎，我爹爹哪里去了？怎么看不到他人呢？"

如玉这才发现船头船尾都没有船老大端木林的身影，心里也觉得纳闷。

众人正四下寻找，忽见端木林骑着一匹健骡疾驰而来，瞬间已到了码头上。如玉等人便迎了上去。蝶儿见骡子浑身都是汗水，湿漉漉的，端木林则满脸风尘，便问："爹，你上哪去了？"

端木林笑笑："我又上鹭儿岛去了。"

蝶儿说："昨晚解药不是拿来吗？又去干嘛？多让人担心。"

端木林说："我是愤恨那个金螃蟹，平白无故用毒镖伤人，还叫我拿钱去买解药，你说可气不可气？"

如玉说："珠宝已经给他了，解药也拿到了，您真犯不着再去冒险。你把金螃蟹怎么了?"

端木林说:"我趁夜从悬崖进了鹭儿岛大寨,挑断了金螃蟹的腿筋,废了他的武功,免得他再为非作歹!"

听了这话,蝶儿心中也觉骇然,问道:"那珠宝拿回来了吗?"

端木林摇摇头,说:"没有。留着它给金螃蟹养老送终吧。"

蝶儿说:"爹,等会我们的船还得从骆马湖边上过,你不怕鹭儿岛上的杆子报复?"

端木林说:"我正是为了防止再节外生枝,才有意要警告一下金螃蟹。这家伙又黑又贪,他知道我厉害了,就不会再找我们的麻烦了。"

如玉心话:"这个端木老伯,心思真是缜密啊!不愧是个老江湖。这一路上,有了他,我的心里就踏实多了!"

开船了。过了骆马湖就是宿迁地界了。

第二十回

宿迁切磋霸王枪　皂河出识卸宸书

早晨在船头吃饭时，婉儿从衣袋里摸出一张纸递给如玉，说："少爷，我编了一首《京杭大运河地名歌》，你帮我看看。"

如玉说："没想到你还是个有心人。大运河一路上经过好几个省，近二十个城市，大小几百处码头，一般人不下工夫还真记不得。有了这个地名歌，记起来就方便多了。"说罢读了起来。

千里运河贯京杭，首尾相连分七河。

通惠河起什刹海，通州过罢北运河。

路过武清到天津，沧州南皮再放舸。

德州武城到临清，一帆风顺南运河。

聊城南下斑鸠店，梁山济宁景致多。

鱼台沛县微山湖，台儿庄北鲁运河。

邳县宿迁骆马湖，走完清江中运河。

淮安扬州里运河，中间宝应里下河。

镇江常州到无锡，苏州吴江嘉兴过。

桐乡钱江望杭州，江南运河掉船舵。

若再南下是余杭，也属京杭大运河。

六区五水等闲过，黄金河道便利多。

如玉读罢连连点头："还是有点意思的。不错啊！"

婉儿说："我看有点像顺口溜，不太文雅，你快给改改！"

如玉说："等会我们还得到城里看看。宿迁是西楚霸王项羽的故里，有不少古迹，很值得一看。"

吃过早饭，如玉、婉儿、蝶儿就上路了，直奔城南村。这里秦代是下相梧桐巷，项羽就出生在此处。穿过一座石碑，上书"项王故里"四个大字。再走一段，就进了一座古庙，阴面是一座歇山重檐式殿宇，如玉看了匾额才知道这就是有名的"英风阁"。院子走廊里有不少碑刻，如玉一一浏览。当他看到宋代女词人李清照写的那首悼霸王诗，便朗声读了起来："生当作人杰，死亦为鬼雄。至今思项羽，不肯过江东。"

婉儿说："这么多古诗，恐怕要让李易安夺魁了吧？"

如玉点点头，说："这首诗妙在气势，见识却未必。"

接下来，他又看了不少楹联，觉得也很有意思，如："威震江东，历一代兴亡，自有光辉标炳史册；歌传垓下，定千秋功罪，莫以成败论英雄。"

蝶儿忽然发现墙角有一棵几个人合抱粗却枝繁叶茂的大槐树，便喊如玉："公子，这棵古槐太大了，快过来看看！"

到了古槐下，如玉看见地下躺着一块石碑，上面有"项王手植槐"五个大字。便感叹道："楼台殿宇倒了可以重修，古树要是死了却不能复生。这项王庙里，最有价值的应该就是这颗古槐了，历经两千多年风雨，能保存下来，真不容易！"

蝶儿说："公子，你就知道看这些诗文，晓不晓得项王的武功也自成一家呢！"

如玉说："你说说看。"

蝶儿说："我听爹爹说，项羽的枪术秦末天下第一，有个名堂，叫'霸王十三枪'"。

如玉说："一共才十三路，是不是少了点？"

蝶儿说："你这外行了。项王天生神勇，力能拔山，再加上神枪，寻常人莫说十三枪，恐怕就是一枪也招架不住呢！"

如玉点点头，说："有道理，只是不知道这霸王枪传没传下来。"

正说着，隔壁院内忽然传来一阵呵斥声。如玉等转过月亮门一看，是个老人正在舞枪。只见他手中那杆长枪时而直刺，时而上挑，脚步左右腾挪，枪花上下翻飞，如同蛟龙出海，极有声势。

蝶儿对如玉说："想必这就是霸王枪了。"

那老人手中长枪一伸一缩复一立，已收了架势，稍稍有些气喘。

蝶儿上前施了一礼，说："前辈，你刚才练的这一套枪法是不是已湮灭的霸王十三枪？"

老人看了蝶儿一眼，点点头："小小年纪，居然有这种见识，难得！老朽刚才所练的这一路确是霸王十三枪。"

蝶儿顿时来了兴致，说："您能说说这霸王枪有什么妙处吗？"

老人说："霸王枪法的奥妙之处并不在花哨繁复而是简洁明快，讲究实际攻防，又重在以攻为守，以力使枪，堪称古代重枪翘楚，威力极强，所向披靡。"

蝶儿点点头，倏地，拔出宝剑，说："老伯，我能与你对练几招吗？"

老人说："可以。只是你以短击长，恐怕要吃亏，得小心！"

蝶儿信心满满，说："我的剑法也是家传的，也练过剑对枪，不要紧。"

老人更不打话，身形一矮，一个后撤步，双手一抖，亮了个"怪蟒出洞"的架势，等待蝶儿出招。蝶儿剑花一挽，一招"分花拂柳"直取老人上盘。老人叫了一声"好"，手中长枪一闪一磕，已将蝶儿宝剑震开，蝶儿想变招，只见老人长枪一抖，"唰唰唰"便是连环三枪，直逼得蝶儿连连后退。老人枪又刺到，蝶儿见已无退路，一个旱地拔葱，跳纵在半空，未待落地，手中宝剑已劈出，直奔老人上盘。老人猛然举枪，一送粘住蝶儿宝剑，复一绞一挑，"当啷"一声，蝶儿宝剑脱手飞上半空。老人用枪一接便缠住宝剑，又送到蝶儿面前："姑娘，接剑！"

蝶儿接过宝剑，弯腰施礼："佩服佩服！不愧是霸王枪，果真是名不虚传，敢问老伯尊姓大名？"

老人笑笑，说："山野之人，不值得一提。"

如玉上前一步，说："老伯，这位姑娘，也是武林中人，而且出自名门显派。你就告诉她吧。"

老人放下枪，走近一块石础坐了下来，说："老朽姓项，名飞，是项王的七十二代孙。"

如玉问道："您是项王的直系后裔吗？"

老人点点头，说："读书人只知道看太史公的《项王本纪》，以为项王的后妃只有虞姬一个人，项王也没有后人。其实，贵为西楚霸王，身边的女人能只有一个吗？那不成情圣了？我告诉你，虞姬就是东边沐阳虞姬沟村人，她离开家乡时，带走了不少同村姑娘呢！更何况项王还有叔叔和兄弟呢！历朝历代的历史都是后人修的，根本靠不住。一是时间会流失许多事情的真相和细节，二是修史的文人的是非观点与前朝人不同，在选材上会根据自己的好恶进行取舍，甚至篡改、歪曲。一部《二十四史》，包括清史稿，只能是梦中呓语。"

如玉笑笑，心想："这个老人见识倒不同一般呢！"便说道："项王与虞姬，英雄美人，也是一段佳话啊！只可惜项王壮志未酬，英年早逝，反倒让一个流氓成就了汉家大业。"

老人说："人生能有一段最为出彩的经历就不枉一生了。平庸人生，苟活百年又有何意义呢？"

如玉忽然对老人的身世产生了兴趣，便问道："老人家，你能不能告诉我你是做什么的？"

老人叹了一口气，说："说也简单。原先，我在县里做民政工作，因为抗上，被下到皂河乾隆行宫文保所任所长。县里常向我要文玩孝敬上司，我不配合，就把我掳了。接下来，让我看管项王庙，每月只有不多的补贴，却没有薪水。"

如玉说："靠这点钱能维持一家人生活吗？"

老人摇摇头："只是杯水车薪啊！没办法，我在这院子门口开了一个南纸店，卖点文具和古旧书籍，有时也下乡替外来的古董商搂点货。瞎对付吧！"

如玉说想到南纸店去看看，老人便将他领到了店里。店面不大，有一节柜台和几个书架，旧书籍也不多。如玉挑了半天也找不到中意的古籍，有些失望。老人从地下一口箱子里拿出一匣书递给如玉，说："这是宿迁名士王相摹刻的扬州八怪之一的高凤翰的《砚史》，很少见，要是中意你就留下。"

"这王相是干什么？"如玉一边翻书一边问道。

老人说："王相是前清咸丰年间人，祖籍秀水，后迁居宿迁，是个大收藏家和著作家，其'百花万卷草堂'藏书四十万卷，以历代别集最丰，多宋元善本绝版和书画名迹。可惜他一死，都散失了。这本砚史就是我从民间收来的。"如玉知道《砚史》是本好书，问了价钱，虽然不菲，仍然没有还价便买了下来。他又问道："宿迁除了项王庙，还有什么其他著名古迹吗？"

老人说："马陵山离这不远，山上有孙膑和庞涓斗智的马陵古道。再就是骆马湖边上的皂河乾隆行宫，很值得一看。"

如玉问道："二三百年过去了，行宫里还有东西吗？"

老人说："原来东西还不少呢。"说着，从箱子里拿出一个小本子，说："这是我当年记下的行宫文档，你看看，好东西多着呢。"

如玉简单翻了翻小本子，不禁大吃一惊，心话：莫怪皇帝行宫，珍贵文物确实不少。

皂河行宫内所藏的文物主要是清康熙、乾隆六次南巡时地方官吏以"迎銮贡""陛见贡""谢恩贡""传办贡"等名义进献的贡品，种类繁多，极尽奢华。其中，金银类，有金淀、金佛像、金首饰、金质日用器具、金印、金摆件、银淀、银首饰、银器血等；珠宝类，南珠、东珠首饰、和田玉牌、玉摆件、玉佛、玉印章、翡翠念珠与摆件黄金镶嵌红绿宝石首饰，祖母绿宝石戒指等；成衣布料，贡缎袍、贡缎套、宁袍、宁褂、金陵云锦袍、杭绫衣料、汴绫衣料、东北紫貂皮筒、内蒙火狐筒、云南乌云貂皮、华南虎皮、浙江银鼠皮筒等；家具，海南黄花梨木屏风与画案、紫檀木镶楠木宝座、紫檀镶玉石供桌、紫檀木龙床、红木太师椅与罗汉榻等；西洋钟表，镶玻璃洋自鸣钟、镀金洋景表亭、广州制西洋音匣、南京红木本钟、西洋打簧怀表等；陈饰与日用瓷器，珐琅彩人物大瓶、珐琅彩四喜纹食盒、珐琅彩花鸟膳食碗、斗彩缠枝纹套盘、粉彩五供、祭红釉观音尊、祭蓝釉棒槌瓶、白釉观音像、金红釉首饰盒、仿哥釉香炉、仿官釉花瓶、仿钧釉水仙盆、仿汝釉对瓶、釉下五彩文具等；御用仪仗一套、康熙与乾隆圣旨、朱批奏折及手书诗稿、匾额、对联、条幅、斗方、扇面、手绘花卉小品；名人墨宝，曾国藩、林则徐、刘墉、翁方纲、左宗棠、张之洞、张之万手书对联，诗稿立轴，郑板桥、崔青蚓、边寿民、雪庄和尚、高风翰、李方鹰、罗聘画轴，金廷标等皇家画师"二圣南巡图"画稿等；地方志、淮安府志、山阳县志、桃源县志，海州直隶志等；淮阴文人诗歌别集，史志地理专著等；乾隆御轿，马车；乾隆后妃服装等。林林总总不下万件。堪称不可多得的珍贵文化遗产，其地位和名声远在徐州等地乾隆行宫之上。清朝末代皇帝薄仪逊位前，皂河行宫内所有文物均由内务府委专人驻宫管理，散失较少，保存基本完整。进入民国，行宫改为地方文物保管所与庙宇，文物主要保存在文保所内。由于行宫孤悬骆马湖畔，远离宿迁县城，缺乏有效监管，制度形同虚设，内偷外盗严重，文物大量流失民间，加上兵祸、匪患、天灾，又是雪上加霜，文物加速散失，仅存十之四五。民国初年，幅军过境，宫内工作人员与庙内僧人将大批珍宝埋入地下，看管人员全部外逃，待农民起义军撤走，保管人员回宫，地下文物早已不翼而飞，以至成为一个历史之谜。

　　如玉已决定到皂河去一趟。他和婉儿、蝶儿在附近几家古玩店转了转，又买了点古旧书籍和字画，便让蝶儿一个人先回码头，自己则雇了一辆驴车和婉儿直奔乾隆行宫。

乾隆行宫就在骆马湖畔的皂河镇上，是一座皇家宫殿式建筑，规模宏大，富丽堂皇，气派不凡。看了宫门口的一块石碑上的文字，如玉才知道，皂河水行宫原来为敕建安澜龙王庙，始建于康熙二十三年，兼作皇帝行宫，康熙六次下江南，曾数次驻跸于此。康熙二十三年，康熙皇帝曾在这里诏试江浦著名金石学家张绍。张绍酷爱碑帖，曾至焦山水滨，仰卧于沙石上，手拓《瘗鹤铭》碑，又著有《诗正字》《汉隶字源》。康熙帝见其学问渊博，当即予以褒奖。张绍一激动，便将《瘗鹤铭》拓片献给了康熙皇帝。康熙皇帝当场临摹了两张，一张赐给张绍，一张就留在皂河行宫内。康熙四十年，康熙皇帝再至皂河行宫，应新任河道总督张鹏翮之请，封大运河神"显佑通济昭灵效顺金龙四大王"，并在行宫内辟专寺供奉龙王。皂河龙王庙真正成为行宫，还是乾隆四十九年的事情。

乾隆六次下江南，就曾数度到皂河。一次，乾隆又到了皂河，一个内侍认为龙王庙摆在行宫里有损皇家威仪，建议迁出。庙中住持向为是河道总督和地方官员安插在行宫内的耳目，故而强烈反对迁出龙王庙，但又不敢当面跟皇帝叫板，便心生一计：利用乾隆皇帝喜欢跟释家谈禅的嗜好，叫一个姓王的监生扮成和尚，顶替原先的主持混进龙王庙。乾隆再到皂河，果真与这个假主持谈起了禅理，而且相谈甚欢，不但赏银一万两，而且为这个假主持亲封了法号。也就是打那以后，皂河行宫形成了宫寺合一的古建法式。

行宫游人不多，故而门票价格不高。如玉和婉儿买票进了宫，直奔文物陈列室。看了片刻，大失所望；文物不多，比照项飞提供的文物底档顶多也就剩十之三四。正浏览，所长周玉栋来了，亲自为游人作讲解。如玉便与他攀谈了起来。周玉栋见如玉文史知识渊博，顿起好感，便特邀如玉到所长室去吃茶。

如玉很想看看张绍的那张《瘗鹤铭》拓片和康熙皇帝的墨宝，便问周玉栋这两件宝贝还在不在。周玉栋有意显摆，便将这两件文物从内库中拿了出来，让如玉鉴赏。如玉看了康熙皇帝的《瘗鹤铭》拓片摹本墨迹爱不释手，赞叹不已。周玉栋已看出如玉的心思，便拿出一张康熙摹本《瘗鹤铭》拓片，说："文公子，莫说真迹，就连拓片也很珍贵呢！"

如玉说："我能不能买一张呢？也好做个纪念。"

周玉栋说："这东西不能卖。不过，我刚出了一本《皂河行宫史话》小书，如果你能买几本，这张石刻拓片倒可以送给你。"

如玉知道周玉栋想卖书，便掏钱买了十本，周玉栋非常高兴，果真将拓片送给了如玉。

如玉从包里掏出王相摹刻的高凤翰《砚史》，让周玉栋欣赏。两人正谈得投机，忽然从门外涌进来一大帮人，足有二三十号人，有职员、有和尚，还有农民，一进屋就吵吵嚷嚷的，弄得如玉一头雾水。

周玉栋见领头的是副所长尤之光，深为诧异，正色问道："尤副所长，你这是干什么？"尤之光两只小眼一转，说："干什么你还不知道吗？你做的那些丑事别以为别人不知道。"他指了指如玉，说："这个人来你是干什么的？"

周玉栋说："这真是莫名其妙。我什么事也没做。这个文公是个从北京来的游客，我与他素不相识。你这话什么意思？"

尤之光阴笑笑说："我就直说了吧，早就有人举报你勾结外地的古董商倒卖宫中文物。原来我还不信，今天一看，这事还真不是空穴来风。"他走到如玉面前："文公子，你今天从周所长手里买到了什么东西？能不能拿出来看看？"

如玉也很意外，说："我什么也没买。你到底想干什么？"尤之光从桌上拿起那张拓片，问如玉说："这张拓片就是宫里的东西，你作何解释？"

如玉说："这是周所长送给我的，我买了他的著作。怎么这也犯法？"

尤之光又拿起《砚史》翻了翻，脸色突变，厉声说："你这本书是哪来的？"

如玉很生气，说："我凭什么要告诉你？"

尤之光说："凭什么？我告诉你，这个问题对你很重要。本书也是宫里的东西，扉页上还有皂河行宫文物保管所的印章呢！"

如玉拿过书，一翻，果然不错，扉页上确有一个蓝色印文，不禁深为纳闷，一时倒说不出话来。

周玉栋开口了，说："尤之光，你这是以小人之心，度君子之腹。你一向监守自盗，从宫中倒腾出不少文物，这我都忍了。你今天又拿一张拓片和一本书大做文章，栽赃诬陷，到底想干什么？是想嫁祸于人，还是想扳倒我取而代之？你的心肠也未免太歹毒了吧！"

尤之光嘿嘿一笑，说："这会，我跟你说不着。你的账我们有地方算。我今天只谈这个姓文的事情。"他转向如玉说："文少爷，你与文保所人内外勾结，倒卖行宫文物，是物证、人证俱在。这是犯法的，你看这事怎么办呢？"

如玉心话："这种八竿子打不到边的事情，谁信？莫非你能把我吃了？"就说："你看着办吧！"

尤之光说："好！爽快！我现在就要你写一张呈堂供状，然后我再送你到县里去。"

如玉不想分辨，索性坐了下来，一边喝茶，一边欣赏山墙上的名人字画。

一个胖和尚大声嚷道："姓文的，怎么，你还死猪不怕开水烫了？告诉你，我们这一大帮人，还有附近的农民，可都指望宫里这点东西养活呢。要是你们把宫里东西都弄光了，行宫只剩下空壳子，那还怎么吸引游客？"

有个老农也说过："是啊！这宫里的东西都是属于官家的，买与卖都是犯法的。文少爷，这事要是不说清楚，你今天就不能走。"

如玉这才知道事态严重。

其实，如玉哪里知道这件事的真相。原来这个尤之光是宿迁县副知事的小舅子，特贪，曾盗卖过宫中大量文物。最近他听说县里要派人来清理库房文物，怕事情露馅，便想出了嫁祸于人的主意，企图既漂白自己，又扳倒周玉栋取而代之。因此如玉刚进周玉栋办公室，就被他盯上了，这才演出一场贼喊捉贼的闹剧。

如玉定了定神，打算把那本书的事情从头至尾说一遍，以便摆脱嫌疑。转而一想，这个尤之光居心叵测，自己又没有证人，这事不但说不清，反可能越抹越黑，让人抓住把柄，弄出大麻烦来。心里正七上八下，忽然看见项飞带着一个商人模样的中年人，走进了办公室，如获救星，便将事情的来龙去脉告诉了项飞，并请他为自己作证。

项飞进门的时候就满脸怒气，听如玉这么一说，更加生气，脸都涨红了，手指着尤之光哆嗦着就是说不出话来。原来，几天前，尤之光曾找过项飞，托他跟外地的古玩商联系，说自己有些私人藏品想出手，还给了项飞一个信封，说里边有藏品名录。当时，项飞也没看。如玉刚走不久，从南京来了个熟悉的古玩商，项飞便与他一起看那信封中的藏品目录，这才发现尤之光所说的私人藏品全是宫里文物。项飞在做行宫文保所所长时就最恨这种监守自盗的行径，当他得知尤之光就是个大盗时，非常生气，便不顾南京古玩商的劝阻，直奔行宫来找尤之光兴师问罪。他问尤之光："尤副所长，我如今是一个老百姓，无权无势，你盗卖宫中文物，我是有气也只能忍着，有屁也只能夹着。不过你平白无故把我牵扯进来，是何种居心？这不算，还红口白牙诬陷好人，这又是何居心？"说罢，便将尤之光拜托他的事情和关于那本《砚史》的真相告诉了众人。

尤之光一见众人都盯着自己，这才意识到事态严重。头上直冒冷汗，一边支支吾吾，一边将项飞往门外拉。

项飞和尤之光走了。

周玉栋握住如玉的手说："文公子，现在没事了。这事你也不必往心上去。如今这个世道这种丑事多了，小盗窃钩，大盗窃国，可谓司空见惯。这样吧，等会我也有事要回县里。今晚我做东，请你吃宿迁三绝：叶家贡酥、丁家汤包、黄狗乾隆老汤猪头肉。这可都是乾隆皇帝到宿迁时吃过的特产。"

如玉说："今儿这事幸亏项老伯，你请客，可得带上他。至于这酒钱，还是我来出吧！"

婉儿说："少爷，没打着黄鼠狼倒惹一身骚，你还有心喝酒？"

如玉笑笑："我凭什么不喝酒？刚才看到一场闹剧，真如醍醐灌顶啊！"

第二十一回

逢佳节船停泗阳　　遇危难如玉救人

在船上过端午节，对如玉来说是第一次。

这天一大早，蝶儿和婉儿就忙着整理卫生。两人用拖把将船舱盖板拖了一次又一次，直到纤尘不染，明光锃亮。蝶儿还将她养的几盆花从船舱顶棚上取下来摆放在船头。都是些常见的花草，像五颜六色的马菜花，开红花的韭菜兰，开白花的玉簪花，开粉色花的凤仙花，开桃红色的天竺葵等等，一时花团锦簇，芳香四溢。在桅杆和船门口，蝶儿还挂上了野香艾和香荷包，更衬托出浓浓的节日气氛。

晌饭吃得很早，不到十点钟众人就入席了。如玉特地叫万福堂上街采买了一些冷盘，多数是卤货，热菜则是三岔河新袁炖羊肉，这是当年乾隆皇帝在泗阳吃过的佳肴。泗阳一带是酒乡，洋河大曲酒自然是少不了的。

开席了，如玉提议说："我们大家头一次聚在一起，在运河船上过端午节很难得。今天，大家不但要吃喝的高兴，而且过节气氛也要搞的浓浓的。我有个主意，每个人要讲一个与运河沾边的故事，讲的好有奖励，肉粽子三只，香荷包一只，头奖另说。讲不上来的，罚酒三杯。怎么样？"

众人哄然叫好。

有个船工叫于小年，第一个开讲。他说："我是沧州人，就讲一个铁狮子搬城的故事。"说，原先，北运河从沧州旧城卧牛城穿过，这里很热闹，后来改道了，从新城镇头城流走，老城便冷清了下来。县令很着急，就想把老城搬到新城去，可就是想不出整体搬迁的办法来。他听说，沧县铁狮子有神力，晚上带了香烛纸马就去求铁狮子。子夜时分，铁狮子大吼一声，真的动了，转眼就变得无大不大，顶天立地。大嘴一张，叼住了卧牛城南关，跑到镲头城便放了下来，回来又叼走了西关，正在这时，鸡张嘴了，铁狮子跑不动了，只好回到原地。从此，旧城沧县只有东北二关，新城只有西南二关，至今还是两瓣子。

众人拍手叫好。

大胡子船工叫耿老焉，说："我是德州人，就讲个运河七十二潭的故事吧。"说，据老辈船工讲，大运河里有七十二个深潭，都通海眼，深不见底。德州就有三个潭，在城郊运河拐弯口，一个在黄鼬丁，一个丁家门楼，一个在大流。有多深？有人用铁铊放线测过，线放完了，铁铊还没到底。有一年，运河缺水断流干涸了。可三个深潭照样水汪汪的。明朝那会，北运河无水，皇上派人从山东汶上找了个叫白英的地理先生，他知道七十二潭在哪里。分别挖渠将附近几个深潭引到济宁南旺镇，又建了一座分水寨，让运河水"三分朝天子，七分下江南"。从此，北运河又通航了。为了感谢运河龙王暗中相助，还在南旺镇建了一座龙王庙，另外又修了一座白公祠纪念白英老人。如今都还在。如玉吃了一惊，心想："过去我怎么也搞不明白白英点泉中的七十二泉是怎么回事，原来是来源于运河七十二潭。真正有学问的人还在民间啊！"他夸赞道："这个故事有意思，能拿奖。"

这时有个叫于大榜的船工开腔了，说："我是济宁人，就讲个红沙湾的故事吧。"说，运河龙王是清朝顺治皇帝亲封的，叫"延麻显应分水龙王"，很有灵性。济宁运河沙湾里有一只千年老鳖，大如炮台，经常兴风作浪，弄得船翻人亡。运河龙王巡视到这里，气愤不过，便与老鳖斗了起来，斗得天昏地暗不分胜败。这时，在岸上观战的河台大人坐不住了，弯弓搭箭连射三箭，都射在老鳖嘴里，顿时血流满河，再也吃不住劲，便溜了。这里的沙滩原来是白的，染了血，从此就红了，这一段运河就称作"红沙湾"。

端木林笑着说："怪不得我们在过黄河口时看见蛟鼋相斗，没准就是运河龙王在斗老鳖呢。"

于大榜的弟弟叫于二榜，说："我也讲一个，凑凑热闹。"说，有一年，乾隆下江南，经过济宁小闸口，突然间，狂风大作，浪高如山，把龙舟打得东倒西歪，眼看就要沉下去了。就在乾隆惊慌时，忽然看见一个高大的老汉从岸上跳进了运河，用肩膀死死扛住龙舟。过了片刻，风平浪静，龙船这才得以平安通过闸口。乾隆再找那个老汉，只见他缓步走进了堤上的土地庙，再也没有出来。这才知道是土地神救驾。

蝶儿说："这些故事都不错，就是有点太板正了，不太好玩。"

有个叫赵大马的船工笑笑，说："我是微山湖人，我来讲个好笑的。"说，微山湖运河航道边上住着一个叫王傻子的渔民，每天打了鱼就卖给漕船上的人。一天，他捉了一只老鳖，认不得。有个邻居叫刘二刁，就告诉他，这种鱼叫"我"。傻子就满码头吆喝："卖'我'了！卖'我'了！"船工都以为他在骂人，就打了他一顿。二傻子就把刘二刁告到了县衙。知县问了半天也不知道二傻子说的那种鱼是什么样子，就叫他回家去取。等王八拎到堂上，县太爷一看恍然大悟，说"哦，原来这就是'我'啊！"众衙役无不绝倒。

众人顿时笑得前仰后合。蝶儿说："我看这个故事能拿头奖。"

受到感染，有个叫南起云的船工说："我是淮安人，也讲个能当菜下酒的故事。"说，山西有个混子，叫张三，山东有个青皮叫李四。两人都好吃懒做，还贪杯。时间长了，没饭吃，便流落到了淮安运河码头扛大包。这天，两人酒瘾又犯了，憋不住，便硬着头皮到一家酒馆要了酒菜干上了，正担心掏不出酒钱来，只见一个叫王二麻子的淮安小屁漏进来了。张三和李四就上去套近乎，并结拜成盟兄弟。王二麻子入席后，张三说："我提议一下，今天我们现场对诗，谁答不上来谁付酒钱。不过，这四句诗每一句最后一个字必须是'府、楚、武、苦'，这样上口。'楚'在山西就是爷的意思。你们同意吗？"两人都说中。张三说："主意是吾出的，我先来。"诗曰："我家住山西蒲州府，出名有个关二楚。刀劈华雄多威武，夜走麦城死的苦。"李四说："不错。俺来，诗曰：'我家住山东济南府，出名有个秦二楚。临潼救驾多威武，两肋插刀死的苦。'"挨到王二麻了，憋得脸通红，才整出头两句："我家住江苏淮安府，出名有个王二楚。"张三问道："王二楚是谁呀？下面呢？"王二麻子说："就是我呢！"李四骂道："找死呢！你是我们'爷'呀？"两人扑上去一顿老拳。王二麻挨了打，心里倒开了窍，连声说："我下面还有两句没说呢！"诗曰："我们三人喝酒多威武，我给你二人打的苦。"说罢，夺路而逃，气得张、李二人直翻白眼。

众人又笑作一团。

蝶儿也来了兴致，说："我也讲一个吧。这是我过微山湖时听到的。"说，有一年乾隆皇帝的龙舟经过微山湖夏镇。刚过完年，他在街上一家人家门上看到一副春联，非常生气。对联口气很大：上联："数一数二大户"，下联"惊天动地人家"，横批："先斩后奏"。皇帝就将这家当家的男人叫了出来，说："你好好解释一下这对子，说不上来，我砍你脑袋。"男子说："我写的都是大实话。我们弟兄三个，老大是卖烧饼的，不数饼把人家那人家能给钱？这不是数一数二人家吗？二哥是擀鞭炮的，每天不都弄得惊天动地？这'先斩后奏'呢？男子说，杀猪的，自然是先动刀子，再交税，这不叫先斩后奏吗？"乾隆一听哈哈大笑，便饶了杀猪佬。

婉儿说："现学现卖呢？我也会。这故事是我在窑湾运河码头上听来的。"说，乾隆船过窑湾听说有个叫王小小的神童，才思敏捷，出口成章，便有意考考他。他看见上一只猫，出了个上联叫："猫上茅屋风吹毛动猫不动。"童子张口就来："虎喝湖水浪打湖湿虎不湿。"乾隆大吃一惊，又出一个上联："锡匠打锡溅锡匠一膝锡。"儿童应声对道："面夫罗面飞面夫一脸面。"乾隆称赞童子说，小儿童居然有宰相之才！

众人又叫端木林讲故事。端木林喝了一口酒，抹了抹胡子，说："我来揭一个漕帮世代相守的惊天之谜吧！"

如玉看看众人，都面带惊疑之色。

端木林说，有一年，乾隆皇帝沿运河下江南，住在镇江金山行宫。接待他的是两淮八大总商之首江春，每天都叫自家厨子做徽菜接驾款待乾隆。早上是茶点，喝的是黄山毛峰茶，另外加冰糖炖燕窝，点心是顶市酥、寸金糖、茯苓饼、焦交片。果品是歙县三潭枇杷、黟县里仁香榧、徽州柘稞果。中午正餐是灵山贡米香米饭，菜品是绩溪一品锅，霹雳一声油炸锅巴、鱼头炖豆腐、沙地马蹄鳖、雪天果子狸、腊香问政笋、肥鸡烧豆腐、徽州馄饨鸭、青菜鸡丝豆腐汤、红嘴绿鹦哥汤、腐衣圆子汤。乾隆吃得很开心。饭后无事就到金山寺找当家和尚法磬谈禅。有一天乾隆看见长江上有许多船只，就问法磬："这长江每天要过多少只船？"法磬说："只有两只船，而且装的都是'利'。太史公不是说过吗？天下熙熙，皆为利来，天下攘攘，皆为利往。"乾隆说："对尘世而言，这话也不错。那么对皇家来说，是否也是两只船呢？"法馨说："那只有一只船，便是漕船，船上装的就是大清国。"

乾隆皇帝勃然变色，说："漕帮有这么重要？"法磐手一拍，进来两个大汉。漕帮当时有一百二十八帮半，潘清祖师占一半。他手下有三十六个得力徒弟，号称三十六友。为"文"字辈。大徒弟叫王降祥，青帮中称为："王降祖"；二徒弟叫萧隆山，人称萧隆祖，两人武功都很高强。这两人上来就用刀逼住了乾隆。乾隆问法磐想干什么。法磐说，我是青帮人，青帮人多势众，又关系国运，皇上一直对我们不放心，想灭掉青帮。今天，我代表青帮请皇上做青帮老大，若同意，从此便是一家，不同意，一刀两断。乾隆皇帝无奈，只好答应。法磐是青帮中镇前帮，便做了乾隆本座师。王降祖是"江淮泗帮"，就做了引进师，萧隆祖属"兴武六帮"，就做了传道师。乾隆便成了青帮记名总堂主，又到杭州哑巴桥青帮总堂参拜祖庙。还赐王降祖盘龙棍一根，帮中人"违反帮规，打死无论"，包括自己。又赐香板一根作为青帮执法的家法。从此，青帮得以无事，一直兴盛了二百年，这就是"乾隆金山寺入会"的故事，帮中人对此讳莫如深，故而江湖上知道的人很少。

如玉说："端木老伯，这事说的有鼻有眼，看来是真的了。今天，头奖应该是端木老伯了！"

正要吩咐人拿彩头，忽听得"轰"一声，从城东南传来一声巨响，震得大地都发抖，接下来远处上空便腾起一片红色烟云，久久不散。

众人无不失色。

如玉问端木林："老伯，你认为这是什么声响？"

端木林说："我看是火药库炸了。"

话还未落音，码头不远处忽然传来一阵密集的枪声。众人一惊都站了起来。正观望，一个大汉慌慌张张跑上了码头，接着又上了端木家的船。对如玉说："我是革命党人，有人正在追捕我，快救救我！"

如玉一看他肩上血红一片，知道他受了伤，便连忙将他引到后舱。藏好人，如玉又回到船头。

这时，码头上已出现了十多名警察。领头一个矮胖子，上了船，问如玉：

"你看没看见刚才有一个大汉跑过来？"

如玉镇定自如，说："我们正在吃饭，没看见有什么人？"

矮胖子扫视了众人片刻，说："那个大汉明明是向这个方向跑过来的，怎么就不见了呢？我得到你们的船上搜一搜！"说着抬腿就要往船后梢走。

如玉上前几步身子一横，挡住了矮胖子："这是官船，有重要资料，你不能乱来！"说完便叫婉儿拿来路引和名片，递给矮胖子。

矮胖子一看路引上有建设部大印，不禁吃了一惊，上下打量了一下如玉，说："唤，原来是京城文公子文专员，那就算了。"接着带着众手下离开了码头，往河坊街方向去了。

如玉叫众人散了，独自进了后舱。见那大汉肩膀还在流血，便叫蝶儿拿来了金创药，为大汉处理伤口。所幸子弹没有伤到骨头，上过药，大汉的脸色好多了，神情也安详了。如玉又叫人给他拿来了几个粽子和一碗茶。大汉三口两口便吃完了，说："今天幸亏遇到官船，要不然真是在劫难逃了。"

如玉便和他交谈了起来。如玉大致介绍了一下自己的情况。大汉知道自己身份已经暴露，索然将自己的身世和经历向如玉和盘托出。听了大汉的介绍，如玉吃了一惊，心话："这个韩恢还真是个人物呢！"韩恢出生于泗阳史集韩圩村一个殷实农户之家。过一周岁生日时，门外来了个算命先生，给小韩恢算了一命，说他日后必飞黄腾达，能做到上将军。村人皆嗤之以鼻。他青年时代负笈东洋学习军事，受资产阶级民主革命思潮影响，加入同盟会。后追随孙逸仙参加黄花岗起义和讨袁护法战争。1913 年二次革命，韩恢继黄兴担任江苏督军，后任江苏革命军总司令，来往于苏皖，组织武装队伍，为三次讨袁做准备。他在淮安设立了两处秘密联络点，一处在东门王梓森家，一处在苏嘴李寿生家。主要工作是组织发动淮安产业工人、码头工人、骡车厂工人及警察、士兵举行武装起义，有部众数千人。另外，他还在家乡泗阳南街一个破庙里设立了炸弹厂，秘密研制炸弹、地雷。与韩恢一起从事秘密反袁斗争活动的还有樊炎、颜承烈、张大卓、伏龙等，除伏龙是阜宁人，其余四人都是淮安人，时称"淮浦五杰"。1914 年，韩恢曾领导产业工人在淮安进行过一次武装起义，但被镇压了下去。此次，他到泗阳主要是研制炸弹，不料却出了事故，不但导致火药爆炸，还引来了警察，结果颜承烈、张大卓、樊炎均被捕，韩恢自己在逃跑途中也中了枪弹。

如玉问道："韩大哥，你们这样不顾身家性命，一心闹革命，到底是为什么？"

韩恢说："生命本无意义，只有赋予信仰与理想才有实际价值。我的信仰就是孙文的三民主义，我认为只有它才能拯中国于'天崩地裂'之际，救民众于水深火热之中。我给你吟一首诗吧。'志凌云汉气横空，灿烂戎装血染红。风动四方争逐鹿，剑磨十载未屠龙。孤情不肯谐群丑，并驾何堪有二雄。历尽艰难受尽险，古今中外一那翁。'我的追求，此诗正可印证。"

如玉有些激动，问道："这真是一首好诗，是你作的吗？"

韩恢摇摇头，说："不，这是我的小老弟伏龙作的。这人也是个奇士。"

如玉说："你能给我说说伏龙的情况吗？"

韩恢说："伏龙出身阜宁一户贫苦农民之家，少小入私塾读书，十八岁设馆教学养寡母。不久入安徽武备学堂习军事。后经过我与范传甲介绍，认识孙文先生，加入同盟会。1913年，江苏督军程德全宣布独立，加入二次反袁革命阵营，伏龙任江苏讨袁军第六师师长。从那以后，我俩就一直并肩战斗。"

如玉说："伏龙先教书，后进军事学校，按理将来也会有个不错的前途，不但衣食无忧，还有可能升官发财。那他为什么要抛弃这一切而义无反顾地追随革命党呢？"

"是啊！看上去似乎不太好理解。不过，其中也有一定的社会原因。"韩恢说："第一，他出生贫苦，同情穷苦百姓；第二，他曾受过精神刺激。"

"究竟是什么事情呢？"如玉更加觉得好奇。韩恢说："伏龙有个姨妹，人称张二姐，人长得很漂亮，号称'阜宁一枝花'。俩人青梅竹马，感情甚笃。十八岁那年，她嫁到当地乡绅梅士斌家作小妾，同时嫁入的还有一个姓曹的姑娘，二十四岁。这两人父亲都是梅家细户。梅士斌有老婆，之所以要纳妾，主要是没有后代。一个老头子，两个黄花姑娘，皓首红颜，这日子本来就不好过，偏偏三年后老头就撒手人寰了。梅家财产归了其侄梅品山。张曹二妇进退失据，不久便双双仰药而亡。梅品山既想洗刷个人嫌疑，又想沽名钓誉，便拿二亡妇大做节烈文章。他在县城西郊用重金造了一座双烈墓园，楼台亭阁，雕梁画栋，极为宏丽。此事见诸报刊后，产生了很大的轰动，不少封建遗老纷纷舞文弄墨予以褒扬。"

如玉问道："有没有什么大名人？"

韩恢说："全是名人。曾熙为桥与亭题了'怀清桥'与'鹄双亭'"。

如玉说："这个'怀清桥'有点牵强。'鹄双亭'倒有出处。古时婚礼之费者用雁，鹄类雁，迎亲则'奠雁'，雁若失伴则不再偶。曾熙是个大书法家，学问不错，用心良苦。"

韩恢说："无非是将社会悲剧美化成节义典范，毒化人的思想罢了。南海圣人康有为也来凑热闹，题了'有二绿珠'。"

如玉说："这更是牵强附会了。"

"阜邑名人朱孝藏题了'苕玉双摧'。也不知道是出于何典。"

韩恢又说道："碑文是前清进士、西江总督樊增祥撰写的，曾熙书丹。"

如玉说："这个樊增祥的老子做过湖南军门，当时左宗棠任湘抚师爷，曾嘲讽樊的老子是丘八。从此樊家子弟弃武习文，发愤读书。樊增祥是樊家第一个两榜进士，遇到这种露脸的事自然要显摆一番。"

韩恢说："最让伏龙气愤的是曾熙题的一副楹联：'双烈一门光，说什么石妾坠楼，虞姬伏剑；九泉三影对，仍然是绿窗课读，红袖添香'。你看，这纯粹是混账话！"

如玉说："伏龙当时有什么举动吗？"

韩恢说："伏龙曾代表死者家属找梅家论理，无果，便趁夜在墓园放了一把火，将楼阁亭台烧成了灰烬。然后就去了安徽。等到他在日本见到孙中山，很快就接受了三民主义。他对我说过：'封建礼教杀人不见血，以袁世凯为首的民国政府骨子里还是封建社会那一套。这样的政府不可能将民众救出苦海，那些封建余尊、新旧军阀信奉的还是专制主义。所以必须进行讨袁护法斗争，让民国政府来一番脱胎换骨，让这个社会来一番变革。'"

如玉说："现在抱有伏龙这样思想的年轻人不少。由此看来，资产阶级民主革命潮流势不可挡啊！"

韩恢看了如玉一眼："民心向背决定国家走向。人们为什么会同情支持革命党？因为这些知识精英的政治主张反映了广大民众的共同诉求。昆山反清士子顾亭林先生说过：'天下兴亡，匹夫有责。'我以为凡是有抱负的知识分子都应该义无反顾地投入到当前这场革命洪流当中去，匡时救国。"

如玉说："感谢你的一番教海，你的意思我懂。等我考察完大运河，我会对自己的人生道路作出新的选择的。"

韩恢笑笑："世家子弟要抛弃过去的一切，参加革命，也是一种既痛苦又艰难的选择，而且需要一个过程。我希望有朝一日，我们能成为一条战壕里的战友。大家都是热血男儿，有志青年嘛！"

如玉说："我很羡慕革命者的壮丽人生，也想相随拾芝草。只是眼下我还有自己的事情要做。不过，我可以吟一首顾炎武先生的诗以言志，那就是著名的《精卫》诗：'我愿平东海，身沉心不改。大海无平期，我心无绝时。'"

韩恢紧紧握住如玉的手，说："看来我没有看错人。文公子，我有一件事想拜托你，不知道该讲不该讲？"

如玉说："有什么事你尽管吩咐。你如今在难中，我有义务帮助你。"

韩恢说："刚才警察包围破庙时，我有三个战友被捕，一个是张大卓，一个是颜承烈，一个是樊炎，我得想办法去营救他们。现在最要紧的是拿到参加武装暴动人员的名单。"

如玉问道："这个东西在哪里？"

韩恢说："在我的女友手中，她叫卢漱玉，是个学生。"

如玉问："她家在哪里？怎么找呢？"

韩恢说："很好找。南关临街有座卢祖庵。这个卢祖就是在金陵改造织布机的明代纺织技术革新家卢廷兰，江南织户都尊他为卢祖。卢漱玉就是他的后裔。卢家就在庵后弄堂左首第一家。"

如玉说："有什么联系办法吗？"

韩恢说："你拿着一把黄油布伞去就可以了。这是我们约定的接头暗号。"

如玉站了起来，说："这事没问题。你先在这养伤，我去去就来。"

韩恢说："也不知现在城里戒严了没有？"

如玉说："你放心，我会有办法的。"

说罢，如玉喊来婉儿，交代了几句，就下了船，直奔南关。路上买雨伞时，如玉已问清了去南关的路径，因此，很快他就到了卢祖庵后。刚进巷口，如玉忽然发现从某家走涌出四五个警察，还押着一个身穿白衫黑裙齐耳短发的姑娘。她的身后，是一个中年妇女。

　　如玉看看方位，知道这个被捕的姑娘就是卢漱玉，一时居然不知道如何是好。处于下意识他撑开了手中的黄油布伞。卢漱玉也发现了文如玉，脸上露出一丝笑意，又大声对警察说："等一等，我还有事跟我家里交代。"

　　警察们便收住了脚步，望着卢漱玉。

　　卢漱玉的母亲问道："玉儿，你有什么事赶快说。"

　　卢漱玉对中年妇女说："我是清白的，没犯什么王法。我有病，不想窝窝囊囊死在牢里，我想请妈帮我买几副中药，如果家里有人去探监，就交给他。"

　　卢母问道："什么药呢？"

　　卢漱玉笑着说："无非是《小磠号子》上唱的那四味药嘛，'买你身上三分白，买你身上一点红，买你身上悬空挂，买你身上金宝龙。'知道了吧？不过，这药买来后一定要用木盒子装，不能受潮。"卢母似懂非懂地点点头。

　　"快走！"

　　众警察将卢漱玉带走了。快出巷口时，她又回过身，颇有深意地看了文如玉一眼。如玉也朝她点了点头。

　　卢母正在一边擦眼泪，如玉走了过去，将她拉到了房里。说"卢妈妈，是卢漱玉的朋友找我来找你闺女的，要取一样东西，不知您知不知道放在哪里？"

　　卢母说："她的事从来不让我管，你听到了没有，她刚才还将疯话呢！也不知什么意思。"

　　如玉寻思片刻，说："我也不完全明白她刚才那番话的意思，总觉得与女人的化妆品和首饰有关。"

　　卢母说："你说说看呢！"

　　如玉说："漱玉刚才讲的不是药，而分别的官粉、胭脂、耳环。那个盒子可能就是化妆盒。东西没准就放在化妆盒里。你能让我找找吗？"

　　卢母说："那你去找吧，就在里屋。"

　　如玉进去四下一看，只见书桌上果然有一个精致的首饰盒，便拉开了暗屉，一卷纸赫然在目。如玉将纸卷放入怀中，告别卢母，又急匆匆赶回码头。

　　韩恢正在焦急地等待如玉。如玉将事情经过说了一遍，又将纸卷交给了韩恢。韩恢说："漱玉肯定是被叛徒出卖了。"说完便打开了纸卷，看了片刻，潜然泪下，看上去非常伤心。

如玉说道："韩大哥，事情已经这样，不要太伤心，还是想办法救人要紧。"

韩恢将一张纸片递给了如玉。如玉便看了起来。原来这里卢漱玉写给韩恢的一封情书，结尾竟是一首感人至深的泗阳民间情歌《珍珠倒卷帘》："一轮明月当空照，二八佳人心内焦，三更天后花园中我来到，可怜奴四肢无力实在难熬，五言诗吟不尽奴家心中恼，六更课求不得何时把信挡，七弦琴越弹越是凄凉调，八行字写不尽你我离别之交，九重阳你上京都去赶考，奴送你十里长亭难舍难抛；你言道至迟不过十月朝，到如今冬去春来九尽寒消，眼看那八月中秋又来到，丹桂花儿瓢，七月七牛郎织女渡鹊桥，可怜奴六秋亭台懒淡逍遥，五更鸡止不住奴在天井叫，四寒虫叫得奴心血来潮。三江水洗不尽奴的心中恼，愁上心头二眉梢，拼上一命将你找，唯恐怕海角天涯，路远山遥。"如玉看罢久久无语，心中真的很同情这对革命伴侣的不幸遭遇，只是一时想不出合适的话来安慰韩恢。

韩恢忽然抬起头来，说："我与卢漱玉一向聚少离多，我真的很牵挂她。你知道她在《小硪号子》里说的'买你身上金宝龙'这句话的含意吗？"

如玉说："我真的不知道。"

韩恢说："漱玉是让你告诉我，她怀孕了。"

"是吗？"如玉大吃一惊。

韩恢忽然站起来，说："如玉老弟，谢谢你的帮助。我要走了。伏龙还在朱龙坝等我。"

如玉问道："你不怕出意外吗？"

韩恢从腰间掏出一支匣子枪，朝大腿上一蹭子弹便上了膛，说："不要紧，我有这个！后会有期。"说罢收起枪，便出了船舱。

韩恢走后，如玉问端木林："朱龙坝在什么地方？"

端木林说："就在城东郊，安西至县城那一段运河大坝，有几里长，靠近桃源行宫。关于这个朱龙坝还有一个很感人的民间传说。"

如玉说："您给我讲讲吧。"

端木林说："有一年大运河北岸决堤，水势很大，就是堵不上。乾隆皇帝正好在桃源，就对那个姓蒋的县令说，再堵不住缺口，杀你头。一个叫朱龙的管水小吏出了个主意：用竹络装上石头泥土，抛下去准管用。县令便叫人这么干，水势还真的变小了。就在这时，水里突然冒出两条龙，一阵乱搅缺口又加大了。朱龙一急，飞身跃入急流，与二龙搏斗起来，转眼身躯如泥，只剩下首级，二龙便争着抢食。乘'二龙抢珠'时，众人手中竹络接连抛出，终于堵住了缺口。从此，这段河堤就叫'朱龙坝'。皇帝还为朱龙修了座庙。"

听了这个故事，如玉的心情久久不能平静，心想："我们这个民族从来就不乏朱龙这样勇于舍生取义的志士仁士。韩恢和他战友们不就是这样的英雄吗？有了他们，我们这个积贫积弱的国家，我们这个多灾多难的民族，就有希望了！"

第二十二回

疏运河淮阴献策　试歹徒奇侠显枝

　　到淮阴的第二天上午，如玉被请走了。邀者是江北运河工程局会办纪振川，是个年轻的水利工程专家，三十多岁，丹阳人。

　　江北运河工程局设在苏北著名园林煦园里。这里原是私家园林，虽经百年风雨，仍然保存完好，楼阁亭台环水而建，花草树木依石而植，环境清幽，景色宜人。

　　在水榭旁的一间办公室里，纪振川与文如玉开始了一番长谈。谈话的主题就是大运河的疏浚治理。

　　纪振川说："文专员，你是民国政府水利官员当中第一个全程考察大运河的人，你能讲讲大运河时下的状况吗？这对我太重要了。因为，大家都知道古老的大运河病了，可到底那里病了，又如何治理，却又人人不知其究里。"

　　文如玉说："当我到达通州，站在燃灯塔下看大运河时，我已发现大运河真的已走到了穷途末路。为什么，因为这一段运河已经到了只能勉强通航的境地，而且越往南走，直到河北，山东地界，济宁以北，情况都差不多。"

　　纪振川有些急切地问道："大致是什么个情况呢？"

　　如玉说："三句话：水浅河道不畅，淤深船行不便，堤破河水常溢。至于说像桥、闸坝、码头、水库、河道等基本设施更是破旧不堪，已经到了非维修不可的地步。我估计再过三四十年，山东以北运河基本就要报废了，成了死水。"

　　纪振川叹了一口气，说："我们淮阴里运河的情况也不乐观，江北运河也好不到哪里去，目前不少河段积淤很深。"

如玉摇摇头，说："我的印象是大运河越往南情况越好。原因可能是一直还在通航，流水不腐嘛！"

纪振川说："我想请教一下文专员，大运河要想恢复青春，关键在哪里？"

文如玉说："大运河我还没走完，这个也说不好。初步的看法是：大运河要复兴，关键河段在山东，山东又在济宁，济宁又在汶上，汶上又有南旺镇。"

纪振川精神一振："喔！你能详细说说为什么？"

如玉说："这个问题很简单。大运河的命脉是水，有水则畅，无水则塞。大运河在明代中期，水源还是很丰富的，只是因为地形问题，导致济宁一段缺水。具体地说，汶上是水脊，地标高达三十多米，水向北往南流都困难。后来，出了个民间水利奇才白英，在南旺镇兴修了分水坝，利用南四湖，即邵阳湖、微山湖、南阳湖、独山湖和北五湖，即在汶水南旺筑坝后形成的南旺湖、马踏湖、蜀山湖、梁山泊遗存安山湖及马场湖的水源进行南北调度，七分下江南，三分朝王子，最终形成了'一龙戏九珠，九珠洒南北'的格局。从此，大运河通畅了四百多年。因为白英对治理运河有功，明清两代都曾对他进行褒奖，明朝在汶上南旺镇修建了白公寺；清代，雍正皇帝封白英为'永济神'，光绪皇帝封他为'白大王'"。

纪振川说："这些我也曾听说，只是没有你说的这样详细。一龙戏九珠，是何意呢？"

如玉说："一龙就是大运河，九珠就是南北九个湖泊。有了这九个湖泊的活水，大运河这条龙才能舞动起来。"

纪振川说："这个比喻太精妙了。可后来为什么南旺镇的分水枢纽又不行了呢？"

如玉说："这主要是朝廷政策上的误导造成的。从明朝弘治年开始，北五湖湖畔就一直有民众在围湖造田。隆庆时为增加财政，政府募民屯田，崇祯末安山湖成陆。到了清朝更严重，朝廷甚至鼓励农民屯田，谁开垦归谁，而且在田赋上给予优惠。近三百年过去，北五湖逐渐被吞食，到清末年，除了微山湖还硕果仅存外，其他北方四个湖已基本消失。南四湖的情况则要好一点。你想想，南北九湖就是大运河的水柜，水柜没有了，大运河不就成了无源之水，能不每况愈下？"

纪振川说："据我所知，在清咸丰朝初年，大运河的水势虽然远不如昔，可还是能保持一定深度的，可以通航，而且在夏季旺水时，情况还很不错呢？那为什么到咸丰朝后期大运河又时常因缺水而断流呢？"

如玉说："这主要是黄河改道的原因。咸丰末年黄河一改道，从山东济宁一带闯过大运河东上入海，就把汶上以北的多条河流的水截断了，不再流向大运河，而是随黄河流入了大海。无奈之下，漕运被迫停止，清同治十一年，江南漕粮由轮船招商局经海路北运，大运河从此冷落了下来，地位一落千丈。"

纪振川说："这真是听君一席话，胜读十年书啊！先前，有好多问题我一直搞不懂，今天让你高屋建瓴这么一分析，真是茅塞顿开啊！"

如玉摆摆手："纪老师，你过奖了。以前，我也是钻在故纸堆里出不来。这次大运河之行，才让我真正懂得一个道理：纸上得来总觉浅，始知凡事要躬亲。实践出真知啊！"

纪振川说："那依你看，大运河还有没有救？如有救，又怎么个救法呢？"

如玉说："这事我也一直在琢磨，还没有考虑成熟。初步的看法是，大运河还有救，要救它关建在一个'水'字。水从何来？办法之一是从南四湖上动脑筋，只要引水济运，济宁至通州一线，大运河完全可能复兴。"

纪振川说："你找到具体办法了吗？"

如玉说："只要思路对头，具体的水利工程施工问题不是太大。对此，我有信心。"

纪振川说："原来，我找你只是想解决一些实际问题，没想到，有这么多意外收获。"

如玉说："纪老师，你也不必客气。你如果有什么事需要我帮忙，尽管吩咐。我下来时，部里曾经向各省水利部门发文打呼，帮助各地解决一些具体困难也是我的职责。"

纪振川说："我找你想解决三个问题。第一，我想请你审查一下我们治理里运河的施工方案。方案刚才你也看了，有什么不周到的地方你尽管指出来，我们一定改正。"

如玉说："好！我就不客气，先谈第一个问题。我想问一下，你们想用什么手段疏浚里运河？"

纪振川说："我们通过日本大东株式会社，在西方购买了四艘挖泥船，运河清淤就靠它了。"

如玉点点头，说："这很好，比人工清淤快多了。不过，我还想问一句：你们清出来的淤泥又怎么办呢？"

纪振川说："这我考虑过了，淤泥的量很大，想运走很难，没有那么多钱，雇不起民工。为了疏浚里运河，省里报到北京，允许在地亩粮税上加二分水利费，专门用于治河。可这远远不够，光是买四艘挖泥船，就用去十分之七。没办法，淤泥只能就地堆在大堤上。"

如玉摇摇头："我不赞成你们这样做。我到淮阴后，曾到大运河边上转了转，好家伙，河堤差不多跟城墙一样高，大运河成了悬河，一旦决口可不得了。如果你再把清出来的大量河淤堆在大运河堤上，一旦遇到大雨或连阴雨，上边雨水冲刷，下边河水倒卷，那河淤肯定又会回到河里，那时河水必暴涨，其结果只能是堤毁城淹，人皆为鱼鳖。这个严重后果你想过没有？不单是疏浚成为空忙，而且今后也会留下隐患。"

纪振川的脑门上沁出了汗水，说："原来我光想到如何省钱，没想到会造成隐患，幸亏你提醒，要不然，我纪某就成千古罪人了。"

如玉说："你也不要太紧张，对于治理大运河，我们大家都没有什么经验。这事，到此为止。我不会捅出去。我们还是想想如何清运淤泥的办法吧！"

纪振川手一摊："我是空攥两手汗，还真没有什么好办法！"

如玉说："这事我刚才也琢磨过。你看这样好不好？我们让淮扬道台衙门发个布告，发动附近四乡八镇的农民来搬运这些淤泥，因为它是上等的肥田材料。农民用这些淤泥肥田，我们不但不要钱，而且还要给予一定奖励。这样农民的积极性就高了。"

纪振川大腿一拍："这个办法好，胜过以工代赈。只是，如果奖励，恐怕我手中的那点钱也不够。"

如玉说："这事也有办法。"

纪振川盯着如玉："文专员，你快讲，用什么办法能搞到钱？"

如玉笑笑："你那四艘挖泥船是日本大东会社代购的，价钱太高了，日本人肯定从中做了手脚。这一点我清楚，因为我在美国留过学，挖泥船的价格我一清二楚。我们得想办法让日本人把虚加的钱吐出来。"

纪振川摇摇头："这恐怕不好办，大东会社在清光绪中期就开始经营大运河从淮阴到镇江的客货航船运输了，如今快二十年了，树大根深，与省里还有淮扬道的关系很深，牛得很，要让他们把到嘴的肥肉吐出来，恐怕很难。"

如玉手一摆："我的想法是这样。我们明里就找大东会社赞助，让他们出资帮我们治理里运河，暗里，我们通过报纸，把西方每只挖泥船的单价公布出来，来个敲山震虎，如果小日本不就范，我们就把他们买船的单价也公布出来，到那时，必然引起公愤，老百姓绝不会放过大东会社。我想，有这明暗两手，不怕小日本掉鬼。"

纪振川的脸上堆满笑容："这个办法好。我下午就去找大东会社的老板龟田。他们的会社就在竹笼巷。"

如玉说："一定帮你们把这件事办成。你说的第二个问题是什么？"

纪振川说："我们治理里运河的第一份报告已经上报到北京建设部。现在看来费用还有缺口，我们想请部里再追加一部分经费。"他从包里拿出一份报告递给如玉："文专员，报告请你过目。如果同意，你就会签一下，有了你的签字，部里就好办了。"如玉大致看了一下报告，说："我下来时，部里也给了我一定的事权。你们追加的经费是正经用途，而且数量也不大。我同意。"说罢，他在报告上签了字，又还给纪振川。

纪振川高兴地说："这下，我们治理里运河的信心就更足了。只是还有个事情要请文专员帮助出个主意。"

"什么问题，你尽管说。"如玉看着纪振川说。

纪振川说："现在吏治腐败，官场黑暗，到处都伸手要钱，不给钱不办事，给了钱乱办事。"

如玉问道："此话怎讲？"

纪振川压低了嗓音，说："治理运河离不开淮扬道尹谭如海的支持，可他到现在也没有明确态度，治安问题不表态，沿河警戒问题不表态，征用土地问题不表态，征用民夫问题不表态，明摆着是想要好处。"

如玉说："这事到处都一样，有了大工程，就成了唐僧肉。人人都想吃。

这件事，我看还是让运河工程局督办去交涉，他比你肩膀宽，他的官可是袁世凯亲自委任的。"

纪振川说："这人做官做的都成精了，只会到处拉关系，拍上面马屁，一心想提拔，至于说具体事务他从来都不管，还公开说，不干事不出错，不出错就能平稳过渡，步步高升。我指望不上这个人。"

如玉说："你可以请谭道尹喝喝茶，吃吃饭嘛。"

纪振川说："那家伙嗓子眼粗得像水桶，莫说喝茶吃饭，光碧波池我就请他去泡了五回，每次都是全套，荤素都上，可一点用都没有。后来，我又给他送过几次重礼，还是口吐莲花光打哈哈。你说怎么办？"

如玉思村片刻，说："碰到死要钱的贪腐之人还真难弄。可眼下里运河的运输很繁忙，税收也很可观。不能不疏浚，因为它有利于国计民生，做这事地方政府是绕不过去的。我看这样，少送等于没送，小送不如大送。我看看三五千光洋也差不多了。不过，这事你得设法留个账底和证据。等工程完工再说，到时间，我会替你说话的。"

纪振川站了起来，说："今天，这三件事都有着落了，非常感谢文专员的支持，时间不早了，我想请你到望淮楼饭店品尝一下淮安名菜，像软兜长鱼、蒲菜、汤包都是不错的。请你赏个脸。"

如玉说："清理运河到处都要花钱，我们还是省省吧。酒就免了，吃点小吃还是可以的。"

纪振川说："那好。下午，我还会找你，我们现在就去吃点便饭。吃过饭，我找个地方让你休息一下。"

如玉说："不，吃过饭，我还得回码头去一趟。我家有个侍女叫婉儿，家就在淮阴县乡下张集，昨夜她回家看母亲去了。说好今天下午回来，我还得等她。"

纪振川见如玉有事，在小饭馆吃过饭，便没再挽留他。如玉到了船上，已经是下午两时，婉儿倒真的回来了，只是不是一个人，还有他的哥哥张牛儿。如玉便简单问了一下情况。婉儿告诉如玉，他的母亲身体还很硬朗，在家种点地，养点鸡，日子还过得去，只是哥哥牛儿不想老待在乡下，想让如玉帮他找点事做。如玉考虑到此行责任重大，风险不小，也需要人手，闻知张牛儿跟做军官出身的父亲学过武艺，便爽快地答应了婉儿的请求，让牛儿留在船上，和自己一块下江南。牛儿非常高兴，再三道谢。如玉四下看了看，发现端木林不在船上。问了蝶儿才知道，端木林刚吃过饭就被淮阴武林民间团体抬天会的人请走了。到现在还没回来。

如玉有点不放心，问蝶儿："这到底是怎么回事？"

蝶儿说："具体我也不知道。刚吃过晌饭，就来了十几个壮汉，自称是骡车厂抬天会的。他们说，这几天常有爹爹的徒弟去武馆踢场子，还打伤了他们的人，一定要爹爹跟他们到抬天会去一趟，说说清楚。爹爹有口难辩，又不想闹出误会，就跟他们走了。地点就在隐庐寺。"

如玉说："这事一定有鬼。我现在就跟婉儿到抬天会去一趟，蝶儿，牛儿留在船上。"

说罢，如玉和婉儿便去了隐庐寺。一进山门，只见几十个人正围着端木林，七嘴八舌，说个不停。端木林坐在一旁一言不发，脸憋得通红。

如玉作了自我介绍，问抬天会副会首杨赐福："杨当家的，你说端木老伯的徒弟打伤了你们的人，有没有什么证据？你们可不能诬陷好人啊！"

杨赐福是个识文解字的人，任骡车厂总司账，说话态度尚和气，说："文公子，我们当然有根据了，其一，从六月下旬下始，隔一两天就会有人来隐庐寺捣乱，有时一个，有时两三个人，而且武功都很厉害，一来就挑衅，非要跟我们的人比武不可，接连伤了我们好几个人。他们都自称是端木派的门徒。其二，我们还擒住了一个人，现在就关在庙里，可端木大师却死活不承认这事与他有关。其三，这个人还污蔑我们的杨师祖，说他对端木林的徒弟查枝山家有罪。"

如玉说："你们当家的是谁？人在不在？"

杨赐福说："我们当家的是骡车厂老板公方宇，他外出有事去了，到现在还未回来。要是他在，不怕外人撒野。有人以为只要拳头厉害，就能为所欲为。错了，要知道，强龙还压不过地头蛇呢！"他瞟了端木林一眼。

如玉问道："端木大师，你有门人吗？"

端木林说："有，江南江北一共是六个，每人我都教他们六路擒拿功夫，外加一项兵器或暗器。这些人我已经有一段时间未见，怎么可能到淮阴来惹事？一无冤二无仇的，可能吗？所以，他们说的这些屁话我都不爱听。"

如玉又问道："你能见见那个自称是你门徒的人吗？"

端木林说："这还用见吗？"

如玉说："还是见见吧。一见，真假不就分不清了。"

"那好吧！"端木林点点头。

片刻，抬头会的几位武师带过来一个年轻人。

端木林一看，有点面熟，就问道："你叫什么名字？"

年轻人说："我叫赵天林。"

端木林说："你是无极门的人吧？我好像在台儿庄见过你。"

赵天林说："我不是无极门的人。我是端木派的人。"

端木林说："那你的师傅是谁？"

赵天林说："我的师傅是吴县查枝山。"

杨赐福说："文公子，你听见了吧？这个人就是端木派的门人，再传弟子。端木大师得给我们抬天会一个说法。"

文如玉也感到事情难办，就问端木林："这人的身份有办法辨别吗？"

端木林站了起来："也容易，这个赵天林既然自称是端木派的门人，必然会我的武功，也就是六路擒拿手，抬天会的人可以跟他过过招嘛？一伸手就知道真假了。"

杨赐福对赵天林说："姓赵的，你敢跟我交手吗？"

赵天林说："敢，只是现在不能，因为我被你们打伤了。"

如玉插了一句，问道："你为什么要跟抬天会的人过不去？"

赵天林说："我师傅跟抬天会的人有过节，而且结怨很深。我们想替他出头。"

端木林火冒冒地说："这个浑小子，你不出手我怎能相信你是查枝山的徒弟呢？这不是让人干着急嘛？"

杨赐福忽然激动起来，说："赵天林耍赖，端木大师，你是他们的师爷，这事你得兜着！"

端木林说："看来这事一时两时还真弄不清楚。好，你们想怎么着就直说吧！"

杨赐福说:"这事你担承下来了。"

端木林苦笑笑:"就算是吧。"

杨赐福说:"那我先得跟你讨教几招。前几天,我外出讨账才回来,还没见识过端木派的武功。今儿我就领教领教。"

端木林说:"你也配跟我过招?"

杨赐福说:"别人怕你,我可不怕你。你也可能知道,拾天会的武功也是得之于前辈高人真传。淮浦二虎,你知道吧?就是抗英豪杰广东水师提督关天培和广东提督陈安奎,我们就是他们的传人。这二人的武功恐怕也不比端木派差吧!"

端木林说:"这话就扯远了。你不要拉大旗作虎皮。反正,我不想跟你们这种无名后辈动手,万一失手,我更是脱不了干系。"

如玉说:"拳无好拳,杨当家的,我看这事咱们还是商量商量吧。"

杨赐福说:"你看端木大师的态度,这事有商量吗?我看还是用拳头说话最好。端木派的门徒打伤了我们的人,这事不能就算了。"

端木林忽然接过话茬:"好!那个我就满足你的要求。你杨当家的,你出招吧!"

如玉说:"端木大师,你出手得有个数啊!"

端木林笑笑,说:"知道。"

杨赐福吐了个门户,一个穿掌直奔端木林门面。端木林身子一侧,闪了过去,一个滑步已到杨赐福身后,右手抓住杨赐福手臂,一拉一送,杨赐福便跟跑后退十多步。刚站稳,一个三跳步,已贴近端木林,随即踢出一脚,端木林飞身上前,一个夹腿下勾,杨赐福又飞了出去,险些栽倒。杨赐福脸红如赤布,两手一划,已然变招,大吼一声,一招饿虎扑食,双拳分击端木林大右太阳穴。端木林似乎被激怒了,欺身直进,双臂上举,"白鹤亮翅"按"罗汉撞钟""去!"一声大喝,杨赐福已栽倒在地。众人见杨赐福被打到,抄起家伙就围住了端木林。

端木林说:"怎么?你们想要蛮?"

如玉急忙插上去,劝解众人:"拾天会的弟兄,你们要冷静一些。"

"谁呀?这么张狂!"

一声轻咤，从山门外走过来一个须发皆白的老人。

抬天会的人一见老人，一起迎了上去，跪着行礼："师祖，您好！"

端木林看了看来人，居然认识，不由得吃了一惊。

原来这个老人便是淮浦鼎鼎大名的武术大师杨鼎来。山阳人，出身书香门第，十七岁中秀才，二十岁中举人，清同治七年，进京赶考会试第一，眼见就要大魁天下，成为状元，却因一场变故丢了前程。杨鼎来少时曾游历吴县，与大家闺秀查婉香也就是查枝山的姑奶相爱，因父母之命，不能如愿。后杨乘查家遇事，夜携查女归淮浦，筑精舍藏之。此事被查家侦知。告到官府，朝廷以"失德"之罪取消了他参加殿试的资格，最后只给个同进士的功名。杨做过一任知县，便辞官回到淮浦，一边担任清河书院山长，一边招徒传授武艺。他是关天培的亲传弟子，精通太极拳和刀术，淮河两岸，功夫第一。近年，只因年老，已很少出门。早年，端木林刚出道时，见过杨鼎来。

端木林连忙上前，抱拳施礼："杨老前辈，在下端木林，给您请安了！"

杨鼎来"哼"了一声，径直走到赵天林对门，突然出手，右手二指直击赵天林颈下要穴。赵天林本能地后撤半步，左手一格，随即扫出一腿，两人又周旋片刻。赵天林又突使潭腿中的鞭腿。

杨鼎来身躯微侧，右腿疾出正中赵天林小腿，"哎呦"一声，便跌了出去。再也起不来。想必已受到重创。

杨鼎来哈哈大笑，说："你这小子，居然敢冒充端木派的门人，你这武功，分明是无极门的路数。岂能瞒老夫。你说，为什么要冒充端木派的门人要寻衅滋事？"

赵天林红着脸不吱声。

杨鼎来踱了过去，举起了手掌，盯着赵天林："你再不说，我一掌就打死你！"

赵天林一吓，赶忙说："我说我说，我是无极门的人，是我师傅吴昊天叫我来找抬天会人麻烦的，目的是嫁祸于端木大师。先前那几个人，也是我们一伙的。杨大师和查家的过节，也是我们打听来的。"

端木林对如玉说："这下事情总算弄清楚了。幸亏杨老前辈出手试探，要不然，我还会得罪杨老。"

　　杨鼎来转过身对端木林说："这叫不打不相识。这事就算了吧。端木师傅，刚才小辈言语冲撞，还希见谅。"

　　端木林还不好意思说："杨老前辈，刚才是我莽撞，险些伤了你的门人，现在任凭您老处罚，在下无不领受。"

　　杨鼎来说："我今年春秋七十有八了。可爱武争胜之心还未稍减，久闻即墨端木派武功超群。今儿，我倒想向端木师傅请教几招，不知能否赏老夫一个脸？"

　　端木林说："我年轻时就知道杨老前辈的太极功夫独步江淮，心里一直佩服，我是后辈，绝不敢在您面前班门弄斧！"

　　杨鼎来哈哈一笑，说："拳怕少壮，太极功夫自然并非浪得虚名，只是我岁数大了，恐怕还真不是你对手呢！你我都是武林中人，切磋一下武功也没有什么。这样吧，我们就来个君子动口不动手吧。"

　　端木林说："好！就请杨老先出招。"

　　杨鼎来说："我左手绵掌虚击你上盘，暗藏右肘锤，接使截腿，你如何应对？"

　　端木林说："我虚实皆不按，独用寒鸡步，躲过您的腿法，再用如封似闭扰你眼目，接使沉肩撞山。"

　　两人口头比画了一阵，端木林见招拆招，丝毫不落下风。

　　杨鼎来摇摇头，说："算了，看来我真的老了。这真是沉舟侧畔千帆过，病树前头万木春。我的太极功夫的堂奥看来你已尽知。老朽真的很佩服。"

　　端木林说："近数十年，太极功夫在武林独领风骚，无人不知，所向披靡。杨老前辈太谦逊了。"

　　杨鼎来说："太极尚虚，以实击虚，大败亏输，以虚应虚，有赢无输，端木老弟，你说老朽说的对不对？"

　　端木林说："那自然错不了，对太极功夫我也是琢磨了几十年才有点体会。没想到，杨老前辈对本门功夫的奥妙能说的这样透彻，真是受益不浅。"正在这时，蝶儿领着纪振川进了山门。

　　如玉迎了上去，问纪振川："纪老师，你找我是不是有事？"

　　纪振川说："我已找过大东会社的老板龟田，这家伙居然油盐不进。这怎么办？"

如玉说："那就按上午我说的法子办，给他施压，不怕他不就范。"

纪振川说："这事能行吗？会不会引起外事纠纷？"

如玉说："你放心大胆去办。现在全国民众都在抵制日货，反日声浪正盛，出不了什么事。"

纪振川说："你打算什么时候离开淮阴？"

如玉说："我明早就往淮安。有什么事你可到淮安县立中学找我的二舅蓝沅清。他原来也在淮阴，一年前才调走。"

纪振川说："我真舍不得让你走啊！我俩刚刚认识，却一见如故。可这么快就要分手了。"

如玉哈哈一笑，握住纪振川的手说："同在天涯内，何必叹离别。我希望在淮安听到你的好消息。""祝你一路顺风，心想事成。"纪振川真挚地说。

第二十三回

淮安侯母录旧籍　萧湖谈艺见神珠

走近萧湖，如玉的心头涌起一股难以言表的激动之情。夕阳下的萧湖静悄悄的，周围杨柳依依，炊烟袅袅，鸟语关关，水波漾漾。夏日的荷花开的正盛，荷叶田田，红莲灼灼。湖堤四周，间有一座座楼阁亭台，飞檐斗拱，排闼朱门，雕梁画栋，隐隐透出一股富贵奢靡之气。更多的却是民居，粉墙黛瓦，鳞次栉比，不下千家。

萧湖是淮安城郊的第一处名胜，自明代即已成为达官显贵、文人雅士的聚集之地，经过多年大兴土木，这里已形成台园、云起阁、望淮楼等多座著名古建筑，虽屡遭兵火，仍大半完好。到了晚清，萧湖已呈衰败之象，陆陆续续建起了不少民居，市井气息渐浓，但仍不失为游览佳地。明代淮安籍状元沈坤、丁士美的故居也在这一带，因为这个缘故，平时少不得有人来萧湖寻幽探胜。

如玉默默地凝视着湖光山色，心情久久不能平静。偶然抬头远跳，隐隐看见高大的文通塔和镇淮楼挺立在夕阳下，显得格外雄伟壮观。他向婉儿招招手，便信步走向南湖沿的一条小街。

如玉很快就找到了二舅蓝沅清的家。二舅在县文教局做教研员，平时事情不多，这会早已下班，正独自一人操持晚饭。乍见闻其名不见其人的外甥，沅清显得分外激动，拉着如玉的手问长问短，久久不愿松开。看得出，这位中年知识分子对姐姐的孩子有一种特殊的感情。

如玉却急切地想见到暌违已久的母亲。不过，待他问过舅舅才知道母亲虽然住在淮安，但此时却不在家，而是随舅妈去了城北的艾湖，正帮舅妈的侄女做出阁用的绣品，还有几日才能回来。

如玉知道母亲一时两时回不来，只得在舅舅家住下，耐心等待，并留下婉儿照料生活起居。

沅清白天上班去了，如玉便在书斋整理大运河考察资料。舅舅每天都会从资料馆带回一大包书，多是地方志，供如玉参考。

两天下来，如玉倒积累了一大堆史料卡片，觉得很有成就感。淮安是运河之都，居南北运河之中枢，明清南河总督府，漕运总督衙门也在城里，因而历代积累的关于大运河的资料极为丰富，如玉连日苦读，大有身入宝山，目不暇接之感。

这天吃过早饭，如玉与婉儿开始核卡片。

"公元587年，隋开皇七年。隋文帝为便于运兵、运粮、渡江南下灭陈，征民工疏浚邗沟河道，即山阳渎，中运河初具雏形。"

"公元605年，隋大业元年。隋炀帝征发河南、淮北诸郡民夫百万，开凿洛阳至山东的通济渠，同时，征发淮南民夫十万人，拓宽山阳渎。河宽四十步，堤上筑大道，路旁广植柳树。八月，炀帝乘龙舟由洛阳南下，经淮安、盱眙巡游江都。并在盱眙都梁山建行宫，即都梁宫。内有三重宫殿，壮丽奢华。"

"公元611年，大业七年。炀帝下诏征高丽，命江淮以南民船沿运河运粮至河北涿郡。百姓困窘，天下骚乱。"

"公元806—820年，唐元和中。淮南节度使李吉甫在淮南运河以西筑34个坡塘，在运河上筑平津埝，并筑归水澳，以利节水通航。"

"公元 985 年，北宋雍熙二年。淮南转运使刘蟠开凿沙河运河，自末口至淮阴磨盘口长 60 里。又创二斗门于西河第三镇，淮河山阴湾之险得以消除，水不侵运河，运舟往来无滞。"

"公元 1083 年，北宋元丰六年。淮东转运使蒋之奇开龟山运河，长 58 里，宽 15 丈，深丈 5 尺，自洪泽镇至龟山蛇浦，漕运得免风涛之患。"

"公元 1101 年，北宋建中靖国元年。蒋之奇以龟山运河堤被淮水冲毁，令运司及时修补，自此岁以为常，至皇室南渡始罢。"

"公元 1113 年，宋政和三年。运河漕运改行直达纲法，不再逐段转运，沿途转搬仓库悉被拆除，以致弊端丛生。三年后始恢复转运法，并首先恢复泗州仓。"

校核卡片本来就是一件枯燥无味的事情，加之婉儿年少无耐心，时间一长，不免烦闷，便放下手中书籍，拉着如玉外出游玩。淮安古迹众多，如玉也想去寻访一番。便由远及近，先带婉儿去了城郊的漂母坟。看到这座千年古坟青草萋萋，如玉大发感慨，说："想当年，韩信落魄于河下，孑然一身，除了一柄佩剑，别无长物，衣食无着。要不是漂母供他饭食，极有可能成为饿殍，哪来的日后拜将封王？所以说，英雄也要靠凡人帮衬，才能出人头地。"

婉儿说："我倒以为，这个漂母也不是凡人，慧眼识英雄，毫无势利之心，更让人敬佩。"

接下来，两人游了韩信当年受辱的胯下桥，又在河下街吃了点淮安茶馓和白鱼汤，权当午饭，回到萧湖，两人又继续校核卡片。

"公元 1194 年，南宋绍熙五年，金明昌五年。淮东提举陈损之筑江都至淮阴运河堤 360 里。堤下得良田数百万顷。"

"公元 1284 年，元至元二十一年。意大利旅行家马可波罗奉元世祖忽必烈之命，沿运河南下至淮阴。撰写《马可波罗旅行记》，记载淮阴沿河城镇，山川形势，物产颇详。"

"公元 1289 年，元至元二十六年。会通河开成，淮北运河恢复由清口北上之路，以行漕，与海运并行。"

"公元 1291 年，元至元二十七年。朝廷罢江淮运河漕运，完全由海道运粮，运河渐淤。"

"公元1368—1398年，明洪武年间。淮阴境内运河各段建驿站，有宿迁县钟吾驿、清河县清口驿、洪泽驿、金城驿、桃源县桃源驿、古城驿、沭阳县僮阳驿。并于淮安城东北和西北的淮河与运河交汇处筑仁、义、礼、智、信五堤，以利节水通航。沭阳等沿河各县设河泊所，管理水上交通。"

"公元1415年，明永乐十三年。平江伯陈瑄沿沙河故道凿清江浦，导水由淮安城西管家湖至陈口入淮，沿西湖筑堤10里，以便引舟。新运河上建移风、清风、福兴、新庄、清江督造船厂，辖京卫、中都、直隶、卫河四大厂、八十二分厂，每年造漕船560艘左右。并设常盈仓于清江浦，岁储，江南各省州县中转漕粮70万石，于清江设户部分司管理。在陈瑄倡导下，罢海运为运河漕运。"

"公元1478年，明成化十四年。根据太监汪直建议，筑淮阴里运河双重堤坝。"

"公元1485年，明成化二十一年。勒工部侍郎杜谦浚北通州至淮扬的运河。"

"公元1495年，明弘治八年，刘大夏筑黄陵岗长堤成，黄河全流入淮，会于淮阴，奔腾浩淼，东溃西决，运河堤时溃，治河者疲于奔命。里下河诸州县全赖高家堰一线长堤护卫。"

"公元1520年，明正德十五年，九月，武宗至清江浦，住太监张阳家，在运河等处打鱼、捕鸟累日，民不堪扰。后自驾小舟渔于积水池，翻船溺水，被救起，遂不豫。"

"公元1527年，明嘉靖六年。以黄河连年北溢，沛县以北运河阻塞，遂自兰阳北之赵寨引水南流，东经宁陵，夏邑至宿州，符离桥，出宿迁，河口入清河。"

"公元1565年，明嘉靖四十四年，潘季驯总理河道，首倡'束水攻沙'，'蓄清刷黄'之策，时称治河名家。"

"公元1570年，明隆庆四年。五月，淮水大涨，运河在黄浦决口，高邮、宝应、兴化、泰兴一片汪洋。"

下午四时，校核工作暂告一段落，如玉带婉儿进城游览关天培祠，梁红玉祠，又登文通塔，镇淮楼，接至清漕运总督府旧址，运河畔造船厂。由于运河水运不畅，昔日热闹非凡的造船厂此时也一落千丈，订单寥寥，开工不足，到处冷冷清清。不少造船工人都流入搬运行业，从事苦力。如玉感叹不已，怏然而返，继续与婉儿做案头功夫。不大功夫，天上忽然下起雨来，萧湖也晦暗了下来。休息片刻，两人接着整理卡片。

"公元1572年，明隆庆六年。运河徐邳河工完毕，运道复通工部尚书朱衡修试办海运，从淮入海，运部分漕粮至天津。"

"公元1580年，明万历八年。潘季训筑洪泽湖石工大堤，20年后完工，湖水不再泛冲运河大堤。"

"公元1651年，清顺治八年。大挑中运河。"

"公元1699年，清康熙三十八年。五月黄淮水溃高家堰，高、宝运河河堤坏多处。总河于成龙挑新中河行水，旧河废。"

"公元1703年，清康熙四十二年。二月，康熙第四次南巡，至淮阴阅视运河诸河工。赐总河张鹏翮《河臣箴》。"

"公元1810年，清嘉庆十五年。二月，运河决山阳瓦庙。七月决清江浦云坝。洪泽湖最高水位近15米。因河工毁坏，漕运阻滞，拟改海运未果。"

"公元1826年，清道光元年。南河总督张井始行'借黄济运'之法，运河漕船常搁浅，遂止。又创'灌塘法'，冲刷运河，一时称便。1840年废止。是年行海运成功，用船900只，两次运米160万石，每石运费仅用四钱。江苏巡抚陶澍、布政使贺长龄主持其事。"

"公元1856年，清咸丰元年。夏，大旱，运河断流。"

"公元1865年，清同治二年。黄河北徙后，淮水又南趋入江，运河无粮船行，几废。漕督吴棠以晌需盈余钱购米4万石，首试河运，征民船承运，漕船自此改为'小粮船'。"

"公元1873年，清同治十二年。秋、黄河决山东石庄户大堤南流，运河西堤决刷殆尽，运河自此逐渐衰落，每况愈下，仅能勉强通航，北运河几乎断流。"

如玉和婉儿正校核时，沅清回来了。他拿起案头一叠卡片翻了翻，说："如玉，这两天你收获不小嘛！这些卡片你打算用来干什么？"

如玉说："一是写《运河志》需要，二是这些史料对了解运河历史也有作用。有了这些材料，我考察运河就方便多了。"

沅清下班时，从小饭店带来了一些熟食，又叫婉儿烧了点稀饭权当三人晚餐。吃饭时，如玉说："二舅，舅妈和大宝他们什么时候回来？"

沅清说："估计也快了，到时候，你就可以见到你母亲了。"

如玉说："这两天，真把我闷坏了。巴不得早点看见母亲。"

沅清有意岔开话题，说："如玉，你虽然是学水利的，对史学、文学等也有些功底。吃过饭后，我想跟你读读文学。这阵子我正在写小说呢！"如玉来了兴趣，问道："舅舅写的这篇小说是什么题材？"

沅清说："写的是运河轶事，水上人家，无非是悲欢离合。也没有什么新奇地方，值不得一说。"

饭毕，沅清泡了两杯海州云台山云雾茶，甥舅便海阔天空聊了起来。

沅清说："如玉，不知你对小说有何看法？"

如玉说："据我所知，小说也来自官学。古之学问，多掌握在王官手里，平民百姓要想获得知识，就得给王官当奴仆，并拜其为师。因此，《曲礼》云：'宦学事师。'儒家，则出于司徒之官。道家，出于史官；阴阳家，出于义和之官；法家，出于理官；名家，出于礼官；墨家，出于清庙之守；纵横家，出于行人之官；杂家，出于议官；农家，出于农稷之官；小说家，出于稗官。这些学问，原本只有门户之分，并无高下之别。所以我认为，小说在中华传传统文化当中是应该占一席位置的，不能自轻自贱，把它看得低人一等。"

沅清抵掌大笑，说："你这话可算是说到我心里去了。你这是为搞文学的人正名啊。以后，我写小说也不用羞羞答答的了。"他话题一转说："我除了写小说，也写了学论文。新近就得了一个题目，《大运河与明清古典名著》。如玉，你以为这个选题如何？"

如云沉吟片刻，说："很新鲜啊，前无古人。只是感觉有点太大了，不易驾驭，而且材料也不好搜集。不如将范围定小一点，就谈淮安与明清古典名著的关联，这样是不是集中一些，再则，就近材料也好找。"

沅清说："让你这么一说，我还真有拨云见日之感。你莫说，淮安与明清古典名著还真有渊源呢！"

如玉说："那就先读读《西游记》吧。这是淮安土特产。"

作者与石荣伦在吴承恩故居

沉清说："过去，不少人以为《西游记》是元代道士邱处机写的，后来才知道搞错了，将吴承恩的《西游记》与邱处机的《西游记》混为一谈了。神魔小说《西游记》的著作权是淮安吴承恩这是不会错的。清《淮安府志》里就有记载。而且，孙悟空的原型就是龟山脚下的淮水神无支祁。"

如玉说："围绕作者，有什么新发现没有？"

沉清说："有，一是吴氏在打铜巷的旧居被找到了。二是吴氏的父亲吴锐的墓碑在板桥出土了，碑文就出自吴承恩之手。文中吴承恩说'自己荡游不学问，不自奋庸，使予父爸然没于布衣。'这个吴锐先前也业儒，但却终身布衣。吴承恩对此也感到内疚。三是我从冷摊上偶然买到一张吴承恩的诗稿，叫《围棋歌赠鲍景远》。我背给你听听：'由来绝艺合烟霄，何事尘中扰布袍？愿尔逢人权放着，世间万事忌孤高。'如玉，你从中听出了什么？"

如玉说："这首诗是即兴创作，急就章，水平一般。依我看，既是诲人，又是吴承恩自勉，颇悔自家孤傲清高。"

沉清拍了拍手，说："精辟，一语中的。原来，我朋友手中还有一柄吴承恩手书的折扇，他想出让，无奈要价太高，我买不起，后来竟然流到扬州去了。真可惜，上面有吴承恩写的一首诗呢！"

如玉说："舅舅，你能给我讲讲吴家的情况吗？"

沉清说："也没有什么。吴锐是个小商人，生有五子，承恩是长子，吴锐只供他一人读书，但吴承恩一生却失意科场，只是个补贡生，除了在浙江长兴做个县丞一类的小官，终老也是布衣，可谓怀才不遇。不过，这个人还是有学问的，要不然也写不出《西游记》来。"

如玉说："你对孙猴子这个文学典型怎么看？"

沉清说："孙猴子就是吴承恩的化身。吴承恩非科班出身，但自视很高，却一生不得志，沉于下僚。孙猴子非仙班出身，却很有本事，被招安后，只做了个养马官。这两者的境况是何其相似？吴承恩不满现实，心中积怨无法消泄，只好塑造一个孙猴子为自己代言，既想出一口恶气，也想证明一个道理。"

"什么道理？"

沉清说："民间也有许多自学成才的精英，他们也有治国理政的能力，当权者应该不拘一格降人才。你看，孙猴子归顺唐僧后，一路降妖捉怪，多有本事？后来不也修成正果，成了斗战胜佛？我想，吴承恩如果受重用，凭他的学问，也是能做出一番事业来的。古时候的精英人才并非都在科场之中。"

如玉说："很有道理啊！这个出身不知误了多少能人的前程！"

沉清说："据有些人考证，孙悟空的老家就在海州云台山的花果山。海州一向也在淮安府治下。"

如玉说："《三国演义》是不是也与淮安有关系？"

沉清说："听说，作者罗贯中也在淮安生活过，只是没找到什么可靠资料。倒是三国时的许多人和事都与淮安有些关系。比如，刘备兵败徐州，在海州云台山关中村隐居过，还得到了当地富豪糜竺的帮助，后来才得以东山再起。糜竺的妹妹糜夫人也嫁给了刘备。糜竺院、糜夫人浣衣井至今尚存。再如，刘备与袁术在淮安打过仗，淮阴郊区就有袁术屯兵的袁公浦。其他还有不细说了。"

如玉说："那《红楼梦》呢？"

沅清说："曹雪芹的爷爷曹寅做过两淮盐运使，那可是个肥缺，捞了不少钱，可后来都花在康熙六次南巡上了，因此才造成盐税亏空，被雍正抄了家。才有了这场家族巨变，遂有曹雪芹的《红楼梦》。"

如玉又问道："那《水浒》呢？"

沅清说："听说海州南郊有座白虎山，据史载，宋江就是在那里被州守张叔夜剿灭的，宋江本人，投降了官兵。至今，山上还有张叔夜重阳登高碑，山下还有梁山好汉茔。据说作者施耐庵是兴化施家桥人，也在运河边上。"

如玉问道："其他还有吗？"

沅清说："大运河沿岸的城市就是明清古典名著孕育的生活土壤。这种人文背景包括政治、军事、经济、文化等因素，为古典小说的创作提供了广阔的环境和丰富的素材，因此才能产生一大批文学杰作。除了四大名著，《镜花缘》也与淮安有关联。作者李汝珍就长期生活在海州板浦镇，其旧居还在。《儒林外史》的作者吴敬梓少年时曾生活在海州的赣榆县，也就是青口镇，那里关于吴敬梓的传说很多，他中年还写诗怀念过青口。《老残游记》的作者刘铁云就是淮阴人。《聊斋》的作者蒲松龄在高邮做过幕僚，你行船路过那里，不妨帮我搜集一些资料。"

如玉说："你看，这么一聊，还真聊出不少东西来。大运河沿线城市，尤其是海州，还真是文学富矿，如果有机会去海州一定要是认真搜集材料，没准还真能写出一篇上乘的文学论文呢！对了，《金瓶梅》中还有不少描写临清的篇幅，舅舅你不妨找来看看。"

沅清说："明清古典小说研究是个大题目，要想有所发现，只能从小处着眼。我会留意这件事的。"婉儿进了客厅，说："外面雨停了，月亮也出来了，萧湖的夜景真好看，我们一块去踏月吧！"

沅清和如玉点了点头，便随婉儿来到了湖边。沿湖走了一阵，天上忽然飘过一大片乌云，月亮顿时晦暗了。随即，雾气弥漫，湖面影黑如漆，显得有些诡异。倏地，离岸十数丈湖水中有火光闪烁，初时小如烛火，渐渐地大如火炬。光影中，隐约可见一只硕大如席的河蚌缓缓浮出水面。俄顷，蚌壳忽开，吐出一珠，晶光闪射，照得湖面如同白昼。

如玉大吃一惊，说："舅舅，这是什么东西？如此神奇！"沅清摆摆手，没吭气。

此时，巨蚌正缓行于湖中，由南向北，壳张如风帆，珠明似满月，周遭湖岸毕现，还隐隐传来一阵嘈杂的人语声。想必是湖畔居民也被惊动了。

如玉又问道："二舅，你知道这是怎么回事吗？"

沅清说："这正是萧湖有名的神珠。时出时现，没有定准。以前，神珠也曾在高邮等湖中出现过，不过很少人见过。有人说，只有出贵人，神珠才现身。明嘉靖二十年，淮安人沈坤游萧湖，神珠就出现过，后来他果然大魁天下，中了状元。"

如玉说："这么一说，这神珠出是祥瑞之兆了？"

沅清摇摇头，说："也不尽然。后来，沈坤受了诬告，不是下狱死了。"

如玉问道："这上一次神珠现身是什么时候？"

沅清说："大约在十多年前吧。听说淮安驸马巷周家一个男婴降生时，曾有凤鸟来仪，那天，神珠也在萧湖现身。一时传为奇闻。都说这家要出贵人。"正说着，天色忽然晦暗下来。再看湖中那巨蚌已渐渐合壳，珠光顿收，越来越暗，直至消失。又听"轰"一声响，巨蚌早沉入水中，在湖面上激起一圈又一圈涟漪。

婉儿说："这萧湖真神秘啊！还有什么古怪没有？"

沅清说："古怪多呢！去年夏天雨后，有人看见一条金龙泳于湖中，后来便飞升入云了。"

如玉说："对这神珠，前人书中有没有什么记载？"

沅清说："有，我们回屋去吧。等会，我就找书给你看。"到了书房，沅清从书架上抽出一本书递给如玉，说："这是宋人沈括写的《梦溪笔谈》。你看看，里边有一篇《扬州明珠》就有记载。"

如玉翻了翻书，果然其中有一段异文："嘉祐中，扬州有一珠甚大，天晦多见，初见于天长县坡泽中，后转入壁射湖，又后乃在新开湖中，凡十余年，居民行人常常见之。余友人书寓在湖上，一夜忽见其珠甚近，初微开其房，光自吻中出，如横一线，俄忽张壳，其大如半席，壳中白光如银，珠大如掌，灿烂不可正视，悠然远去，其行如飞，浮如波中，如月。"

如玉说："这神珠至今已千年，看来不容怀疑，只是不知到底为何物？"

沅清说："沈括是个严肃的学者，言之凿凿，不会是空穴来风。至于说它为何物，我也说不清楚。世间有许多事，看似荒诞，其实大有奥秘。有一年我回临清省亲，途中至山东沂水县，正值沂河发大水，河中突现一蛟，其首如牛，吼叫声也如牛，腥气弥于空中。询之当地农民，不止一次见过沂水起蛟。"

如玉心中暗村："今夜偶见萧湖神珠，不知是什么征兆？但愿吉人有天相，让我早日见到母亲。"

第二十四回
盐河船上话海州　板浦酒家会四杰

第二天起床，蓝沅清见文如玉沉默不语，说："你母亲还有几日才能回来，这几天闲着你也没事，今天下午有一个拖轮船队去海州板浦去装盐，这里到海州也就200多里地，拖轮船队去是空船，一个晚上就到了，你们在海州玩上二天，刚好这个施轮船队盐装好，你们在随船回来如何？"如玉说：这样也好，在海州我父亲有一个同朝为官旧友叫王德胜，他曾经是清光绪年间江西省南赣镇总兵一品大员，后来在海州去逝，家父经常提起这事，刚好我去海州代表家父祭拜一下，听说王德胜儿子王佐良在海州多次剿匪有功，不久前被江北行督蒋雁行委任为"海州军政支部长"，后又提升为陆军少将，领"三等文虎嘉禾乐章军政执法官官衔"。民国元年他到赣榆县主政以后，又兼任海属警备队统带官。王佐良和丁惟汾是儿女亲家，丁惟汾和孙中山都是同盟会创始人。

如玉把下午准备去海州的事告诉婉儿和蝶儿并让端木林在船上看家，婉儿和蝶儿高兴坏了，要看一看这神秘的海州到底有多么神奇。

沟通淮安和海州的河是人工河道，叫"盐河"，主要是淮北盐南运的航道。从淮安出发沿途经淮阴王营、涟水、民国时没有灌南新安镇、灌云伊山，到达海州的板浦码头。

从淮安上了船，婉儿问如玉，你了解海州历史吗？如玉笑答，我研究大运河的，海州和大运河相连，又是对外航运的出海口，不知道海州就好像人的手缺一个指头一样，所以海州非常重要，历史上是兵家必争之地。海州有盐场、港口和云台山，并且历史文化底蕴深厚，你们到海州后要多问多听多了解。说完，如玉讲起了海州的历史。

千年海州钟鼓楼

海州历史悠久，早在三四万年前，人类的双足就已踏上这片神奇的土地。当江苏大地其他地区难寻早期人类遗迹遗存的时候，境域内的桃花涧、马陵山、锦屏酒店等五个地方发现了旧石器时代的遗物遗存。

新石器时代的遗址更是遍地开花，大村发现了大型龙山时代的文化遗址，面积达二万平方米。无独有偶，在其附近的小村，也发现了同时代的文化遗存。说明早在五六千年以前，便有较为密集的人类活动并创造了文化。

江苏文明的起源地，在海州藤花落，文物工作者发现了距今 4500-4000 年前的古城遗址，遗址为双城结构，属于文明时代的产物，有学者推测该城应为虞朝治下羲和国的国都。值得注意的是，该城的东城墙下有大海淤积的痕迹，说明藤花落古城应为中国历史上出现的第一个真正的滨海城市。虞夏商周时期，这里依然是江苏文化发展的高地，大禹的父亲鲧因治水失败而死在这里。我国第一部地理书《禹贡》就特别称颂了这个地区的早期水利工程和耕作技艺。西周时期，已出现精美的青铜制作工艺和逐渐兴起的渔、盐经济。春秋时期，这里是著名的郯子国的属地；战国时期，郁洲岛更是霸主们反复争夺的军事重地，吴、越、楚等强大的诸侯国正是从这里泛海北上逐鹿中原的。秦始皇统一六国后，置朐县，并在朐界立石，"以为秦东门"。

两汉时期，海州地区政治经济和文化继续走在江苏文化的前列，汉时，盐铁业的发展突飞猛进，汉王朝在这里设置了专门管理盐铁的机构——盐官和铁官。三国两晋南北朝时期，经济文化事业较之江苏其他地区依然突出，郁洲岛出现了以糜竺为代表的商政文化和以王朗为代表的世家文化。东晋南朝时期，青冀二州便侨置于郁洲岛。

武定七年（549），海州地区被东魏占领，东魏政府废青冀二州，置海州，治龙苴（今灌云龙苴镇），领六郡十九县，后移治今海州城，从此历1400多年至今，海州地名在中国版图上标注不改。

自此，海州分别是各代州治、郡治、府治和直隶州治的所在地，历史上有"东海名郡"之称。

1912年，民国政府废海州直隶州建置，原州治辖区更名为东海县并设行政专员公署，下属"海、赣、沭、灌"，即海州、赣榆县、沭阳县、灌云县。

海州是一座逐海之城。海州地区盐场是淮北盐场的重要组成部分，淮北盐场是中国四大海盐产区之一，两淮"盐税"是历代王朝的经济支柱。海州地区煮盐的历史发掘很早，春秋时期的齐桓公凭借境内的盐铁之利成为首任霸主，西汉初期的吴王刘濞也曾借盐业之利谋求皇权。《云台新志》有"东海（海州）即淮北，而广陵（扬州）则淮南"的记载。唐代海州每年上缴淮盐两万斛。元代淮北和淮南盐税占国家赋税收入的五分之二。明清时期的海州盐场主要在灌云县板浦、中正等地。海州集海、古、神、幽、奇、泉，素有"东海第一胜境"之称。

船经过灌河和武漳河交界处在往前行就到灌云伊山了，如玉说，我讲一个大伊山的传说给大家听听。传说狼外婆的故事就发生在大伊山。

很早以前，灌云县城盐河边山的东边住大姨家，外婆家住在山西边，小姨家住仲集盐河西小山边。小姨生小孩，大姨去看小妹，外婆也去看小女儿，外婆途中被一只白狼所食，大姨在小姨家等外婆不见到来很是着急。这时白狼穿上外婆的裙子又扮作外婆来到大姨家中要吃掉孩子们，为了让孩子们相信她是真外婆，还跳舞给孩子们看。聪明的孩子们发觉狼的尾巴后，偷偷跑出门外，告诉很多小动物，其中一个动物跑到灌河与盐河交汇处找二郎神求助，二郎神派哮天犬前来大战白狼，因为哮天犬为白毛细腰之犬，以白犬战白狼，最终白狼丢下身上穿的外婆衣服逃到了江边南通去了，就是现在南通的狼山。为了纪念大姨家孩子聪明大家把这座山称为大姨山，后来因口口相传，传到现在为大伊山了。小姨家所在地被称为小姨山（小伊山）。现在从天空看小伊山地形图，像一个母亲怀抱婴儿；大伊山地形图，不同高度还可以看到狼外婆跳舞和哮天犬的形状。

婉儿和蝶儿听得如痴如醉。渐渐地天黑了，如玉说："明天早上就到海州板浦了，大家回船舱休息吧。"

夜里船到达板浦，停靠在板浦码头，在船上简单吃过早饭，如玉带着蝶儿和婉儿到板浦街上看风景，走进了板浦场盐课司大使衙门旧址，这里就是写《镜花缘》的李汝珍的故居。

于洋（左）在李汝珍纪念馆

说起这个李汝珍，他是清《镜花缘》的作者，为直隶大兴（北京）人，他的哥哥李汝璜曾在 1782 年到海州做板浦场盐课大使，直到 16 年后才离任。19 岁的李汝珍随兄长来到这里，居住在板浦场盐课司大使公署里。其后，除两次去河南做官外，一直谪居海州。到海州不久，受业于经学大师凌廷堪，与乔绍傅、乔绍侨、许乔林是同窗。李汝珍娶许乔林堂姐为妻，与板浦二许（许乔

林、许桂林）结成姻亲。李汝珍博学多才，不仅精通文学、音韵等，还精于围
棋。《镜花缘》就是他在板浦期间创作而成的。《镜花缘》挖掘了《山海经》
中的《海外东经》《大荒东经》诸篇涉及海州的一些材料，并将云台山及板浦
一带的食货物产、飞禽走兽、水利设施、风土人情、方言饮食等全部写进了
《镜花缘》这部奇书之中。《镜花缘》自嘉庆二十三年（1818年）出版问世以
来，一直受到各方关注。郑振铎、胡适、林语堂等大家对它都有研究，评价颇
高。如玉见有《镜花缘》善本出售便买了一本。

　　板浦街上人来人往，热闹非凡。如玉带着大家品尝板浦特色小吃，凉粉加
板浦滴醋、小脆饼，还有豆单等等。正玩得兴至，船工来找，说海州官方派人
来请文如玉到海州城里去。原来在淮安上船前，如玉二舅蓝沉清已安排过了，
到板浦后让船工派人赶到海州城报告给王佐良，王佐良知道后随即派人前来迎
接。在街上吃了晌午饭，就随来人去往海州。

王德胜孙山东省原副省长王裕晏在海州双龙井

中午时分到达海州城双龙井，这里建有王德胜祠堂，王佐良带文如玉祭拜了王德胜灵位，祠堂布展了这位一品大员征战南北用过的兵器，墙上挂满了各种字画，王德胜亲手书写的"虎"字，虎虎生威，威严大气。

王德胜

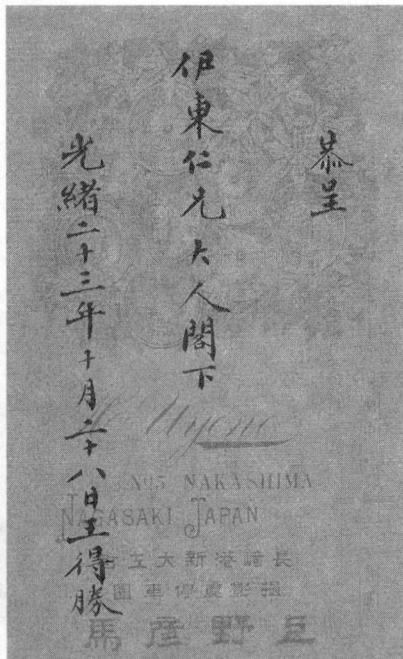

王德胜手迹

王佐良对如玉讲起了他家史。他的祖籍在海州当路村，当路村始建于汉哀帝平元年（公元前6年），西汉时，云台山地区属东海郡朐县。当路村东依九岭山而建，西有环海。传说西汉建平元年，当路王氏七世祖王尊由京兆尹任上挂官归隐，游于东海，登山观海，以为此处后世必出人杰，遂卜居此。因村落依山、向阳、当路，取名曰"当路村"。自此，遂成为当路王氏发祥地。当路王氏十四世祖，"三国时期"王朗开创了"东海王"达到了鼎盛。王朗墓就在当路村向北1公里位置，世代由王家人守护。到明正统年间，当路王氏部分人丁先后迁至山东郯城、潍县、莒南、临沭、日照、诸城一带，至今仍合族而居。清顺治年间，裁海禁边，疏散人口，王氏后裔又迁向赣榆、东海、山东鲁南一带，至开禁才部分回迁。

当路村内有明代两广总兵王鸣鹤墓，并有王氏宗祠。

王氏宗祠

明末，当路王氏祖谱和祠堂均毁，王鸣鹤祖像无处安放，暂奉于华严寺等处，因废庙宇，1922 年当路王氏重议建祠修谱，并发布修家谱公告。

东海当路庄王氏大修谱系广告

从来草有根，木有本，况人为万物之是、五伦之贵，岂可不讲究祖宗来源、枝叶派别乎。所以颜、曾、孔、孟遵礼成谱，刊定行次。虽千里之隔，一经闻名，即知为长幼尊卑，丝毫不紊，举世无不美之。及我王氏，自周灵王太子晋封于王国而得姓，子孙繁衍，传流天下。在汉哀帝元年，有陵公六世孙王尊因游东海，登崖观景，见当路村东有大山，西有环海，采山钓水，不但雅景可观，后世必出人杰，遂迁而居之焉。历年二千，历世七十，及经唐、宋、元，明清两代海贼倭寇扰乱，离散四方，谱系失修，班等紊乱，多有亲正元、尊卑不分者。……诸多丑态固难讳言。虽经诸前辈数次协力编纂……谱系难成，终归泡影。近八年前，因保祖先遗像遂发起建祠修谱事，并设立办事处，开始宣传。赖祖宗之灵，一呼百应，加我族热心者，多前仆个迷。于今八年，竟造成大殿、东西配房，皆是高大坚固，因都督公故，饰虾须兽三栋。共费大洋约四千元，共收入大洋约三千余元，所不足者，不过五百元耳。现远处未助之户尚多，谅不掣肘。但有祠无谱，仍等于零。所以不惜残喘，以求贯辙。乘此八年之阅历，各支派胸中稍具端何出。虽然才薄任重，先为千里买骏骨之计，量族中必多起而应之者。若蹉此良机，吾辈去世，后人再有热心，无头无绪，恐难着手也。望吾族酌之。特此通告。重修王氏公祠办事处公启谨将开办计划列下：

一、祠祉：东海凤城北苍梧山下，当路村。即俗称当炉村，当啷庄是也。

二、根据：有汉宋之祖墓，七十世之谱系，前明之遗像。

三、派别：有陵公后、朗公后、旦公后、玘公后、遗公后。

四、堂号：有三槐、槐荫、夜雨之称。

五、登记期：各处接信后，随及登记草谱，报到新浦办事处备参考，至九月底截止。

六、开会期：订于明年正月十五日，临时务派老成持重，富于计划者出席代表。

大修谱系广告寄出后，当路村合族代表王佐兴、王琢兴、王履兴、王硕兴四位徒步到东海、赣榆、沭阳、山东莒县、日照、诸城等地联络王氏宗亲募集资金。山东王氏宗亲捐钱活跃，他们四人来到莒县张仙村，张仙村王氏宗亲热情招待从老家当路来的族人。当时因条件有限，张仙村里王氏宗亲轮流每家一天请他们四人到家中吃住，让他们四个帮助修续家谱，并纷纷捐款帮助老家修复祠堂尽一份力。

王佐兴、王琢兴、王履兴、王硕兴四人当时找到王佐良，请他帮忙解决建祠堂遇到的实际困难，王佐良捐献了500大洋，解决了修建祠堂的燃眉之急。

灌云三山一河支系积极响应捐款捐物，徐圩支系发动全体宗亲捐款。

外地王氏宗亲到当路祠堂进香一般都在王夥兴家吃饭，王夥兴家劳力多，男丁就有 6 个"恒路、二恒、恒景、恒宜、恒璧、恒闩"，他家还开有面粉厂，十里八乡的村民加工粮食都到他家，说他"夥"字，果实多，加工粮食剩点也够大家吃的了，这当然也是笑谈。

边说边看边听，从海州钟鼓楼沿东大街走到西大街，围绕海州城转了一圈，看了文庙和碧霞宫，正在一路参观，这时一个骑马差役来报，赣榆海头有土匪从海上来袭扰，请王佐良回去议事。王佐良说，今晚我本想留你们在海州吃饭，尝一尝我们当地特色菜"红烧沙光鱼"，明天再带你们去云台山看看，看来这两样都不行了，军务在身，今晚我安排人在板浦请你们吃饭，表达一下歉意。如玉说，你公务在身，剿匪要紧，我们后会有期。如玉说完，王佐良从随身携带的包里拿出了一本他自己写的《树艺浅说》书：

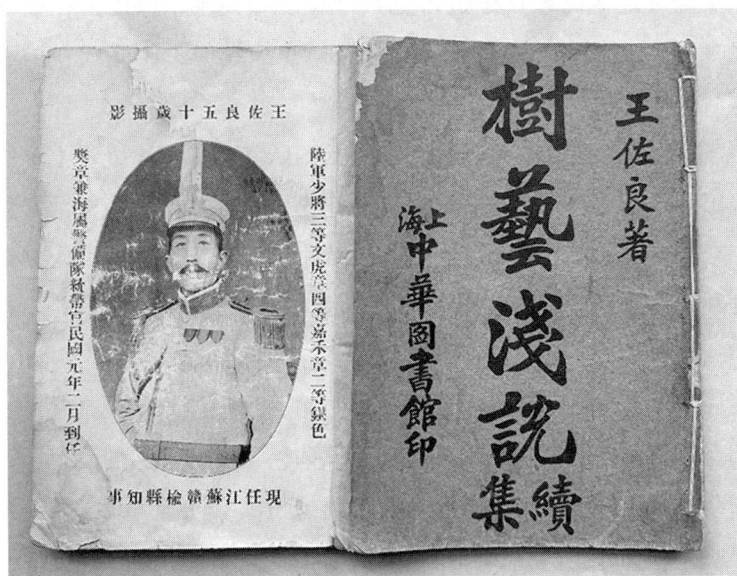

王佐良和《树艺浅说》书

对文如玉说，你来一趟，我也没有什么东西送给你，这是我写的一本有关花草树木的书，叫《树艺浅说》，你在家空闲时可以看一下，可以学点养花除草经验。这本书是我写的初稿，一共抄了三本，我留一本，赠送你一本，还有一本上次在当路祠堂祭祖后在王夥兴家吃饭，把书给了他的大儿子王恒路，王恒路在徐圩那边晒盐，盐场不长树木，我让王恒路把书研究一下，也许对盐场绿化有所帮助。说完王佐良飞骏上马直奔赣榆而去。

王恒路娶当路南山唐庄的唐氏，生七子女，其子为统界、统学、统时，统时这一支沿袭祖制开办实体，这当然是后话。

到板浦"尽美酒家"，天色已暗，王佐良安排的 4 位商人已恭候多时，大家分次座下，文如玉首先作自我介绍，几位商人也自报家门。原来他们都是王佐良好朋友，在板浦号称"四杰"，是拜把子兄弟，老大叫滕文伦、老二叫汪德林、老三叫许连生、老四叫程居凯。板浦四杰和当路王氏友谊后来一直传承并互有联姻。

老大滕文伦是盐商，祖籍海州孔望山胸山头，祖上在灌云伊山晒盐，后来海水住东退，现在中正和徐圩有盐田，家里 4 个儿子即滕兆宝、滕兆南、滕兆奎、滕兆瑶虽然是盐商家日子过得也很节俭，滕兆宝、滕兆南在徐圩负责盐田。滕兆奎后来也在徐圩发展，长女月花嫁王家统时，滕兆瑶在灌云同兴头队。滕家后代传承经商基因，生意都越做越好。

老二汪德林淮军后代，是盐主。在灌云四队和龙王荡承继祖上淮军转业安置军薪盐田和芦柴地。其子为汪庭宇娶海州书香程家小姐，在盐河上做盐和粮草买卖，家境愈加殷实。汪庭宇女儿小霞从小耳濡目染受家庭书香并兼具军人气质教育和影响，长大后从教并嫁军人家庭出身的于家。汪家富裕，板浦醋厂也是他们家族的。

老三许连生，祖籍河南平兴，后迁到赣榆又到板浦，现在是邮差，灌云境内邮件都是他负责，从板浦到燕尾港当天来回，是灌云有名的飞毛腿。他围绕大运河邮路经常往返于扬州之间随运盐船到扬州十二圩做生意，在扬州十二圩也置有家业，其子许士国在扬州娶海州当路姑娘王恒美在扬州生长子名忠宝，因许士国会厨师手艺，后来随盐商到了海州灌云境内公济公司济南场发展。

老四程居凯，原居住在海州，在石棚山置有大片房产，现在板浦店铺做船商生意，其子程申吉是教书先生，程申吉子德清娶王恒路小女儿统珍。

介绍完落座上菜，冷菜几盘，上热菜，第一道菜上的是"红烧沙光鱼"，婉儿忍不住问了一句，今天下午在海州，王佐良说"红烧沙光鱼"是海州特色菜，为什么是特色菜，其他地方没有吗？滕文伦笑着说，这个"沙光鱼"有来头，我来讲一下它的传说：

　　沙光鱼是海州地区的特产，是当地居民喜爱的美食。关于沙光鱼的传说流行各种版本。秦始皇统一中国后，于公元前212年在海州建朐县，并立石阙，作为"秦东门"，在秦帝国，海州已是能泊数十只商船的开放商埠，当时中国唯一的对外开放的门户。秦始皇四次东巡三次途经海州，留下了大量的文化记忆。

秦皇岛统一中国后，公元前212年在海州建朐县，并立石阙，作为"秦东门"，在秦汉时期，海州已是能泊数十只商船的开放商埠。秦始皇三次东巡途经海州，使之成为当时唯一对外开放的门户。（图为海州孔望山前立的石阙"秦东门"）

　　在所有事涉秦始皇的文化记忆中，徐福东渡求长生不老药最为传奇。当时有历史上不死之国的地点就是在今天的海州地区有美誉。他多次来海州，其主要的目的就是寻找长生不老草。而生长长生不老草的地点只有赣榆人徐福一个人知道具体在哪里。徐福的故里位于海州西北50公里处赣榆徐阜村境内。据《史记》记载，秦始皇为求长生不老仙药，找到了赣榆人"方士"徐福，答应为徐福建造海船、收集三千童男女和百名工匠，出海寻觅。徐福知道秦始皇是个暴君，即使找到长生不死草也不会给他，于是他带领着六千个儿童东渡去了日本，徐福率领船队出发后，秦始皇就在赣榆的海边住了下来，等待徐福返航的好消息。为了排解寂寞，秦始皇拿起了鱼竿，去海边钓鱼消磨时光。为了钓到更大鱼，他鞭打海边的石头成为栈桥（秦路），进入了深海。海里的沙光鱼见皇上来了，为了讨秦始皇的喜欢，即使秦始皇不用钩子沙光鱼也主动咬食让秦始皇钓上来，秦始皇很是开心，随口说了一句："沙光鱼像小龙王，一年一庹长，三年赶上老龙王。"沙光鱼大王听到这个消息后很是高兴，在海里的世界到处传播，海龙王得知后勃然大怒，心想沙光鱼真是不知死活，最近一段时间，许多虾兵蟹将找来告状，说沙光鱼快要将他们的子孙吃光了，本来要收拾他，只是没有找到合适的借口，现在机会来了，就不要怪我了。所以，龙王特意诏见沙光鱼大王，说："秦始皇太过分了，竟然把手伸到我的地盘里来。你不反击秦始皇就罢了，还引以为自豪。你是不是想在三年以后造反，想取代我当海里世界的大王啊。从此，我命令你们沙光鱼家族一年一重生，三年还是我的小孙孙。"沙光鱼王一听，吓得浑身发抖，他急忙来到石桥边，一动不动地等着，希望秦始皇去和龙王交涉，让龙王收回成命。可是一等不来，二等还是没来，神奇的是，时间长了，沙光鱼王竟然变成了一座山，这就是著名的秦山岛。秦山岛位于海州赣榆境内，在赣榆城东 15.3 公里的黄海海面上，面积0.1928 平方公里，东西长 1000 米，宽 200 米，主峰高 56 米，秦山岛的地形就是一条漂浮在大海里的一条沙光鱼。所以说沙光鱼也叫龙鱼，常吃沙光鱼人能变年轻和长寿。时间长了就变成了当地一道名菜了。

沙光鱼

秦山岛

碟儿说，滕老板讲了一个精彩的传说在赣榆，那么海州所属的海、赣、沐、灌都应该有故事，你们三位老板每人也要讲一个，说得大家哈哈大笑。

　　汪德林说，我来讲一个我们灌云中正的事吧，也就是前几年发生的。中正离我们板浦也就 5 里地，清光绪己亥年（1899 年）海州正堂鲍毓东、淮北盐运使彭家骐和中正场大使陈汝芬创建书院，取意业精于勤，故名"精勤书院"，1906 年精勤书院即改为精勤学堂。辛亥革命后精勤学堂更名为精勤小学，成为海州历史最悠久的一所学校。

中正街卞赓塑像

　　精勤学堂培养的学生中在清朝末期和民国初期出现了在全国有影响力的是出生在中正街的"海属地区历史上唯一的武状元"卞赓。卞赓出生于清同治七年（1868 年）灌云县中正街。从小立志崇武，执著远见，发奋拼搏。清光绪十八年（公元 1892 年）十月初四，皇帝钦点江苏海州中正场卞赓为壬辰武科中头名武状元，这是中国始于唐高祖武德五年（公元 623 年），废于清光绪二十七年（公元 1904 年）的一千多年间，海属地区唯一的一名武状元。敕封为御前带刀侍卫官。卞赓后调任两广秀将，负责镇守广州和香港。卞赓在广东的十年里，除了治军理政、打击走私贩毒，有力地维护着广东的社会治安，还帮助当地民众发展了渔业和商贸业，促进了广东地方经济的发展。在"三年清知府，十万雪花银"贪污盛行的时代，卞赓却不为金钱所动，勤政为民，中状元以后在京九年的时间里，家中从未置过田产，反而卖掉了家中二百亩土地，也没有给家中一两俸银，家属仍居故里，单身赴任。到惠州后，他的薪俸除自己用外，大部分用来接济经济困难的兵丁和百姓，他经手大量的军费，按理说是个肥差，但他从不动用一文，他常说："粗茶淡饭清贫乐，布衣麻履知足矣"。故广东民间誉他为"南粤第一青天"和"第二关天培"之称。因政绩卓著，晋升为从二品广州总兵兼香港守备。当时，孙中山、黄兴等人创立的革命组织，在广东发展很快，对清王朝的统治，有着极大的威胁作用。孙中山的革命主张对卞赓的思想影响很大，尤其是与孙中山两次会见以后，卞赓接受了孙中山的三民主义，并拥护三民主义。朝廷连下三次圣旨要张人骏、张鸣岐督促卞赓对革命党人镇压，卞赓抗旨不尊，慈禧发怒急传卞赓进京治罪。孙中山急电黄兴、胡汉民，劝阻卞赓赴京。至此，卞赓积极支持黄兴、胡汉民等人的革命活动，派遣军事人员，帮助训练革命武装人员，促使了广东革命形势迅速发展，为推翻清王朝提供了一定的军事条件。孙中山发动广州起义时，卞赓不忍"平乱"未行武事，恐朝廷怪罪，吞金而亡。广东大都督胡汉民念其对革命之举的仁义，特作厚葬。今海州中正卞赓故里有"状元第"遗存。文如玉听了以后，心情有些沉重。

许连生说，我讲一个沭阳的故事。海州沭阳县颜集是我国楚汉相争时期楚霸王项羽的随征夫人千古美人虞姬的出生地，至今仍有虞姬庙、虞姬沟、霸王桥、九龙口、项家宅等众多名胜古迹和人文典故。吴氏宗族聚居于颜集西的吴前圩、虞姬村一带。当地吴姓称自己为秦末虞姬族人的后代，之所以姓吴而不姓虞，这里还有个凄美的传说。

虞溪村前就是虞姬沟，村头跨越水面的桥叫霸王桥。在桥上极目

程嘉、许春艳、于洋、卢同根与作者（从左往右）一起在虞姬故里霸王桥

远眺，弯弯的河道婀娜多姿，徐徐的河水恬静温顺；两岸垂柳依依，河滩芦苇茂密；水清见底，游鱼成群。当年项羽带兵路过虞溪村，踏上霸王桥。

刚到桥上看到河边一姑娘在洗衣服，四目相对一见倾心，这个洗衣姑娘就是千年美人——虞姬（虞美人）。虞姬嫁给项羽之后不久，秦始皇驾崩，秦二世胡亥即位，由于秦二世的残暴，便爆发了陈胜吴广大泽乡起义，项羽和叔叔项梁带着八千子弟兵也树起了义旗，项羽从此戎马倥偬，开始了紧张的军旅生活，南征北战，昼夜厮杀。作为妻子的虞姬，随军行动，项羽战到哪里，她就跟到那里。就这样，在项羽领兵出战时，她给他鼓励，寄予深情厚望，保佑平安归来；在项羽凯旋归营时，她以翩跹舞姿，千般柔情，万般妩媚，欢歌娱曲给他祝贺；在项羽遇到挫折的时候，她便以"胜败乃兵家之常事"的话给他抚慰；甚至她还会穿了战靴，披上绣甲，骑马跟着项羽在阵上冲锋，作他坚强的后盾。有了这一强大的精神支柱，项羽越战越勇，所向披靡。楚汉相争后期，项羽趋于败局，于公元前 202 年，被汉军围困垓下，兵少粮尽，但是汉军久攻不下，刘邦心生一计，派兵抓几个楚兵过来，问他们会不会唱楚歌。刘邦将抓来的楚兵在带到垓下，开始唱楚歌，汉军一起跟随唱楚歌，顿时垓下四面全部都在唱楚歌。项羽被困垓下的士兵听到楚歌，军心大乱，认为垓下四周都是楚国弟兄，不忍自相残杀，纷纷弃刀投奔汉军。项羽夜闻四面楚歌，哀大势已去，面对虞姬，在营帐中酌酒悲歌："力拔山兮气盖世，时不利兮骓不逝，骓不逝兮可奈何，虞兮虞兮奈若何！"歌词苍凉悲壮，情思缱绻悱恻。虞姬怆然闻歌起舞，含泪相和："汉兵已略地，四方楚歌声；大王意气尽，贱妾何聊生。"歌罢收剑自刎，以断项羽眷恋之情，激霸王英豪之气，期与汉王再决雌雄。项羽携带爱妻的头颅悲愤泣别，率部出营，杀出重围，终因寡不敌众，至乌江口。刘邦早已预料到项羽必走乌江，过了乌江到东边就是项羽的天下了，但因项羽武功太强无人能抵挡。刘邦夫人吕后心生一计，让刘邦派人到乌江边沿线用蜂蜜写上"霸王必死乌江口"几个大字。河边的蚂蚁味道甜味倾巢出动吃蜂蜜，顿时沿乌江坝上出现了蚂蚁组成的黑色大字"霸王必死乌江口"，项羽赶到乌江边准备过河，看到蚂蚁组成的大字，大吃一惊，认为这是老天爷要灭他，又想到当年出征在家乡带出的 8000 士兵无一生还，也"无颜见江东父老"，并将虞姬头葬于乌江边。自刎而亡在乌江边结束了金戈铁马的一生，演绎了一段不求同日生，但愿同日死的千古绝唱。英雄和美人死了，死得荡气回肠，山悲水哀。刘邦取胜，汉高祖刘邦的皇后吕雉怂恿刘邦速派五百军士前往虞姬的家乡，将虞姬族人全部诛灭，以防后患。将士们全副武装地赶到虞姬家乡虞溪村后，把村庄围得水泄不通，然后挨门逐户地搜捕虞姬族人。然而搜查结果，庄里的青壮年都已逃光，只抓住十来个风烛残年的老人。作为项羽爱妻虞姬嫡亲的虞家，本该灭九族，也就是应该杀头，但刘邦念曾和项羽拜为兄弟，项羽为兄，虞姬为嫂，刘邦下了诛灭虞姓宗族的圣旨，心里也很懊悔，看到被押来那些白发苍苍的老人，恻隐之心顿生，他下令全部放走所抓的人。但为了不违背刑律，"头"还是要砍的，于是就又下了一道圣旨，对于虞姬的族人一律只杀姓头，不杀人头。把"虞"字的虎字头砍掉，不许姓虞，就剩下了个"吴"，虞氏宗族后人保住了性命，也就改姓吴了。所以，颜集乡周围村庄里姓吴的不少，却找不到姓虞的。虞溪村大部分都姓吴。虽然如此，但颜集的吴姓族人仍然把自己视为虞姬一族的后代。他们将村子定名为虞溪村，将村庄的一条小溪定名为虞姬沟。明末清初之际，吴氏族人专门在虞姬沟附近建筑了一座虞姬庙，将虞姬作为吴氏的骄傲。

许连生讲完了传说，大家还正在兴头上。婉儿问程居凯，程老板就你没讲了，你家原来居住在海州城，我在淮阴时听过有关《西游记》《三国演义》《红楼梦》《水浒传》等都和海州有关联，你能不能详细讲一下这些名著和海州的关系。程居凯说，好的，我讲一下，但是有点长，大家耐住性子听。

在中国文学史上，明清之际以《水浒传》《三国演义》《西游记》《红楼梦》四部古典小说最为著名。还有《儒林外史》《镜花缘》等多部著名古典小说都与两淮盐场有着密切的联系，不仅有的作者属于这块土地的子民，有的作者曾在这里生活过，而且一些内容也反映了盐场的风土人情，这是值得盐场人引以为荣的。

第一部描写农民革命的长篇小说《水浒传》是生长在淮北兴化白驹盐场、元末明初的施耐庵创作的。关于宋江起义，在历史著作有些零星的记载。《宋史·徽宗本纪》写道："淮南盗宋江等犯淮阳军，遣将讨捕，又犯东京、江北、入楚海州界，命知州张叔夜招降之。"史书上所说的招降宋江的张叔夜就曾是海州的知州。从《张叔夜传》的记载看，宋江确实是在海州投降张叔夜的。至今，海州白虎山上还刻有张叔夜和他的同僚们的题名碑。海州白虎山下旧时有一座"好汉墓"据说就是梁山英雄被俘战将被张叔夜杀害的埋骨之所。海州民间还流传着这样一首民歌："白壁虎山阴，故垒草木青。问是谁家墓，梁山好汉茔。"

《三国演义》与两淮盐场的关系主要表现在书中所写的不少人就出生在盐区，有些事就发生在这里。海州南郊石棚山下旧时有一座麋竺墓，这个官封安汉将军的麋竺是刘备政治集团中一位重要人物。他就出生在海州云台山下的关中村，他的弟弟麋芳也是刘备手下的将领。东汉建安元年，刘备在下邳被吕布击败，窜走广陵海西。麋竺亲迎刘备至故里，进小妹为刘备夫人，也就是麋夫人，并献上奴客二千及金银货币，以助军资。其后，麋氏兄妹三人都随刘备出征辅佐刘备。麋竺官至安汉将军，死后归葬故里石棚山。麋竺故居麋竺院现在仍在关中村，院内遗迹有麋竺井、麋夫人浣衣石、益州园石门楣等。

《三国演义》里有诸葛亮骂死王朗的故事。书中的王朗与历史上的儒学大家王朗有很大差距。纯属艺术加工的成分。据史载，王朗也是海州人，即海州当路人。据民间传说，王朗与麋竺有交往，刘备娶了麋夫人就是王朗保的媒。王朗死后葬在大村须弥庵（离当路村约2000米），王朗墓前有石龟、石箭等旧物。

《西游记》是吴承恩以海州云台山作为孙悟空活动背景的。吴承恩是淮安人，淮安也是淮北原盐的集散地。吴承恩笔下的花果山，七十二洞、水帘洞、美猴石、三元宫等无一不同《西游记》中的人物有关系。大村塔下的丞相府据说就是殷开山的故居，他的女儿殷小姐就嫁给了唐僧的父亲陈光蕊。在《西游记》中的灌河口孙悟空和二郎神斗法，就是以前的"二圣"港灌河港。

"开谈不说红楼梦，读尽诗书也枉然"。曹雪芹创作的《红楼梦》是明清时最伟大的一部

海州云台乡关里中心小学内的"麋竺井"

小说，具有世界声誉。这部小说与两淮盐场也有千丝万缕的关系。曹雪芹的祖父曹寅是清康熙时的江宁织造，他的妻弟李煦则为苏州织造。曹寅和李煦又同时交替担任过两淮盐政，为康熙的庞臣。康熙曾六次南巡。为了接驾，曹寅和李煦将银子花得像水淌一般。由此，便造成了淮盐税银的重大亏空。康熙去世，曹家失去了保护伞。雍正上台不久，便将曹雪芹的父亲曹頫革职治罪，并抄没了曹家的财产。曹雪芹也由"锦衣纨裤"的公子哥沦为破落户子弟。这段家世巨变直接成为引导曹雪芹创作《红楼梦》的基础。也可以这样说，没有曹寅淮盐税银的亏空就

海州花果山

没有曹家的衰落，没有曹家的衰落也便没有《红楼梦》的产生。

　　清代古典讽刺小说《儒林外史》的作者吴敬梓与盐区也有一段缘分。他是

《儒林外史》的作者吴敬梓居住地、现赣马中学内文峰塔

安徽全椒人，他的父亲吴霖起是拔贡，做过海州赣榆县教谕。吴敬梓十三岁丧母。随父在赣榆侨居。据记载，吴敬梓在赣榆，"用力于学、己有初基，登县城高阁参加宴会，作《观海》诗获得好评"。1716年，吴敬梓返回故乡全椒，从师学习。对他在赣榆这段生活，吴敬梓曾在文中忆及。他创作的《儒林外史》，指责时弊，讥刺士林，戚而能谐，婉而多讽，是书中的佳作。

如玉向窗外望去，夜渐渐深了，路上行人也稀少，对大家说，今天酒足饭饱还学了这么多东西，天色不早了，吃饭结束吧，让各位老板回家休息。席散了，如玉一行回到船上，一夜无眠。

第二十五回

沅芷被劫七星岛　匪穴救母无影踪

天刚蒙蒙亮，萧湖还笼罩在夜幕之中，如玉的舅妈丁淑珍便带着儿子大宝进了家门。她神色慌张，气喘吁吁地对蓝沅清说："不好了，出事了，大姑妈被土匪绑走了。"

蓝沅清突然被叫醒，睡眼惺忪，让妻子这么一说，一头雾水，急忙问道："别慌，慢慢说，到底是怎么回事?"

丁淑珍告诉丈夫，昨天下午，她和蓝沅芷带着大宝，从艾湖镇往家走，刚到邵家桥闸口，就碰到一伙蒙面人，不由分说，架起蓝沅芷就上了一条小船，直奔艾湖方向而去。丁淑珍只好折回艾湖镇娘家，通过黑道中人打听绑匪的来历。最后总算弄清楚了，蓝沅芷是被盘踞在艾湖七星岛的土匪绑走的，土匪头子叫邵元龙。奇怪的是，这邵元龙却绝口不提拿钱赎人之事，只是扣住人质不放。

此时，如玉和婉儿也被惊动起来了。如玉一听说母亲落难，焦急万分，当时就要回船找人商议如何救人之事。

沅清说："这件事非常蹊跷，你母亲只是一个绣娘，一无钱财，二无仇人，为什么会半道被劫，看来其中必有缘故。我们还是先商量商量该怎么办再说。"

正说着，蝶儿急急匆匆进了门，对如玉说："文公子，有人送了一封信到船上，我爹和万管家叫我送给你。"

如玉打开信一看，气得脸蜡黄。原来，这封信是无极门人送来的，大意是：他们已知道如玉的母亲被邵元龙绑走，如果如玉肯交给手中的机密物件，无极门可以从中说合，让邵元龙放人。

如玉这才知道，是无极门从中捣鬼。他更加愤恨无极门，也不愿向这些江湖败类低头，决计通过官府去搭救母亲。他将这个想法说了出来。

沅清说："凡事一经公门就麻烦了。最好还是私了。"

如玉有些焦躁，说："有什么麻烦？"

沅清说："这其一，经官用钱财铺路，少了不顶用，多了拿不出；其二，就算警察出动，武力救人，万一逼急了，土匪没准就会撕票，落个人财两空。"

如玉说："依你说怎么办？"

沅清说："是不是找一下淮城武林中大佬，让他们从中说服，再破点财。我想，土匪绑票无非是为了图财。"

如玉说："二舅，你不知道，这事无极门已经插手，弄不好就是他们买通土匪让绑票的。无极门是我的死对头，而且在江湖上极有影响，寻常武林中人未必能说动邵元龙。我想，无极门在邵元龙身上下的赌注不会小。"

沅清不便细问，只得同意如玉上县警察局报案。在县警察局，如玉费了不少口舌才请出局长顾淮杰。表面上，这位警察局局长对如玉很客气，又是沏茶又是安慰，又当场叫人立案，并答应尽快派员侦查其事，一待弄清情况，就会出警救人。

如玉很满意，便和婉儿回到了船上。

这天下午，牛儿独自一人去了艾湖。转了好几趟，他才知道事情麻烦。这七星岛是艾湖中的一座半岛，三面环水，一面通陆。唯一的一条小路设了哨卡有专人把守，外人根本进不去。如果武力攻击，万一土匪顶不住，就会从湖上遁走。牛儿回到船上，将情况告诉了如玉。如玉心头更加焦躁，连晚饭都没有吃。

第二天早上，如玉和万管家又到了县警察局。那个顾局长还是那样客气，连声说案情正在侦查当中，一有准信就派人去攻打艾湖。如玉便将牛儿侦查到的情况告诉了顾局长，说："人就在艾湖七星岛，不能再拖延，应该尽快出动警力。"

顾局长一边抽烟喝茶，一边打哈哈。

万管家拉了拉如玉，两人出了局长办公室。万管家低声对如玉说："这年头风气变了，没有什么公事公办，只有公事私办。顾局长打哈哈还不是想要钱。我看还是破财消灾吧。"

如玉头一昂："我不能助长这种歪风邪气。"说罢，扭头走了。当天晚上，蓝沅清也到了船上，和万管家等人一起劝如玉改变主意，给顾局长送礼。

如玉低头不语。

蝶儿说："我就不信七星岛防守有那么严密。今晚我就和爹爹一起进湖救人。"

端木林说："我看七星岛不是什么龙潭虎穴。我倒真想去会会这个邵元龙。"

万管家说："此事有无极门从中策划，不可能没有防备，万一冲突起来，没准土匪能把人转移到别的地方去。这事要慎重。"

如玉忽然站起身，说："人在矮檐下，不得不低头。这样吧，给顾淮杰送点钱财。送多少，由万管家定，送也由万管家去送。"

第三天上午，万管家到了县警察局，给顾淮杰送了三百块大洋。顾淮杰见到钱，态度立马有了变化，告诉万管家说：七星岛土匪的人数枪支情况已经搞清，只有十几个人，七八条枪，而且蓝沅芷还在岛上，事情好办。现在正调配警力。让万管家放心。

万管家见天将晌，便起身告辞。顾淮杰却一再挽留万管家吃了中饭再走。盛情难却，万管家便随顾淮杰到了淮安有名的饭庄文通酒家。进了包间，万管家才发现，里边已有十来个人，还有两个浓妆艳抹的妓女。万管家心话："这顾淮杰到底请的是谁？怎么会有这么多人？"

顾淮杰见人已到齐，便开始点菜，点的都是美味佳肴，好酒名烟，出手特别大方。

淮安滨河邻湖，土沃山美，物产丰饶，出产螃蟹、银鱼、黄鳝、白虾、湖鲜、芹菜、蒲菜、莲藕等水八仙河蔬、大雁野鸭等野味、蕨菜、蘑菇、白果等山珍；兼之毗邻黄海海州湾，对虾、鲍鱼、海参、鱼肚等海味也汇集于此。此外，在中国八大地方菜系中，淮扬菜独具一格，不但烹饪技法精细，而且讲究用料，凡是上档次的酒楼饭店都有招牌佳馔珍馐，食客点什么有什么，根本不用担心花钱吃不到东西。也就片刻工夫，盘碗盏碟已摆满了八仙桌，水陆兼备，五颜六色，流脂溢香，引得众吃客食指大动，喉咙山响。

警察大队队长付仁勇一边吞咽口水一边问顾淮杰："顾局长，今天点这么多好菜，是谁付账？我可是只带了一张嘴来，打平伙可不行。"

顾淮杰笑笑，瞥了万管家一眼，说："这你不用担心，反正不会叫你出血，你只管享受好了！"

此时，万管家才如梦初醒，心话："顾淮杰这龟孙子，分明是想拿我垫背，怪不得出手这么大方。"

开席后，顾淮杰、付仁勇等人一边大吃大喝，一边讲些荤话，浪声淫语，旁若无人。见状，万管家只得闷头喝酒。他已做好挨宰的准备，虽然心里不悦，但脸上却风雨不漏。

两个钟头过去，众人酒足饭饱，摇摇晃晃下了楼。顾淮杰走到账台边，大声说："来来来，付账付账！多少钱？"一边说，一边看着万管家。

万管家走了过去，将顾淮杰拉到一边说："顾局长，今天绝不能叫你破费。今天就算我做东，不必客气。"

顾淮杰一边剔牙，一边说："这多不好意思。却之不恭，下回下回。"

万管家进店将账结了，一共二百八十块大洋。他的心里非常郁闷，仿佛被人割了肉一样，但却无可奈何。回到船上，他将送礼请客的事告诉如玉。如玉苦笑着摇了摇头："一来一去，六百块大洋没了。估计这下能见真章了！"

太阳甩西时，一个警察忽然上了船，给如玉送来一封请帖，大意是：顾局长姨太太过二十岁生日，请如玉去喝酒。如玉将请帖递给了万管家，问道："你看，又来事了，怎么办？"

万管家没吭声，对那个警察说："兄弟，你先回去，告诉你们顾局长，到时我们一定去祝贺。"

警察转身走了。如玉问道："你还真打算去？"

万管家说："秃头上虱子明摆的，打秋风嘛！要是不去，那不前功尽弃了。舍不得孩子套不到狼。还是去吧。你要是不乐意，还是我去。"

正说着，蓝沅清来了。听说这事，他不住摇头，说："如玉，你还不知道，如今淮城官场的风气已经坏到极点，一塌糊涂，暗无天日。你听没听说淮城'八仙过海'的传言？"

如玉说："什么叫'八仙过海'？"

沉清说:"淮安城里有八个最坏的贪官污吏,人称八仙过海,到哪里都吃拿卡要,刮地皮,如同仙人过海,各显神通,兴风作浪,鱼虾遭殃。"

如玉道:"哪八仙你说说。"

沉清说:"酒仙,裴如海,县长;赌仙,邵鸿宾,法院院长;讼仙,赵茂夫,律师工会会长;花仙,孙德彪,工商联会长;财仙,顾淮杰,警察局局长;毒仙,付仁勇,警察局大队队长;雅仙,白显达,工商局局长;地仙,周凯,土管局局长。有的贪杯,有的喜赌,有的乐讼,有的好色,有的受贿,有的吃大烟,有的雅好古玩字画,有的倒卖地皮。这八人又称淮安八大甩子。让他们一闹腾,整个淮安城乌烟瘴气,民不聊生,怨声载道。"

万管家说:"看来,今儿要想救出文夫人,还真不是件易事。"

如玉说:"算了,跌倒滑倒,只有自认倒霉吧。还是等赴过顾淮杰的家宴再说。"

当天晚上,万管家用红纸写了一张贺帖,又封了三百块大洋,送到了顾淮杰家。一看人多,他连饭都没吃就走了。在门口顾淮杰告诉万管家说:"明天上午就派人攻打艾湖七星岛。让万管家明早去找警察大队队长付仁勇。"

第二天天一亮,万管家和如玉就到了警察大队队部,送给付仁勇一包上等云南烟土,请求他抓紧出警。付仁勇看到云土,满脸笑容,说;"兄弟这就出兵。只是还有点小困难,还得你们帮助。事情是这样,干我们这一行的,也是清水差事,除了人头费,别的也没有什么进项。按照老规矩,分别但凡警察下乡办差,尤其是全武行,风险太大,事主一般情况下都要拿点小钱慰劳一下我的手下兄弟。你看?"

万管家心想:"反正是最后一捶买卖,再出点血也认了。"便问道:"付队长,你看需要多少开销?"

付仁勇说:"也不多。你看,出警费,弹药费,车马费,餐饮费、补假费,外勤补助费,哪样少了也耽误事。这样,一个整数。五百块大洋。"

万管家吃了一惊,望望如玉。如玉点点头。万管家说:"付队长,这钱可是你定的,一口价,不能再滴滴答答的了。"

付仁勇手一摆:"不会不会,你尽管放心。"

万管家说:"这样,付队长你现在就出警。事后,我一个子都不少你。"

"痛快！"付仁勇哈哈一笑，说："我现在就召集人，兵发艾湖。一定将邵元龙生擒活捉，救出人质。"

下午四时，付仁勇带着众警察封锁了出入艾湖七星岛的陆上道路。接下来又派人喊话，让邵元龙主动交出人质。见没有效果，付仁勇便下令攻打七星岛。

如玉、万管家、蝶儿也来了，躲在一个草堆后观阵。

众警察沿着进岛唯一的一条小路匍匐推进，个个小心翼翼，但枪打得却很勤，如同除夕夜的鞭炮声，又响又密。看得出，他们是想用气势震慑土匪，以逼迫其主动放弃抵抗离岛逃跑。邵元龙手下的人枪不多，虽不像顾淮杰所说的那样，只有十几个人、七八条枪，但顶多也就三四十号人，二十来杆枪，而且多是汉阳造，设有一枝中正式，更无机枪，子弹也不充裕，抵抗了一阵，卡口处的枪声渐渐地便稀疏了下来。又过个把小时，天已擦黑。付仁勇见时机已到，便下令总攻击。一阵密集的枪声过后，几十个警察一起冲进了卡口，直捣土匪巢穴。

如玉等人也跟着冲进了七星岛。

在一个大四合院门口，如玉等人见到了付仁勇。

付仁勇推过一个小个子土匪，对如玉说："邵元龙已带人乘船从水上逃跑了。搜遍全岛，也没有找到沅芷。据这个小土匪讲，你的母亲已经逃走了，下落不明。文公子，你可以自己问问他。"

如玉拉过小土匪，问道："你能不能把具体情况说说，那个女人质到底上哪去了。你讲真话，我会叫付队长放了你，还会给你一笔赏钱。"

小土匪支吾半天才讲出真话。原来，蓝沅芷被抓进七星岛后，一直就关在四合院后的一间草棚里，由一位临清籍土匪马老四和这个小土匪一块轮流看守。蓝沅芷得知马老四老家也是临清，便央求他搭救自己，并将手上戴的一对翡翠镯抹下来送给了马老四，另外，又送给那个小土匪一副金耳环。马老四心动了，下午当班时，趁警察攻岛的乱劲，便将蓝沅芷送上了一只小舢板，带着她悄悄逃离了七星岛。那个小土匪因腿上受枪伤，被生擒。

如玉又问小土匪："你估计那个马老四能逃到什么地方去？"

小土匪说："马老四家住在高邮盂城驿街口，婆娘和孩子都在那里。他得了财，一定回家去了。你母亲很可能和他在一起，因为她是外乡人，人生路不熟，又怕邵元龙和无极门的人追捕。"

如玉手一伸，说："那副金耳环还在吗？快拿出来。"

小土匪将金耳环交给了如玉。

如玉说："你放心跟付队长走。到时间，我一定会放你。因为有些情况还要核实。"

小土匪点了点头。

望着烟水苍茫的湖荡，如玉的心里充满了失望。

第二十六回

文如玉龟山访碑　吉念祖举事荐隐

　　龟山在盱眙县城北郊，淮水在西，运河在东，洪泽湖在北，形成三面环水一面傍陆之势。加之孤高突兀，更显得险峻神秘。也就走了大约一个小时，如玉和蝶儿、婉儿已到了龟山脚下。此行如玉的路线是船由淮安运南闸经一条内河直抵洪泽湖，然后开往龟山。

　　在路边一座凉亭，三人歇了下来。龟山虽是淮海名山，与盱眙城里米芾所题"第一山"都梁山齐名，但游人却不多，举目望去，山道上只有零零星星几个人。如玉此行的目的是寻找清康熙年间南河总督张鹏翮所撰《河防志》和康熙所赐《河臣箴》石碑，据如玉父亲所撰《运河志》记载，此碑原在洪泽河神庙，后被人移至龟山，好像就在龟山寺院内，不过，当年文曾植并未亲眼看到这块两块碑，所以《运河志》内有碑名而无碑文。如玉想找到这块碑，了却父亲的心愿。

　　如玉一边喝水，一边看龟山，只见满山林木，郁郁葱葱，鲜有岩石裸露；山南有一条羊肠小道，弯弯曲曲，忽隐忽现；山间有一条涧沟蜿蜒而下，时有瀑布飞泻高挂，远望如同白练。树木之间隐约可见几处屋舍，想必是山里人家；最高处树丛中有一座高大的殿宇露出飞檐兽脊，雕窗朱门，四周断断续续环绕着一道红墙。如玉心道，这恐怕就是古老的龟山寺了。细看，龟山寺正好坐落在山顶一处台地上，峰峦环抱，前有照，后有靠，藏风聚气，不禁高声赞道："真是天下名山僧占多啊！"

婉儿忽然发现山前大路上有一辆马车正缓缓而来，车上坐着六七个人，一边走，一边似乎在指点什么。她也没有往深处想，看了片刻，便催如玉和蝶儿上山。

顺着山道走了约半个时辰，如玉一行只觉得腿酸脚软，见路边有一个茶庵，便走了过去。庵前有四五个人正在闲聊，听口音像是本地人。如玉想起一件事，便问其中一个老者："老伯，我想跟你打听一件事。"

老者呷了一口茶，说："你想知道什么？只要是关于这龟山的，我大致都能说上来。"

如玉说："听说大禹治水时降伏的淮河水神就镇在这座龟山脚上，不知能不能看到什么遗迹？"

老者答道："还有迹可寻。除了无支邪井，主要就在后山坡上。"

"那路怎么走呢？"如玉又问。

老者站了起来，指着茶庵旁边一条小路说："顺这条小路就能绕到山后，不太远。不过到了那里你们不能乱说乱动，以免神灵降罪。"

蝶儿一听说山后有古怪，顿时有了兴趣，拉起如玉和婉儿就走。

这条小路是在悬崖间开凿出来的，非常崎岖，如玉一行走了片刻就周身冒汗，加之已到六月，树林间密不通风，更加闷热，三个人的脸都红扑扑的，像刚出笼的螃蟹。

下了一个坡道，如玉一行就到了山爪上。山爪面积只有亩把地大，石头上嵌满贝壳，除了几丛野草，看不到一棵树，加之地处阴山背后，上接危岩，下临无地，河水滔滔，白浪翻滚，一望无垠，阴风阵阵，鸥鸣声声，让人感到阴森可怖，似乎有一种诡异之气扑面而来。婉儿忽然发现河边围着一团人，伸头探脑，不知在干什么，大感好奇，便走了过去。如玉和蝶儿紧紧跟上。在一块石碑状的怪石上，如玉看到了一行奇怪的文字，像是蝌蚪文，辨了半天，才认出是"大禹河水神处"几个字。可能是年头太久，字迹已经模糊不清，而且字里行间长满苔藓，一看就知道是块古碑。只是既无题款又无年月，无法判断这是何时之物。

又走了几步，如玉才看清那几个人正在拨弄一根生锈的铁链。细看，铁链穿在一个巨大的铁环上，铁环则穿在一块山石上。

如玉知道，这大约就是淮河水神遗迹了。他拍了拍一个瘦子的肩膀，说："这位小哥，你们在干什么？"

瘦子说："我们常听老辈人说这下面锁着淮河水神，传的可邪乎了。我们根本就不信，一根破铁链子能拴住妖怪，一直想把它拽上来看看。"

正说着，几个年轻人已合力拉起铁链，一边拽，一边喊号子，似乎无所顾忌。渐渐地，深藏在河水之下的那根大铁链被拉上十几丈长，盘在河坡上，锈迹斑斑，铁水横流。

如玉、婉儿、蝶儿都看呆了，而且每个人的心都悬着。几个人怕出事情，也想躲得远一些，可好奇心又驱使他们不想离开现场。

大约过了半个时辰，天色骤变，日光黯淡，黑云滚滚，大风怒吼，河水暴涨，水急浪大，涌浪撞击在石岸上，溅起一丈多高浪花。

忽然，似乎受到什么惊吓，在场所有的人都目瞪口呆，手足无措，一个个只是怔然望着铁链梢头那个半倚在石坡上的怪物。如玉壮着胆子看了一眼，只见那个怪物似人非人，似兽非兽，形似猿猴，脑袋下凹如盆，前额突出，面红如靛，两眼微开，惺忪蒙眬，如同醉酒一般；颈戴铁枷，鼻穿金铃，偶然晃动，叮当乱响；瞬间，怪物似乎苏醒过来，两只怪眼倏地睁开，金光烁烁，如同电光石火，令人不敢与之对视。如玉发现，怪物的眼神迷茫而游移，似乎还在沉思着什么。怪物手一撑，吃力地站了起来，又随即迈开双脚走向人群，脚步踉踉跄跄，哈腰垂手勾着头，很像一个刚醒酒的醉汉。怪物突然停了下来，仰面低吼了一声，其声虽低哑却有力，一时山鸣谷应，远处还隐约传来一阵雷鸣声。一个巨浪打来，溅得怪物浑身是水，它似乎真的清醒了，回首张望片刻，缓缓地走下河坡，又下到水里，转眼就被波涛淹没得无影无踪，河坡上那根大铁链也越缩越短，直至拉直成原状。

如玉等人正胡思乱想，河心突然"轰"的一声冒出一个巨大的水柱，水花四溅，如一个巨大的蘑菇云。"呀！"不知谁惊叫了一声，人群顿时炸营，四处逃散。如玉拉了婉儿、蝶儿就往高坡上跑。惊魂甫定，发现已到通向龟山寺的岔路口。三个人坐在一块大石上，边歇息边议论，婉儿连声说："危险危险，要是那个淮河水神真的醒过来，没准就把我当果子吃了。"

正说着，身后闪过几个皂衣壮汉，人人手拿钢刀，围住了如玉一行，一个独眼龙对如玉说："文少爷，我们盯你多时了。龟山是一座独山，今天你就是插翅了也难逃了。怎么样，跟我们走一趟吧！"

如玉说："你们是不是静海无极门的人？为什么三番五次跟我过不去？你到底要干什么？"

独眼龙说："我们是谁并不重要，走吧，免得我们动手，其实我们也是受人之托，并不想伤害你生命。只要你把所带的物件交出来，我们就放你一马。"

蝶儿说："文少爷，不要跟他啰唆，他们能把我们怎么样。"

独眼龙手一挥，众人围了上来，手中钢刀一阵乱劈。蝶儿叫婉儿躲在一块大石后，自己背贴大石单战独眼龙。如玉则侧向蝶儿，守住一个道口，空手与一个大汉周旋。

独眼龙连劈数刀，都被蝶儿躲过，不免焦躁，向前一步，手中钢刀刚递出，突发一支飞镖射向蝶儿左胸。蝶儿身一侧避过飞镖，一招渔翁甩竿，将独眼龙手中钢刀打落，又纵到如玉面前，一个"夜叉探海"，将纠缠如玉的那个大汉推了个跟头，她右手向腰间一摸，复一挥，两把柳叶刀直奔守在路口那两个壮汉，两人一闪，露出了一个空隙，蝶儿拉过婉儿，又招呼如玉一声："公子，快向山上跑！"

如玉等人连跑带纵，转眼冲出包围圈。独眼龙和他的手下拔腿就追。片刻，又缠住了如玉等人。蝶儿叫如玉和婉儿快走，自己断后。她与独眼龙你来我去，打了十多个回合，仍然不能脱身，渐渐地，她又被包围了起来，勉力周旋一阵，迭遇险招。

正在危急关头，山路上冲出一个大汉，手持宝剑向独眼龙大声喝道："你快住手！几个大男人围攻一个小姑娘，真丢人！"

如玉此时已返回，一看那大汉，觉得面熟，再仔细一看，已认出是在连镇巧遇的那个游侠吉念祖，便大声喊道："吉大侠，我是文如玉，快来救我！"

吉念祖也认出了文如玉，说："你别慌，我自有主张。"

他用剑指着独眼龙说："龟山佛门清静之地，你们不能在这里胡作非为，快下山去，要不然，我就要动手了。"

独眼龙说："凭你一个人，本事再大，又能拿我们怎么样？"

吉念祖突然吹出一声尖利的口号，震得树叶哗哗直响，哨音未落，忽然从树丛中涌出二三十个年轻和尚，手持刀枪棍棒，一齐逼了过来。

独眼龙大吃一惊，心话："这个龟山还真有名堂，居然隐藏着这么多武僧。"他心念一转，拔腿就向山下窜去，其余人也慌了，发一声喊，夺路而去。

吉念祖走到如玉面前："我说过，如果机缘巧合，我们还是会见面的，怎么样？"

如玉说："今天幸亏遇到你，要不然我们也许就死在龟山了。"

吉念祖说："你到这里干什么？"

如玉说："我想寻找两块古碑。"

吉念祖说："龟山寺院子里就有不少石碑，你不妨去看看。"

如玉说："好。"

吉念祖将如玉等人领进了龟山寺后，自己独自进了一间偏殿。

如玉找了一阵，果然找到了张鹏翮亲书的那块《河防志》碑和康熙《河臣箴》碑，便将碑文抄了下来。

这时，吉念祖过来了，说："茶水已经准备好，我们去喝茶吧。"

如玉进了偏殿。忽然发现神台上有一尊铁罗汉像，便问道："这座神像看上去很古老，像是元代铸造，是从哪里弄来的？"

吉念祖说："寺里不光有铁罗汉，还有一个铁弥勒像和一只铁钟呢。这座龟山寺又叫安淮寺，历史很悠久，屡毁屡修。清道光十八年，南河总督麟庆鸠工重修安淮寺。在施工时，从河里捞出旧寺的铁佛等，又重新安置在寺内。还请大文学家阮元撰记书碑立在寺前，等会，你可以去看看那块碑。"

如玉呷了一口茶说："吉大侠，你为什么会在龟山？"

吉念祖笑笑："我有我的事，你也不是外人，我可以给你透露点讯息，不久，淮泗一带就可能发出一件大事情。"

如玉刚才看见山上隐藏那么多武僧，已猜出吉念祖所说的大事情是什么意思，但却没有深问，只说道："我知道吉大哥不是一般人，绝非寻常江湖中人可比。"

吉念祖忽然压低声音说："走，我带你去见个人，是我的师祖。他最近身体和情绪都不大好，你是个读书人，帮我安慰安慰他。"

说着便将如玉带到了大殿后方丈室。一个老和尚正在坐，吉念祖上前贴着他的耳朵说了几句什么，又向如玉招招手，便离开了方丈室。

如玉抬头朝神台上看了一眼，不禁哑声失笑，神台一座弥勒佛象的脑袋上居然晾着一件青色破僧裤，看样子还没干，佛头和身上还直淌水。如玉心话："这个老和尚倒挺有意思的，全然不像佛门中人。也不知是什么来历。"

这时，老和尚忽然站了起来，缓缓走向如玉，可他的眼睛却望着天花板，而且白眼多青眼少。如玉朝他看了看，更觉得好笑：老和尚上身只穿了一件僧衣，下边像没穿裤子，光着腿，皮肤洁白细腻。再端详，发现这个老和尚须发俱白，满脸皱纹，走路颤颤抖抖，年纪至少在八十岁以上。

老和尚忽然开口了，说："文施主，叫说你是京城文中堂家的后人？文中堂那个人是个君子，当年有维新精神导师之誉，能见到他的后人，我很高兴，最近，可有什么新闻？"

如玉见老和尚面有戚容，有心想逗他高兴，便说："刚才，河中发现了淮水神，样子很怕人，像个老猿。"

老和尚淡淡地说："这不算什么新闻，我自到龟山，已经见过那东西好几次了。不是什么淮水神，而是河童，也就是古人所说的河伯，水虎，不但中国有，外国也有，我到过日本大坂瑞龙寺，那里就有河童尸骸。河童现身，主刀兵，不是什么好兆头。我告诉你，这东西只要一入水，便力大无穷，而一离水，力气还不如一个十岁娃娃呢。"

如玉吃了一惊，说："这个老和尚懂得的事情还不少呢！

刚才所说，真是闻所未闻。"正想就河童这件事情请教一下老和尚，带眼一看，发现他正坐在椅上打瞌睡，便静静地注视着他。老和尚忽然又站了起来，说："我最近做了一首'引驾行'新词，只顾一吐为快，也没推敲声韵，我念念，你帮我指正一下。"

说着便高声吟哦了起来："故都烽烟，泪眼回望长安道，是离人。断魂处，迢迢匹马南遁。难舍。榛莽丛竹，腹响如鼓茅山径，隐荒村。钱江潮，挥棹时过片帆。愁生。魂飞石城西，十面埋伏追兵近。鲲鹏翼，一飞冲天，千里入楚荆。侥幸，收拾旧部，再与妖魔鏖兵。战旗红，铁甲凝霜，几回入死出生，何凭？空万般思忆，争如归去向青灯。雄心在，人老何堪，家国如此牵情？"念完，他似乎又想起了什么，不住摇头叹气，那双老眼里还流出了几滴浊泪。

如玉心中更加吃惊，暗忖："这个老和尚绝对不是一般人。词中隐隐有一种王霸之气和征战杀伐况味，倒像个归隐山林的亡国之君。这个人到底是什么身份呢？僧乎？隐乎？王乎？还真不好判别。"直观上他觉得这首词做得不错，虽然个别地方声韵还有待推敲，但很有气势，便说："大师，你这首词做得很好，有一种铁板铜琶唱大江的豪迈之情，听了令人怦然心动，豪气顿生。晚生真不敢置喙妄评。"

老和尚笑笑说："我风烛残年，行将就木，那里还有什么豪情？分明是'风士帐下奇儿在，古角灯前老泪多'了。"

如玉也笑了，说："你是烈士暮年，壮心不已啊！"

老和尚忽然指着神台上的弥勒佛说："你看，佛也在朝你笑呢。你可不知为何要笑你？"

如玉瞥了神台一眼，只见被僧裤遮住半脸的弥勒佛真的满脸笑容，心念一转，便说："佛见佛笑。他也许是笑我今生不能成佛吧！"

"好！好！"老和尚抵掌笑道："看来你是有慧根之人，不用人指点，就能明心悟道。年轻人，老和尚喜欢你。你还没有成家吧？我送你一件礼品，将来遇到称心的好姑娘，可作为定情之物。"说着，他走到供桌前，打开抽斗，拿出一块羊脂白玉嵌金龙凤佩放在如玉手上："这块玉佩是我父亲送给我的，我老了，也需不着这些东西了，就送给你吧。"

如玉细看那块玉佩，居然是用和田山流水籽料白玉雕成，色如凝脂，晶莹剔透，纹饰精美，不像民间工匠作品，倒有一种宫廷内府风格。他心想："一个出家人哪来这么好的玉佩？老和尚的身世一定充满传奇色彩。"

正思忖间，老和尚又道："听吉念祖说，你也是忧国忧民的好男子呢！我真羡慕你们这些风华正茂、意气风发的年轻人啊！年轻就是资本，可以干许多事，即便是做了荒唐事，也可以从头再来。"

如玉说："我只是搞水利的工程师，哪里能作出什么大事。倒是老师祖像个胸藏十万甲兵，叱咤风云的英雄。"

老和尚仰天长叹一口气，说："不行了，老去方知万事休。我如今已成忧时有泪，救国无方的无用之人了。"

正说话间，吉念祖领着三个人进了屋。如玉抬头一看，大吃一惊。心里想："这两个人怎么会和吉念祖在一起？"原来其中两个人他认识，一个是仲八，一个是韩恢。还有一个老者，只是岁数比老和尚还大，身躯佝偻，满脸褶皱，白须过腹，不过两眼并不昏黯，露出精悍凌厉之光。吉念祖仿佛已看出如玉心事，哈哈一笑，说："如玉，刚才仲大哥和韩大哥听说你来了，一定要见见你。你是不是有些意外？"

如玉说："没想到，你们三人都认识啊！我想这其中一定有缘故了？"

吉念祖说："真人面前不说假话。仲大哥和韩恢都是我的同志。最近我们就要在淮阴起事，他们到龟山就是商议这件事的。详情我就不说了，这是机密大事，万一泄露出去，可是要掉脑袋的。"

如玉心里一惊，收住了话头："吉大哥，我今天什么也没看见，什么话也没听见。你尽管放心。"

吉念祖又将他拉到那个老人面前，说："如玉，这位老祖是我爷爷的主人，他的名字可是无人不知，大名鼎鼎啊！你猜猜看，他是谁？"

如玉琢磨半天，也不明就里，便摇摇头。

吉念祖说："他就是当年的太平天国忠王，名满天下的李秀成！"

如玉一怔，说："这不可能吧？当年金陵城破，忠王不是在方山被擒，后来壮烈就义了吗？"

老人开口了，说："太平天国的堂堂忠王，怎么会落在曾家兄弟手里呢？告诉你，当年我只是和曾国藩做了笔交易。曾老九九攻金陵不下，听说朝廷要派李鸿章从苏州带兵来增援，他怕被李老二抢了头功，在征得他大哥曾国藩同意后，便派人进城和我谈判。最后达成协议：我献城，他放我带幼天王出城。就这样，我和幼天王逃出了金陵，从此隐姓埋名。浪迹江湖。"

如玉说："那您后来又去了哪里？"

李秀成说："离这不远，我就隐居在沭阳桑墟。现在我已年过百岁，五世同堂了。"

一个更大的疑问又从如玉心头升起。他转向吉念祖："那幼天王又在哪？"

吉念祖看了一眼老和尚，哈哈大笑："远在天边，近在眼前。"

如玉心里忽然明白了，嘴巴张得老大，一句话也说不出来。

第二十七回

洪泽湖土匪围船　宝应城如玉揭秘

这天上午，船又进了洪泽湖。如玉站在船头，与端木林聊起了这一带的风物掌故。端木林常年在运河上来往，知道的事情很多。他告诉如玉，西边靠湖岸的水面下就是清康熙年间没入水底的古泗州城。现在水面上还能看到一些城堞。如果逢到干旱，洪泽湖缺水，就能看见古城的庙宇、街道，那座有名的泗水大圣宝塔还剩下小半截，总是最先出水。正说着，如玉忽然惊叫起来，手指着正前方水面，说："端木老伯，你看，泗州城现身了！"

端木林这才发现远处水面上帆樯无数，环水如城垣十余里，还有不少房舍，殿宇。只是水面上有雾，隐隐约约看不太清楚。他对如玉说："这不是古泗州城，而是洪泽湖海市。过去我也看过，有人说是沉入水底的洪泽镇。这一片水面下，过去都是市井人家。"

如玉说："您看没看过《虹桥赠珠》戏文里的那个水母娘娘？"

端木林笑笑："这都是民间传说，我没见过。不过，我倒看过明太祖朱元璋的祖陵，就在湖西水下，是在清初时没入水下的，天旱水浅时也常现身，两排石雕，有文武官员，有大象，骏马等，很好看。"

如玉："这一片是什么地界？"

端木林说："快到洪泽镇了，我估计再过半天，船就可以回到运河。接下来，就是宝应高邮了。"

就在这时，蝶儿过来了。如玉一直想了解端木家的武术渊源，就问蝶儿："上次，端木老伯在邳州给我讲过你们家武功的事情，只是太粗略了。你能不能给我说说，你们端木家的武功到底有什么奥妙？"

蝶儿看着端木林。

端木林笑笑，说："既然公子很想知道，你就给他讲讲吧。不过，不能胡吹。"说着转身走了。

蝶儿说："你也不是外人。我就给你说说吧。我们端木家，原籍是山东即墨。先祖是武林一代宗师，过去一直给皇家当差。明朝灭亡后，我的祖上又回到了即墨，种地为生。后来，因为在江湖上与人结下梁子，不得已才加入漕帮。先是运粮，到我爷爷一辈就改成跑散载了，兼跑人载。不过与漕帮来往还比较密切。只是爹爹不大在人前多提漕帮。"

如玉说："你能说说你们家武功属于哪一种门派吗？"

蝶儿说："我们家的武功不属于任何门派，完全是自创的。近几年，河北静海出了一种霍家拳，叫迷踪拳，很厉害也是自创的，这与我们家的拳法是一个道理。"

如玉说："我对武林中事所知甚少，你能说说端木家的武功有什么长处吗？"

蝶儿说："长期以来，江湖中人虽都尊奉端木家为北派武林泰斗，可真正了解我们家武功的人却很少。端木家武功有三绝，一是铁砂掌，二是暗器，铁链子，三是铁镐。因为我们祖上一直在皇家大内为皇帝做侍卫，经常穿便衣，而且很少带刀带枪，时间长了，就形成了自家路数，以徒手搏斗见长。"

如玉说："这么一说，你们家人的拳术没有什么套路了？"

蝶儿说："你大概也看过一些武侠小说，都把拳法套路吹得神乎其技。其实，套路除了练基本功和强身健体，在实战上根本就是中看不中用的花架子。武术讲究攻防的变化，只有出其不意才能克敌制胜，哪有按套数一招一式拆解的？真正管用的就是散手，也叫擒拿手。我爹的铁砂掌就是以三十六路擒拿手为基本功法，功力与技艺合而为一，加上下手很重。所以非常厉害。对付一般人，只须三两招就能置人死地。要是用十招以上，对手一定是江湖中成名人物。"

如玉说："那你再说说暗器吧。"

蝶儿说："你看见过孟海雨用柳叶刀吧，那就是我爹教给他的。不过，我爹的暗器铁链子，那才是他的绝技。"

如玉说："怎么？你们端木家的武功也外传？"

蝶儿说："从不外传。只是那个孟海雨的祖上也在大内做侍卫，我们两家是世交，所以偶尔也相互磋切武功，就是教人也是皮毛。真正的功夫是不传的，就是我爹爹的徒弟也只能学到六路擒拿手。"

正说着，端木林过来了，对如玉说："少爷，今晚看来要坐一夜船了，好在是顺风。船工对我说都有些困乏，想找个地方停船歇歇，可在这湖上怎么敢随便停船呢？"

忽然，蝶儿惊叫了一声，对端木林说："你看，前边芦苇荡里出来好几只小舢板子，上面还有人呢！"

端木林此时也发现了那几只小舢板，沉思片刻说："不好，一定是碰到湖匪了。他们人多，要是从四面攻上来，我们非吃亏不可。赶快关照船工把船篷放下来，然后把船撑到东岸，横着停放，到时我们几个人都站在船东侧，这样恐怕好一点。"

蝶儿应声向船尾跑去。不大功夫，船已贴近湖堤。刚停好，那几只小舢板已到了大船对面几米处。端木林抄起一杆竹篙，站在船头，牛儿、蝶儿各拿了一把朴刀，站在船尾，中间是如玉和几个船工。婉儿等人已躲进船舱。一只小舢板，又朝前划了几桨，只听一个道士大声说："端木前辈，请你把珍宝交出来，免得伤了和气。我们也是受人之托，忠人之事，绝不想跟您过不去！"

端木林说："你们是哪一家的？"

道士说："这就不必问了，都是在江湖中人。"

端木林说："船上哪有什么珍宝，早让人拿走了。"

道士突然叫了一声："给我上！"

几只小舢板一齐靠近大船，众土匪有的用刀，有的用长枪，有的用叉，有的用挠钩，一齐攻向端木父女等人。端木林挥起竹篙，连戳带扫，一时，湖匪难以跳上船来，只是中间的如玉和几个船工招架了一阵，就有点手忙脚乱，蝶儿见势不妙，掏出几把柳叶刀，甩手打了出去，有几个湖匪中招落水，但其余的人仍然拼命向船上进攻。那个道士也在中路，手中一柄长枪使得游龙一般，片刻之间，有两个船工受伤，战斗力大减。攻击船头的湖匪更多，端木林和牛儿抵挡了一阵，虽阻止了众匪登船，却无法将他们打退。情急之下，端木林扔下竹篙，徒手与众匪搏斗起来，他下手又快又狠，不断有刀枪被他折断或打飞，饶是如此，对方还是死攻不退。就在这时，他发现船后不远处有几条大船越走越近，定睛一看，桅杆上挂着黄色八卦旗，知是安清帮的船只，心中大喜，就高声对蝶儿说："蝶儿，赶快敲锣求救，两长一短。"

蝶儿已知道爹爹用意，手中朴刀狂挥一阵，逼退众匪，双脚一点，已飞到大桅下，拿过黄色八卦旗，又取下铜锣，'当当'地敲起来，锣点为两长一短，这是漕船报警的专用锣声。听到锣声，那几只船上的水手立刻落下大蓬，用浆划船，很快就靠了过来。

有的船上还响了锣声，洪亮急促，在静寂的湖面上传下很远很远。土匪们有些惊慌，那个领头的道士却不下令撤退，仍指挥众匪轮番攻击。湖光涛声之中，一片刀光剑影。

蝶儿正敲锣，忽然看见三个土匪跳上船梢，双脚一点扑了过去，连使三招擒拿手，三个土匪栽下了湖。这时，有两支箭射来，蝶儿用手一格，一支箭被打飞，另一支箭却射中了她的左肩。蝶儿叫了一声，扑倒在地。端木林一见爱女受伤，一纵飞到船尾，连发数掌，逼退众匪，欲抱起蝶儿，猛见船尾梢跳上两个土匪，他又冲了过去，忽然，他身后传来如玉的一声惨叫，回头一看，如玉已倒在蝶儿身边，他的大腿上中了一箭。端木林眼前一黑，差点栽倒。道士见有机可乘，手一招，与几个壮汉纵上了船，牛儿放下竹篙，抽出宝剑"刷刷刷"几剑，道士等人勉强抵挡片刻，便被逼回舢板，接下来又挥动手中器械轮番攻击。

眼看牛儿步步后退，只听得身后传来一声号令："掷标枪！"话未落音，十几支带着铁刃的标枪飞向各个舢板，有几个土匪猝不及防，中枪倒下。道士见势不妙，发出一声尖利的口号，几只舢板迅速掉转船头向河中芦苇荡退去，转眼就不见了踪影。

这些杆枪是来援的漕帮后裔水手们投出来的。标枪是漕帮在运河上迎敌的专用武器，由于平时经常用它来捉鱼，故而投得又远又准，用于水上作战非常有效，令人闻之色变。清道光五年正月，清廷下令严厉取缔漕帮三教，即"罗教"的三个教派潘安教、老安教、新安教，其时入教水手多达五万人。某日，一标清军在淮安洪泽湖老鸦口将数十名罗教水手围住，众水手在一个"老官"

的指挥下，在船上用标枪与官军相抗，杀死清军官兵三十余人，最终冲出包围圈。刚才那一伙人都是水上惯匪，闻知漕帮后裔水手标枪的厉害，所以才仓皇逃窜。

端木林抱拳站在船头，频频向来援的漕帮故旧致意。待他们的船走远，才下到舱内察看如玉的箭伤。这时如玉腿上的箭已被拔去，流血不止。端木林看过，暗自庆幸不是毒箭又没伤及骨头，便找出金创药为如玉敷伤。接着又为蝶儿疗伤。待如玉躺下，端木林才吩咐开船，直奔岔河口，他知道只要进了宝应湖，就能回到运河航道了。

第二天，吃过早饭，端木林悄悄将如玉叫到船舱里，说："文公子，这两天，我们迭遇险情。由此可见有人是非要置你于死地不可了。这件事干系虽大了，我却不怕，但也不想糊里糊涂的。你能说说无极门那些人为什么对你紧追不放吗？"

如玉正要开口，蝶儿进了舱。端木林脸一沉，说："蝶儿，你先出去，我找文公子有要事要说。"

蝶儿刚要走，如玉把她拉住了，说："蝶儿也不是外人，一块听听吧。"

端木林说："我是怕女孩子口风不紧。"

如玉说："蝶儿很懂事理，没事。这样，我就先说说大概吧。有些事还真不是一下子就能说清的。"

如玉心中的确有一个天大的秘密，如玉告诉端木父女，他父亲文曾植原来在大总统府办公厅工作，任副秘书长。另一个副秘书长叫裴树声。他俩的顶头上司是袁世凯的大红人，秘书长靳南荪。裴树声善于揣摩袁世凯心理。察知他想恢复帝制，便暗中拉拢湖南才子杨度等人成立了一个筹安会，积极为袁世凯称帝出谋划策，四处奔走，摇唇鼓舌，大造舆论，故而深得袁世凯欣赏，一时风头渐渐盖过了靳南荪，大有取而代之的趋势。靳南荪为保住位置，便游说文曾植同与他联手，打压裴树声，但文曾植因反对帝制，一直阳奉阴违。一段时间，裴树声与靳南荪两人斗得很厉害。裴树声经过与杨度密谋，又想出了一个固宠奇招。裴树声知道，袁世凯心里很想当皇帝，但又怕引起国人反对，更怕英美法日等列强出面干预，因此一直想找一个强大的靠山。裴树声投其所好，就去找日本驻北平领事馆小野。小野早有预谋，当时就答应了裴树声，称只要袁世凯答应将东山一部分和内蒙古全部主权割让给日本，如果他恢复帝制，日本政府一定全力支持，要钱给钱，要兵给兵。裴树声心中有了底，又去游说蒙古王爷巴图。此时巴图已说服其他王爷投靠日本人，谋求蒙古自治，但却为缺少一件象征王侯权利的传统信物，得不到大多数蒙古民众的拥戴而苦恼。巴图告诉裴树声，这件信物就是成吉思汗赤金王冠，据可靠消息，如今就在文曾植家，如果能弄到手，一切全听裴树声安排。起初，裴树声有点不大相信赤金王冠在文家，后来买通文家一个管家才知道这件珍宝，确在义家，而且大有来头。原来，文如玉的母亲蓝沅芷是明朝开国功臣蓝玉的后代。当初蓝玉率兵十万深入大漠深处直捣元帝王庭，不但俘获了元帝后妃，还意外得到了赤金王冠。后来，蓝玉因玷污元帝后妃，朱元璋欲治其罪，蓝玉听到风声，便派亲信将其一个幼子悄悄带到河间府一个亲信家，终于躲过一劫。蓝玉这个幼子便是蓝沅芷远祖，蓝家的赤金王冠便是蓝玉传下来的。蓝沅芷与文曾植私订终身时，便将赤金王冠作为信物赠给了文曾植。裴树声弄清赤金王冠真相后，私下曾找过文曾植，想以重金买下赤金王冠。文曾植得知原委后，一口拒绝。裴树声又对文曾植许以高官厚禄，文曾植不但不为所动，反而愤然辞职，去建设部当了次长。不久，文曾植又得知一个秘密：文曾植的诗词女弟子吕碧霞在袁世凯大公子袁克定家当家庭老师。一个偶然机会，她看到杨度等人写给袁世凯的称帝劝进表草稿，知道事关重大，不顾受到袁克定猜疑的危险，将底稿悄悄送给了老师。此时，文曾植虽然已得重病，身体虚弱，但仍然与南方革命党暗中有来往。他经过深思熟虑，决定乘儿子文如玉南下考察大运河的机会，将赤金王冠和杨度劝进表底稿悄悄带到南方去，劝进表作为革命党人揭露袁世凯祸心的铁证，赤金王冠则充作讨袁经费，他知道此时孙中山正缺钱，为此还曾做过证券交易。裴树声得知文如玉南下后，估计赤金王冠和劝进表底稿十有八九在船上，便暗中用重金买通无极门掌门人吴昊天，并派自己的手下马士诒出谋划策，一路追杀文如玉，企图拿回两个重要物件。谁知，裴树声千算万算，却怎么也没有想到，文如云的身边居然还藏着一个武术宗师，故而甚是扎手，做事处处不顺，屡屡受挫。

文如玉正说着，忽然觉得腿上伤口一阵剧痛，便收住了话头，直皱眉头。端木林连忙叫蝶儿帮文如玉解开腿上纱布，又重新换上刀枪药。如玉大约是乏了，不大功夫居然睡着了。端木林对蝶儿说："闺女，我们爷俩可是担着天大的干系啊！对这事你是怎么想的？"

蝶儿说："事情已到这份上了，还能怎么想？不管是浑水还是清水还不都得趟。这件事关系到国家前途命运，我们作为武林中人可不能袖手旁观，既然管了就要管到底，一定要让文公子平安到江南，赴汤蹈火也在所不辞。"

端木林说："好！我们爷俩是一个心思。就照这样办。"他忽然想起了什么，说："等改天到了高邮，文公子一定会进城去寻找他的母亲，到时你可一定要陪他去，要寸步不离，千万不能出事。"

蝶儿说："我可没有什么把握，我去还不如你去呢。"

端木林说："人重要，东西也重要。我得留在船上。"

蝶儿"扑哧"一笑："我倒忘了这碴儿了。"

第二十八回

孟城驿游子得宝　相公故武士争雄

头天晚上，下了一场透雨。天明后，忽然云开日出，大运河上凉风习习，波光粼粼，如玉的心情也变得明朗了。想到就要在高邮城见到日思夜想的母亲，他的心里充满了期待。

傍午时，船靠上高邮运河码头，如玉便带着婉儿、蝶儿进城了，直奔孟城驿街口。没费什么事就找到了马老四家。出人意料的是马老四两口都在，如玉却未见母亲蓝沅芷。待如玉弄清事情原委，不禁大失所望。原来，蓝沅芷并没有在马家待多久，只是稍做修整，便独自搭乘运河便船南下苏州了，原因是如玉的大舅蓝沅泽家在苏州，有个靠背，二来苏州离如玉老家常熟不远。蓝沅芷从二弟寄来的信中已经知道如玉南下的消息，她估计儿子必定会到经苏州到常熟。

婉儿见如玉闷闷不乐，悄悄塞给马老四老婆一点钱，便将如玉拉到了街上，说："少爷，我估计您的母亲不会有什么事情，马老四的话也大致可靠。好事多磨，还是随缘吧。"

如玉叹了一口气，说："没想到我母亲的命这么苦。都是我连累了他老人家。"

蝶儿说："事已至此，长吁短叹也解决不了什么事。还是上街逛逛吧。船上的粮食和蔬菜也不多了，得补充一点。"

婉儿说："刚才路过一条老街，我看见那边有个花鸟市场，还有几家古董摊子，少爷不如去散散心。"

如玉苦笑一声，扭头直奔老街。到了花鸟市场如玉逛了一逛。也没有什么稀奇东西，正要走，忽然过来一个老人，拦住了如玉说："有几样东西，很难得，你要不要？"说着就将一棵小树送到如玉面前。

这棵小树高不过数尺，叶子很奇特，类槐非槐，闻一闻隐隐有一股清香气。如玉问："这棵小树有什么奇特之处吗？"

老人说："这叫五谷树，普天下难以找到第二棵。"

老人告诉如玉，他老家在建湖县蒋营镇谈赵村，去年才搬到高邮。姓谈，家院内有一棵树，春天开白花，夏天结果，但往往年份不同。有时像稻，有时似麦，有时类黍，有时肖稷，有时如豆，故称五谷树。更奇特的是，从五谷树所结果实，可以预卜年景，如形似稻，则这一年稻必丰收，余可类推。还对水旱灾也有预卜作用，如这年雨水太大，果实必呈穿条鱼形。据前人讲，这棵树明代就在谈赵村。当时，丞相胡惟庸南京家里有一棵，隆庆间赵善政著《宾退录》对这事有记载。胡惟庸被处死，五谷树不知下落。万历年间，此树重现于南京，共两棵，一棵在报恩寺，一棵在皇城内。周晖《金陵琐事》提到此树，据说是三宝太监下西洋取来之物，皇宫和报恩寺都毁于洪杨之役，这两棵树也不知所修。周晖同意，万历学者顾起元在《客座赘语》中谈到此事。清初史家谈迁《枣树杂矩》也提到过五谷树，说它"造化钟神秀。"不知何年何月，这棵树又出现在里下河水乡。老人还说，他的远祖在明末做过翰林，家中那棵树，是从南京一棵母树上繁殖的。

如玉一见老人腹简很广，就问道："老人家，你读过书吗？"

老人说："惭愧，只中过秀才。如今家道早已中落，只靠侍弄一些花草过日子。"

如玉说："这棵树是怎么来的呢？"

老人说："是我用树籽培育的。十几年了，只活过这一棵。"

如玉说："那你为什么不卖给别人？"

老人说："我要的价钱高，本地人买不起。"

如玉问道："你要多少钱？"

老人说："五十块大洋，少一个子免谈。"

如玉点了点头："这棵树还有别的作用吗？"

老人说："其叶可拔毒，再剧烈的毒药也能克化，炮制蛇药，有神效。"

如玉便叫婉儿拿出五十块大洋交给老人。老人将栽在瓦盆里的树苗交给如玉。又从衣袋里拿出一包东西，说："要不是小女要出嫁，急用钱，我不会卖这棵树。一看你就是读书人，我另外送你几样东西，结个缘分。"

说着打开包，取出一块方形古墨和一匣蚕茧、几颗莲子。老人说，这块黑墨是明万历年学者顾起元自制的扫象墨，很珍贵。如玉接过古墨一看，正面有七个僧人在为大象清扫身躯。左为水盆，右为仙鹿，背面有纪文，名"扫象图赞"："象即非象，夫何可扫？非象即象，夫何不扫？玄而解之，拂拭非直，默而识之，寿多非要墨乎？吾与尔得入那罗延尘矣。"后为宝林居士顾起元题款和顾氏印章。古墨右边侧有一行小字，明程大约精制，闻之有清香。

如玉知道程大约，就是明万历年间徽墨四大名家之首。此墨已历近四百年，如凤毛麟角，何况是名人自制墨。其寓意也很好，以象喻人灵台之尘垢，须时时拂拭，方可心无妄思。他便谢了老人。

老人指着匣中蚕茧说，这叫天蚕，非寻常土蚕，自东瀛传来中土。我偶得于天山古寺一僧人之手，此蚕之丝，色黄如染，织成丝绸，颜色天成。此蚕不食寻常桑叶，只吃麻栎叶。待日后蚕茧化蛾产子，就可以繁殖了。

婉儿说，这么好的东西，为什么要给我家公子？

老人说，万物皆有定数，何物归何人，全看缘分，不瞒你说，老儿只有一女，偏偏嫁了个大户人家，却没有陪嫁。我在城中卖树已有半月，只是未见善主。今天公子帮了我大忙，我才另有表示。我老了，小女出嫁了，要这些东西也没有用了。当个人情吧。

如玉将蚕茧交给婉儿，说，你以后到江南就养蚕吧。没准也是个营生呢！

婉儿很高兴。

如玉又问老人，这颗莲子有什么妙处？老人告诉如玉，这是他亲手培育的金莲花种子，天下独一份。如玉半信半疑。因为他从未听说有过金莲花。又问道："此地有什么可看的景致？"

老人说："附近氾水镇有一座三国时的袁术墓，射阳镇有陈琳墓，可以凭吊。另外，城里还有不少园林，只是大多已残破，除了文游台，其他不值得一提了。"

如玉告别老人，直奔菜市场。

蝶儿说："公子，你花钱也太大方了，一棵树就花五十块大洋。"

如玉说："这种事不是你能懂的，五十块大洋既成人之美，又得了四宝，不值得吗？"蝶儿一想也是，便不再吭声。

如玉来到了文游台。这是宋代词人、秦观少年读书处，苏东坡等人曾来此游览，后人便筑台纪念。文游台三进院落，雕梁画栋，富丽堂皇。如玉一见院墙上有不少碑刻，便一一观看起来。山门口，商贩不少，多是卖秦邮董糖和双簧鸭蛋的。如玉便叫婉儿买了一些，准备回江南送给亲友。如玉见净土寺离这不远，又去了一趟，登上宝塔一看，高邮湖烟波渺茫，大运河一线逶迤，河上百舟争流，帆影片片，高邮城万家灯火，栉比鳞次，极为壮观。他忽见运河边有一座古庙，甚是深广，不知何方名胜，一位老人告诉他，这镇国寺没什么名堂，真正好看的是明代的盂城驿。沿大运河过去有上百个驿站，可如今只剩下高邮这一处了。

如玉便和婉儿、蝶儿返回了盂城驿。

驿站建在一条小巷内，过了牌楼，进了大门，五进院落，分三条中轴线，青砖黑瓦，极为古朴，一看就知道是明代建筑。在南昌桥 19 号院内有一匹石马，如玉就进门问一下，这家主人姓胡，是开驿站的。如玉问这石马是干什么的？

胡老先生说，过去驿站来往全靠马匹，所以建有马神祠，祠已不再，只余下这石马。

胡老先生又引如玉到了院内，说，这里有数十间客房，来往官员到了高邮，驿丞就派人到运河堤接官亭去接，然后高邮州官便在驿站皇华厅拜望。接着便安置在驿站管人吃马喂，官家民间来往信件物件，则由驿卒骑马往下面驿站传送。驿卒分马夫、水夫、轿夫、馆夫等。

如玉问，这里有什么珍奇的宝贝吗？

胡老先生，驿站有三宝，一是雕刻，木、石、砖雕极有名。二宝是文天祥亭，1276 年，文天祥兵败逃亡途中曾在盂城驿饮马塘登舟南下抗元，因建亭纪念。三宝是蒲松龄墨迹诗轴，当年蒲松龄在宝应县做幕僚，曾游盂城驿赋诗，蒲氏所著《聊斋志异》有盂城驿审问犯人的情节。

如玉说，还有什么名人到过这里？

胡老先生说，多了，你看墙上的几十块诗碑就知道了。对了，马可波罗来过这里，乾隆下江南也到过盂城驿。1913 年 1 月这里才撤废呢。如玉见壁间一块碑上记载，盛时驿站有厅房 200 间，驿马 130 匹，驿船 18 条，水夫、马夫 200 名。盂城驿集邮驿、公馆、交通、漕运于一身。知道它对写《运河志》有帮助，就抄了下来。

如玉听说祖籍海州当路村清代著名学者王念孙、王引之故居离这不远，胡老先生便带着如玉和婉儿、蝶儿去瞻仰。小小四合院，翠竹森森，花木扶疏，很静，仿佛主人正在午睡。墙上挂着王念孙、王引之父子二人手书的对联、诗词条幅，极为古雅。如玉见时间不早，和胡老先生聊了几句，就告辞返回码头。后来胡老先生的后代胡天余也来到海州从事园林绿化工作。

端木林一见到如玉，就将一封信交给了如玉，如玉一看，大惊失色。原来这是高邮武林中人送来的一封比武信函，邀端木林两日后在茅塘港口相公坟比武。

如玉说，你不去不就行了吗？

端木林说，你不知武林中规矩。他们尊我是大宗师，前辈。

我不去能行吗？不去表示认栽，下一步肯定会对你有所举动。

如玉说，可去了也会有麻烦的。

端木林说，是啊，所以得商议一下。

如玉问，他们准备比几场？

端木林说：比三场，一方出三人，三场两胜。

如玉说，你的意思呢？

端木林说，我想和蝶儿，牛儿去一趟，我想有我们三个人，也未必输给他们。

如玉说，赢了怎么讲？

端木林说，起码当地武林中人也掂出了我们的分量，我们可以平安离开这里。

如玉说，那只好这样了。

二日后下午，端木林等人按约来到了茅塘港口。如玉一看，野地上有一个特大的坟场，有石碑、石人、石凳、石牌楼，楼前有一块空地。看了碑文才知道，这块20余亩地大的古坟场，原来是明代丞相汪广洋的家族墓葬，中间那座大墓就是这位故相埋骨之所。汪广洋高邮茅塘人，后来因为与胡惟庸争权被朱元璋处死。

对方的主事人也到了，叫武少宁，是高宝一带金刚拳掌门人。另外四个人，一个是天山神居庵老尼妙常，拂尘剑掌门人，一是柳堡的柳柳居庄主张允武。内家拳当家人，一是新开湖匪首白化文，以铁布衫出名，一是汉留镇乡绅李一亭，以太极剑著称。

武少宁与端木林见了礼，然后双方各自做了介绍。

端木林说，你我素昧平生，武掌门为何要跟我比武呢？

武少宁说，我也不想瞒你，我同无极门掌门人有过交往，当年我到天津走镖，遇到强人拦路，就是无极门出手相助才解围。

如今吴昊天有事找到我，我也不能推辞，所以就想了这么个办法。

端木林一见对方是个爽快人，心里也就轻松了。说，你看我们怎么比呢？是用拳脚，还是兵刃，还是暗器，还是功力武少宁说，随便比什么都行，当然还是以拳脚为好。不过要用兵刃也行。

端木林说，就依你吧。

武少宁手一招，汉留太极剑李一亭出了人群，站在场中，双手一抱，端木老前辈请赐教。

端木林和蝶儿商议了一下，以为派牛儿出场比较好，一是牛儿剑术不错，二来，牛儿无名，对方一定小视，可以以暗击明。

端木林向牛儿挥挥手。

牛儿走到场中，抱拳行了个礼。

李一亭说，不必客气，你出招吧。

牛儿的剑法属武当派。也是内家剑法，讲究以功力驭剑，绵里藏针，环环不断。他知道李一亭不会先出招。剑一撩，一招指天画地，刺了出去。李一亭见牛儿也是内家剑法，点了点头。剑花一挽，还了一招举火燎天。牛儿剑又递出，李一亭想试试对方内力，挺剑一架，双剑互交，铿然有声，一股强劲的内力立即传到牛儿右臂，手腕一震，退了数步，他暗暗称赞，看来这个无极剑李一亭也不是浪得虚名。心中不敢怠慢，牛儿揉身而上，手中宝剑虚晃一下，一招流星赶月，疾刺对方左肩，李一亭剑走偏锋，向下一打，黏住了牛儿的宝剑。牛儿一抽，李一亭顺势而走。牛儿居然未将剑撤出，他心里焦急，使出一招两败俱伤的打法，宝剑向前一送，直刺李一亭下腹。李一亭心念一动，手腕一翻，将牛儿剑招化解。两人又斗了十多个来回，难分胜负。李一亭是高宝湖一带成名剑客，见斗了这么久居然赢不了一个无名的毛头小伙子，心里也有些焦躁，架势倏地一变，剑花连挽，一招天风海雨劈向牛儿，牛儿举剑就架，不料对方已变招，一连刺出三剑，分袭牛儿上中下三路，牛儿心一慌，连连后退汗如雨下。李一亭得势不饶人，一招李广射虎，直刺牛儿左腕，牛儿举剑上撩，李一亭叫了一声；"撤剑"！一剑劈出，剑脊正中牛儿右腕，牛儿手一麻，手中宝剑当啷坠地。牛儿满脸通红，气喘吁吁，怔在场中。

先输一场，端木林有些烦躁，衣服一甩，就要上场。蝶儿说，让我先上。说着，双脚一点，到了场上。

武少宁向老尼妙常点了点头。妙常手持拂尘到了场上，问道，小姑娘你使什么兵刃？蝶儿说，前辈手中只有一柄拂尘，是法器不是兵刃，我就以徒手向你请教几招吧。老尼呵呵冷笑一声，说，江湖上称我为拂尘剑，叫你用兵刃你托大，那我就不客气了。你出招吧。蝶儿知道这排尘外边是用马尾做成，内中含有细钢丝，使出来的确不亚于一柄宝剑，更何况是个软兵刃，极为灵便，不敢怠慢。心想不如试上几招，看妙常功力如何，云手一翻，使了一招银河飞渡，攻中有防，欲进还退。老尼见蝶儿小小年纪，拳法十分老到，"噫"了一声，拂尘一挽，扬手击出，其势疾如流星，蝶儿早已做好准备，不避不让，双手一合，一招童子拜佛，夹向拂尘。老尼回势稍缓，拂尾已被蝶儿夹住。老尼脸色一沉，身形一转，以尘柄撞向蝶儿下腹，尘柄有镶铁尖刺，如被刺中，蝶儿必命丧当场，蝶儿无法躲避，双掌一松，一招冰河倒淌，撤下一丈多远。

老尼叫了一声，哪里走，脚尖一点，一个燕子三抄水，已逼到蝶儿身边，手中拂尘又盘头扫来。蝶儿头一低，右掌劈出，掌风一震，拂尘偏斜，蝶儿飞起一腿，踢向妙常。妙常拂尘剑法功夫造诣极深，但于拳法却平常。不及招架，身形一扭，躲过一掌。蝶儿用的这套掌法是绵掌十八法，讲究以短击长，贴身缠斗。见妙常趋前，她一连劈出三掌，其快如风，妙常连连后退。蝶儿虚晃一掌，连环腿已踢出，妙常勉强躲过一腿，突见一腿踢来，避让不及，一个跟跄，跌倒在地。蝶儿上前将妙常扶了起来，说，多有得罪了，承认。

妙常悻悻然出了场。

武少宁是高宝湖一带武林领袖，一见妙常败下阵，知道还有最后一场，更何况端木林又是武林宗师，不好叫别人只好亲自出马。他双拳一抱，忽地一拳打向端木林，虽手法平淡无奇，但力大招沉，虎虎生风，不愧金刚拳名家。端木林后退一步，躲过来拳，武少宁抢上一步，左右开弓，连击两拳，都被端木林化解，武少宁三拳不中，大喝一声，一招双峰贯耳扑向端木林。

端木林已让了三招，见对方出手凶狠，抢步上前，一招蝴蝶穿花，绕到武少宁的背后，右掌轻轻按出，武少林反手刁住端木林右腕，叫了一声，"开！"用力一拉，满指望将端木林拉倒，谁知如同碰上巨石，纹丝不动。武少宁心中作慌，连忙松手，谁知端木林已反手扣住武少宁手腕，武少宁连挣三次，未能挣脱。此时只要端木林手腕一拧，武少宁右手就会被折断，情急之下，他飞腿踢出，端木林高叫一声，起，手臂一扬，将武少宁从头顶甩了出去，武少宁嘭一声，跌出一丈开外。端木林双腿一晃，单膝跪地。他站了起来，走上前，拉起武少宁，说："武师傅，你我各有输赢，打了个平手。多谢承让！"

武少宁明知是端木林手下留情，故意跪地认输，为自己留了一个面子。心存感激，双拳一抱。说："老前辈，功力深不可测，佩服。你放心，吴昊天的事情，我不会插手了。"说罢，手一挥带众人离开了相公坟。

如玉走了过来，对端木林说："你刚才为什么故意落败？应该好好教训一下这些不知天高地厚的家伙。"

端木林笑笑："江湖中事，你知道的还少。我这叫败而不败，胜而不胜，都是武林中人，各自留一线，日后好见面嘛。"

第二十九回

返界首访贤中伏　神居庵遇旧惊魂

　　高邮临河濒湖，水网纵横，交通便利，自古以舟代车，而且到处都能雇到船，也很便宜。翌日早晨，如玉在运河码头租了一只单桅沙船，与婉儿、蝶儿直奔界首镇去找一个高人。

　　如玉此行的目的是拜访一位隐居乡间的治水奇人。他是从码头一位老人口中得知此人消息的。此人叫赵倚楼，前清贡生，在河督府任过职，参加过多次治理大运河，不但积累了丰富经验，而且家里有不少关于运河的史料。如玉觉得这个人对他撰写《运河志》太重要了，故而不惜逆水而上，重返界首镇。

　　端木林听说如玉要去界首镇，曾作出劝阻，认为高邮地面不靖，土匪太多，还是不去为好。牛儿也反对。但如玉是个办任何事都很上心而又固执的人，任人如何劝阻，都不愿意改变初衷。他说，我这次下江南，最重要的任务之一就是为撰写《运河志》搜集资料，如今发现活档案，怎能错过呢？端木林听了只是摇头。为了安全起见，他便叫蝶儿陪如玉、婉儿前往界首。

　　界首镇位于宝应与高邮交界之首，故而得名，离高邮只有几十里路，故而走了二三个钟头就看见界首码头了。举首回顾，运河波涛滚滚，船来舟往，船号时闻，两岸杨柳青青，屋舍掩映，远处高宝湖水天一色，鸥鸟盘旋，一派水乡风光。如玉不禁吟起宋代诗人杨万里两句咏界首的诗："岸岸皆垂柳，门门一钓船。"

　　婉儿说，这首诗是描写界首的吗？

　　如玉点点头。

婉儿又问道，这么个运河小镇，一点都不热闹，那些文人哪来的诗兴呢？

如玉说，界首可是个古镇，宋代就有了，当时河畔有座大庙，叫永兴寺，过往的船只常到这里烧香拜佛，慢慢便有了村庄，最初叫永兴庄。元代改名界首，朝廷于此设立界首驿站，慢慢地就热闹了起来。著名词人萨都剌在《过界首碑》一诗就曾这样咏道："野老柳荫沽黍酒，行人马上得家书。"明洪武年间，界首进入极盛期，驿站拥有房屋60多间，驿马130匹，差夫，马夫，水夫，旱夫，兽医配套齐全，这河对岸还设有专门送信的机构递送所。

婉儿说，这里有没有什么特产呢？尤其是好吃的，我倒想买一点。

如玉说：这里还真有一样特产，陈西楼五香茶干，始产于明嘉靖年间，清朝乾隆皇帝下江南时，龙船经过界首，忽然闻到一股奇异的香味，便差人寻找，原来是五香茶干。乾隆皇帝便叫人买了一些佐茶，觉得味道确实不错，还将界首五香茶干列为朝廷贡品呢！

婉儿说，让你这么一说，我的口水都要流下来了。下了船，如玉和婉儿、蝶儿又雇了三头毛驴，赶向水西村。谁知，到了赵家，居然大门紧闭。问了邻居才知道，赵倚楼的姐夫过寿，赵家大小一大早就到邵伯喝寿酒去了。如玉大失所望，对婉儿说："我们先找个饭店吃点饭，然后就回高邮。"

路边这家叫绿柳居的饭店很大，前面有几间客厅，后面有一个灶间和十来间客房。主人是个年轻妇人，不但长得水灵，而且收拾得整整齐齐，油头粉面，花枝招展。她一见来了人，连忙上去招呼。如玉便挑了一个靠窗户的雅座坐了下来。问女主人："你这里可有什么拿手的饭菜？"

女主人说："这里主要做水席，全是河里湖里的鲜鱼水菜，原汁原味，在这一代有些名气呢！"说着将菜单递给了如玉。如玉点了几样，便离席到了店门口。屋里有些闷，他想透透气，蝶儿不放心，也跟了出来。

如玉举目朝四周看了看，只见田畴万顷，葱茏如染，杨柳含烟，沟河如织，不觉长长出了一口气。

蝶儿说："公子，这乡村景色也颇有可观之处呢！我想要是在这里安个家，日子过得一定很滋润。"

如玉说："地因人情方可爱。要是这里一个熟人没有，更没有自己心爱的人，恐怕就是美如天堂你也不愿意一个人待在这里呢！"

蝶儿说："这倒也是人之常情。公子，你要是在这里要个家，我一定负责保护你。"

如玉说："那你一辈子不出嫁吗？"

蝶儿说："像我这样的野丫头谁要呢？"

如玉说："怎么会没人要呢？只怕你心太高，不知找什么样的人才称心如意！"

碟儿说："我要找就找像公子这样知书达礼、见多识广的人。只可惜没有这个缘分。"说罢她深情地看了如玉一眼。

如玉脸一红，连忙掩饰，说："你饿没饿？等会有了好酒好菜，你可多吃多喝一点。这些天，你们父女为我真的操了不少心，等会我要好好敬你几杯。"

蝶儿说："白天比武回来，我就觉得浑身困乏，看什么都不想吃。"

如玉说："那个老尼的武功不俗，我想你一定是耗损了内气，才导致胃口不佳的，我这里有九珍冰雪丸，颇能滋阴补气，你不妨吃两颗。"

说着就掏出几粒药丸递给了蝶儿。

蝶儿闻了闻，有点香味，尝了尝有点甜，就服了下去。她问道："公子，这药丸是哪来的？"

如玉说："是我自己按古代药方自制的。"

蝶儿说："你还懂得医道？"

如玉说："读书人不能成为良相，就应成为良医。我对医道懂些皮毛，忘了告诉你，这九珍冰雪丸还能解酒和化毒呢！"

蝶儿说："你能再送我几丸吗？"

如玉点点头，又掏出了几丸递给蝶儿。

正说着，婉儿隔窗叫了一声："吃饭了！"

两人便进了屋。如玉和婉儿一看上的几样菜很精致，酒也不错，便大吃大喝起来。蝶儿胃口不好，应景吃了几口，便放下筷子。

如玉见蝶儿没怎么动筷子，倒了一杯酒递过去，说："你也喝一杯酒吧！"

蝶儿接了过来，欲饮又止。

如玉又劝道："酒能提神通气。喝吧，只一杯！"

蝶儿便喝了下去。她又勉强吃了几口饭，便倒上一杯茶，喝了起来。她忽然觉得有些困乏便迷迷糊糊打起盹来。也不知过了多长时间，蝶儿睁开眼来一看，只见如玉、蝶儿都已趴在桌上，人事不知。蝶儿一机灵，知道事情不妙，便想着站起来，谁知挣扎半天，仍然筋酥骨软，头昏脑胀，就是支不起来。

女老板带了几个壮汉走了过来。女老板说："将他们捆了！"

几个壮汉拿出绳子，如玉、婉儿浑然不觉已被缚住双手。蝶儿挣扎了几下，也被捆了起来，心里一急，昏了过去。女老板说："先把他们这几个抬到后院去。等天黑再说。"

恍惚之中，蝶儿觉得走在一条弯弯曲曲的小路上。举目四顾，前方一座奇峰，烟雾缭绕，晚霞似水，夕照彻天。山路两旁长满青松，山风吹过，松涛阵阵，如同天风海雨。一泓瀑布从山间直泻而下，如同白练，飞珠溅玉，山涧两旁山花烂漫，香气袭人。忽然，如玉从对面走了过来，两人便手拉手向前走去。片刻，前面坡边上闪出一个农家小院，茅舍数间，四周环以短篱，篱上牵牛花开得正盛，一条小溪从门口汨汨流过，两岸翠竹万竿，迎风罗拜。两人走到一座桥上，一边观景，一边交谈。桥上长满青苔，又湿又滑，似乎很长时间已没人来过。忽然，一只巴扇大的七彩凤蝶从花丛中飞了出来，在两人身边飞来飞去。如玉伸手就去捉，脚底一滑，惊叫一声，跌下深涧。蝶儿大惊，飞身扑了下去。到了涧底，蝶儿见如玉正在波涛之中挣扎，便想游过去救如玉，不料手足似乎已被水草缠住，动弹不得。蝶儿死命一挣，猛地醒了，原来是南柯一梦。蝶儿定了定神，朝四下看了看，只见如玉、婉儿缩在墙角，兀自昏睡不醒。她试着动了一下两臂，发现自己也被绳子绑住了，心头一急，又昏迷了过去。

蝶儿被关的小屋本来光线就暗，天一黑，更是黑咕隆咚。蝶儿知道时间拖得越长，脱身的机会越小，不顾头疼，试着挣了挣双臂。还好，绳子捆的并不太紧，似乎也不太结实。她运了一口气，发力一挣，绳子居然未断。她定了定神，便运起缩骨功，渐渐地，双臂上的绳子变得松了，双臂一抽，脱了出来。她活动活动手脚，还灵便，心中不觉一松。朝四周看了看，发现这间屋子后墙有一个小窗户，上面钉了木挡。房顶上有一个天窗，隐约有亮光透进来。墙角里还有一口水缸。她走过去，舀了一瓢冷水喝了下去，便去喊如玉和婉儿。叫了片刻，两人仍然未醒。蝶儿知道药性还未过去，心中着急。她猛地想起身上的九珍冰雪丸，便掏出来，倒出几粒，用冷水分别给两人灌下，又将剩下的冷水浇在他们头上。好大一会儿功夫，如玉、婉儿终于醒了过来。蝶儿解开绳子，将他们拉了起来。如玉问："我们怎么会在这里？"蝶儿轻声说："我们中了老板娘的道了，赶快想办法逃生。"婉儿问："门一定被关死了，怎么逃？"

蝶儿说："我已经想好办法。"

突然，门外出现了几支火把，只听一人说，去看看去，没准这会人还未醒呢！

门开了，一个人举着火把走了进来。蝶儿劈手夺过那个人手中火把，又飞起一掌，将那人打到门外。

外面一阵慌乱，大呼小叫之声不绝于耳。不大功夫，门外已聚集了十多号人。女老板过来了，说："给我往屋里冲！"

蝶儿已经将屋里的木床、柜子堆在门口，见门口出现三个人，手一扬飞出三把柳叶刀，中刀人哇哇直叫，抱头鼠窜。蝶儿高声说："我这刀有毒，谁进来我就打谁。"

女老板迟疑不前，便与几个人悄声商量起什么来。

蝶儿悄悄对如玉、婉儿说："这个院子很深，即便跑出去，也可能被他们捉住。只有想办法惊动附近庄上的人，才可能有救。"

如玉说："你要我干什么？"

蝶儿掏出几把柳叶刀塞给婉儿，说："门口有人，你就胡乱甩刀，他们有所顾忌。"又对如玉说："万一有人猛冲，你就下狠招。我去去就来。"

蝶儿施出壁虎游墙功，上了天窗，飞起一掌，将窗档打散，举着火把上了房顶。她仔细一看，见十几间房子都是草顶，便将手中火把朝对面一间大房子甩了过去。茅草被点着了，越烧越旺，风助火势，与它相接的几间房子也着火了。只听女老板说："不好，快救火！要不等会肯定有人来。"众人便散开救火。

蝶儿回到房内，对如玉、婉儿说："我们现在可以走了。"

如玉问："怎么走？"

蝶儿不吭声，走到后窗前，飞起一掌，将窗档打断，对如玉说："你和婉儿先走，我断后。"

如玉、婉儿艰难地爬了出去。

蝶儿见院子里乱成一团，也出了房，拉起婉儿就往后门跑去。

这时，十几间房子已全部着火，大伙熊熊燃烧，火光彻天。

蝶儿等人绕过一条小巷子，正找路径，突然一张大网凌空而下，将三人罩了个严严实实。

天刚亮，如玉被一个大汉带到了一间房子里。扯下黑布眼罩，他才发现，自己似乎已不在水西村，而是好像到了山上。因为透过窗户，他分明看见一座山峰孤高而突兀，峰顶松林间还挂着一道瀑布，他心里更加觉得不安。门开了，一个俊俏的少妇走了进来。如玉看了她一眼，觉得有些面熟，可却又想不起来在什么地方见过此人。

少妇发出一串银铃般的笑声，说："文公子，你认不得我了？"

如玉摇摇头："我不认识你。"

少妇说："我就是拂尘剑神山老尼妙常啊！那天在相公坟比武，我俩照过面。你一表人才，给我留下很深印象。"

如玉说："你那天可没有这样年轻漂亮。"

妙常说："我会易容术。今天这个样子才是我的真面目。其实我没有那么老，比你也大不了几岁。"

如玉说："妙常师傅，你不讲信义。那天比武，明明是你们输了，说好不再为难我们。为什么又设局陷害我们？"

妙常说："我也不想跟你打哑谜。实话跟你说吧，那天比武之后，无极门的人确实找过我，让我帮他们，还许下重金。不过被我拒绝了。今天请你来，绝不是无极门人的主意，而是我的主意。"

如玉说："你想干什么呢？"

妙常说："是这样，一来我比武输给了蝶儿，我心里不服气，想报复她。二来，我这里需要你这样能文能武的人，想让你入伙。"

如玉说："你是个出家人，怎么会叫一个男人入伙？"

妙常说："我除了是个尼姑，还是个山大王。高邮地界的这座天山就是我的大寨，神居庵就是我的大本营。我这可有不少手下呢。"

如玉说："我一个搞水利的，对你能有什么帮助？"

妙常说："作用大着呢。我想让你留在山上帮我，还有我需要你的钱财。"

如玉说："我哪里有什么钱财？别听人胡说。"

妙常说："谁不知道你船上有奇珍异宝。只要献出来，我就会放蝶儿和婉儿回去。要不然，我就把你们交给无极门的人，他们会给我赏钱。"

如玉沉吟片刻，说："你占山为王为的是什么？如果是打家劫舍我什么都不会跟你谈。如果是劫富济贫，有什么事倒是可以商量。你究竟是哪一路的？"

妙常说："这样吧，我带你去参观一个地方。"说着，便将墙角一个暗门拉了开来，拉着如玉下了地洞。片刻工夫，已到山洞主厅。如玉一看，大吃一惊，大厅对面摆着一口巨型红漆棺材，墙上还有彩色壁画，龙飞凤舞，仙人如云，一看就是个古墓。他问妙常："这是什么地方？"

妙常说："我们现在已到天山腹部。这里是个古墓，墓主人是汉代广陵王。里边的珍宝已被我用来招兵买马。如今这里是藏兵洞。"

"你这里哪有兵马？"如玉十分诧异。

"啪啪！"妙常拍了两下手掌。瞬间，耳室里转出数十支火把，随即涌出几十个壮汉和少女，人人都拿着刀枪棍棒。妙常说："他们就是我的兵。这几十号人要吃要喝，都离不开钱。"

如玉说："你们只是一帮占山为王的土匪，你我道不同不相为谋。"

妙常的脸沉了下来，说："文公子，天山上的秘密如今都被你知道了，你如果不配合，今天只有死路一条。"

如玉闭上了眼睛。

妙常从腰间拔出一把匕首，凑到如玉身边，缓缓举了起来，说："文公子，你真不怕死？"说着举刀就刺。

"住手！"一声断喝，过来一位中年人，伸手抢过了妙常手中的匕首。

如玉觉得刚才那个声音很耳熟，睁眼一看，却是韩抠，心里大喜，扑了过去，说："韩大哥，你怎么会在这里？我不是在做梦吧？"

韩抠说："不是做梦。天山是我的地盘，我常来这里，没想到，大水冲了龙王庙，险些伤了恩人的性命。"

妙常问韩抠："韩首领，怎么你认识文公子？"

韩抠说："岂止是认识，文公子还救过我的命呢。他是个富有正义感的水利专家，你可不能胡来。"

妙常说："马上要举事了，我这里正需要钱，我可不想这么轻易放这个肥牛走。"

韩抉说："我们起兵讨袁，为的是救中国，救人民于水火，怎么能滥杀无辜呢？文公子有自己的人生追求和政治抱负，我们可不能强加于人，更不能草菅人命。文公子的事情况且我多少知道一点。他和他的父亲都与革命党有联系。还是放他走吧，你有什么困难，我们再想办法。"

妙常手一摊："就这么让他们走了？"

韩抉说："你还想怎么办？"妙常转身走了。

韩抉问如玉："文公子，你还有什么话要说吗？"

如玉激动地说："韩大哥，今天真让我大开眼界。革命党的力量真不小啊！如今形势称得上遍地都是星星之火，只要一阵狂飙，就能化为燎原之势。真让人振奋。我都想留在这里和你干一番大事呢。"

韩抉说："我们是朋友，今天这事还望保密。我这就送你和蝶儿、婉儿下山。咱们后会有期。"说着拉着如玉向洞外走去。

到了山下，如玉回望了一眼天山，危岩高耸，好像铁壁铜墙，树木密布，犹如刀枪林立，充满了肃杀之气，还显得有些神秘。恍惚间，他觉得刚才就像做了一场梦。心里叹道："人生真的很奇妙啊！所见所闻常常令人匪夷所思，浮想联翩。"

第三十回

赵倚楼邵伯谈河　宫楚玥初显才艺

沿途如玉搜集了不少关于运河的材料，因船行无事，便翻阅整理起来，但却始终觉得像一盘散沙，没有什么头绪。便拿出《运河志》草稿翻了起来，并着重推敲目录。如玉觉得目录还需完善，便拿过几张纸，重新编写了一份。

《运河志》目录

第一章、总序。第二章、治河。第三章、漕运。第四章。物产。第五章、宗教。第六章、帮会。第七章、胜迹。第八章、驿站。第九章、湖泊。第十章、河流。第十一章、河堤。第十二章、闸坝。第十三章、河督。第十四章、漕督。第十五章、职官。第十六章、人物。第十七章、制度。第十八章、支河。第十九章、陵墓。第二十章、纪事。第二十一章、艺文。第二十二章、城市第二十三章、港口。

时间一长，如玉觉得舱内异常闷热，便来到船头。抬眼一看，运河边上一个小镇已在目前。这分明就是江都四大名镇之一邵伯了。

上街时，如玉只带了婉儿。

小镇有几百户人家，一条小街两旁开了不少店铺，多是卖杂用品和土特产的，人来人往，非常热闹。如玉逛了一会，看见路边有卖菱角的，就对婉儿说："这里的水红菱很有名，与高邮双黄蛋、宝应雪藕，并称里下河三大名产呢！"说着就称了几斤，递给婉儿。如玉见来鹤寺边有一家不大的瓷器店，便走了进去。这家瓷器店店主姓程，祖籍江西人。卖的瓷器多是新瓷，也有旧瓷器，但不多。如玉看了半天也没有中意的。正想走，忽然发现货架上有一叠古旧书籍，有苏东坡的、萨都剌的、李东阳的、王士祯的，甚至还有乾隆皇帝的，这些人都游历过邵伯。忽然，他看到一本《甘棠小志》，便仔细翻了起来。他知道，邵伯埭，因东晋太元十年（385 年）谢安于此筑埭治水而得名。地当江淮交通要冲，历来为兵家必争之地，清朝咸丰、同治时期，太平军就曾在邵伯湖与清军展开激战。这里的名胜古迹也不少，尤以梵行寺、来鹤寺、斗野亭、甘棠树出名，因而历代有不少文人墨客到此游历，留下了大量诗篇。

程老板走了过来，见如玉对线装书很感兴趣，就问道："先生是不是想买古籍？"

如玉点了点头，说："这本《甘棠小志》多少钱？"

程老板报了个价，如玉觉得很合适，便买了下来。又问："店里还有什么古籍？"

程老板说："我这店主要是卖瓷器，古籍是别人放在这里寄卖的。你想买，我可以带你去见一个人。他叫宫直声，两榜进士，做过山阳知县，现赋闲在家，就住在来鹤寺后面。"

如玉很感兴趣，就随了程老板直往宫直声家去了。宫直声家的小院不大，但却很雅致，青砖铺地，花木满院，尤其是墙角一株芭蕉婀娜多姿，分外别致。宫直声见有人来，便出来迎接。这是个五十多岁的老人，清瘦如鹤，风度翩翩，文质彬彬，一见就知是个有身份的人。他将如玉、程老板带到客厅，便叫人上茶。

程老板对宫直声说了几句，便告辞了。

宫直声问如玉说："公子为什么要买古书呢？"

如玉说："我在撰写《运河志》，想搜集一些材料。"

宫直声眼里放出光芝，又看了看如玉，说："我有一个朋友是这方面的专家，你想不想见一见？"

如玉说，我找还找不到呢，请您引见一下。

宫直声叫过一个小童，说："你到梵行寺把你赵伯伯喊来，就说家里有客。"

两人正说着，进来一位六十来岁的老人。宫直声说："这就是我的老友，叫赵倚楼，高邮界首人。"

如玉立即起身，说："几天前我就去你家拜访过您，不料居然遭了土匪毒手，没想到今天在这里有缘相见。"

听了这事，赵倚楼也感到很意外。

如玉说，"家父想写一部《运河志》，还望老伯指点一二，你是这方面的专家嘛！"

赵倚楼说："你父亲名讳叫什么？"

如玉报了出来，赵倚楼说，"原来是文大人，他还是我的老上司呢！"

宫直声说："时间有限，你就给他讲讲运河的事情吧！"

赵倚楼说："你也有一肚子典故，也要讲一讲。"

宫直声说："那是自然。"

赵倚楼说："要想为运河立传，就必须知道运河，认识运河。运河的功用在于为朝廷运粮，如果没有这作用，运河就失去意义了。运河之事总的来说，用六个字就能说明。"

如玉一惊："哪六个字呢？"

赵倚楼说："那就是治河、导淮、济运。此话怎讲呢？治河就是治理黄河，黄河年年决口泛滥，不治就要夺淮入海，淮河一涨，运河直接受损，漕运就无从谈起。所以，明清两代治河专家陈潢、靳伯声管理运河都是在这六个字上做文章。"

如玉说："今天真是茅塞顿开啊！"

赵倚楼说："中国之地利重于东南，两湖熟天下足。京师和北方的粮食全靠江南供应，其运输全靠运河。这是一条生命线，故而历代朝廷都很重视运河，设立河督就是这个意思。要想管理好运河，使之全年畅通，其治本之法不在运河本身，而是在黄河和淮河，只要这两条河正常，运河则需要经常疏浚，不使其淤石即可。而运河最大的隐患就在淮阴，因为三河在这里交汇，故而治河、导淮、济运三条历来交萃于两淮。如果把淮安运河弄清楚其他事就好办了。"

如玉说："其他的河流对运河就没有什么影响吗？"

赵倚楼说："有，比如卫河等，也经常干扰运河，不过工程都不大。"

宫直声说："过去我在河督府任河监时，写过一首打油诗，流传很广，连光绪皇帝都知道了。叫'运河一条龙，黄淮两把剑，神龙潜深渊，漕船都不见'。"

如玉说："真精辟啊！黄河、淮河由西向东流入海，在淮楚交汇于贯穿南北的大运河，可不就是两把剑悬在一条龙头上嘛！"

赵倚楼说："所以过去漕督好当，河督难做，前清时被治罪杀头的大员颇有几个呢！"

如玉说："明代两代治河制度有什么不同吗？"

宫直声说："清承明制，萧规曹随，毫无二致。"

赵倚楼说："还有一点也要指出来。在淮楚地区，不光是淮河，淮河经常危害运河，还有五湖，一是骆马湖，二是洪泽湖，三是宝应湖，四是高邮湖，五是邵伯湖，雨水一大，就要决堤，危及运河大堤。而其中又以洪泽湖危害最烈，所以明清朝廷用于维护洪泽湖大堤的工程费用一直居高不下。"

如玉点了点头。

宫直声说："淮安一地，若论漕运，必须先治黄、淮、运三河和五湖。淮安是大运河要穴，余皆不足论。"

赵倚楼说："明清两代，因为大运河是国家经济大动脉，所以治理运河都是举国体制，从不假手于民间工商巨头。"

如玉说："那为什么清末又将漕运废除呢？"

赵倚楼说："李鸿章做首辅时，上过一个折子，一是倡导海运，二是将漕运划到各省办理，朝廷只管下达漕粮数字，三是将运河治理分给各省管理。这样一来，大运河就不重要了，漕运也就停止了。今天的大运河基本退出历史舞台了。"

如玉说："我倒以为，大运河还有可能焕发生机，最起码在沟通南北经济上，没有第二条河，发展水运还是大有前途的。我们这一代人要研究的新课题就是变废为宝！"

赵倚楼说："我和直声都老了，这种壮举就靠文公子这样的后起之秀了。"

如玉连称不敢当。又问道："漕运每年有定额吗？"

赵倚楼告诉如玉，漕运有正兑、改兑、改徵、折徵四种。清顺治二年，户部奏定，每岁漕粮全国为 400 万石，正兑大米，即入京仓者为 330 万石，其中江南省 150 万石，浙江 60 万石，江西 40 万石，湖广 25 万石，山东 20 万石，河南 27 万石。这些粮食凡经过运河运到京师的又称改兑，一共有 70 万石，主要集中在江南、江西。其他的则运到朝廷设在各省的仓库，由此可见运河作用之大。

正说着，一个十八九岁的姑娘走了进来，对宫直声说："爹，天快要晌了，该吃饭了。"

赵倚楼悄声对如玉说："这是宫直声的独生女，叫宫楚玥，是在淮安生的。"

如玉看了楚玥一眼，个子高挑，皮肤白皙，眉清目秀，颇有书卷气。不觉有了好感。他正要告辞，宫直声拉住了他，说："今晌你就不用回船了，就随便在这里吃一点，你不是还要找点古书吗？"

如玉见盛情难却，便问婉儿使了个眼色，婉儿便出去了，不大功夫，拿来几包卤货和两瓶洋河酒。

宫直声说："这像什么？公子太客气了。"

如玉说："前辈家家境也不宽裕，怎能叫您破费！"酒菜摆好，宫直声便邀几人一起入席。楚玥说，我再去弄几个时鲜菜。说着便到厨房去了。

喝了一阵，如玉忽见墙上有一幅青绿山水画，淡雅清新，形神俱佳，名字叫《深山萧寺图》，便问道："宫老伯，这幅画不知出于何人之手？堪称佳作。"

宫直声说："这是小女随便涂鸦的，我在海州做过官，曾带小女游云台山，这幅画就是云台山景色。"

宫楚玥进来将一盘百合炒黑木耳放在桌上，对如玉说："公子也喜欢丹青吗？"

如玉说："对书画我都喜欢，只是都是半瓶醋，比不得宫小姐你啊！"

宫楚玥说："你喜欢下围棋吗？我爹可是这一带高手。"

如玉说："也略知一二，待会我倒想与宫老伯手谈一盘。"

宫直声连连点头，说："琴棋书画，本来就是文人本色嘛！老朽一定奉陪。"

楚玥说："等会你们下棋，我弹琴。"

如玉心说，这个姑娘看来还真是个才女呢！不觉又添了几分好感。

如玉与宫直声在棋盘刚交上了手，就互相试出了对方的功力。棋是在院内的凉棚中下的，楚玥焚了一炉香，在一边轻轻弹起了古琴曲《高山流水》。琴声悠悠，香烟袅袅，处之令人忘俗。可在棋盘上，如玉和宫直声却杀得难解难分。渐渐地，宫直声的眉头皱了起来。他已看出，如玉的棋风颇似京师高手过惕常，绵里藏针，变化无穷，妙手迭出，很难招架。赵倚楼看了一阵，也替老朋友担心。宫楚玥大概也看出爹爹已落下风，一边扶琴，一边不时瞄上几眼。过了片刻，便收了手，默默观棋。不到一百五十手，宫直声的一条大龙已被如玉吃掉，再下已无意义，宫直声便推盘认输。他说："没想到，文公子年纪轻轻，棋就下得这样好，敢问公子师承何人？"

如玉说："在京师时，过惕常老前辈常到我家与家父下棋，我便向他学了几招。"

宫直声说："怪不得你的棋风有点像过老啊！"宫直声望了望赵倚楼："赵兄，你也来一盘？"

赵倚楼摇摇头："你我棋艺差不多，我就不献丑了。依我看，这淮楚一带，无人是文公子对手！"

宫楚玥突然说："我与公子下一盘如何？"

宫直声说："你的棋艺我也知道，平常也与我下过，你总是赢少输多，我看就不用下了。"

楚玥说："那是同你下，跟别人下的就不一样了。告诉你，我最近得了一部佳谱，叫《当湖十局》，看了颇有些心得呢！"

如玉也很想试试楚玥的棋力，就说："小姐请！只是要不要让子呢？"

楚玥摇摇头："不用。"说着，就走到了如玉对面，挟起一眉黑子打在棋盘上，以星小目开局。

如玉微微一笑，也放了一子。

下到一百二十手，如玉已处下风，脸色凝重，落子的速度也渐渐慢了下来，第一百三十之手居然长考了半个时辰。楚玥好整以暇，落子如飞。又下十多手，如玉已投子认负。宫直声、赵倚楼却惊诧莫名。

赵倚楼说："姑娘，你拜没拜过老师？"

楚玥说："没有，我就是瞎下，顶多也就是看看古谱。"

　　如玉内心对楚玥敬佩之至，心里说，没想到这小地方能碰到这样一个色艺双绝的佳丽。楚玥见如玉脸上似乎有些挂不住了，便重新坐到琴台前，说："刚才我只顾观棋，一支曲子也没弹完。现在我再重弹一曲。请文公子品鉴赏，同时也算赔情吧。"

　　如玉也学过古琴，而且颇有造诣，刚才心思放在对弈上，没能好好欣赏楚玥的琴艺，这阵听楚玥这么一说，便连声叫好。

　　楚玥这回弹的是《白云谣》。只见她双指如飞，挑、抹、按、揉、或徐或疾，琴音也随之高低起伏，抑扬顿挫，如玉仿佛独自一人走了深山，登危岩则见白云飘飘，鹰击长空，俯湍流，只见白练翩翩，飞珠溅玉；忽而步入萧寺，钟声悠悠，诵经声声；忽而走进田家，桑麻满院，鸡鸣犬吠。不觉便陶醉了。正思绪纷飞，只听戛然一声，如断金石，琴声骤停。如玉如梦初醒，不由得叫了一声："好！"

　　楚玥走下琴台，说："文公子想必也精于此道，不妨也弹一首。"

　　如玉摇了摇头。

　　楚玥则坚邀，站着不动，一双大眼盯着如玉。原来如玉对自己的琴艺很自负，听罢楚玥弹的《白云谣》，才知道有些托大，很像井底之蛙，自己的琴艺与楚玥比较起来，差的不是道里计，这阵见楚玥很真诚，不像客套的样子，便走上去了弹了一曲《阳关三叠》。宫楚玥一边欣赏，一边默念着曲谱，看上去她对如玉的琴艺也暗自赞许。两人谈起了琴道。

　　楚玥告诉如玉，她的琴艺属"淮海派"和"虞山派"同出一门，但因分流已久，已自成一脉，别有妙处。"淮海派"琴艺发端于明末清初，代有传人。清康熙三十三年，康熙帝再次南巡至淮阴，新任南河总督张鹏翮带淮海派嫡传弟子、山阳人吴水云去码头接驾，向康熙皇帝推荐吴水云，当场试艺，一曲《大风歌》博得龙颜大悦，赐吴水云玉佛一尊，又清题"妙音天籁"横幅一帧。并问了吴水云琴艺的师承渊源。吴水云，字流章，为淮海琴艺名家，虽喜读书却淡泊功名，一生精研琴道不辍。清康熙三十九年作《五音谱》，凡风、雅、颂及古《白云谣》《大风歌》，汉唐以下乐府皆谱入琴中，一时古琴曲目大增，传于海内，时人以为神技。

　　吴水云卒，其门人传承其艺，代代不乏高手。传至清道光初年，又突出一座高峰，即清河人孙长源，字问津，拔贡，琴艺一时无两，撰有《琴鹄》《琴旨初正》《琴谱拙存》《琴况》四种琴学专著，门人弟子众多，为时人推服。

孙长源隔代弟子中琴艺出众者首推宫直声。楚玥的琴艺就得自其父亲授。

听到这里，如玉才恍然大悟，怪不得宫楚玥的琴艺如此高超，原来是名师门徒。他也简要谈了虞山派琴艺的传承情形，告诉楚玥，他的古琴演奏技艺得之于晚清一代宗师、常熟人吴景略，虽然有名师传授，但因常年在外求学，难得弹奏，技艺已渐渐荒疏。

两人正谈得投机，宫直声拿了一本书，走了过来，对如玉说："邵伯是个小地方，明清两代中进士也不过二十多人，故而也没有什么好书。这是我写的一本《江北运程》，其中有不少地方涉及运河，我想对公子可能有用，就赠给你了。"

如玉说："这真不敢当！我一定要付钱的！"便叫婉儿拿钱。

宫直声说："这断断使不得，我虽然已不在官位，家境也衰落了，但还不至于拿自己的著作换米啊！"

如玉执意不肯收下。

赵倚楼也从厅内过来了，说："文公子，你不妨把书收下，宫老师正有事要求你呢。"

如玉说："不管什么事，只要我能办到，绝不推辞。"

宫直声说："公子，你别听这老头子胡说八道，我什么事也没有。"

如玉手一摆，说："赵老师，你细说说。"

赵倚楼说："楚玥姑母在苏州，下个月就过六十大寿，楚玥要去祝寿，只是担心一个人去不方便，宫老师年纪大，身体又不好，正愁没人在路上照顾楚玥呢，你要是能顺船把她带到苏州，这不是两全其美吗！"

如玉说："这事不难，就怕姑娘过不惯船上的生活。"

楚玥说："我没那么娇气！"

宫直声说："你看，萍水相逢，就给文公子带来这么大麻烦，真不好意思。"

如玉说："正好，行船寂寞，我们一路上可以下棋呢。"

赵倚楼说："公子要的材料，我回去一定整理出来，然后再想办法捎给你。"

如玉说："我到了江南，处理好事情，可能还得回北京一趟，有事情要处理，到时我到了高邮去拜访您吧。"

赵倚楼说："那就这样。楚玥就拜托给公子了！"

如玉说："您老尽管放心。"

楚玥说："下午，我就上街去买寿礼。只是不知道公子的船什么时候起锚？"

如玉说："明天早上如何？"

楚玥说："我看就这样。"

第二天早上，楚玥便上了船。她是第一次跟船，对什么都新鲜，这里看看，那里瞧瞧，还不时向蝶儿问这问那。

就在这时，婉儿来了，对蝶儿、楚玥说："公子叫你们过去呢！"

两人便随婉儿进了如玉的船舱。

如玉说，下一站到江都。我想问问你们，要不要停船上街去玩？

蝶儿说："我随公子，你走我就走。"

婉儿说："我听说江都景色不错，我想下去玩玩。"

如玉说："楚玥你呢？"

楚玥说："江都我也没去过，能停就停半天吧。"

如玉说："我哪里都想停，就怕不安生。既然你们大家都想下去，那么江都就停船。"

楚玥说："我听婉儿说，你是个活地图，对沿河一路名胜典故知道很多，这阵子没有事，你能不能讲点江都的事情给我们听一听？"

如玉说："我听赵老伯说，楚玥从小就爱看书，肚子里东西不少，光我一个人讲，也没有意思，你是不是也讲点新鲜事，给我听听。"

楚玥说："还是文公子讲，我给你敲边鼓吧！"

如玉说，不如这样，我们弄点酒菜来，每个人都讲一个运河的故事，谁讲不上来就喝三杯酒？好不好？婉儿、楚玥都拍手赞成。

蝶儿说："我肚子里没有什么东西。要不我就不讲了行不行？"

楚玥说："不行，你要是自己讲不上来，可以找到人帮忙嘛。不过，酒可得自己喝！"

婉儿到后舱拿了几样点心，和一瓶双沟酒，摆在小桌上。又斟了几杯酒，放在各人面前。

如玉说："谁先讲?"

蝶儿说："我肚子里故事少,我先讲,要不,等会让你们讲完了,我就没有讲了。"

楚玥说："好。"

蝶儿说："我想给你们讲一讲亲身经历的怪事,前年我家船停在清江浦,附近有个小村庄,村中有一条小河,常年不干,经常出怪事。下到河里的鸭、鹅,常常莫名其妙地少了,村里人以为河里一定有怪物,就筑了一道堰,将水舀干。只见芦苇丛中有一个盆口大洞,便叫人挖,忽然,钻出一条像龟又像蛇,长三丈,洗衣桶粗的怪物,三窜两窜就进了附近一条河。公子,你学问大,你看这是什么东西?"

如玉说："我还真说不清这是什么东西呢!"

蝶儿说："那我就不喝酒了。"

如玉说："我也讲一个怪力乱神的故事。我那天在淮安,听二舅说,有一天他到运河边散步,忽然从芦苇丛中飞出起一只七彩大鸟,有点像凤凰,直往天上去了,但看的不算清楚,照得天光都亮了。不知是何怪。"

婉儿说："有一年发大水,运河上各种东西很多,不少人都去捞浮财。一个男人忽然看见上边下来一根很粗的黑色大木头,便用靶子去捞,拖到近前,他就骑了上去,忽然,那根大木头动了起来,好像是一条大蛇,一个水花那人那蛇全不见了。"

楚玥说："高宝湖、邵伯湖都靠大运河,怪事也不少。一个渡口,有个老翁那天摆渡,他只听说把口的是一条千年成精的大鳗鱼,就是没见过。船到湖心,突然船边冒出一条小鳗鱼,尺把长,艄工就用网子去抄,一抄就漏掉了。忽然,小鱼不见了,过了一会,十几丈外,一条几丈长、水桶粗的鳗鱼现了身。众人都吓死了,这才知道,是那个鳗鱼精。"

如玉说："这一轮,每个人都有故事,酒就不罚了。每人喝一杯,助助兴吧。"

于是,众人便各喝了一杯酒。

如玉说："我看还是换个话题。"

蝶儿说："什么话题?"

如玉说："我想问问你们在座每一个人，以后都想干什么？"

蝶儿说："我家世世代代练武，靠运船过日子，以后还能干什么？还是身背龙泉剑，四时水上漂吧。其他的我还真想不出来。"

如玉说："运河运输还是离不开人的，这样自食其力也不错。不过一个女孩子总是要出嫁的，你打算找什么样人呢？"

蝶儿说："这还没想好？"

婉儿说："谈对象讲究门当户对，你看我可牛儿怎么样？人老实，会武艺，你爹又没有儿子，一个女婿半个儿子呢！"

蝶儿好像恼了，说："你胡扯些什么，再说我撕烂你的嘴！"

如玉说："婉儿你呢？将来干什么？"

婉儿说："这我也想过，永远给你当丫鬟！我看也不错。"

如玉说："以后我要是成家了呢！"

婉儿说："我还跟着你，你有了孩子，我就帮你带吧！"

如玉说："现在是民国了，一个女孩子还是学习一样技术和手艺比较好。"他又问楚玥："你呢？"

楚玥说："我是师范学校的学生，以后教书吧！文公子，你想干什么？"

如玉说："我是学水利的，以后恐怕也离不开这条大运河了。运河一本大书，一辈子也读不透，可做的事情一辈子也干不完呢！"

楚玥忽然问道："听说文公子一路上碰到不少风险，怎么回事呢？"如玉笑笑说："也没有什么，行船走马三分险。凡事只要留点神就行了。"他不想吓着楚玥，便将话头搪塞了过去。

第三十一回
才女纵情论河志　大侠飞舟截花舫

这是一个晴朗的早晨，太阳斜照在大运河上，波光粼粼，烟气袅袅，水流汩汩，时有鱼儿跃出水面，激起一圈圈涟漪。恰遇顺风，帆篷高悬，船行似箭。船老大端木林捧着一根长柄旱烟袋，蹲在船头，一边抽烟，一边眺望，披一身霞光，就像一座雕像。

船后梢，文如玉和宫楚玥正在摆龙门阵，有说有笑，兴致勃勃，看上去心情非常舒畅。这大致就是异味相吸，阴阳调和所产生的化学反应吧。

楚玥初到既对船家生活充满兴趣，又很想了解如玉的境况。她若有所思地看着如玉，说："文公子，听说你在撰写《运河志》，不知在布局立意上有什么想法？"

如玉说："这本书原是家父写的，我只是作一番完善功夫，主要是补充资料。至于说立意还不是十分清楚。"楚玥说："一本书要想生动有趣，关键在于主旨。我认为要想写好《运河志》，必须对大运河的作用和意义有一定的认识，越深刻越好，这样才能揭示大运河的本质，对有些人有所教益和启发。否则，必成材料堆砌。"

如玉深以为然，点了点头，说："依我看，我们这个古老的国家就是借着大运河之水力一路前行的，从某种意义上看，没有大运河，就没有历代王朝的兴盛，唐、宋、元、明、清无不如此，所谓'半天下财赋，悉由此便路而进啊！'"

楚玥有意将话题引向深处，便问道："此话怎讲？这个观点有什么事实依据吗？"

如玉说："从宏观上看，历代封建王朝的文治武功无不依赖于大运河。就说漕运吧，如果没有南粮北调，每个朝廷一天也支撑不下去。清朝康熙皇帝亲政后，在乾清宫里挂过一个条幅，也就是大政方针座右铭，只写了三件事，即治河、削藩、靖边。治河主要指的是大运河，以确保漕运畅通。打仗打的是粮饷，没有漕运，平定三藩，对边疆用兵都无从谈起。"

楚玥说："我赞成你这个说法。也就是说，大运河是国家的经济命脉，是王朝的脐带。那么它对文化发展又有什么影响呢？"

如玉说："文化是附丽于政治经济生活的。就说文学创作吧，没有大运河的沟通，华夏各种区域性文化就无法交流融汇，相互影响相互促进，文学创作就不可能繁荣活跃起来。可以说，明清古典名著那一部都与运河文化有着或多或少的联系。就说《红楼梦》吧，没有康熙六下江南，就没有曹家的盐税亏空，也就没有后来的抄家破落，也就没有曹雪芹笔下自传性小说《红楼梦》。明清古典名著与运河及其商业文化、市民文化有关，比如《金瓶梅》中写的古代运河闸官、漕兵、官吏、行商、帮会之间的博弈是多么精彩。没有市民文化背景，小说就没有了载体。"

楚玥忽然似想起了什么，说："《运河志》光写大的方面恐怕不行，小的方面也是不可或缺的，如风俗民情。我给你举一个例子吧。你懂得什么叫漕口吗？"

如玉摇摇头："何为漕口？"

楚玥说："所谓漕口就是大运河上替老百姓代交漕粮的仓户，是一种专职人员。其身份多为读书人，如监生、生员、秀才等。他们一手托两家，既为老百姓办事，又为官府办事，时时都要考虑利益平衡。在官府眼里，漕口是刁衿劣监，是一伙坏人，而在老百姓眼里，他们又是好人，因为他们凭借自己的关系、能力、智慧能让老百姓少受贪官污吏的盘剥。漕口是一个社会阶层，为大运河立传，不能不为他们写上一笔。"

如玉高声说："宫小姐，你不愧是书香门第、大家闺秀，懂得的事情还真不少呢，真让我眼界大开啊！"

楚玥越发兴奋，双眸放光，说："你知道漕船怕什么船吗？"如玉说："不知道，我认为，漕帮是天下第一大帮会，不可能有什么顾忌。"

楚玥说："你错了。一物犯一物，漕船就怕三种船：一是宫船，乘的都是达官显贵，惹不起。二是水师船，满船丘八，骄兵悍将，惟恐躲之不及。三是云南运铜船，载重船沉，漕船被它碰一下，必沉。"

如玉点点头："还真有道理。"

楚玥说："你知道漕帮有两大死敌吗？"

如玉摇摇头。

楚玥说："一是关闸官员，吃拿卡要让漕帮中人头疼。一是各处地头蛇，青皮二混，流氓地痞，土豪劣绅，雁过拣毛，漕帮中人如果得罪他们往往纠缠不清，吃尽苦头。"

如玉说："由此看来，写运河光写大事，不写细节，还是无法做到纲举目张，人事互见，血肉丰满的。楚玥，你小小年纪，怎么懂得这么多事情？"

楚玥说："都是听我爹爹说的，我从小就跟爹爹走南闯北，四处漂泊，足迹又多不离大运河，耳濡目染，自然知道一些。不知对你写书有没有什么帮助。"

如玉说："帮助太大了。"

楚玥说："民间习俗，看似枝梢末节的小事，其实都与文化有关。大运河有四大文化板块。即中原河洛文化，河北燕赵文化，山东齐鲁文化，江浙吴越文化，都能在运河里找到影子，而且千百年时时都在流动交织。写《运河志》文化是一个大的题目，少不得的。"

如玉叹道："今天可找到知音了。让你这么一说，我都不敢下笔了，怎么样？我们合伙写作《运河志》如何？"

楚玥说："我就会信口开河，无非闲书多看了一些，杂闻多听了一些，灵感多了一些，当不得真的。不过，我倒真有一个建议。不知该说不该说？"

如玉说："你说。"

楚玥说："写《运河志》历代杰出人物也应该浓墨重彩写上一笔。"

如玉说："你具体说说。"

楚玥说："我就举几个例子吧，天下人都知道明朝抗倭英雄戚继光的大名，可却不知道他的父亲戚景通是大运河运粮把总，不知道戚继光在微山湖官船上出生时，日出如火球，放七彩之光，故名继光。济宁城外有一座靳公祠，祀州守靳谷。城外原有支河连通大运河，但河床太陡，常翻船。靳公另与南门开新河，漕船入运河称便。靳公因受诬被朝廷处死，百姓便集资立祠以纪其思。徽山县秀才刘奠儒，在济宁做官后，上奏乾隆皇帝运免除徽山湖沉湖农田税赋，百姓于湖畔立'刘公祠'，名传后世百年。这些人都是为老百姓做过有益之事的良吏清官，难道不应该为他们立传吗？"

如玉说："应该，名目就叫《运河志之人物志》。"

楚玥说："运河志还应该揭示大运河与城市发展的关系。没有大运河的哺育，就不会有十八个沿河中大城市。所以有人认为城市是区域山水质基之斑块、胎息，假如它吮吸不到大运河的乳汁，就无法生长发育。运河旺城市盛。一旦大运河断航成了死水，沿河城市必将衰败。明成祖军师姚广孝写诗称淮安：'襟吴带楚客多游，壮丽东南第一州。'时人视淮安为漕运枢纽，盐运要冲。将它与济宁、扬州、杭州并称为运河四大都市。如今之淮安，比清朝运河漕运鼎盛时期的境况差多了。依我看，宣传大运河的出发点与落脚点是为了拯救母亲河大运河。无病呻吟，无关国计民生，不能解决问题的文章书籍再多也等于废纸。"

如玉说："这又是一个大题目。而且你还谈到了文章的功用和文化人的责任，这更让我不敢敷衍了事了。"

楚玥说："我的本意是写书为运河立传，要大处着眼，小处着墨，小中见大。依我看，中国有两个东西不能小视，一是万里长城，二是千里大运河，长城似一撇，运河如一捺，一撇一捺恰好形成了一个'人'字，又像个支架，没有它，就没有今天的中国，中国人就不能成为一个大写的人。"

"奇思妙想！"如玉连连鼓掌，说："楚玥啊，你不愧是个才女，还是个诗人呢！真让人刮目相看。"

楚玥正色说："文公子，你对振兴大运河有什么想法吗？"

如玉沉思片刻，说："开挖大运河靠举国之力，复兴大运河也要靠举国之力。现在国家的局势你是知道的，列强环视，积贫积弱，国是多变，民生凋敝，哪有力量疏浚大运河？"

楚玥说："那你考察大运河又有何用呢？"

如玉说："上面把它看作是一种姿态，我个人将其视为一种实务，也就是打个基础吧。要想把大运河的事情办好，必须先要了解大运河。"

楚玥说："那这半年，你有什么感受呢？"

如玉说："感受太多了。知识分子光待在办公室里、书斋里坐而论道，是没有什么用处的，言不如行。看到说到做不到于诸事皆无补。沿大半条运河走了一趟，我觉得接到地气了，眼界宽了，心胸广了，想事深了。还觉得个人进退得失无足轻重，国家前途、人民命运才是知识分子应该时时关注的大事。余皆不足道。"

楚玥站了起来："我这个人是烂板凳，又是个话痨，一坐下来一开聊就收不住了。有件事，我想跟你们商量一下。"

"什么事？"如玉也站了起来。

"下午到江都，我想上岸去看一个本家姐姐，帮她带点礼品到姑妈家，不知能不能停船等等我？"

如玉说："你尽管去，江都是水利枢纽，肯定要停船的。我可以叫蝶儿、婉儿陪你去，另外，我想请你给《运河志》画一些插图。你上街可买点文房用品和颜料来。"楚玥点头应承了下来。

午饭后，船一靠上下湾镇运河码头，楚玥和蝶儿、婉儿就租马车进城去了。如玉在仓内整理了一阵资料，有点发困，忽然听见仓外传来一阵丝竹声，便出了船舱。乐声是从对面水上一只花舫上传来的。这只船比寻常货船要大许多，船上筑有一阁，朱门绿窗，雕梁画栋，外面有穿廊，廊下挂着大红灯笼和画眉笼、鹦鹉鸟架。阁前设有一平台，上有八仙桌一张和数把靠背椅。桌前为乐池，设矮几圆凳，几个红装绿裹的歌女正在奏乐，丝竹之声悠扬婉转。

如玉站在船头听了一会，觉得很不错，索性拿了一个矮凳坐了下来。片刻工夫，乐声已变，丝竹声中又增加了锣鼓、铜铃等打击乐声，韵律截然不同，让人耳目一新。随之一个少女手持云板踩着乐声唱起了民歌，其声舒缓优雅，只是因口音太重，让人听不清楚歌词。如玉问牛儿："这是什么曲调？"

牛儿说："我到江都做过工，听过这种曲调，当地叫'邵阳锣鼓小牌子，'是一种民间小调加花变奏的牌子曲。乐队以丝竹为主，加诸小型打击乐伴奏，锣鼓合奏，轮奏，间奏，这种牌子曲不但常在红白喜事上表演，也是歌女的保留节目，在江都城乡很受欢迎。"

如玉又问道："那个小姑娘唱的是什么民歌，你听出来了吗？"

牛儿说："好像是《鹦鹉歌》，是唱男欢女爱的。"

如玉顿时来了兴致，说："我想到对面船上去听曲，你用小舢板送我过去吧。"

牛儿连连摆手，说："文公子，这种船叫花船，那些女子都是妓女，听曲的都是富商、豪绅和下流文人，是个是非之地，你最好还是不要去。"

如玉沉默不语。

这时，乐声已停，随之而来的是一阵哭泣之声。原来，那个少女唱错了歌词，听曲的客人不高兴发了脾气，老板丢了脸，便用鞭子抽了少女几下，少女疼痛不过，便哭了起来。这一切都被如玉看在眼里，心中非常气愤，便对牛儿说："你现在就送我到花船上去。"

牛儿一动不动。

如玉高声说："你没有听见那个小姑娘的哭声吗？她也是爹娘养的，唱曲出差错有什么要紧，凭什么要打人！我倒要看看打人的老板是什么样的人。"

牛儿见如玉生气，只得解下舢板，划船将如玉送到了花舫上。老板是个瘦老头子，只有客人来，非常热情，便安排如玉坐了下来，又奉上香茶细点。

牛儿站了一会，见船上有几个横眉竖眼的人，不像良善之辈，心里发慌，便悄悄上了舢板，划回本船。他打算将此事告诉正在午休的万管家和端木林。他怕如玉出事。

待万管家、端木林出了船舱，情况已变。那只花舫不知什么时候已远离码头近水，正向下流漂去，此时已距本船十来丈远。

牛儿急了，问端木林："老爷子，这事怎么办？"

端木林脸色凝重，说："公子肯定已着了人家的道儿。如不再追花舫，就要出大事了。这样，你留在这里看船。我去把人追回来。"说着抄起船头那根铁镐，一跃上了舢板，铁镐只一点，舢板便飞也似的驶向花舫。

舢板逼近花舫了，端木林厉声叫道："当家的，快把人交出来，要不老夫就要动粗了！"

此时，舫上现出七八个壮汉，人人手拿朴刀、长矛、棍棒，横眉冷对端木林，一声不吭。

端木林挥起铁镐，向众人扫去。铁镐虽沉重，但在端木林手中却轻似柴棍，不过扫出去的力量极大，当者无不披靡。片刻工夫，众壮汉已被打得东倒西歪，只有招架之内，没有还手之力。

一个瘦子张弓搭箭射向端木林。端木林眼疾手快，一个侧身，已咬住箭杆，头一甩，早射回花舫，那个瘦子应声倒下。端木林大声说："现在我命令你们赶快把文公子放出来。否则，老夫我要让你们船毁人亡。"说罢，举起铁镐，猛击花舫船头。"轰"一声，木屑乱飞，板断梁摧，声势极其骇人。

老板从阁内钻了出来，一边摆手，一边说："端木大侠，我们这就放人，你手下留情。这事与我们花舫无关，都是无极门在搞鬼。"

端木林说："不要啰唆，快放人吧！"

老板手一挥，文如玉从阁子里被推了出来。端木林伸出铁镐，送到如玉面前。如玉双手抱住铁镐，端木林用劲一挑，如玉落到舢板上。端木林赶忙划船往回走。

到了本船，端木林一边安慰如玉，一边给他讲江湖上的事情，他说："文公子，你刚才上的那种船叫'江山船'又叫'花船'，我在运河上走镖时经常看到，这种船沾不得。"

如玉说："我只是担心那个小姑娘吃亏，没想到着了他们的道。"

端木林说："人在江湖上行走，规矩多着呢。就说我们替人家保镖吧，在水路上有三规：一是昼寝夜醒，二是人不离船，三是忌讳妇人，上岸有三不住，一新店不住，二易主之店不住，三娼店不住。而且进店也有三规，一是看异象察贼人，二是观异风，找店外可疑迹象，三是闻异味，辨血腥之气。晚上住下，三不离，人不离刀，身不离衣，车马不离店。俗话说行船走马三分险恶，幸亏我在船上。"保镖更是刀头舔血，眼一花，心一乱，命就没了。今天好险啊！如玉红着脸，连连点头。他知道自己错了，心里很后悔。就在这时，宫楚玥等人回来了。端木林怕吓着姑娘们，连忙收住话头。

如玉问楚玥："江都城里可有什么新闻？"

楚玥说："我看过本家姐姐，顺便上街逛了逛。不但买了文房四宝，还参观了谢公祠，也就是甘棠庙。"如玉问："你说的谢公是不是谢安？"

楚玥说："正是东晋谢太傅，他在江都做官时，在步邱北筑邗沟埭保运河水，造绞关助船只过堤，船家称便，后人评其，善处大事，决大疑，当大难，成大功。我还看到庙里有一块明人沈珠题刻的石碑，文曰：'谢安在官无时誉，去后为人所思。'古代为百姓做过贡献的好官不少，但坏官也有。清乾隆年间，为防止大运河受洪涝破堤，在淮宝高邮一线筑五坝泄洪归湖，结果是大运河保住了，可高邮湖、邵伯湖四周的农民可吃了大亏，家园经常被水淹。这不是一个馊主意吗？"

如玉说："所以，治理大运河拖不得，也急不得。一定要做到稳妥可靠才能趋利避害。"

端木林看了如玉一眼，心话："这么冰雪聪明的公子哥儿怎么会一遇到事情就犯糊涂呢？真是不可理喻。今后得让楚玥多敲打敲打他。"

楚玥问如玉："下湾镇地当邵伯湖南下梢，一边是江都仙女庙镇，一边是扬州城，路都不远，扬州小吃天下有名，到了那儿，我一定请你品尝富春五丁包子。不过，这钱得你掏。"

如玉笑了，心话："这姑娘性情爽朗，快人快语，倒真的很可爱，要是娶她做老婆，再合适不过了。"他忽然觉得有些荒唐，看到楚玥正看着自己，脸不觉红了。

端木林说，到江都船都会停下来，扬州通往泰州、姜堰、海安、和东台有游船，文公子考察大运河，应该到这几个地方去实地考察一下，这里水网密布，城市和景点也多。

楚玥说：太好了，我在苏州上学时就有同学讲沿江沿海的苏北城市，就是从来没有去过。楚玥问如玉，能否带我们去看看这些地方。

如玉说，好。明天带你们去泰州玩玩，反正在扬州过江要排队，还得等上几天才能排上。

到了江都，船停了下来，端木林和牛儿在运河过江排队。

第三十二回

泰州海陵望海楼　姜堰溱潼撑会船

　　泰州古称海陵，海陵望海楼而之所以叫望海，是因为以前站在望海楼看过去都是一片汪洋大海，如今海水远退，城市兴起，但望海之名依然保留着。泰州是一座水的城市，水是泰州的特色和灵魂，哺育泰州人的凤城河，千亩水域绕城四周，是现存的为数不多的较完整的千年古城河，所以现在的望海，也是看围绕着的凤城河。站在泰州的望海楼，如玉讲起了泰州的历史。泰县（泰州），简称"泰"，古称海陵，公元937年为州治，取"国泰民安"之意，始

望海楼

名泰州。泰州南濒长江、北邻盐城、东临南通、西接扬州，是承南启北的水陆要津，为苏中门户，自古有"水陆要津，咽喉据郡"之称。民国元年（1911年），南京临时政府裁府废州，泰州改称泰县。三年，江苏省分为5道，泰县属淮扬道。

望海楼是泰州的标志性建筑。其位于泰州凤城河内，初建于南宋绍定二年，被誉为"江淮第一楼"。此楼屡毁屡起，大多毁于兵火而又起于盛世。康熙年间重起之时，始遇大雨雷鸣，继则晴空鹤翔，民众视此象，以为大吉之兆，便更加敬重此楼。此楼命运，实乃中华民族兴衰之象征。泰州之有望海楼，因本地仕人身居村邑而志存高远，如施耐庵、王艮、郑板桥、柳敬亭亦有外地人士如陆游、范仲淹、欧阳修、岳飞、孔尚任。更有袈裟如云，佛号高僧大德。到了望海楼，就象征着去过泰州，已无遗憾。望海楼楼高30多米，取宋代建筑风格，外观三层环廊，主体色彩取栗壳、青灰二色，古朴典雅。望海楼下，海陵环城河，为宋—清古遗址。包括城池土基、南宋水关遗址一览无遗。如玉带着大家一边观看一边讲解，听得楚玥直入神。

作者和王恒奇在泰州宋城古涵

　　参观望海楼后又到周边街上转了转，听说溱潼镇有撑会船比赛，随着船直径往距望海楼东北方向约 70 里的姜堰溱潼古镇方向驶去。

　　溱潼镇，原名秦潼，古称秦泓，隶属于泰州姜堰，坐落于里下河地区，旧有"犬吠三县闻"之说。溱潼镇区共有 5 条主河道：北夹河、中夹河、南夹河、金钩钓鱼河和西夹河。在外围，溱潼镇四面环水，泰东河流经镇北，姜兴河横贯镇东，镇南有着湿地景区喜鹊湖。溱潼镇境内多处发现麋鹿化石遗骨和出土新石器时代的石斧、石器，大约在 5000 年前这里已有人类居住，因其地面海向阳，属海阳地域范围。而从境内出土的新石器时代文物、麋鹿角化石等充分说明，数千年前，这里就是先民聚居之所、麋鹿生息之乡。

溱潼镇

　　溱潼会船节源于宋代，相传山东义民张荣、贾虎曾于溱潼村阻击金兵，溱潼百姓助葬阵亡将士，并于每年清明节撑篙子船，争先扫墓，祭奠英魂，久而久之，形成撑会船的习俗。溱潼会船主要分布在里下河水乡，纵横数百平方公里。会船通常分为篙船、划船、花船、贡船、拐妇船等五种类型。溱潼会船节一年一度，一般在清明节的第二天举行，每届都有数万人云集当地，争睹"天下第一会船"的壮观场面。溱潼会船是唯一保存最完整、最具原生态特质的"水上庙会"。溱潼会船有一个很大的特点，即一千多年来一到会船的日子，当地老百姓"上到八十三，下到要人搀"都要赶来参加，从看会船到踏青、会亲、赶会，完全是一种民间庙会的形式，是一种遗存在民间的节日文化活动，这种社会行为的历史沉淀本身构成了民间文化遗产。

赛船：会船节前 10 天，有会船的村子就由会头在村里竖起旗帜。他是本村的行政负责人，会船的安全由他负责。被选中的船主很乐意。经过试水、铺船、赴会等程序，进入赛船阶段。两船对齐后，扬锣两声，发出竞赛的号令，接着水手们齐喊："下！下！"声音响亮，篙手两臂张开，两手挥动竹篙，笔直地两上两下，竹篙与船帮相碰发出"笃——笃"撞击声，扬篙如长矛列阵，下篙如巨蟒入水。有节奏的锣声越来越紧，船立即从水面上腾起。两船比赛，终有胜负，在进行中如有胜者，"堂堂堂"一阵乱锣，就表示停篙。不断的比，反复的赛，把会船竞赛推向高潮。

当赛船结束，会船节活动临近尾声时，欢闹的演戏、酒会、送头篙三部曲又凸现高潮。按惯例，赛船前，各大村庄的头面人物，早就张罗着在露天搭台唱戏谢神的事了。扬剧、淮剧、京剧、杂技……各庄花钱请戏班子，在赛船结束的当晚开演。也有不请戏班子的，则由本庄的文娱爱好者组织起来载歌载舞，没有一个庄子这天晚上没有演出活动。

赛船结束的当晚，篙手们毫无例外地要举行一场酒会。各船篙手欢聚豪饮，大伙话题再多，也要转到一点上来："今年的头篙送给谁？"围绕这个题目，七嘴八舌把"头篙"的得主定下来。至于酒会的费用，早有习俗，公吃公摊，概由参加者负担。

习俗以送头篙预祝人家生儿子。新婚夫妇谁能够得到篙手们的青睐，成为头篙的得主，那真是一件喜事。酒会上，头篙的得主一选定，马上就会有热心人向这一家通报喜讯。这一家便立即做好迎接的准备，全家上下，满怀喜悦的心情，恭候篙手们的光临。头篙一进门，灯烛辉煌，鞭炮齐鸣，主人向篙手们奉上糖果、香茶，一一致谢。送篙者满口都是"祝愿早生贵子"的话。得主不断许诺："到时候一定请各位吃喜酒。"要是头篙的得主这一年碰巧真生了"贵子"，那可就热闹了。首先要为一船的篙手每人添一根新篙子，富裕者还自动置办酒菜，宴请全体篙手。可以想见，一条会船有一根头篙，一个庄上，多少会船，多少头篙，牵动着多少处欢乐的人群。溱潼一带，村村社社的乡亲们，年复一年，就是以这样那样的健康的风俗导演出一幕幕寻求欢乐的戏，使欢乐

的气氛笼罩着水乡

泰州戴南风俗送订婚礼　　　　　　泰州小伙娶海州姑娘办订婚宴

在泰州兴化戴南，如玉带着蝶儿、婉儿去"敕封护国寺"，护国寺，位于戴南镇护国街，始建于唐，是一座拥有 1000 多年历史的古刹。护国寺，因为曾保护过唐太宗李世民而得名"护国寺"。

贞观二十年（647 年）春，李世民敕令尉迟敬德于七星庄原破败小庙处监建禅寺，并亲笔题"护国寺"，以旌表"护佑大唐国"之功。该寺原弥勒韦驮神龛上方木匾镌有"上刹建自大唐"等字样。护国寺的宋、元石础门墩，鸟兽图案惟妙惟肖，栩栩如生。这些历史的遗物，见证着寺庙的过去。天王殿前还有一块唐王跪过的拜石，膝窝深深，虽经千年岁月风尘的洗礼，仍以醒目的痕迹。

早在北宋天圣年间，范仲淹奉命修筑的拦海大坝——"范公堤"筑成。卤水截流，里下河一带岁时丰稔，"护国寺"得以扩建。护国寺扩建时，天王殿东侧一棵皂荚树占据了地盘，为保护这棵唐代参天古皂荚树，庙内僧人及当地群众，没有轻易砍树建殿，而是将殿宇西移 2 米多，形成山门殿、天王殿及大雄宝殿不在同一条中轴线上的佛教寺庙建筑布局上的独特现象。

康熙二十三年（1684 年）九月，康熙帝南巡至苏州、宜兴一带，跟随其南巡的祖籍海州内阁大学士王士祯（号渔洋）十分熟悉扬泰地区民情民俗，康熙从这位曾任扬州推官的王氏口中得知戴家泽村"护国寺"与唐太宗李世民的一段历史渊源佳话，遂题"敕封"二字，冠于"护国寺"题名前，寺僧随即重制石额嵌于第一进山门上方。现存"敕封护国寺"白矾石门额，长 125. 5

厘米、宽30厘米、厚6厘米，距今已有近300年历史。"护国寺"为唐太宗李世民手书，"敕封"二字系康熙御笔。护国寺第二进为天王殿，硬山屋面，迎门供奉大肚弥勒佛，左右为四大天王，弥勒佛背后是手执宝杵的韦驮像。第三进是大雄宝殿，前带卷棚，硬山屋面。"大雄"是释迦牟尼的德号，该殿是寺庙的正殿。大殿之北原有藏经楼，大殿东侧为佛事堂、斋堂、僧房。

船沿着泰州兴化境内行驶，看到海边一条长堤一望无际，如玉对大家讲，这就是著名的"范公堤"，是北宋重臣范仲淹在泰州担任盐官时主持修筑的。从盐城阜宁到南通启东吕泗长约九百华里，黄海边上这长堤挡住滔滔海水，防止潮水倒灌，护卫着万顷盐田。

天禧五年（1021年），范仲淹调任泰州西溪盐仓监，负责监督淮盐贮运及转销。西溪濒临黄海之滨，唐时李承修筑的旧海堤因年久失修，多处溃决，海潮倒灌、卤水充斥，淹没良田、毁坏盐灶，人民苦难深重。于是范仲淹上书江淮漕运张纶，痛陈海堤利害，建议沿海筑堤，重修捍海堰。天圣三年（1024年），张纶奏明朝廷，仁宗调范仲淹为兴化县令，全面负责修堰工程。

据民间传说，范仲淹在修筑"范公堤"过程中，她的女儿也起了关键作用。

范公堤

工程刚开始就遇到难题，海岸线弯弯曲曲，潮汛有大潮有小潮，海堤位置很难确定下来。如果堤筑靠海近，则怕挡不住海水，也可能被海水坍掉。如果离太远，又浪费盐田。范仲淹在家天天苦思解决良策。范仲淹有一个女儿，她天生美丽聪慧，她读书用功学识渊博机智多才，她看到父亲为筑堤放线定位发愁，便向父亲提一建议，范仲淹听完后很是赞同并采纳。

当时正值八月半，一年中海水大潮时节，范仲淹令沿海施工各地准备船只，在船上装满稻糠和木屑，在涨满潮时撒入海水中，这二种物体粉状极细，浮于海面随海浪涌向海边，退潮后在沙滩便留有痕迹在海水到达位置和高度。范仲淹派人打桩做标记，然后作为堤身修筑位置，后来施工果然有奇效。

海堤修筑很是顺利，但是新的问题又来了，因为海堤很长，施工都是由各县乡镇村分段包干完成，然后合拢连结，而两段之间所用材料土质都不一定融合，如果稍有不慎很可能出豁子。范仲淹又找女儿商盘对策。

范仲淹把海堤合拢为难情况讲给女儿听，讲到激动时，不小心把桌上茶杯碰翻，茶水在桌面上四处流淌，范仲淹让佣人揩抹，丫鬟拿来抹布被小姐抢了过去说，我来围堰。只见小姐把抹布绞成一长条，围住流水，中间留一缺口，茶水往外流，小姐不慌不忙，从桌子下面针线匾里拿出一个香囊，往缺口上一堵，茶水立即被围在堰内。范仲淹见状恍然大悟，立即说到我知道了。他召开布置工程对接事务，传令用麻袋装满泥沙填塞对接处漏洞，然后加泥夯实坚如磐石，此法一用，合拢衔接顺利完成，终于筑成了一条横亘苏北地区的千里大堤。

顺风行船，不知不觉进了盐城境内。

第三十三回

盐城盐都盐河道　东台董永七仙女

　　盐城与大运河相连有三条河道，即盐邵河（盐城、邵伯，接运河点邵伯）、盐宝线航道（龙岗、宝应，接运河点宝应）、东高线航道（下坝、东台，接运河点高邮）。盐城因盐而起，因盐而兴。由于制盐业的兴起，为了便于运输，开始陆续开凿运盐河道。串场河素有"盐城城市之魂"的称谓。

　　在串场河边，如玉讲起了串场河。串场河在江苏省中部里下河地区东部。南起海安县西的通扬运河，过海安船闸，北经富安、安丰、东台、刘庄、盐城、上冈至阜宁入射阳河。始建于唐大历元年（766），沿常丰堰（范公堤前身）西侧，南北延伸。南宋咸淳五年（1269），两淮制置史李庭芝重加修筑。明、清为串通淮南各盐场，屡次疏浚，至乾隆三年全线贯通。它绵延 200 公里，将盐由水路向南运往长江与大运河的交汇处，向北运往黄河与淮河的交汇处。它串通盐城境内的白驹、刘庄、草堰、东台等 13 个盐场，成为见证和承载着盐城千年繁荣兴旺的"串场之河"。明代嘉靖年间绘制的一张两淮盐场图上，共有 30 处盐场，其中 13 处在现在的盐城境内。

　　明清两朝，两淮盐业达到极盛，清朝嘉庆年间《两淮盐法志》记载："煮海之利，重于东南，两淮为最"，并有"两淮盐赋甲天下"之说。生产力的发展，经济得以振兴，城市建设步伐随之加快。明朝备倭指挥杨清将盐城土城改建为砖城，并筑围城 7 里。为纪念南宋末年丞相陆秀夫，建陆公祠。建盐城东门闸桥。知县杨瑞云令增开盐城南门，建门楼三重，时称杨楼。重修泰山庙。万历年间，登瀛桥是城区跨越串场河的第一座桥。崇祯年间，于盐城儒学街建宋曹故居。清朝主要开挖新洋港、蟒蛇河、皮岔河，建通惠桥。

　　在盐城水街上，在串场河边，如玉讲起为什么叫水街。盐城街里虽有些水井，也只是一部分大户人家用，绝大部分市民还是用河水。登瀛桥下，蟒蛇河和串场河的交汇处，河道较宽，水很干净，附近街坊邻里大都到这里来用水、取水。由于地势比较低，这条街一年到头都是湿漉漉的，如遇大水年份，河水漫溢到路道上，还要涉水而行。鉴于此，人们称之"水街"。

水街夜景

　　在串场河边的环形码头乘坐木制篷船，经水路入口，穿过横跨水街景区最南侧的"水城门"，就进入水街。沿街分布着50多家商铺，集中了海盐特色商品。木船缓慢地经过"漂舟戏苑""老周茶社""翰墨阁"和"水云阁"，最后到达位于水街北端的盐商宅院——大宅门，这是水街景区里面积最大的一组建筑。如果要说到盐城发展的历史佐证，那盐城水街便是一个很好的见证。在水街上更多的是餐饮，其中八"大碗"是当地传统的美食，游盐城水街，品盐城历史。逛完水街，如玉他们品尝了水街"八大碗"。

　　在水街串场河边上，有一座盐宗祠，如玉说，水街盐宗祠可是国内唯一个"同拜五宗"的。它是由三座大殿组合而成的，中间主殿供奉产盐之宗夙沙氏、经盐之宗胶鬲、管盐之宗管仲，东殿供奉的是盐盘大圣，西殿供奉的是盐婆娘娘。

　　如玉对大家说："旧时，沿海盐民每逢大年三十夜和正月初二，都要敬盐神。我们在盐都，又看了盐宗祠，大家可知道相传的盐神原型就是在盐城射阳到如东海边一带。"

　　很久以前，海边有一个姓钱的渔民，在海边采海。有一次他忽然发现不远处站着一只凤凰，凤凰见他来，长鸣三声展翅起飞并围绕刚才站立地方盘旋三圈才飞向远方。钱氏知道"凤凰不站无宝之地"，于是就在凤凰起飞的地方用随身工具往下挖，心想寻着宝贝。一直挖到青沙见底也没宝贝，只见青沙粒上有无数针尖大小的孔，在海水闪闪发光，这个时候海水涨潮，钱氏顾不了那么多了，脱下上衣挖起青沙装了起来拿回家中。家后，钱氏打开仔细观看青沙也无新发现，用舌头舔了舔，一股苦涩味。但他深信凤凰不站无宝之地，认为青沙就是宝贝，决定上呈皇帝。

　　钱氏千辛万苦到了京城，皇帝听说有人献宝十分高兴下旨觐见，钱氏把肩上装着的青沙市袋送到龙案上，皇帝打开一看，勃然大怒道："大胆刁民，一把青沙竟敢戏弄朕！来人啊，推午门外斩首！"可怜的钱氏就这样身首异处。御前太监把青沙布袋拎到后宫，挂在御膳房门口屋檐下，青沙可以防止御膳房失火救火用，时间长了这事就忘了。有一天，天下起毛毛细雨，后宫屋檐也在滴着雨水，皇帝在寝宫与大臣下棋。到中午，这位御前太监用木盘端着几样菜肴送给皇帝吃，走出御膳房门口，恰巧袋中的水滴进一碗汤中，太监抬头看看布袋，又低头瞧瞧那碗汤，没有发现什么，就直接送给了皇上。皇帝见膳食端上来了，就和大臣一起进膳。刚喝上一口开口汤，皇帝突然神情喜悦，连说："朕从来没有品尝过如此美味佳肴，太可口了！"并令御膳房在装一碗来。过一会，汤来了，皇帝又品尝，皱起了眉头说"索然无味，重新再做"，连做几次，皇帝都说不对味。御前太监突然想起了什么，最后一碗端上来前，特地到布袋下等了一滴水，皇帝吃后，非常高兴，就是这个味。御前太监终于明白了全是袋中滴水所致。然而一天又一天，布袋不滴水了，御前太监只能实话实说告诉皇上，皇帝说那个送青沙的人出生在海边，这沙肯定是海沙。命人取海水来试之，果然菜肴鲜味无比。有一天，御厨误将海水当清水，倒进锅里烧了起来，自己却忘了，过了几个时辰，揭开锅盖，锅底一层雪白细晶体，用手拈了一点放进嘴里，咸鲜味正。皇帝亲到御膳房查看，并随口说了一句"盐"呢，盐的名字正在出现，从此皇帝开设盐课，沿海盐民制盐，国库充盈，人民体质得到增强。为了对钱氏发现盐的贡献，皇帝追授钱氏为"太保"，令各盐墩供奉！

从此以后，海边盐民世代供奉"钱公太保"，尊之为盐神。

如玉带着大家来到串场河、蟒蛇河、越河环绕的三角地建有一座千年古庙——泰山庙。明万历十年盐城知县杨瑞云重修。泰山庙原为四进级院房，入口处有八字墙，城门式的墙上书有"泰山庙"三个隶体大字；第二进为两层楼房；第三进是一座雄伟的古式建筑物枣飞檐楼，两边建有厢房数间；第四进为藏经楼。泰山庙的诞生，相传始于明朝名臣"状元宰相"李春芳的报德之恩还愿之心。李春芳，字子实，号石麓。江苏兴化人。

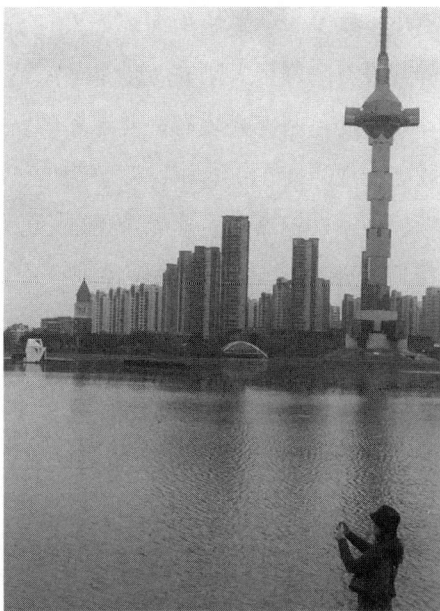

盐城水景

1510 年兴化发大水，庄稼颗粒无收，李春芳的父亲为了生存只好携妻带小坐船离开兴化，漂流到盐城西乡北蒋一带，1511 年 1 月 14 日李春芳出生。李春芳天资聪明伶俐，学习用功，读书过目不忘。李家住在北蒋庄的东边，李春芳上学来回都要经过土地庙，下雨上学堂，衣服鞋子从来不湿，土地庙里土地老爷的衣服鞋子却湿了，传说是土地老爷在下雨时背着李春芳去学堂读书。嘉靖十年（1531）成为举人，中举后勤学不倦，先后拜欧阳德、湛若水等大儒为师，又"请益"于王艮，受学教诲。传说，嘉靖二十六年（1547），李春芳从兴化雇船去京城参加大考，当船行驶到盐城西侧，天色已晚，就叫船家停下来过宿。到了半夜时分，李春芳听到从岸上隐约传来小孩的哭声。夜已经很深了，怎么还有小孩子的哭声？李春芳感到好奇，随即穿起衣裳，轻轻走上岸去，来到一个草房前，向里一看，灯光下看到一孩童正向一位老妇要馒头吃，两鬓斑白的老妇不紧不慢地说："要吃馒头可以，可先得对上我出的对子，对上了就吃，对不上那就……"孩童说："奶奶你出吧"。老妇稍做思忖即说出了上联"麦黄麸赤面如霜"，孩童听后，思量许久，对不出下联，到嘴的馒头只好作罢，吃不到馒头，孩童便哭泣起来。站在一旁的李春芳看在眼里记在心上，想不出下联来，就尴尬地向那妇人打了个招呼，劝解了几句就上船了。这一夜李春芳没有睡好，天刚亮，他又上岸请教那老妇人，走上岸来一看，原来的草房却是一座草庵，庵里有一尊雕塑的女神像。他心里一亮：夜间怕是神人在点化我吧？他当即端正衣帽，双膝跪地，磕头许愿说："女神娘娘，学生要赴京赶考，多蒙女神点化。若能金榜题名，一定重返龙冈，为娘娘重修庙宇，再装金身。"一路上李春芳风尘仆仆赴京，果然名列前茅。在面试的时候，主考官出了上联"炭黑火红灰似雪"，李春芳突然想到在龙冈时老妇人的上联，正合题意，便随口对以下联"麦黄麸赤面如霜"。主考官听了连声称赞。李春芳金榜题名后，没有忘记他许下的愿，他要在那个曾经停靠船的地方建庙，以谨谢那位神灵幻化的老妇人。据史料记载：李春芳当年擢进士第一，以鼎甲第一成丁未科状元。经 6 次升迁，于嘉靖四十四年（1565）为礼部尚书加太子太保兼武英殿大学士入阁拜相。隆庆二年（1568），58 岁的李春芳接任首辅，史称"状元宰相"。在接任首辅，终于有能力"拨出银两"之时，李春芳派员来盐城选址建庙。泰山庙建庙前后耗时一年多，是一座颇具唐式风格的庙宇。无论是建筑风格，方位空间的选择，甚至四周的环境以及雕刻绘画的附着，似乎都在演绎着"天人合一"的境界，禅意让人感受到身临其境，袅袅的香火烟绕殿堂，木鱼声声从大殿传入耳鼓，一股静谧的气息充斥其中。李春芳登庙远眺，但见朝阳紫气喷薄而出，犹如金佛一般闪现万道霞光。他想到东岳泰山，雄奇险峻，吞云吐雾，神逸钟秀。几番斟酌，径直题书"东岳庙"。庙内专设女神殿，供奉那尊安详女神，便是应据李春芳意象装修，颜体匾额"碧霞宫"亦为李春芳亲笔所题。

船从盐城往回走的路上，马上到东台了，如玉说，《二十四孝》中卖身葬父的董永就出生在东台，董永和七仙女的故事你们听说过吗。

蝶儿说，我们在运船经过常听董永和七仙女故事，听说董永家在山东博兴。

婉儿说，董永家在安徽孝感。

楚玥说，我们老师说董永家在丹阳。

如玉笑着说，你们说的都对，也不全对。全国在江苏、山东、湖北、安徽、河南、河北、山西等地都有董永和七仙女传说。

如玉说，而现在关于董永和七仙女的传说有四处争的最厉害。一是山东青州、二是湖北孝感、三是江苏丹阳、四是盐城东台西溪。董永卖身葬父感动上帝，事迹又报到朝廷，封为二十四孝之一。有的董永家乡改为孝感县，有的地方建有董永塑像，如：湖北孝感县、江苏丹阳"广灵寺"、江苏东台西溪"广福寺"。远的不讲，就江苏也有 4 个地方争董永。他们是东台、丹阳、丹徒、金坛。实际上各个地方争都有道理，而有都没有说服力的证据。江苏境内的 4 个地方争董永，他们是地方观念太强，没有跳出来，站高一点看。如果江苏一盘棋把董永传说规范，也许是一个古老传说的旅游带。

楚玥迫不及待地问，那你能不能把江苏一盘棋的董永故事说听听。

如玉说，董永和七仙女的故事，我以前没有专门研究，它发生在大运河沿线，而且从汉代一直相传下来，有一定老百姓基础。从江苏而言，在东台，董永出生在东台当地人对此深信不疑，并且四季八节烧香不断，香火延续千年不断。

如果把故事串起来讲就更好听了。董永出生在东台，家境贫寒，母亲去世早，父亲身体不好，董永孝顺，带着父亲从扬州沿大运河过江到长江南丹徒打工。到丹徒后因父亲病故，董永无钱安葬父亲，便卖身葬父替地主家打工，在天庭的七仙女对董永孝心感动，下凡帮助董永织布缩短董永打工时间，期间董永和七仙女在丹徒上党槐荫村旁的老槐树为媒结为夫妻。后来天庭发现七仙女私自下凡被捉拿回天庭。董永和七仙女分别。

董永和七仙女分别后，董永行程 50 里到丹阳延陵镇打工，期间七仙女在天庭生子，后将儿子送给在丹阳延陵的董永。在丹阳的传说中，以天庭背景传说为多。

董永儿子逐渐长大，也到了读书的年龄，董永在丹阳怕儿子知道母亲传言于是又往南走了 25 里，到达金坛直溪，董永不敢走远，怕七仙女那天回来找不到他，董永把儿子起名为"董鹤生"让他读书，没有告诉儿子他的母亲真实身份。时间长了董鹤生隐约听到外面传说，追问父亲。这时天庭传话说，七仙女想儿子不吃不喝，玉皇大帝同意七月七日让七仙女去凡间看一眼儿子。"七夕"当天，董永携儿子董鹤生在金坛直溪镇望仙桥上，董鹤生跪迎生母"七仙女"。从此以后每逢七夕，董鹤生就跪在望仙桥迎生母，时间长了，桥石板上都跪有深深的陷印。直至今日"七夕"仍然是情侣相见的节日。

当然这是我一家之言不足为信，如玉讲完后，问楚玥，以后你也当七仙女，并用眼睛订着楚玥望，楚玥脸都红了。

走进东台千年古镇西溪，西溪是古东邑佛教和两淮海盐文化的发源地，是"董永传说"的发祥地。西溪，为始建于西汉中叶的一个古镇，在这块古老的土地上流传着董永与七仙女的传奇故事。

历史传说东台西溪镇西北角有一小村庄，叫"董家舍"。传说，东汉初年董永就出生在这个村子里。早在南宋时的《方舆胜览》中就有记载："海陵西溪镇，汉孝子董永故居。"清嘉庆《东台县志》详载："汉董永，西溪镇人，父亡，贫无以葬，从人贷钱一万，以身作佣……"。西溪镇北有一水塘，叫"凤凰池"，昔日池水碧波荡漾，清澈见底。传说王母娘娘的七个女儿常来此沐浴。凤凰池后建有"天女庙"（久废）。西溪西南面有一村庄叫"鹤落土仑"，传说七仙女深为董永的勤劳和孝心所感动，一日在众姐姐的帮助下，乘鹤下凡来到人间，七仙女乘鹤下凡之处，得名"鹤土仑"，即今台南镇社东村，东庄叫"鹤东"，西庄叫"鹤西"。七仙女下凡后，在西溪南面的"十八里河口"与董永相遇，后在"十八里河口"附近的老槐树下，二人拜天地成了亲。天长日久，十八里河口旁边的村庄也成了"河口"村（今属台南镇）。西溪西广福寺后院内有一口古井，叫"缲丝井"，大旱之年不涸，传说是七仙女当年为帮助董永赎身而替曹长者家织 300 匹云锦时汲水缲丝的一口井。清嘉庆《东台县志》载："井口小而中宏深，味极甘，大旱不涸，每至春深，井生草根长丈余，人以为仙迹云。"明英宗天顺六年（1462 年），巡宰李诚莅临西溪，查看了这个遗迹，建亭其上。当年九月亭建成，坚朴实得宜。亭的梁柱上还雕刻着水藻形的花纹。兴化顾繁在亭上作《缲丝井亭记》。明万历四十年（1612 年），西溪巡检刘文奎又在此修亭作记。董永伫立之处便得名"殷庄"，今属广山镇。董永死后，后人有感于董永的孝心，为其建"董孝贤祠"，又称"董永庙"。有砖墙瓦盖四合院十余间，祠内供董永塑像，四时香火不断。院内有土建"董永墓"，墓有石碑，碑文为："汉董孝子讳永墓——道光乙未里人修"。为了永久纪念董永，并将当地村庄取名"董家土仑"，后又改为"董贤乡"，现为台南镇"董贤村"。

东台西溪今辞郎和台南董贤遗迹、老槐树土地庙和董永墓、七仙女下凡地方传说地。

当地百姓讲述了董永七仙女的传说，传说在两千多年前，山东青州有个名叫董永的人，幼年丧母，随父逃荒至今天的东台西溪，在地主曹长者家帮佣，父子俩相依为命，苦难度日。有一年东台闹灾荒，董永的父亲因病去世，身无分文的

董永与七仙女

董永无力安葬父亲，没有办法只能卖身给曹长者家做长工，得钱买棺葬父。董永平时省吃俭用但每逢父亲的忌日，他总会用平时节省精力钱买供品祭奠。七仙女在天上看到了这一切。一天，董永在离西溪不远的十八里河的河口遇一位少女，双方交谈后，少女同情董永的遭遇，愿意与他结为百年好合。董永说"我卖身葬父，那有钱娶你"。少女说"我也是孤身一人，我会纺织能替你还债"。于是两个年轻人以老槐树为媒拜天地成亲。董永带少女来到曹长者面前，愿意织锦帮董永还债赎身让董永自由。曹长者不想让董永走，有意为难少女说，"你若一个月能织出三百匹云锦，董永所欠债务一笔勾销可以走人，否则就要在这儿打一辈子长工"。少女立即答应，一旁董永吓坏了，他知道一月织三匹都不容易，不要说织三百匹了。然而事到如今，只能这样了。董永和少女在西溪广福寺后院，少女用插在发髻上的金针凿了一口井，董永帮他汲水缲丝，就这样夫妻二人每天都是起早带晚编织，一转眼半个月过去了，就织了几匹云锦，董永非常着急天天愁眉苦脸。但是少女并不紧张，因为她是天上的七仙女。最后一天夜间，七仙女烧起"难香"，请众姐妹前来帮忙。众姐妹带上天梭一夜之间织完剩余的云锦。第二天天明曹长者看到三百多匹云锦惊得目瞪口呆，让董永还清了债务。夫妻俩到西溪南面的董家垛寒窑安了家，过上了甜甜蜜蜜的田园生活。三个月后，七月七日，王母娘娘得知七仙女下凡大为震

怒，派天兵天将前往人间捉拿七仙女回宫。七仙女知情后十分悲痛，对董永说："我本是天上七仙女，因你忠厚孝道才到凡间帮你纺织替你赎身还债。如今天机已泄，我只能回天庭与你永别。"董永听罢泪流满面肝肠欲断。说完七仙女被天兵天将腾云驾雾带走，董永追赶到西溪西南河口，七仙女不忍心，挣脱天兵天将与董永抱头痛哭并留下一双绣花鞋作纪念。天兵天将又一起上前抓住七仙女直上云天。董永在地上拼命追赶呼喊，七仙女怕天兵天将加害于董永，取下头上金钗向地面一划，遂成一条长河，挡住了董永，让他不要在追赶，免遭天兵天将的加害。接着七仙女又将双钗插地立涌出泉，世人以此井为"金钗井"，河名"辞郎河"，董永伫立之处便得名"殷庄"。第二年春暖花开的季节，七仙女在天宫生一男孩，天帝难容，七仙女只好把儿子送到人间，放在村头老槐树下，托梦让董永来认领儿子。董永从睡梦中惊醒，来到老槐树下，抱起孩子失声呼喊，无奈七仙女已驾云回宫，不敢逗留。从此，董永天天在老槐树下仰望天空，盼望七仙女重返人间，全家能团圆。董永逝世后，后人为永远纪念他和七仙女的善良，在广福寺后建了董永墓和董孝子祠。到明代英

宗天顺六年（1462），陕西巡抚李诚莅临此地，并查看"缫丝井"遗址，慷慨捐银建了缫丝井亭；明万历四十年（1612），西溪巡检刘文奎又为此亭修亭作记。清嘉庆《东台县志》载，明礼部侍郎王瓒曾赋《缫丝井诗》一首："彩云飞去凤笙残、月转梧桐玉磬寒。机杼荒凉秋草歇、辘轳寂寞野花团。祇凭博望知源邃、肯信麻姑见底乾。千古真游何处觅、一双鸣鹤绕栏杆。"

听完当地人讲述董永七仙女的传说，大家从东台西溪古庙往西行找到了当年董永七仙女在老槐树下土地公

当地董永墓

公牵线成婚的原旧址。七仙女在玉皇宫内玩枯燥乏味，已到成年，幻想下凡到人间烟火里感受生活快乐，七仙女遇到的槐树更是奇树，能移栽到天庭成活，辅助天上奇观。

当地向导向如玉介绍老槐树原址情况，原来这棵大树就长在河的边上，河东西走向，叫辞郎河。传说是七仙女用头针划的一条河流，对应天上则是每年七月七日与董永相会的银星河。老槐树经历千年，后来被风浪刮倒，因无人过问就不见了，后来听说被兴化人放船买走了。而现在这颗槐树是和以前老槐树并列，也枯萎只剩下树根了，西溪当地有人求神拜佛都会到这个地方来。本地村民为纪念土地公公和老槐树自发集资砌了一个土地庙，起名"董永庙"，在辞郎村一个姓朱的队长家南山头。

而董永墓在东台台南镇董贤村小学堂向西北，有一个很小土地庙里有一块墓碑上写着"道光乙未年汉董孝子墓"碑前摆放着香炉。乡民们自发修建的"孝感动天"，门前"董孝贤祠"碑被村民保护起来砌在墙上，整个贤祠屋顶青色、外墙黄色，古色古香。"董孝贤祠"，又称"董永庙"。有砖墙瓦盖四合院十余间，祠内供董永塑像，四时香火不断。院内"董永墓"碑文为："汉董孝子讳永墓——道光乙未里人修"。为了永久纪念董永，并将当地村庄取名"董家土仑"，后又改为"董贤乡""董贤村"。

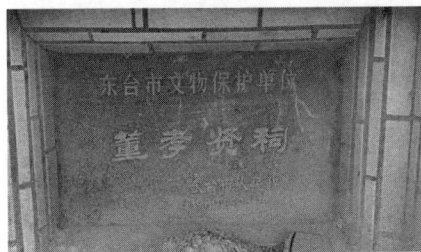

董孝贤祠　　　　　　　　　　　　董孝贤祠原址

在贤祠墙外有200米处隆起的高地，上面生长的一片树林，具说这是董孝贤祠原址，如玉和宛儿走了过来，如玉在树林里找到了一小块汉代的绳子纹砖对大家说，不要小看这一片砖块，这是汉代特有的用绳子压实砖块留下的痕迹，有一定考古价值，带回去留一个纪念。

第三十四回

如皋小宛冒辟疆　如东圆仁扶海州

　　从东台往如东必经如皋。如玉说，如皋是冒辟疆的故乡，冒辟疆和董小宛曾生活在这里，我们要不要下船看一看水绘园。

　　如皋，江苏南通管辖，如皋连接海边盐场和京杭大运河边的扬州城。白花花的海盐给这座小城带来繁荣，清代很多盐政官员、盐商居住在如皋。如皋水绘园始建于明朝万历间，是"明末四公子"之一冒辟疆与"秦淮八艳"之一董小宛的栖隐之处。枕着运河流水，遭遇亡国之恨的冒辟疆不事清朝，隐居寻常巷陌，全节而终。

在水绘园，如玉讲起了冒辟疆和董小宛的故事。冒襄（1611 年 4 月 27 日—1693 年 12 月 31 日），字辟疆，号巢民，南直隶扬州府泰州如皋人，明末清初文学家，明末四公子之一。康熙三十二年，冒襄去世，享年八十三岁。如皋冒氏始祖冒致中，号东林，元末两淮盐运司函丞，在通、如、泰一带分巡 24 处盐场，居如皋东陈。冒致中次子冒昉洪武初赴云南从军尽职，长子冒思中又"概然自请从军"，又战死云南。三世冒基"隐居耕渎、能文精医、施惠乡人"。到五世冒政、六世冒鸾连中进士。冒政"质直坦易，居官廉政"，官右副局长御史。冒鸾为官清廉、品行端正，四次受到皇帝嘉奖，官至福建布政使左参议，死后被祀于县乡贤祠。冒辟疆的祖父冒梦龄官至云南宁州知州。冒辟疆的父亲冒起宗官至山东按察副使，督理七省储漕运。冒辟疆从小就跟随外地做官的祖父冒梦龄，生活在官衙里，一方面刻苦读书，14 岁就刊刻诗集《香俪园偶存》，冒襄在 1627 年至 1642 年间，六次去南京乡试，六次落第，仅两次中副榜，连举人也未中，他深感怀才不遇。冒辟疆一生著述颇丰，有《影梅庵忆语》《先世前征录》《朴巢诗文集》《岕茶汇抄》《水绘园诗文集》《影梅庵忆语》《寒碧孤吟》和《六十年师友诗文同人集》等。其中《影梅庵忆语》回忆了他和董小宛缠绵悱恻的爱情生活，是中国忆语体文字的鼻祖。

董小宛，名白，字宛君，明天启四年（1624 年）生于苏州半塘街，"秦淮八艳"或"金陵八艳"之一，据冒氏本人《影梅庵忆语》称：她与冒氏在乱世中相伴 9 年，殁于清顺治八年正月初二日（1651），享年 28 岁，葬于如城南郊"影梅庵"侧。董小宛小时候因父母离异生活贫困而沦落青楼。她 16 岁时，已是芳名鹊起，与柳如是、李香君等同为"秦淮八

冒辟疆像

艳"。1639 年乡试落第的冒襄与小宛偶尔在苏州半塘相遇。她对冒襄一见倾心，虽然她多次向冒襄表示过倾慕，均未得到他的首肯。次年冒襄第六次乡试科场失意，情绪沮丧到了极点。就在这年冬天，在柳如是的斡旋下，由钱谦益出面给小宛赎身，然后从半塘雇船送到如皋。次年春，冒董结成伉俪。

小宛入冒氏之门后，与冒家上下相处极其和谐。而小宛也很恭敬顺从。闲暇时，小宛与辟疆常坐在画苑书房中，泼墨挥毫，赏花品茗，评论山水，鉴别金石。小宛画的小丛寒树，笔墨楚楚动人。她 15 岁时作品《彩蝶图》上有她的题词，到如皋后，她保持着对绘画的特殊爱好，时时展玩新得长卷小轴或家中旧藏。辟疆却喜欢甜食、海味和腊制熏制的食品。小宛为他制作的美食鲜洁可口，花样繁多。小宛经常研究食谱，看到哪里有奇异的风味就去访求它的制作方法。人们常吃的虎皮肉，即走油肉，就是她的发明，因此，"虎皮肉"还有一个鲜为人知的名字叫"董肉"，和"东坡肉"相映成趣。小宛还善于制作糖点，她在秦淮时曾用芝麻、炒面、饴糖、松子、桃仁和麻油作为原料制成酥糖，切成长五分、宽三分、厚一分的方块，这种酥糖外黄内酥，甜而不腻，人们称为"董糖"，扬州名点灌香董糖（也叫寸金董糖）、卷酥董糖（也叫芝麻酥糖）和如皋水明楼牌董糖都是名扬海内的土特产。李自成攻占北京，清兵入关南下，冒家险遭荼毒，家产丢得一干二净。小宛随夫一路南逃。日子刚刚安稳不久，冒辟疆又病了两次。第一次董小宛在酷暑中熬药煎汤，紧伴枕边照料了六十个昼夜；第二次是背上生疽，疼痛难忍，不能仰卧，小宛就夜夜抱着丈夫，让他靠在自己身上安寝，自己则坐着睡了整整一百天。辟疆说自己一生的清福都在和小宛共处的九年中享尽。艰难的生活中，饮食已是难饱，小宛的身体又十分虚弱，加上照顾辟疆连续几场大病，使得小宛身体顷刻间垮了下来，连续二十多天喝不进一口水。由于体质已极度亏虚，冒家多方请来名医诊治，终难奏效。顺治八年（公元 1651 年）正月初二，在冒辟疆痛彻心扉的哀哭声中，小宛仙逝，年仅 28 岁。冒家上下恍惚伤痛，葬之于如皋影梅庵。

如玉说，我们到长寿大院去看一下，就在水绘园边上郜家巷。郜家巷紧邻水绘园左侧，位于如皋东大街迎春桥东侧，南起东大街，北迄东水关河南。郜家巷，始建于南宋，现长 240 米，宽 1.8 米左右。因明台州经历郜琏及其后人定居此而得名。巷内北端有清乾隆进士范增辉住宅，门朝东，左右有砖砌圈门，上刻"大夫第"三字，故又名"双圈门"。郜家巷 3 号现存清末两进四合院，格局完整；41 号存清代民居两进，内有石碑；59 号存清代民居一进，有书房、古树。

在郜家巷 69 号有一座长寿大院，是如皋长寿之乡的代表。在如皋"七十多来西，八十小弟弟，九十不稀奇"———到过如皋的人都会发出这样的感叹。在如皋"五世同堂"也是小巫见大巫了。丰富的文化底蕴、崇尚道德情操，成为如皋人"长寿基因"之一，平时吃的小碗稀饭，它是用粳米、玉米面、大麦糁等煮成"玉米糁打个底，活到九十底"。

郜家巷路边一盆盆苍古拙朴、风姿隽永的松柏盆景，令人驻足凝视、流连忘返。其中两盆五针松大盆景，已有 100 多年树龄，造型雍容华贵，云片错落有致，这里人与树、人与竹和谐共生的生态环境，也是如皋人长寿的要素之一。

长寿大院

在水绘园右侧如玉告诉大家，这就是如皋灵威观，灵威观位于如皋城内古运盐河北岸，为如皋唯一幸存的道观，与句容茅山道院、苏州玄妙观并列为江苏省三大道观。历经隋唐、宋元、明清代代有修葺，几度兴衰。相传，武当山玉公、信公、静公三位道长，于隋朝前来如创立。初名祖师观。唐初，尉迟恭东征在此扎辕，凯旋后重修，唐太宗御题"仁威"，以昭示仁德。宋代，因"金蛇绕出殿间，事闻于朝"，宋徽宗即赐"灵威"匾额，仁威观易名为灵威观。自宋代以来，灵威观屡经修缮，逐步发展。至清朝后期，始臻完善。

　　灵威观不仅是如皋市内仅存的一座道观，也是南通地区保存不多的几座道观之一。

灵威观

　　船沿通扬运河在如皋分叉，往丁堰镇东经双甸镇、岔河镇、马塘镇到达如东。

　　如玉说如东古称扶海洲。南通管辖，历史上如东地区称之为"扶海州"。掘港镇是如东县治所在地。如东位于江苏省东南部、长江三角洲北翼。县境南与通州为邻，西与如皋接壤，西北与海安毗连，东面和北面濒临黄海。是江海盐垦文化的代表。秦汉以前县境为长江口沙洲，故称扶海洲。因长江、黄淮冲积成陆后，如东盐业兴起，亭场林立，至明清繁盛一时。

　　在如东国清寺，如玉带大家进去参拜并说，国清寺相传天台山国清寺募建者智凯大师曾梦见周身有光的佛，佛曰"寺若成，国即清"，遂改名国清寺。如东掘港镇"国清寺"位于如东县城掘港的西南，始建于唐宪宗元和年间

（806—820），天台山（今浙江省境内）国清寺天台宗第十祖、著名法师开山祖师名为行满，是天台山国清寺的第十代祖师，行满奉命在掘港按天台山国清寺结构风格建筑佛寺。故此寺与之同名，为中国佛教最早宗派天台宗的一脉。唐代，掘港是黄海和长江支泓横江交汇处的渔村，名沿海村，设煎盐亭，国清寺地理位置险要，为海防门户。唐初崇尚佛教，太宗曾下旨："交兵之处，各建寺刹，招延僧侣，法鼓所振，变灾火于青莲；清梵所闻，易苦海于甘露。"掘港国清寺天王殿门朝正南，墙体瓦面都是黄色的，天王殿后殿为大雄宝殿，通过左侧伽蓝殿小圆门，进入院内则是国清塔，国清塔高九层，塔的正前方有一尊如来佛石座像。

如玉还说在唐代日本圆仁大和尚就是从如东上岸的。唐开成年间，公元 838 年农历六月二十三日，圆仁（圆仁法师 794—864，出生于日本枥木县的壬生家）所在的日本遣唐使船队由三艘海船组成，每船 150 人，除官员、学者、画家、翻译、医生、神道教神官外，半数为水手。船队从日本的难波港（今大阪附近）出发，穿过濑户内海，下关海峡至九州岛的博多湾，然后经五岛列岛顺风西行，8 天后船队到达南通如东海岸，当年所有外来船只都被要求在如东靠岸，此后就可以沿着运河前往大都

国清塔

会扬州了。圆仁船只在如东县掘港浅滩受损深陷于沙土之中，船体破裂，一条小船前来营救圆仁一行，七月一日，遣唐使团在中国大地上如东住了第一夜，住掘港国清寺，住寺内半月有余。

之后，他们再次登舟，沿开掘于隋朝的大运河在内陆航行，在如皋镇歇息饮茶时，圆仁看到了运盐的官船队，甚为壮观。七月二十五日到达扬州府在东

慈觉大师圆仁坐像

城墙外停驻，圆仁在扬州停留七个月，住扬州城东北角开元寺。839 年二月二十一日，圆仁乘船离开扬州府北上前往运河港口楚州（淮安），楚州地处淮河与大运河的交汇点，因为淮河直通大海。圆仁一行沿着淮河向大海方向出发，他们于 839 年三月经过古港口海州，845 年至 847 年间，圆仁还曾数次来到海州。

遣唐使团这次计划外的航行，勾勒出镌刻在江苏大地上的大运河一条重要支流——运盐河。日本遣唐使的这次旅行，从掘港国清寺走水路前往长安的途中，使团高僧圆仁详细记录下目睹的运河风景。圆仁等人先后经过的国清寺是中、日通过海上丝绸之路建立友好关系的重要历史见证，是海上丝绸之路东海航线的重要见证地，也是联系日本、东海、掘港运河、运盐河、大运河及扬州、海州、长安等文化交流线路的重要节点。圆仁后来所写的《入唐求法巡礼行记》中，对掘港国清寺、扬州、海州均有详细记述。在世界旅游文化宝库里，圆仁的《入唐求法巡礼行记》，与唐玄奘的《大唐西域记》、意大利旅行家马可·波罗的《东方见闻录》被列为"世界三大旅行游记"。《行记》的面世使"掘港"、如东"国清寺"在历史典籍中首次亮相，也成为中日文化交流的一段佳话。如东连接江苏最东端的南通与大运河，为这座素有江海门户之称的城市带来古代的繁荣和工商文明，为南通成为"近代第一城"提供可能。

从掘港国清寺走了 4 里多路达到如东扶海州商业街，迎街牌坊上写着"扶海州"三个大字，往街里走不到百米有一座 7 层塔，是扶海州地标，塔路对面，一家"扶海州酒店家"门口贴着招牌菜引起了如玉的注意。如玉说到午饭时间了，我们就到这家酒店吃饭如何？宛儿说，这家酒家宽敞就在这家吃午饭。客人不是太多，饭店老板娘非常热情，端茶倒水还上了盘瓜子。

王恒奇与作者在扶海州

如玉问，你们饭店有什么特产，你替我们安排几样。老板娘说，我家酒店菜都是以如东特产海鲜为主，特别是文蛤菜在扶海州是一绝，不信你们尝尝在说。如玉要了四菜一汤：生炝文蛤、清炒文蛤、油炸蛤饼、火烤文蛤和蛏汤。不大功夫，这五道菜五种口味，色美味香。大家喝了蛏汤简直就是鲜嫩美味，从味品尝过。一盘像藕饼一样的菜放在桌上没人动筷，老板娘进屋问如玉，这道菜为什么不吃，宛儿说我们没有点藕饼，老板娘笑着说，这不是藕饼，是当年乾隆皇帝来如东时亲点品尝的菜，是

"油炸蛤饼"。听说是乾隆皇帝吃过菜，大家每人抢了一块品尝起来，不愧是"天下第一鲜"。

如玉问老板娘，乾隆皇帝来过如东，能否讲一下当地的传说。老板娘说，听老一辈讲，乾隆皇帝晚年自诩为十全老人，一天他进膳，看到又是七八十道吃腻了的菜肴对伺候太监说，

蛏汤、油炸蛤饼

通知御膳房，看有没有新菜，如果合朕口味有赏。听到圣旨，一位厨师想起了一道菜，说他在扬州学徒时曾听师父说过"油炸蛤饼"奇鲜无比。乾隆听太监传报，忽然想起宋朝诗人梅尧臣的一句"车螯与月蛤、寄自海陵郡"，于是命人查找资料。果真查到："文蛤人称车螯，产地江苏如皋县掘港场。雍正二年始，如皋属通州，但如皋旧属泰州，泰州古称海陵郡。"乾隆大喜，传旨收征如皋掘港场文蛤八百里加急送京，终于吃到了文蛤，乾隆心满意足赞道："美

哉，天下第一鲜也！"第二年二月，乾隆皇帝下江南，和坤陪同，行至淮阴一带，乾隆想起文蛤，对和坤说："如皋掘港文蛤鲜美绝伦，朕品尝过一次，至今不能忘怀。"和坤说："陛下还想食文蛤，不如陛下微服单独前往绕道掘港，大队人马继续前行。"乾隆一行快马加鞭没几天很快就到了掘港西街主簿署衙。主簿见乾隆帝不期而至，吓得慌忙接驾。乾隆吩咐道："朕今微服私访不得声张，快去准备文蛤烹饪，朕已饥肠辘辘。"掘港乃文蛤产地，唾手可得鲜活文蛤，主簿请来当地扶海州酒家名厨，翻着花样做了文蛤菜，赞不绝口。

老板娘讲到这里对如玉说，当年替乾隆皇帝做文蛤菜的就是我们饭店的前辈，只有到我们酒店才能吃到正宗的乾隆皇帝吃过的文蛤菜，你们真是来对了饭店，有口福。

如玉笑着说，不管真假，你们家饭店文蛤做的确实好吃。老板娘接着说，后面还有更神奇的事发生。乾隆爷吃过地道的掘港文蛤，尝过南黄海特色海鲜，住了一晚，第二天便往回追赶大部队。他们走到掘港西南饮泉界的范公堤上。这个时候，乾隆忽然听到身后有马蹄声隆，似有千军万马保护，回首却不见一兵一骑，只有堤岸上树木杂草在风中沙沙作响。乾隆莞尔一笑继续前行。没走多远，身后马蹄声复现。乾隆头也没回就问道："身后何人护驾？"听此一问，和坤和众随从回首张望，什么也没有。但是乾隆却听到旷野之间传来了洪亮的回答声："二弟云长！"，乾隆先是一愣，继而大悟，暗思："朕原来是刘备转世！"便答道："二弟放心，朕即下旨令如皋知县在此建三座关帝庙，以表我们桃园三结义之情。"说过之后，身后马蹄声立即全无。赶上大部队后，乾隆传如皋知县，下旨如皋建三庙。其中，一庙在范公堤内，名"关帝庙"；另二庙在范公堤外靠堤之庙名"上关帝庙"，而远堤之庙则叫"下关帝庙"。三座庙之间相隔三里，同处一子午线上。

回到京城的乾隆，一天夜里做了一个梦：关云长走到眼前，躬身抱拳道："大哥，范公堤内外三座庙均已建成，二弟云长已经登位，今特来报知大哥。"第二天乾隆皇帝上早朝，江苏巡府奏折刚到，如皋三座关帝庙已建好，于乾隆梦里吻合，乾隆大喜，立即拟旨褒奖如皋知县。从此就有乾隆品文蛤而至如东建三座庙的千古佳话。

第三十五回

大圣南通借狼山　抗透明将王鸣鹤

　　从如东往南通有两条河路可走，一条是由如东原路返回到丁堰镇进通扬运河直达南通，另一条是在如东马塘镇分叉，经孙窑乡、刘桥镇到南通九圩港运河码头。通扬运河在九圩港与长江交界相通。

　　如玉一行到达南通。

　　如玉向大家介绍起南通，南通古称通州，别称静海、崇州、崇川、紫琅，地处中国华东地区、江苏东南部，东抵黄海、南濒长江，"据江海之会、扼南北之喉"。南通自后周显德三年（956年）建城至今已有一千多年历史。南通因盐而开，运盐河连接大运河和海洋。早在西汉初年，颇具商业头脑的吴王刘濞就命人在已经成陆的南通西北部取海水煮盐，迅速积累了巨额财富。南通盐业从西汉发轫，历代延续不绝。南通盐业从西汉发轫，历代延续不绝。清代诗人吴嘉纪《煎盐绝句》"白头灶户低盐"的艰辛，今人读了为之动容。出自海滨的海盐怎样运送出来？必须通过运河。吴王刘濞开挖连接扬州茱萸湾和如皋蟠溪（今如皋汤家湾）的运河，也就是古老的运盐河，是通扬运河的前身，也是大运河极其重要的支流。一座新型的城市由此在长江、黄海和运河的交汇处萌芽生长。"到了唐宋时期，南通已成为全国四大产盐地之一。"南通唐东海徐夫人墓志拓片上有"司煮海积盐，嵯峨山岳，专漕运，副上供"的记载，这说明到五代时期，南通的海盐就能通过大运河的漕运系统，运送到全国各地。运盐河历代多有疏浚拓展。北宋时这条河流已延伸到南通城，西南经通济闸入江，东北经掘沟、串场河入海。以运盐河为主干的水系密如蛛网，将南通与长江、淮河、大运河、黄海、东海连接起来，南通真正成为"四通八达"之州。南通滨江临海，一马平川，素有"崇川福地"之美誉，是得天独厚的"风水宝地，江海明珠"。狼山风景名胜区位于南通城南 6 公里处的长江东北岸，自东迤西有军山、剑山、狼山、马鞍山、黄泥山五座山，沿江呈弧形排列，绵延 3.6 公里，总面积 11.27 平方公里。五山形成距今已有 3.5 亿至 4 亿年，其中黄泥山（29.3 米）、马鞍山（49.4 米）、狼山（104.8 米）、剑山（80.5 米）、军山（108.5 米），山体占地面积 0.728 平方公里，五山独特的地理位置和秀美风光，使之成为江海平原上五颗璀璨的明珠，其中狼山尤为遐迩知名，是长江由海入江的第一名山。

关于狼山，每天夏天，总有许多花果山香客，成群又结队从苏北海州赶往狼山朝山进香。问了许多烧香的人为什么上这来进香，他们都说"大圣是我们花果山人"。直到今天，说起大圣从出家到借狼山，还有一段有趣的传说。

大圣老家住"花果山"地界。他在四川峨眉山修心养性，终于成了正果。为了普度众生，他云游九洲，来到花果山地界，看到百姓受尽黄淮洪水之苦，访问沿途逃荒的人们，都说："此处是大雨大灾，小雨小灾，无雨旱灾，十年倒有九年荒，每到冬春之时，家家闭门，外出讨饭。"于是大圣就落脚花果山，靠募化建了座庙宇，日夜念佛诵经，祝愿风调雨顺，国泰民安。说也奇怪，黄淮之间，从此年年五谷丰登，六畜兴旺，天下太平。百姓感激大圣的功德，称他"大圣菩萨"。

在老家云台山，他听多亲们说，东海里有五座山，那里山明水秀，风景美丽，渔民下海捕鱼，如遇大风大浪，便在五山的下抛锚避风，但是山景虽好，却人人不敢上去，因为到处是獐鹿狐兔、蛇虫百脚，弄不好会被咬死；而当中的一座大山，有只老白狼精霸占着，厉害无比。大圣听说通州有这么个好地方，心中高兴，便离开了家乡，来到五山地界。他四周转了一圈，果见这里山色青翠，古柏长绿，奇花异草，溪水潺潺，只因老白狼精在此作怪，弄得荒凉冷落。他决心将这些害人的精怪赶走，在此定居。

大圣装成个化缘的和尚，来到狼山脚下。老白狼精在山顶听到木鱼声，赶忙下山，看见是个身披袈裟的和尚，胸口挂着大木鱼，手拿槌儿敲个不停。白狼挡住大圣的去路，恶声恶气地说："和尚止步，此山是我的地盘，你来干什么的?”大圣道:“来化缘的。”老狼说:“这里无缘可化,到别处去吧!”大圣道:“天色已晚,先借块地方给我住上一宿,明日一早赶路。”狼精心想:好啊!看这和尚生得细皮嫩肉,白白胖胖,倒可以给我当顿点心饱饱肚皮;于是装出笑脸说道:“你要多大个地方?”大圣说:“想借一衣之地。”老狼精又问:“何为一衣之地?”大圣道:“只要让我身上的这件袈裟铺在地上,就足够我打坐入定了。”老狼精看看袈裟不大,便一口答应道:“好说,好说,一言为定。”大圣也道:“说话算数,不得反悔。”说着,他脱下袈裟,往空中一抛,霎时间,红光满天,金星闪烁,像朵五色祥云,飘到山顶,越变越大,眨眼工夫,就从山顶到山脚,把整个山固团罩住。老狼精吓得像个呆子似的站在那里,不知如何是好。大圣道:“老狼老狼,在此作恶不少,本应罚你死罪,姑念你修道千年,从今以后,你要改恶从善,到别处去安身修心。

既然你把此山借给我了,也给你留个名吧,此后便叫狼山吧!”老狼精夹着尾巴乖乖地走了。从此以后,江北再没有狼了。不过人们却由此而流传下这样一句歇后语:“大圣菩萨借狼山——有借没还。”

狼山北麓、悬岩陡立,松柏苍郁。峭壁之下有一洞口,形如斧辟,山岚之气冉冉,紫色祥云如盖,人称“仙人洞”。相传,大圣菩萨到了通州,广布慈悲,遍施甘霖,救苦救难,普度众生。百姓感其恩泽,都往狼山圣殿敬奉香烛,一时间,狼山名震天地,声传南北。江左福山的和合二仙,隔江遥遥相望,十分眼热,于是悄悄渡江而来,偷偷上山观看,心想:大家都如此“拣佛烧香”,长此下去怎么得了?他们便在山腰间做起法来,顿时山前山后荷花旋舞,翩翩如蝶,引得个善男信女追逐捕获,竟忘了上山敬香。大圣菩萨在殿上一看,便知是和合二仙捣的蛋,赶紧下了正山门,将手中禅杖向他们掷去。和合二仙修炼三千年,大圣

狼山仙人洞

修炼五千载。他们自知道行浅薄，抵挡不过，于是扭头就逃，慌慌张张竟跑错了方向，到了北山脚下，再无逃处，只得开山劈洞，遁地而去，回到江南。

嗣后，南来北往的人都借助此洞，甚是方便省事。再后来，有个坏人在洞中抢劫钱财，奸淫妇女，大圣菩萨怒不可遏，就将洞堵塞了。现在到北麓园，虽然还可看到仙人洞的洞口，却再也无法进内到江南去了。

在狼山"广教禅寺"，如玉说广教禅寺开山祖师为僧伽（即大圣菩萨），在中国佛教史上，狼山是大势至菩萨的道场，为中国佛教八小名山之首。每到春节，狼山是周围县区的人祈福的首选之地。

南通狼山屹立于长江边上，如玉和大家站在狼山上的塔上看到长江入海的壮观场景心潮澎湃，一路上的风险都忘了，这是一次难得的快乐时光。在狼山山脚下，有"初唐四杰"之一的著名诗人骆宾王墓。有人说，当年骆宾王兵败逃亡之后，就流落到南通。不过据说也是其他地方迁于此地。不过千年过去，骆宾王的墓在整个狼山还是显得太低调了些。

骆宾王墓

狼山也有亭台楼阁，小桥流水的一面，让人宛如走进了江南园林之中。山中嘉木繁荫，偶有阳光斑驳洒在古老的桥上、石头上、都让人感受到了佛教圣地的禅意氛围。一边放慢脚步，一边大口地呼吸新鲜空气，顿觉神清气爽。

在狼山有一块《抚台平倭碑》石碑，上面记载着明将带兵在狼山抗倭的事迹。如玉说，在明代抗倭名将中，海州人王鸣鹤也是一位名将。

王鸣鹤（1550—1617）出生在海州当路村的千户所家庭，从小习武，熟读兵书，并

王鸣鹤

著《登坛必究》一书。王鸣鹤于明万历二十年（1592年，壬辰）在宁夏平叛之后，因功晋升副总兵。五年后，又奉命调任狼山任副总兵，此年为明万历二十五年（1597年），驻镇南通狼山是年47岁。

《抚台平倭碑》石碑

至明万历二十五年之前，江南倭患危害仍然严重，沿海城乡民众深受荼毒，州县卫所，屡被残破。王鸣鹤就是在这种情形下提督狼山，开始抗倭斗争的。

王鸣鹤在狼山多次与倭寇交战，屡次获胜。其原因之一是在兵器上的改革。倭寇全用精钢打造的倭刀，锋利无比，而明军寻常兵刃一与接触便被削断。王鸣鹤吸取民兵经验在军队推广便用一种用竹竿做成的竹枪，以长击短，虽被刀削，仍然不失为利器，因而屡败倭寇。为了消灭倭寇的内应，王鸣鹤加强侦察，在摸清镇江流民为虎作伥的事实后，捕杀内奸头目陈忠、吴锐等盗贼多股共计 100 余人，令倭寇为之胆寒。由于他们得不到内应，对金山卫一带的侵犯也渐渐减少。

《登坛必究》

明万历 27 年底（1599 年），因明廷调兵至贵州播州会剿叛乱土司杨应龙，王鸣鹤遂奉诏离开了战斗了三年之久的狼山，前往贵州参加讨播。

如玉在外游玩，扬州城里针对如玉的阴谋还在继续。

第三十六回
扬州琼花观定计　双侠茱萸湾较艺

初秋的早晨，扬州琼花观里游人稀疏，分外冷清。不过，那株天下无双的琼花树前，依然不乏观赏者。

一位四十多岁、戴金丝眼镜的中年人弯着腰看了一阵琼花，对身边那位人高马大、额头长着肉瘤的壮汉说："吴老哥，真是看景不如听景。这株琼花名气真是太大了，无人不知，都传神了，说它如何珍贵、如何美艳、如何神奇、今日一看也很平常嘛！"

壮汉说："马老弟，叫我看，这琼花倒跟我们老家静海的木绣珠差不多，又有点像聚八仙花，都是开出一团粉球，稍有点香味，叶子大大的，圆圆的，看不出有什么特别之处。"

中年人说："这琼花到了文人的笔下，便神乎其神了。有些书上讲隋炀帝为了看琼花，专门动员数万民夫开凿了从洛阳到扬州的大运河，不但劳民伤财，还激起了民变，最后死在扬州，被葬在雷塘。不过据我所知，这恐怕是小说家言，空穴来风。因为到了宋代才出现琼花的名称。此后不少文人还为琼花写过诗。韩琦诗云：'维扬一株花，四海无同类。'刘敞诗曰：'东风万木竞纷华，天下无双独此花。'欧阳修作扬州太守时，还在后土庙里建了无双亭，专供赏花之用。其实，扬州的芍药花更有名，名品'金带围'才是天下无双呢。"

壮汉说："什么事一经文人吹嘘，就没谱了。所以我吴昊天最瞧不起骚人墨客，酸里吧唧的，倒不如舞刀弄枪，打熬筋骨来的有趣。"

中年人似乎受到什么触动，有些尴尬，干咳了两声，没再说话。

吴昊天也发现自己说漏了嘴,连忙说:"马老弟,恕我失礼。刚才那话我可不是说你的,像你士诒老弟才高八斗,不但口才好、文采好,谋起事来也是滴水不漏,高人一筹的,我老吴是非常佩服你的。"

马士诒干笑两声,说:"昊天兄过奖了。我们还是谈正事吧。走,我们到茶社里去吧,我已叫人为你泡好了上等的碧螺春茶。请。"

"士诒老弟请!"

两人一起进了一座古色古香的小楼,早有人将他俩迎进一个包间。马士诒一坐下便说:"昊天兄,裴副秘书长对你很有些意见啊!我就不相信,文如玉那个毛头小子有什么能耐,从京师到扬州,一路围追堵截,可就奈何不了他,你这不是塞责嘛。"

吴昊天搔搔头,委屈地说:"也不是一点作用没起。前番在江都我们就差点得手了,还有在高邮,我们也有机会,可都被那个端木林搅和了。"

马士诒说:"你是说那个端木林难缠?一介武夫,头脑简单、四肢发达,能有什么能耐?你就不能多找点人废了他?你是无极派的掌门人,手下武功高强的人多了,而且在江湖上也有一定号召力,这点事还做不了吗?"

吴昊天嘬着牙花说:"你可不能小看了端木林,可是武林一代宗师,要论动武,我们都不行。难办啊!"

马士诒说:"那你打算怎么办?眼看文如玉已经到了扬州,千里大运河已经走了一多半,眼下已快到江南,沿线都是城市,人多,再不下狠手,就没机会了。"

吴昊天说:"这几天我也在琢磨这事。依我看,只有弄掉端木林,才能制住文如玉。否则,没门。"

马士诒说:"你打算怎么对付端木林?"

吴昊天说:"对付端木林这样一等一的高手,必须武术名家出马不可,我手里倒有一个人,武功跟端木林不分伯仲,如果能把他请出来,就有几分胜算。"

马士诒点点头:"你说的这个人我也有数。不过就我所知,这人一直在海州海中孤岛连岛上闭关练功,根本就不可能到江南来。"

吴昊天说:"现在已有新情况,他马上就要满七旬,他的徒弟以江南人居多，所以前不久已派人将他从海岛上请到扬州准备为他祝寿，现在就住在瘦西湖边的一座小院里。我已派人给他送上寿礼。老家伙很高兴，还专门请我喝了一次酒。"

马士诒说："恐怕光靠小恩小惠还是无法能请动他出山。""那是自然。"吴昊天说："武林中人最讲究名头排位，再就是疾恶如仇，喜欢主持正义。如果我们将端木林描画成武林大魔头，说他勾结官府和洋人欺压绿林好汉，再捧捧他，尊他是天下第一天好汉，然后编排端木林如何藐视他，老家伙武功虽高，由于长期与世隔绝，心眼子却不多，肯定上当，必出面与端木林火拼。"

马士诒点点头："你这个思路对头，只是还要在细节上下点功夫，一定要做出一个天衣无缝的套儿让那老家伙钻进去。如果这样，我们就有胜算了。"

吴昊天说："我手下能人不少，我回到平山堂下处再找徒弟们商量商量，一定能想出办法来的。只是我现在手头有点紧，一路上追踪文如玉，钱花狠了，现在有点拉不开栓了。"

马士诒站了起来，拍了拍手，立时有人提来一个皮箱，放在桌上。马上诒说："这里都是黄白之物，足够你用度的了。钱不成问题，只是一定要抓紧。文如玉手里那两件要紧物件，对我家大人非常重要，你千方百计也要给我搞到手。否则，我无法向上面交代，而且你将来也当不了国术馆的第一任馆长。"

吴昊天打开箱子，满目光辉，顿时神采飞扬，说："裴大人对我恩重如山，昊天就是粉身碎骨，赴汤蹈火也要办好这件事。""这就对了，你巴结点，多动动脑筋。我们大人亏待不了你。今后，有什么事我们多商量。这事关系国家大计，袁大总统命运，只许成功。"马士诒唾沫星乱飞。

"我全记下了。"吴昊天点头哈腰，满脸媚容。

马士诒原籍是扬州人，为清乾隆年间盐商巨头马日琯后人，在蜀岗还有老宅。布置完任务，他就回老宅了。他一走，吴昊天便赶向茱萸湾踩点。

船到扬州后，如玉雇了三辆人力车，和楚玥、牛儿在城里一连转了两天，期间除了在瘦西湖吃过一次小吃，一直都在考察城内运河的航道、闸坝、堤岸、桥梁、水文等情况。他觉得大有收获，感觉苏中运河的情况要比苏北运河好得多，基本上还在发挥航运作用，深感欣慰。待他回到茱萸湾时，已经到了起锚开船时间。

按照端木林的吩咐，几个船工将船面上杂物收拾好之后，便合力扯篷起帆。他们先扯的是主桅上的帆。端木林号令一起，几个人手中蓬绳一扯，那片沉重的白帆便徐徐升向桅顶。忽然，一声尖锐的响声从空中划过，大蓬倏地停了下来，再也无法上升，众人一声惊呼，一起住了手。端木林抬头一看，大惊失色，一只飞蝗石恰好塞在桅顶铁滑轮之间，卡住了蓬绳，上下不得。端木林"噫"了一声，抬眼向四周扫去，他发现船头对面河中有一只小舟，上面站着一个瘦如猿猴满头白发的矮小老者，正盯着自己，脸上还挂着一丝诡异的笑容。

端木林已知是这位老者发难，并不打话，掏起一颗铁链子用手指一弹，正中飞蝗石，顿时从滑轮间飞了出去，篷绳一松，大篷"呼啦"一声从半空中滑了下来。众人轰然叫好。

舟中老者点了点头，好像也很佩服端木林的暗器功夫。随即，他点了一篙，小舟已贴近大船。端木林抄起铁镐，一招"太公钓鱼"，点向小舟。他不想伤人，只想点翻小舟。老者见铁镐逼近，不慌不忙，轻咤一声，手中飞虎爪已挥出，"当"一声缠住了铁镐。老者大喝一声："撒手！"端木林用力一夺，铁镐居然没有脱手，但却如缚巨石，一动不动，无法挣出飞虎爪。端木林心里一惊，双臂用力，铁镐顺势前生，直击老者小腹。老者右手一绕，飞虎爪已松开，随之右脚踢出，铁镐顿时偏向一边，正好打在船板上，木屑乱飞。端木林手中铁镐猛然下刺直插舟底。老者右手一扬又甩出飞虎爪，但已然慢了半拍，小舟一下子被挑到半空。老者双脚一点已窜在半空，飞虎爪已然甩出，在船板上只一点，小舟又重重落在水面，激起一丈多高水花。

端木林叫了一声"好，"手中铁镐又向老者腰间扫了过去，老者大约已知道以短击长占不了便宜，手中飞虎爪在端木林眼前虚晃了一下，双脚在船板上一点，一招"八步赶蝉，"已上了大船，双脚甫定，"呼"地一掌击向端木林。端木林放下铁镐，一个滑步，让过来掌，顺势踢出一腿。老者不退不进，右腿迅速踢出，"砰"一声双腿相接，各自震出数步。端木林隐隐觉得小腿发麻，心中骇然，已知这个老者的腿功非常高强，远胜于自己。心中暗想，这个不速之客是谁呢？武功怎么这样高？过去为什么没有听说过？正心猿意马，老者又踢来一腿，没等端木林招架，老者又接连踢出数腿，逼得端木林连连后退。

　　蝶儿见爹爹迭遇险招，知道遇到了劲敌，情急之下高声喊道："爹爹，快用四象八卦步和铁砂掌。"端木林闻声揉身直进，左掌一挥，双脚一交，便围着老者飞快地转动起来。只片刻，老者已目光游移，脚下呆滞，已然跟不上趟。老者心里焦躁，身子一纵，已蹿在空中，随即举腿侧端，没等端木林招架，劈面又踢出一腿，端木林没有防备，肩头中了一腿，连退数步才站定。他看了看老者，心想，这招"鸳鸯腿"在江湖上已多年不见，这老者是何门派呢？为什么腿法会这样高妙？此时，老者又逼近，端木林不暇多想，暗吸一口气，双臂一振，右掌"呼"地劈向老者门面。这正是端木林赖以成名的"铁砂掌"。老者不明就里，左手挥出硬接了一招，肩臂一震，酸麻不已。他心中一惊，连退数步，盯着端木林，似乎思考什么。

　　端木林喘了一口气，说："这位老英雄，你我无冤无仇，你为什么上来就发难？岂不是让人糊涂？"

　　老者冷笑一声，说："你到处吹嘘自己的天下武功第一，这已犯了武林大忌，我岂能容你？"

　　端木林说："此话从何说起，我还不知道自己几斤几两？何时说过自己天下第一？"

　　老者说："我虽然不服你是天下第一，可也不愿承认我是天下第二。所以，今天一定要与你见过高低。这样，刚才我们已比过暗器、兵刃，现在我俩只比拳脚。我知道你的铁砂掌厉害，可我的绝命腿也不是吃素的。你可要领救领教？要是草鸡了，就把天下第一的名头让与老夫。"

　　端木林心头一震，已知对方便是南派大侠陆凌霄，心里颇为诧异，只知道他在海岛上闭关练功，不知何时到了扬州？也不知自己何时冲撞了他？端木林知道陆凌霄腿法天下第一，绝命腿更是得于仙人传授，厉害无比，本不想与他硬拼，但一时面子上又下不去，不甘示弱，便久久盯着陆凌霄，暗付进退之法。

　　陆凌霄以为端木林心里发虚，对自己的绝命腿深有忌惮，非常得意，高声说："文武第一，武武第二。你要是不敢应战，就干脆认栽。你也是武林宗师，怎么婆婆妈妈的？"

　　端木林心中火苗"呼"一下蹿了起来，心一横，说："既然陆大侠如此苦苦相逼，那么老朽今儿就领教一下你的成名绝技，大不了鱼死网破。"

"鱼死网破？"陆凌霄冷笑一声，说："你也过于托大了，要知道，老夫的绝命腿已三十余年未用，凡当者非死即伤，绝无打成平手之可能，何去何从你想要好了。我可不想滥杀无辜。"

端木林双手一错，吐了几个门户，说："陆大侠，你出招吧。"陆凌霄怪叫了一声，双脚一点，已到端木林身边。正要出拳，文如玉上前一步，挡住了陆凌霄，满脸赔笑，说："陆大侠？你可是吉念祖的师傅？我与他是朋友，你与端木大侠之间并无过节，能否看在这层关系上化干戈为玉帛？有什么误会，大家可以说说嘛！"

陆凌霄收回功架，说："既然你与我的徒儿是朋友，那老夫就给你一个面子。不打是不可能的，不过，我可以让你三招，你看如何？"

如玉没想到陆凌霄如此固执，一时倒没了主意。"师傅，你怎么到这儿来了？"不知何时，吉念祖已到了船上，身边还站着几个壮汉。他们都是陆凌霄的徒弟。

如玉上前拉住吉念祖，说："吉大哥，你怎么也在扬州？你赶快调解一下，要不就要出事了。"

吉念祖说："明儿是我师傅的七十大寿，我也是到扬州来为他老人家祝寿的。上午我出去办了点事，回到寓所，已不见师傅，刚才听我师弟说，才知道他到茱萸湾来了。这才匆匆忙忙赶来。所幸及时，要不，二虎相争，必有一伤。"

陆凌霄说："念祖，你不要多管闲事嘛。我几十年没与人交手，今天遇到对手，也技痒得很呢！"

吉念祖说："师傅，你不该受吴昊天挑拨，找端木林大侠的麻烦。我与端木大侠亲近得很呢！他心里一直是佩服师傅您的，可从未托大自许武林第一。"

陆凌霄说："吴昊天也是武林中成名人物，他怎么会红白牙胡说八道，下套子让我去钻？"

吉念祖说："这事一下子还真说不清楚。不过我可以告诉你，吴昊天的本意并不是挑拨你与端木大侠比武，而是另有所图，暗藏阴谋。这样，我们今天先回寓所，我细细对你讲。"

　　如玉向陆凌霄作了一揖，说："不知道陆大侠七十寿辰，真是失敬得很。这样，我们今天也不走了，明天我一定备一份厚礼，与端木师傅一起到你府上讨一杯寿酒喝。有些误会，正好说说。"

　　陆凌霄走到端木林面前，拍了他的肩膀，说："端木老弟，看来今日我是有些唐突，还请你见谅。不过，武林中人切磋一下技艺也没有什么大惊小怪的，你要是不服气，明天我们可以继续打一架，你看如何？"

　　端木林笑笑，说："我现在正替文公子护镖，身负重托。明天到你府上，我们只斗酒，不比拳脚。等我从江南回来，如果机缘凑巧，我真的想好好领教一下您的绝命腿。"

　　"是吗？"端木林的话中有软有硬，陆凌霄被他一激，翻起白眼看着端木林。吉念祖怕出事，赶忙连拉带拽将陆凌霄劝下了船。

　　如玉如释重负，对端木林说："今天要不是吉念祖，非出事不可。"

　　端木林说："看来今天这船是走不成了。也好，不打不相识，明天我们就去会会陆师傅，免得他日后再找我们麻烦。"

　　"这样也好。"如玉点点头。他似想起了什么，说："听说这陆大侠的武功还是仙人所授呢，不知真假？"

　　端木林告诉如玉，此事武林中人尽知，陆大侠是海州小浦人，原来在家种地。一天他上伊芦山挑水，路过六神台，见两个老人在下棋，一人穿黑袍，一个穿白袍，他就站下观看，一棋下毕，陆凌霄回头一看，水桶、肩担俱已朽烂，不觉大惊，黑袍老人说："我乃北斗南翁，你在此观棋一局，世间已历百年。耽误了你的青春年华，我就教你一套武功，叫绝命腿，计三十六路。"说着便演了一套功法，又授拳谱一部。白袍老人说，我乃南斗仙翁。误了你正事，我送你仙井一口，好浇田。说着赠绳一根，陆凌霄便拴在井栏上，将井拉回了家。到家一看，已见重孙。从此，他以一套绝命腿名扬江湖。某日，一位武当大侠上门寻衅，两人打斗起来，一时难分伯仲。陆凌霄使出最后一招绝命腿，一击成功，自那以后，"打遍天下无敌手，莫打小浦陆凌霄"这句民谣就传遍了武林。

　　如玉说："让你这样一说，我明天真的要与这位传奇大侠亲近亲近了。"

　　"好啊！"端木林点点头。

第三十七回

马士诒寿宴利诱　吴昊天闹市劫持

第二天中午，陆凌霄的七十寿辰宴会在二十四桥饭店准时开席了。

负责寿宴的人并非陆凌霄的得意门生吉念祖，而是他的师兄、大东面粉厂厂长谢百万。谢氏在扬州是个实力派人物，故而前来捧场的人不少，除了工商界巨富，还有不少江湖帮会和武林中人，其中就包括扬州青帮老大。甚至还有十来个被人称为扬州瘦马的年轻少女。他们是谢百万从一位妓院老鸨家里借来的，目的是寻找赎身主顾。

文如玉和宫楚玥、牛儿到场的时候，接待他的是吉念祖。他见端木林没有来，便向文如玉打听其中原委。如玉说："端木师傅不愿离船，这是护镖人的规矩。"

吉念祖说："不来也好，可以免除诸多麻烦。我师傅和端木大侠都心高气傲，走到一起难免会发生不愉快。"

如玉呈上礼单，说："这是我和端木师傅的一点薄礼，不成敬意。"

吉念祖客气两句，代师傅收下礼单。

如玉问吉念祖："这里怎么会有青帮的人呢？"

吉念祖说："青帮中有不少人早就加入了革命党，这没有什么稀奇。中山先生是主张团结帮会中人一起搞革命的。理论家蔡子民先生不久前写了一部《国史前编》，讲的就是革命党发展的历史，里边提到过青帮、哥老会，评价很高。此书也送给了孙中山先生，他也没有表示什么异议。我告诉你一个秘密，这次我到扬州，除了为师傅祝寿，主要是到扬州军队和警察局做策反工作，很有成效，拉过来不少人。"

如玉说："你和韩恢都是胸怀大志、以身许国的奇男子，比起你们，我真感到惭愧。"

吉念祖说："过去我也一直陷在反清复国的泥沼里不能自拔。一心想重新举起太平天国大旗。只到接触孙中山先生后，才茅塞顿开，改弦更张，走上民主革命道路。我以为，任何人都应该顺应时代潮流，与时俱进。否则就会落伍。文老弟，你是个大知识分子，接触过西方文化，也有正义感，又同情南方革命党，我和你一定会成为一条战壕里的战友。"

如玉说："我现在也没有想那么多，主要任务一是考察大运河，二是做好父亲交办的事情。至于说以后怎么办，还真没细加考虑。"

宫楚玥悄声说："文公子，等到了苏州，你我就要分手了。我想问一句，你以后是回北京呢？还是怎么着？"

如玉说："这事我暂时还不能说，到时你就知道了，我会给大家一个交代的。"

吉念祖刚走，马士诒走了过来，对如玉说："文少爷，你还认得我吗？"

如玉在家时见过马士诒，比较熟悉，便说："我是来为陆大侠祝寿的。你呢？"

马士诒说："我只不过是逢场作戏。文公子，你我能否借一步说话。"

牛儿上前一步，说："你想让我家公子到哪里去？"

马士诒说："你不要紧张嘛！楼上就有一个茶室，我和文公子说几句话，说完就回来。这里没有外人。"

如玉沉思片刻，与马士诒上了二楼。

一坐下，马士诒便说："马上要开席了，我长话短说。我想劝文公子交出手中那两样东西，条件随你开。"

如玉说："你说说看，哪两件东西？"

马士诒说："一是赤金王冠，二是一份文件的底稿。如果我没猜错，它们就在你手上。"

如玉说："我此行是考察大运河，是公事，怎么可能带什么要紧的物件呢？比如说什么文件的底稿。"

马士诒说："我给你透个底。那件文稿是吕碧湘偷拿给你父亲的，我们曾抓到过吕碧湘，她没有否认。可惜，后来她被文大人找内线救走了，至今下落不明，这说明什么？"

如玉心里一惊，说："马先生，你是世家子弟，也是读书人，为什么对功名利禄这样热衷呢？一个人做事，要出以公义，你这样做不是有损清誉吗？我可不希望你像筹安会首领杨度那样执迷不悟，一条道走到黑。他那篇《君宪救国论》可以说毁了他一世英名。"

马士诒说："你不想听听我开的价码吗？"

"你说说看。"如玉微微一笑。

马士诒说："如果你配合，水利部厅局一级职位任你挑，你也可以选择干水利专业，有什么要求都可以满足你。如果要钱，也尽管开个价码。另外，文大人也会升迁，最起码是官复原职，回总统办公厅继续做副秘书长，甚至正职。怎么样？"

如玉说："价码很诱人啊！我要是不配合呢？"

"这我就不想说了。"马士诒沉吟片刻，说："文公子，你一路上没少遇到麻烦吧？我可不想让你命丧异乡。"

如玉站了起来："马先生，你不要忘了，如今是民国社会要讲法制的，你也不是明朝时东厂西厂的特务，你能拿我怎么样？"

马士诒将如玉按在椅子上，说："文公子不要激动嘛。俗话说，兔子逼急了也会咬人呢，退一步天高地阔，我们再商量嘛。"

如玉说："我不会让你满意的。"

马士诒猛地站了起来，目露凶光，说："那咱们走着瞧！"随即拂袖而去。

席间，楚玥问如玉："文公子，你让我到这里来是什么意思。我不喜欢这种场合，鱼龙混杂，乌烟瘴气的。"

如玉说："我只是想让你历练一下。你的教育专业课已经上完，下半年就要参加实习，多见识一下社会有何不好。读万卷书不重要，重要的是行万里路。要改造社会必须先认识社会嘛。"

楚玥点点头，说："刚才那个阴阳怪气的人找你干什么？"如玉说："做一笔交易。"

楚玥瞪大了眼睛，说："你就是一个考察运河的水利专员，你与他之间有什么交易，那人是干什么的？"

如玉说："那人叫马士诒，是大总统府办公厅副秘书长裴树声的秘书，扬州人，也是世家子弟。当年乾隆皇帝下扬州，他的先祖大垣商兼文人马日琯兄弟曾与江春一块接驾。这人学问是有的，可心术不正，他是奉上司之命与我谈判的。"

楚玥说："这越发让人糊涂。他是不是想从你手里买什么东西？是什么宝贝？"

如玉说："这事以后我会对你说，暂时保密。"

楚玥有些不高兴，说："你这个人心眼也太多了，怎么不相信人呢？"

如玉说："这不是一件小事，不知道比知道好。"

"是吗？"楚玥的眼中充满了迷茫。

因惦记着船上的情况，一散席，如玉就回码头了。两辆人力车，牛儿坐一辆，在前头开路，如玉和楚玥坐一辆。刚到文昌街，牛儿忽然发现路当中站着几个壮汉，抱着膀子，瞪着眼睛，一看就不像良善之辈。他让车夫停下了车，一边向前走，一边关照后面的车夫停车。

牛儿被一个额上长着黑瘤的汉子挡住了去路。他大声说："小伙子，我叫吴昊天，无极派掌门人，想跟你家公子说点事。麻烦你通报一下。"

此时如玉已到牛儿身后，闻风上前一步，说："吴掌门，你的名字我可是如雷贯耳啊，拜你所赐，一路上我没少吃苦头。所幸的是我还活着，你也未能如愿。今儿在这繁华的扬州城里，你是不是还想动武？"

吴昊天笑笑，说："文公子的嘴巴果然厉害。要是动嘴皮我还真不是你对手。你别误会，世事难料，敌人也可能成为朋友。我是想请你帮一个忙，交出那两样物件。"

如玉说："你这话我听着耳熟。是不是马士诒叫你来的？他拿我没办法，估计你也比他高明不了多少。"

吴昊天说："我是让人逼得没办法，只好硬着头皮来求你。你可以开个价钱。吴某无所不依。"

如玉说："一路上你对我是苦苦追杀，我再打哑谜也没有什么意思了。我只告诉你一句话，你我之间是老头吐痰——白痰（谈）。"

吴昊天说："文公子，我敬佩你的为人，可不敬佩你的见识。我知道你们父子都同情南方革命党，我以为这是不识时务。革命党有什么好？一帮穷鬼，一群骗子，除了口吐莲花卖政治大力丸，还有什么能耐和实力？根本比不了袁大总统，有枪、有人、有钱、有靠山，有名望，连日本人都佩服他呢？比那个孙大炮强多了。否则，他也不会将大总统让给袁世凯。"

如玉说："我原来以为你只会舞枪弄棒，没想到你对政治如此热衷。看来你也是个利欲熏心的势利小人。道不同不相与谋。大路朝天，各走一边吧。"

吴昊天冷笑一声："文公子，今儿你要是不就范，恐怕插翅难飞。"

牛儿上前一步，拔出宝剑，说："吴昊天，朗朗乾坤，你敢大街上动武使蛮，老子的宝剑可不认人。"

吴昊天说："我也知道你是剑术名家后代，那么我今天就向你讨教几招，小伙子，你进招吧，我凭一双肉掌打不败你，任你们所为。我绝不用强。"

牛儿点点头："吴昊天，君子一言，驷马难追。你刚才说的话不许反悔。你手下也不能参战。如何？"

牛儿向如玉使了个眼色，意思是让他带楚玥先走。他见如玉站着不动，摇摇头，左手剑指一划，右手宝剑已然递出，一招太公钓鱼，刺向吴昊天中盘。吴昊天稍稍侧身，让过剑锋，右掌下劈，猛击牛儿右腕。牛儿此招乃是虚招，待对方掌法用老，不及回撤，宝剑向上一撩，直刺吴昊天咽喉。此招又快又辣，吴昊天不及躲闪，一个"铁板桥"，向后跃了出去。他刚落地，牛儿一个蹿步，已逼近，"哗哗哗"，一连使出五剑，这是牛儿的看家绝技："流星赶月。"吴昊天手慌脚乱，左支右绌，一时居然无法还手。吴昊天内心焦躁，见牛儿剑锋又近双脚一划，侧身踢出一腿，右掌接"粘"掌，欲夺牛儿手中宝剑。谁知牛儿这是骗招，待对方手掌搭住剑背，右手腕一翻，一拉，切向吴昊天手掌，顿时血流如注。吴昊天负痛，怪叫一声，连退几步，说："我们再来。"

牛儿说："你已然落败，要是我接使'夜叉探海'你已经性命不保。还不认输？"

吴昊天说："这才是第一个回合。如果我再不能赢你，你们主仆尽管走路。

我绝不为难你们。”

牛儿恼了，两眼喷火，一个踮步，剑花闪闪，接连刺出十多剑，左一剑，右一剑，上一剑，下一剑，剑剑不离对方要害。吴昊天先前有些托大，如今见牛儿剑法娴熟怪异，不敢大意。便使出无极门看家本领一边招架，一边伺机反击，又相持几个回合，牛儿手中宝剑越出越慢。而吴昊天似已洞晓对方剑法路数，拳脚并用，避实击虚，连消带打，渐渐地牛儿已落下风。

原来，这无极拳虽然是北方一个不出名的拳种，但却大有来头。其创始人吴七仙清朝末年自东北出道，于哈尔滨开行，长年在江湖上行走，博采名家拳法所长，终于创出一套独特的拳法。其行功，精华要诀是十八打，即十八种手法，拳腿兼用，分为朝、托、摩、操、搓、点、接、拆、卸、丝、困、缠、绕、顺、旋、流、合、晦等，善于防守反击，借力打力，尤以刁手绵掌见长，惯于折人手臂，对手一旦中招，非伤即死，又因流传区域不广识者不多每每使出，威力十分惊人。吴昊天的武功就得自吴七仙嫡传。

吴昊天见牛儿气喘吁吁，脚步踉跄，知道已到火候，低吼一声，使出一招旋掌，右手一带一劈，牛儿的宝剑到“当”一声脱手而出，落在地上。牛儿脸一红，右脚一勾，宝剑已回到手中，剑花一闪，说：“吴昊天，你我刚才各有胜负，我们再来。”吴昊天哈哈大笑，说：“小伙子，你的剑法已经全部使出，也不过如此，你我之间高下已分，何必再打？”

牛儿说：“吴昊天，你不要太骄傲。此番我要让你领教一下我的‘七伤’剑法。”

吴昊天摇摇头：“你不要故弄玄虚。老夫行走江湖半生，从未听过什么七伤剑。你就认栽吧。”

其实，这是吴昊天孤陋寡闻。张牛儿家的剑法得于清同治年间南剑名家大痴道人，其父本行武出身，官至游击，又掺入自创剑法，长于军阵搏杀，如果对方武功高于自己，不能克敌制胜，就会使出两败俱伤打法，同归于尽。而且剑法中包含七种伤人夺命之法，故名七伤剑。此时，牛儿知道，如果不能斗败吴昊天，对方人多，自己和如玉、楚玥绝难全身而退，故而横下一条心。

牛儿剑法一变，果然凌厉无比，有进无退，有攻无守，招招直指要害。而且剑招之中含有刀法，刺挑劈砍，交替使用，全然不顾自身安危，一味进攻，吴昊天被逼得手忙脚乱，加上交战时间太长，年龄大，片刻已大汗淋漓，狼狈不堪。相反，牛儿越战越猛。如玉在一边看了，暗自高兴，心话："别看这个张牛儿整天不声不响，于武学上造诣还真的颇深。"

吴昊天害怕纠缠下去体力不支，双手一错，突然变招，一招摩天摘星击向牛儿上盘，待他手中宝剑上撩，一个转腕，已拿住牛儿右臂，一缠一绕，高叫一声，"撒手。"牛儿手中宝剑已跌落在地。他稍一侧身，一脚踢向吴昊天左肋。吴昊天顺势一抄一送，牛儿已跌出丈外，半天才爬起来。

吴昊天对如玉说："怎么样，文公子，跟我走一趟吧？"

如玉淡淡地说："让我来领教一下你的无极拳吧，如何？"

吴昊天上下打量如玉一番，有些诧异，说："我知道，文公子也晓得些拳脚，只是老夫我真不敢和你交手，万一有个闪失，恐怕在令尊面前不好对待。"

如玉知道自己此时已经无法脱身，只想拖延时间，以待援兵，故而才有意向对方挑战。他见吴昊天一味退让，有些急了，身形一晃，冲上前去，呼地打出一拳，正是通臂拳的"通天炮。"吴昊天乍开右掌，一挡一送，如玉倒退几步，才站稳。如玉明知自己武功与对方相比差距很大，但仍想继续纠缠下去。甫立稳，又踢出一腿，吴昊天脚一跺，双拳一交，使出"朝"字诀，一个童子拜佛，将如玉扔了出去，如玉半空一个空翻，勉强站稳。楚玥见如玉迭遇险招，心里焦急，说："文公子，不要再打了，你待在这，我去找警察。"

"不用找了，警察来了。"话未落音。一位高个子警察已站到如玉和吴昊天之间。后边还有几个人，楚玥十分诧异，心话："这真是雪里送炭啊！"

高个子警察手指吴昊天说："你们怎么回事？为什么在大街上打架？"

吴昊天根本不把警察放在眼里，头一昂，说："你们别多管闲事，这几个人欠我的债，赖着不还，我们自然不能放过他们。"

高个子警官说："那你说说看，他们三个人当中谁欠你的债，是什么债？可有凭据？"

吴昊天一时语塞，支吾片刻方道："证据自然少不了，只是今天没有带来。"

高个子警官转向如玉："你欠他债呀？"

如玉说："纯属胡说八道，今儿我们是到二十四桥饭店为陆凌霄大侠祝寿的，半道上被这伙人拦住了，根本就不认识。"

高个子警官拍了拍吴昊天的肩膀："你为什么要诬赖良民？还要打人？你说说清楚。"

吴昊天伸手推开了这个警官："我不说清楚你又能拿我怎么样？你滚一边去，要不老子不客气了。"说着，便将袖抹掌。

高个子警察一看吴昊天要动武，掏出手枪，对准吴昊天脑门说："这个老家伙找死，你动我一指头，老子毙了你。你信不信？"

吴昊天被震住了，扬州不是自己的地盘，公门中人一个认不得，如果与警察真较起劲来，肯定要吃亏。他眼珠一转，满脸赔笑，说："其实我与这几个朋友也是熟人，只是因有些过节，才弄恼了。这样，看在你们的面上，我就不找他们麻烦了。"他向同伙一招手："我们走！"说罢，快步离开了文昌街。

高个子警察对如玉说："这下没事了，赶快走吧。"

如玉正要感谢这个高个子警察，忽然发现吉念租站在不远处一家商店门口，正朝自己微笑。如玉似乎明白了什么，连忙向吉念祖额首致意。随即，拉着楚玥、牛儿上了人力车，直奔茱萸湾。

第三十八回

苎萝村侠士传信　瓜洲渡如玉亮宝

　　傍晚，文如玉突然接到吉念祖手下捎来的一封信，让他晚上到苎萝村见面，有要事相商。如玉爽快地答应了。

　　苎萝村在扬州汶河路北头，紧靠北护城河，有一大片野地，树木葱茏，花草繁茂，鸟语间关，景色秀美。临河有几十户人家，青砖黛瓦，石岸木栏，非常清静。村头为一间"香影"茶肆。此地本无名，原是瘦西湖游船停靠之所，撑篙摇橹者多为年轻的女子，俗称船娘。这些年轻女子素面朝天，不施脂粉，衣饰雅致，别具天然之美，与古代浙江诸暨浣纱的美女西施有一比，故而人们便称这里为小苎萝村。晚清文人严镜清至此曾作一诗《广陵杂咏》，写道："半湖春水碧于纱，小苎萝村是姜家。郎若到门应认识，过桥一路舞杨花。"自此，小苎萝村以出美女闻名。

　　文如玉和宫楚玥到茅舍时，吉念祖已在此等候多时。两人一见面就开起玩笑来。如玉说："吉大哥，你是练武之人，为什么选这样一处清幽之所会我？这里可真是个好地方啊！"

　　吉念祖说："我没有你们文化人这样讲究。只是图个清静，好说话，不惹眼。"

　　如玉说："我来到扬州，早知道苎萝村出美女，常常有游人光顾，恐怕不会像你想象的那样清静。"

　　楚玥说："这里有什么故事没有？"

　　如玉说："美丽的传说太多了，而且大多数与文人墨客有关。就说扬州八怪之首郑板桥吧，在他中举后的前二年，妻子徐氏病故。这一年板桥先生刚刚年届不惑，无室无家，正好放浪形骸，便只身来到了扬州。偶游瘦西湖，经过苎萝村，忽见一花窗之下有一位少女头带茉莉花，身着杏子衫，正含情脉脉看着他，板桥不觉心动，便与她搭讪起来。从此，两人来往甚密，后来又私订终身。十年后，板桥先生挂冠回到扬州卖画，赫赫有名，待寻到苎萝村，那个美人已魂归黄泉。这事传开后，引得清道光年间一位叫韩日华的文人诗兴大发，写诗赞道："鲜碧莎青水不波，曲栏斜凭听菱歌。不知溪畔如云女，若个存居小苎萝。"

楚玥说："如今这里还有美女吗？"

如玉说："有啊！有好事者甚至列出了苎萝村十二钗，虽多是船娘却一个比一个漂亮。不少游人慕名而来，故而船娘生意很好。不过，现在已经变苎萝十三钗了。"

楚玥不解，问道："还有一钗是谁？"

如玉笑着说："远在天边，近在眼前。"

楚玥的脸红了，说："你又取笑我。就我这身板，弱不禁风，怎么能划得动船呢！"

如玉说："你不用划船，只管在船头抚琴，生意保证红火。"

楚玥说："等我毕业，如果找不到差事，一定到这里做船娘。"

如玉说："到时我给你撑篙划船，男女搭配，一定鱼水和谐。"

楚玥已听出如玉话意，不再言语，窃笑不已。

吉念祖悄悄对如玉说："这个宫小姐倒是个妙人，色艺双绝，你可要上心哟。"

如玉点点头，说："吉大哥，今晚我们就要离开扬州。咱们谈正事吧。"

吉念祖说："我主要是想告诉你一件事，在你到扬州之前，我的上峰早已接到你父亲的来信。上峰要求我们一路上保证你的人身安全，协助你完成使命。但又不能当保姆，样样包办。你父亲的意思是让你经风雨，见世面，长见识，增才干，多多历练，做个对社会有益的人。"

如玉有些激动，说："有你们暗中保护，以后我就安全多了，真是太感激了。只是，你为什么不早点亮明身份呢？"

吉念祖说："我们有我们的纪律。现在袁世凯手下的人到处都在搜捕革命党，最近在东北三省就抓了我们不少人，而且大多数已遇难。我们不得不小心啊！"

如玉说："据我观察，在江浙沪你们的势力还是比较大的，难道活动也不敢公开吗？"

吉念祖说："我们能控制的地方多在乡下，城市不行，所以活动不能公开。"他忽然似想起了什么，说："文公子，我还带来了你父亲的信。"说着掏出一封信递给如玉。

如玉已很长时间不知父亲消息，很高兴，连忙看了起来。

文曾植的信内容很简短："如玉吾儿，你离京已有半载，料想已至江南地界。南下路途遥远，风波险恶，汝要多多历练，增智健体，必能遂吾所愿。京中奸佞逼索甚紧，吾自有应对之法，且宿疾已渐愈，勿以吾为念。途中若悉汝母消息，务必告我。淮阴以远行程，吾已嘱人妥为护持，汝不必担心。至常熟后，何去何从，由吾儿自行抉择。'海阔凭鱼跃，天高任鸟飞'。此之谓也。父字。"

如玉收好信件，对吉念祖说："吉兄，以后我要是有什么事情，如何与你们联络？"

吉念祖说："我们的眼线遍地都是，你的行踪一般情况我们都能掌握，况且你走的是水路，我们找你比较容易。你不必担心。如果有紧急事情，你可派人送信到苎萝村香影茶肆。这里的女老板崔蒲蔻就是我们的联络员。她做过船娘，人不但活络，而且可靠。"说着，他掏出一枚写着"吉"字的银镖交给如玉，说："她只要看见这枚银镖，就知道是自己人。"

如玉笑了，说："莫非这个崔蒲蔻便是苎萝十二钗之一'红珍珠'？刚才我看见她了，眉心有一颗红痣，人极俊俏。"

吉念祖点点头："正是她。你有什么事，她会及时转告我的。"

如玉说："我们过了瓜洲渡口便到江南了，我还能见到你吗？"

吉念祖说："不久我就要返回淮安，与韩恢见面，近期将有一个大举动。事毕之后，我要到江南去一趟，应该能见到。时间不早了，我们就此别过吧。"他站了起来，将手伸向如玉。

如玉紧紧握住吉念祖的手，说："吉兄，后会有期，多保重。"

如玉和楚玥回到茱萸湾，便让端木林起锚开船。扬州距瓜州渡口只有十几里，顺风顺流，也就不到一个时辰便到了瓜埠。端木林指着月光下运河岸边一座高大的古建筑对如玉说："文公子，这座楼就是瓜洲漕运府署衙门，我以前到过这里，如今或许荒废了。"

如玉点点头，说："我刚才看过《瓜洲志》。瓜洲是扬州到江南的要津，长江和大运河在这里交汇。瓜洲枕扬州，望京口，扼运河，连长江，襟大海，既是河运重镇，又是军事要地。据悉，当年太平天国遵王赖文光率万骑到瓜洲后，原想在这里渡江南下，一见有重兵把守，便返回江都，由万福桥南渡安徽，不料却遇到清兵截杀，遵王也被总兵海州人王得胜擒获。"

牛儿说："文公子，你也许不知道吧，我身上这把宝剑就是遵王赖文光的。"如玉吃了一惊望着牛儿。

牛儿又说："不少人都知道是王得胜生擒赖文光获赏黄马褂。其实是我父亲用箭将赖文光射下马，他才被俘的。当时我父亲张清标任游击，王得胜便将遵王剑赠给了我父亲。当时两军交战地点在瓦窑湾，紧靠万福桥。父亲生前对我说过，可惜他死的太早。"

如玉说："这个赖文光也是个英雄，被俘后宁死不降。可惜太平天国后期洪秀全用人不当，搞家天下，封了无数个王，而像赖文光这样真正有才能的人却得不到重用和支持，长期孤军奋战打游击，结果成了流寇，后在赣榆受到重创，最终成为太平天国的殉葬品。任何一个事业，都不能失去公义民心，否则，必不能持久，其兴也勃，其亡也忽。这样的教训真是太多了。"

此时，一轮明月朗照大江，波光万点，浪花千朵，长风浩荡，涛声轰鸣，水天一色，辽阔无垠。凭栏远眺，百舸争流，帆影翔风。如玉不觉心潮澎湃，豪气干云。

楚玥也在赏看江景，见如玉兴致甚高，便说："文公子，我是学中文的，经常要写文章，不知道时政可不行。你能谈谈目下的时事形势吗？"

如玉说："时下的民国可以称得上是中国历史上最黑暗最沉寂的时期。弱国无外交，东西方列强环伺，如狼似虎，企图将我大好河山豆剖瓜分，而且不少强盗已经得逞，华夏大地金瓯残破，土地分裂，满目疮痍，生灵涂炭，任人宰割。以北洋军阀袁世凯为首的民国政府，名为民众政权，实为封建余孽，号为旧瓶装新酒，而其味却未变。西方文明学不了，儒家道统忘不了，一心向后开倒车，走回头路。袁世凯本人更是居心叵测，时时都在窥测方向，以求一逞，可谓司马昭之心，路人皆知。国家仍然以农为本，民族工业化举步维艰，百业凋敝，经济落后，民不聊生。破产失业者集于市，逃荒要饭者塞于途，风雨如晦，啼饥号寒。从北到南一路看下来，真让我触目惊心，怆然而涕下。"他越说越激动，神情悲愤。

楚玥问道："问题出在哪里呢？"

如玉说："现行的资产阶级民主制度比较于封建制度是一大进步，三民主义也是好东西，主张均土地于民，立民主于国。可却没有得到真正实行。所以人们才怀念孙逸仙先生，冯玉强还将他比之为'世之光'。"

楚玥说："照你这样一说，国家是不是没有希望了？""不！"如玉手一挥，说："现在是社会转型期，人心动荡，弱者挣扎，强者抗争；愚者呻吟，智者疾呼。小人迷茫，君子警醒。只要有人登高一呼，中华民国这只睡狮一定会惊醒奋起。"

楚玥问道："作为个人，当此乱世，又该作何选择呢？"

如玉说："知识分子是民族精英，国家脊梁，首先应该作出选择的是他们。有人会消沉，有人会躲避，有人会堕落，但知识精英们会以济世救民为己任，走上斗争第一线，不断去寻找真理和光明。"

楚玥又追问了一句："你以为什么样的社会制度最好？最适合中国国情？"

如玉说："社会制度的好坏没有绝对的标准。无论实行何种制度，只要能富国强民就行，只要能坚持以民为本，就是好制度，搞独裁，搞家天下，搞封建世袭，都会丧失民心。贵族只是社会的一小部分。民众却占绝大多数，所以必须把民权民生民主摆在政治制度设计的第一位。"

楚玥说："现在人民对吏治腐败深恶痛绝，有什么办法吗？"

如玉说"吏治之所以腐败根本原因在于制度不完善，有先天缺陷，失去了有效约束和监督。每个朝代每种制度都会出现吏治腐败问题，这并不可怕，可怕的是不敢从自身体制上找根源，想办法，光治标不治本，吏治必将到不可收拾的地步。一旦民心全部丧失，失去社会信任，一个政权也就完了。有两种东西，最易削弱国家向心力和凝聚力。一种是民生贫困，一种是吏治腐败，都必须改变。"

楚玥问道："文公子等你考察完大运河，有什么打算吗？"

如玉说："这些天我一直在思考这个问题。但促使我思考的根源是这次大运河之行的所见所闻。我想有三条路可以走，一条是学习吉念祖，投身革命洪流做时代弄潮儿，改造社会，造福人民。二是继续钻在个人专业的小圈子里，做水利救国的白日梦。小日子一定不会差，可却会丧失知识分子的良心和责任。三是做些切实可行的实务，如兴办一个农场，引进西方先进技术，搞种养加，这样可安置一些人，大家也有事情做，也有饭吃。说具体点，如果我在老家虞山脚下搞一个农场，我可以当场长，牛儿、婉儿可以参与劳动管理，端木林大叔和蝶儿可以船入股，搞农产品内河运输。你可以开办一个农场小学，教农工子弟学文化。这样岂不是各得其所，安居乐业。"

楚玥心一动，说："这主意倒不错。第一条路太激烈，不一定适合你。第二条太自私，你的理智和良心不允许。第三条路不急不缓，倒很有现实性和操作性。如果你办农场小学，招聘教师，我肯定第一报名。只是不知你能不能看上我？"

如玉说："一个人做任何事业，必须有一群志同道合的人，一起团结奋斗，否则很难搞出名堂。我很喜欢你，聪明、敏捷、热情、有知识。有你在我身边，我会充满力量。"

楚玥说："你前面的路还很长，现在只是务虚。早打算比迟打算好，但愿能有一个共同的事业，让我们走到一起。"

如玉高兴地说："我正等着这一天呢。"

端木林走了过来，说："文公子，现在船已到江心。你看，对面有灯火的地方就是京口。刚才我还听到金山寺的钟声，正值子夜，风大水寒，你和宫小姐是不是到船舱里去避避？"

如玉说："我是第一次在长江上乘船夜航，很想欣赏一下这难得的江景。另外，我又担心风大浪急，船会出什么意外。就让我留在这里吧。楚玥倒应该下舱睡一阵。"

楚玥说："我俩谈了小半夜的话，我的头脑非常兴奋，回舱睡不着，我要留在这里陪你。"

正说着，牛儿、婉儿、蝶儿也出了舱，围住了文如玉。

如玉道："你们发什么神经？怎么不睡了？"

蝶儿说："是我把他们叫起来的。"

"为什么？"如玉有些诧异。

蝶儿对如玉悄悄说："我听爹爹说，夜间过瓜洲口，有时会看到奇景。故而才喊他们出舱的。"

如玉摇摇头："能有什么奇景？大惊小怪的。"

忽然，婉儿惊叫起来，手指东边江面说："大伙快看，那是什么？"

众人顺婉儿手指的方向一看，惊呆了：万道浪涌之中，一头头体大色黑的怪物，高举船帆一样的背鳍，乘风破浪，喷水吐气而来，有大有小，大的如小丘，小的如舢板，小的在前，大的在后，成群结队，浩浩荡荡。在怪物推力的作用下，江水暴涨，波浪汹涌，卷起层层狂澜，如同排山倒海，船被激的上下起伏，颠簸不定，如乘野马，船板上时有波浪掠过，如玉等人大惊失色，担心会翻船。

端木林倒很镇静，一边指挥船工解缆降篷，抛太平篮，一边对众人说："这可能是海里大鱼朝拜金山寺白龙洞里的龙王，常常会发生船毁人亡事故。文公子你还是带他们下舱避一避吧。"

如玉说："光躲避也不行，得想个法子才好。"

端木林一拍脑门，高声说："要是能有个宝物镇一镇，没准能止风息浪，逃过此难。可船上能有什么宝物呢？"

如玉等人也在思考。忽然，后舱窗口发出一道金光，闪闪烁烁，五光十色，十分诡异。众人不知是何怪，一时都看呆了。

如玉如梦方醒，飞快跑到船尾，从舱内捧出一只金冠，举到端木林眼前。但见这顶金冠，赤金打造，镶珠嵌玉，顶踞雄鹰，箍镂龙纹，宝光闪射，十分奇特。如玉说："端木大叔，这就是成吉思汗的赤金王冠，你看能不能镇邪？"

端木林点点头，接过金冠，对楚玥说："宫小姐，你人长得漂亮，像玉女，赶快带上这顶金冠，再双手合十，口中默默祈祷，莫准能起作用。"

楚玥身上穿的是一袭白色长裙，秀发飘飘，长身玉立，戴上金冠后，真的像神女临凡，仪态万芳，光彩夺目。

她问端木林："大叔，我说些什么呢?"

端木林说："随你说吧，无非是大汗显灵，列祖列宗保佑，龙王护持之类的话。快说。"

楚玥闭上眼睛，红唇微张，暗暗祈祷起来。如玉等人站在她的身后，也双手合十连声祈祷。渐渐地，江风小了，浪涌息了，夜幕开了，月朗星稀，江面如银似雪。再看那群大鱼已掉头而走，渐行渐远。众人这才长长地松了一口气，连称："阿弥陀佛。"

端木林拍拍楚玥的肩膀："宫小姐，大鱼归海了，大功告成了。"

楚玥摇晃一下，人忽然倾倒。如玉连忙上前将她拦住，说："楚玥是受了惊吓，快扶她回舱歇息。"

蝶儿、婉儿连忙将楚玥扶往后舱。

牛儿说："文公子，今天多亏你这顶赤金王冠，要不大伙非变成鱼食不可。"

如玉沉吟片刻说："没想到这顶赤金王冠的法力这样大。看来，中国不缺乏珍宝，就看派什么用场。"

端木林、牛儿没听懂如玉的话意，你看我，我看我，一脸茫然，久久说不出话来。

第三十九回
宫楚玥丹阳失踪　文如玉勇闯匪穴

　　瓜洲对面的谏壁镇是越江后江南运河的入口处，由此向南便是京口地界。船到谏壁已是翌日清晨，船没有停，沿河直奔新丰镇。

　　新丰是丹阳境内运河四大名镇之一，另外三个是谏壁、陵口和吕城。这些城镇都傍河而建，田畴万顷，街市十里，人烟稠密，物产丰饶，均为鱼米之乡。新丰，因新丰湖而得名，又叫辛丰。船到达新丰运河码头时，天已小傍晌。这一天是农历八月初五，正好逢露水集，楚玥和牛儿、婉儿便上街去了，主要任务是买粮油蔬菜。楚玥的另一个目的是考察一下这里的农村教育情况。她在苏州师范上学时，老师就介绍过新丰女子小学。这所小学是邑人李播田出资兴办，专收平民家庭的女生，当时在全国还是第一家。为此，民国总统府还赠给李播田一个匾额，上书"敬教兴学"四个大字。一时，新丰女子小学声名远扬，对李播田在教育上的创新之举，楚玥心里非常敬佩，一直想过来看看，只是苦于没有机会，这次随船路过新丰，就想了此夙愿。原来，如玉不同意楚玥上街，怕出意外，可禁不住楚玥一再央求，也就答应了。

　　楚玥一到镇上，眼睛就不够用了。小镇上的街市傍河而立，两岸对列，商铺密布，人来人往，市声如沸，热闹非凡。运河上有一座木拱桥，连结东西两岸，为交通要道，更是挤得水泄不通。楚玥帮牛儿、婉儿买齐了东西之后，便想到新丰女子小学去，可牛儿、婉儿却被河边一个戏班子吸引住了，非要拉着楚玥一块看戏，楚玥不好意思拒绝，便站下看戏。这天演的是越剧《追鱼》，讲述的是一个鲤鱼精和书生相恋的爱情故事，这出戏楚玥看过，站了一阵，便没了兴趣。她对婉儿说："婉儿，你与哥哥就待在这里，我先到新丰小学去看一看，戏散场后，你们在运河桥上等我，不见不散。"

婉儿说："你一个人去不好吧？还是等散戏后，我们一块去吧。"

楚玥说："那样就来不及了，时间不够。不要紧的，镇上千人万眼，能出什么事。再说，我一个普通学生，也没有人会注意到我。"说着扭身走了。

牛儿看戏看得正投入，楚玥走时他也没留意。过了一会，他才发现楚玥不见了，很生气，对婉儿说："婉儿，你怎么能让楚玥一个人去新丰小学？要是出什么意外怎么办？我们来时，文公子一再叮嘱三个人一起来，一起回，你没有听见？"

婉儿说："我劝过宫小姐，可她固执得很。我有什么办法？"

牛儿说："会不会出什么事？"

婉儿说："我想不会吧。"

牛儿说："好，那咱们再看一阵戏，等会就上新丰小学找楚玥。"

散戏后，牛儿和婉儿便径自到了新丰小学，一看校门紧闭，空无一人，也看不到楚玥。牛儿急了，说："我们四下找一找，没准她迷路了。"

两人便四处转悠，一路找人打听，可转了半天，还是没有一点音信。牛儿说："这事要糟。我们还是先回运河桥吧，没准楚玥早在那里等我们了。"

待两人急急匆匆赶到运河桥，桥东桥西都找遍了，也没有看见楚玥的人影。这下，婉儿慌了，一屁股坐在桥沿上，说："宫小姐真的失踪了，这可怎么办是好？"说着，眼泪流了出来。

牛儿也没了主张，急得团团转，满头大汗。

婉儿说："哥哥，你快想个办法呀！"

牛儿沉思片刻，说："这事耽误不得，我们不如先回船找文公子，让他想想办法。"

"也只有这样了。"婉儿站了起来。

此时，如玉正在舱内整理考察笔记，忽见牛儿、婉儿进舱，一脸慌张，便问道："楚玥也回来了吗？"

婉儿哭丧着脸说："文公子，宫小姐不见了。我们四处找，也没找到。"

如玉说："你们是不是没与楚玥在一起？"

婉儿说："我们看戏时在一起，后来她便一个人去了新丰小学，待我们找到哪里，她已失踪。"

如玉手一挥："走，我们去找端木大叔。"

端木林正在甲板上刷船，看见如玉、牛儿、婉儿过来，便问道："是不是有什么事？"

如玉说："大叔，出事了，楚玥找不见了。你看怎么办？"

端木林说："此事有这样几种可能：一是楚玥迷路了，可还能自己找回来；二是出了什么意外，受伤了或者与人发生了什么纠纷，这也不打紧；三是楚玥被歹人弄走了。如果这样事情就麻烦了。"

如玉说："估计第三种可能性大些。大叔，你看会不会是无极门捣鬼？"

端木林点点头："我也是这样想的，十有八九。"

如玉说："如果这样，又怎么办呢？"

端木林说："我想，无极门真正要对付的人是你，而不是楚玥，他们只不过是拿楚玥做文章罢了。如果这样，找是找不回的，可暂时也不至于有什么危险。我们还是在船上等待为好。按照江湖惯例，如果楚玥被人绑票，作案的人是一定会通知主家的。因为他们要同主家谈条件。"

如玉说："就等吗？万一那帮坏蛋起了歹心，岂不是毁了楚玥？"

端木林说："你意思我懂。不会的，盗亦有道。那个吴昊天虽然不是个正派人，可好歹也是武林中成名人物，又是一派掌门人，他不会这样下作。"

如玉说："我们要不要去报案，寻求警察帮助？"

端木林摆摆手："此时不妥。万一要是警察出动，闹得满城风雨，将绑匪逼急了，他们很可能撕票，杀人灭口，一走了之。新丰镇附近有几座山，山上有土匪，没准这事不是吴昊天他们干的，而是土匪干的。"让端木林这样一说，如玉心里更加焦急，半天没出语。

端木林说："文公子，人急无智，你是这船上的当家人，你一慌神，其他人就更乱了，这样非但于事无补，还可能乱了方寸，失了计划。"

正谈论间，一个毛头小伙子上了船，高声道："谁是文公子？"如玉心里一沉，连忙答道："我就是，你是谁？找我有事吗？"

小伙子说："我家主人让我给你送来一封信。"说着将信交给如玉。

如玉拆开信，只扫了一眼，其意已知。这封信正是吴昊天写的，大意是宫小姐现在无极门手里，有吃有喝，不打不骂，但请放心。要想放人，拿珍宝交换。否则就要撕票。请仔细考虑，暂时不用答复。两日后，双方在陵口镇皇陵神道碑下见面，再商议。如玉对小伙子说："你看没看到宫小姐？"

小伙子点点头："我看到了，千真万确，她很好。"

如玉说："你回去告诉你家主人，请他们确保宫小姐的安全。你们提的条件，我会认真考虑。两日后，到了陵口镇，我们再谈。你可以走了。"

小伙子正要挪步，蝶儿冲了过来，一把抓住他，说："你不能走，你们扣了我们的人，你得留在这里做人质。"

小伙子看着如玉。

如玉拉开蝶儿，说："让他走，扣住他也没有作用。"

小伙子转身下了船。

端木林对蝶儿耳语几句。蝶儿也下了船，悄悄跟在小伙子身后，转眼便消失在人群之中。

如玉问端木林："大叔，你让蝶儿去干什么？"

端木林说："这事你不用问。我自有主张。我们先吃午饭，吃过饭就开船，去陵口镇。在这里没有什么作用了。"

如玉问道："那蝶儿怎么办？"

端木林说："我们到陵口镇去等她。"

陵口镇是南梁开国皇帝萧衍的故里，他的不少后人继位死后也葬在陵口沿运河这一带，故称陵口。船是傍晚到达这里的。如玉一靠船就要去皇陵接头。端木林说："天色已晚，你现在去不安全，防止无极门暗算。最好还是明早去。"

如玉说："应该不要紧吧。要不，我带牛儿一起去，有什么事也能应付。"

端木林说："这样最好。不过，无极门的人约你到陵口接头，是要听结果的，你打算怎么办呢？"

如玉说："楚玥在人家手里，不拿出东西怎么办？人与物比较，还是人重要。"

端木林沉吟片刻说："这样，你等会见到人，先答应下来，这样可以拖住无极门，不至于对楚玥下毒手。究竟怎么办，等到吕城镇再说。车到山前必有路。"

如玉点点头，说："那就按您所说的办。"

走了半个时辰，如玉和牛儿就到了皇陵。此时，无极门的人还未到，如玉便一边溜达，一边盘算对策。

皇陵规模很大，一眼望去，石雕辟邪、望柱、祭台等散落的到处都是，近处稻田里有，远处树林里也有，占地面积不小。只是因年代久远，不少石雕已经残破，夕阳下，显得荒寂而败落。如玉心想："这些石刻都是难得的古代艺术品，放在野外，日晒雨淋，很难持久，要是能放到博物馆里集中陈列开放，不但能保存国宝，而且能创造一些经济效益。转而又想，如今国家经济落后，条件有限，恐怕一时也顾不上这些。心中便有些失落。正胡思乱想，牛儿咳嗽一声，提醒无极门的人到了。如玉扭头一看，还是那天那个小伙子。他四下观察了一阵，确信对方没有埋伏之后，便走了过去。"

小伙子问道："文公子，你的主意拿好了吗？我家主人让我来听信。"

如玉说："这样，我已答应拿东西换人。但不是现在，一来是天色已晚，时间来不及，二来是我没有看到宫小姐。要换得到吕城镇。"

小伙子说："你不要担心宫小姐的安全，到时我们会把她带到现场，我想你如果看不到人，也不会将东西交出来。只是，交换具体细节还请文公子定一下，免得到时出差错。"

如玉说："我们先说好，明天中午十二点整，我们到吕城镇吕蒙将军庙交换，你们将宫小姐带去，我将东西带去，到时一手交人，一手交东西。你看如何？"

小伙子说："这样甚妥。我这就回去禀报主人。"说罢，转身走了。

如玉和牛儿回到船上，简单向端木林说了接头经过。端木林深锁双眉，点点头，没有说话。

如玉见蝶儿还没有回船，便问端木林："端木大叔，蝶儿怎么还没回来？到哪去了？"

端木林说："到时你就知道了。我现在也不知道她在哪里。"

翌日九时，船停靠在吕城运河码头上。此时，如玉仍然没有想出搭救宫楚玥的办法，心一横下了船舱，拉开舱壁暗门将金冠取了出来，一边摩挲，一边琢磨。

端木林来了，对如玉说："文公子，你先把金冠收起来。我已经想到对策了。"

如玉大喜过望，急切地问："真的有办法？"

端木林拍拍手，蝶儿带着一个三十来岁的壮汉进了船舱。端木林指着壮汉对如玉说："他就是我徒弟丹阳鲍凤山，现在吕城镇开拳馆。是我让蝶儿去找他来的。"

如玉说："无极门人手不少，我们增添一两个人，恐怕对付不了他们，再说，硬拼也不是个办法。"

端木林摇摇头："我们压根就没想跟无极门硬拼，万一失手，对方必撕票。我的计策是……"他压低了声音，对如玉耳语起来。渐渐地，如玉紧锁的眉头舒展了开来。

端木林对蝶儿、鲍疯山手一挥："时间快到了，我们现在就行动。蝶儿、牛儿两人一路，直奔小码头。我和鲍凤山、文公子一路，到黄酒厂仓库救人。"

众人上了甲板，分头行动。

原来，蝶儿这两天一直在暗中密切监视无极门人的行踪。她发现，无极门人之所以能一直盯着自家的船，主要得益于他们也有一只船，每次端木家的船启航，便远远跟在后面。前船靠岸，后船也靠岸，只是有一段距离。蝶儿还侦知，无极门的人在吕城镇黄酒厂租了一间废旧仓库，用来临时关押宫楚玥。情况弄清后，她按照端木林的吩咐，又到吕城镇找到了师兄鲍凤山。两人一合计，便定出了声东击西的计策。

到了小码头，蝶儿发现无极门的船上只有两个船工，此时正在刷船，甲板上却看不到一个武师。蝶儿掏出两颗飞蝗石分射两个船工，两人应声倒地。牛儿一见得手，立即上船，泼起桐油来，随即又点火，风助火势，木船烈火升腾，浓烟滚滚。就在这时船舱里钻出一个壮汉，双脚一点扑向牛儿，牛儿"呼"地一掌打去，正中那人胸口。他惨叫一声，跳上岸飞快地向黄酒厂方向跑去，看样子是去找吴昊天报信去了。

牛儿向蝶儿手一招，说："我们先隐蔽起来，在这等吴昊天。"不大功夫，他们就发现吴昊天等人慌慌忙忙跑向码头。于是，牛儿、蝶儿便返回了自家船上。

不出端木林所料，待如玉、鲍凤山赶到黄酒厂仓库里，吴昊天人已不见踪影，只有两个武师躺在角落里，手脚被绳子捆住，不停地挣扎。鲍凤山心里纳闷，提起一个武师，问道："宫小姐关在哪里？快把人交出来。要不然，老子杀了你。"

武师说："你们来迟了，吴师傅前脚走，后脚就来了一伙土匪，将宫小姐劫走了。"

端木林心想："事情要糟。"便问武师："你知不知道趁火打劫的土匪是哪里的？"

武师说："那伙土匪胆真大，临走时还明白地告诉我他们是青龙山的人。我还记得前两天吴师傅和他们接触过。"

端木林问鲍凤山："凤山，你知道青龙山在什么方位吗？"鲍凤山说："知道，距吕城镇十来里，在镇西南，是个土匪窝子。"

如玉急了，说："这真是脱了虎口又入狼窝。这可如何是好？"

端木林说："我估计，青龙山的土匪也是冲着财宝来的，还不至于为难宫小姐。这事得从长计议。"

如玉说："这事绝对不能拖。我现在就上青龙山，跟他们交涉。"

端木林说："人家劫走宫小姐，最终矛头还是对着你，你一去，不是自投罗网？"

如玉说："我现在身穿便装，脑门上又没写字。土匪能认出我来吗？再说，如果我不亲自去，有什么事情能决定吗？"

鲍凤山说："我看去一趟也没有什么。最起码可以知道宫小姐到底在不在青龙山。又能知道土匪要什么条件，这样才能决定下一步怎么办。"正说着，鲍凤山的几个徒弟骑着马赶来了。鲍凤山对端木林说："师傅，你先回船。我陪文公子上山去一趟。有马，来回快得很。"

端木林说："凤山，文公子就交给你了。事情谈妥谈不妥，你都要保证公子全身而退。""是，师傅你放心。"鲍凤山说罢，与文如玉上了马。直奔青龙山而去。

青龙山不大，连绵十来个山头，中间一峰突出，入口处有一个木寨门，再上去便是忠义堂。鲍凤山和如玉说明身份和来意，便被一个小土匪带到了忠义堂。堂上坐着一个黑脸瘦汉，一见鲍凤山便冷笑一声："我以为是谁呢！原来是老对头鲍凤山。"鲍凤山也认出了黑脸瘦汉，心一沉，暗暗叫苦。原来，早年鲍凤山在丹阳开镖局，专门护送运河南自丹阳北至瓜洲的散载船。有一年，他押送一只皮货船刚到谏壁镇郊外，便遇到一伙土匪，领头的正是眼前的这个黑脸瘦汉，人称"京口瘦虎"的鲁一彪。当下双方便斗了起来，结果鲁一彪被鲍凤山用护手钩打伤，从此，两人结下冤仇。鲍凤山向鲁一彪作了一揖，说："鲁师傅，咱俩又见面了，没想到你如今成了山大王。只是，我今天上山不是来找你结梁子，而是来要人的。"

鲁一彪说："是不是来要那个姓宫的姑娘？"

鲍凤山点点头："正是。你能让我们见见人吗？有什么条件好说。"

鲁一彪说："这事先不忙。当年我被你刺了一钩，伤了左膀，养了多日才好，今天，我们先算这笔陈账。"

鲍凤山说："你是不是想比武？这得有个说法。"

鲁一彪说："比武那是肯定的，老实讲，我不服你。说法是这样，你要是赢我，条件任你提。要是你输了，得听我的。"

鲍凤山犹豫片刻，说："怎么比呢？我又没带兵器。"

鲁一彪说："要比就比兵刃。虎头双钩山上也有，你可以造一副。"

鲍凤山怕伤了鲁一彪，便说："算了吧，我只用一双肉拳领教你的五虎断魂刀，怎么样？"

鲁一彪说："你自己托大，不要兵刃，可怪不得我。"说着，抄起身边的钢刀，脚一点，刀已递出，直取鲍凤山上盘。鲍凤山身形一晃，躲过来刀，右手劈一掌，已转到鲁一彪身后。鲁一彪一个鹞子翻身，反撩一刀，劈向鲍凤山左臂。鲍凤山身一转，趋身直进，曲指如钩，点向鲁一彪双目。鲁一彪头一侧，"刷刷刷"连进三刀，逼得鲍凤山连连后退。又战了几个回合。赤手空拳的鲍凤山渐落下风，有退无进，而鲁一彪得势不饶人，手中钢刀舞得像雪花一样，招招不离对方要害。

如玉一直盯着鲁一彪手中的钢刀，见他刀法凌厉，出招凶狠，大呼小叫，心中愤怒不平。忽见鲁一彪刀锋点向鲍凤山咽喉，形势十分凶险，便摸出口袋里的银镖，手一甩，射向鲁一彪。不料，镖还在空中，门外却飞进一个红脸大汉，一跃一抄，银镖已到了他手中。他走到如玉面前，上下打量了一番，说：

"这镖是你发的？"

如玉点点头。

红脸汉子又问道："你这只银镖从何得来？"

如玉说："这是一个朋友赠送给我的。"

红脸汉子说："他是不是叫吉念祖？"

"是啊！你认识他？"如玉有些意外。

红脸汉子笑着说："吉念祖和我也是朋友。前不久他还到过青龙山呢！我们换过帖子。"

如玉已知道吉念祖上山的目的，便说："我怎么称呼你？"

红脸汉子说："我叫庄云鹤，是青龙山的寨主。你的尊姓大名呢？"

如玉说："我叫文如玉，是建设部水利专员，今天我上宝山是来要人的。"说着就将事情原委告诉了庄云鹤。

庄云鹤叫过鲁一彪，问了问情况，说："二当家的，这个文老弟和我的结义兄弟吉念祖是朋友，他的人我们可不能伤害，还是放了吧。"

鲁一彪有些不情愿，说："大当家的，当时你不在山上，这事我一手操办的。你不知道，那个女肉票貌似天仙，而且据无极门的人说，她大有来头，与这位文少爷关系密切，油水大得很。

我们也是费了很大劲才乘乱从无极门手里把人弄到手，要不是吴昊天请我帮忙，我还不知道这消息呢。可不能说放就放。"

庄云鹤脸色沉了下来，说："你懂什么？没准以后我们就要与这位文少爷一个锅里捞勺子。我们绑了文少爷的人，如果让吉大哥知道，那还得了。快把人放了。"

"好，我这就叫手下放人。"鲁一彪转身走了。

听到这句话，如玉心中的那块石头才坠地。

庄云鹤拍拍如玉的肩膀，说："文老弟，大水冲了龙王庙，还请你见谅，今天中午我请你喝本地名酒，丹阳封缸酒，另外还有野味山珍。你得给我一个面子。"

如玉望了一眼鲍凤山，鲍凤山使了个眼色。如玉便爽快地答应了下来。

第四十回

常州城互诉衷肠　天宁寺共访大德

清晨的河塘街静悄悄的，一片乳白色薄雾弥漫在河面上，久久不散。河岸上一排排青砖黛瓦的民舍影影绰绰。青石板路泛着亮光。傍河的小码头上，不时传来汲水泼水的声响，那是早起的女人在洗刷金桶。几只带着竹篷的小船停在河中，船上插着竹篙，倒影在水里，变得弯弯曲曲。前方不远处，一座石拱桥跨河而建，石缝中吊着长长的藤萝，时有鸭儿从半月形的桥洞中游过。

如玉走了一阵，对楚玥说："这里倒是小户人家过日子的好地方，宁静安详。"

楚玥说："其实有时候大户人家的日子也和小户人家差不多。就说一代文宗苏东坡吧，被贬到常州做官，就住在这一带，日子过得很清寂，还经常和老百姓交往。有时会在临河的酒肆里就几颗茴香蚕豆，喝一杯黄酒。最终，先生就死在这里。"

如玉说："最优秀的人物，或者英雄，也有被打回原形的时候。苏东坡一生狂傲，晚年不是返璞归真了。身上书卷气少了，烟火气倒多了。中国人的主角意识太强，其实，当配角和跑龙套也能唱好戏。我们要不要到他的故居去凭吊一番？"

楚玥说："算了，去了也未必能看到什么。红梅阁快要到了。在那附近，就有《红楼梦》贾宝玉出家的昆陵驿，我们不妨去寻访一下。"

如玉说："楚玥，你好像对常州很熟悉嘛！"

楚玥说："我在苏州上学时，每年暑假都会出来走走，曾经到过常州。"

到了红梅阁、如玉看见附近有个卖常州宫廷梳管的小店，就拉着楚明走了进去。找了半天，他才相中一套"金陵十二钗"彩绘仕女套梳，对楚切说："楚玥，上回在青龙山你受惊了，我很过意不去，送你一套梳子，也算是表达我的一点心意。"

楚玥把玩着梳子，说："金陵十二钗中的女子们没有一个有好下场的。所以，曹雪芹才给他的书斋取名叫悼红轩。我可不想像十二钗中的那些女子一个个弄的凄凄惨惨戚戚。"

如玉笑笑，说："你多心了。宫廷梳篦是常州的特产，你留着做个纪念吧。我可没有别的意思。"

楚玥说："红梅阁上有个茶肆，我们上去喝杯茶，吃些早点吧。"

"好!"

如玉和楚玥一齐上了二楼，挑了一个靠窗的座位坐了下来。早有女服务生送来碧螺春茶和小笼包子、水煮开洋干丝、大麻饼。两人正喝茶，一个身穿旗袍的姑娘抱着古琴走到了房间一角，点燃一炉香，便弹起琴来，其声委婉悠扬。

如玉说："到底是江南人，生活就是精致。"

楚玥说："人一精致，便琐碎，自古做大事的都是吃面的人，而吃米的人却很少。南方人不及北方人豪爽，但却可爱，善解人意。"

如玉说："最好还是南人北相，北人南相。这样便豪爽细致，兼而有之了。我看你就是这样的姑娘，我很欣赏你。"

楚玥说："你我虽然萍水相逢，但也算一段风缘。人与人交往，尤其是男人与女人，有时会交往一阵子，有时时间会长一些，有时会一辈子。时间长短，全看缘分，缘到必聚，缘尽必散。再陌生的人，待在一起时间久了，也会产生感情。你我即如是。只不过是一时心境感受罢了。我估计，你我到苏州分手后，很快就会相忘于江湖。"她狡黠地一笑，看着如玉。

如玉说："人最痛苦的时候是生离。我可不想经历那样一种伤感。所以，我打算和你交往一辈子。"

楚玥笑笑："又说昏话。将来我是要嫁人的。你也会娶妻生子，怎么可能交往一辈子呢？人要知足惜福，男女之间如果曾经拥有就不错了，不要贪心不足。"

如玉呷了一口茶，说："我今年已经快三十岁了，前途未卜，婚姻大事也毫无着落，我有选择终身伴侣的权利，你不要拒人于千里之外嘛！"

楚玥正色说："文公子，你今天约我到这里来，是否就是谈这事的？"

如玉点点头："红梅阁是个产生爱情传奇的地方。我约你到这里来，一是让你散散心，忘记那场惊吓，二是想跟你说说心里话。"

楚玥低下头，摆弄着衣角，说："听说你一路上历尽艰辛和危险，到了江南也不太平。时间宝贵，有什么你就直说吧。"

如玉说："吕城镇一战，烧了无极门的船，我估计他们会老实不少。不要紧，今天我们有足够的时间享受一下生活。实话对你说吧，我想跟你交朋友。"

楚玥说："我们已经是朋友了。"

如玉站了起来，说："楚玥，你难道不知道我的心吗？我真的爱上你了，而且不能自拔。"

楚玥望着如玉，眼中脉脉含情，说："文公子，我有什么好，一个普通女学生，而你是一个贵介公子，又是官人，找什么样条件的姑娘找不到？偏要选择我？"

如玉说："我也说不明白。不过，我想说的是，我不想在爱情上多浪费时间，我想做点事情。如果我认为一个姑娘条件差不多，品性好，善解人意，识大体，两人有共同语言，大致差不多，也就可以定下来了。"

楚玥的脸色阴了下来："文公子，你不说，我也知道你是大有来头之人，而且身负使命。就从那顶赤金王冠上我就能看出端倪，否则，人家也不会对你苦苦相逼。我很敬佩你的为人，只是不赞成你的恋爱观。婚姻是女人一辈子的事业，而且必须男女平等，互敬互爱，女人绝不是男人的装饰品。我可不想马虎了事，将就凑合。"

如玉的脸红了，说："对不起，我倒真的忽略了这一层。伤了你的心，我向你道歉。"

楚玥扑哧一笑，说："如果一对情侣之间，整天相敬如宾，一有风吹草动，口角冲突便赔礼道歉，那还过不过日子？我可不喜欢这一种做派。"

　　如玉叹了一口气，说："越是甜美的果子越扎手。我看你倒真是个鬼难拿，软不得，硬不得，我都快失去耐心了。"

　　楚玥说："我只想问你一句话，到常熟后，你到底打算干什么？是回北京？是留在老家？还是闯江湖？"

　　如玉说："老实讲，这个问题一直在困扰着我。我从北京出发的时候，目的倒很清楚，就三件事，一件是考察大运河，一件是了却父亲心愿，一件是找到我母亲。可现在我倒迷茫了，不但好多事没找到答案，新的疑问又产生了，心里无所适从，真想找个人请教一下。不过，我选择你倒是肯定的。"

　　楚玥说："我下半年就毕业离校了，大不了也就干个小学教师，意思也不大。我也很欣赏你，只是如果不知道你将来干什么，选择什么样人生道路，岂不是要悬在半空，无所着落啊。"

　　如玉说："如今，这个社会动荡不安，很多知识精英也在寻找合适的人生定位和生活道路，心里充满苦恼和彷徨，我也是这样。我需要崎途向导，夜行路标，航海灯塔。这样，我父亲有一个老友在常州天宁寺做住持，是个大德高僧，我们不妨去拜访一下，或许有所收获。"

　　楚玥站了起来，说："那你干嘛不早说。这样，我们现在就走。半路上找一家小饭店吃点午饭，然后就上天宁寺。"

　　如玉付了茶资，与楚玥匆匆下了楼。

　　走进天宁寺门时，如玉将楚玥拉住了，指着大殿上方上的宝顶说："我考你一个问题？你看那个宝顶金光闪闪的，可是用黄金铸的？"

　　楚玥说："应该是金子的。天宁寺可是江南名刹，历史悠久，香火旺盛，很有财力。"

　　如玉点点头："这个宝顶倒真是黄金做的，几年前，被一个江湖大盗乘夜偷走了，云水方丈是个武功高强的人，便去追，结果被对方用飞镖打伤，但还是将宝顶背了回来。"

　　楚玥吐了舌头，说："宝顶重有千金，这个云水方丈非但武功了得，力气也大得出奇。他可是你父亲的那个老友？我真想早点见到他。"

　　如玉说："正是云水大师。我们找他去吧。"

　　如玉通报过姓名后，一个小沙弥将他和楚玥引导到了殿后的方丈室。午后，阳光融融，树影婆娑，鲜花盛开，小院子静悄悄的。云水大师和如玉、楚玥相向而坐，一边品茶，一边聊天。云水说："文公子，贫僧想猜猜你们此行的意图，可好？"

如玉点点头："好啊！大师虽然须发如霜，倒不失童心。"

云水说："文公子，你是问路的吧？"

如玉说："是的，我想求大师为我指点一下迷津。"

云水说："儒生自来有三条路，一条是许身于国，也就是从政，一条是许身于术，也就是搞专业，一条是许身于心，也就是自我完善。不知文公子想选那一条？"

如玉说："如今我的人生信念发生动摇了，认为以水利救国不切实际，而且太缓，想走第一条路。"

云水说："现在当政是袁世凯为首的民国政府，名义上搞的是民主宪政，可实质上逆历史潮流而动，一片污泥浊水，你是不是想同他们同流合污？"

如玉说："名不正，则言不顺，难道除了共和政府，我还有别的政权可以选择吗？"

云水摇摇头："没有。暴君也是君。那你是不是要放弃公义正途？孙中山先生鼓吹的'天下为公'才是知识分子真正的旗帜。你不会不以为然吧？"

如玉说："我在思想上已经同情和倾向真正的民主宪政。只是有些事情还看不清楚，也下不了决心。依大师看，中山先生的三民主义是不是现在最好的主义？"

云水摆摆手，说："三民主义倒是一个很好的政治主张，可奉行这个主义的革命党却未必像你想的那样完美。可谓，门外的人想进去，门里的人想出来。"

"这是什么意思。"如玉愈加迷惑。

云水说："我们国家现在就如同一个大病之人，谁都想开一副药方为它治病，可都未必精当。1912 年辛亥革命巨变后，国家的命运已经发生转折，但并未停止发展。然而何去何从却大成问题，无论是袁世凯的逆潮流而动，逊帝溥仪的复辟信念，章太炎的排满与光复思想，张謇的实业救国和宪政主张，秋瑾的铁血主义和游侠心态，还是王国维的于乱世中延续传统文化命脉的抱负，孙中山先生的'三民主义'，都无法决定中国未来前途的走向，换句话说，如今国人的思想，尤其是知识精英的思想，在文化上是矛盾和含混的，到底什么主义能救强国富民，一下子还看清楚。如今的中国正处在又一次剧变的前夜，一片混沌，激荡起伏。在这种局势下，文公子你的个人道路又如何选择呢?"

如玉心里有些乱，说："这些过去还真没有认真分析过，考虑过。大师，你为什么对时政这样了如指掌?"

云水长呼一口气，说："不瞒你说，我过去一直是革命党人，老同盟会员。家在云南，后来到北京，又到南方，因为心直口快，一直受到排挤，甚至还曾受到内部人暗算，心灰意冷之下，便出了家。"

如玉瞪大了眼睛："革命党内部也有斗争?"

云水说："这没有什么奇怪的。内讧也是革命阵营中的一个普遍现象。自己人整自己人的事情太多了。陶成章你们都知道吧?光复会著名领袖，因与人政见不同，不就是被同党王竹卿暗杀了。这个王竹卿原来就是土匪。文公子，如果你参加了革命党，就会发现，党内封建色彩江湖气味很浓，江湖组织和秘密会党中人随处可见，甚至还有土匪也参加进来了。吸引组织成员，用的仍是开堂、烧香、结盟、入伙等帮会办法。世界上没有一样事物是纯之又纯的，总是杂色俱多。这就是如今的中国政治现实和特色。"

如玉问道："大师，那在你看来，一个知识分子如何才能保持自己的正义和清明本色呢?"

云水说："我以为，知识分子最重要的是要有担当，要具备自由之思想，独立之人格，没有这些，很可能在品德上走向堕落，在政治上走向反动，在道精神上走向矮小。一个知识分子如果做人都做不好，又怎么能做个革命党人呢?我很佩服孙逸仙先生，有强烈的爱国思想，有坚强的革命意志，有不断追求真理的精神，一生都在践行'天下为公'，不简单啊!老朽与他相比，真有云泥之别，一个是燕雀，一个的鲲鹏，令人汗颜啊!"

如玉说："大师是不是以后就一直遁迹空门了?"

云水高声说："不!我发现披上袈裟事更多，心里仍然无法安定，不甘摆脱自己的责任。如果有可能，我还会东山再起，再作冯妇的。男子汉大丈夫就应该做些大事，为国家富强、人民幸福多做些贡献。至于说个人得失根本不值得计较。"

如玉似乎受到了感染，说："大师，让你这样一说，我的心里清楚多了，过去许多认识不清的事物也看明白了。多谢大师指点。"

云水笑笑，说："文公子，依老朽浊眼，你也是个可造之才。我劝你，如果想干什么那就果断地投入其中，试一试嘛！错了再重来。年轻人有的是时间。一个人的社会实践往往比思想理论跑得快，有些信仰一时看不清，也不要紧，可以在行动中矫正。怕什么？患得患失只会一事无成。一个人做事，过程比结果重要。君子喻于义，小人喻于利。令尊文大人一向同情革命党，名望很高，你如果愿意追随中山先生，一定也能干出一番事业，雏凤清于老凤声。至于说你将来最终会选择什么样的人生道路，就不是老朽能预料的了，我也不愿意强加于人。我这个人树敌太多，胸怀也欠宽广和包容。并无慧心巨眼，有些事也是只知其一，不知其二。今天你我漫谈，不必当真。"说罢，云水似乎疲倦了，端坐不语。

如玉朝楚玥望了一眼，正要起身告辞，忽然窗外人影一闪，一支飞镖破窗而入，疾射云水。云水大师两眼忽然睁开，右手一伸，用双指夹住了飞镖，说："我的对头又来了，待我去会会他。"说罢，双脚一点，已飞身出屋，转眼便消失了。

如玉对楚玥说："你从云水大师的话中听出了什么？"

楚玥说："他的话虽然不少，但吹糠见米，他还是倾向革命党的，也想让你投身时代洪流去做一番事业。"

如玉说："那我去不去呢？这个念头也会在我脑海中闪现。你的意见呢？"

楚玥说："如果你是独立的，我不反对。如果你我的命运已融为一体，我不赞成。这毕竟是大事，应从长计议。"

如玉说："那我对你的要求呢？"

楚玥笑笑："如果你愿意等待就有机会。"

第四十一回

吴公桥打抱不平　吉念祖无锡点将

　　早晨一起床，如玉就上了甲板。先做了一八段锦，出了不少汗，但人却变得舒服多了。远处的吴公桥在烟云中若隐若现，河两岸的人家上空炊烟袅袅。站了片刻，如玉便回舱整理考察资料去了。自船到扬州以南，如玉曾留心考察过水陆联运专题。他发现，苏中和苏南一些城市依托大运河，发展公路、铁路联合运输小有成就，前景广阔，便决定在考察内客中增加联运这样一个课题。他认为只要悉心调查研究，一定能找出联运的规律来，让古老的大运河发挥更大的作用。

　　楚玥过来了，如玉便与她讨论起这个题目来。如玉先谈了自己的想法，又要求楚玥说说自己的见解。楚玥说："文公子，我发现你的脑子一刻也不肯闲着，时常会有一些新鲜的想法，让人振聋发聩，深受启发，以至跟不上你的思路。所以这个问题我还真的说不出什么东西来，只是直观觉得发展水陆联运是件利国利民的好事，值得认真研究。我个人认为，发展水陆联运，不但对运输、经济、民生有益处，还具备其他价值，如军事、旅游等。"

　　如玉的眼睛一亮："哦！这我倒没有想过。你说说看，在旅游和军事方面有什么价值？"

　　楚玥说："这很简单。大运河本来就是一条风景河、文化河，如果发展水上游览观光，让人们充分领略运河文化的负重、含蓄、融汇、通达，是完全可以增加一个旅游项目的，吸引更多的游人。

　　再则，万一发生战争，以运河为经，以公路、铁路为纬，运送兵源，既快捷，又四通八达，可以抢得先机。"

如玉连连鼓掌叫好，说："你说我思想活跃，我看你比我更活跃，奇思妙想，简直是让人匪夷所思。就连运河文化的精髓都让你提炼出来了。我说你是个才女，一点也没错。"

楚玥有点不好意思，说："这就是一个女孩子的胡思乱想，你可千万不要当真。"

正说着，婉儿匆匆忙忙进了舱，说："公子，牛儿、蝶儿出事了。"

如玉一惊，站了起来，说："你不是一大早就和他们到吴公桥米市去购粮食了吗？能出什么事？"

婉儿说："买东西还真买出事情来了。"接着，便将事情经过学说了一遍。

吴公桥是横跨在运河上的一座现代钢筋水泥大桥，可以连接南北两岸街区。过去，这里没有桥，只有一个渡口，两岸居民交通很不方便。几年前一个夏天，一群人乘船过河，忽然刮起了大风，船翻了，死了好几个人。这幕惨案恰好被上海一个叫吴样祥的富商看见了，便捐出大洋三万元，在运河上建了一座大桥，从此，不但两岸街区得以联结，而且这一带还发展成了全国最大的米市，商贾云集，舟车辐辏，交易活跃，闻名遐迩。蝶儿到过这里，今天一大早就和牛儿、婉儿到了米市。走进一家叫"万康祥"的民营米店，婉儿刚称好米。正要结账，忽然闯进一伙人，威逼米店李老板关张走人，李老板就问这伙人凭什么欺行霸市。来人告诉李老板，万康祥隔壁就是国营江南万成米业公司，最近要扩大经营范围，所以这一带私营米店都得拆迁。李老板就朝这伙人要凭据，来人不由分辩，动手就砸，米店被搞得一片狼藉。李老板知道万成公司有外资背景。只好答应尽快关张。牛儿看不下去，便与这伙人理论起来。一言不合，双方就打了起来。对方有七八个人，怎奈牛儿、蝶儿都会武术，对方吃了大亏，便喊来警察，将牛儿、蝶儿抓进了警察所。婉儿一看事情不妙，便连忙回来报信。

婉儿说："文公子，你得赶快去救人，要不然，牛儿、蝶儿非吃亏不可。"

楚玥说："这成什么世道了？只许州官放火，不许百姓点灯，老百姓还有活路吗？"

如玉说："事情的实质还不在于此。一个国家的经济要发展，不能搞国营企业一家独大，重要的是大力发展民营企业，这样才能繁荣经济，藏富于民。搞垄断只能滋生僵化和腐败。在西方，民营企业和国营企业享有同等权利，而且在税收等方面也毫无二致，因此市场经济发育很快也很成熟。经济是政治基础。要是让万成这样的垄断资本发展下去，不但大量民营米店要破产，而且米价会上涨，最终吴公桥米市就会垮掉，此风绝不可长。"

婉儿说："公子，现在可不是讨论问题的时候，你还是赶快想办法救人吧。"

如玉说："端木大叔知道这事吗?"

婉儿说："不知道，我没敢告诉他，要是他知道了，非动武不可。"

如玉对楚玥说："我们和婉儿一块去看看。"

警察所就在吴公桥北的一座四合院里。进了所长办公室，如玉看见所长正在训斥牛儿和蝶儿，蝶儿不服，高声声辩，脸涨得通红。

如玉掏出名片，又说了来意，这位所长知道文家是江南豪族，一听说如玉是文家的后人，态度很客气，连忙让座倒茶。如玉拉住了他，说："不必客气，我们还是先谈一谈如何了结这件事吧。"

所长说："这事能大能小，往大里说，你们的人打伤了人，吃官司是一块，经济赔偿又是一块。往小里说，也就是多管闲事，发生冲突，只要调解一下就可以了。就看文公子如何选择了。"

如玉不想跟警察多费口舌，便说："我看还是息事宁人吧。我想选择调解，就拿钱说事，赔对方多少钱，所以你说个数，我如数支付，绝无异议。不过，你一定尽快了结这件事。"

所长说："文公子果然痛快，不愧是世家子弟，公门中人。这样，双方互殴，各有损伤，不过万成的人吃亏较大，我就来个责任四六开。你们赔米业公司的人三百块医疗费。钱到双方画押具结，然后我们就放人。文公子，我原来也不想得罪你，只是江南万成米业公司有李鸿章儿子的股份，他势力很大，我不能不考虑。"

如玉点点头，说："事情原来如此，就按你说的办。"说着，就让婉儿给了所长三百块袁大头。

所长当即叫来万成米业的人，这边由如玉为主，双方画了押。走到吴公桥，婉儿对牛儿说："哥哥，刚才那事你为什么不能忍一忍，动手伤人总归不好，我们出门在外，多一事不如少一事。"

牛儿说："这大米生意也不是那一家包下来的，凭什么公家能做，私人就不能做。要是这样下去，将来米价全都官家包了，要卖多少钱就多少钱，那老百姓能吃得起大米吗？我就咽不下这口气。"

如玉问道："牛儿，你刚才在米市走了一遭，吴公桥到底有多少家私人米店，生意如何？"

牛儿说："我估摸一二百家私人米店还是有的，普遍生意看来还行，刚才我们也经过万成米业公司门口，门脸很大，像个衙门，人出出进进，听口音，还有日本人。估计，这江南万成米业公司与洋人有合作关系。听说还和芜湖米市有联系。"

如玉说："这事我不怪你，路见不平，拔刀相助是匡扶正义之举，应当提倡。"

牛儿说："只是让公子破费了不少钱。"

如玉摆摆手："这不值得一提。"

婉儿似忽然想起了什么，说："哥哥，你买的大米呢？"

牛儿一拍脑门，说："糟了，光顾打架了，米还在万康祥米店里呢。我现在就去拿。"说着就要走。

如玉拉住了牛儿，说："我们正是一块去看看吧，顺便安慰一下那个李老板。"

蝶儿说："今天这事弄得很窝囊，明明牛儿这事做得对，我很赞成，那个警察所长却判我们赔对方钱，这太不公平。还有，那个李老板也很可怜，很可能他家生意从此就做不下去了。公子，这事你得管一管。"

如玉叹了一口气，说："不光是米业，国营企业搞垄断与民争利，在其他行业也是如此，这事太普遍了，我怎么管？"

楚玥说："这样下去，国家经济前景堪忧，以国营企业为主，民营企业为辅的民族资本经济发展不起来，我们国家的经济就无法繁荣。过去，我一直待在学校里，两耳不闻天下事，一心只读圣贤书。现在我才知道世事之复杂，民生之艰难。我真为中国老百姓的生计担忧。"

如玉说："国家兴亡，匹夫有责。这是顾亭林说的。一个人只要能认识到这一点，也就算是有良知了。"

蝶儿忽然发现牛儿衣服破了，肩膀受了伤，便关切地问牛儿："牛儿哥哥，你的伤势重不重？回去我一定叫我爹用最好金创药为你疗伤。"

牛儿大受感动，说："我是猪皮狗骨头，没有那么娇贵，谢谢你关心。还有刚才你帮我教训那些混蛋，下手特狠，我很感激你。"

婉儿说："蝶儿姐姐，你看我哥哥人怎么样？王八看绿豆，要是对得上眼，倒不如嫁给我哥哥，这样我就有嫂子了。"

蝶儿的脸"刷"地红了，上去就要抓婉儿，说："你再满嘴胡呲，我让你找不到嫂子。"

婉儿连忙躲到楚玥背后，说："蝶儿姐姐，你手劲那么大，可不敢乱打人，要撒野，你还是冲我哥哥撒吧。他皮实的很。"众人都笑了。

如玉等人刚走到码头上，端木林便迎了上来，说："文公子，有一个妇道人来找你，她说认识你。"到船上他便将身边一个俊俏的中年女子介绍给如玉。

如玉觉得自己好像在哪里见过这位女子，只是一时想不起来。楚玥悄悄说："文公子，这人就是扬州船娘，崔蒲蔻。你忘了？我们在她家的香影茶肆喝过茶。"

如玉连忙上前打招呼，又问道："崔大嫂，你找我有什么事。"

崔蒲蔻说："什么事我也不知道。是你的两个朋友让我来找你的我一路追下来，好不容易才在吴公桥找到你们的船。你现在就跟我走。"

如玉说："到哪里？"

崔蒲蔻说："你的朋友在寄畅园等你。"

如玉便和崔蒲蔻直奔寄畅园。端木林怕出意外，让牛儿、蝶儿暗中保护如玉。寄畅园是江南名园，清乾隆皇帝南巡曾数次驻毕于此。崔蒲蔻带着如玉穿过花径、假山、荷池、水榭、来到了一座古色古香的小楼前，正要上楼，如玉忽然看见韩恢、吉念祖从一边竹林里走了过来，心中大喜，便迎了上去。

韩恢说："文公子，我们在无锡又见面了，一路可好？我一直很想念你。"

如玉说："我也惦记着你啊！"

吉念祖说："这里游人多，不方便，楼上有个茶社，我们上去谈吧。崔蒲蔻已经为我们安排了包间。"

几个人上了楼。刚坐下，如玉便问韩恢："韩大哥，我真有想到能在无锡见到你。你找我是不是有急事？"

韩恢说："其实，我一直在江南江北来回奔波。无锡也是我们的一个重要根据地，最近，崔蒲蔻已经从扬州调到这边，正在筹备联络点，以后有什么事你可找她。今天找你来，主要是想向你了解一下端木林的情况。"

如玉有些疑惑，说："你们了解他有什么目的？是不是想借助他？"

韩恢说："现在革命形势发展很快。二次讨袁失败后，我们一直在聚集力量，重点是发展地下武装队伍，绿林中人是我们团结的一支重要力量。要想把他们拉过来，光靠我这样的知识分子是不行的，必须要有德高望重的武林中人居中说合。我们认为端木林就是个很好的人选。"

如玉说："端木大叔早年参加过义和团，后来参加过刺杀袁世凯，一向同情革命党。他既是武林一代宗师，又是青帮大佬，还是罗教护法，在青帮、绿林中的威望很高，有一定号召力。只是，他心高气傲，性情有些暴躁、孤僻，不大喜欢与人打交道。在武的一方面他能胜任，只是在文的一方面，恐怕很难独当一面。"

韩恢说："这不要紧，在文的一方面，我们已经有了合适人选。"

如玉说："谁呀？"

韩恢说："就是你父亲的老友，常州天宁寺方丈云水大师。"

如玉点点头："我见过云水大师，这人真是满腹经纶，只是好像有些颓废。对革命党的某些政见也有些看法。"

韩恢说："我这个人一向不主张搞党同伐异，党中有党，派内有派，很正常，只要大方向一致就行了。最近，我们去找过云水大师，他已答应重新出山。将来，他可以与端木大侠一块配合。"

如玉说："只是不知道你们准备将端木林大叔派到哪里工作？"

韩恢说："我们计划过，现在，我们的地下武装队伍主要集中在苏北。绝大多数是绿林中人。下一步我们要争取的几个山头，一是骆马湖鹭儿岛金螃蟹的人马，一是居山仲八的队伍，一是洪泽湖老子山的人，像高邮天山、洪泽湖龟山的绿林武装已经被我们完全掌握。"

如玉说："金螃蟹恐怕不行，他吃过端木林的大亏，仇恨很深。"

韩恢说："金螃蟹已被手下人除掉，现在寨子里是端木林的青帮晚辈当家。工作难度不会太大。"

如玉说："那个仲八不是已经跟你们在一起了吗？怎么还要做工作？"

韩恢说："仲八这个人是个滑头，也是惯匪，视自己的武装队伍为性命，性情反复无常，很难弄。前一阶段他参加过我们的暴动，但后来又打了退堂鼓，回到了巨山。继续做山大王。"

如玉说："我想这个人还是能拉过来的，做土匪有什么出路？"

韩恢笑笑："他是在等待官家招安。"

如玉说："原来是这样。那就更不能让他倒向官军了？"

韩恢说："所以，我们才想请端木林大侠出山，去做他的工作。他人与端木大师同是青帮中人，这就是个很好的利用条件。"

如玉说："你们说的这事倒是好事，只是我没有同端木林大侠交流过，还不知道他肯不肯重出江湖呢？"

韩恢说："今天我们找你来，一是想了解一下端木林的基本情况，二是想让你跟他吹吹风，做些动员工作。这事不忙，眼下，你考察大运河的工作还没有结束，端木林也走不开。你先把我们的想法跟他透露一下，看他有什么想法，然后我们再做决定。"

如玉说："这样就稳妥了。"

吉念祖说："文公子，我想问你一句。不知你考察完大运河后有什么打算？"

如玉说："我也实话实说，我现在更加倾向于南方革命党，也敬佩你吉大哥与韩大哥的为人和志向。只是有些事情我还没有考虑清楚。再说，我父亲一个人孤悬在北京又有病，我母亲还下落不明，常熟老家还有一大堆田地和房产要处置，即便是我想干什么，也摆脱不了这些俗务。"

吉念祖笑了，说："文公子到底是世家子弟。身上背的东西太多了，一下子要放下还真不容易。不像我们这些江湖中人，除了一柄宝剑啥也没有，想干什么就干什么，心无挂碍。"

如玉有些不好意思，说："再说，跟我下江南的人现在有一大堆，我得为他们将来的生计和出路负责。"

吉念祖说："是啊是啊，端木林大师父女，牛儿兄妹俩，还有你那个红颜知己宫楚玥，估计你是一个都放不下。这我们也理解。"

如玉说："秀才造反三年不成。一个人读书读多了，就迂腐了。"

韩恢说："你们文家是世代书香门第，状元，翰林一大堆，我真羡慕你能读那么多书，从小学一直读到大学，又出国成为硕士、博士。你的专业知识将来会对我们国家经济建设发挥重要作用。你可不要自轻自鄙。民族振兴，不光需要政治家、革命家，同样需要专家学者。"

如玉说："目前社会动荡，政局多变，也容不得知识分子一心一意干事业，做学问。我真的是在内心里羡慕和神往你们这种铁血男儿的所作所为。在这里我表个态，如果你们需要我做什么，我一定鼎力相助。"

吉念祖说："还有一件事，你得转告端木大侠。据我们所知，马士诒、吴昊天也到了无锡一带。最近我们事情太多，恐怕难以保护你，我们想请端木大师尽快通知他的徒弟做好准备，一路上也好有个照应。马士诒的阴谋屡次破产，他不会甘心，要防止他狗急跳墙，孤注一掷。"

如玉说："端木大侠在南方的徒弟不少，吴县查枝山就是个硬手。这事我会跟端木大侠说的。估计没有什么问题。"

韩恢说："我也是这样想的。其实，我们和文公子、端木大侠早就是一条战壕里的战友了，你们所作的一切都与革命党有关系，可以称得上殊途同归。端木大侠古道热肠，急公好义，我想这事他一定会应承下来。"

吉念祖说："我们已经将这间茶社包了下来，作为联络点，文公子，你以后有什么事，可以到这里来找崔蒲蔻大嫂。时间不早，我们就此别过吧。"

韩恢说："文公子，我们这就派人护送你回船。"

牛儿、蝶儿应声出现在茶舍门口。蝶儿说："我们已等候公子多时。我们走吧。"韩恢、吉念祖，相视一笑。

如玉跟着牛儿、蝶儿匆匆离开了寄畅园，返回吴公桥。

第四十二回

端木牛儿同护船　如玉姑苏喜探母

秋风满帆，船行如箭，渐渐地，望见苏州虎丘山上那高高的宝塔了，夕照返照，光影斑驳。河道也似乎变得越来越狭窄，河中两岸人家屋舍树木的倒影黑黝黝的，静悄悄的，一动不动，让人怀疑那就是杏花春雨江南的真实尘世。沿河临水的小街上，人来人往，熙熙攘攘。店幌如旗，灯笼似星。运河上船来舟往，川流不息，大船、小船、轮船、舢板、货船、游船、兵船，将原来就并不宽阔的江南运河挤得严严实实，看上去就像一条乡间小河。

如玉、楚玥等人都涌到了船头，一边看景，一边谈论，欢声笑语随风飘扬。楚玥是欣喜的，她知道又回到了自己求学读书的故地，还能看到自己的姑妈。如玉是兴奋的，姑苏城久违了，母亲久违了，故乡久违了，这里每一道风景，每一种气息，都是他熟悉的，怎能不分外亲切？婉儿、蝶儿、牛儿是高兴的，进了城，沉闷的水上生涯就将暂告一段落，肯定有许多新鲜的事物等待自己去探究。

如玉想掏出楚玥的心里话，一次又一次试探她对自己的态度，还不停地催她给句准话。楚玥说，我们在一起这么长时间，日久生情，答不答应你还不就是这么一种关系，何必让人说出口？如玉想邀请楚玥进城后和他一起看望自己的母亲蓝沅芷。楚玥有些害羞，说："看是应该的，可我算是你什么人呢？是不是太唐突了？我又不是你的跟屁虫和跟包。"如玉说："我主要是想让母亲高兴。至于我俩关系，你再考虑。"

楚玥发现河岸上一道粉墙漏窗后面露出几处楼阁亭台的翘檐，还有翠竹、女贞、红楠等树木的绿梢，隐隐还能听到丝竹声中昆曲的吟唱，不觉心驰神往。如玉问道："你看什么呢？傻傻的，样子好可爱。"楚玥说："我在欣赏苏州的文化景观。江南人的生活真的很精致。"

如玉说："你能说细点吗，让我也了解一下。对苏州我都生疏了。"

楚玥说："苏州文化堪称吴越文化的代表，活化石。最突出的有三个方面，即苏州园林、昆曲、书画。运河沿线有四大名城，济宁、淮安、扬州、杭州。可这些城市的文化积淀都比不上苏州。就说园林吧，沧浪亭、拙政园都是全国闻名的，只是可惜有不少私家园林已荒废了。"

如玉说："苏州文化能够如此繁盛，恐怕也得益于运河的滋润吧？"

楚玥说："也可能吧。我不是研究文化学的，可在学校听过不少文化名家讲座，他们也讲过苏州文化，可没有人研究运河与苏州文化的关系。"

如玉说："如果以后有机会，你来研究吧。"

楚玥说："我信口开河行，做研究不行，我的文化水平太差了，比不了你这洋博士。"

如玉问道："苏州文化当中还有什么好东西吗？"

楚玥说："多了，像江南丝竹、桃花坞年画、虞山古琴、盛泽丝绸、太湖碧螺春茶、吴门烹饪等等，多了。有时间我陪你到观前街、言妙观转转，定可大开眼界。"

如玉说："苏州人这种生活，大约就叫诗意栖居吧，真的让人向往。"

楚玥说："你说的很好，生活艺术化，艺术生活化，不就是大多数人所追求的最美好的幸福生活吗？可依我看，时下的民国政府还不能为人民创造这样一种生活，应该弃旧图新，改弦更张。"

如玉说："社会总是要不断进步才有希望。梁启超说过，少年中国的将来在青年人身上，像我们这样坐而论道，奢谈幸福是不是有些落伍呢？"

楚玥说："也不见得。小人物无权无势的，对于国家大事就是想管也管不了，这不是瞎操心吗？曹植说：'土权柄不在手，牢骚何须多。'我也就是有感而发。"

如玉说："你这话我不赞成，位卑未敢忘忧国，但得苍生俱温饱，不辞羸病卧斜阳，这可都是古人名言。我们应该见贤思齐，投身现实社会，身体力行。社会的进步总是从一点一滴开始的，从人们的一言一行起步的。"

楚玥深情地看了如玉一眼，说，我总觉得你的胸腔里有一团烈火在燃烧，有一股岩浆在奔腾。我有一种预感，你不是那种安于现状、安于过小日子的男人。女人嫁汉，穿衣吃饭。我可不愿意嫁给你。

如玉说："我一路南下，初衷是为大运河诊病，可我却发现不但我们的国家病了，社会病了，自己也病了，都得疗救。"

楚玥说："你有药方吗。"

如玉说："好像找到了，又没有找到。不过，我会不断探求。这次考察大运河，我的收获真的很大。我想，如果我投入时代洪流，努力实践，肯定还会有更大的收获。"

楚玥说："我们从邵伯起就生活在一条船上，直到今天我才真正认识你。只是不知道以后我和你还能不能同船过渡，风雨兼程，荣辱与共？"

如玉说："我们还是一起朝前看吧，路是人走出来的，路就在脚下。有些事，还是等你师范毕业再说吧。我不想强求你。"

楚玥叹了一口气，说："毕业又怎么样，大学毕业生都找不到饭碗，我一个师范生毕业又能怎么样？啃老又啃不上，我的父亲年纪也大了，我的心里真的很苦恼，看不到人生出路在哪里。"

如玉站了起来，说，我有迷魂招不得，一唱雄鸡天下白。楚玥，还是让我们振作起来，勇敢地直面社会，直面现实，直面人生，只要不懈奋斗，面包会有的，奶油会的。

楚玥发现快到运河码头了，也站了起来，说："到了苏州，我和你就要分手了。我得到姑妈家去。你也会到你大舅家去。下一步，不知你有什么打算？"

如玉说："等船到码头，我让蝶儿、婉儿陪你到姑妈家去。端木老伯也要让蝶儿到城里去办点事，正好顺路。我先留在船上，看我母亲有的是时间。这一路上，出生入死，可不敢出什么差池。等苏州的事情办完了。我想请你陪我母亲一起回常熟。"

楚玥点点头，说："这事我会考虑的。"

宫楚玥到姑妈家之前，六十寿诞的一切事宜已准备妥当。她便帮助姑爷白显祖里里外外接待来宾，这天一个上午没住手。

距中午开席还早，客人一到，就坐在院子内看杂技。这个杂技班子叫刘家班，来自河北吴桥，那里是杂技之乡，演员沿大运河走江的不少。刘家班演员不多，只能表演一些小型杂技，如手彩、魔术等。班主见来客不多，就叫一个少女唱起了《吴桥歌谣》。她一边敲锣，一边唱："小人铜锣圆悠悠，学套把戏江湖走。南京收了南京去，北京收了北京游。南北二京全不收，运河两岸度春秋。财主种有千顷地，老子玩耍不伺候。"少女嗓音甜亮，歌声优美，充满冀南乡土气息，众人听得津津有味。

婉儿对楚玥说："没想到，吴桥杂技班子能跑到苏州来，这恐怕与大运河联结南北有关。可惜蝶儿走了，要不也能开开眼。"

楚玥说："当然有关，如果用那些研究文化的学者的话来讲，这叫江湖文化与运河文化交汇。这是一种独特的文化现象，真的很值得探讨呢！"

楚玥见客人越来越多，就叫刘班主上了一个帽子戏法，没想到得了一个碰头彩。刘班主连忙又换节目，叫一个老头表现八仙出洞，一个彩桶，一拍就出来一个神仙，众人都看呆了。婉儿忽然发现，不知何时，院子里多了二三十个叫花子，破衣烂衫，蓬头垢面，觉得有些败兴，就上去撵，可这些人非但不买账，还吵嚷起来，尤其是一个像花子头的矮老头嗓音更高，还说："主家过寿，应该给我们这些叫花子一些彩头。这也是老规矩。"楚玥很生气，说："什么规矩？你快带人走吧。免得找难看！"矮老头嬉皮笑脸的，伸手摸了楚玥脸庞一下。楚玥正要发作，白显祖一把抓过矮老头，稍一用力，他已跌倒在地。"主人打人了，兄弟们给我上。"矮老头刚爬起来，就要起泼来，让他一鼓动，五六个花子围住了白显祖，又骂又搡。白显祖现做丝绸生意，是前清武举出身，是个暴脾气，怎么咽得下这口气。他一边捋袖子，一边说："你们识相点，否则我不客气了！""呸！"众花子根本不买账，围住白显祖摩拳擦掌，骂骂咧咧，眼前双方就要动起手来。楚玥见姑爷压不住阵，就对婉儿说："你赶快回码头去喊文公子。这伙人好像有备而来，弄不好得出事。"

婉儿出门，叫了一辆马车，直奔水关码头而去。楚玥拉过那个矮老头，说："花子我见多，却没有见过这样无赖的。我现在就给你点钱，你带人走行吗？"

矮老头说："刚才行，现在不行，老子被人打了。休想扔俩小钱打发老子。"

　　此时，院子里已被叫花子们闹得乌烟瘴气，不少人害怕出事，悄悄离开了白家大院。楚玥更加着急，盼望救星早点到来。正不知所措，如玉、婉儿来了。如玉简单问了一下情况，对矮老头说："你是丐帮的吧，得守规矩。怎么能胡闹呢？把主家惹恼了，你到哪去拿彩头？还是叫你的人收手吧。"矮老头问道："你是谁？能报个名姓吗？"

　　"我叫文如玉，怎么？"如玉随口答道。

　　矮老头盯了如玉一眼，说："我听你的，不过彩头要多给点。"说着，他双手向下一按又一招，众花子齐刷刷退到了院门口，抱着膀子，低眉冷眼，一声不吭。

　　楚玥说："文公子，你还没有回家去看你母亲吧？"

　　如玉点点头，说："来得及，船上离不开人，我得回去了。"说着，走到了门口，不料院门已被花子封死，一点空隙没有，如玉心中犯疑，对矮老头说："你这是何意？"矮老头说："没有什么意思，反正你不能离开这里。这是我们头吩咐的！"

　　如玉心中急躁，他已经看出这伙花子表面上是来砸场子的，其实是冲自己来的。他火了，说："别看你们人多，可未必能挡得了我，闪开，要不然我就动手了！"

　　矮老头冷笑一声："老子不是让人吓大的。你动手试试。"

　　如玉瞥见墙边有一根顶门杠，过去抄了起来，双臂一挽，"唰"一声劈向矮老头，对方猝不及防，被打倒在地，满地滚。众花子发一声喊，扑了上来。如玉一边游走，一边还击，转眼已打伤数人，可花子们却死缠不退，有的围斗如玉，有的把守院门。

　　楚玥看呆了，心话："这事怎么收场呢？"正在焦急时，院门口出现一个瘦高个子中年花子。把门的花子向旁边一闪，让出一条路来。中年花子对矮老头说："张六世，你这是干什么？怎么能到人家闹事呢？这不坏了帮中规矩吗？"

　　张六世悄声说了几句什么，还指着文如玉说："我是冲那个叫文如玉的公子哥来的。有人答应给我们大钱。码头那边也有我们的人。"

　　"文公子！"中年花子一听这话，撇开张六世就冲文如玉叫喊了起来："文公子，我是康茂德。"一声吆喝，全场顿时安静了下来，众花子面面相觑，一脸茫然。

如玉也发现了康茂德，走了过来，说："是康掌门，久违了。"康茂德显然知道刚才发生了什么，说："文公子，你走吧，这其中有些误会。"

如玉说："恐怕不是误会吧，你是丐帮帮主，这里的花子帮助别人做坏事，你得给我个交代。"

康茂德说："我到苏州不久，今天这事刚才才知道，要不是我来找张六世有事，还不知道他被人当枪使，得罪了文公子呢。我会给你一个交代的。我现在就陪你去码头。"

如玉跟楚玥打了个招呼，与康茂德等人急匆匆离开了白家。让他没有想到的是，这阵水关门码头也出事了。

如玉走时，端木林正和几个船工刷船。这时一伙人到了码头上，为首的一个中年人对端木林说："端木前辈，你家主人欠我们一笔账，今天我们上门来讨要。"说着掏出一张纸扬了扬。

端木林问道："你是谁？什么账？你讲清楚。"

"我叫南山蛟，是无极派门人。有什么你冲我说。"中年人一脸暴戾之气。

一听这话，端木林不再理睬南山蛟。悄声对牛儿说："这伙人是来抢宝的，我们人少，我到码头上去阻拦他们，你守在跳板前，不要离船，尽量拖时间。"

牛儿点了点头。端木林双脚一点飞到码头上，对南山蛟说："既然这样，你们就动手吧。只要能过得了老夫这一关，东西归你。"

南山蛟手一挥，上来两个道士，一个叫李云彪，一个叫张云海，都是苏州穹隆山悟道观道士，他们是马士诒花钱雇来的。李云彪说："端木前辈，我叫李云彪，和我师兄张云海在山中悟出一套掌法，叫齐天浑元拳，我们一起向你请教。"

说罢，掌一翻，率先攻击端木林上盘，张云海随之扑上，一招"云海翻腾"扫向端木林下盘，端木林有心想试一试对方功夫，右手一格，硬接了这上下两掌，李云彪、张云海顿感一股大力逼来，直透肺腑，一摇晃，纵了出去。

端木林说："你俩这齐天浑元掌也不怎么样，我们再试试。"两人又逼了上来，左右腾挪，掌飞如碟，端木林施展四象八卦步，指东打西，沉着应对。双方又斗了片刻，李云彪、张云海丝毫未占上风。南山蛟向身边一个叫张七世的丐帮头目说了几句什么。张七世手一挥，十多个花子冲上码头，一拨人扑向端木林一拨人抢向跳板。端木林见对方人多，担心跳板有失，掏出一把铁莲子，弹指连发，刹那间便将三个花子打倒，剩下两个也被牛儿用船篙扫入水中。南山蛟见端木林勇猛如狮，心中焦躁，带了几个师弟直扑端木林，形成以多打少的压倒之势，码头狭窄，端木林几次被逼到边缘。他觉得这样下去非吃亏不可，心念一转，腾身而起，如大鸟一样直扑南山蛟，他想先拿住这个领头人，再胁迫其他人退兵。南山蛟突见端木林一腿凌空踢来，双臂一交，架了一腿，身形一转，手中钢刀已递出，削向端木林下盘。端木林空中变招，拍出一掌，当啷一声，南山蛟手中钢刀被打飞，眼见

对方又一拳出来，他来不及招架，随势一滚，已到码头边上，差点落水。南山蛟怯意暗生，心话："这端木林也太厉害，照这样下去什么时候能攻到船上拿到东西？"他身形一纵，上了石驳岸。

对两个壮汉说："你赶快到上面沧浪茶坊去喊我师傅，请他派人增援。"壮汉转身快步离去。

此时，马士诒和吴昊天正在沧浪茶店等消息。马士诒呷了一口茶，说："吴掌门，我想今天这一招，一定能得手。"

吴昊天一脸媚笑："这全靠您运筹得当。船上只有端木林和张牛儿，我们那么多人一拥而上，还能失风？"

吴昊天有理由信心满满，踌躇得意。码头上这一出戏都是他和马士诒精心导演的。昨天下午，文如玉刚到苏州，他俩也到了，密谋很久，才拿出一个办法来。马士诒是这样安排的：派人跟踪宫楚玥，然后重金收买丐帮苏州分舵掌门人吴六世，带人到白家闹事，以引开文如玉，再派南山蛟和丐帮中人强力登船，夺取宝贝。在马士诒看来，用这种调虎离山、以多打少的办法必能一击奏效。

两人正说着，那个报信的壮汉来了，说："师傅，大师兄南山蛟在码头遇到了麻烦，上不了船，你赶快想办法吧。"

吴昊天外衣一甩，站了起来："真没用！那么多人对付不了两个人，干什么吃的！"

马士诒也慌了："你还是赶忙想个办法吧，光天化日之下，夜长梦多啊！"

吴昊天高声说："还能有什么办法，只好我亲自出马了。"说着，带着那个壮汉赶到了码头。他观察片刻，发现端木林正和自己手下七八个人游斗，步履缓慢，气喘吁吁，眼看力不能支。张牛儿独守跳板，一人应付十来个人，也左支右绌，心中不觉一松。吴昊天上前几步，大喝一声："你等退下，让我向端木大师讨教几招。"众人让出一块空地。端木林稍稍得以喘息，活动一下手脚，盯着来人："想必你就是吴掌门了，怎么，你想亲自掂量一下老夫的斤两？这一路上，我们打了不少交道，也算熟人。只是老夫还不知道无极门的功夫究竟有什么优点，也想与你切磋一下。"

吴昊天说："我们无极门是江湖小门派，哪有什么优点？与端木派武功相比真是差太多了。"

端木林哈哈大笑："这叫苔花如米小，也学牡丹开。你太谦逊了，出招吧。"

吴昊天脸一沉，双掌一划，一个拐子步，已逼近，左手如钩，右手如爪，分袭端木林门面和颈下两处要穴。端木林一个撤步，避开来招，身形一矮，一侧，已插到对方腋下，右手顺势拿住吴昊天右臂，一拧一送，吴昊天翻了出去。他还未落地，双手箕张，直取端木林左右太阳穴。端木林身形后仰，一招举烛燎天，右腿踢出，蓬一声踢了个正着，吴昊天一个侧翻，双脚落地，跟跄几下，立住脚，一边活动手腕，一边瞟着端木林。他心想，这个端木林的武功真深不可测，看来要不使出本门绝技，断占不了上风。眼珠一转，揉身又上，拳打、掌击，腿踹，点、拿、摔、撞、锁，手法变化莫测，口中叱喝连声，声势甚是惊人。

端木林没有接触过无极门武功，连接几招，居然难以摆脱方掌力，加之搏斗多时，已身疲力竭，脚步稍乱，不觉连连后退。吴昊天得势不饶人，大喝一声，身形一横，撞向端木林。端木林躲闪不及，被撞了一个跟跄。正想上前，张牛儿已到面前，说："端木大师，你喘口气，我来对付他！"

吴昊天冷笑一声："就凭你，也配？"

牛儿反唇相讥："你这叫乘人之危，算什么本事！"正打口水仗，端木林忽见蝶儿带着自己的徒弟查枝山下了码头。便迎了上去，说："你怎么到现在才来。"

查枝山施了一礼，抢过话头，说："师傅，你先歇歇，让我会一会这个无极门的掌门人。"

吴昊天不想再拖延时间，低吼一声，双拳齐出，扑向查枝山。查枝山使出本门擒拿手，连消带打，防中有攻，一照面。没有几个回合，就逼得吴昊天连连后退。

吴昊天身形一纵，飞腿踢出。查枝山不避不退，左手一钩，早已拿住吴昊天大腿，右臂一屈，一个肘锤顺势击出，正中吴昊天腋下，他"啊哟"一声，脸一苦，弓腰退出数步。

查枝山一个三踮步，又踢出一脚，吴昊天飞了出去，轰然倒地。这正是端木门的肘锤飞腿擒拿绝技。此时，吴昊天已心萌退意。转而一想，马士诒不会放过自己，心一硬，身一停，又扑向查枝山，两人又斗了起来。

"丐帮兄弟们，给我上！教训吴昊天这老小子！"一声吆喝，文如玉带着十几个花子已到码头，身边那个瘦高个子中年人正是丐帮掌门康茂德。端木林、张牛儿一见又惊又喜。

转眼，康茂德和手下花子已围住吴昊天，拳脚交加，吴昊天左支右绌，勉强支撑片刻，抱头鼠窜，逃离了码头。其余人也一哄而散。

端木林问如玉："这是怎么回事？丐帮是友是敌？"

如玉说："化敌为友，多亏康茂德这个丐帮掌门人了。"

说着将在白家大院巧遇康茂德之事告诉了端木林等人。

康茂德说："我的徒弟张六世见钱眼开，背着我与吴昊天勾结，对付文公子。事情原委我已经弄清楚了，我会处罚张六世等人的。"

端木林点了点头："多亏你赶到，还有我徒弟吴县查枝山，要不然今天非作了吴昊天的道不可。"说罢，又拉过查枝山向文如玉、康茂德行礼。

如玉说："过了苏州，到了常熟，恐怕吴昊天也就拿我们没办法了。今天总算没出事。"

蝶儿对查枝山说："师兄，你的功夫大有长进啊！要不是你出头，我们端木门人的脸上还真不好看。"

查枝山说："哪里，师傅是上了年纪，又打斗了多时，想必是早已筋疲力尽。否则，断不会一时失手。"端木林哈哈一笑："这真是青出蓝而胜于蓝啊。老夫功夫后继有人，心里很高兴。"

如玉便招呼手众人上船喝茶叙旧。

　　下午，如玉来到了学前街栀花巷白家。楚玥一见如玉，就问他头上事情处理怎么样了，如玉告诉楚玥吴昊天的阴谋已被粉碎，没出什么大事。楚玥这才放心。她问如玉："你到苏州都第二天了，为什么还不到你大舅家看看母亲？"

　　如玉说："我现在就去，不过想让你陪我去。"

　　楚玥沉吟片刻："我去合适吗？见面说什么呢？"

　　如玉说："这要问你自己。你如果现在就答应做我女朋友，那不一切都名正言顺了。"

　　楚玥说："看来我不嫁给你都不成了。这是终身大事，你总得让我认真考虑一下，再说，得让我父亲知道。"

　　如玉说："你不要把事情搞那么复杂嘛，你就表个态吧。"楚玥点点头："我同意做你的女友。不过，这事要正式定下来，我还得征得父亲的同意。"

　　"可以。"如玉说："那现在就到茉莉巷去吧。我大舅蓝沅泽家也在学前街。"

　　楚玥说："空手去吗？我得带点礼品吧。"

　　如玉说："就带点小食品吧，像苏州采芝斋的大麻饼一类的，我们顺便就在街上买点。"

　　楚玥摇摇头："这不行，恐怕太简单了。弄不好你母亲会怪罪我？"

　　如玉说："那怎么办？"

　　楚玥说："你母亲是北方人，未必吃得惯南方食品，太甜了我从邵伯带过来一些湖鲜，像鸡头米、莲子、藕粉，还有鱼干、虾米、菜干，就送这些行不行？"

　　如玉说："你还真是个有心人。"

　　楚玥说："也就是一些土特产，算不得什么。金贵东西我也买不起，我就是一个学生。"

　　从栀花巷到茉莉巷也有二里地，不大功夫就到了。想到就要见到暌违已久的母亲，如玉心里非常激动。可让他没有想到的，等到见了面，他却久久说不出话来，只是一个劲流眼泪。蓝沅芷从二弟给她的信中已经知道儿子会来苏州，心里倒很平静，只是不停地说："如玉，十几年没见，你真的长大了，样子也变了，成了一个又高大又英俊的大小伙子了。妈真的很高兴。"

如玉看到楚玥站在一边不知如何是好，便将她介绍了母亲。蓝沅芷上下打量了一番楚玥，点点头："真是好姑娘，你今晚就在这里吃饭吧。如玉大舅上税务局上班去了，大舅妈去了丝织厂。等他们回来，我上街去买点好菜，好好聚一下。"

楚玥将手中拎的礼品放在桌子上，说："伯母，这是一点邵伯土特产，算是我的一点新意，你收下吧。"蓝沅芷："看到你们，比吃什么都好。"她又问如玉："如玉，楚玥与你是什么关系呢？"

楚玥没等如玉回答，就大方地说："我是如玉的女友，我们一路乘船过来，由相识到相知到相爱，好上是很自然的。"

"多开通的姑娘啊！不愧是出生书香门第。"蓝沅芷流泪了，说："没想到我老了，还能找到这么一个好儿媳。这么多年，我一个人孤苦伶仃，四处漂流，没有一天不盼望能享受到人生天伦之乐。今天，总算熬出头了。"

楚玥连忙掏出手手帕替蓝沅芷擦泪，又安慰她说："伯母，如玉还要带你回常熟老家呢，好日子还在后面呢。"

蓝沅芷："你跟不跟如玉一道回常熟？"

楚玥看了如玉一眼，见如玉点点，便说："我陪你回老家。这两天，我会到学校去一趟，马上实习了，我得跟老师打个招呼。办完这件事，我和如玉来这里接你。"

如玉说："妈妈，我今晚就不走了，留在这里陪你。"

蓝沅芷忽然想起了什么，说："你爹身体还好吧？我一直没有得到他的消息，心里总是放不下来。"

如玉说："还行。我从北京临出发时，他老病发作，情况不大好。他在捎来的信中说，现在已经好多了。"

蓝沅芷点点头，说："如玉，你下江南是公事。这趟差事完了，又有什么打算呢？"

如玉迟疑片刻说："现在国事日非，社会动荡，民不聊生，北京也不是久留之地，搞水利也没有什么前途。我想换一种活法，只是干什么没有想好。"

蓝沅芷说："人生无非红白黄三条路，红的是吃皇粮做官为吏，白的是做些学问，黄的是作工、种田、做生意、挣钱养家糊口。你是有文化有知识的人，安身立命，成家立业，恐怕还得在老本行上打主意。俗话说，做熟不做生嘛。"

楚明心想："这老太太莫怪是官宦之家出生，还挺有见识的。"心里不由对蓝沅芷平添了几分敬重。

如玉说："我想先到常熟再说，个人事情有的是时间考虑。我还有重要事情要办。"

蓝沅芷一惊："你还要出去闯荡？听你二舅来信说，你从北京一路上过来，可吃了不少苦头。我的心一直掀着，生怕你出事。我就你这么一个儿子，没有你，妈怎么活？活又有什么滋味？"

如玉说："我只是要外出一趟，没有离开你的意思。"

蓝沅芷说："这样我就放心了。"

正说着，牛儿和蝶儿来了，手里大包小裹。

如玉说："你们怎么会找到这里的？有什么事吗？"

蝶儿说："嘴就是路嘛。是我爹让我们来看你母亲的，还让我们带了一点礼品来。"

如玉说："你俩一走，船上不就不剩端木老伯了？你们胆真大。"

蝶儿说："查枝山和他的徒弟还在船上呢。他还说过两天会到常熟拜望一下文伯母呢！"

如玉说："那不如今晚我们就在这里聚聚，好好喝一杯。怎么样？"

蝶儿看了看牛儿。牛儿说："你说留就留，说走就走，我是磨房的驴听吆喝。"

楚玥、如玉对视一眼，笑了伸伸舌头。

蓝沅芷说："我看牛儿和蝶儿也是天上一对呢！一个老实健壮得像头牛，一个机灵姣好如蝴蝶，真的很般配。怎么样？要不要我这个老婆子做大媒？"

牛儿脸红了。蝶儿说："好呀！好呀！不过就怕我有一个条件，牛儿不能答应。"

牛儿说："什么条件？你说。"

蝶儿说："你得答应先给我爹做儿子，然后才能做女婿。怎么样？"

牛儿高兴地说："我当是叫我跪在地下向你求亲呢？这不是一桩好买卖嘛，一文钱没花，一下子得了个爹又得了个岳父。我应了。"

众人一起笑了起来。

第四十三回

常熟虞山擒魁首　尚湖情侣定姻缘

徜徉在常熟塔前街大魁第的庭院中，如玉的心情十分敞亮。

觉得眼前这一切既陌生又亲切。这天，他起得很晚，睡到小傍晌才起床，吃过中饭，又便信步进了后院。

看门文老四来了，手里拿着一个信封，说是在门口捡到的。

如玉读后眉头皱了起来。他便叫文老四将端木林等人请到客厅事。如玉大致说了一下那封信的内容，告诉众人吴昊天已经追到虞山来了，声称如果不交出金冠和文稿，就一把火烧了文家大院。如玉问大家应该怎么办。

牛儿说，这是恐吓，朗朗乾坤，花花世界，在这常熟城里，吴昊天绝不敢胡来。

端木林说，马士治如果拿不到东西，是不会罢休的。应该想办法防备。凡事预则立，不预则废。免得被人钻了空子。

楚玥说："我倒主张智斗。吴昊天人多，死打硬拼不行，最好还是将他诓到一个地方，困而制之。"

如玉眼前一亮，认为这个思路不错，便鼓励楚玥说下去。

楚玥问道："不知你将那两样东西放在什么地方了？"

如玉说："我家后院有个大花园，叫留云园。园中来凤阁里有个天然暗洞，东西就放在那里。一般人很难发现。"

正说着，端木林忽然发现窗外有个人影一闪而过，他右手一挥，一颗铁莲子疾射而出，随即纵出了客厅，出门一看，只见树影婆娑渺无人踪。便回到了客厅，说："刚才有人偷听。没准机密已经泄露。难怪最近附近总有人转悠。"

牛儿说："文公子，那两件东西得赶快转移。"

如玉心里一震，沉吟不语。他在思考应对之策。

宫楚玥站了起来："这叫来得早不如来巧。倒不如将计就计，将吴昊天引入留云园，一网打尽。"

端木林附和道："宫小姐这个主意不错。"

如玉说："吴昊天能上钩吗？"

楚玥说："人急无智。吴昊天如今是黔驴技穷，狗急跳墙。他一定会偷袭暗洞的。我们只要把计划做周密一些，张网以待就行了。"

如玉说："我们人手不够，怎么办？"

端木林说："我已经跟查枝山约好，今天下午，他和徒弟就能到常熟。"

如玉说："这我就放心了。下面，我们就商议一下如何迎敌。"

翌日，天黑不久，如玉便接到蝶儿报告，说吴昊天已经带人打昏了守更人，进入了留云园。如玉立即带着蝶儿等人赶往留云园洞口，静静等待吴昊天出洞。

此时，吴昊天等人手举火把，正在洞内四处搜索。牛儿突然闪出，南山蛟挥剑猛攻，两人激斗片刻，牛儿见对方人多，一时难以招架，便隐入了暗洞。前面出现了两扇雕花木门。吴昊天正愁无法打开，张云海已抢先一步到了门前，试着一推，门居然开了，进了小门走了几步，吴昊天眼前忽然一亮，斗室正中摆着一张样木翘头大案，上面有一只紫植铜锁木匣。他心想，这肯定是自己朝思暮想的那两样物件了。吴昊天正要上前抓木匣，张云海的师弟李云彪上前一步将他挡住了，说："吴掌门，你别先取宝，这事得有个说法。"

吴昊天一怔。他的几个徒弟立即将李云彪围住了。南山蛟说："李云彪，你他妈的想黑吃黑？"

李云彪说："如果不是我探听到东西下落，没有张云海夜探暗洞，你们根本就进不了密室。我和张云海的功劳比谁都大，这事吴掌门应该给个说法。要不，我们也太亏了。"

吴昊天说："我不是已经答应事成之后给你和张云海每人三百块大洋了吗？你这会怎么变卦了？"

张云海说："你哄小孩呢！两样宝贝就值六百块光洋？不行，得加码。"

南山蛟说："门都没有。这不是见财起意嘛！"

李云彪手中钢刀一横："要是不答应我们的条件，就休想拿走珍宝。"

吴昊天说："你有什么条件？"

张云海说："那份密稿先不谈值多少钱，就说赤金王冠吧，十几万块大洋还是值的吧？这样你给我俩人一人五千大洋怎么样？"吴昊天的心中突然腾起杀机。他知道自己手下十来个徒弟，对付眼前这两个人是小菜一碟。向南山蛟使了个眼色。南山蛟突然挥剑刺向张云海，张云海举剑一格，两人斗成一团。李云彪手中钢刀一闪，直取吴昊天。顿时，洞内一片刀光剑影。

张云海和李云彪是姑苏人，武功出于南拳，擅长拳法，虽然功力不弱，但刀剑却并非二人所长。以一敌十，混战片刻，两人已落下风，饶是如此，死中求生，也重创了吴昊天四个徒弟。吴昊天担心夜长梦多，不想再纠缠下去，突使杀手，一掌打飞张云海手中宝剑，复端出一脚，正中对方心窝，张云海顿时昏倒在地。李云彪见事情不妙，虚晃一刀，夺路而逃。南山蛟手中一只铁球激射而出，"啪"一声打在李云彪后脑，身躯一晃，倒了下去。

吴昊天骂了一声，上前一步，一把抓过木匣。说："这下，我就可以向马士治交差了。咱们走！"

南山蛟说："受伤的人怎么办？走不了呀！"

吴昊天手一挥："架着背着都行。得赶快离开这地方。"

吴昊天等人刚到木门，端木林闪了出来，说："吴掌门，久违了。"

吴昊天大吃一惊："怎么是你？"

端木林哈哈大笑："你能来我就不能来？我已等你多时了。"

吴昊天忽然明白中了圈套，不免十分懊悔，暗暗责备自己莽撞，但当他看清面前只有端木林一人，又起了侥幸之心，说："端木大师，你为文家效力，也不过是为了钱财，东西现在已经在我手里，我们谈谈条件怎么样？都是江湖中人，何必赶尽杀绝？"

端木林说："吴昊天，你已经成了瓮中之鳖。还有什么本钱跟我谈条件。"说着，一个跳步，已到吴昊天对面，"啪"地打出一拳。南山蛟等人一拥而上，围住端木林，拳脚交加刀剑齐飞。端木林毫无惧色，双掌翻舞，虎虎生威，几个照面，已打倒了吴昊天两个徒弟，吴昊天胸口也挨了一拳，肋骨断裂，几乎吐血。吴昊天无心恋战捂着胸口，几步窜出木门，南山蛟紧随其后。牛儿突然现身，手中宝剑挽了一个剑花，"呼"地削向吴昊天，正中右耳，血肉纷飞，耳朵掉了下来，眼前一黑，捂着耳朵就窜。南山蛟护师心切，手一扬，两只铁球直奔牛儿面门，牛儿躲避不及，左额中招，鲜血直流，眼前一黑，退了下去。吴昊天另外几个徒弟已摆脱端木林，跟了上来。端木林紧追不舍。吴昊天从怀中摸出一个纸包，砸向端木林，但见石粉弥漫，如云似雾，猝不及防，端木林两眼前一片模糊。

吴昊天、南山蛟进了角道，松了一口气，正暗自庆幸，查枝山和两个徒弟一声喊，已然拦住了去路。南山蛟手一挥，带人冲了上去，一阵混战，南山蛟手被刺伤，吴昊天的几个徒弟又扑了上去，查枝山等人边打边退。吴昊天刚出暗洞，如玉、蝶儿又冲了上来，吴昊天等人刀剑齐挥，拼死反击，激斗多时才冲出留云园。饶是如此，吴昊天却被蝶儿的柳叶刀扎中了左眼，已然瞎了。

月光下的虞山西峰，幽晦朦胧寂静无声。吴昊天等人沿着一条小路，穿过邵巷，拾级越林，又急行片刻，终于来到了老石洞，这里是他临时栖身的老巢，也是他与马士治接头之处。洞中有石桌、石凳，吴昊天甫坐定，就恢懊恼地说："真倒霉，没想到文如玉给我设了一个套。要不是我们溜的快，今晚真栽了。饶是如此，我也丢了一只眼，和一只耳朵，还折损不少人。"说着他便痛苦地呻吟起来。

南山蛟说："师傅，你也不必灰心丧气。我们虽然折了几个人，毕竟已经拿到了东西。快把木厘打开，看看东西。"

吴昊天摆摆手："这可是机密物件，还是等马士治来了再说吧。"

南山蛟说："这回，我们得向马士治来个狮子大开口。不怕他不出血。"

吴昊天微微一笑："大功告成，我们就可以回北京了，到时候，裴大人对我们无极门一定另眼相看，大大重用。"南山蛟到洞口看了看，说："马先生怎么还不来？"南山蛟刚进洞，马士治已飘然而至，看到木厘，一脸得意，说："我就知道吴掌门有办法。这叫奇功一件，到时候袁大总统黄袍加身，少不得论功行赏。"

吴昊天赔着笑脸，说："那是那是，全靠马先生调度有方，指挥得当。"

马士治说："事毕，我会好好招待你们，这虞山是江南名山，名胜古迹很多，辛峰寺，乾云宫，言子墓，昭明太子读书台，游文书院，雅集亭，小石洞，尚湖，等等，号称虞山八景。我要带你们好好游览一番。我们先看看东西吧。"

吴昊天说了声"好"，伸手就要打开木匣。

"慢!"一声轻喝，文如玉等人出现在洞口。

马士治、吴昊天一惊，站了起来，面面相觑，不知所措。

文如玉走到马士治面前，说："马先生，你得意得太早了，木匣装的是什么，你可以打开看看，只是，不要太失望哦。"

马士治知道不妙，连忙打开木匣，一看愣住了，哪有什么赤金王冠和文稿，只有一个惠山泥人大肚弥勒佛像，在幽暗的烛光下微笑。马士治盯着吴昊天："这是怎么回事？是不是你掉包了？"

吴昊天支支吾吾，一时说不出话来。

蝶儿说："我可以为吴掌门做证明，他没有掉包。木匣子原来装的确实是赤金王冠和文稿，可已经被文公子掉包了。我已经盯吴昊天好长时间了。"

马士治抓过弥勒佛就要摔。如玉摆摆手，说："马先生，你还是留作纪念吧。"

马士治气急败坏地说："你什么意思？"

如玉说："这叫大肚能容，能容天下难容之事，开口便笑，笑天下可笑之人。对你，我可以网开一面，不过你得有个说法。此事是官了还是私了，马先生你划个道儿。这深夜打家劫舍，是什么罪名，你比我清楚，你要想走得写个认罪书留下。否则，我就要痛下杀手了!"

此时，马士治已彻底绝望。强压之下，他写了一份认罪书递给如玉，说："罢了，今儿我认栽了。只要文公子能放我一马，明儿我就回北京，绝不再找你的麻烦。"说罢，他长叹一口气："我马士治的时运不济啊。"

端木林说："马先生，你应该留下一只耳朵来，这样才能长记性。"说着，从蝶儿手中拿过一把柳叶刀，走向马士治。马士治面如死灰，颤抖不已。文如玉挡住了端木林，对马士治说："你的人我都带来了。最好是今晚就滚出常熟。免得我后悔，将你们送官。"

马士治与吴昊天对视一眼，说："就依文公子，我们走。"

马士治、吴昊天等人如获大赦，急匆匆出了老石洞。抱头鼠窜，犹如一帮丧家之犬。如玉等人笑得前仰后合。

端木林说："真是便宜了这帮坏蛋！"

如玉说："莫非真的杀了他们。别忘了，我还有一大家人在北京呢。只要他们认罪服输，我们还是适可而止吧。"回到文宅，已是拂晓时分。

第二天下午，如玉将众人请到大客厅，一边喝酒，一边议事。

如玉说："我已经给父亲的老友、同盟会元老程英士发去一封电报。等上海的电报到了，我就要到杭州去送东西。事毕之后，大家有什么打算，不妨说说，我也好有个安排。"

宫楚玥说："还是你先说吧。"

如玉说："我有个计较。我想在家乡办个农场，搞现代农业试验。牛儿、婉儿，就留在这里，可以搞种植业、养蚕。"

婉儿说："这样好，这里有几百亩地。还有五谷树苗、金莲花籽和天蚕，正好用得上，搞好了肯定有收益，至少温饱没有问题。"

牛儿说："我没意见，本来我就是种田的，只是我妈一人在家我不放心。"

如玉说："可以接来。楚玥可以教书，我要办一所农场实验小学，让农家子弟们有学上。楚玥怎么样？"他看看楚玥。

楚玥点点头："行，我就是学教育的。"

蝶儿说："我爹和我，文公子有什么安排？"

如玉说："过两天上杭州，端木林老伯、牛儿和我一块去，还是乘船。这样，我就可以把大运河全程都走一遍了。"

蝶儿说："那以后呢？"

如玉说："你们爷俩就留在这里搞运输吧，江南是水网地带，搞内河水运输很有前途，再说，农场出产的东西也要外运。"

端木林说："那文公子，你呢？"

如玉说："我原先心里七上八下的，没有个准头。现在我决定，留在老家做农场场长，兼搞农业水利。咱们一块建设新农村吧，这个村名字就叫尚湖实验农场。"

蓝沅芷说："如玉，那你爹怎么办？"

如玉说："出了这件事，爹在北京也待不久了，官也无法做了，身体又不好，我已动员他告老还乡。免得受制于人。至于其他，以后再说吧。"

蓝沅芷说："这下就圆满了。"

楚玥说："如玉，你跑了一趟大运河，收获很大，是不是应该有个总结。"

如玉说："我在《大公报》上看到中山先生一篇讲话，说他正在撰写《建国方略》，号召各阶层人士为国家经济建设建言献策。我准备将大运河考察心得写成一篇《整饬运河，发展货运》的建议书，献给中山先生。"

楚玥说："这下就功德圆满了。"

如玉忽然似想起了什么，高声说："我们现在就成立尚湖农场筹备领导小组，我任组长，副组长是楚玥。我不在家，她负责一切。小学校长也由楚玥来当。等会，我带大家到尚湖去看看场地，顺便游览一下虞山八景，也开开心。"

"谢谢你的信任。"楚玥举起一杯酒："如玉，我敬你一杯。"

"还是大家一块干吧！"如玉也举起酒杯。

正说笑间，管家万福堂匆匆进屋了，说："少爷，上海来电报了。"

如玉连忙站了起来。看过电报，他的神情有些落寞，说："这刚到家，屁股还没揣热，又要走了。我的心里还真有些舍不得。"

说罢，他看了楚玥一眼便出了门。楚玥随便也跟了过去。两人走到留云园，在一个凉亭中坐了下来。楚玥说："你还有什么事情需要交代吗？"

如玉说："这样，我已经给我爹发去了电报，估计他很快就要到常熟，到时你帮我照应一下，他身体不好。你爹那里也要去信，让他早点过来。还有牛儿妈也要请到。我上杭州后，农场和学校的事情你抓紧办，就按照我俩原来商定的计划来。什么事你做主。有什么问题，等我回来再说，我要放手搞现代农业实验，对此，我充满信心，一定能搞出一番事业来。你要全力支持我。以后这里就是你的家，农场和学校就是你事业的平台。"

楚玥高兴地说："你终究还是定下心来搞实业了。这样我也就放心了。以后你真的不离开我？"

如玉说："如果还是我一个人，我也许不会留在家里，现在有了你，还真不想走，因为把你一个人留在这里我不放心。我与你的命运已经连在了一起。

不过说心里话，有一种东西一直在我内心骚动，就像一种无形的牵引力要将我往外拉，难以抗拒。一想到以稼穑为业终老虞山，我的心里就很纠结，甚至是一种熬煎。"他长出一口气："算了，不说了，有时候逃避也是一种入世的生活途径。能和你长相厮守，也是一种幸福。"

楚玥说："你别误会，别把我当作一种累赘。我的人格是独立的，你的人格也是独立的。大主意你自己拿，我不会拖你后腿。你要离家出走，我绝不拦你。"

如玉说："走什么走，北京建设部那边我已经寄去了辞职报告，没有退路了。其他事又没有着落，就和你在这成家立业吧。"说着，他一把拉过楚玥，将她挽在怀里。楚玥没有挣扎，闭上眼睛，红唇微启，呼吸急促，似在等待什么。如玉陶醉了，紧紧搂住楚玥，一阵热吻，如同触电一般，他的心儿融化了。他的眼睛已看不到比芭蕉摇曳，翠竹罗拜，耳朵已听不到鸟儿渣喳，蜂儿嘤嘤。静谧的留云园成了一个二人世界、情侣天堂。

第四十四回

楚玥创园显身手　实业乍兴绘蓝图

如玉上杭州后，楚玥就搬进了尚湖实验农场。这天早晨，她召集管家万福堂、蝶儿、婉儿等人开了一个碰头会，研究筹建农场等各种事宜。楚玥拿出一张纸，先讲了要讨论的几个议题。接着说："任何事情如果不亲身经历就不知艰难。如玉原来估计虞山脚下出租的土地有六七百亩，现在一查，已经超过千亩。真是大少爷作风，连自己家里有多少地都没数。"说着，"扑哧"一笑，众人也笑了。楚玥又说："原来我设想，把这些租户就地转为农场职工，可不少人家因为自己有田，属于半自耕农，不愿意留下来，现在缺少劳力的矛盾就突出了。大家看看如何解决？"

万福堂说："我算过，一千多亩地，原来的农户只留下三分之二，还缺劳力近百人。一下子人还真不好找。除非到外地去招。"

楚玥摆摆手："这不行，远水解不了近渴。"

婉儿说："我昨天下午上街买菜，看见街头有不少逃难的流民，听口音都是苏北淮泗东海一带人。拖家带口，啼饥号寒，实在可怜。据说是遭了旱灾。不知为何跑到了这里。我们有没有什么办法能救济一下这些灾民呢？"

楚玥想了片刻，说："这年头老百姓外出要饭打工的不在少数，而且各有去处，河北、山东人闯关东，陕西、山西人走西口，两广、福建人下南洋、苏北人则沿大运河经高邮、邵伯上江南。东海一带是洪水走廊，每年都有农民外出逃荒，没想到今年遭了旱灾，对他们光救济是没用的，授予鱼不如授予渔。我看不如把他们招到农场来种田。只是不知道他们愿不愿意。"

婉儿说："我们农场刚盖好的房子里就住了一户逃难的人家，当家人姓马，叫马老四，赶也赶不走。"

楚玥说："你现在就去喊他。"

婉儿出去了，片刻就将马老四领了来。楚玥问了问情况，又说："马大哥，你自家没有地，能不能留在尚湖农场种田呢？"

马老四说："我就是种田的，到那都一样。只是不知道是租种地主的田讨巧，还是种农场的土地划算？"

楚玥说："这，我们有规矩。在这种田，如果完成一定粮食产量，除了按月给你发工资，年底还有奖励。怎么样？"

马老四说："这比在老家种土地讨巧多了。我想跟你们干。"

婉儿说："你可以帮我们宣传一下，将你那些老乡都拉到农场来。不过，还是得挑强壮劳力。"

马老四说："这是鼻涕往嘴里淌，这事好办，我现在就上街，保证一抓一大把。"说着，乐呵呵地走了。

楚玥见有人交头接耳，说："我们现在商议第二件事。大家不要走神。"

蝶儿笑着说："楚玥姐，我们凭什么听你使唤？你又不是家少奶奶。吆五喝六，人模狗样的。你以为女人真能当家主事？"

楚玥"呸"了一口，说："你要是眼红我这副场长的位置，我让贤。谁说女人不能当家主事？我还不信这个邪呢。说第三件事：现在平整土地，开挖灌溉渠，定购良种，买肥料，安置农工，等等，都要钱，开销很大，可现在我们手里的储备资金不多了，快拉不住栓了，怎么办？"

万福堂说："少爷临走时关照过，家里家外什么事都听宫小姐的，柜上有多少钱我也没数，我有什么招数？"

蝶儿说："农场里原来那些农民租种文家的田地不少年了，日子也过得去，手里一定有些积蓄。能不能向他们借一些？等农场打下第一批粮食，我们再还嘛。"

万福堂说："农民创土为业，挣钱不容易，向他们借钱更难。这办法难。"

楚玥沉吟片刻，说："不如这样，将农场土地拿出三分之一，张榜招租，谁要种农场地，就同他签个合同，一户预收五百块钱定金。这笔钱纳入地亩粮食产量分成，到时返还。这样就名正言顺了。"

婉儿说："会不会把那些老租户吓跑？"

楚玥说："农民算账比你精。想留下的人棒打不散，想走的人磕头不应。就这样办。我算了一下，就这一招，就能吸聚不小一笔钱。另外还有什么办法，大家再动动脑筋。"

万福堂说："我想起来了，农场边上、虞山脚下，还有三千亩林地，一直荒着，里边有几百亩坟墓，如果将它们迁出去，搞个林场种些果木，不是也能来钱吗？"

楚玥说："这方法不行，种果树，桃三杏四梨五年，等这些树结果了，本姑娘头发都白了。"

万福堂说："历来就是慢农快工现商贸，搞农林业急不得的。"

楚玥手一伸："可我现在就需要钱呀！你有办法吗？"

"没有，我老了，脑瓜不好使了。"万福堂连连摇头。

"你没有办法，我有。"楚玥说："婉儿，你在农场大门口给我贴个布告出去，就说山林要清理，所有坟墓一律限期迁出，不迁作无主坟处理，凡是愿意留在原地的，每座坟墓收三百块钱土地用租金，一定五十年不变，然后统计一下，如果户头多了，干脆办个公墓。每年向坟主收少量管理费。另外，再在山上养鸡，由万爷负责。"

万福堂说："虞山寸土寸金，谁家愿意迁？林地里至少有五百座坟，一家三百，是好大一笔进项呢！"

婉儿笑着说："文少奶奶，你这叫死人棺材里伸手死要钱。也忒狠了些。你怎么变成这样子的，活像个老地主婆，我都怕你了。以后你要是真正当了家，我们还有活路吗？"

蝶儿说："宫小姐简直就是一个捞钱的铁耙子，连死人骨头里都能榨出油来。"

楚玥瞪大了眼睛，说："真是不当家不知道柴米贵。我不想办法，大家喝西北风去？下面说第三件事：农场小学就要招生了，可现在还缺不少教师。大家出出主意。"

万福堂说："常熟是鱼米之乡，学校不少，我们不如从各家挖些人过来。

只要肯出钱，人不愁招不到。"

楚玥说："我做过调查，本地虽说中小学校不少，可好教师不多，如果我们在本地招聘，好的各学校不会放，差的我们又不想要，很难保证质量。现在平民子弟教育是个大问题，优质资源太少，配置不公平，一般市民和农民子弟很难上到好学校。对此，我很想找出一个办法来。不如这样：我们在《姑苏时报》上发一条广告，公开招聘小学老师。再把条件定优厚点，教师来了给房给小菜园子给假期补助给进修时间，且来去自由。工资逐年增加，招十来个老师问题不大。"

蝶儿说："楚姐姐，我看你不如改个名字好了，以后不叫宫楚玥了，就叫宫大拿吧。你哪来这么多办法？我们都吓傻了。"

婉儿说："人家肚子里都是诗书和学问，脑子又灵光，是你这样的船板妞能比得了吗？"

"拉倒吧！"蝶儿剜了婉儿一眼："你也比我也强不到哪里去，你就是一个跟屁虫。"

万福堂说："还有一件事，很棘手，我还没汇报呢。"

楚玥说："万老爷子，你说说看。"

万福堂说："农场东边有十五亩地，与当地一户姓孙的大户人家挨着，过去地界一直不清，老闹摩擦。最近我去核对地亩，孙家硬是将地界桩往外挪了一丈，占了我们不少地。谈了好几次，费了不少口舌也没有用。孙家还扬言要收拾我。"

楚玥说："这事我也知道，我去那看过。孙家确实不像话。他家有八个儿子，个个拳头粗，要是他们动武，大家看怎么办？"

蝶儿眼一瞪，说："反了他！动手试试，我一个人就能把他们都打趴下。"

万福堂说："千万不要动手。我们的农场刚开办，百业待兴，可不敢闹矛盾。还是用文的。只是我还没有想出办法来。真愁人。"

楚玥笑笑："不用发愁。我已经想好办法。孙家那块地种水稻，用的是我们的水渠，一水双灌。万管家，你派人挖泥将水渠接口堵死，断孙家的水。另外，孙家新挪的界桩不好拔。你去买一百钻天杨来，栽在地界边上，让他家地见不得阳光。这样一来，孙家就会自动让步。"

万福堂哈哈大笑："原来我都想打官司了。这下好了，问题迎刃而解了。宫小姐，我是不是应该打报告告老返乡了？比起你，我连做个跑腿的都不称职。"

楚玥说："姜还是老的辣。寸有所长，尺有所短。只要大家齐心协力，集思广益，没有什么困难难倒我们。下面再讲第四件事……"

婉儿抢过话头："楚玥姐，你还让不让人活了？哪来这么多事情的？还是让我们喘口气，喝点水再说吧。"

楚玥说："这才到哪里？我这里还有一百多件事情没商议呢。喝什么水？喝多了上茅房次数多，不耽误时间吗？"

万福堂："人老了，我得上茅房去了。"说着捂着肚子跑了。

蝶儿说："宫姐姐，外头天气不错，秋高气爽，让我们出去玩会吧？要不我教你一套八段锦。"

楚玥说："那就玩会，不过时间不能长。"

众人到了门口草地上。

楚玥说："我们做个游戏好不好？"

蝶儿说："什么游戏？"

楚玥说："我们玩八跳台。"

几人都会，便玩了起来。

吃过中午饭，马老四带了一百来个农民到农场，楚玥亲自挑选五十多人，又安置他们在场内住了下来。农民们很高兴，连忙上街去带家眷。楚玥刚坐下，看门的文四爷带了两个商人模样的中年人进了门。楚玥一问才知道，一个姓高，是苏州环秀园的，一个姓朱，是常熟丝织厂的。老高说："宫老板，听说你们这里有金莲花，还有五谷树，我们想买。环秀园过去是私家园林，已废了多年，被我修复了，改为环秀山庄，现在对外接待游客，只是园中还缺少奇花异木。"

楚玥说："五谷树太珍稀了，不易繁殖，就一棵，不卖。金莲花种子已经种下去了，可以卖。不过价钱不低。因为全世界没有第二家。"

老高说："怎么个卖法呢？"

楚玥说："明年秋天就能见到藕苗，一苗五百块大洋。少一分免谈。要卖得先交钱。"

老高说："可以，五百就五百，那以后我们自己可不可以对外出售苗种呢？"

楚玥说："不行。五百钱只能买到种苗。要拿到种苗销售权，得再花一千块大洋。我们准备招十家代理商，招完为止，先到先办。"

见老高有点犹豫，楚玥说："你可以算一笔账，你一共花了一千五百元，一棵五百元，如果卖出三棵种苗就能收回成本。一塘藕能出什么种苗？苏锡常有数百家公私园林，还有其他地方呢。这是多么大的市场。买下销售代理权，太划算了。"

老高动心了，说："好，现在我交一千五百块钱。只是不知道你这金莲子是真是假，从古至今，还没听说没有这种奇花呢？要是假的怎么办？"

楚玥说："这金莲花是农场主人文公子偶然得来的。它是用淡黄荷花和金色睡莲杂交出来的，怎么会假呢？我们可以签合同，到时你拿不到金莲花种苗，我们可以赔你一倍罚金。再说，我们这是农场，是坐商，不是行商，跑不掉的。"

老高说："这下我就放心了。"随即拿出一千五百块大洋，交给楚玥，双方签了一份合同。老高拿着字据乐滋滋地走了。

老朱说："宫老板，听说这天蚕是日本种，吐出来的丝是黄的，不掉色，这太难得了。我想与你合作，你办桑蚕厂养蚕供丝，我生产成品丝绸。只是不知你有何条件？"

楚玥说："蚕丝厂架子我们已经搭起来了，先养土蚕，开春就能养天蚕。黄色天蚕丝色彩富丽，又不掉色，成品推上市场后一定很抢手。不过一多就缺乏竞争力了。这样，我们决定在全国只招五家定点供应丝织厂，你算一家。我们蚕丝厂刚开办，需要用转资金，我们定个合同，你先交两千块钱定点供货预付款。到时从货款里扣除，怎么样？条件够优惠吧？"

老牛说："可以。只是这天蚕养殖有把握吗？"

楚玥说："这和养普通蚕没有什么两样，只不过天蚕不吃桑叶罢了，技术上没有任何问题。"

老朱交过款拿着合同兴高采烈地回城去了。

婉儿进来倒茶，见桌上有一堆银洋，高兴地对楚玥说："怎么宫老板，今天就见到现钱了?"

楚玥说:"这是好兆头啊。我也很高兴。"

婉儿说:"这钱拿着不烫手吧?"

楚明说:"不烫手,我心里踏实着呢!"

婉儿说:"照这样下去,农场一定会发达起来。"

楚玥说:"这才到哪里?刚起步,除了规模化种植水稻,办林场,养鸡场,蚕丝厂,金莲花繁育场,办公墓,办学校,我还要办托儿所,还有水上运输船队,养鱼场,精米加工厂,初定为十大项目等等。成熟一个上一个,怎么样?"

婉儿说:"摊子是不是有点大?"

楚玥说:"兴办实业,这件事说复杂也复杂,说简单也简单,关键是思路与资源如何有机结合。我想只要步步为营,滚动发展就不会出问题。"

婉儿说:"我们就这几个人,那还不忙劈掉了?"

楚玥说:"钱里有火,忙就忙点吧。你母亲,还有我父亲,如玉父亲就都要马上请到这里来,再加上如玉母亲,老人也有作用,比如成立一个实业投资咨询顾问室,出出点子也好。再说,他们也能干点什么,像管理农工夜校、托儿所什么的都行。"

婉儿说:"你这么一说,我信心也足了。我要把农场当成自己的家好好干。"

楚玥说:"傻丫头,尚湖农场以后就是我们安身立命之本,衣食父母,事业平台,不要三心二意。"

婉儿说:"你这么厉害,滴水不漏,铁算盘,谁敢呢!"正说着,万福堂来了,满脸愁云。楚玥问道:"万老爷子,有什么事吗?"

"来麻烦了。"万福堂说:"乡下人真野。刚才我上林场去了,看了看场地,觉得办公墓和养鸡场都没有什么大问题。正在为鸡舍选址,来了十来个小青年,掏出斧头、锯子就砍树。我劝也劝不住,他们说是无主树,还想动手打人。"

楚玥说:"婉儿,你去喊上蝶儿,和我、万管家一起上林场。"到了林场,看到满坡树木已被伐倒十来棵,楚玥火了,上去就责问:"你们为什么偷伐我们林场的树木?"

一个胖小伙说:"你别蒙人了,这片树林都荒废多年了,还没见主人来过。

你不要多管闲事。"

楚玥说："我现在就告诉你，这片林地是文家的，如果你再伐我就不客气了。"

胖小伙说："你想干什么？"说着晃了晃拳头就想动手。蝶儿早已盯上了他，见状一步插上，右手一推，胖小伙便飞了出去。

其他人围了上来。蝶儿说："谁上我教训谁。"说着，飞起一脚，将一棵碗口粗松树拦腰踢断："谁敢上？来啊！"

众人连忙后退。

楚玥说："你们也不用躲，没人打你们。不过以后再偷伐树木，我会将你们连人带赃物送到警局去。"

胖小伙说："警局也不是你家开的，你说的话好使？除非你有钱。"

楚玥从口袋里掏出一个布袋，手一翻淌出一地银洋，白花花的。她说："我已经准备用这些钱买动警察来办你们的事。你们信不信？"

胖小伙胆怯了，点了点头，说："信，信。只是我们都是无业游民，你断了我们的营生，我们又上哪里去吃饭呢！"

楚玥说："这倒像句人话。你们年轻有劳力，马上这里就要建设公墓和养鸡场了，如果没事干，到时你们可以来找万管家。"

胖小伙说："这下就有个盼头了。"说着带人下山去了。

蝶儿说："楚玥姐，这些人都是青皮，干嘛对他们这样客气？"

楚玥说："我们的目标是办好实业，没有必要到处树敌。再说这些人也是因生活所逼，才干出这种偷鸡摸狗的事情的。人如果连肚子都填不饱，哪来廉耻呢？要与人为善嘛！"

万福堂说："都怪老朽无能，处处让宫小姐劳心费力。"

楚玥说："你们知不知道如玉为什么会那样看重那棵五谷树？我以为，在他心里，那棵树就代表一种理想，那就是一种日出而作，日落而息，风调雨顺，五谷丰登的生活美景。我们应该加倍努力，让我们自己，让更多人能过上好日子。"林间，松涛阵阵，山鸣谷应。

第四十五回

曾植沅芷宴亲朋　宿宦展眸望飞鹄

人忙恨天短。转眼工夫十多天过去了。这一阵楚玥每天忙的脚不沾地，可还是觉得时间不够用。这天早上，她上班第一件事就是与教师见面。见面地点在校长室，有六名男女教师，都是从苏州、常熟等地新招来的，其中一个女教师还是楚玥的同学。尚湖农场实验小学招生工作已经转告一段落，三个班级，共招了本地农工子弟一百多名一年级新生，前天已经开学。楚玥向负责教务工作的同学顾招娣问过基本情况，说："开学两天了，有什么问题可以提出来，我们当场解决。"

一位姓程的女老师说："宫校长，有不少学生反映，家在乡下，中午不能回家吃饭，这事怎么办？"

楚玥说："你不能光提出问题，还得提出解决问题的建议。你有什么想法呢？"

程老师说："教师食堂能不能增加几个蒸笼，有了它，学生只要把午饭从家里带到学校蒸一下，食堂再烧些开水，问题就解决了。"

楚玥说："我同意，你统计一下学生人数，明天我让蒸笼到位。"她问顾招娣："有些不少农工愿意学文化，农工文化夜校的事情办得怎么样了？"

顾招娣说："已经有不少人报名了，只是人数还不足，我想继续动员。另外，两名兼职老师也落实了，只是他们白天教小学生，晚上教农工，很辛苦，能不能增加点补助？这样能调动积极性。"

楚玥点点头："可以。但每人每晚补多少钱合适呢？"

顾招娣说："一人二角就行了。"

楚玥说："那就补二角。不过得按实有课时补。"

正谈着，婉儿来了，约楚玥上林场。一见万福堂，楚玥就问开了养殖场的情况。万福堂告诉楚玥养鸡场、养猪场、养羊场都盖好了，苗禽苗畜也进场了，饲料也没有问题。说过，又领楚玥各处转了转。楚玥发现一个问题，脸色也沉了下来，问万福堂："我发现鸡场养的鸡品种太杂，除了乌骨鸡，还有芦花鸡，元宝鸡等。猪的品种也差不多，黑猪、白猪、花猪、土猪、洋猪都有。

羊的品种也很杂，有山羊有绵羊，优良羊种太少，这样下去没有发展前途，得想个办法。"

万福堂有些不高兴，说："自古以来养家畜家禽都不是这样养的吗？有什么问题？"

婉儿说："宫姐，我也没有看出什么不妥，不是挺好的。"

楚玥说："好什么好，这样下去非砸锅不可，常熟城里并不缺少普通的鸡猪羊，而且缺少有特色的鸡猪羊。这叫同质化养殖，没有市场竞争力的。不如我们只养三黑，也就是黑土猪，乌骨鸡，黑骨羊，其余统统杀掉或卖掉。宁可少些也要精些，常熟城里独一家的东西才好卖呀！"

万福堂拍了拍脑门，恍然大悟地说："宫小姐见解独到啊！"

这么些家畜家禽居然从中能挑出三黑来。这个方法好。只是这三黑的种苗太少了，不好找。

楚玥说："你出高价到乡下去收。人叫人不点头，钱叫人挤破头。我就不信收不到。另外，养殖场牌子也要改，就叫乌骨鸡场、淮黑猪场、黑骨羊场，要把我们的牌子打出去。"

万福堂说："这下我心里有数了，明天就派人下乡。"

婉儿说："宫姐姐，你哪来这么多点子的？"

楚玥说："我们过去没有饭碗，现在是自己制造饭碗，做事怎么能不上心呢？这是搞实业，搞投资，如果马大哈，产出东西卖不动，还不赔死了？我现在最大的愿望就是想证明一下靠自己的力量能不能在农场闯出一条自力更生、丰衣足食的道路来。"

婉儿说："你说能行吗？"

楚玥说："出水才见两脚泥呢。走着瞧吧。另外，我还想证明女人也不是主流社会的边缘人，男人能干的事女人也能干。还要证明卑贱者最有才干，也能参与改造和管理社会。治大国如烹小鲜，民间草根人物也从来就不缺乏大智慧，做大事也没有那么难。"

婉儿说："文公子常夸你富有奇思妙想。最近我观察了你一段，此话果然不错。我很佩服你。"

楚玥说："你别看我说话做事人五人六的，像回事，其实我都是装的，心里也发虚。山中无梁树，弱草顶大柱。如玉又不在家，我不干又怎么办呢？不懂不会的多学习多琢磨呗。"

万福堂对楚玥说："我这边大兴土木，又采购禽畜，手里的钱也花得差不多了，你还得给我拨点。"

楚玥点点头，对婉儿说："你下午到柜上再给万爷支点钱。另外，你要抓紧把农场台账建起来，收支两条线，要分门别类记清楚。你过去在船上负责经济开支，吃喝拉撒都是口袋账、小瓜账、流水账。这样不行，农场是规模化多种经营，账务管理不能马虎。还有内部分配你也要拿出个办法来，我主张各个部门独立经营，单独核算，不搞平均主义。管理人员的工资要定高一些，包括我和你，其他福利等以后有钱再说。"

婉儿说："我会打算盘，弄账什么的还真不行，我慢慢学吧。"

楚玥说："搞农场是一项全新的事业，要学的东西还多着呢。不学习新事物，就会被淘汰。"

万福堂将楚玥、婉儿带到了公墓筹建处，这儿是万管家一个本家哥哥万大负责。万福堂告诉楚玥，最近公墓生意很好，除了老坟，还有不少新坟墓，每穴收费很可观，隔三岔五能见到活钱。

楚玥转了转，问万大："墓区内道路修的怎么样了？"

万大说："刚破土动工，估计也就三五天工夫就能完工。"

楚玥说："你卖墓穴不能光卖大路货，得分成等级卖，最起码分上中下三等，这样才能增加收入。"

万大点点头："我怎么就没想到这一点呢？就按宫小姐说的办。"

楚玥说："墓区内绿化也要搞好一点，栽点花花草草。另外注意防火。我们这片林子很值钱。"她又对万福堂说："从现在起，将林地一分为二，以蚂蟥涧为界，南边发展果木和桑树，蚕丝厂用得上。北边作公墓，不能混起来。在经营上也要各算各账。"

万福堂说："这样弄合理，我照办。"

正说着，马老四来了，说："宫场长，我到处找你都找不到，听说你在林场，我就赶来了。"

楚玥说："我马上就要回去了，什么事你说。"

马老四说："我们不是招了几十位农工吗，我不想让他们吃闲饭。这两天正帮助老租户收割稻子，靠工钱各人也能养家糊口，这样农场负担也轻一些。"

婉儿说："没看出来，你一个要饭的还挺有头脑，小算盘打得忒精。"

楚玥说："这很好嘛，我都没想到这一层，马大哥，你接着说。"

马老四说："现在有两件大事：一件是收下来的稻子有林场的十股之四，算下来有近二十万斤，没地方放，老仓库破了，要花钱维修。一件事是稻子收完，就该种麦子了，这里是一年三熟，稻稻麦三茬庄稼。现在麦种还没有着落，得买。"

万福堂说："这也要花钱，那也花钱，怎么吃得消。地租稻子打下来，还不如转手卖掉，免得找地方存放。"

婉儿说："这样行，如果把稻谷卖掉，买麦种的钱也就有了。"

马老四看着楚玥。楚玥摇摇头，说："这样不划算。告诉你们一件事，上天我和蝶儿专程到苏州去了一趟，我想办一个精米加工厂，到那订购了几台脱粒机和碾米机，还有一台小型发电机，防止城里电力供应不上。今天下午机器就到农场。老仓库可以修一下，另外再拿出几间做精米加工厂。田租稻我一斤都不卖，全部加工出售。我算过，卖成品精米比卖稻谷的利润能多一倍以上。

至于说，买麦种的钱，马大哥你就直接找婉儿要。你现在负责种植这一块，凡事要多动脑筋。种田你是一把好手，有些小事不必请示我。"

马老四说："只要宫场长信得过我，我就放手干。"

楚玥说："都是老实巴交的农民，我有什么信不过。不过丑话说在头里，你现在是种植业头子，如果干不好，我会另请高明的。"

马老四笑着说："我现在是糠箩跳到米箩里，能不卖力吗?

你尽管放心。我保证把冬麦种好，让林场地里绿油油的。"

楚玥说："你手下的人得抽出十来个给精米厂，我爹已到常熟，我准备叫他负责精米厂。另外，我还准备在城里开几家粮店，专销尚湖农场精米。"

婉儿说："怪不得这两天我还没见着蝶儿。宫姐姐，你这样做摊子是不是铺太大了，这要花多少钱？"

楚玥正色说："没有投入怎么能有产出呢？你们放心我现在搞的这一套是资产经营，见效快，会很快收回资金的。"

马老四说："宫场长，什么担子都压在你肩上，一天到晚操心费力，你得爱惜自家身体。"

楚玥说："让你一提醒我倒开窍了，什么事都找我，还真忙不过来，也容易出差错。这样，马上就成立一个农场生产经营业务室，我们分分工，我爹管精米厂，婉儿管钱，蝶儿负责外跑采购营销，都是业务室小头头，每周开一次碰头会，大事碰碰，小事各人负责。大家看怎么样？"

万福堂说："这样一分工，做起事来就有条理了，不乱了，干好干坏也能找到责任人。我赞成。"

婉儿等人也随声附和。

刚吃过午饭，蝶儿就来了，将楚玥拉到了老仓库。机器已经到位，宫直声正在清点接收。蝶儿将一位姓徐的师傅介绍给了楚玥，并让她马上付清机器货款。楚玥说："徐师傅，只要机器数量、质量没问题，我们付款就没问题。只是，我们得按合同来。原来在苏州说好的，要实行三包，你们得负责帮我们把机器装好，还得教我们的人怎么用，再就是这些机器我们要使用一个月，出问题了，你得派人来修，如果没问题，我们才能将全款付清，现在只能付三分之二的钱。有问题吗？"

徐师傅说："原来我以为只要把机器送到地头就能拿到全部货款了，那些合同我们公司老板也没细看就签了。没想到还有这么多麻烦。这事我也不当家，还得请示老板呢。"

楚玥的脸沉下来了，说："这些机器都是新玩艺，我们的工人全是农民，你们光卖货却不包安装和指导维修，我们怎么能玩得转？如果你对合同有异议，又不当家，还是请你们老板来跟我谈。机器先扔在这儿，我还有事，走了!"说着，就往外走。徐师傅急了，一把拉住楚玥:"宫场长，有事好商量。这样，我现在就帮你们安装机器，至于说培训工人，得花时间，还得在这耽误两天，你是不是付点培训费，就算我的吃饭钱?"

楚玥点点头:"这事有商量，问题不大，那今后机器维修呢?"

徐师傅说:"我们可以负责，只是能不能先将货款都付清?"

楚玥说:"这不可能。这是做生意，我们还是先小人，后君子吧。就按合同办，如果你配合得好，我可以考虑提前付清全款。"

她对婉儿说:"没有我的同意，机器货款不能开支，听到没有?"

婉儿说:"晓得了。"楚玥手一挥:"现在就装机器吧!"

楚玥出门后，宫直声追了上来，说:"楚玥，你这样做是不是有失厚道?人家大老远把机器运来，也不容易，何必扣住人家的货款呢?"

楚玥说:"爹，我现在做什么事都不敢马虎草率。生意场上有反复，做什么交易都有成本、有门槛，心慈手软可不行，弄不好就自己搓绳子绕了自己的腿，在商言商，听我的没错。"

宫直声说:"还有一件事，你做什么事都雷厉风行，大刀阔斧，大包大揽的，文家人能没有一点想法吗?你要知道原来文家的事务是文公子本家一位老叔管的，你全揽过来合适吗?再说，如玉他爹也回来了。凡事应该跟他们多商量请示才好。"

楚玥沉吟片刻说:"爹，这一层关系我倒忽视了。我心里只想如玉不在家，我应该把农场的事情办好，才能对得起他。这样，我正筹划一件大事，等过两天，我就去找文老爷请示汇报。"宫直声说:"如玉对你很好，你与他的关系是不是应该定下来了?"

楚玥说:"爹你放心，我已经答应如玉了。我觉得越来越离不开他了。我就准备在这安根了。"

宫直声说:"我过去给你讲过一些经济上的学问，你悟性强，又勇于任事，爹信得过你。只是做事要稳中求快，力求周到。农场这一摊子事情千头万绪，花钱如流水，可不能大大咧咧的。"

楚玥说:"我每天晚上都要把当天刚做过的事检查一遍，另外再把第二天要做的事考虑一遍，大事我都记在本子上，力求按计划来。错不了的。"

宫直声说:"姑娘真难为你了。爹心里很疼你,你要注意张弛有度,劳逸结合,不要把身体累坏了。"

楚玥说:"我离家在外好几年了,身体好着呢。你就放心吧。"

楚玥、婉儿刚到学校,顾招娣就迎上来,说有事请示。她对楚玥说:"宫校长,这两天学生的学费收的不太理想,还有一小部分人的钱迟迟交不上来,怎么办?"

楚玥说:"原因呢?你具体分析过吗?"

顾招娣说:"穷呗,多是农家子弟,家长手头紧呢。"

楚玥考虑片刻说:"办平民小学,我不想赚钱,靠收学费只求收支持平就行了,毕竟带点造福桑梓的公益意义在里边。学费暂时收不齐,不要着急,可以采取缓、减、免的办法分别处理。"

顾招娣说:"我有点蒙。你具体说说。"

楚玥笑着说:"老同学,拜托你遇事能不能多动动脑子。我的意思缓是大多数,减是一小部分,免是个别人。这个口子不要轻易开。常熟是个鱼米之乡,农民的生活条件比较起来还是不错的。"

顾招娣也笑了:"我懂了。"

文曾植听说楚玥要来看望自己,灵机一动,这天晚上特地准备了一桌酒席,派人通知楚玥多带些人来家聚聚。楚玥很意外,也很高兴,叫上宫直声、婉儿、蝶儿、万福堂、马老四、顾招娣,一齐来到了大魁邸客厅。楚玥将来人给文曾植、蓝沅芷介绍了一遍。文曾植笑着说:"尚湖农场的骨干今天看来是到齐了,真是高朋满座,少长咸集,老朽心里很高兴。我请大家来,主要是你们办农场很辛苦,想慰劳你们一番,同时也说说话。"说罢让人为众人斟满杯,又举起筷子:"来来来,我们边吃边聊。随便点,都是一家人。"

宫直声说:"文大人的身体看来已无大碍,精神好多了。"

文曾植说:"我这是老毛病,时好时坏的。俗话说弯扁担不折。不要紧的。"

宫直声说:"我耳闻南方有意请您出山,将来主持苏省政务。这可是一桩喜讯啊!"

文曾植摆摆手:"风闻之事,不必当真。我现在主要是调养身体,至于说以后的事情还是顺其自然吧。我老了,经历的事情多了,没有年轻人那样热衷了，有功夫我与你下下棋，谈谈诗文不是很好吗？"

宫直声："只要你招呼，我随时都会过来陪您。"

文曾植说："听说你现在负责精米厂的事务，这事好得很啊，有了加工厂，常熟人就能吃到地产的精制大米了。"

宫直声说："这件事，还有其他事，小女楚玥正要向你回报呢。"他看了楚玥一眼。楚玥站了起来，说："文老爷，这一阵子农场有不少新鲜事，我还没有向你通报，主要是怕干扰您静养。

今天我不想用琐事来打搅你，只是想请示一件大事情。原因是我们农场刚起步，由于投入较大，目前最多是收支平衡，但手里资金不足，真正好转，还得等新稻打下来，精米厂办起来，新米卖出去。"

文曾植摆摆手让楚玥坐下，说："你说说看，什么要紧事？如果不急，不如等如玉从杭州回来再说。"

楚玥说："我觉得现在就应该汇报请示。"

"那你说吧。"

楚玥说："这一阵子农场搞以农为主多种经营，初见成效，但也投进去不少钱。从长远资金接续周转考虑，我想以尚湖实验农场资产作为基金，在常熟发行私募股票。"

文曾植眼睛一亮，说："这私募股票我在如玉从美国带来的那些书里也看到过，是个新鲜事，也是好事。不过，也有一定风险。怎么搞，你具体说说。"

楚玥说："我发行私募股票的目的是将农场资本变现，由此获得稳定的周转资金，用于更大的产出投入。办法是，将农场资产折作五十万元基本金，然后发行股票，分为一万股，每只股票五百元，三年为期，凡持股者每股每年分红利百分之十，也就是五十元，每年平均上涨百分之二。这样，手中有闲钱的人就能坐在家里以钱生息。"

文曾植沉吟片刻说："账算的很清楚，也有吸引力，只是有一条你考虑没有，股票有股权的，如果我一下子拿出二十六万元，成了基金大股东，那农场的事务我是不是有控制权？农场产权会不会转移？还有一条，你搞什么营生，能确保百分之十以上利润，如果达不到这个数字会不会影响本金的损益呢？"

众人面面相觑，他们虽然不太明白楚玥说主张的是什么，文曾植责询的是什么，却都已听出后者说的是一个大问题，不免为楚玥捏了一把汗。

楚玥平静地说："这事我也考虑过，也查阅过专门资料。我是这样计划的：其一，我会发布一个限制规定，不允许大股东控股，也就是持股超过半数以上；其二，我们农场姓农，百分之七十利润来源是水稻规模化种植，稻米通过深加工，均利在百分之二十以上。另外，我们还有养殖业、加工业、服务业，均利也在二十以上，从中拿出来一部分作为红利回馈买股票的人，应该不成问题。"

文曾植高兴地说："你说的这些从道理上是能站住脚的。农场发展实业缺钱我也知道，这样做，可以快速变现，补充资金来源，不中断，很好，我赞成。只是，这种东西在我们这个小小的县城里还是件新鲜事，不少人听都听不懂，怎么会买你的股票，你应该巧妙通俗的鼓吹一番，人家才会买你的账。是不是这个道理！"

楚玥说："我们一共才一万股，不愁销。我想让我们学校的老师学生一起上街推销股票，准备编点文艺节目，演一演，同时，在城乡多搞几个股票推销点。再准备点小礼品什么的，造造气氛。"

顾招娣说："听说要上街卖股票，老师、学生都很兴奋。不过，我们老师要是卖的多了，宫场长得给我们奖励。"

楚玥说："有奖励，你死劲卖。"

蝶儿说："我可以上街表演箭术和拳术，肯定能招人。"

婉儿说："有了更多的钱，宫姐姐就能干更多的事了。农场也一定会兴旺起来。"

文曾植一边招呼大家吃菜，一边说："大家看还有什么问题？"

万福堂说："不知道这股票能不能退？"

楚玥说："能退，三年就行，票值还是五百块。提前退，扣百分之十。"

马老四壮着胆子说："宫场长，你看能不能把每股弄成五十块钱？等我苦到钱也买几股，总归比死钱压在床面底下讨巧。"

文曾植说："这想法还真不错呢。劳动者也可以持有股票嘛。"

楚玥说："这事我会认真考虑究竟怎么弄，我想压一压，一旦方案成熟，到时端枪就放。"

文曾植说："大家说说看，宫小姐最近在农场干得怎么样？"

马老四说："不错啊，有农场我们这些灾民有饭吃了，有事干了，有地方睡了，孩子有学上了，农工有夜校读了。"

文曾植："好，这叫一有换来五有，还有呢？"

万福堂："宫小姐脑子灵，办法多，既抓住了龙头，又盘活了一串绣球，农林牧副渔工商运建服，都有眉目了，而且前景看好。"

文曾植说："宫先生，你评价一下万管家的意见。"

宫直声说："事情是大家做的，不让记到楚玥一个人身上。"

婉儿说："我对宫姐姐有看法。"

众人一怔。

婉儿说："宫姐姐都是大姑娘了，到现在还待字闺中，我们希望她早点给我们找个姐夫。文公子就不孬，不能再拖了，再拖红鸡蛋都耽误了。"

蓝沅芷对楚玥说："你已经答应如玉了，不如大方点告诉大家，也让众人高兴高兴。"

楚玥一本正经地说："婉儿这小蹄子跑题了，今天是讨论股票，怎么扯到红鸡蛋上去了。再胡说，我罚你上街跳大秧歌。"

众人哄堂大笑。

蝶儿说："我给大家透露点秘密。那天宫姐姐和我一块上苏州买机器，她一看碾米机就蒙，却抱着算盘跟人家砍价。人家报了一个价，她不知高低，光摇头，就像拨浪鼓。让她摇的人家也糊涂了，反问宫姐姐，你报个最低价吧。她又报不上来，眼睛翻白半天才伸出一指头，却弯着，人家说，中，一千就一千块。宫姐姐晃晃指头说，不，一半价，我指头没伸直。把老板挤兑的要撞墙。可到底生意还是做成了。"

众人又笑得前仰后合。

楚玥说："蝶儿你就抡圆编吧。我哪是一半价？一根指头勾着代表打九折。我心没有那么黑。"

众人笑得嘴里的菜都喷出来了。

蓝沅芷对宫直声说："宫先生，你怎么调教出这么个伶俐的姑娘，心眼子太多了，都赶上九孔仙藕了。"

宫直声说："楚玥是担心被人当冤大头，才跟人家斗心眼子。平时，她还是很实诚的。"

文曾植说："事业能改变一个人。一个人能与时俱进，就大有前途。"他转向楚玥说："楚玥，你大胆干。我和如玉只当后台老板，不做前台主角。你很有能力，就是让如玉亲自干，也未必如你。当然，做任何事，也可能先易后难。生意场上有风险，这是古训。只要诚实公平，不以利伤义就行了。"他端起一杯酒："大家辛苦了，我敬大家一杯。我估计如玉快回来了，到时我们再聚。"

散席时，楚玥将如玉写的一封考察《大运河的感想》的文稿交给了文曾植，说请他帮助看一下，常熟一家工科学校邀请如玉去演讲，他就写了这个材料，只是没来得及推敲就上杭州去了。文曾植翻了翻，觉得很有意味，脸上不觉泛起了笑容。

考察大运河的几点感想

靠一只船，一双脚，我走完了千里大运河。所见所闻，感触多多。就大的感想有三个方面。起初我考察大运河是想为它诊病，找出治理的办法来。这点我做到了，大运河的病症是偏瘫，疗救的办法是北引中控南管。我稍稍展开一下，北引就是引南四湖水源接济北运河使之畅通。中控就是控制洪泽湖、高邮湖、邵伯湖和淮河，使中运河里的水量保持平稳，不出问题。南管就是加强江南运河航道管理，让它有序运行，不致堵塞。这个问题解决了，可新的问题又来了。我发现，不但运河病了，我们的国家也出了问题，前途堪忧，也要想办法拯救。这一点我现在也做到了。那就是国家的病症在有人践踏民主搞独裁，想开历史倒车。疗救的办法是，在当下，只有三民主义才能救中国。可我又发现我自己的人生观也病了，过去对个人的得失想得太多，一心想走水利救国的道路。后来感觉不行了，此路不通。那怎么办呢？于是我想重新选择了一条人生道路，那就是投身时代洪流，勇敢地担当起一个知识分子应尽的责任，救国救民，为追求国家光明、人民幸福而献身。此种变化对时代而言，这是一股不可阻挡的历史潮流，人人都不能置之度外，对个人而言，这是一种必然的选择，凡是有良知知识分子都不会麻木不仁……

　　读着读着，文曾植只觉得心潮澎湃、热血沸腾。心想，儿子长大了，成熟了，就像一只羽毛日趋丰满的雏鹰，就要振翅高飞。

　　这一夜，文曾植失眠了。

第四十六回

践前约杭城献宝　闻战报如玉出征

进入浙境，一路景色迥异。船行河上，映入眼帘的是两岸绿树掩映，青山迢递，秋风澹荡，帆影绰约，更兼枫叶初红，芦苇乍黄，对之真让人心旷神怡。如玉久久站在船头，思绪飘飞，豪气张扬，不觉吟起了释斯登的诗句："嵯峨宫树霭晴空，吴城迢迢一望中。……"

端木林过来了，轻声问道："文公子，在想什么呢？"

如玉回过头来，说："莫怪人说上有天堂，下有苏杭。这吴越秋景真是别开生面，观之令人忘俗啊。我刚才正在吟诗呢。"

端木林转身欲走，却被如玉拉住了，说："端木老伯，我正有话对你说呢。"

"别扰了公子诗兴，我还是等会再来吧。"

如玉说："我有一件重要事情对你说。"

端木林静静地看着如玉。

如玉说："那个革命党人韩恢你是见过的，最近他们要在淮阴举事，有些事情想借助你，不知老伯意下如何？"

端木林说："我就是一个人载船主，能帮他什么忙？"

如玉说："这件事还真不是一句话就能说清楚的。是这样，举事需要拉杆子，你是武林泰斗，漕帮大佬，青帮护法，在江湖上很有威望，如果你出面做做工作，绿林好汉定会望风来投，这样，革命党的势力就大了。"

端木林说："韩恢是想让我入伙。可我年纪大了，能具体帮他做些什么呢？"

如玉说："那个仲八你认识吧，也是青帮中人，原来已经答应参加革命党暴动队伍，可后来又反悔了，将队伍拉回了巨山。如果你出面一定会有效果。仲八这种出尔反尔的绿林中人不少，韩恢很头疼，我们应该帮帮他。"

端木林说："帮革命党可以，只是我担心自己有心无力。"

如玉说："老伯过谦了。还有，一旦革命党的队伍开始往淮阴集中，就需要水运。要是你能组织一个老漕帮船队，那作用就大了。简言之，革命党需要你争取绿林中人和水运调度。这事你以为如何？"

端木林说："是长久地做还是暂时地做呢？"

如玉说："恐怕时间长不了，一旦举义成功，你就可以回常熟了。"

端木林说："这事是大事，让我好好考虑一下。"

正说间，牛儿来了。如玉说："牛儿，要是让你陪端木老伯到淮阴走一趟，你愿不愿意？"

牛儿说："只要公子有差遣，我无有不可。"

如玉说："一旦成行，有你一路照顾端木林老伯，我就放心了。"

如玉应约到杭州西湖雷峰塔下，有一座名园，叫漪园，依山面湖，极其幽茜。此园清乾隆间为皇家园林，清末一分为二、一是夕照寺，僧人居之；一是白云庵老尼居之。庵旁另有一月老祠，迷信男女，每往展拜，以卜婚姻大事。下午如玉去夕照寺时，特于月老祠抽了一支签，签语曰："良人者，所仰望而终身也，今若此。"他想预卜一下自己和宫楚玥的姻缘，不料签语之意却模棱两可。正琢磨间，一个老人进了正殿，如玉看了他一眼，发现此人身材虽不魁梧却很健壮，阔面宽额，双目精光闪射，步履沉稳，有一种渊停岳峙的气度，不觉顿生好感。老人说："年轻人，不知你抽了一支什么签，能让老夫一观吗？"

如玉将竹签递了过去，老人一看，对文如玉一笑道："上上签，主婚姻可成，恭喜你。"

如玉说："谢谢你指点迷津。不知您老如何称呼？"

"我是孙中山的特使。"老人点点头，又道："如果我猜得不错，你就是文如玉了，前朝文中堂的孙子。令尊与我也是相熟的。"

如玉吃惊不小，一时竟然说不出话来，只是怔然看着特使。特使拍拍如玉的肩膀。

如玉心头一热，放松了下来，拉着特使手说："特使先生，终于见到你们了。"

特使先是微微一笑，正要开言，猛见树林中窜出一人，手持短枪，手一举就要射击。"啪"不知何处飞来一枚铁莲子，正中那人手腕，短枪应声落地，一时竟怔住了。忽见端木林已飞到那人对面，伸手拍出一掌。刺客后撤数步，脚下生风，瞬间已近树林。他正逃跑间，一个老衲如同从天而降，拦住了他的去路。

两人缠斗数个回合，刺客虚晃一拳，跑入了树林，老衲拔腿追了过去。孙中山特使指了指端木林，说："文公子，这位老英雄是什么人？好身手！"

如玉说："他叫端木林，是我的船主，又是武林宗师、青帮元老。"

特使说："既然如此，不妨一道谈谈。"

如玉说："那个刺客不追了？"

特使说："那个老衲就是月老祠的住持，人称意周和尚，也是革命党人，武功不俗，那个刺客跑不了。只是，袁大总统手下鹰犬嗅觉也太敏锐了。走，我们进屋去喝茶。"

特使将如玉和端木林带到了夕照寺后院一间精舍内，又叫人送上三杯龙井茶。如玉打开皮箱，将赤金王冠和一封密函放在桌上。特使仔细看了看金冠，说："不愧是天可汗的冠冕，真是太精致了。有了它，任何一位蒙古王爷都可以在草原呼风唤雨，叱咤风云，谢谢你，文公子。"

如玉说："这是家父对革命党人的一点心意。听说，如今革命经费很短缺，可以用它来换钱。"

特使摆摆手："这是文物珍品，国家重宝，它的作用大着呢。我们不会轻易去拿王冠换大炮机枪。"说着，又认真看了看密函，说："这封劝进表就是袁世凯复辟的铁证，真是太重要，也太及时了。"

如玉说："这封劝进表出于袁克定之手，杨度也参加了修改定稿。"

特使说："袁世凯这个人很怕死。他听说长江三鲜之一的刀鱼味美可口，便定为贡品，怕坏了，让人用猪油将鲜鱼封好送到北京。他家乡淇河有一种麻鸭，产五色缠丝蛋，袁世凯每餐必食。袁家人享寿不了，都难过花甲。照我看，要是袁世凯倒行逆施必速死矣。"

如玉说："特使先生能否告之孙先生是准备如何应对这次复辟事变？"

特使看着端木林说："食肉者鄙。端木大师，对此你有何高见？"

端木林起身，说："袁世凯心黑手辣，革命党人应该以牙还牙。否则，后患无穷。我听说，前不久，他派密使让国民第二军军长徐宝山向自己上登基劝进表，徐婉拒，袁世凯赠古瓶一只，内装炸弹，徐当场被炸死。"

特使点点头："这事我也知道。你说的好，我已经在他的龙椅下埋了一只大火药桶，袁世凯黄袍加身的美梦长不了。"

如玉说："特使说的是不是淮阴举事？"

"正是此事，还有其他地方，快了。不过，孙先生现在就要写一篇《讨袁宣言》，一旦北京有变，便马上发表，在全国掀起讨逆高潮。现在要紧的是，先将你送来的这封密函在报纸上公布出去，揭露袁世凯的复辟阴谋，以唤醒民众。"特使侃侃而谈。

如玉忽然似想起了什么，从皮箱中取出扫象墨送到特使手上，说："这里有一块明代诗人顾起元自制的扫象墨，请特使送给孙先生起草讨袁文稿时一定能用上它。"

特使接过扫象墨，非常高兴："文公子，我看起草这篇文稿的最佳人选就是你。怎么样？"

如玉连忙摆手："我是学水利的，手中又没有生花妙笔，晚生不敢造次。"

特使说："你不想试一试吗？"

如玉摇摇头："我没有革命实践，写不出这篇讨袁檄文。"

特使点了点头，端起了茶杯，说："文公子、端木大师，我还有事。我们下午再谈。"

如玉和端木林告辞特使，回到了清明桥码头船上。

端木林对如玉说："文公子，中山先生是个人杰，胸怀宽广，抱负远大。"

如玉说："不了解中山先生的人，都戏称他叫孙大炮。其实这个绰号有两层含意，一是他快人快语，敢想敢干，嫉恶如仇，二是襟怀坦荡，对人真诚，平易近人。这正是一个革命领袖应该具备的品质，没有什么不好。"

端木林说："孙中山先生是个干大事的人，早晚必有腾达。可惜我老了，要不然我真想去追随他。"

如玉高兴地说："虎老雄心在，您身上一点暮气都没有，恐怕人家想请您出山都怕您推辞呢！"

正说着，韩恢来了。对此，文如玉一点都没有感到意外，他知道，韩恢是江浙方面革命的首领之一，和孙中山来往非常密切。

如玉说："韩大哥，你找我是不是有什么事？"

韩恢点点头，说："我是受中山先生之托来找你的。他让我转告你，大恩不言谢，你要是有什么要求尽管提出来，他会满足你的。孙中山先生还有意请令尊出山，将来主持苏省新政。只是不知他身体如何。"

如玉说："我所做的这件事完全是受父亲委托。他一向同情革命党，而且当年孙中山先生进京向李鸿章上书，两人就过从甚密。你这样说，真让小弟汗颜，我什么要求也没有。中山先生的话，我会转告父亲。"

韩恢说："我倒有借助文公子的地方。最近袁世凯复辟的步伐不断加快，再造共和任重道远，刻不容缓。中山先生要求我们尽快在淮阴举事，可我们人手不足，很想请端木大师出山，只是不知他态度如何？"

如玉看了一眼端木林，说："这事，我们早已谈过，只是还未定。你不妨亲口问问端木林大师。"

韩恢对端木林说："端木大师，您意下如何呢？"

端木林爽快地说："只要我们帮上你们的忙，你尽管吩咐就好了。我不是一个死心眼的人。"

韩恢激动地说："这就好了。如果方便，我想请端木大师这两天就跟我一块乘船上淮阴，主要事情就是帮助我做各个山头绿林好汉的工作，云水大师也在淮阴，他会配合你。我告诉你，这不光是我的意思，中山先生听说端木大师是青帮元老，对你也很器重呢！"

端木林说："好！我去。公子跟我说过云水大师，这人能文能武。有他主持其事，我就有信心了。"他转问如玉："文公子，你对老夫有什么嘱咐？"

如玉说："眼下这形势，民主革命洪流势不可挡，再造共和人人有责。我支持你去淮阴。蝶儿我会好好照顾她，你尽管放心。只不过，凡事要小心。"

端木林说："有牛儿陪我，不会有什么大碍。"

韩恢说："那就这样。我听说文公子是第一次到杭州，这是一座南宋故都，历史名城，古迹众多，我想陪文公子、端木大师好好游览一番，再到西湖楼外楼尝一尝宋嫂糖醋鱼、东坡肉。然后我们就一同北上。"

如玉说："杭州西湖的岳王庙、六和塔、九溪十八涧等都很有名，我早神往已久，此次正好开开眼界。只是我家中还有许多事情未了，不能在这耽误太久。"

韩恢说："既来之，则安之。你对我们支持帮助那么大，就给我一次尽地主之谊的机会吧。"

如玉点点头，心念一转，又道："中山先生特使让我起草《讨袁宣言》，不知何意，还望韩兄指点迷津。"

韩恢笑笑说："这说明中山先生对你抱有厚望啊！"

如玉和韩恢、端木林、张牛儿是在苏州运河码头分手的。临别时，如玉向韩恢赠《西湖吟》诗一首："西湖风冷庸何伤，山光水色足徜徉。来去一棹如孤鹜，上下古今与翱翔。"韩恢也和《无题》诗一首："黄鹄高飞云路遐，野凫谋食但泥沙。山中耘柞年年在，看尽西风木槿花。"两人依依惜别。

回到常熟城塔前街大魁第，一见面，蝶儿就问如玉，端木林和牛儿为什么没有回常熟。如玉将事情的原委告诉了蝶儿。

蝶儿说："没想到爹爹这样急公好义，真让人意外。只是我爹人老了，让我放心不下。"

如玉说："你爹不是一个人孤军战斗，革命同志有好多呢，再说还有牛儿陪他，不会出什么事的。你放心。"

如玉走后这段时间，家里已发生许多事情。楚玥告诉如玉，尚湖农场已经有了眉目，虞山脚下的那一片土地马上要种麦子，四周水渠也挖好了，入口处建了一座大门，牌子也挂上了。还建了三十多间房子，其中就包括农场小学校舍。学校已开学，还招聘了几名师范学生来校任教。如玉很高兴，不顾旅途劳累，看过父母亲一定要让楚玥陪他到现场去看看。到了农场，楚玥指着一座花台说，你看："那棵五谷树已经栽好了，长得很好，青枝绿叶的，我想取个好彩头。来年一定五谷丰登。"

如玉问道："那金莲花种子呢？"

楚玥将他领到了一个池塘旁，说："也种下去了。我还在当地报纸上发表了一篇文章，将金莲花大大宣传了一番，有人已经来预定还给了定金。养天蚕种桑树是婉儿负责的，也有了眉目。天蚕丝也有厂家预定。还有养殖场、精米加工厂等也开张了。你看还有什么不周到的，我叫人抓紧落实。"

如玉兴奋莫名："让你这么一说，男耕女织安享稼穑之乐的美梦还真能实现呢！农场各项事业都很顺利，你的能力让人刮目相看。辛苦了。"

数月说："人生短暂，一个人一辈子做不了什么事情，绝大多数人还不就是这样平淡无奇度过的。只要对人生对社会有益，办农场也不错，我很知足。告诉你，农场现在已经实现收支平衡，还有盈余。等私募股票一发行，我们手里的流动资金就更多了。"

如玉说："我怎么觉得眼前这一切都是个梦。心里总有些不踏实，可又不知为什么，也许是这一切来得太快了吧。"

楚玥说："这一段时间你一直在外头奔波，心还没定下来，难免七上八下的。过一阶段，你就会找到感觉了。"

如玉说："我临走前，给父亲发了一封电报，请他告老还乡，没想到他这么快就回常熟了。革命党就要在报纸上公开揭露袁世凯的复辟倒退阴谋，父亲在北京已待不安稳，还是回家好。还有，宫老伯也来了，我很高兴。"

楚玥说："我爹就我这么一个女儿，晚年必须有人照顾。不来怎么办？还有婉儿母亲也来了。"

如玉忽然想起了什么，说："楚玥，你觉得牛儿和蝶儿两个人的事情能不能成？"

楚玥说："我看八九不离十。你没瞧见牛儿对端木大师就像亲爹一样？可上心了。连端木大叔上淮阴，他都跟着。牛儿这人很义气，蝶儿也喜欢他。"

如玉说："这我就放心了。让端木大师和牛儿上淮阴我还真有些过意不去，毕竟是上火线有危险。我们得好好照顾蝶儿。"

楚玥说："我会像对亲妹妹一样看待蝶儿的。"

如玉点点头："现在我总算能静下心来了，《运河志》和那篇大运河考察报告也该正式动笔了。你得帮帮我。"

楚玥说："还是等几天再动笔吧。著书立说是件大事，要有慢功夫，急火烙不出好饼来。你看，古往今来，各种文章典籍汗牛充栋，有多少东西是有价值的？又有多少能流传后世的？急功近利出不了好文章。这些日子你太累了，歇歇吧。"

如玉说："就听你的。"

晚上，蓝沅芷派人将如玉叫到了屋里，说："如玉，有两件事我想给你提个醒。"

"母亲请讲。"

沅芷说："文家世代诗书传家，以宦为业，你年纪轻轻的，又满腹经纶，难道你就真的要终老尚湖了吗？五心不定，输得干干净净。个人前途一定要认真考虑，不能朝秦暮楚。"

如玉思忖片刻，说："我内心里也很矛盾。生逢乱世，做学问难，做官也不易，倒不如办实业。只是我又觉得心有不甘。这样做，是不是有些落伍？甚至是逃避现实，让我再想想吧。"

"还有，你和楚玥的事已经明确。什么时候结婚，你得让她表明一下态度。"沅芷似乎有些忧心忡忡。

"这是肯定的。我估计她会答应的，跟我结婚的日子不会拖的太久。否则，她父亲不会来常熟。"如玉说。

沅芷说："你继母已经表态，因身体不好，年纪大了，不愿离京来常熟。一大家人，没有个女人主事可不行。你和楚玥的婚期应该早点定下来，而且要尽快结婚。"

如玉说："这事还是等农场稳定下来再说吧。"

斗转星移，转眼已是晚秋。连日来不断有消息传来，而且都是大事，给人以石破天惊之感。先是袁世凯悍然背叛民主共和制度，在北京天坛黄袍加身，当上洪宪皇帝。继而，孙中山公开发表《讨袁宣言》，各地相继举事，战云密布，风雷激荡。接着韩恢衔孙中山之命，招集数千绿林好汉，组成讨袁义军，攻打淮阴城。这些消息就像一块巨石投入水塘，在如玉的心中激起层层波澜。他既挂念韩恢、端木林等人的安危，又为自己置身局外安享桑麻之乐而感到内疚。这天下午他对文曾植说，自己这样两耳不闻天下事，躲入小楼成一统，是不是太自私了。文曾植说，男子汉大丈夫应该志在四方，建功立业，谋利当谋天下利，求名应求万世名。你是一个成年人，又博览群书，对你自己的人生理想和追求我不应该再说三道四，你那篇考察运河有感我也读了，相信你会作出正确的选择。袁世凯复辟倒退，颠覆民主共和政权，搞家天下，祸国殃民，遭到天下人唾骂，我们不能袖手旁观。孙中山先生主张天下为公，强国富民，这是人间正道，时代潮流，人心所向，面对朝局巨变，难道你会无动于衷吗？这一番话发自肺腑，慷慨激昂，撼人心魄，如同大海潮音狮子吼，说得如玉耳热心跳，热血沸腾。

他说："不以行，无以图将来。父亲的话振聋发聩，儿子知道怎么做了。"当时，他表示要认真思考一下自己的人生道路该怎么走，再决定何去何从。他刚回到书房，婉儿领着张牛儿急匆匆地走了进来，一见面，牛儿就说："文公子，出大事了。讨袁军攻打淮阴城，受到重挫，双方形成僵持之势。"

如玉心中一震，忙问道："人员伤亡情况怎么样？"

牛儿说："义军伤亡惨重，云水大师、吉念祖带人袭击江北护军使署，受到阻击，云水大师当场身亡。端木老伯率船队运送义军，在王营中了埋伏，受了重伤。"

"他有性命之忧吗？"如玉又问。

"不会，正在营中疗伤。这件事我还瞒着蝶儿呢。"牛儿答道。随即又掏出一封信递给如玉："这是义军总指挥韩恢写给你的信。"

如玉看过信，久久未吭声，踱了片刻，方说："韩恢说，云水大师一死，军中事务无人主持，他受中山先生之托，请求我出山助他一臂之力，度过眼下危局。这是大事，我应该认真想一想，再决定去留。"

牛儿说："端木老伯受伤，我心里很难过。我也不能在此久留，得赶回淮阴照料他。"

这一晚，如玉房中的灯亮了一夜。

早上起来，如玉先去了父母的房间，表明了自己的心愿和去向。文曾植没有多说什么，只是抓过毛笔写了一幅字送给儿子："士不可以不弘毅，任重而道远。"蓝沅芷满脸不舍之色，暗暗垂泪。到了农场，如玉对楚玥说："楚玥，我就要上战场了，我今天正式向你求婚。希望你答应我，而且这两天就结婚。"

说着，他从脖子上取下幼天王洪天贵福赠送给他的那块龙凤玉佩递到楚玥手上："这是我俩订婚的信物。你知道它的来历。你看这事………"

如玉神情戚然，已经说不下去了。只是深情地看着楚玥。

楚玥嘴唇微微地颤抖，说："今天早起，我看见一只小鸟落在窗棂上，不鸣不跳，卜了一卦，主佳偶别离，女子向隅。我知道你是个勇于担当的人，而且去意已决，我什么都答应你。"

玉说："你也是出身书香门第的大家闺秀，只怕婚事过于草率，会委屈了你。"

楚玥说："我也是个新青年，没有那么世俗。不过你得答应我一件事，你走时让我送你。"说着眼圈红了。

"好，我答应你。"

这对新人是在常熟浒浦长江码头分手的。就要登上汽轮了，如玉对楚玥说："你把一生都交给了我，我把全家都托付给你。我的双亲，我的家园，我的农场，我的五谷树，我的梦想。"

楚玥微笑着说："你放心，我会将这一切都当成你送给我的那块龙凤玉佩，一直放在心上，直到把它捂热，成为通灵宝玉，感召我的夫君早日凯旋。你走吧，我会等着你，永远。"说罢，她扑到了如玉怀中。

大江东去，长风浩荡，波涛万丈，浪花千堆，鹰击长空，汽笛声声。一个纤秀的身影伫立在栈桥上，久久凝望着渐行渐远的轮船，直至它消失在秋水长天之中。倏地，两行清泪从她的眼中涌出，顺着面庞缓缓流淌。江风吹散了她的满头秀发，青丝飞舞，如挽如绾，仿佛要将那远去的心上人拉回梦中。

第四十七回

如玉湖畔偶得将　韩恢王营初排陈

太阳升起来了，暗淡的阳光照在邵伯湖面上，幽幽的，静静的，给人一种清冷的感觉。木船紧贴湖东岸大运河航道行驶，河岸上时有集镇、村庄掠过，隐隐约约看不真切。湖西同兴圩孤岛上的树木影影绰绰，天空有一群白鸥在盘旋鸣叫。向后看，是茫茫烟水。后前看，水天一色，这一切给如玉的感受是苍茫、凄清，孤独，仿佛已置身于尘世之外。他的思绪飞得很远很远。

如玉和牛儿是在扬州六圩长江口下了汽轮换木船北上的。这只船是一只散载船，装了一批棉花往施桥，空船返回淮阴时如玉便将它租了下来。船主姓黄，人称黄老大。如玉在船头站了一会，不知道身在何处，问了黄老大才知道船已至江都邵伯镇地界，再往前就是韶关坝了。中午，货船靠岸，如玉和牛儿想到湖边一个叫坝西的小村庄找点饭吃，那儿有个临水的小饭店。刚下船，来了一群衣衫褴褛、背枪持刀的壮汉，大约有三四十个人，走在前面的是一个挎着短枪的矮胖子中年汉子。

他拦住了牛儿和如玉，说："你们是干什么的？到哪里去？"

牛儿说："船客，乘便船上淮阴。想上岸找口饭吃。"

中年汉子说："你们这只船我包了，你们可以走了。"

牛儿知道遇到了土匪，说："老大，你报个名号，有什么事好商量。"

中年汉子说："我叫江心州，你叫我江爷吧。我是这帮弟兄的头。"

牛儿说："江爷，你把我们的船拿走，我们又怎么上淮阴呢？这不是强人所难吗？"

江心州说："你哪来那么多废话的。不要说了，这船归我了。"

如玉拍了拍江心州的肩膀，说："与人方便，与己方便。都是出门在外的，你何必难为我们这些外出人呢。我能和你到小饭店里去谈谈吗？我请你喝酒。"

江心州说："拳不打笑脸。就依你吧。"说罢，吩咐手下人原地休息，自己和牛儿、如玉进了小饭店。如玉一边劝酒，一边说："江爷，我们上淮阴有急事，你能不能放我们一马？我可以给你点钱，你再租一条船。"

江心州说："看上去你也是个读书人，我就实话对你说了吧。这船我是要定了。我也有难处，比你更难。"

原来，这个江心州是同兴岛的一个土匪，啸聚了百十号流民闲汉，占山为王，专门打家劫舍。几天前，他手下的眼线瞄上了韶关新坝村一家姓戴的财主，便带了手下去砸寨子。谁知，戴家的土围子又高又厚，四周还有碉楼，很不好打，江心州攻了两天也没有得手。此时，已惊动江都县的警察所，便派出二百多个警察和民团。江心州舍命不舍财，便和警察接上了火。一仗下来，不但江心州的队伍被打散，就连同兴岛老窝也被警察抄了。江心州无处可去，便在湖边游荡，想找一只船到湖西去，找个地方休整队伍，东山再起。不想却巧遇如玉，租的散载船。

如玉问道："江老大，冒昧问一句，你到湖西有地方安身吗？"

江心州叹了口气，说："没有，我现在丧家之犬，无处可去，只好走一步看一步了。"

如玉说："你觉得当土匪有出路吗？"

江心州说："我原来是邵伯湖上一个打雁的猎手，日子本来还混得下去。几年前，有几个人来到我家买雁，领头的是湖西黄玉镇财主杨善人的儿子，不但拿了雁不给钱，还想抢我的老婆。

我气不过，就开了枪。结果打伤了人。没办法，便躲进了同心岛。后来，我就拉起杆子成了土匪头子。这都是逼的。至于说出路，连想都没想过。"

如玉说："自古土匪有三条路，一条是闹的动静大了，被官府招安。一条是人马多了，起义造反，自立山头。一条是小打小闹，最后死在刀枪之下。究竟走什么路，不知你为你自己还有你手下的弟兄考虑过没有？"

江心州警觉了起来，说："文老弟，你这话是什么意思？"

如玉说："你听没听说有一支绿林义军在攻打淮阴城？"

江心州说："这事无人不知。怎么了？"

如玉说："那支绿林军是南方革命党领导的队伍，他们反对袁世凯，反对军阀，主张民主制度和强国富民，是一支正义之师。同是绿林中人，为什么人家能走正路，你就不能呢？"

江心州说："我大字不识几个，你说的这些大道理我也不太明白。不过有一点我还是知道的，袁世凯卖国求荣想当皇帝，军阀和那些当官做老爷的欺压百姓，我们这些平头百姓心不平气不顺。"

如玉说："我倒想劝你走另外一条路，那就是跟革命党干，打天下，再造一个崭新的民主共和国，让老百姓都过上好日子，你自己为国为民做了好事，也会青史留名。这不比当土匪头子好多了？"

江心州说："这话倒也实在，这样做也不失为是一条出路。只是，我跟南方革命党素无瓜葛，上哪投奔革命党呢？恐怕是提了猪头也找不到庙门。眼下，我还是先找个地方安身吧。"

牛儿说："这位文公子就是南方革命党中的一个人物，如果你没有地方去，倒不如跟他走。我们一块上淮阴。"

江心州显然是动心了，说："我手下也就几十号人枪，人家能看得上眼吗？我可不想拿热脸去捂人家冷屁股。"

牛儿说："南方革命党有一个规矩，谁的队伍谁当家，不改编，不换头目，还供给枪械粮饷，而且来去自由。比当山大王强多了，这些日子，我们就一直在攻打淮阴，怎么样？跟我们走吧。"

如玉说："反正你又没地方去，瞎打乱撞的，没准丢了性命。淮阴的绿林好汉多着呢。仲八你认识吧？他也在淮阴。"

江心洲说："仲八谁不知道，他可是个大瓢把子。你这话靠谱。我就跟你们走吧。只不过，文公子你得答应我，不能把我的队伍吞并了，更不能杀了头子只收留匪众。"

如玉说："看来你心里还是有些疑惑，你说怎么办？"

江心州说："我看你文公子倒是个面善心实的人。要不这样，我和我的队伍就跟着你，其他人老子不尿他。"

如玉说："这样行。我们慢慢处，人心换人心。眼下淮阴战事正紧，也缺人手，你到那里，一定受欢迎。"

江心州说："这是大事，我得与手下弟兄商量一下。杆子里有不少都是邵伯一带人，还不知道他们愿不愿意离开家乡呢。"

如玉叫牛儿到柜上称一些大饼和牛肉，还有酒，送到江心州面前。如玉说："你先去跟他们商量一下，等会再说。先让你手下弟兄们吃点东西，垫垫肚子。"

江心州拎起食物离开了。

牛儿对如玉说："文公子，我们这样做行吗？是不是先跟韩恢打个招呼？"

如玉说："搞革命还嫌人多吗？这是好事呀，何乐而不为？

我是这样考虑的：革命党是拉过来不少绿林好汉，可不太重视组建队伍，改造队伍，提升队伍，没有得力的嫡系队伍，有点像一盘散沙。你看仲八，愿来就来，愿走就走，一点节制没有，这样下去怎么行？我想亲自组建掌握一支自己的队伍，让他们成为革命中坚力量，拉得出，打得赢。"

牛儿说："没想到文公子想得这么深，这么远。这还真是大问题。我赞成。以后我们就这样做。没准还真能搞起一支自己的队伍。就叫文家军，跟岳家军一样。"

如玉说："我的心思你不必跟别人透露。我们还是先干点实事好。这个江心州人不错，比较本分，也讲义气，头脑也很清楚，我们一定要拉上他。"

正说着，江心州回来了，说："文公子，我可以跟你走。不过，还有一件麻烦事，你得帮我料理一下。"

"什么事？"如玉有些诧异。

"我的老婆还在黄玉镇杨善人家。这些年可没少遭罪，可我又不忍心把她抛下。"江心州盯着如玉，他想试一试如玉是不是一个重情重义的人。

"原来你为什么不去救人呢？"牛儿问道。

"是这样，我也带人去过，可人家深宅大院，防范严密，人枪也不少，又在镇上，斗不过杨善人。"江心州说。

如玉说："那现在人手更少，去了就有办法了？"

江心州说："我原来都是蛮干，死打硬拼的，当然不行。我是想让文公子帮我想个办法，只要把我女人救出来，到天涯海角我都跟着你们。"

如玉说："就这样说定了。等会我们再商量一下。"又向江心州问了一下杨家的情况。

牛儿将如玉拉到一边："你不该答应江心州。这事很麻烦，何必节外生枝。"

如玉久久凝视着远方。他发现湖堤上长满棉花、白花花一片，心念一动，有了主意。他对牛儿说："办法我已经想好了。"说罢对牛儿耳语了一番。牛儿的脸上露出了笑容。

下午，几个商人模样的人出现在湖西一个小村庄里，为首的老板身穿长袍马褂，戴着墨镜，拎着皮包，还有两个随从。老板先在村头转了一会。田里都是棉花，一片枯黄中夹着一片银白色，非常耀眼，显然此时正是棉花收获季节。老板找到了庄头高爷，告诉他自己姓龙，是江南棉织厂的老板，想购一批皮棉。高庄头说，这块地是黄玉镇杨善人家的，生意归杨家少爷杨天明管，要买皮棉，得找杨少爷。

龙老板便叫高庄头派人去找杨少爷。就两袋烟功夫，杨天明带着两个家丁乘着马车到了高庄头家。龙老板就和杨少爷谈起了生意。说着说着，龙老板手下的一个伙计就用匕首抵住了杨少爷的胸口。

杨天明很吃惊，便问龙老板："这是何意？"

龙老板说："你手里是不是有一个年轻女人，是同兴岛雁户江心州的老婆。你叫人把她送到这，两下不伤和气。"

杨天明向手下的两个家丁使了一个眼色，两人扑上来就夺龙老板伙计手中的匕首，伙计飞起一脚复一拳，便将两个家丁打倒，还用匕首在杨天明的脖子上划了一下，鲜血直流。杨天明害怕了，便派两个家丁用马车到镇上接人。龙老板将杨天明押到了湖边，那里停着一只船，满船都是人。杨天明对龙老板说："等会人带到，你能不能放我一条生路？我可以给你钱。"龙老板点了点头。

过了大约一个时辰，一个女子被带到了湖边。江心州从船上下来了，夫妻俩抱头痛哭。龙老板对江心州说："事情已了结，我们是不是将杨少爷放了？"

江心州咬牙切齿地说："我的女人被这个畜生糟蹋了好几年，我不会饶他。"

杨天明说："你想怎么着？"

江心州说："我要将你碎尸万段，扔下河喂鱼。"

杨天明绝望了，突然从腿上拔出一把短刀，甩手掷向江心州。江心州的女人身子一跃，挡在了江心州和杨天明中间，"扑哧"一声，短刀扎进了她的胸口，身子一晃，倒了下去。杨天明拔腿跑。江心州掏出短枪，甩手就是一枪，杨天明踉跄了几步倒在棉花地里。江心州扶起女人，伸出手试了试鼻息，已然气绝。江心州放声大哭。龙老板等人不停地劝慰他。

江心州从船上叫了几个人，将女人埋了。他向龙老板深深鞠了一躬，说："文公子，你的情我领了，从今以后我就跟着你。"文如玉和牛儿对视一眼，将江心州扶上了船。

如玉是第二天晚上到达淮阴王营刘公屯的。义军指挥部后勤大营和临时救护所就设在这里。韩恢也在，见如玉带了一彪人马，很诧异，便问是怎么回事。如玉便将其中原委说了，又将江心州介绍给韩恢。韩恢说："这支队伍就由你来带，就叫亲兵队吧，由牛儿和江心州共同负责。另外，我再将拨一部分学生兵给你。"

如玉问道："你想让我做什么？"

韩恢说："这两天我们攻打淮阴城的战事正紧，守城袁军的苏军第三混成旅挺不住了，向海州镇守使白宝山求救，这两天援兵就到了。我想让你带队伍在城北运河上截击他们。"

如玉说："还是让吉念祖来干吧。"

韩恢说："他是前敌总指挥，忙不过来。还是你去顶替吧。"

如玉说："军旅之事未之学也。恐怕不行。"

韩恢说："从战争中学习战争嘛。慢慢地，就会了。兵法运用之妙，在于一心。文公子是大知识分子，又博览群书，应该能很快入行。"说着又介绍了一些敌我情况。

如玉说："那以后呢？"

韩恢说："你重点负责后勤大营工作吧。具体的我会向你交代。我还得上前线。你先去看望一下端木大侠吧。"

如玉便和牛儿去找端木林。端木林看见如玉很高兴，便问了蝶儿的情况，得知蝶儿在农场干得很好，也就放心了。如玉见端木林的腿伤基本痊愈，也松了一口气，便叫牛儿去搞些酒菜来。

喝酒时，如玉将韩恢让他阻击援军的事告诉了端木林，并让他和牛儿出主意。

端木林说："单打独斗我谁都不在乎，这领兵打仗还真说不上来什么。依我看，既然是水战，一靠船，二靠炮，有这两样东西，就有办法了。"

牛儿说："据说敌人先头部队有两个连，后面还有大队跟进，敌强我弱，还是出其不意比较有把握。"

如玉说："我想这样，用计，先在王营北运河大湾子段两岸架上十来门土炮，敌人有八条船，先打中间三只船，将他们一分为二，首尾不能相顾。另外，我们放出一只货船，人先埋伏在仓里，两船交会时，突然开火，然后再开炮。还有，多弄些小舢板，藏在芦苇荡里，双方接火后，一齐扑上去围攻敌船。你们看怎么样？"

端木林说："这样可以，既隐蔽又突然，敌人火力在船上不好展开，炮一响就乱了。"

牛儿说："如果敌人无心恋战，就让学生兵喊话，让他们投降。"

如玉忽然想到一个问题，便找来江心州，说："如果我让你指挥打敌船你有什么招数？"

江心州说："你刚才说的方案很好，不用再补充什么了。"

如玉说："如果敌船一边反击，一边往岸上靠，强行抢占我们的土炮阵地又怎么办？八只船，一下子打不掉的。"

江心州说："这还真是个问题。这样吧，两边大堤上也放些人，如果舢板队拦不住敌人，就下堤增援。"

"这样就保险了。"如玉说。

海州援军是在第三天早上到达运河王营大湾子的，雾很大，几乎对面看不到人。如玉趴在大堤上观察一阵，决定提前发动攻击。江心州乘的货船迎上去了，一照面，就乱枪齐射，敌人蒙了，可被近距离压住了，火力仓促之间施展不开来，轻重机枪也被炸哑火了，一下子就乱了，前面两只船敌人死伤惨重。这时，两岸土炮一齐开火，专打中间船只，敌船顿时分成两截，更要命的是他们不知道敌人在哪里，只好胡乱朝河两岸射击，一点准头也没有。舢板队乘机逼近敌船，各个击破敌军顶不住了，纷纷跳水逃命，好容易游上岸，又被义军伏兵活提。其中还有敌人一个连长。

如玉便叫他向船上人喊话，让他们的人投降。片刻工夫，有几只船上打出了白旗。战斗基本结束，如玉和牛儿登上一只船，搜索残敌。突然，从舱口跳出一个姑娘，手中宝剑一挽就冲向牛儿。牛儿眼疾手快，一闪躲过来剑，又施出空手夺白刃之术，抢夺姑娘手中宝剑。姑娘后撤几步，大喝一声，手一扬宝剑飞向牛儿胸口，他身一偏，躲了过去，双脚在船板上一点，又扑向那姑娘。两人又斗在一起。

如玉初见这个姑娘，就觉得面熟，又看了片刻，突然认出了对方，就喊道："白门柳，快住手，我是文如玉。"

白门柳扫了喊话人一眼，也认出了文如玉。便收住了手，眼睛盯着如玉，一脸惊诧："文公子，你怎么会在这里？什么时候变成土匪了？"

如玉说："我不是土匪，是革命军，今天是专门在这打伏击的。你为什么会在兵船上？"

白门柳说："白宝山是我本家叔叔，他听说我要到淮阴探望我的一个婶婶，就让我搭乘便船南下。没想到，跟你们干上了。"

如玉见白门柳肩头有鲜血渗出，便说："你受伤了，可能是中了铁砂子。你先跟我走吧。等伤养好，你爱上哪上哪。我绝不会为难你。"

白门柳说："听说，淮阴也被你们围住了，探亲看来也探不成了。我看你这种军旅生活倒也不错，很刺激，先跟你去看看吧。"

白门柳受的是皮外伤，端木林为她上了点金创药，五六天也就好了，活动自如。静极思动。她找到如玉，说想做点什么，顺便观察一下义军情况，再决定去留。如玉说："这里刚调来一批学生兵，都是小青年，有男有女，你会武术，不如教教他们刀术。

我们的武器现在还不太足，到时也能派上用场。怎么样？"

白门柳说："学生兵好像有百十号人呢，训练好了战斗力差不了。只是我没有教过学生，就怕带不好。"

如玉说："我也刚来不久，现在不也带兵了。不懂就学嘛。"

"倒也是。"白门柳一下子来了兴致。

如玉说："过一阶段，我们还要从俘虏当中挑几个素质好的旧军人当教官，教学生兵操典。这事很有干头呢！只是我担心你将来如果再碰到白宝山白大人，你会不会分不清敌我？"

白门柳说："一码归一码，我与他走的道路不一样。那些学生对革命都有热情，我为什么不能当革命军战士？"

打那天起，白门柳就和一群学生兵成了亦师亦友的朋友。海州援兵俘虏也大部被编进了亲兵队。如玉的羽翼日益丰满。

第四十八回
河神庙忠王谈兵　军械库如玉建功

　　早晨，王营至淮阴的官道上，有两匹马驮着人急驰而来。赶路的人是如玉和牛儿。他们此行的目的是赶到淮阴参加军事会议。

　　会议的地点设在淮阴城东北废黄河边上的河神庙。这里是淮阴绿林军的大营和前敌指挥部，韩恢和前敌总指挥吉念祖就住在这里。会前，吉念祖带着众人骑着马沿淮阴城转了一圈。在城东北角，如玉发现一座阴森森的大院，旁边还有一个小院，再向北是一大片民房。如玉问了牛儿才知道这是苏军混成第三旅的军械库。

　　会议由韩恢主持。他简单讲了几句，便提高了声调说："有请忠王爷。"如玉等人一惊。须臾，吉念祖扶着一位老者进了大殿，众人一看，正是前太平天国忠王李秀成，便一起站起来向老英雄致意。

　　韩恢双手向下一压，说："现在开会，主要议题是攻打淮阴城。我们首先请忠王爷讲话。"

　　李秀成笑笑："人到七十鬼为邻。我老了，就不讲了，今天我只带了耳朵来。"

　　韩恢目视吉念祖。吉念祖会意，对李秀成说："忠王爷爷你是军事顾问、老前辈，你不讲谁敢先吱声。"

　　李秀成咳嗽一声，说："那老夫就说两句。我冒昧地问一下韩总指挥，你们为什么要攻打淮阴城呢？这可是根硬骨头，不易啃呢。"

　　韩恢说："苏浙是革命的中心区域，必须有个党的首府，也就是根据地。

我们义军的力量主要来自淮阴一带，所以得打下淮阴城，这样革命军才有立足点。"

李秀成说："淮阴城高濠深，要是久攻不下，打成消耗战又怎么办？"

韩恢说："我还是有信心打下淮阴城的。即使打不下来，革命军的声势也造出去了。从某种意义上看，大造声势的价值高于拿下淮阴的价值。"

李秀成沉吟片刻，点了点头："老夫懂了，那就打吧。不过，攻城的利器首在大炮，而我们却偏偏缺乏重炮，只有一些轻炮。这就难办了。"

韩恢有些焦急："那怎么办？"

李秀成说："没有重炮，有炸药也行。当年，我带兵攻打苏州城，就是用炸药破城的。曾老九围攻南京城，也是用炸药炸开龙脖子城墙才得手的。"

韩恢摇摇头："可我们没有多少炸药呀！这可怎么办呢？"

如玉站了起来，说："我倒有个主意。刚才，我发现城东北有一座军械库，如果将它打下来，炸药就有了。"

韩恢眼一亮："这事我怎么就没有想到呢？那就先打军械库，这事就由龟山大队负责吧，攻城还是由巨山大队来攻。"

仲八站了起来，说："这样不公平，我都攻了好多次城了，手下弟兄伤亡惨重。不如让龟山大队攻城，由我去攻打军械库。"

吉念祖说："仲八，在所有义军当中，你的人马最多，怎么能挑肥拣瘦呢？"

仲八坐了下来，一声不吭。

韩恢说："那就依仲八吧。不过，你要打不下来可别怪我不客气，你这可是主动请缨的。"

仲八说："军械库的守军到底有多少我也不明白，为保险起见，你得给我派一支预备队。"

韩恢说："可以，那就用如玉手下的后勤大营亲兵队吧。"

如玉说："好！我在半路上接应仲八爷。"

韩恢说："那就这样，先打军械库后攻城。下面我想请忠王爷给我们这些晚辈讲讲打仗的知识，我们也学学。"

李秀成喝了一口茶，说："那就大致说说吧。军事这玩艺，说复杂就复杂，说简单也简单。如果简单说，关键在于掌握几对要领。战斗，无非攻防，用计无非奇正，排兵无非强弱，布阵无非虚实，诱敌无非真假，行军无非进退，练兵无非严慈。我是农民出身，过去也没有读过《孙子兵法》《六韬》，带兵打仗的经验主要是靠实战，经历得多了，仗打多了，人死多了，自然也就悟出了一些门道。兵法是死的，敌情是活的，不能生搬硬套，得因敌因地因时因强因弱灵活运用。兵者诡道，说的就是这个意思。大家看是不是这样？"

仲八说："忠王爷，你就是战神下界，韩信再生，难怪当年你能提十万雄兵纵横天下。我真是太崇拜你了。"

如玉也很激动，说："忠王爷寥寥数语就将军事这篇大文章说得淋漓尽致，这叫化繁为简，我一听就明白了。不过，有件事我还想请教一下忠王爷。"

李秀成笑着说："文公子，你请讲。"

如玉说："恕我不恭。当年太平天国占领金陵后，声势浩大，兵强马壮，可为什么后来却会走下坡路呢？这里有什么教训吗？"

李秀成说："这个问题提得好。这也正是我这些年苦苦思索的一件事。简单地说，后期我们犯了三个错误，一是以金陵为首都，四面受敌，无险可守，进退失据。自古帝王建都多以险为上，如西安，东有潼关，西有大散关，南依秦岭，北临黄河，易守难攻，必能持久。二是进兵北伐，目的不清楚，人马太少，又缺乏后援，流动作战，不径直向北京，却在河南兜了一个大圈子，最后打成消耗战，被清妖吃掉。三是不重视联合其他义军力量，形成孤军奋战，失了呼应，独木难支。这种教训真是太沉重了。"李秀成的话音哽咽了，沉吟良久方说："革命军应该借鉴我们这些得失教训，变得聪明起来。这样才能成大事。"

韩恢有意将话题引向深入，便说："忠王爷一席话，韩某胜读十年书，可谓拨云见日，茅塞顿开。那么就我军目前形势，又应该注意那些问题呢？"

李秀成说："我刚到前线，有些情况还不尽了然。我只是提醒一下韩总指挥。其一，革命军不能当流寇，要有一块根据地。当年捻军之败就失在流动作战。其二，打仗不能以攻城略地为先，而应设法多消灭敌人有生力量，不断壮大自己队伍。其三，要有精兵。"

如玉说："忠王爷，这第三条是什么意思呢？"

李秀成说："历史经验是，一旦有人揭竿而起，必天下响应，难免泥沙俱下，鱼龙混杂。但是，靠一支乌合之众组成的军队是不能持久的，因为没有战斗力。所以，必须要练出一两支精兵，这样革命军才有中坚力量。"

如玉说："你能说具体一点吗？"

李秀成说："远的不说，就说老太平军吧。我们前后期有两支精锐部队。一支是前期南王冯云山领导的那支部队，大多数是烧炭工人，素质好，战斗力很强。我们能打下金陵，主要靠炭佬军。后期是英王陈玉成手下红猿，又叫童子军，全穷苦少年组成，人很单纯而且勇敢、不怕死。红猿以下还有绿猿、黄猿、黑猿、白猿，红猿最厉害，与敌交战形成对峙，红猿一上，敌人顷刻瓦解。打六合城就是如此，清军吹嘘'铁打六合'，红猿队一上，就成了豆腐渣。"

韩恢似乎一直在倾听，也一直在沉思。看得出，李秀成的话在他的心里已经激起层层波澜。他诚恳地说："忠王爷，你说这些话，我会记住的。不敢让您太劳累了，请先下去休息休息。"他目视吉念祖。吉念祖将李秀成扶出了大殿。

韩恢说："下面再研究一下，攻城派那支队伍。我的意见是天山队为主、鹭儿岛队为辅。怎么样？"

仲八说："我不赞成。"

韩恢有些恼火："你出尔反尔什么意思？"

仲八说："秃头上虱子明摆的嘛。有了炸药，我们就能攻进城去，油水也少不了。攻城主力一向是巨山队，为什么要换其他队伍？不公平。"

吉念祖抢过话头说："仲八，你也太滑头了。噢，见到骨头就躲，见到肥肉就抢，这叫什么事吗？还有没有规矩？你别以为自己人马多，革命军离你就不成。你也太张狂了，怎么老呛韩总指挥。韩大哥当过江苏督军，江苏义军总司令，又到日本学过军事，德高望重。你仲八是什么东西？"

仲八嘟囔道："本来就是这样嘛。我的队伍消耗太多了，难道就不能补充一下？"

韩恢挥挥手，说："算了，就依仲八吧。要是你能拿下军械库，就算立了头功，攻城主力还是你。大家分头准备吧，散会。"如玉和牛儿刚到大殿门口，就被吉念祖拉住了。他说："文公子，我们终于走到一起了。我很高兴。好久没见，我中午请你喝酒。"

如玉说："我也很想念你。只是我手头还有不少事情要做。"

吉念祖说："耽误不了的，有些话我想跟你说说。"

前线条件有限，吉念祖找出两瓶洋河酒，又叫人整了几个冷菜，还有煮红薯，便和如玉、牛儿喝了起来。吉念祖说："你对忠王爷的话有何感想？"

如玉说："很精辟，切中要害。我认为可以作为我们军政建设的指针。尤其是建立根据地，非常必要。再就是，不能太在乎一城一地得失。另外，练精兵也很重要。我想把我手下的亲兵队练成一支劲旅，吉兄有何教我？"

吉念祖说："一是选将，二是训练养成，三是加强实战。其余都不重要。你的亲兵队不错，有军人，有农民，有市民，比仲八的人强多了，练好了能派上大用场。"

如玉说："那我就练出一支红猿队吧。"

吉念祖说："就叫红队好了。文公子听说你与宫楚玥结婚了，郎才女貌真让人羡慕。"

如玉笑着说："你这什么意思？想找老婆了，让我给你牵线搭桥？"

吉念祖说："我都三十出头了，是想找个老婆了。有合适人选你给我介绍一个。"

如玉说："是有个合适人选，不过暂时保密，到时你就知道了。"

仲八攻打军械库遇到了大麻烦。起先，仲八带人突然包围了军械库，然后就强攻。守军不多，一个冲锋院门就失守了，便退到了后院负隅顽抗。仲八一面派人攻打后院，一边派人抢运枪械炸药。他见后院不好打，无心恋战，就想退兵。正僵持时，从军械库旁边一座院子里突然杀出一支人马，火力很猛，仲八的人拼命抵抗，院门才没失守。后院守敌见援兵赶到，也转守为攻，内外夹击仲八。他顶不住了，带着手下夺路而逃。敌军紧追不舍，仲八眼看到手的枪械炸药要丢掉，急得眼都红了，抓过一挺机枪就向敌人冲了过去，刚一照面，肩膀就中了一枪。手下便架着他撤退，但却无法摆脱追兵。正在危急时，如玉带着亲兵队赶到了，放过仲八，依托民房阻击来敌，又叫牛儿带一支队伍绕到军械库后面夹击援敌。亲兵队里有不少原苏军老兵，战斗力较强，前后一攻，很快就将追兵逼了回去。仲八这才逃过一劫。仲八问了一个被俘的苏军士兵才知道，军械库大院旁边那个小院有地下运兵通道，与大院相通，一旦发生战斗，小院里的士兵闻报就会前去支援。仲八对这个情况不明，所以才吃了哑巴亏。所幸是如玉及时带人来援，才全身而退并保住了枪械炸药。仲八对如玉很感激，说：“文公子，以后你我就是生死兄弟了，有什么大哥我一定罩着你。”

如玉说：“我们还是先撤回河神庙吧。免得夜长梦多。”

到了河神庙，韩恢一见仲八折了不少人马，又没有占领军械库，勃然大怒，要枪毙仲八。仲八吓得不敢吱声，平素的张狂劲都没了。不过他心里不服，说：“我怎么会知道军械库下面有运兵道？我又不是诸葛亮，未卜先知。”

韩恢说：“战斗打响之前你在干什么？听说你在玩女人？为什么不派人侦察一下？你打包票说能攻下军械库，现在打成半拉子仗，你怎么说？”

仲八说：“我要将功折罪，攻城还是我上。”

韩恢说：“你不上也不行。打不好仗，数罪并罚。”

吉念祖、如玉都帮仲八说情，韩恢这才放过仲八。他对如玉说：“文公子，刚才幸亏你及时增援，临危不乱，要不然，不但仲八没命，就连炸药也丢了。你立了一大功。还有，上回在运河打伏击，你也旗开得胜。这真出乎我意料。没想到，你打仗很有悟性，莫怪是大知识分子。这回，我要奖励你，缴获的这些枪支弹药，你先拿，需要多少拿多少。”

如玉很高兴，便叫牛儿去挑选枪械。

韩恢又将吉念祖带到了淮阴城下转了转。韩恢问如玉：“你看选哪里作为爆破点比较合适？另外，如何才能快速挖出地洞来呢？”

如玉说：“比较起来，还是北门城墙要薄弱一点，因为都是土城墙，炸起来容易一些。另外，从队伍里多抽调一些农民出身的战士，他们经常上河工，挖泥快。”

韩恢说：“那就这样。”

如玉说：“还有一件事，攻城时，要三面佯攻，一面真打，得将敌人吸引到东西南三面，到时北门墙一炸开来，突然发起进攻，就能得手。”

韩恢点点头：“这样计划就周密了。”

回去路上，如玉和吉念祖走在最后。如玉说：“我问你一件事，如果淮阴打不下来，下一步怎么办，韩恢考虑过没有？”

　　吉念祖摇摇头："对此我也很担忧。凭我们现在的力量要打下淮阴很难，我们队伍里的人太杂了，流民、叫花子、土匪、旧军队士兵、学生兵、青帮信徒，刀会成员，还有旧警察，五花八门，七个和尚八样腔，既不好领导战斗力又不强。"

　　如玉的眉头皱了起来："一旦在淮阴站不住脚，我们退都没地方退。你是不是与韩恢谈谈，让他早做打算。"

　　吉念祖："马上要攻城了，以后再说吧。"

第四十九回

敢死队北门鏖战　学生军漕仓焚粮

攻城战斗再一次打响是在翌日凌晨。由于韩恢采纳了文如玉的建议，争取三面佯攻，一面真打的计策，北门城墙一被炸开，仲八的队伍还真的冲进了城。不过，守敌火力很猛，接连组织了三次反冲锋，仲八顶不住，又退出了城。吉念祖眼都红了，对仲八说："好不容易冲进去，怎么又退回来了？你的狠劲到哪里去了？"

仲八说："我也想站住脚，可敌人也不是泥捏的。你以为我不着急上火？我的手下伤了不少人，还有二三十个弟兄被敌人抓去了。我心里能好过吗？"

吉念祖说："那下一步怎么办？"

仲八说："还是让我的人下去休整一下，到时再攻第二次。"

吉念祖将仲八的队伍带回了河神庙，又去报告韩恢。韩恢脸色阴沉，便派人将如玉从王营找了来，开会研究第二次攻城方案。会议刚开头，仲八来了，对韩恢说："敌人在城头上杀人了？"

"是吗？"

韩恢大惊失色，便和众人骑马来到了东门。只见城墙上站满了敌军士兵，其中有几个刽子手，人人赤膊披红，一手拿鬼头大刀，一手按住义军战士。这些被俘的义军战士都是仲八手下的人。一位军官一声令下，刽子手手起刀落，顿时血柱冲天，脑袋纷纷滚下城墙，跌入护城河，溅起一丈多高水柱。屠杀持续了一刻钟，死难义军战士有二十人之多。城墙上挂满了鲜血。韩恢的双眼喷火。如玉转过了身。吉念祖仰天长叹。仲八破口大骂。

忽然有人惊叫了起来："城上又推出人来了?"

韩恢等人一看，都惊呆了。一位年轻女生赤身裸体，披头散发被挂在一根木柱上，双手被绑着，两条腿还不停地摆动，嘴里高叫："把我放下，畜生!"

仲八从随从手里抓过一支步枪，连续射出一串子弹。城上敌军士兵散了，那个女子也不动了，显然中了枪弹。

吉念祖告诉如玉，这个女孩是学生军的，上次仲八带人攻城，她去救护伤员，没想到受伤落入敌手。

众人默默地回到了河神庙。韩恢说："血债要用血来还。我们一定要打进城去。现在我命令：明天下午第二次攻城，巨山队仍为先锋，龟山队为后援部队，学生队为第三梯队。"

仲八说："这回不拿下北门，杀我头。"

如玉说："我们还是冷静一下。我提个建议。不如抽调精兵强将组成敢死队，在第三梯队进攻后一刻钟，用敢死队强行冲锋，保证冲垮敌人防线。"

吉念祖说："这办法好。那么谁来做敢死队队长呢?"

如玉说："敢死队可以从我的红队中抽，我亲任队长。"

吉念祖说："这不行。你还是协助我现场指挥攻城吧，敢死队队长从张牛儿和江心州两人当中选一个。你回去征求一下他俩意见，报上来。"

如玉点了点头。晚上，如玉、将牛儿和江心州叫到自己房中，将事情的原委说了一遍，并征求两人意见。牛儿说："我年轻力壮，我上吧。"

江心州说："我到这里寸功未建，还是我上吧，我枪打的准。"

牛儿说："你别跟我争了。"

江心州说："牛儿，你是小伙子，一朵花还没开，我不能让你去送死。"

牛儿执意不肯退让。

如玉说："这样吧，两人一起上。正队长江心州，副队长张牛儿。江心州先冲第一波，牛儿冲第二波，另外，江心州你替我办件事。"

江心州说："文公子，你说。"

"你派人多带些柴草到淮阴北门口，你们开始冲锋前，现在上风头将柴草点燃，烟雾一起，城里守敌就失去了目标，你们乘乱就能得手了。另外，多带些沙包修筑工事。"

江心州点了点头，转身离去了。如玉对牛儿说："到时候你要注意利用地形地场隐蔽自己，不能鲁莽。"

牛儿说："我练武出身，敌人的那些工事还挡不住我。公子，你放心，我绝不会给红队丢脸。"

翌日下午二时，战斗正式打响。仲八的人接连向城门里抛出炸药包，爆炸声浪震天撼地，烟雾弥漫对面看不见人，守城敌兵纷纷向城厢街道后退，仲八的人一涌而上，与敌人混战起来，逐街逐巷争夺，忽进忽退，每一间房子都反复易手。激战片刻，仲八已推进半里路。就在这时，守敌一支援军赶到，一个反冲锋，逼败了仲八的队伍。仲八红着眼挥着枪驱赶部众回头反扑，但是面前敌人却越来越多。一声呐喊，龟山队赶到。加入战阵，终于稳住了阵脚。须臾，第三梯队学生军也赶到了。仲八手下的人士气大振，不顾一切向街道纵深冲去。援军指挥官一看形势危急，引爆了预伏的洋油桶，顿时，熊熊大火燃烧起来，热浪逼人，义军官兵被迫纷纷后退。

此时，如玉已经到了城门口，挥手向后一招，江心州、张牛儿带着敢死队扑了上去。有人点燃了柴草堆，浓烟滚滚，日色无光。牛儿带一支队伍从一条小街绕道了敌后，突然发起冲锋，炸弹连掷，犹如雨泼，兵锋犀利，势不可挡。守街敌军正对付张牛儿，江心州已从正面赶到，一阵猛烈射击，敌人纷纷毙命。江心州发一声喊，拔下大刀带头冲了上去，众人也提刀冲入敌阵，展开了肉搏战。

江心州忽见一位军官躲在墙角指挥，甩手一枪将其击毙。守军群龙无首，阵脚大乱，勉强支撑一阵，便向内城仓皇而逃。江心州连忙指挥人用沙包在街口要道筑起三道工事，又架好机枪。北门内外的枪炮声逐渐稀疏下来。

吉念祖来了，如玉迎了上去，说："北门城厢已经拿下来了，下一步怎么办？"

吉念祖说："敌人还要反扑，更激烈的战斗还在后面，我们只能进不能退。先守住阵地，把敢死队带下去休整。我另外再派刀会队接应。天黑以后，向鼓楼大街左右街道进攻，扩大阵地，逐步蚕食。"

如玉说："城墙上也要派人占领，可以用火力居高临下支援地面部队。"

吉念祖点点头："这事我来安排，你带人先撤吧。"

如玉将敢死队撤到了王营。牛儿肩上受了刀伤，如玉便叫来救护队女兵为他疗伤。

晚间下起了雨，淅淅沥沥，一直不停，气候也变冷了。如玉觉得有些心神不宁，便找来牛儿、江心州讨论北门战况。

如玉说："不知为什么，我有些心绪不宁。北门不会出什么问题吧？"

牛儿说："北门已被我们控制，能出什么事？"

如玉说："会不会有反复？如果你是敌人会采取什么办法？"

江心州说："我看有漏洞，而且是个大漏洞。"

如玉忙问："怎么说？"

江心州说："我是打猎的，雨天偷袭雁群一般十拿九稳，因为大雁丧失了警惕。我们的北门阵地只注意防范前方，却忘记了后方。如果敌人乘雨夜从其他城门出来偷袭我们后面，正面敌人再夹击，北门必丢失。"

如玉站了起来："我也觉得好像哪里有什么不妥。江心州的担心是正确的。这样，我们马上赶到北门去。把漏洞堵上。"

队伍很快就集合起来了，人人披着蓑衣戴着斗笠，在如玉的带领下，直奔淮阴城。刚走到北门路口，只见一支身穿便服的队伍正向北门移动，悄无声息，如同一群鬼魅。如玉大叫一声："给我打。"

众人一齐开火，又猛扑了上去。双方激战片刻，那支队伍便挺不住了。丢下几具死尸逃跑了，一个腿上受伤的中年汉子成了俘虏。如玉一审问才知道，这伙人是城内商会的武装组织商团，有一百多人，守敌混成第三旅旅长赵恒均给了他们一大笔钱，让他们乘夜从南门缒城而下，偷袭北军义军后方阵地。

如玉惊出了一身冷汗，对江心州说："你马上派人构筑工事，封锁路口。"

正说着，城内枪声大作。如玉知道敌人从正面压上来，便带人穿过北门向城厢跑去。

这一夜，北门城厢枪声不断。天明后，韩恢见到如玉，说："幸亏你心细，棋高一着，要不然，我们就要前功尽弃了。"

如玉将江心州介绍给韩恢，说："是他想到北门阵地有漏洞，我才采取措施。江心州这个人不简单，是个带兵的将才。"

韩恢说："还是你警惕高，又善于采纳别人意见，才有此建树。我正式任命你为后勤大营总指挥，前敌副总指挥，与吉念祖一块协助我搞好军事斗争。"

如玉说："我这个人心直口快，好提意见，你不会烦我吧？"

韩恢笑着说："我们都是生死弟兄，不会的。我的能力虽然有限，但这点胸怀我是有的。"

如玉晚间外出查哨受了风寒，病了，整天躺着，饭也吃不下去。白门柳来了，手里带着一只鸡。如玉说："你这只鸡哪来的？"

白门柳说："我自己花钱买的。"

如玉点点头："有事吗？"

白门柳说："听牛儿说你结婚了，新娘子还很漂亮，又有文化。"

"是的。你应该为我祝福。"

"我不乐意。因为你没有给我一次机会，不公平。"

"人生本来就是这样，基本公平，小部分不公平。绝对公平，上帝也做不到。"

"我的一个梦破灭了。"

"心不死，爱就不死，还会生长新的梦。"

如玉让白门柳谈正事。

白门柳说："我训练那些学生伢子大半个月了，会用刀，会打枪，不能老闲着，你得给我找点事做。我这个人一闲下来就会生病。还会思春。"她"扑哧"一笑。

如玉说："有一件事我还在考虑，到时我会安排，就怕你们学生军干不了。"

白门柳说："你不要吓唬我，无非是上阵杀敌，我不怕。这种生活我觉得很新鲜，很刺激，也很好玩。"

正说间，江心州来了，手里拎着几只野鸡和一只野兔。如玉问道："这东西哪来的？"江心州说："我打来的，我想让你补补身子。大灶的饭也太难吃了，整天高粱面煮红薯就咸菜疙瘩。"

如玉说："好，你可以放下了。"

牛儿带着仲八进了屋，仲八手里也拎着一只鸡。如玉问："这鸡哪来的？"

"手下弟兄从老百姓家顺的。"

"什么顺的？非盗即抢。你拿走。违纪的人要处罚，你们现不是土匪了，不能祸害老百姓。"仲八低下了头，想走。

如玉叫住了他："仲八，你讲讲北门的战事吧。"

仲八告诉如玉，现在双方正僵持不下，义军攻不进去，守敌攻不过来，就这样耗着，都在咬牙坚持。就看谁能耗过谁。

如玉说："这两天我一直在思考这件事，心里很忧虑。"

仲八说："天塌下来有高个子顶着，你忧虑什么？"

如玉说："北门这阵势，敌人像一把锤子，我军像一把刀子，硬碰硬，就成了添油战术，长期下去，于我方不利。"

仲八说："还真是这样，那怎么办呢？第三混成旅守城的人不足一旅人，也有一个团人，都是正规军，不好啃啊！"

如玉说："我们也是有进无退，不好啃也得啃。办法会有的。你动动脑筋嘛。"

仲八说："打家劫舍、杀人放火，你不行。用兵布阵，谋划运筹，我不行。"他摇摇头。

就像裹挟着一阵风，吉念祖大步流星进了屋，一身风尘。他看了看如玉等人，说："嗬，好热闹啊！文公子，你的人缘不错嘛！养病都比别人有情调，还有男人、女人陪着。"

白门柳笑着说："我可不是来陪文公子的。我是来送鸡的，哪像你就带了一张嘴来，空头人情。"

吉念祖瞥了白门柳一眼："你是白门柳吧？嘴巴还挺厉害。"

白门柳说："我不跟你斗嘴，听说你剑术不错，有空我们比划比划，你还是说正事吧。"

吉念祖说："文公子，马上就要开军事会议了，你不用去，有什么意见我带上去。"

如玉说："我一直在思考一个问题。我问你，两军交战打的是什么？"

吉念祖说："这还用说吗？打的就是粮饷。"

如玉来了精神，两眼放光，说："我们之所以打不败守城敌军，关键在于赵恒均手里有粮食。如果我们想办法把他的军粮断了，敌人肯定不攻自乱。"

吉念祖大腿一拍："是这个理。可敌人的粮食主要放在东门北街老漕仓里，有人把守，中间还有敌人工事。我们过不去啊！"

如玉说："硬攻肯定不行，我们得和敌人斗智斗勇。这样，我主张攻击漕仓，你把我的意见带到会上去。具体怎么打，你让我考虑一下。"

吉念祖站了起来："我还有事，得回河神庙了"

如玉指了指地下的鸡和兔，说："我们今晚开洋荤，你就在这和我们一块改善一下伙食吧。你的肚子里也没有什么油水。等会，我再搞点酒，将端木大叔也请来。"

吉念祖忧心忡忡地说："别说油水了，恐怕马上几千人连饭都吃不上了。"

如玉一惊："怎么的？"

吉念祖说："有些情况没告诉你，我们库存的粮食不多了。"

如玉说："这事我们先不谈，先顾肚子吧。"说着，他让牛儿去请端木林，安排仲八去买酒，江心州和白门柳收拾饭菜。端木林刚到，几大盆鸡、兔肉烧大白菜已上桌了，还有一坛子白酒。

如玉对端木林说："端木大树，看来你这腿伤也好差不多了，今晚我们就大碗吃饭，大碗喝酒吧，你也补补身子。"

端木林说："好！老躺着，心里还真憋坏了。"

白门柳说："喝闷酒没意思，得找个乐子。我们划拳吧，谁输谁喝。"

仲八说："要得。"

吉念祖对白门柳说："白姑娘我们是初次见面。我们先划。"

白门柳说："划拳我是虎爪长毛老手了，你死定了。"

如玉说："我们边喝边聊，看看有什么办法能打下漕仓。"第二天傍午，吉念祖又来到了王营刘公屯。他对如玉说："昨天的会议已经批准你攻打漕仓的计划。另外，韩恢还传达了上级的指示精神，很重要。"

如玉说："我们在这儿消息很闭塞，对全国形势也不知道。你快说说。"

吉念祖说："我文化不高，鹦鹉学舌，也就能说个大概，现在全国革命形势向好，第三次讨袁战争正在扩大，有些省、像云南我们还占了上风。不过，敌人力量仍然很强大，还是敌强我弱，要有长期坚持斗争的意识。上级指示精神总的方针是全面开花，重点突破，力争占领一省或者数个省的地盘，用局部胜利去换取全面胜利。一个省占领不了，占领一个大中城市，一个县城，一片农村也行，但要争取站稳脚跟，扩大革命势力。"

如玉说："吉兄，你认为我们能拿下淮阴，拿下全省吗？"

吉念祖说："事在人为。应该没问题。二次讨袁时，江苏全省不就让我们占了，韩恢还当了督军。大的先不谈，还是具体说说打漕仓吧。"

如玉说："就按我们原来设想的方案干。到时由我亲自指挥。"

吉念祖说："拉倒吧，就你这身体？还是让我去吧。"

如玉说："我不亲自去不放心。到时我让人用担架把我抬到火线去。"

吉念祖哈哈大笑："真没想到，一个大知识分子也能成为拼命三郎。战争真的能改变一个人。"

攻打漕仓的战斗是在翌日黄昏打响的。按照如玉的计划，仲八先带人打头阵，向正面和两侧之敌进攻，吸引敌人注意力。江心州率敢死队作为预备队。牛儿和白门柳带学生军五十多人，穿上缴获的敌军军装，伪装苏军，隐蔽待命，随时准备向纵深穿插，偷袭漕仓。牛儿和白门柳还约定，如果半路遇上敌人阻击，让牛儿牵制敌人，白门柳则乘机直捣漕仓。

仲八进攻的火力很猛，声势也大，正面和左右两侧的敌人都被牵制住了。如玉下令牛儿和白门柳实施第二步计划。俩人乘着夜色走街过巷、直扑漕仓。半路上，一支敌军拦住了去路，牛儿带人冲了上去，一边投弹，一边射击，势如猛虎，敌人节节败退。

片刻，白门柳带人已到了漕仓门口。她带着两个学生兵走到了哨兵前。白门柳对哨兵说："绿林军又进攻了，赵旅长担心漕仓有失，派我们来增援，快把门打开。"

哨兵丝毫没有犹豫，当即打开了大铁门。白门柳手起刀落，用匕首刺死了哨兵，手一挥学生军发一声喊冲进了院子，守敌不明就里，都涌到了院子里，却迎面挨了一通炸弹。被炸得血肉横飞、鬼哭狼嚎。白门柳见火候已到，便打开几个仓库大门，将桐油泼向粮囤，又挨个放火，刹那间，烈火熊熊，浓烟滚滚，火光把夜空都照亮了。南门的守敌显然已发现漕仓失火，便派出一队人马支援。白门柳带头挥舞大刀冲了上去，学生兵们也举刀猛冲，两方形成肉搏战。激战片刻，白门柳估计漕仓大火已无救，便带人快速脱离了战场，胜利返回北门。

如玉对白门柳说："你能不能肯定漕仓存粮已化为灰烬了！"

白门柳说："要是剩下一粒大米，我赔你一颗门牙。"

如玉说："好！学生军首战失利，我要为你们请功。"

白门柳说："请功就不必了，你那里还剩下半盆野鸡肉，能让我吃一顿就当奖赏了。"

如玉笑着说："好！我们再拼一回酒，划拳。"

第五十回

文如玉徐圩筹饷　丁三花河头打援

　　船队逶迤而行，运河浪花飞溅。毕竟已是初冬，站在船头，凉风飕飕，满眼萧瑟，树黄草枯。如玉的眼前油然出现了京剧《野猪林》中林冲风雪山神庙的情景。想到自己抛家别妻，风雨兼程，归期难料，不觉从心底泛起一丝凄楚。此行，他是奉命前往韩恢的老家泗阳筹办军粮的。

　　不久前义军已发生粮食恐慌，军心浮动。为此，韩恢愁得吃不下饭，派人四处采购，可是因为春天淮海一带大旱，秋粮基本绝收，义军凭钱也买不到粮食。后来才获悉泗阳农村旱情稍轻，一些大户人家还有不少存粮，韩恢便委派如玉带着船队沿运河前往泗阳。接头人是韩恢的老战友伏龙，他一直在泗阳、宿迁一带招兵买马，聚草屯粮。待见到伏龙，如玉的心里凉了半截。泗阳是有粮，可都在一些大户里，尤以城郊徐圩的大地主徐兆琪家存粮居多，可都没有出售的意思。如玉问伏龙："伏兄，你看还有其他办法吗？"

　　伏龙说："除了本地那些大户，宿泗一带根本就买不到粮食，还得在徐家身上打主意。"

　　如玉说："我们是凭钱买粮，又不是白拿，他们怎么这样死心眼呢？"

　　伏龙说："农村财主习惯囤粮，尤其是荒年，把粮食看的比钱重要。"

　　如玉说："这样吧，我先找徐兆琪和几家大户聊聊，探探口风。"

　　如玉开始了走访工作。他到徐圩问徐兆琪："徐先生，你家的粮食为什么不卖呢？"

　　徐兆琪说："不是不卖，而是现在不能卖，得等到明年春荒时出售，到那时获利大得多。"

如玉说："你说个价，我现在就按春天上浮的价买你的粮食。"

徐兆琪说："那也不能卖给你。因为我们的主要买主是泗阳、宿迁的天泉等几家大漕坊，他们出的价现在已相当于明春的上浮价。我答应优先考虑他们。"

如玉说："这事还有商量吗？"

徐兆琪直摇头。

如玉找到伏龙，把碰钉子的事情说了一遍。伏龙很生气："这些地主老财吃软不吃硬，咱们不如来硬的。"

如玉说："我们有纪律，不能老牛不喝水硬按头。"

伏龙说："我的意思是吓吓他们。比如敲山震虎。"

如玉心念一动，有了主意。第二天上午，他和端木林、牛儿在伏龙的带领下，来到了鲍家河头村三元会会首丁三花家。伏龙和丁三花比较熟，曾动员过丁三花加盟义军，但被婉拒了。伏龙对丁三花说："丁头领，你手里有没有熟悉的土匪？帮助找一家。"

丁三花说："我们三元会敬奉的海州云台山的天地水三元大帝，宗旨是联络会党护卫一方平安，和土匪不来往。"

伏龙说："你的盟兄弟多，你仔细想想或许有干土匪的。"

丁三花一拍脑袋："真是人老忘性大。我有一个盟兄弟做土匪头子，叫魏六，老巢在附近的马陵山。如果你有事，我可以写封信让你带上。"

伏龙等人便直奔马陵山。见到魏六，伏龙开门见山，说："信你也看了，我想让你帮我干一件事。"

魏六是个惯匪，见多识广，老谋深算，说："你先说说干什么，再说说给我什么好处。"

伏龙看了看如玉。如玉掏出一封信递给魏六："你只需按照我们说的办就行了。事成，我们付你三百块大洋。"几人商量了片刻，魏六应了下来，说："这事也不是多大事。你们听消息。"

这天下午，徐兆琪接到了一封信，拆开一看，脸都黄了。信的内容很简单，山寨缺粮，一两日内存粮全部交出，过时不候。

　　落款是山大王。徐兆琪知道是土匪盯上自己了，心里有些作慌，但又存在侥幸心理，便决定拖一下看看动静再说。不料，土匪真的采取行动了。第二天下午，一伙土匪把徐圩包围得水泄不通，但没有放一枪，到天黑便悄悄撤走了。徐兆琪心中既纳闷又害怕。

　　不过，他并没有找人与土匪联系，还在硬扛。翌日上午，一伙土匪再次包围了徐圩，而且开始进攻，枪声不断。徐兆琪一家吓得躲进了地洞，一直担心村里的民团守不住。不久，他接到报告，民团真的顶不住了，土匪快要破圩了。徐兆琪更加恐慌。就在这时，他忽然听到村外响起一片密集的枪声，但很快就平静了下来。他估计土匪逃走了，却弄不明白是谁救的驾，便跑到了村头。可他失望了，一个人影也没有。

　　揣着一颗忐忑不安的心，徐兆琪没等来土匪，却等来了伏龙和文如玉。

　　如玉说："徐先生，让你受惊了，昨天上午我们的队伍来迟了，险些让土匪得手。"

　　徐兆琪这才恍然大悟，感激地说："是文指挥帮我解的围。

　　真是太感激了。老朽今晚设宴款待你们。"

　　如玉说："我现在手里一粒粮还未筹到，我们得赶到宿迁去。

　　我估计土匪还会来找你的麻烦，当心点。告辞。"说罢，站起来就要走。

　　徐兆琪上前拉住了如玉，正要说什么，却又不吭声了。

　　如玉看穿徐兆琪的矛盾心理，说："徐先生，我告诉你一个消息，最近皖军开过来了。他们远道而来，必然要就地筹粮，你小心点。"

　　徐兆琪两眼一转，似乎下定了决心，说："文指挥，你帮助过我，又急需粮食，我就把存粮卖给你们吧。不过，价钱得稍微比市价高一些。"

　　如玉说："你要是真想好了，价格由你定。"

　　徐兆琪报了一个价钱，如玉一口答应下来。当天下午，徐家的存粮就全部被运到了船上。如玉叫端木林先带船队回淮阴，自己却留了下来，与伏龙商量如何阻击来援的皖军。伏龙说："现在情况还不明，韩总指挥转来的情报只说了个大概。得先弄清敌情，是不是派人侦察一下。如玉同意，将江心州派了出去。等到他再次见到江心州，才知道情况严重。据江心州报告，皖军水陆兼程，已到马陵山以西了。兵力是一个加强营，其中包括一个轻炮连、一个骑兵连。营长叫马家驹。"

伏龙问如玉:"你看怎么办?如果不阻击,让他们开到淮阴,我们的人就会腹背受敌,前功尽弃,弄不好得撤出淮阴。可要阻击,我们人手又不够。"

如玉的脑子飞快地转动着,片刻才说:"放皖军过去不可能,得立足于打。人手不够,我们可以联合三元会,他们人最多,有一千多人,还有魏六也要拉上。"

如玉说:"只要我们把厉害关系说透,再许诺一些条件,问伏龙他说这事恐怕不易。"

"问题应该不大。"

于是,伏龙、如玉便到鲍家河头找丁三花。待如玉说明来意,丁三花一声不吭。如玉说:"三元会是护卫一方平安的,皖军军纪很坏,到了这里,一定会纵兵大掠,就地取粮。你不出兵,到时岂不玉石俱焚?"

丁三花说:"我不去招惹皖军,人家怎么会打我们?"

如玉说:"要是皖军朝你们要粮食,你们给不给。拿不出粮食,皖军肯定翻眼。"

丁三花说:"这倒也是,我们这里哪有粮食?只是皖军是正规军,不好对付呢。"

如玉说:"只要你答应打,办法我们来想。还有魏六,你得把他拉上。到时如果击溃皖军,战利品分给你们一半。怎么样?"

"好!那就干。"

接下来,三人便研究如何对敌。丁三花告诉如玉,皖军取道泗阳往淮阴,必经鲍家河头北边大路,那里一边是废黄河,一边是丘陵草木茂密,地形险要,是打伏击的好地方。只是我们枪支弹药少,这仗不能打黏糊了,得速战速决。

伏龙在日本学过军事,说:"那天在马陵山我和魏六聊天,我听说土匪打仗有一套特殊的战术,如打伏击惯用借尸还魂一法,很灵。只是没有细问。"

丁三花说:"这种战法我知道。可以采纳,将偷袭战和伏击战搭配起来,我们就有六分把握了。"说罢,他将"借尸还魂"战法告诉了如玉和伏龙。

如玉说:"根据情报,明天下午三时左右,皖军必到河头。我们分分工:由魏六负责正面,我们负责两侧,三元会负责截断敌人退路。"

丁三花说:"这样我心里就有底了。等魏六到了,我们再具体合计一下。"

冬日的黄昏，夕阳西下，晚霞如绮，树凋草衰。大路上，一支出殡的队伍向西缓缓而行，白幡飘飞，纸钱漫卷，唢呐哽咽，哭声隐隐，男女掺杂，披麻戴孝。抬棺的是八个壮汉，神色肃穆。

走在最前面的是一位四十多的红脸络腮胡子大汉。行了片刻，他收住了脚步，向前观望，只见迎面走来一支军队，刀枪闪亮，战马嘶叫，炮车轰鸣。红脸壮汉手向后一招，众人加快脚步迎了上去。两支队伍靠近了，不到五十步。红脸汉子一声令下："给我打!"走在前面的棺材盖子被掀开了，从中站起两个壮汉，端起机枪就向前方射击，弹密如雨。其他人也亮出了长短枪一齐开火，有的人则投出了炸弹，爆炸声如同惊雷。迎面而来的这支队伍正是皖军援兵，受到突然袭击，阵形大乱，人仰马翻，余者纷纷向大路两侧分散隐蔽，企图抢占有力地形进行反击。不料，路两旁的士兵和杞柳丛中也突然响起了密集的枪声，敌人像柴火垛子一样纷纷倒下。在一个骑着高头大马的军官的指挥下，马队向前方发动了冲锋，转眼间就闯入送殡队伍，刀砍枪击，血肉纷飞，众人四处躲避。

这一切，都被岗岭上的如玉看在眼里，他指着那个骑马的军官对江心州说："干掉他。此人必是营长马家驹。"江心州手起枪响，马家驹应声栽下马来，当场毙命。

此时，后面的义军也冲了上来，边跑边打。敌军群龙无首，又四面受攻，更加仓皇，到处乱窜。惟有敌骑兵连长仗着马快，仍带人追杀义军，领头的魏六行动精微迟缓，肩头就挨了一刀，顿时倒了下去。正危急时，如玉等人赶到，一齐攻向马队。白门柳手中宝剑掷出，正中骑兵连长胸膛，惨叫一声栽下马来。如玉抱起魏六就向路侧跑去。牛儿、江心州率队团团围住骑兵，不断发起攻击。骑兵队连长见大势已去，乘乱率残队拼命突围，转眼间便消失在大路东方尽头。

经过一阵混战，皖军援淮加强营死伤各半，余者都当了俘虏，缴获的枪械需堆积如小山。

丁三花走到如玉、伏龙面前，伸出了大拇指："这一仗打得痛苦，为老夫平生所仅见。这都归功于两位大当家的指挥得当！

简直是滴水不漏。革命军的战斗力太强了，真是名不虚传。"

如玉说："丁老英雄不必多夸奖，再说我就无地自容了。"

丁三花一愣："这怎么说？"

如玉说："其一，没有三元会的弟兄鼎力相助，这仗是打不起来的。其二，我们指挥失误，低估了敌骑兵的威力，安排迎面袭击的人手太少了，不但没有全歼敌骑兵，还让魏大当家的受了重伤，现在还昏迷不醒呢。"

伏龙点点头："我也没料到敌军困兽犹斗。这是个教训。如果在前面挖些陷马坑就行了。"

丁三花说："智者千虑总有一失。你们的计划真的很周密。小小漏洞不必计较。要是让我指挥，非吃大亏不可。今晚回到徐圩，老夫要好好款待你们，庆祝庆祝！"

伏龙说："如今粮食紧张，款待就不必了，还是抓紧整理队伍吧。"

丁三花说："义军让三元会长了脸，一定要招待。给老夫一个面子嘛。以后我们就是一家人了。"

如玉、伏龙对视一眼，点了点头。如玉令人抬着魏六，撤向徐圩。当晚的庆功宴，一直到子夜才结束。丁三花喝醉了，唱起了淮海戏《借东风》。

翌日上午，伏龙和如玉等人开了一个碰头会。

伏龙说："文老弟，你这次到泗阳来大有收获，不但筹到了粮，还打败了皖军援兵，真是一石二鸟啊！你什么时候回淮阴？"

如玉说："我暂时还不打算回去。我来之前，和韩恢、吉念祖就扩大队伍，建立根据地交换过意见，韩恢不但同意我的想法，还授予我临机处置权。我想留在这里一段时间。"

伏龙说："你具体说说想法吧。"

如玉说："三元会人多势众，力量远远超过仲八的巨山队人马，我们要趁热打铁，把他们拉过来。这事最好由你负责，因为你与丁三花很熟。另外，魏六占据的马陵山是个好地方，山势绵延百里，峰多林密，而且前临百里洪泽湖，进退有据，是个屯兵的好地方。我想上山去做做魏六的工作，让他入伙。"

伏龙说："文老弟深谋远虑，说的极是。就照你说的办吧。我会好好配合你的。不过，后勤大营又怎么办呢？"

如玉说："我已交代过端木大叔，由他暂时顶一下。"

"好！"伏龙放心了，点了点头。

第五十一回

仲八醉卧温柔乡　魏六慨献龙虎案

这天早上，仲八起的很迟，日上三竿才来到北门街垒前。或许是敌我双方都打疲倦了，近日，一直没有交火，北门大街一带静悄悄的，听不到枪声，也看不到人影，只有巨山队的几个哨兵转来转去，显得很悠闲。仲八问值班的哨长："有没有什么情况？"

哨长说："从昨晚到今早，对面没有什么动静。敌人好像草鸡了，可能是肚子里没食，伤了精气神。"

仲八说："我估计，守敌也撑不了多少天了。漕仓的粮食被文如玉烧掉了，皖军援兵也被他在泗阳消灭了，内无粮食，外无救兵，赵恒均这老小子还不成了秋后蚂蚱。还有什么情况。"

哨兵说："对了，有一件我还没说，最近不断有民众要求出城，说不少人家都断粮了，求我们义军开恩，放他们一条生路。"

"你是怎么处理的？这倒是个新情况。"

"没有你的命令，谁敢放人，没准还有坏人夹在里面呢。只是，有的弟兄得了人家的小恩小惠，前几天，也有不少人混出城去了。"

仲八火了："这不行。这个情况我得报告上去。"

仲八刚回到石家大院，一个浓妆艳抹的年轻女人便迎了上来一脸媚笑。仲八一把搂过她，说："宝贝，等我等急了吧？你这个女人真贪吃，吃人不吐骨头。昨夜缠了我大半宿，我骨头架子都散了。怎么卞京娘，你还想吃？"

卞京娘撒起娇来，浪笑道："女人三十如狼，四十如虎，五十五坐地吸土。

老娘才二十八岁，有个够吗？要不要再战一回？"仲八支起了大金牙，说："战就战。"

说罢，仲八抱起卞京娘，踹开门，将她放到床上。他将卞京娘的双腿往上一举，刹那间，肉与灵都沦陷了，一会儿地狱一会儿天堂，早已不知身在何处。

事毕，仲八意犹未尽，欲鼓勇再战，怎奈已大汗淋漓。便与卞京娘打起了口水仗。卞京娘笑着说："你不行了吧？"

仲八说："谁不行？老子是停工待料。"

卞京娘说："你挎个空手枪壳子还当什么队长？你不如跟老娘走，找个地方我们结为夫妻，我包你荣华富贵夜夜醉卧温柔乡。"

仲八瞪起了眼睛："你这话什么意思？"

卞京娘说："你过去当山大王，呼风唤雨，如今寄人篱下，低眉顺眼。在这干有意思吗？"

仲八说："你到底是什么人？"

卞京娘说："明人不做暗事。我原来确是城内守军一个连长的老婆，可他被你们打死了。赵旅长手下的谍报队长谢士元看上了我。又给粮给钱，我现在是他的人。"

仲八说："那你偷跑出来找我干什么？"

卞京娘说："老娘想给你指一条阳光道。"

仲八抓起短枪，指着卞京娘："你是来做卧底的，老子毙了你。"卞京娘胸一挺，两只大白兔挤眉弄眼："你不开枪，你是狗日的。"

仲八说："那个谢队长派你来干什么？"

卞京娘按下仲八手中的枪："他们也是被你们困的没办法了，没吃没喝，老百姓天天到旅部闹事。赵旅长就让谢士元派我来跟你讲和。"

仲八说："什么讲和？分明是让我反水。"

卞京娘说："没文化了吧？什么反水？不如说是顺水。我问你，你们能打下淮阴城吗？"

"没把握。"

"你是不是攻城主力的头头？打不下淮阴城，那个姓韩的会不会追究你的责任？即使让你蒙混过关了，你们又退到哪里去？也许，你可以回巨山当大王，可官兵能放过你吗？到那时，你恐怕是连哭都找不到坟头。"卞京娘盯着仲八。

仲八点点头："算了，不说这事，我头脑有点乱，肚子也饿了，你给我弄点吃的吧。"

卞京娘一边穿衣服，一边往门口走："我走了，你这人不开窍，老娘不伺候你这种蠢猪。就凭我这身白条肉，到哪不是吃香喝辣的。"

仲八一把拉住她："娘子，这事有商量，有商量。"

"那中，我给你整吃的。"

卞京娘刚拉开门，只见韩恢、吉念祖站在门口，连忙退回来，躲到仲八身后。

吉念祖笑着说："大白天关着门，加夜班呢？"

仲八赔笑说："皮麻的，让你见笑了。"

吉念祖指了指卞京娘："这个女子是你什么人？从哪来？"

仲八说："相好的，刚认识，也就是城里一个普通的烟花女子，饿得没办法才跑出来的。我准备娶她。"

吉念祖说："仲八，我也知道你好这口，可也不能拣到篮子里就是菜呀。现在是非常时期，别被人钻了空子。"

卞京娘伸手将仲八拨到一边，说："吉头领，这你话也太难听了？我只会卖肉，不会蹚浑水，我就是一个烟花女子，谁给我钱，我就跟谁睡，你也不错嘛！"说着拿眼勾吉念祖。

韩恢手一挥："你先出去，我们和仲八谈点正事。"

女人扭着屁股走了。

韩恢正要开口，一个哨长进了屋，对仲八说："仲队长，阵地前有几十号饥民要出城，说家里都断粮了。不让他们出城，就在那大吵大闹，怎么办？"

仲八说："这事我早就知道，我有什么办法。"他扫了韩恢一眼。

韩恢问吉念祖说："你看呢？"

吉念祖说："这个口子暂时还不能开。是真断粮还是假断粮？是不是敌军在玩鬼？背后有没有人煽动，这中间有没有什么阴谋？还是等算清情况再说吧。"

韩恢说："我赞成。先顶一阵再说。一个人也不许放出城。仲八,下一步进不进攻,我们想听听你的意见。"

仲八说："你说过要长困久围拼消耗的,还是不进攻为好。"

韩恢说："我们不进攻不代表敌方不进攻,有些事情还得想周到一些。我们再合计合计吧。"

仲八点了点头,连忙让座倒茶。

文如玉到马陵山已经两天了。魏六的伤已无大碍,膀子吊着。他刚看见如玉就连连作揖:"文老弟,我魏六这条命是你给的,真是太感谢你了。有什么吩咐尽管说。"

如玉将一张清单递给魏六:"我是专门给你送缴获的枪支和物品的。你身体不好,有什么过两天再说吧。"

魏六看了看过清单,激动地说:"文公子太客气了,我们没有出多大力,仗主要是义军打的,却得了这么多东西。真不好意思。"

如玉说:"魏大当家的,你的那招'借尸还魂'玩的漂亮,皖军援兵一下就蒙了。这些东西是你应得的,我们有过约定。"

魏六说:"文公子真是君子,吐口唾沫砸个窝子。兄弟敬佩。"

如玉说:"有件事我得和你讲清楚,这次缴获的几十匹战马我们没有分掉,因为我们正在筹办义军第一支骑兵队,还望魏大当家的谅解。"

魏六高声道:"好!马分零散了也没有作用,还是组织骑兵队合适。我也要送你一样东西为你助助兴。"说着对他哥哥魏五耳语了几句。魏五点点头走了,片刻取来一个长方形木匣,递给如玉。

魏六说:"文公子你打开看看。"

如玉打开木匣,惊呆了。他取出那柄青铜宝剑,对着亮光一看,只见剑长约三尺,红里泛青,暗纹隐隐,鸟篆古朴,剑刃如纸,丝发无损,宝光闪烁,寒气逼人,分明是一把古剑。他弹了一下,宝剑"嗡嗡"作响,犹如龙吟虎哺。他问道:"魏大当家的,这把古剑是如何得到的?有什么来历吗?"

魏六说:"这把剑叫青霜,是我们修大寨在马陵道边上挖出来的,上面的字请人看过,叫作孙武子自用剑。"

如玉说："我只知道孙武斗杀庞涓的马陵道就在这山中，没想到就在你这里。而且是兵法家孙武自用剑，真是一段奇缘。"

魏六说："这里还有不少古迹呢，如孙武藏兵洞，庞涓中箭落马坡，等等。"他忽然似想起了什么，说："不提马我还忘了，我这里还有一匹骏马，叫紫电，也送给文公子，你办骑兵队用得上。养在我这里也没有什么大用场。等会，我就叫人带你去看马。"

如玉心中大喜，说："这匹马有什么讲究吗？"

魏六绘声绘色地说："此马身高腿长，全身的毛紫红色，面如磨砖，耳如削竹，眼如铜铃，其快如电能日行千里。它是我从西北一位贩马汉子手里买的。你是义军主帅之一，怎能没有好坐骑？"

如玉说："真是太感谢魏大当家的了。"

魏六说："今儿我高兴，中午摆酒为你接风。你手下的弟兄是不是都来了。"

如玉摇摇头："上山的只有我和张牛儿、白门柳。其余人都住在山下范庄。"

"哦，你们怎么住的？"

白门柳说："都住在老乡的瓜棚、牛屋、谷房和破庙里，天冷，真是太遭罪了。"

魏六说："你们这就见外了，为什么不上山来住？我这花马寨地方不小呢。"

白门柳说："我们的人一声招呼不打，一起涌上门，魏大当家的肯定以为我要夺你的寨子。这叫瓜田李下，还是避避嫌为好。"

魏六向如玉伸出了大拇指："文公子真有古代君子之风，心思这样细，总是设身处地为别人着想。你这个朋友我是交定了。文公子，你上山绝不只是为了给我送战利品，还有什么事你尽管说。义军住的地方你不用愁，我的大寨西南一里有个龙虎寨，原为我旧巢，就送给你屯兵吧。"

如玉说："先谢谢你借给我宝寨。说实话，我心里有个想法，义军想和贵寨合作，联为一体。"

魏六说："怎么个合作法呢？"

如玉说："我有两个说道，一个是最高条件，一个是最低条件。"

"你说。"

"最高条件是请贵寨人马加入义军，编成一个马陵山独立支队，还是你当家。最低条件是我们与贵寨结盟，定个互保协定，各自独立又相互呼应。"

"先说说最低条件吧，这样做有什么好处吗？"

"自古以来，官家不会任土匪寨子长期存在，打家劫舍的，发兵剿灭是必然的，一根筷子易断，一把筷子难折。你和义军结盟，互为呼应，力量就大了，就不怕官兵来剿了。另外，我还得知马陵山上有七家土匪寨子，我也想动员他们入伙，如果能合为一体，再加上贵寨和义军寨子，就能形成九寨互保体系，这叫'九连环'阵形。以后，我们就能干成大事。你以为如何？"如玉盯着魏六。

魏六的眼睛亮亮的，显然是被如玉的话打动了，说："这个想法真是太妙了。过去，我们看见官军就像兔子一样，东跑西躲的，有了九连环，马陵山就牢固了。我现在就可以答应你，与你们结盟。"

"好！咱们一言为定。另外，我听说这一带的寨子大都是属于刀会的，你是刀会大佬。你能给我讲讲刀会的情况吗？"如玉说。

魏六说："这一带绿林中人不少都加入了刀会，势力稍小于三元会。这刀会是清末时捻军首领遵王赖文光从陕西传过来的，信奉武圣关公，尊他为刀神。凡入会者，人人都发一把单刀，当然也有用短兵的。刀会职责是护卫一方百姓平安，各村皆有，散则为农，聚则为兵。不过时间一久，就良莠不齐了，不少刀会头子都由绿林好汉沦为惯匪，专门打家劫舍，祸害百姓。就我这个寨子里的弟兄逼到没有饭吃时，也会扰民。真是惭愧。"

如玉说："绿林好汉距土匪也就一步之遥，最大区别是杀富济贫和杀人放火。我们义军一般也不排斥土匪，因为大部分是农民。但却主张团结引导土匪走正道，不要祸害老百姓。如果魏大当家的方便，抽时间可以陪我到各个刀会寨子走访走访，把合作的事情早点定下来。我们不会在这里久留的。"

魏六说："时间不早了，我们先吃饭。下午，我就叫人领义军到龙虎寨去看看，只要简单收拾一下就能屯兵了。"

如玉说："要住，我也得给你写个字据，言明是借寨，免得授人以柄。"

"不用不用！这龙虎寨我就送给你了。你再推三阻四的，我就不高兴了。"魏六真诚地说。

如玉说："那就却之不恭了！"

第五十二回

烽火家书值万金　围城和约肠百转

　　如玉从骑兵队刚回到山上，就接到一个包裹，除了棉袄棉裤，还有两封宫楚玥的信。他知道这都是无锡寄畅园茶馆女老板、联络员崔蒲蔻费尽周折转来的，心里暖洋洋的。

宫楚玥致文如玉

　　如玉，首信收到了，是船娘崔浦蔻大嫂从无锡寄畅园转来的。你走出人生新的第一步，自然会遇到许多人，许多事，处境不同，心情也会不同，慢慢地也就会适应的。社会动荡，人命如草芥，火线之上，危险随时都在，你一定要多注意，多保重，不能再像书呆子一样，看似聪明其实愚钝。我和你想我一样也很想你，天各一方，山重水复，有情人成为眷属却无法长相厮守，心里真的很纠结。我只好将我的一颗心装在信封里寄给你了。爱不死情就在，何必计较于朝朝暮暮。

　　给你说点家中的事吧。父母都好，父亲身体渐复，饭量大增，也时常到农场转转，心情不错。蝶儿有些忧郁，曾提出要上淮阴寻爹，被我劝止住了。婉儿学会做账了，是我一个臂膀。农场地里的麦子种上了，出青了，长势不错。精米厂出的"如玉"牌大米很好卖，城里几个粮站每天都断货。第一批尚湖农场私募股票发行了，回笼了一大笔资金。股票是我亲手设计的，绿色的纸面上有虞山农场画面和稻穗，还有五谷树，很好看。我为你留了一张，编码为第一号。这是我的梦，也是你的梦，新村之梦，我会细心珍藏。我从农场搬到家里住了，好就近照顾老人。我父常与公爹下棋，也谈论时政，南北战事频仍，公爹非常关心，隐隐然有重新出山之意，上海程英士老给公爹来信了，此前一信才光复苏省并请公爹主政，幺爹完满信心，非常乐观。后信则以为形势严重，公爹重返政坛之事似会延缓。公爹心情似很平静，每日早晨都锻炼、散步、舞剑、打太极拳，似有所待。这真是"巴山夜而涨秋池，君问归期未有期"。还是顺其自然吧。尚湖小学的学生期末考试成绩普遍不错，与城内公办小学学生有一比。农工夜校也趋于红火马老四已认识二百多字，能写信了。眼下，我的主要精力都放在股票发行和精米加工销售上。农场要发展，实现规模经营，没有大笔资金支持不行，而这两项收入是龙头。如果搞得好，开春农场还会有新动作。有我在家，里里外外的事你不必牵挂，尽管放心。在前线心思要集中，不能走神，枪子专打呆汉。我愿夫君一身灵气，静若处子，动如脱兔。我很后悔你走时，我没将那块幼天王洪天贵福送给你的那块龙凤玉佩让你带上，它能保佑你逢凶化吉。不过，我会日日持玉为你祈祷，求上苍保佑你。五谷树长高了，我的农场也长高了，我的心性也长高了。我也不知道你今后的行期止于何时，金莲花开出第一朵花的时候你能归来吗？楚玥日日倚门翘首。芳心如寄，淮阴城头，锦旗招展，凯歌高奏，我之所望矣。楚玥，中午于虞山脚下。

宫楚玥致文如玉

信收到，很高兴。告诉点新鲜事。最近，精米厂生意很好，原先储存的二三十万斤稻谷已下去半数。因人力不够，还招了几个青年小伙子，都是虞山农村人。有的在米厂，有的在粮店。农场里出了一件事，不知是谁传出来的，说农场有棵宝树，能结金元宝。一天晚上，看门的起夜，发现几个人正在挖园中那棵五谷树，一吆喝，蝶儿、马老四等人起来了，打跑了那伙人。后来，去思考，去探求。我努力使自己变得聪明起来，并学会隐忍负重，面对铁血洗礼。我觉得，心中有一个目标越来越清晰了，一种信仰越来越牢固了，个人得失已经不再重要，国家前途命运才值得萦怀。佛争一炉香，人争一口气。一个人的内心精神足够强大才能让我将五谷树移到了大魁第留云园里。谣言真的很可怕。马老四带来的十几个农工，最近情绪不太稳，因为接近年根，不少人想家，要求回去。马老四做了不少工作，才稳住阵脚。田里麦子长势良好，已没过脚面。林场养殖场的生意也很不错，我们养的淮黑猪、乌骨鸡、黑骨羊上市后，很抢手。卖成品禽畜不划算，我又在常熟城里开了几家食品店，专卖分割肉和光鸡，价格涨了两倍。有家罐头厂还想跟我们合作，联合开发袋装速食乌骨鸡和卤羊肉、卤猪头肉。正在谈。近日，万管家正带人在林场栽桑树，五百棵，月内栽完。开春蚕宝宝就有桑叶吃了。挖树坑时，发现五镡金银珠宝，万福堂没敢伸张，告诉了我，不知谁家的，便暂时收了起来。后来又去问了你爹，他说这就是文家的，是太平天国军队过常熟时埋下的，家中老一辈都知道，还让我保管处置。一下子得到这么多钱我都不知道怎么花了，还是存着吧，家中老少平安，勿念。天冷了，多加衣服，棉衣我已做好给你寄去了。

楚玥早晨于农场。

看完信，如玉的心情久久不能平静，江南老宅、农场、楚玥等人不断从眼前掠过，心里充满了思念。他坐到桌前，抓起了毛笔。他似有满肚子的话要对楚玥倾吐。

如玉致楚玥

一天收到你的两封信，我为你和事业的进步，感到喜悦。我很想向你说说从军的感受。

我的人变了，变得粗糙了，由一个老夫子变成了丘八。长衫、西服都不穿，只有一身黑布棉袄、棉裤，一根皮带，与农夫毫无二致。苏北少米，只吃面，高粱米面、麦面、红薯面，下饭多为咸菜疙瘩。官长一致，有盐同咸，没盐同淡。慢慢地也就习惯了，适应了，人也长壮了些，心也变硬了。能打枪骑马，敢杀人，不再血晕。

我知道自己心中追求的是什么了，可许多义军指战员好像不太明白。我想练一支精兵，更让他们懂得为谁扛枪，为谁打仗，懂得如何将国家命运和个人利益结合在一起，这样就有凝聚力战斗力了，风吹战旗不倒，雷打队伍不散。

义军进攻淮阴城，屡败屡战，硬骨头不好啃，惜无铁嘴钢牙。在马陵山搭建新巢，费心费力，总算有了一个家。将来在淮阴站不住，我们会退到这里。全新的工作，别样的人生，内心充满纠结，我一遍遍拷问自己：这样的人生意义和价值在哪里？要力求让自己接到地气，一棵树才不会枯萎，一朵花才会绽放。盯着太阳，人生才有向上的勇气，奋斗才有崇高的向度。时代狂潮之中，我觉得自己很渺小，但却并不自卑。苔花如米小，也学牡丹开。一个人只要能为社会、为民众做出一些有益的工作，就可以仰俯无愧了。斗争还在继续，道路还很漫长。但我会坚韧地前行。事繁日短，不多说了。

如玉，马陵山，中午。

我回顾自己这一段的人生历程，尤其是到淮阴之后，觉得变化真是太突兀了，自己就像一个思想准备不足的闯入者一下子就走进了火热的斗争生活。我原本只想一心一意搞好水利，治理好大运河，办好农场，甚至著书立说，可在种种偶然与必然因素的驱动下，我一下子就卷入了时代狂澜的漩涡，被迫用自己柔弱的肩膀去扛起某种责任，用一颗仁爱之心去为国家为民众谋求福祉。

我每天都生活在矛盾和冲突之中，新生活逼使自己去学习，去思考，去探求，我努力使自己变得聪明起来，并学会隐忍负责，面对铁血洗礼。我觉得，心中有一个目标越来越清晰了，一种信仰越来越牢固了，个人得失已经不再重要，国家前途命运才值得萦怀。佛争一炉香，人争一口气。一个人的内心精神足够强大才能直面现实，勇往直前，百折不回。我正在觉醒中成长，在成长中成熟。闲下来我会想你，可儿女私情却会消磨我的斗志。只要你我心心相印，又岂在朝朝暮暮。

如玉，午于马陵山又及。

这天上午，韩恢在河神庙开了个会，除了如玉，其他义军头目差不多都到齐了。韩恢说："今天这会有两个议题。我先讲第一个，义军纪律。自围城以来，义军中怪事不断，有和城内老百姓偷偷做生意的，有倒卖枪支的，有吃拿卡要、偷鸡摸狗的，有抽老海逛窑子，包女人的，有开小差当逃兵的，有多吃多占，沾油沾水、克扣粮饷喝兵血的，有强奸女兵的。"说到这，韩恢将桌子一拍："说这些我都嫌污了我的口舌，太不像话了。要整顿纪律。长此以往，不用人家打，我们自己就垮了。大家发表一下意见，看怎么个弄法？"

吉念祖说："我先检讨我自己，光盯着打仗，忽视了义军纪律，我会整肃这些歪风邪气的，先从当头的抓起。乌合之众怎么能打胜仗呢？怎么能获得民心呢！"

仲八支支吾吾地说："我这个人有个大毛病，看到女人，就两眼冒火，心里就跟猫爪一样。以后我要保持克制。"

鹭儿岛队队长卯金刀说："你光玩女人倒也罢了，你与那个卞京娘还偷偷卖枪弹呢！这哪来的？你得说说清楚。"

仲八火了，说："你看见的？抓到把柄了？别血口喷人，你手下偷贩粮食卖给城中百姓，也好不到那块去？"

龟山队队长李木子说："义军这样下去不行，恐怕得规定几条规矩发下去，没有规矩不成方圆嘛。"

天山队队长妙常说："我手下尼姑不少，总有人骚扰，尽说促寿话，还动手动脚的。"

仲八笑嘻嘻地说："皮麻没事"

妙常说："你不知道？那天你不是张大嘴在哪当裁判，谁的那口痰吐到了你的嘴里，你没数？"

仲八说："你又转人！如今的尼姑也满嘴辣村话了。"

妙常说："你胡说。"

吉念祖说："下面请韩总讲第二个问题。"

韩恢说："这个问题比较复杂。我们久围长围淮阴城，守军撑不下去了，老百姓也普遍缺粮，市场买卖也做不成了，提出要和我们谈判。我定了几个条件，其中最主要的有三条：一是双方各自撤出淮阴城。在城外驻兵，恢复经济；二是我军粮饷由当地政府从税收中补贴一部分；三是以废黄河为界，互不进攻。大家看看有什么不妥？"

仲八说："大家都喘口气也不孬啊！马上到年关了。该让我们歇歇了。"

妙常说："那个赵恒均鬼得很，是个老军阀，会不会耍我们？再说，由他们补给义军粮饷，人家也未必答应。"

李木子说："打口水仗我们不行，恐怕还得文副总指挥来，他是黑墨嘴子，谈判时会抠理由。"

茆金刀说："天冷了，我手下不少弟兄还穿着单衣呢！双方撤兵，贸易一开，我们也能采购些布匹棉花做点棉衣。"

吉念祖说："看来大家还是赞成双方撤兵的，这对双方和民生都有利，我们是主张三民主义的，打仗殃及平民百姓也不好，有损义军名声。不过，双方都会提出条件，这事成不成，还得看谈判效果。我主张组成一个谈判班子，跟赵恒均磨嘴皮子。优势在我，不怕他掉鬼。"

韩恢说："我已经派人跟文指挥联系，不过，他在泗阳有要紧事走不开。要想找到合适的谈判代表还真不容易，我们义军中文化人太少了。这怎么办呢？要不我去？"

吉念祖说："不行，你是总当家的。别着了人家的道。再说，也没有周旋余地。还是我去吧，照本宣科，行不行，大主意还是你拿。"

韩恢说："那就辛苦吉兄。"

妙常说："也算我一个，到时也好相互配合。"

韩恢点了点头，说："要不再找个学生兵，做记录。"

吉念祖说："中，我那儿就有一个，是淮安师范学校学生，叫王彦青，能文能武，有两下子。"

"那就王彦青吧，我见过他，不错。如果不行，我把伏龙从泗阳调来。"韩恢说："吉老弟，你明天就跟赵恒均联系。有什么事到时再商量。整顿纪律一事由我拿个方案，然后再实施，各队头头回去吹吹风，该管的事先管起来，还有大家得以身作则。"

谈判的事情总算有了眉目。地点定在城东新渡边家花园，这里是清扬州八怪画派画家之一、芦雁名家边寿民的故居，很安静。

混城第三旅首席代表是谍报队队长谢士元，和一男一女两个文书。双方条件的文本也交换过了。第一轮谈判是在这天下午举行的。谢士元说："吉总，你的文本我也看了。现在双方休战了，谈比不谈好。不过，我觉得贵方缺乏诚意，条件过于苛刻。"

吉念祖说："你说具体点，别扣大帽子。"

谢士元说："由政府给你们发粮饷，这不靠谱吧？双方是平等的，这有点强人所难。"

吉念祖语塞了。妙常说："谁跟你们对等，是你提出要和谈的，我们已经占了优势，如果再打下去，连全城都是我们的，要你们从税金中拿点粮饷出格吗？别给脸不要脸！"

谢士元有些尴尬，强颜为笑道："妙常师傅也是个炮筒子脾气，怎么一点就炸。有点不太像出家人。"

妙常说："我就是一个俗人。要不我还不想跟你这种人打交道呢。"

王彦青说："谢队长，你能谈谈你们的想法吗？"

谢士元说："这税金是道、县两家的地方政府管的，军队插不上手，我们答应了，也不好使。再说，你们需要多少补贴，补多长时间，有多少人头，数字依据是什么，也没说呀。"

王彦青说："如果你们不反对，我会提供一个附件给你，至于说我们有多少人头，那是不便告诉你的。"

双方又谈了一阵，天也快晌了，谢士元站了起来："边家花园已改成酒馆，有吃有住，今晌我招待你们。另外，我给你们开几个房间，好住下来。"

吉念祖说："那就客随主便吧。"

宴席上，谢士元大发感慨："吉总，人生在世，无非功名利禄。我冒昧问一句，你身居高位，在义军那边一月拿多少薪水呢？"

吉念祖说："我们义军官兵平等，一月只有两块黄烟钱。"

"太清苦了。我就一少校，每月八十块大洋，就这还不够花的。"谢士元说："这也悬殊太大了。"

王彦青说："正因为不公平，我们才要推翻袁世凯的北洋军阀政府，再建一个新的民主共和政权。"

谢士元说："国家大事离我们太远了，我们都是小人物，不如讲点实际效益。如果你们愿意，我们完全可以成为朋友。怎么样？"

妙常说："昨天还打的人死命活的，今天就变成朋友，可能吗？"

谢士元说："怎么不可能？人与人之间只有利益之争。双方政治立场不同，也不影响我们成为朋友吗？"

吉念祖说："我投身革命党十多年了，小恩小惠对我一点作用也没有。"

谢士元说："只要吉兄过来，岂止是小恩小惠？你有什么条件尽管提出来。"

吉念祖抓过两口大碗，满上白酒，又将一只碗推到谢天士手边："我们还是喝酒吧，如果你能在酒桌赢我，条件任你提。"

谢士元皱了皱眉头："好，我今儿就舍命陪君子，干！"说着，端起大碗一饮而尽。

酒席结束，谢士元叫手下女秘书交给王彦青两把房间钥匙，吉念祖："我们三个人两男一女，两间房都是单人床，怎么住。你这是什么意思？"

谢士元笑笑："今天客满就将就吧。"

妙常拿过一把钥匙，拉过吉念祖说："我俩一间，我晚上只打座不睡觉的。"

谢士元说："问题不是解决了。"

第二天一大早，吉念祖就得到一个消息：昨夜，守城敌军突然打开城门，偷袭守水关门的义军，不但打死龟山队二十多人，还乘机从运河运进城里十多船粮食。吉念祖气得暴跳如雷，一见到谢士元就破口大骂："你们这些人都是什么玩意？双方已经暂时休战了，你怎么搞突然袭击？你们有和谈的诚意吗？我要向你们抗议！"

谢士元说："这也是被你们逼得。城内老百姓已断粮多天，天天死人，我们能看得下去吗？"

妙常说："你谢士元就是一个臭流氓。"

谢士元笑笑："昨晚妙常师傅没休息好吧？头回尝到男欢女爱的滋味，精神耗多了，难免上火。我不计较你。"

妙常上去就要揍谢士元："你再满嘴喷粪，我废了你。"

王彦青拉过妙常："他是想激怒你，让你动手，然后再扣我们一项破坏和谈的帽子。我们不要上当。"

妙常说："这小子也太阴险了。"

谢士元过来了，说："我们先吃早饭，然后接着谈。"

第五十三回

京娘定计献街垒　如玉拍板攻庞营

敌我双方的和谈破裂了，不过淮阴北门的战火也并没有重新燃起，仲八变得更加轻松悠闲了，整天躲在石家大院里和卞京娘鬼混。仲八已经深陷其中，无法再摆脱卞京娘了。这天中午，卞京娘对仲八发起了攻势。她说："仲八，这些天老娘吃大亏了，你天天不让我消停，快活似神仙，可我却什么也没有得到。"

仲八说："你想要什么？"

卞京娘说："你是真不懂还是假不懂？"

仲八笑着说："我又不是你肚子里的蛔虫。"

卞京娘说："你这人够傻的。如果你过那边去，要官有官，要钱有钱，要女人有女人，何乐而不为呢？谢士元说了，只要你投诚过去，他可以保举你在军队当个营长。"

仲八说："丘八那身黄皮我不想披，规矩太多了。"

卞京娘说："这也好办，谢士元说了，你可以当淮阴商会商团团长。商团油水大，而且有队伍。"

仲八说："这还差不多，那谢士元什么条件呢？"

卞京娘说："这还用说吗？"

仲八说："你这娘们真狠，想让我献出北门街垒是不是？"

卞京娘说："如今城里水泄不通，人家最看重的就是北门这个通道了。"

仲八说："北门是几百个义军性命换来的，如果献出去了，我非掉脑袋不可，这太危险了。"

卞京娘说:"退路我已经替你想好了。你可以来个明守暗弃,踏雪无痕。"

仲八来了兴趣:"你说说看。"

卞京娘压低喉咙将预想的方案说了一遍。

仲八频频点头,说:"这样不错,弄好了,我还可以留在义军中,来个快刀打豆腐,两面光。不过干这事需要大钱。"

卞京娘从床底拎出一只皮箱,打开,都是白花花的银元。她说:"这些钱你拿去散财神,守街垒的义军人人有份,头头脑脑多把点。"

仲八抓了一把银元看了看:"成色不错,有诚意,干!"

翌日子夜,淮阴城守敌两个营士兵突然向北门街垒发动进攻,睡梦中的巨山队及协同义军被打了个措手不及,勉强抵抗一阵,就稀里糊涂放弃街垒撤出了北门防线。北门破损的城墙缺口也被守敌用石块堵死。等到东门、南门的义军赶来支援,战斗已经结束,只得怏然撤回原地。

韩恢和吉念祖是第二天早上得知这个消息的,又惊又疑。韩恢对吉念祖说:"北门突然失守,这件事不简单,没准里边有阴谋,你得派人调查。你先找仲八谈谈,如果发现破绽,立马拿人,就地正法。"

吉念祖当即赶到废黄河边仲八营地,只见仲八正在喝酒,人已经喝醉了,满嘴酒气,双眼通红,嘴里还骂骂咧咧。卞京娘叼着香烟一脸得意。吉念祖对仲八说:"仲八,你给我讲清楚,北门阵地是怎么丢掉的,说不清楚老子枪毙了你。"

仲八嘟嘟囔囔地说:"老子心里不痛快,就想喝酒,吉总指挥,你也陪老哥喝几杯。"说着倒了一碗酒就往吉念祖手里塞。

吉念祖抓过酒碗摔了个粉碎,高声说:"你回答我的问题,别装蒜。"

仲八唱起了小调:"奴家今年十八春,一朵海棠没开苞。单等邻村王二哥,将奴家的身来破,满床桃花血染红。"

吉念祖气得直喘粗气。卞京娘说:"吉总指挥,仲八丢了北门街垒,心里也很难过,灌了一肚子黄汤,早醉了。守城的那帮苏军也太不讲信誉了,夜里突然枪就响了。老娘是逃出石家大院的。"

吉念祖丢开仲八,又找几个人问了问,却没有找到任何有价值的线索。有几个人正在推牌九,吉念祖更生气,上去一把将牌桌子掀翻了。回到河神庙,他将调查的情况报告给了韩恢。韩恢说："这事还得查。一查到底。"

吉念祖说："现在水关门、北门阵地都丢了，东南二门失去一角，随时都可能受到敌人攻击，怎么办？"

韩恢说："还能怎么办？撤吧，都撤到王营去，河神庙只留下妙常的天山队保卫前指大营，监视城里敌军。下一步，我们重点是整顿队伍，到时再杀回来。你安排一下。"

当天晚上，义军主力就撤到了王营至刘公屯一带后勤大营。韩恢四处转了转，见到处都是游兵散勇，拖拖拉拉，心中不免想念起文如玉来。他喃喃地说："也不知马陵山那边情况到底如何？"

让韩恢没有想到的是，马陵山也出了大事。这一段时间，如玉整天和魏六四处拜山头，磨嘴皮子，还算不错，除了黄飞虎的庞涓营态度不明，其余六个寨子里的土匪头目都已答应与义军合保体系。这让如玉心里多少轻松了一些。他和伏龙也联系上了。伏龙那边的工作也有突破，丁三花已首肯与义军联手，只不过附加了一个条件：入伙不合伙，听调不听编。伏龙也答应了。

事情有了眉目，如玉得空将骑兵队组建了起来。如玉从原皖军骑兵连里挑选出一个叫许天龙的排长，让他担任骑兵队队长，并负责招兵买马训练士兵。马匹上山不便，骑兵队仍住在山下范庄。对其他人事，如玉也作了调整：从各队抽出一部分人，组成亲兵队，由张牛儿负责，跟随如玉活动，江心州负责护卫队，白门柳负责学生队。这样，如玉手下就有了一支由三个大队一个小队组成的嫡系队伍。

这天晚上，如玉将四个队长召集到一起，开了个小会。如玉说："我们在泗阳工作的中心是建立义军根据地，现在工作进展比较理想，已初步站稳脚跟。可还有很多问题没有解决，工作不能放松。"

白门柳说："文指挥，你具体说说，有什么担子我们几个帮你分担。"

如玉说："一是，如果我们在这里站稳脚跟，主要队伍还得撤回淮阴王营，那么由谁来守龙虎寨，留多少人合适，这都是个事。二是留守人员长期驻扎在龙虎寨，粮饷经费都来之于天山广陵王墓珍宝，总有一天会用完，这很让人担忧，我们得另想办法。还有其他事我就不说了。"

白门柳说："车到山前必有路，还是走一步看一步吧。这些日子你也太累了，江心州打了条狼，我烧点狼肉汤给你补补身子。"

一散会，如玉就回屋休息了。天拂晓时，他忽然被一阵敲门声惊醒了，披衣起来一看，只见许天龙站在门口，浑身是血。如玉一惊，问道："出什么事了？"

许天龙说："我对不起总指挥。昨夜庞涓营土匪头子黄飞虎带人偷袭范庄，骑兵队损失严重，我手下弟兄被打死十几个人，战马也被抢走二十来匹，其中也包括紫电。"

如玉说："你们没有放哨？"

许天龙说："放了，可被土匪摸掉了，打了我们一个措手不及。"

如玉说："你确定看清楚是黄飞虎的人？"

许天龙说："一点不错。那家伙临走时还放出狂言，说革命军没有什么了不起。想吞并庞涓寨门都没有。"

如玉的脸色变得铁青，让许天龙叫上牛儿等人，赶往范庄。

如玉四下转了转，只见打谷场上，牛棚边，到处都是义军死尸，还有几匹死马，鲜血流了满地。

如玉说："谁有烟，给我一支。"

江心州递给如玉一支烟，又帮他点上，说："总指挥，你不是不抽烟吗？"

如玉说："我的肺都气炸了，抽支烟平定一下，大家说说看，如何处理这次事变？"

白门柳说："还商量什么，打黄飞虎那个坏种。他是个惯匪，干的坏事多了，民愤极大。"

江心州说："对待土匪，得恩威并用，太软不行，我也主张打。"

许天龙说："我打头阵。这口恶气非出不可。"

如玉说："本来我有点犹豫，现在看来打比不打好，一是可以表明我们义军的立场、态度和实力，二是可以敲山震虎，杀鸡吓猴。那就打，一定要消灭黄飞虎，拿下庞涓营。可那个寨子地处石门山，进出大寨只有一条小路，易守难攻。大家看怎么办？"

许天龙说："我早想好办法了。保证一剑封喉。"

如玉手一挥："我们现在就兵发庞滑营，方案边走边商议。"

中午时分，义军包围了庞滑营，如玉叫守寨土匪去找黄飞虎。黄飞虎到了寨墙上，说："姓文的，你想干什么？"

如玉说："血债要用血来还。考虑到你手下弟兄的性命，我给你指一条路：你自己主动开门投降，账我只找你一个人算。协从不问。"

黄飞虎说："我这庞涓营地也不是泥捏的，你不信，就拿人堆吧！老子不惧你。"

如玉对江心州说："这家伙太嚣张，你给我打掉他。"

江心州抄起一支步枪，瞄都没瞄就扣动了扳机，"啪"，一颗子弹飞向寨墙，黄飞虎头一偏，便蹲了下去。

如玉手一挥："把火炮推上来，一齐开火，把寨门、营房全炸掉。"

炮声隆隆，弹飞如雨，次第落入匪寨，腾起一片烈火浓烟，隐隐约约间，土匪抱头鼠窜，四下躲避，但已然来不及了，片刻工夫，匪寨里的枪声变得稀疏了。如玉手一挥："给我冲！"

许天龙举起马刀，带人猛扑寨门。

战斗结束了，土匪伤亡过半，黄飞虎被活捉。如玉走到他对面，说："你服不服？"

黄飞虎说："我不服，没有炮，你连寨门都进不去。"

如玉说："那你想怎么样？"

黄飞虎说："我想跟你们的人单挑。"

如玉说："你也太自负了。就依你。"他目视张牛儿。

张牛儿挺身上前，说："姓黄的，我陪你玩玩。"说罢，双手一错，摆好门户。

黄飞虎更不答话，一个箭步冲了过去，呼地打出一拳，正是大洪拳中的"李广射虎"。牛儿一招如封似闭，荡开来拳，架子一矮，早插入黄飞虎腋下，侧肩一撞，脚下一撩，黄飞虎飞了过去。牛儿大吼一声，腾空跃起，双臂翼张，一脚如杵，捣向黄飞虎胸膛，一声惨叫，黄飞虎口中鲜血激射如箭，当场毙命。牛儿"啐"了一口："就这手艺，还敢向我叫板！"

如玉向被俘的匪众说："愿留下的找张队长报名，不愿留下的，每人发一块大洋回家。"说着大步走向马厩。他关心是那些被抢上山的战马和他心爱的"紫电"神驹。

第五十四回

白门柳比武招亲　释妙常喋血护帅

整军动员大会是在早上开始的。韩恢作为义军总指挥，首先作了动员报告。他说："我们义军发展很快，攻打淮阴城也予敌人以重创。但这些成绩还不值得我们骄傲。我们义军的不足之处还有不少，主要是正规化程度不够，纪律欠严明。以致影响战斗力的提高。我们必须要整顿队伍。下面，请前指总指挥吉念祖宣布队伍管理条例。"

吉念祖在掌声中走上庙台，说："这个条例主要是韩总指挥制订的，他在日本学过军事，也在军队干过，在队伍管理方面是行家。我要宣布的是士兵操典，包括出操十条规定，就餐三条规定，就寝四条规定，训练二十一条规定，奖罚十六条规定。部队要提高战斗力，必须从细节养成抓起。我讲多了，大家也记不住，因为我们的队伍主要成员是工农，没有什么文化。不过，我会将这些条例规定发到各队队长手里，再由他们逐条讲解灌输。"

吉念祖下去后，韩恢又说道："下面，由前指文副总指挥介绍整军练兵的经验。他们不但在马陵山站稳了脚跟，经过初步整军还带出了一支优秀队伍，也积累了一定经验。"

文如玉走上台，说："我没有多少经验可说，因为我们的整训也刚走上正轨。我要告诉弟兄们的是，要想成为一个优良的指战员，关键在于懂得为谁扛枪打仗，懂得如何将国家命运和个人利益结合起来。一支没有信仰、没有文化、没有纪律的队伍是打不好仗的。"

韩恢说："为了搞好这次整军，我们的学兵队还编排了不少文艺节目，很好看。我相信，通过他们的宣传，大家的整军练兵热情一定会高涨起来。"正说着，台下队伍中出现了一阵小小的骚动，片刻工夫，一张字条递到了韩恢手上。他瞟了一眼，乐了，说："我接到学兵一张字条，说他们的队长白门柳想乘今天这个机会通过设擂比武寻找佳婿。这个方法不错呀，很有新意，不比文艺节目差，我完全支持。"

"报告！"白门柳从前排人群中站了起来，说："韩总，根本没有这回事，都是这帮学生捣乱，你不要当真。"

韩恢说："这有什么？我们是一支新型队伍，也一般不反对指战员谈恋爱结婚。依我看，这些人有起哄的成分，爱慕我们白姑娘的因素更多，你大方点嘛，怕什么？"

白门柳说："我什么都不怕。只要对整军练兵有好处，我就真的来个比武招亲，让大家看看，真正的好兵是如何掳获一个姑娘的芳心的。"说罢，她双脚一点，飞到庙台上，说："本姑娘有个说道：第一，老头子不带，少年儿童不带，第二，谁是最后赢家我嫁给谁，第三，比武真砍实杀，生死无论，不能让本姑娘抵命。谁先上？"她抱拳向台下一挥，双臂一拉，一个马步，摆好门户，正是"盘马弯弓"。

台下叫了一声"好"。

韩恢说："有点意思！机会难得，谁先上？白门柳可是我们的军花。"

"我来！"一声招呼，仲八上了台，看着白门柳。

白门柳一愣，说："仲八你都多大了，长那么老相，初看十五，细看五十、不带你、下去吧。"

仲八说："你没看我长的老相，可一朵花还没开呢，光共一个、四十刚出头，凭什么不带我玩？"

白门柳说："你把户口簿给我看，光验明真身。"

仲八说："这不是有意刁难人吗？我从小就是个高儿，哪有那玩艺，不行，今天这擂台，我是打定了。"

白门柳正为难，卞京娘窜上了台，指着仲八鼻子说："仲八你个绝种，你想老牛啃嫩草，把老娘我摆给哪块？你给我滚下台去。"

仲八说："你就是一个窑姐，给你点三分颜色，你还蹬鼻子上脸呢！好汉三妻四妾算什么，你吃什么醋。我就不下去。"

卞京娘说："仲八你个不要脸的，你不下去？不下去你就跟老娘比武"说着，屁股一撮，脚一蹬，一头撞向仲八，仲八一不留神被撞个狗晒蛋。

台下哄堂大笑。

韩恢说："你婆娘不让你上，你就下去吧，别弄出人命来，坏了白姑娘的好事。"

仲八爬起来，拍拍屁股，揉揉胸口，说："下去就下去，不过，我保留参赛资格。"

仲八被卞京娘揪着耳朵拽下了台。

白门柳说："仲八刚才演的这一出叫苦肉计，虽说是瞎打误撞，不过很好玩。仲八不敢打擂，下面谁上？"

一个旧苏军老兵上了台，自我介绍说："本人白起，高沟人，现年三十六岁，至今未婚，成分是三代贫农。我来领教一下白姑娘的手艺。"他甩掉棉袄，光着膀子在台上扭起了跷步，活像一头大猩猩。

白门柳说："跷术不带，不会武术，下去。"

白起说："白姑娘不要小看人嘛，拳不打力，不信试试。"

白门柳手一招，打出一拳，白起一个三跐步迎了上去，双手去抓白门柳，脚下却暗藏单钩，谁知白门柳这一拳是虚招，见对方下盘不稳，伸手一拉一带复一掌，将白起打翻在地。白起爬起来，红着脸下了台。

又上来一个瘦子，小白脸，单皮细眼，自报家门说："我叫殷孔，地趟拳名家，白姑娘你小心了。"说着，就地一滚，逼近白门柳，双脚一蹬，直取对方下盘，白门柳笑笑，一纵已到半空，旋即飞起一腿，正中殷孔门面，鼻孔鲜血直刺。他怔在哪里，一脸茫然，喃喃自语："我这招兔子蹬鹰可啊，怎么会失手了？"手朝脸上一扶，一脸血。

仲八在台下大喊："还不死走。"殷孔头一低，下了台。

白门柳连胜两阵，很得意，说："我看这淮城一带也没有高手，照这样下去，本姑娘今天未必能招到好女婿。名额有限，先到先得，谁来？"

一个矮个子爬上了台："我来也！短腿大侠游本椿，以一双八卦掌打遍淮河两岸无敌手，看招。"说着，划动短腿，围着白门柳。满台乱转。一见白门柳逼近，一个后撤步已到台边，接着又转起来。

白门柳笑着说："你是不是拉洋车卖脚力出身？转什么劲吗？还打不打？不打下去，别耽误本姑娘功夫。"

矮子一言不发，瞪大眼，仍然满台滴溜溜转。

白门柳从台侧搬了一把椅子，放在台上，坐了下来："你先画圈子，什么时候画够了，什么时候再比。"

台下有人起哄："滚下去！别占着茅坑不拉尿。"

矮子做了个鬼脸一纵下了台。

白门柳说："我今天真失望，有柳琴调一曲为证。"说着，开口唱了起来："本姑娘我姓白家门口一棵垂杨柳，风情万种招得鸦雀来栖，愿今日觅得佳婿一辈子没白活。"

她的歌声婉转流丽，韵味十足，众人都听呆了。正说着，吉念祖一个雄鹰展翅已飞到台上："白姑娘请了！在下吉念祖，请赐教！"他摆好一个桩口，上虚下实，渊停狱峙，莫气十足，一派武林名家范。白门柳笑着说："冤家来了，请！"迅即拍出一掌，虎虎生风，劲道十足。吉念祖一招力劈华山，接了一掌，双方各撤数步。两人蹿身又上，斗在一处，你来我往，有进有退，转眼拆了十多个回合。吉念祖大吼一声，双指如钩，点向白门柳西门，见对方后躲，身一转，已到白门柳背后，突出一掌，将白门打倒在地。白门柳一跃站了起来，双手一抱："吉大侠，在下认输，本姑娘归你了。"

念祖双拳一抱还了一揖："白娘子，承让！我们先拜堂吧。有请证婚人文如玉！"

如玉满脸笑容上了台，说："对不起，耽误大家看文艺节目了。我先申明一下：会前，韩总一定要让我们后勤大营指挥部出一个节目，可我又没有多少文艺细胞，便和白门柳等人编排了这么一个比武招亲节目。我想要申明的是：吉总和白队长比武是真的，有效。"

韩恢走到台前，说："干革命，既需要不怕死的精神，也需要乐观主义精神。我相信，只要把大家的情绪调动起来，有了高涨的热情，我们的整军练兵一定会取得好成绩，下面请大家看文艺节目。"

几个女学兵上台扭起了大秧歌。

卞京娘悄悄对仲八说："天一黑，你就带队伍撤回河神庙，可不敢误事。我已经与谢士元说好，让他出兵配合你。"

仲八点点头："小菜一碟，误不了事。"

卞京娘说："刚才谁叫你上去的？瞎起哄！"

仲八说："我还以为白门柳是真的比武招亲，就动心了。"

"你敢。"

这是一间小小的斋堂，仅有的陈设就是墙上的一张观音画像、一张长桌和上面的宣德炉、一块蒲团。打坐的人是妙常。大营里能有参禅念佛的地方，这个天山神居庵的年轻住持已经很满意。可说不清为什么，今晚她的心情有些凌乱，如同杂草丛生，总是平静不下来，思绪飞得很远很远。

妙常想起了自己的身世。他是高邮乡间一个农民的女儿，从小便体弱多病，家里人都怕她养不活。十八岁那年春天，她下田插秧，无意当中发现水里有一个模糊的人影，抬头一看，居然是观音菩萨站在面前。菩萨说："你有慧根，须出家。"她便告别父母来到了天山神居庵成了一个年轻的比丘尼。

庵中以年轻尼姑居多，不是少女就是小媳妇。师傅叫心印，对她们管教很严。

妙常心想，既然是出家人，自然应当遵守寺规，而且做到也不是难事。所幸的是，妙常坚持了下来，并成为庵里的住持。

妙常又想起了与吉念祖在一起的时光。过去，吉念祖就和韩恢经常到神居庵去，妙常第一次见到吉念祖就爱慕上了这个淳朴刚直的广西汉子，可吉念祖的心思都在练武和革命上，对她的心意毫无察觉，熟视无睹，这让妙常很苦恼，可又说不出口。那天晚上，她和吉念祖同居边家花园酒店一间客房内，吉念祖躺在床上看拳谱，妙常独自打坐。

那一夜，她打坐直到天明。自那以后，对吉念祖，妙常是又爱又恨。

妙常心里阵阵骚动，便起身走到窗口，静静地看着夜空。冬日的夜晚，冷月高挂，云淡风轻，天空一碧如洗，万籁俱寂。她想，此时吉念祖一定在酣睡。忽然，她听到不远处传来一阵阵犬吠声，而且又急又高。是不是有什么情况？她走到床前，取下墙上的拂尘，又从枕头低下摸出一把短枪别在腰间。她出了门，直奔岗哨走去。倏地，几个黑影扑了上来，妙常异常敏捷，手中拂尘一扬一扫，便将来人打倒了，又掏出短枪，对天放了一枪。"砰！"

夜静更深，枪声格外刺耳，转眼工夫，就不断有人跑到妙常身边，个个都拿着枪。妙常说："有人偷袭大营，快反击。"众人便依托地形，向进攻的人射击。可敌人却越来越多。正在危急时，吉念祖带了几个人赶到了，当他得知是敌人偷袭大营，便举枪向前冲去，不料却被一颗子弹击中小腿，顿时倒了下去。妙常带人扑到吉念祖身边，叫两个义军战士扶着他后撤，自己则负责掩护。

敌人渐渐逼住了，包围圈越缩城小。妙常举枪就打，枪没响。她知道没有子弹了，见几个敌人扑过来，挥舞起拂尘反击，饶是不断有敌人被打倒，她自己的身上也受了多处伤，鲜血淋漓，但仍然死战不退。她想为吉念祖争取更多的时间。又是一阵激斗，妙常手中的拂尘被子弹打断，随便扑上来几个壮汉，将她按倒在地。

"妙常师傅，不要再挣扎了！"

黑暗中，妙常听到一个熟悉的声音。她一惊，面前这个人居然是仲八。她抬起头来。高声骂道："仲八，你这个内奸、叛徒，老娘就是死了化为厉鬼，也不会放过你。"

仲八说："你听听，大营里已经没有什么枪声了，你的天山队完了，吉念祖的前指大营也完了。你还是投降吧。"

"呸！"妙常啐了仲八一口。

"带走！"仲八手一挥，将妙常押到了北门石家大院。

妙常被吊上了房梁，双脚刚点地。仲八说："你如果想活命，得投降，另外再把天山队的人给我拉过来。怎么样？"

妙常说："办不到，是杀是剐你看着办。"

仲八说："我可是土匪出身，什么下作的事情都干得出来。想好了没有？"

妙常不吭声，索性闭上了眼睛。

众壮汉放下了妙常。

仲八说："我不会便宜你。我要慢慢折磨你。老子先去喝酒，你再想想，再执迷不悟，我就不客气。"

仲八带着众人走了，妙常似乎已身心交瘁，一阵晕眩昏了过去。

第五十五回

波谲云诡渡运河　摧枯拉朽战泗城

傍午时分，白门柳用一辆孔明车推着吉念祖出了刘公屯，来到一个河塘边。气候越来越冷了，北风呼呼，咬脸刺骨，芦花飘荡，漫卷如雪，河水清浅，寒光闪烁。站了一会，白门柳对吉念祖说："天很冷，我们还是回屋去吧？"

吉念祖摇摇头："再待一会，整天关在屋里闷死了。让冷风吹一吹，我头脑清醒一些。"

白门柳说："你也不要太难过了，人不是神仙，总会出错的。"

吉念祖说："我一个男子汉，让一个女尼替我挡枪子，还让妙常被仲八捉去，白白送了命，我的心里能不窝火？"

白门柳一惊："妙常师傅死了？"

吉念祖点点头："刚得到消息，她为避免受辱，用她师傅心印大师传授的武功自断筋脉而死。真是个刚烈的出家人。"

白门柳叹了一口气："妙常是个好样的人，听说她对你很上心呢？你为什么拒绝人家？"

吉念祖说："我和她认识很早。在我眼里，她就是一个当家尼姑，我怎么可能对她产生爱慕之情？我心里不安的是，有时对她太冷淡了。"

白门柳说："最近我们接连失利，先是丢了淮阴北门街垒，接着前指大营受到仲八和敌混成旅内外夹击，天山营损失惨重。你看这是什么原因造成的？"

吉念祖说："这个问题我也琢磨过，只是不想说。"

"你说说看嘛！"白门柳不依不饶："我们俩人待在一起好长时间了，你还拿我当外人。"

吉念祖点点头："主要还是决策指挥上出了问题，一是对革命斗争的残酷性复杂性估计不足，让内奸叛徒钻了空子。二是前指大营孤悬河神庙，远离主力队伍，不妥当。所以，遭到敌人袭击也是迟早的事情。"

白门柳说："吉大哥，你说的对。我觉得我应该重新认识你。过去我总认为你就是一个粗放的武林高手，没想到你粗中有细，遇事也能往深处琢磨反省。"

吉念祖笑着说："看来文如玉派你来照顾我，心思没有白费。对于那天比武招亲，原来我也没有往心里去，表演节目嘛。事后想一想，你这个姑娘还真的有不少可爱之处，我的心也就动了。要认识一个人，是要时间的。"

白门柳说："我也知道文如玉的心思，想让我和你好。可感情不能勉强，不能搞拉郎配，我们还是慢慢处吧。"

正说间，王彦青赶着一辆马车来了，白门柳问道："王参谋，有事吗？"

王彦青说："韩老总让吉总现在就到王营总部去。"

吉念祖一惊说："有什么紧急情况吗？"

王彦青摇摇头："不知道，不过，看上去，韩老总看上去很焦急。我们快走吧。"

乘着马车，吉念祖、白门柳随王彦青赶到了总部伏家大院。

一进门，吉念祖发现韩恢、伏龙、文如玉正站在一幅地图前商量着什么。韩恢见人都到齐了，便宣布开会。白门柳要走，被韩恢叫住了。他说："刚才，侦察队队长戴小毛来报告，说淮阴城里，现在正向王营方向开来，人数不少。敌人想干什么？大家分析一下。"

伏龙说："我刚到这不久，知道的情况不多。直观上我觉得敌人要攻打我们的大营。想把我们消灭至少是赶走。"

吉念祖说："最近我们损失不少人。不过，敌我双方力量也差不多，敌人主动进攻，我们就跟他干，谁怕谁？"

韩恢说："就是在这打一仗，我们也不占便宜，王营、刘公屯无险可守，四面受敌，我们怎么守？我看事情没有这么简单。"

如玉指着地图说："依我看现在情况很严重。你们看，王营地处平原，西边是公路、大运河，一旦被敌人封锁，我们就无路可走，往东往北，往南都没有依托。我判断敌人不光是想击溃我们，主要是想断我们的退路，把我们的主力消灭在大运河东。"

吉念祖说："如玉说的对。如果我们在淮阴城郊站不住，又无力主动攻击淮阴城，唯一的退路就是泗阳、马陵山一线，一旦公路、运河被敌人封锁，我们就被动了。"

伏龙说："我们也不要把敌人的力量估计得太大。要想封锁公路、大运河两道防线，得用多少兵力？而且是一只长蛇阵，易于多处受到我们的重点攻击，我们怕什么？关键还是要弄清楚敌人到底想干什么？我们有没有死穴被他抓住，我们又采取什么破敌之策，粉碎敌大阴谋，变被动为主动。"

白门柳说："我插一句，让伏副总指挥这么一说，双方情况就清楚了。敌人想通过封锁要道消灭我们，必须采取有效手段。那这个有效手段又是什么呢？"

如玉一直盯着地图在思考，他忽然转过身，说："我看敌人最厉害的一招是夺取我们摆在运河于家渡口的船只。"他用手点了点地图上的于家渡口："敌人是想一边通过佯攻牵制我们的主力，一边分兵袭击于家渡口，消灭我们的守船队伍，然后夺取船只。我们一旦失去几十条船，就是想撤到河西，也无能为力。"

韩恢说："这恐怕才是敌人这次出兵的真正意图。船只绝不能丢失，我们得想办法粉碎敌人的阴谋。"

伏龙说："那这一仗又怎么打呢？"

如玉说："我想是不是这样，先把我们的战略目的确定下来，那就是破敌西撤。如果我们同敌人正面交锋，不但正中敌人下怀，也无力打败敌人，最好还是兵分三路，我一部扼守淮海公路，阻敌北进王营；一部支援于家渡口，保卫船只，一部从小路绕到敌后，佯攻调动敌人，待其回撤，再南北夹击，然后乘机将主力撤到于家渡口，渡过运河撤向泗阳、马陵山根据地。"

白门柳一边鼓掌一边说："这个战法太妙了，立马就能扭转不利局面，化被动为主动，跳出河东，撤到河西。"

伏龙说："我赞成。"

"我也赞成。"吉念祖说。

韩恢扫视了众人一眼，说："既然大家意见统一了，就按如玉的方案办。我们分分工。我带人阻击由公路来犯之敌。伏龙带人支援于家渡口。如玉派手下骑兵队佯攻敌人，如玉留在大营坐镇指挥。"

如玉说："韩总，还先你镇守大营吧，我去阻击敌人。"

韩恢说："谁出主意谁当家。你比我更合适指挥这次战役，不要争了，吉念祖也留在这里协助如玉。如玉，下命令吧！"

绿林军迅速行动了起来，战斗完全按如玉预想的方案顺利进展：敌人沿公路北犯，被我死死阻击在半道，无法推进。偷袭于家渡口敌人之一部中了伏龙的埋伏，仓皇回撤，待北犯之敌被我调动南撤，又受到义军南北夹击，招兵折将，逃回了淮阴城，义军主力及时转道于家渡口，胜利渡过运河，撤往马陵山。

在过河时，韩恢对如玉说："如玉，撤出淮阴城，我真的不甘心啊！"

如玉说："你心里是怎么想的？"

韩恢说："上级要求我们利用攻打淮城为苏北乃至全省掀起并保持三次讨袁战争的高潮，扩大革命党影响，壮大义军队伍。如今这样一撤，会不会动摇军心和民心呢？"

如玉说："退一步是为了进两步。如果我们没有力量攻下淮阴城，又何必和敌人拼消耗呢？毕竟敌强我弱。放弃淮阴城，我们还可以攻打其他城市。只要我们有实力，就有卷土重来的机会。我们应该把目光放远一点。"

韩恢感叹地说："如玉，你的进步太快了，真是士别三日，当刮目相看了。"

如玉说："主要担子都压在你身上，义军的所有事情你都要通盘谋划。我只要能帮忙不添乱，心里就满足了。"

韩恢说："我觉得我越来越离不开你了。你军事上进步很快，革命理论学习也要跟上。你想不想到深入学习三民主义学说？如果有可能，我想让你和我一起到广州去一趟，中山先生在那里办了一个孙文学说高级学习班。"

如玉高兴地说："如果有机会提高一下自己的革命理论水平那真是一件好事，如果一个指挥员在理论上是瞎子，打仗也非成为盲人不可。只是眼下事情太多了，再找机会吧。"

韩恢望着波浪滚滚的大运河，感叹地说："看来你与我这一段时间就一直要战斗在这运河两岸了。"

如玉将深情的目光投向了河面。残阳如血，烟水苍茫，他的心中平添了一豪气。

韩恢是翌日下午到达马陵山的。如玉陪他看了庞涓营，又转了龙虎寨。韩恢的心情很激动，眉飞色舞，拉着如玉的手说："如玉，你立了一大功，没有这个根据地，我们义军连个立足点都没有。你的眼光太远大了。"

如玉说："没有你的支持，没有伏龙的配合，这个根据地是不可能建立起来的，我也许下不了决心，没准筹粮任务一完成，就回淮阴了。"

韩恢说："你搞的这个九连环体系，更绝，把义军和其他七个土匪寨子绑在一起，实行联防互保，力量就大多了，敌人想吃掉我们就不那么容易了。"

如玉说："三元会大当家丁三花也在这个共保体系里，他的人更多。我想再把工作做细点，让这些绿林好汉统统加入义军队伍。"

韩恢说："心急吃不得热粥，还是慢慢来吧，现在这种局面我已经很满意了。"

晚间聚餐时，如玉将伏龙、牛儿、白门柳、江心州都安排到主席上，听韩恢做指示。韩恢说："我没有什么指示，只是想跟大家唠唠下一步怎么办？大家边吃边聊。"

伏龙说："看上去，我们在马陵山很安全，其实隐患大得很。"

韩恢来了兴趣："哦？你具体说说。"

伏龙说："泗阳城就在我们根据地的咽喉要道上，它拦在哪里，我们想东进打淮阴，去不了，而淮阴的敌人却可以依托泗阳城，随时攻打马陵山。这根钉子不拔掉，迟早是个祸害。"

"说的好！"韩恢说："卧榻之下，岂容他人酣睡。不能让泗阳城留在敌人手里。"

伏龙说："所以，我们第一步就应该攻打泗阳城，这步棋下好，全盘就活了。"

"如玉你说呢？"韩恢看着如玉。

如玉说："我首先同意伏龙的意见，这步棋也很有眼光。不过，我倒建议先易后难，稳步推进。"

韩恢眼睛一亮："你接着说。"

如玉离席指着墙上的地图说："大家看，泗阳城周围十来个镇子，临河、郑楼、仰化、丁嘴、中扬、屠园、桃源，等等。就像众星捧月一样拱卫着泗阳城，而且镇镇都有警备队，村村都有民团，我们一打泗阳，各镇都会支援，内外夹击，如果淮阴的敌人再来支援，我们腹背受敌，就更被动了。谁能保证短时间拿下泗阳城？"

韩恢沉吟片刻，说："还真是个问题。那你的意思呢？"

如玉说："很简单，先扫清外围，再解决泗阳城。即使打不下泗阳城，外围失去依托，它也会成为一座孤城，死城。"

韩恢说："伏龙，你看呢？"

伏龙说："我放弃原来的想法，同意如玉的观点。"

韩恢说："我们先议到这里，吃过饭再细谈，顺便分分工，看怎么个打法，是全面开花呢？还是各个击破呢？"

伏龙说："我们现在兵强马壮，打这些镇子还不是小菜一碟？我看就来个全面开花，一锅端吧！"

如玉没有吭声。他似乎在沉思。

外围战很快就打响了，战法是全面开花，义军各个大队倾巢出动，分头进攻各个镇子。三元会、马陵山各个绿林山寨也派出一部分人马配合义军。战斗进行得相当顺利，十来天时间，临河、郑楼，中扬等四个镇子已先后落入义军之手，缴获了不少粮食和枪支、弹药，还设立了税卡。渐渐地，有些队长变得骄傲起来，调兵打仗很随意，有时连侦察敌情都免了。前敌总指挥伏龙整体忙于清点战利品，很少亲自上前线。对此，如玉很忧虑，但因伏龙资格老，是老同盟会成员，又学过军事，他也不好干预太多。

这天，如玉刚到龙虎寨大厅，鹭儿岛队长茆金刀就匆匆进了屋。如玉见他头上缠着纱布，血迹斑斑，衣裳破破烂烂，吃了一惊，问道："你这是怎么了？出了什么事？"

茆金刀垂头丧气地说："文指挥，我们攻打桃源吃大亏了。"

"怎么回事？慢慢说。"

原来，三天前，茆金刀拿下中扬镇后，稍做修整，便将队伍带到了桃源镇郊，准备吃过中饭就进攻。还未开饭，桃源镇长、乡绅谷大壮的管家江涛就来了，要求见茆金刀。一见面，江涛就说，义军声势浩大，小小桃源镇绝对不敢以卵击石，谷当家的已决定归顺义军，请茆队长现在就进镇，一边用饭，一边接收。茆金刀心里很得意，想都没想，当即集合队伍开进了桃源镇。不料，队伍刚进寨门一小半，寨门就关上了，随之枪声大作，人如潮涌。

茆金刀慌了，连忙组织队员抵抗，可到处都是警备队和民团的人，依托有利地形，不断发动冲锋，鹭儿岛队被逼得节节后退，队员死伤惨重。好容易撤到寨墙边，用炸药炸开一个破口，准备突围，又遇到仲八的叛军，一通砍杀，义军进镇队伍几乎伤亡殆尽，茆金刀也受了伤，所幸乘乱才得以脱身。

如玉气得脸都白了，说："茆金刀，你是猪脑子！警惕性都到哪里去了？为什么事先不侦察一下，摸清敌情？那个谷大壮是前清武举出身，不但有一身好武艺，还熟读兵书，深通韬略，又有万贯家财，他能轻易举白旗吗？"

茆金刀说："我现在连肠子都悔青了。还是请文指挥想想办法吧？攻打桃源，我可是向伏总立过军令状的。"

如玉说："现在不是谈处罚的时候，重要的是如何拿下桃源镇。"他派牛儿将伏龙请到大厅，又将攻打桃源失利的情况向伏龙说了。伏龙脸色铁青，对茆金刀说："等打下桃源我再跟你算账。你现在手下还有多少人？"

茆金刀说："还有二百多人。"

伏龙说："我亲自带人去打桃源，你地形熟悉还是打头阵。"

如玉说："你是主帅，家里没有人坐镇不行，还是让我去吧！"

伏龙点点头："那也行。不过，这回一定要把桃源给我拿下来，一个小小桃源镇都打不下来，还怎么打泗阳城？"

如玉将护卫大队、鹭儿岛大队和炮兵队带到了桃源南寨门前。他叫人喊话，让谷大壮出来说话。谷大壮对仲八说："仲大当家的，你现在是商团团长，守桃源主要靠你。你看怎么办？"

仲八说："不管他，我们先一块上寨墙，听听姓文的怎么说再决定。"

两人上了寨墙。

如玉说："谷大壮，我现在给你一个机会，只要你开门投降，既往不咎，否则，死路一条。"

谷大壮正想搭话，仲八抢过话头，说："文老弟，你仲八爷在此。你哄三岁小孩呢？投降？有本事你就强攻吧。"

如玉已经失去耐心，下令开火。众炮齐发，炮弹连接落入寨内，腾起一团团烟雾，寨门被炸开了，土墙被炸出多处缺口，镇内一片混乱。茆金刀带着人首先冲进寨门。刚推进不远，就遇到民团的阻击。茆金刀火了，大声吼叫着，带领队员猛打猛冲，民团刚退却，警备队的人又上来了，火力更猛，鹭儿岛队受到压制，每前进一步都有伤亡。正危急时，江心州带人赶到，迂回到警备队后面，一阵突击，警备队仓皇败逃。两队合并向中大街猛扑，迎面碰到仲八的商团，双方激战片刻，形成对峙。仲八见义军已攻入镇子中心，害怕被包饺子，已无心恋战。他突然发动了一个反冲锋，见义军稍稍后退，便带着谷大壮给他的金银珠宝，从镇子东门突出去，溜之大吉。仲八支援桃源，是卞京娘牵的线，她是谷大壮的远房亲戚，但真正让仲八动心的，还是谷大壮的钱财。

江心州带人冲到了谷家大院门前。谷大壮困兽犹斗，督促团丁负隅抵抗。此时，炮队也进镇了，又是一阵狂轰，谷家大院墙倒房塌，团丁抱头鼠窜，乱成一团。谷大壮见大势已去，躲进粮仓，又点了一把火，倾倒之间，熊熊大火，便吞没了粮仓。待如玉赶到，谷家大院已灰飞烟灭，一片残垣断壁，余火点点，烟雾袅袅。如玉问江心州："谷大壮人呢？"

江心州说："这个家伙舍命不舍财，已带着粮食上天了？"

如玉摇摇头："可惜了！"

当晚，如玉便回到了龙虎寨。此后几天，捷报不断传来，外围战进展顺利，多数镇子已落入义军之手。如玉的目光已投向泗阳城。

第五十六回

韩恢年关会娇妻　如玉除夕问前程

中午，牛儿和白门柳进了一家茶楼。在这附近，还有一家大车店，学生队的人就隐藏在那里。早在外围战打响之前，牛儿和白门柳已奉如玉之命带人混进了泗阳县城。如玉的计划是里应外合，一举拿下泗阳城。

牛儿对白门柳说："现在敌人守备情况大致都清楚了，主力是敌混成第三旅一个营，还有县警备大队和县商团，大约也就千把人。力量不能小看。下一步，你看把攻击点选在什么地方比较好呢？"

白门柳说："届时我们的队伍一到，外面的攻击点选择在南门比较好，那里是商团负责的，战斗力要弱一些，也容易得手。

城内攻击点应该选在敌人营部大校场营房，擒贼先擒王，敌人一失去指挥就乱了。"

牛儿说："那我们得再跑几趟，尽量把敌人营部防备情况弄清楚。"

白门柳说："可以。不过，我临来时伏总指挥还交代给我一个特殊任务，也得抓紧办。"

牛儿有些惊讶："什么任务？"

白门柳说："韩总指挥的妻子一直被关在县城牢房里，听说还生了一个小男孩。伏龙让我们在攻城战斗打响之后，一定要想办法控制住监牢，保证救出韩总的妻儿。"

牛儿说："这倒真是个大事。韩总这个人真是个好汉子，怎么一直没有听他说过这件事。"

白门柳说："如玉是知道这件事的，也交代过我，一定要把这件事办好。"

牛儿说："牢房也有不少守敌，我们人手少，不太好控制呢。"

白门柳说："那我们先把那里的情况摸清楚，只要突然发动攻击，没准就能得手。"

第二天早上，白门柳派人将情报送出了城，又安排人侦察监牢情况，她和牛儿直奔大校场。大校场在城南，为清军屯兵操练之所，有一个很大的广场，还有十来排平房及一个碉楼。牛儿、白门柳走到门口，谎称找人，却被哨兵拦住了，说什么也不让进。

两人便转到平房后面，从围墙绕上翻了进去。潜至一间红房子的后窗，两人发现里边是军人宿舍，有三十多张床铺。另外一间，像是营部办公室，有几个军官正在推牌九，隔壁就是枪械库。情况大致弄清楚了，两人悄悄走向后院，突然，迎面走来两个流动哨兵，一见有生人，拉开枪栓，大声喝道："干什么的？"

牛儿、白门柳拔腿就跑，到了墙下，纵身一跃上了墙头。一落地，便直插对面一条小巷。身后枪声响了，还夹杂脚步声。两人见追兵逼近，便穿街过巷直奔大车店。到监牢侦察的泗阳人、学生兵小胡也来了。告诉牛儿、白门柳，监牢有十多个看守，警戒比较松，警察的素质也很差，身上很少有带枪的，枪支都集中放在办公室里。此时，街上忽然传来一阵哨声，小胡到门口一看，发现一队警备队士兵，荷枪实弹，沿街巡逻。他知道全城戒严了。

牛儿、白门柳得知这个情况，很紧张。白门柳说："要是今晚全城大搜查怎么办？这里藏不住人。"

牛儿说："我们城里又没有内线，到时再说，不行就硬拼。"

白门柳说："硬拼不行，一旦暴露就死定了。还得另找地方。"

小胡说："有一个地方不错，城南小学校后面有一片芦苇荡，有几亩地大，能躲住人。"

牛儿说："现在也出不去，又有什么用？"

小胡说："等天黑，我带你们走。从小巷子里插过去。"

白门柳说："那现在我们就合计一下如何分工。我的想法是三十来人分成三拨，攻城战斗一打响，一拨去偷袭大校场，一拨去进攻监牢，一拨负责到县政府放火。"

牛儿说:"南门怎么办?"

白门柳说:"我们人太少,顾不上。去了也没用,那里有重兵把守,根本就抢占不了城门。"

吃晚饭时,白门柳向店老板买了几大包馒头和萝卜,让人带着,又拿出枪支,准备撤离大东店。刚出门,就碰到一队商团。

撤也来不及了,白门柳一声:"开火!"众人一边开枪射击,一边对面一条深巷跑去。等敌人清醒过来,他们已潜入芦苇荡。这一夜,满城灯火通明,鸡飞狗跳,一直没消停。有几次,搜查的敌人从芦苇荡旁走过,白门柳等人紧张的不敢喘大气,已做好战斗准备,所幸敌人并没有进入芦苇荡。

子夜时分,攻城战斗打响了,四个城门同时响起了枪炮声,但南门最密集,炮弹像炸雷一样在城内炸响,巨大的声浪震耳欲聋,火光灼天。白门柳和牛儿商议了一下,开始分头行动。白门柳去袭击敌营部,牛儿去监牢,小胡去县政府。并约定得手后在南门文庙会合,里应外合,帮助义军抢占南门。

白门柳带人到了大校场,只见里面灯火通明,人来人往。她将人带至平房后面,用炸药炸开围墙,立即扑向敌营部,敌人受到突然袭击,蒙了,很长时间组织不起有效抵抗,白门柳乘乱用炸弹大量杀伤敌人。仅仅过了十多分钟,敌指挥部便瘫痪了,余者四处逃避。白门柳不敢久留,又带人向南门奔去,路上只要看见敌人就开火,如入天人之境。边打边跑,片刻已至文庙。白门柳看见了小胡等人,却不见牛儿。又抬头一看,城中大火熊熊,人声嘈杂,分明守敌已乱成一团。她不遑多想,带人直扑南门。

此时,南门已被炸开,义军如潮水一般涌入城中。白门柳人又从后面发动攻击。守门商团无心恋战,一哄而散。白门柳看见如玉赶到,便主动带队,领着义军向城中心冲去。跑了一阵,如玉突然拉住白门柳,问道:"怎么没见牛儿?"

白门柳说:"估计他们是在监牢遇到了什么麻烦,现在联系不上。"

如玉非常焦急,说:"你知道监房在哪里吗?"

白门柳说:"知道。"

"好!"我们去接应牛儿。

两人带了一部分队员直扑监牢。

攻城战斗打响后，韩恢一直在龙虎寨等候消息。他内心焦急，坐立不安，来回踱步，盼望能早点传来捷报。

傍晚时分，韩恢来到了寨门，只见山路上一个人骑兵疾驰而来，领头的好像是如玉，骑兵后面还有一辆马车，上面还躺着人。

韩恢心一喜，连忙迎下山去。马队已到蹬道前，正是如玉、牛儿和白门柳。

韩恢问道："情况怎么样？"

如玉说："这个不忙，我想献两件宝贝给你，你猜猜看什么宝贝？"

韩恢一头雾水："我还真猜不出来，是好枪好马？还是县长大印？"

"不对，再猜！"牛儿笑着说。

韩恢："对了，是金银珠宝！"

如玉说："谅你也猜不到，白门柳，给韩总指挥献宝。"

白门柳一声答应，从马车上扶下一个年轻的女人，她的怀里还抱着一个幼儿。白门柳说："韩总，你看这是谁？"

韩恢发现迎面而来的那个年轻女人正是自己朝思暮想的妻子，怀中那个孩子想必就是自己的儿子了。他激动万分，扑了上去，一把抱住卢漱玉和儿子，眼泪夺眶而出。

晚上吃饭时，韩恢对如玉说："我真没想到能见到我的妻子和儿子，我真的要谢谢你。"

如玉说："这都是伏龙的功劳。不过，你得请牛儿喝酒，他为了你的妻子和儿子，差点在监牢送了命。"

"哦？还有这回事？"

如玉告诉韩恢，牛儿冲进监牢后，正好遇到一支敌人援兵，双方就打了起来。好不容易击溃敌人，冲到女牢，又找不到钥匙，正砸门，一个警察从暗处打冷枪，子弹从牛儿身边飞过，牛儿回头甩手一枪，击毙了那个警察，忽然觉得耳朵疼，用手一摸，满手是血。

如玉说："你看是不是很危险？"

韩恢感激地说："什么叫兄弟情，战友情？这就是。马上要过年了，我要好好地犒劳一下我们的义军兄弟。"

如玉说："泗阳城一打下来，秩序一恢复，经济很快就会繁荣起来，到时我们也就有地方采购年货了。"他忽然似想起了什么，说："你准备叫谁到泗阳主政？"

韩恢说："让伏龙去县城当革命党的第一个军政长、民政长。"

如玉说："好！那伏龙也得请弟兄们搓一顿，而且得选泗阳城里最好的酒楼。"

韩恢说："这事包在我身上。拿下泗阳意义重大，我们的革命割据有了第一块地盘，应该庆贺。"

如玉说："喜事不能无诗，韩总你得口占一首。"

韩恢点点头，随口吟出一首诗："义军西指敌胆寒，泗阳城头旌旗翻。马陵山上展望眼，洪泽卷起万丈澜。"他笑着问如玉："怎么样？如玉兄，你也来一首。"

如玉说："是首好诗，意浓韵烈，正好为我此时的心情写照，绝了，我就不必狗尾续貂了。"

"不行！一定得和一首。"

"好！"如玉随口吟道："投笔从戎大运河畔，男儿报国正此时。它日若遂凌云志，大泽龙蛇赋新诗。"又说道："献丑了。"

韩恢击掌道："也是佳作，气魄很大，足以吞江含海。祝贺如玉兄。"

"同贺，同贺！"

两人对视一眼哈哈大笑。

一进腊月，年味便越来越浓了，日子也过得飞快。转眼之间，已是大年三十了。和众人吃过午饭，如玉独自一人登上莲花峰，来到了位于半山腰的洛迦寺。

寺庙不大，只有三进院落，梵宇也欠恢宏壮观，不过，院中的树木却很茂密，而且多是千年以上古树，苍松如盖，银杏似伞，更兼古藤满墙，蔓茎密若蛛网，疏叶红于春花。最让人称奇的，朔风冬雪之中，方丈室门前花园里，居然有牡花盛开，一株双色，红白争妍，正是名品二乔。如玉见了不免啧啧称奇。抬头一看，一枝蜡梅疏影横斜，花开正艳，暗香浮动，沁人心脾。

见有客来，方丈悟正走了出来，如玉问过大师法号，又自报了家门。悟正说："施主不在家中过年，陪妻儿老小享受天伦佳节之乐，何故一人至深山萧寺？"

如玉说："久闻大师是当代高僧，特来拜望求教。"

悟正说："此一时彼一时，如果你见过到敝寺挂牌的那个四川老和尚，就不会称老衲为大德高僧了。我与他比，实有云泥之别。"

如玉产生了强烈的好奇心："敢问这位大师法号？"

悟正说："老和尚法号明鉴。"

"大师能为我引见一下吗？"

"他正在闭关，已历十年寒暑，足不出户，见客恐怕多有不便。"

如玉掏出十块银洋，递给悟正："还望大师行个方便，代为通报。"

悟正点了点头："我试试吧，如果机缘凑巧，施主兴许能见到他。"说罢，他走进了旁边一个小院。片刻工夫，已出来了，满脸笑容："也巧了，明鉴大师自闭关至今日，正好满了十年之限，他已答应见你一面，只是不能聊的太久，大师已是百岁之人了。"

如玉说了一声："好！"，跟随悟正来到了一间精舍。悟正将如玉介绍给明鉴，又叫人送上两杯武夷山大红袍茶，便转身离开了。

明鉴说："文公子，你来此做甚？"

如玉说："世事纷繁，灵台覆尘，特来请大师指点迷津。"

"敢问施主执迷于何事？"

如玉说："南党、北洋之争前景如何？本人运势如何？"

明鉴说："南北之争，一时之势也，其时虽混沌未明，但其执牛耳者俱是为人作嫁。"

如玉一惊："敝人愚钝，还望大师详解。"

明鉴说："北洋者，鼋类也，南魁者，蛟属也，十年之内气数俱尽，世间再无此二人也。然百足之虫死而不僵，此二人皆有继起之人，北洋必土崩瓦解，南党必取而代之。"

如玉沉吟片刻，说："南党运数又如何呢？"

明鉴说："此乃天机，不可泄露。"

如玉再三请求。

明鉴叹了一口气，说："老衲与施主祖父为一科同年，只是你祖父高中状元，老衲仅得探花之位。看在这层关系上，老衲就告诉施主吧。南党国运不永，只有五十年之长，其间必有真人代之。"

"真人在何方呢？"

"已起于潇湘之间，取南党立国者必此人也。"

"大师知其为何人吗？"

"不知，天意幽微，实难洞察。"

如玉说："我虽偶然至淮北，却深陷刀兵水火之间而乐此不疲，不过每每心意彷徨，不知大师又有何教我？"

明鉴将如玉带到屋外，随手捡了一颗小石子，双指一弹，已落入一方深池之中，但见微漪乍起，转瞬即逝。明鉴问道："施主看见了什么？"

如玉说："珠珉入池，漪而不波。"

明鉴说："施主就是那块小石子，时下国势就是深池，有即无，无即有；风乍起，吹皱一池春水，此之谓也。"

如玉有些颓然，说："古人不是说人定胜天，事在人为吗？"

明鉴说："古人也说过，人心惟危，天道惟微。不过，你个人的运势还是有他人不及之处的，能目睹身历南党蓬勃兴起之盛世，自己也能修成正果。"

他目视如玉，两眼炯炯有神。

如玉说："敢问大师，为今之计如何呢？"

明鉴说："看脚下，跟着走。"

如玉又问："我的同事中多有仁人志士，英雄豪杰，他们的命运如何？"

明鉴说："流星之光，一闪而逝。"

如玉复问道："我与内子能长相厮守，白头到老吗？"

明鉴指了指枝头两只白头翁，不再回答。

如玉只见那两只鸟，正窃窃私语，忽然，雄鸟飞走了，枝头只剩下一只雌鸟。过了片刻，雄鸟叼着一条虫飞到树上。两只鸟对语一阵，便一起飞走了。

如玉若有所悟，向大师深深鞠了一躬，缓步走出小院。迎面正碰到悟正方丈，问道："施主如愿以偿了吗？"如玉笑而不答，指了指墙下那株蜡梅花。

悟正吟哦道："山家过年无它事，插了梅花便是春。施主自便。"

如玉折了一枝蜡梅，飘然而去。

除夕夜，如玉身处斗室，独对瓶中那株蜡梅，凝眉静心，如同老僧入定，心中一片澄明。山寨里间或传来一阵爆竹声。深山之中的大年夜，愈显得寂静凄清。他起身踱了片刻，抓过一壶酒，倒了一碗，一饮而尽。

恍惚之间，如玉见明鉴大师进来了，凝视蜡梅，如玉赶忙起身让座奉茶，问道："我想就闭关一事请教大师，不知可否？"

明鉴点了点头。

如玉说："你置身玄关，面壁十年，所求者何物？"

明鉴说："修身养性，澄怀观道。"

"为何要闭关？"

"忧国忧民，感时伤世，患得患失。"

"人为什么会患得患失？"

"求之而不得，信之而不坚，行之而不顺，都会失去平常心。"

"人有所求并没有什么不妥。"

"欲望大于能力，则变为强求，必堕入绝望。"

"常言道，人不为己，天诛地灭。人皆有名利之心，何必自责责人？"

"名利竟如何，岁月蹉跎，几番风雨几晴和。愁风愁雨愁不尽，总是南柯。"

"这是谁的诗句？"

"郑板桥。"

"此翁仕途不利，厕身市井，卖画为生，自然颓废而坠入虚无。不足为训。"

"非也，板桥先生虽被打回原形，但胸中犹存抱真之心。从未忘记，生为守大义，死成千古贤。"

"闭关能摆脱俗念尘虑吗？"

"也能也不能。"

"这是何意？"

"智者能，愚者不能；觉者能，迷者不能。"

"一入玄关，与世隔绝，是不是很痛苦？"

"不是痛苦，而是熬煎。初时坐不下，心血如潮涌。中途坐不宁，心境魔乱舞。后来坐不舍，心力常不足。玄关就是一道生死关，跨过去得生，跨不过去得死。"

"寻常人能闭坐吗？"

"能，人人皆有佛性。但不易，理想是脆弱的，现实是凶猛的，管束不住心猿意马，必堕入魔道。"

"我能向大师学习闭关吗？"

"不能也不必。年轻人热衷，看不破红尘，何况你还有俗务未了。因缘未尽，抱负未毕。"

"大师对晚辈有何教诲？"

"以出世之精神做入世之事业。舍小家为大家，则必成正果。"

"我却无法跳出三界外，心里总有诸多挂念。"

"求小不如求大，务实不如务虚，舍人不如舍己。人生在世凡有求必有所得，但也有限，无非大小之分、多寡之别、高下之殊、丰俭之判。可到头来，都似烟云过眼，不如身立万仞，心游八极，蹈虚凌空，吞江含海。那时蓦然回首，定能领略到灯火阑珊处自有隽永之味。人生至善之境，此之谓矣。"

如玉霍然跃起："多谢大师教诲。我有点明白了，儒家仁爱之德，道家慈柔之德，佛家慈悲之德，都能殊途同归，合而为一，那便是厚德载物，止于至善。"他似乎觉得头有些疼，睁眼一看，才知方才做了一梦，身子一跃，头碰到了墙上，不觉会心一笑，又迷迷糊糊睡去了。

第五十七回

拒强敌冷对生死　分田地快意恩仇

大地春回，马陵山坡上了一层翠绿，桃花开了，红的像火，梨花放了，白的似雪，桐花绽了，紫的如靛。还有杏花、闹羊花、榆钱花、漫山遍野生机勃勃，多彩多姿。龙虎寨大厅前，如玉栽的那株棠梨树也枝繁叶茂、花团锦簇。

会开久了，如玉觉得有些气闷，便出了大厅，信步来到龙虎寨左侧的一个小山包上，极目远眺。仲春的山乡美景让他的心情渐渐地变得敞亮了。

不多时，韩恢也上了小山包。说："如玉兄，看了美景，可有什么灵感？"

如玉说："没有灵感，只有恐惧感。敌人大兵压境，又拿不出好办法，心中真的很郁闷。"

韩恢说："敌人围剿马陵山也是早晚的事情。泗阳一带的土豪劣绅被我们扫地出门，不断到淮阴甚至省城上访请愿，要求官府出兵铲除我们，那些北洋军阀政府的卫道士和鹰犬能放过我们吗？"

如玉说："只是没想到他们来的这样快，而且不但有苏军，还有皖军，兵力空前的多，淮阴城里的敌人几乎是倾巢出动，再加上地方警备队、商团、民团，真够我们喝一壶的。"

韩恢说："据可靠情报，仲八已提前潜入根据地，搜集情报，煽风点火，串联出土豪劣绅，很活跃，我们派人抓了他好几次也没抓到。"

如玉说："这是一个信号，说明敌人主力部队很快就会推向马陵山和洪泽湖区。"

韩恢说："情况已大致明了，可又有什么好办法呢？"

如玉说："大家也想了几条，可都不满意，我也在想。"

"这会有新想法吗？"

"有，只不过是电光石火一闪，还不完整，不连贯。"

"能不能择成熟的说一两条？"

如玉徐吐一口气，说："这次敌人进剿计划很周密，用赵恒均的话说，是天罗地网，十面埋伏，想把我们一口吃掉。敌人兵力部署是兵分东西南三路，东路是赵恒均旅大部主力，长驱直入，直捣我腹部，犁庭扫穴。西路是皖军两个营，从山后压迫我们，南路是杂牌部队，封锁洪泽湖向西收缩，断我退路。泗阳城附近的土匪和民团也蠢蠢欲动，想插一杠子，分一杯羹。我们兵力处于劣势，平均用力，四面开花肯定不行，得有新思路，新战法。"

韩恢说："你看这样行不行？干脆跳出敌人包围圈，到外线作战，皖军远道而来，粮草不济，不会久留，等他们撤兵，我们再反攻回来。"

如玉摇摇头："这一条我也考虑过，不妥。外线作战，没有依托，根据地必被敌人摧毁，这是敌人进剿的最低目标，我们不能上当。"

"可我们又守不住啊！怎么办？"

如玉说："皖军不可怕，杂牌军也不可怕，最厉害的是赵旅主力，只要击垮他，其余就土崩瓦解了。我提议，用多路出击诱敌深入的办法逼使赵旅分兵，只要不抱成一团，我们就有机会消灭他一路人马，然后再一口一口吃掉他，至少是击溃他。那么包围圈就被打破了。"

韩恢说："这才是最厉害的一招。我们还可以运用疑兵计诱使敌人分兵，然后集中兵力击其一部。"

"那两个寨子怎么办？"如玉突然问道。

韩恢说："坚守，吸引分散敌人兵力，迷惑敌人。"

"可以！这有点意思。我们回去吧，就以这个方案为主，让大家讨论一下。"

两人又回到了大厅。这个下午，反围剿方案一直处于激烈的争论之中，迟迟难以定型，但也有了雏形。

翌日中午，侦察队队长戴小毛报告如玉，敌人逼近泗阳城，伏龙请示是撤还是守。如玉和韩恢、吉念祖碰了一下决定守城义军迅速撤出泗阳城，收缩到马陵山区，分散敌人兵力。戴小毛又报告了另外一项敌情：赵旅一个团长驱直入直扑桃源镇，虎视马陵山。如玉说："就打这个突出的敌团。"

他当即命令骑兵队出动正面诱敌，一接触就退走；龟山队西侧诱敌，学兵队北面诱敌，迷惑敌人；义军撤退方向都在马陵南侧松树岗。义军其余主力都进入松树岗，待机出击。各队都头行动去了，如玉便集合主力赶向松树岗。

如玉刚到松树岗不久，骑兵队已到了。队长报告说，敌人已分兵，其中一个营已尾追而来，方向正是松树岗，但有些狐疑，推进较慢。如玉灵机一动，派牛儿率亲兵小队前去伏击，稍与接触便绕到敌后，待机打击敌人。牛儿走后，如玉对江心州说："你们护卫队是主力，协同刀会队、炮兵小队、三元会会众，在小路两侧伏击，我随骑兵队行动，负责正面堵敌。"

不到一个时辰，一声枪声响过，敌一个营人马已气势汹汹扑到松树岗，逐步深入。如玉握着短枪，在高岗上紧盯目标。又过片刻，敌人已全部进入义军伏击阵地，如玉举起枪扣动了扳机，"砰！"一声枪响，小路两侧及正面、后面同时开火，枪声大炸，炮弹纷飞。敌人乱了一阵，突然收缩队形向两侧分击，企图占领各个土岗，怎奈义军火力太猛，敌人屡攻屡败，一时无法进展，但却伤亡不断，兵锋渐钝。敌营长见情况危急，便收拢队伍，向来路攻击退却。后面只有牛儿一个小队，火力不足，渐渐地敌军已突出包围圈。牛儿急了，抓过一挺机关枪，站在路中，向敌人扫射，一颗子弹飞来，正中他的肩膀，鲜血如注，但他犹自死战不退。

如玉站了起来，命令号兵吹起了攻击哨，又带人扑向敌军后队，以求拖住敌人，减轻牛儿压力。对此，敌营长却不管不顾，仍带人拼命突围。正在此时，敌人后续部队一个营又加入了战团，牛儿力不能支，边打边撤至路侧土岗，居高临下攻击敌人。

敌人两军合一，兵锋转锐，居然不退不进，扑向义军正面主力。如玉刚将各队撤到小路两侧，准备阻击，敌军却突然快速撤出战斗，一路狂奔而去。如玉带人追了一阵，见战机已丧失，便停了下来，召集各队队长清点伤亡的情况，研究后续方案。义军虽毙伤敌人近二百人，自己也伤亡不下百人，干部也有伤亡，牛儿肩部中弹，龟山队队长李木子阵亡，骑兵队队长许天龙失踪。

如玉心情沉重，神色严肃，深恨敌人狡猾，居然两队跟进，溃围而出，使自己丧失一个歼灭战的大好机会。一时，他有些茫然，不知下一步棋怎么走。他问江心州："你看接下来我们队伍向什么地方出击？"

江心州说："山上两个寨一定受到了敌人强烈攻击，敌人有炮兵，未必能守得长久，应该回兵支援。"

白门柳说："是得回去，应首先支援龙虎寨韩恢那里。"

如玉对骑兵队代理队长童保说："你先行一步，去龙虎寨，闪击敌人，不要纠缠。"童保带人走了。

如玉说："江心州作为后继队伍先锋，跑步支援龙虎寨。"江心州快速离去。如玉等人稍稍打扫一下战场，便赶往马陵山。

此时的马陵山两个寨子，正分别受到敌人猛烈攻击，敌人兵力足有两个营，而且装备精良，火力凶猛，守寨义军苦守两个多钟头，已伤亡三分之一，看看力不能支。幸亏骑兵队赶到，从背后发起冲锋，龙虎寨压力才稍减。敌人见义军来援兵力不多，一边继续攻打山寨，一边反击义军骑兵队。战斗至傍晚，义军主力赶到，内外夹击，敌人见已丧失优势，便匆匆退出战斗。

如玉又令骑兵队、学兵队、炮队支援庞涓营，经苦战，也打退了敌人。如玉随之率主力进入了龙虎寨。

韩恢见到如玉，心情激动，说："要不是你回兵，龙虎寨就丢了。其他七个绿林寨子虽然派人来援，但火力有限，态度也不积极，无法牵制敌人。"

如玉说："松树岗伏击战也失手了，敌人两营跟进，打成了击溃战，战斗目的没有达到。现在情况很严重。要想办法扭转战局。"

韩恢叹了一口气，说："这样下去，根据地很难保住。"

如玉安慰道："即使根据地丢了也不要紧，只要我们主力能保存下来，就有翻盘的机会。"

韩恢说："也不知伏龙那边怎么样了？"

如玉说："情况不明，估计他已带城内义军和机关人员撤到农村去了。"

白门柳拿来了饭菜，如玉便招呼几个队长一块进餐，又派人把吉念祖架到大厅。他想和大家商议下一步行动计划。如玉说："大家说说，下一步怎么办？"

吉念祖说："敌强我弱，死守无益，歼敌为上。要在这方面想办法。"

牛儿已包扎好伤口，说："我们有些小看敌人，打伏击战没有伏招，敌人增兵，我们就被动了。要战胜敌人，必须比敌人更鬼。"

江心州说："这场仗打得很窝囊。如果硬柿子吃不动，还不如找软的捏。敌人正规部队还是很吃打的，不好啃。我建议跟敌人游斗，边走边打。"

韩恢说："大家情绪有点低落，一次仗没打好，不要紧张，不要泄气，我们老本还在，怕什么？办法会有的。"

如玉的情绪一振，说："那不如这样，我们把所有队伍都拢到一起，攥成一个拳头，往南运动，吸引杂牌军来追，伺机歼敌。两个寨子放弃，丢给敌人。敌人占领地方越多，兵力越分散，时间一长，粮草必断。到时就有机会反手。"

戴小毛说："据侦察，敌人只带三天干粮，大部粮食都放在桃源镇，守卫兵力只有一个排。不如去砸一火，出奇兵烧掉敌人粮库。"

如玉说："好！又有了一步好棋。这事就交给戴小毛，骑兵队跟你走。怎么样？"

戴小毛说："小菜一碟，保证手到擒来。"

如玉说："事不宜迟，你们辛苦点，今晚就出发，速战速决。"

他问韩恢："韩总，你看还有什么指示？"

韩恢说："我们这里没有诸葛亮，既然大家认为这样行，那我们明天就离开这里，转向南面，创造机会，求歼敌人，先打掉敌人一路。皖军长途奔袭，更不会带多少粮食，粮草一断，必不战自退。"

第二天，韩恢、如玉率领主力撤到了洪泽湖畔，侧倚湖岸运动。敌人忽然失去目标，便在马陵山区漫无目的地游走起来，一连四五天无功而返。加之桃源镇粮库便烧毁，战斗力渐渐疲软了。

这天傍晚，一支三百多人组成的警备队、商团混合编队闯入了义军设在湖畔小王庄的包围圈，战斗不到一个小时，全部被歼，仲八也被打伤。义军士气得到提振，如玉又率队长途奔袭仰化镇守军，歼敌一个连。接着，和三元会配合，于中扬镇郊拦击敌人，歼战两个半连。敌人恼羞成怒，空着肚子到处寻找义军主力决战，但却始终捕捉不到战机，士气更加低落。又拖了一个星期，敌主力终于撤回淮阴。皖军也溜之大吉。第一次围剿以失败而告终。

义军乘机收复泗阳城、马陵山双寨。

如玉绷紧的神经终于松弛了下来。渐渐地，义军又恢复了元气。

吃过晚饭，如玉在寨子里转了转，见韩恢的房间灯亮着，便走了进去。韩恢正在写材料，一见如玉，便让座倒水。

如玉问道："韩总写什么呢？"

韩恢将一张纸递给如玉，一看才知道是下一步工作方案，什么政权建设、税收、军事、土地分配、屯田，等等。只有要点，带有务虚性质。

如玉说："你的思想总是走在实际工作前面，什么大事也没落下。"

韩恢说："我也不是军政全才。围绕根据地建设这个中心，要把各项工作做好，还是得靠集体智慧。比如组织队伍到山区、湖区屯田，解决粮食问题，就是你的主意。"

如玉说："曹操在这一片打过仗，解决粮饷主要靠士兵屯田。我们也可以这样做。至于说分田给农民这在全国恐怕还是第一家，不知能否推广开来？"

韩恢说："这个没有大问题，三民主义主张平均地权，让耕者有其田，符合民众利益，我们不能光停留在纸上，没有实际利益，民众不会拥护革命党。"

如玉说："李闯王、洪秀全都许诺要给农民分地，可都没有真正做到，我们革命党人应该比他们更高明，更实际。但平均地权是个新鲜事，必须慎重。下一步你打算怎么办呢？"

韩恢说："经验来源于实践。我们都下去做些调查研究摸底工作，看农民是怎么想的，我们应该制定那些政策，具体怎么操作，等等。我们可以从一个村子做起，大田出题目，小田做文章。我想让你到我一个亲戚家去住几天，摸摸底。他是我的一个姨夫，叫丁大标，家在靠山村。离这不远，有兴趣吗？"

如玉说："我准备一下，最近就下去。"

吃午饭时，戴小毛来了，对如玉说："文总，出事情了。"

如玉说："不要急，慢慢说。"

戴小毛说："仲八受淮阴城里敌人派遣，已经潜入马陵山区，今天上午他带人袭击榆树村，杀了我们三个工作队员，还勾结地主搞武装自卫。"

如玉说："这说明我们搞的均分地权行动捅到敌人的痛处。仲八是个祸害，必经除掉。他有多少人？落脚点在哪里？"

戴小毛说："有二三十个人，现在山北马涧。"

如玉说："你骑我的紫电马到龙虎寨去一趟，将骑兵队调来。我要亲自带队去打仲八。"

马队到达马涧正是黄昏，村里村外，一片寂静。但纷沓的马蹄声还是惊动了村里的狗，一犬吠声，百犬吠天。仲八的别动队受到了惊扰，不少人走出马家大院张望。

如玉下达了攻击令，骑兵队员先后徒步冲向马家大院，一阵扫射，当即打倒二三个人，其余的躲进院子，又关上大门。义军队员们分别从三个方向攀爬围墙，虽然伤了一两人，还是冲了进去，院门"哗啦"一声被拉开了，其余队员一拥而上，枪击刀劈，别动队员四处乱窜。如玉骑着马在门前来回巡视，他正盯着仲八。

战斗结束了，没死的别动队员被押出了院门，但没有仲八。

如玉问了一个俘虏才知道，仲八已乘乱从后院门骑马逃走了。如玉从一个骑兵队员要过一把马刀，沿着村前的小路向北追去。一阵疾驰，他看见前方也有一匹马，正在狂奔，骑马的正是惯匪仲八，一边跑，还一边回头张望。如玉的紫电是一匹神驹，其快如风，转眼已逼近仲八。仲八慌了，一边跑一边回头开枪射击，子弹不断从如玉耳边掠过。如玉身一伏，双腿一夹，已到仲八身边，仲八甩手一枪，却没响。仲八甩掉了短枪，一滚下了马，向麦地里窜去。如玉策马冲到仲八对面，拦住了他。

仲八笑着说："是文公子啊！看在我与端木大师青帮同门的份上，你就放了我吧。"

如玉说："你反水叛变，认贼为父，作恶多端，杀了我们那么多人，还想活命吗？即使我今天不杀你，你如今已是行尸走肉，成了一副骷髅架子，又能活几天呢？"

仲八长叹一口气，说："都怪我鬼迷心窍，中了人家的美人计。算了，命该如此，你动手吧！"他闭上双眼。

如玉挥刀劈向仲八。仲八身一侧，纵在半空，飞腿侧踹，如玉猝不及防，滚下马来，马刀脱手而出。仲八已暗扣匕首在手，怪叫一声，刺向如玉。如玉身体一拧滚了丈外，双脚一蹬，一个鲤鱼打挺，站了起来，他活动一下手腕：

"仲八，我今天徒手与你过几招。"

仲八手持匕首，如轮飞转，如玉躲过匕首，飞腿侧踢，仲八手中匕首飞了出去。仲八已被酒色掏空了身体，浑身无力，见势不妙，拔腿就跑。如玉疾行几步，右脚一勾，马刀已到手中，手一扬甩了出去，"波"一声，正中仲八后背从前心透了出来。"啊！"

他一声惨叫，转过眼来，望了如玉一眼，身躯一晃栽进了粪坑。他挣扎了几下，慢慢地沉了下去，水面上只余下一个癞蛤蟆和几串水泡泡。如玉回头啐了一声，打了个唿哨，紫电跑了过来，他飞身上马，双脚轻叩，紫电便像箭一般飞驶而去。

一种快意在如玉心中冉冉升起，他喃喃地说："妙常师傅，你的仇我为你报了，你可以瞑目了。"

第五十八回

靠山村扎根串联　泗阳城当堂办案

第二天上午，如玉到了县府大院，见到了伏龙。满屋人，七嘴八舌的，伏龙忙的嘴上起了燎泡。如玉说："这个官不好当，事情也太多了。"

伏龙说："县官不好干呢。我这里现在有八大所，警察所、税务所、工商所，等等，哪一家都忙得不可开交。你来有什么事马？"

如玉将韩恢的信拿出来让伏龙看。伏龙说："一朝权在手，就把令来行。你想干什么都行，我全力支持配合。要办案子好说，办的不公平当然要查。"他将一个穿黑制服的中年人介绍给如玉："他叫孙伟，县警察所所长，案子就他办的。你找他。"

如玉跟孙伟到了警察所，看过卷宗，如玉说："这个案子涉及你，你要回避一下。从今天起，你暂时停职，有什么事情你得配合。"

孙伟说："案子刚查，还没搞出个是非曲直来，你怎么上来就停我的职呢？"

如玉说："你在位置上，谁敢讲真话？就这样定了。"

孙伟走后，如玉对王彦青、尤荇说："这个案子很简单，奸情杀人。被告人李二刚不服，他家人就告到韩总那里去了。这案件涉及的女人叫毛三姐，染坊店毛老板儿媳妇，被杀的是她男人赵小叶，另外还涉及商会会长仇冠忠，怀疑是奸夫。"

尤荇说："这案子怎么查呢？"

如玉说："我们先找李二刚谈谈，他一直被关在牢里。我们现在就去。"

见到李二刚，尤荇问道："毛三姐的丈夫赵小叶是不是你杀的？"

李二刚说："人不是我杀的。我是他家伙计，怎么会杀老板？"

尤荇说："那你为什么要承认？"

李二刚说："不认就得死，他们用各种办法折磨我。威逼引诱，停水断饭，吊打鞭笞，熬老鹰不让睡觉。我这是屈打成招。"

尤荇说："他们与你无冤无仇，为什么要打你？"

李二刚说："无非是受人请托，收了人家钱财，还有就是邀功升官。"

尤荇说："谁打你的？有何为证？"

李二刚说："孙伟所长，还有几个警察，我浑身是伤。"他撩起衣服，血肉模糊。

尤荇说："那剩下来的半包砒霜是不是你买来的？"

李二刚说："不是我买的，他们诬赖我。"

尤荇说："天成药店马老板有证词，你想赖？"

李二刚说："他也得了奸夫好处。不信我可以与他对责。"

尤荇说："奸夫是谁？"

李二刚说："商会会长仇冠忠，人人皆知。你们可以调查。"

尤荇说："人是谁杀的？"

李二刚说："仇冠忠。"

尤荇说："有何证据？"

李二刚说："赵小叶怎么死的，只要开棺验尸就能弄清楚。"

尤荇说："是谁告你杀人的？"

李二刚说："奸妇毛三姐。是她串通联手仇冠忠一起做的案，想由露水夫妻变成长久夫妻。后来又嫁祸于我。"

尤荇说："你敢不敢与嫌疑人当堂对责？"

李二刚说："敢。"

李二刚被带下去了。尤荇问如玉："下面怎么办？"

如玉说："你和王彦青去找药店马老板、毛三姐、孙伟，弄清楚每个细节。还有让警察所的人立即开棺验尸，从头到脚，从里到外，都要检查。一根头发丝都不要放过。"

三天后，开堂了，如玉主审。所有相关人都被带到堂后。药店马老板先被带了上来，尤荇问道："你卖没卖砒霜给李二刚？"

马老板说："我没卖。"

尤荇说："那半包砒霜，还有碗里的砒霜是谁送给毛三姐的？"

马老板说："是我。"

尤荇说："你为什么要帮人做伪证？"

马老板说："是商会会长仇冠忠，他能管我，也给了我钱，还有，我跟毛三姐也有染。"

马老板画过口供被带下去了，孙伟被带了上来。尤荇问道："你打没打李二刚？"

孙伟说："没打。"

尤荇说："那他身上的伤哪来的？"

孙伟说："不知道。"

尤荇说："你再不承认，就没有机会了。你的手下人都招了。"

孙伟说："我招认，我招认，我打过李二刚。"

尤荇说："你身为所长，为什么打人？"

孙伟说："仇会长给了我钱财，毛三姐给了我人。"

孙伟画过供，被带下去了，仇冠忠被带了上来。

尤荇问："赵小叶是不是你杀的？"

仇冠忠说："不是。"

尤荇说："那怎么死的？"

仇冠忠说："不知道。"

尤荇说："那怎么死的？"

仇冠忠说："我不晓得。"

尤荇说："赵小叶死的那天晚上，你到没到过赵家？"

仇冠忠说："没到过。"

尤荇说："我们有目击证人，你赖不掉。我问你赵小叶头上那根大铁钉是不是你钉的？"

仇冠忠说："不知道。"

尤荇说："那就是毛三姐钉的？当时除了喝醉酒的赵小叶，只有你和毛三姐在场。"

仇冠忠说："我怎么知道？"

尤荇将仇冠忠放在一边，问毛三姐："你男人头上的铁钉是不是你钉的？"

毛三姐说："不是，我是妇道人，下不了狠手。"尤荇说："那是谁钉的？"

毛三姐说："是仇冠忠。"

尤荇说："你具体说说作案经过。"

毛三姐说："我用酒将赵小叶灌醉了，仇冠忠应约而来，在他头上钉了钉子。"

尤荇说："你还有什么要申辩的？"

毛三姐说："有。仇冠忠睡了我，马老板睡了我，孙伟不但睡了我，还收了我和仇冠忠的钱财，他也有罪。还有仇冠忠是主犯，我是从犯。"

尤荇问："你为什么要诬陷李二刚杀人？"

毛三姐说："我勾过他，他不从。另外，我怕吃官司，杀人抵命。"毛三姐画过供，被带下去了。

如玉问孙伟："你原来是干什么的？"

孙伟说："我初小毕业干了旧警察，后来参加义军。伏民政长来了，我就当上了警察所所长。"

如玉说："你知不知道罪？"

孙伟说："我知罪。"

如玉说："你具体说说。"

孙伟说："我假公济私，贪赃枉法，腐化变质。"

如玉说："你说说看，为什么会由公仆变成阶下囚？"

孙伟说："有私心，权力大没人管，手太长，慢慢就变坏了。"

如玉说："那民众的诉求呢？法律的尊严呢？"

孙伟说："这些我都没考虑过。"

如玉说："那你考虑什么？"

孙伟说："心里想的都是如何用手中权力去变换钱财、女人、地位。"

如玉说："我要治你罪，你服不服？"

孙伟说："不服。"

如玉说："为什么不服？"

孙伟说："我不论是在旧警察局干，还是在新警察所干，都没有人监察考核我，所以胆才越来越大，手才越伸越长。责任不能由我一人来承担，上峰应该负失察之责。"

如玉说："你这个人还是有头脑的。这方面我会考虑的。"

庭审结束后。如玉对王彦青、尤荇说："最近你们参加分田、办案，有什么感受？"

王彦青说："任何一种政权，一种制度，一种政策，都必须体现绝大多数人利益和诉求，才能得到民众拥护，否则，就会失去民心，政权也会得而复失。"

尤荇说："往深里说，世间几乎没有任何一种制度是完美无缺的，没有缺陷的，但这并不可怕。如果存在先天不足，只要这种制度是开放的，具备自我净化能力、修复能力、创新能力，那它就会有所进步，有所发展，就会得到大多数人支持拥护。"

王彦青说："在根据地，呼吸到了新空气，看到了新气象，有了新希望，但新的东西里也有不少旧东西，还要坚持改造和变革。如果一个新事物自我封闭，自我僵化，也会失去生命力，被社会淘汰。"

尤荇说："人也是这样，有一个好制度，人会向上，制度有问题，人就会异化。"

如玉说："我到淮阴后，有三大收获：一是参加了资产阶级民主革命斗争活动，改变了我的思想和立场；二是亲自参与创建革命根据地，让我找到了个人的生命价值；三是我在革命实践当中看到了新思想的生长，这是最主要的。根据地的希望和明天，就寄托你们年轻一代身上。我们的革命斗争还要经历一个相当长的漫长阶段，才能见到胜利的曙光。幼稚和不成熟，不要紧，只要坚持追求真理，追求光明，追求民富国强，我们就会不断进步，就会争取到最后胜利。"

尤荇说："下一步我们干什么？"

如玉说："根据韩总的指示，我们还要在城里调研考察些日子，看一看我们这个新型政权建设到底搞得怎么样，能不能反映民众愿望，得和失在什么地方，今后如何完善。办那个案子只是一个小小的切入点。其二，农村分田试点继续搞，政策和工作上有问题，实际操作有阻力，农民不理解，不可怕，关键在于要找到一条正确的路径。"

王彦青说："我们刚出学堂门，阅历和经验太少，吃苦不怕，就怕做不好工作，辜负领导期望。"

如玉说："就我们所做的这一切而言，过程比结果更重要。

对我们在淮阴的革命实践和成果，也许后人会议论我们，嘲笑我们，曲解我们，但这都不重要，只要我们的所作所为能折射出一种时代进步，体现出社会发展的一种新方向，就足以仰俯无愧了。"

王彦青说："那就让时间来证明我们吧。"

尤荇说："我希望我们在运河两岸所留下来的这些革命轨迹，

将来成为一段历史，成为一个传说。"

如玉说："到底是知识分子，话匣子一打开，天马行空就没完没了，我们还是去吃饭吧，顺便也请李二刚。我们冤枉了人家，得有个态度。另外，再跟伏龙交换一下意见。"

"得让伏龙请客！"尤荇说。

如玉说："我饶不了他。"

第五十九回

众将佳诗抒豪情　主帅杯酒释兵权

研讨会开始之前，韩恢一直守在龙虎寨大厅门口，亲自迎接各位代表，问候、握手、开玩笑。看得出，他对这次会议很重视。大厅长条桌上摆满了茶水、花生、葵花籽、红枣、砀山梨等，显得很隆重，还有几个女学兵专门做接待工作。过了一阵，韩恢见代表到差不多了，便宣布开会。他说："我肚子里有很多话要说。我们这个根据地来之不易，是烈士用鲜血换来的。早期牺牲的高级领导人不少，有张大卓、颜承烈、樊炎。中期死的多是中级指挥员，妙常师傅，李木子，等等。所以，我们十分珍视今天的革命成果。"

正说着，伏龙提着马鞭、一身风尘进来了。

韩恢笑着说："伏大县长，你迟到了。"

伏龙说："我又没有专门配给的小包车，靠六条腿赶路，紧赶慢赶还是当了落后分子。"

韩恢说："你哪来的六条腿？"

伏龙说："我两条腿，马四条腿，不是六六大顺嘛。"

韩恢说："最近忙什么呢？"

伏龙坐了下来，喝过一杯茶，才说："事情多如牛毛。正在搞乡镇村长民主选举，每天到处跩，把人都累死了。"

韩恢点点头："我接着讲，有人斗争的信心不太足，唧唧嚓嚓，问道根据地的革命旗帜中到底能打多久？对此我充满信心，我们的旗帜，一定能长期打下去。即使它倒下了，我们还会把它树起来。前人栽树，后人乘凉。我们这一代人的革命人生价值就在这里。下面说正题。今天这个会主要是检讨总结第一次反围剿。但我们的目的不是这个，这只是一个切入点，最终目标是从中找出建设根据地的路径和突破口。大家随便发言。"

白门柳说："我们的队伍力量还比较弱，就连敌人两个营兵力都吃不动，吞不下。最后才打成击溃战，而且自己伤亡也很大。"

张牛儿说："我也有同感。更要命的是我们的精锐队伍不多，骑兵大队、炮兵小队很厉害，可惜太少了。"

江心州说："我们的整体力量还不行，一旦敌人大兵压境，人手就不够了。那些绿林山寨又不在编，打起仗来各怀心思，紧要关头根本指望不上。还有三元会，看人数不少，可捏不成拳头，帮不了我们多大忙。"

伏龙说："我们县城就更可怜了，敌军一到，根本不敢守。没人呀，我最近刚刚搞了一个城防队，还没形成战斗力。要是有一支有战斗力的城防大队，敌人来了，攻城，我们就能吸引、牵制、分散敌军兵力。还有现在到处都缺干部，政治人才、军事人才、经济人才、民运人才都缺乏。我建议把王彦青、尤荇调到县民政长署来。这两个学生兵经过锻炼，水平提高很快。上次，王彦青按照文总要求写的县城新政权建设调查报告很好，给我们提出了不少存在的问题和建设性意见。"

如玉说："伏大县长，你不能光做伸手派，要用干部，自己培养嘛，学生兵多得是。"

伏龙说："这就得看白门柳的了，她不给人我也没招。"

白门柳说："我自己人还不够用的，哪有人调给你？"

伏龙看了看韩恢："这就得看韩大老板的态度了。"

韩恢说："我们的人才库有两个，一个是学兵大队，以青年学生为主，政治文化素质好，一个是骑兵队，老兵很多，军事素质好。以后，我们要注意多发现、培养、提拔人才，输送到各个方面去。"

茆金刀说："我们眼下的队伍看似不少，但没有分出三六九等来。我建议，多搞几个主力大队。没有精兵，打不了胜仗。以后敌人还可能搞第二次、第三次围剿，我们的马陵山根据地也就是敌人眼中钉，肉中刺，不拔掉，他们不会甘心。打大仗、打恶仗，光有绿林军不行，得靠主力队伍。"

韩恢说："大家也讲的不少了。有的提出了问题，有的提出了建议，有的提出了方向，有的提出了路径。我归纳一下，无非一个中心两个重点，那就是以围绕巩固扩大根据地这个中心，重点加强各级政权建设和军队建设。当然，还有经济建设，今天没议，不过不代表不重视。我已经下决心了，最近我们就要抽一部分二等队伍到山区、湖区开荒种粮。这个主意是文副指挥出的。我采纳了。下面，请吉副总指挥谈一谈近期的工作部署。"

吉念祖说："最近我一直在养伤，反围剿主要靠文总指挥，我也没出多少力，现在我的腿伤也好差不多了，有些事情应该摆到桌面上来。现在我讲两件事。第一件，扩军，第二件，整军。

枪杆子是政权的命根子。没有枪杆子什么都是扯淡。先说扩军，也就是扩大民主革命军队伍。扩大到什么程度？兵源从哪里来？采取什么手段？都要研究。韩总、文副总和我碰过头，议论过，我心里有点底，最核心的一条是可以采取非常措施，把一部分人逼上革命道路，逼到革命军队伍里来。再讲整军，也就是训练整顿队伍，培养精兵主力，这个我们几个人也议论过。我先提出大题目，怎么弄，大家等会再讨论。现在请韩总做总结。"

韩恢笑着说："我这个总指挥也就是个会议召集人，我不是诸葛亮，扩军、整军也没有什么锦囊妙计。我历来的办法是依靠集体智慧，三个臭皮匠，顶个诸葛亮嘛。我要特别指出的是，今天这个会议，在我们马陵山根据地发展史上具有里程碑意义，会载入史册。所以必须开好，必须对实际工作起到指导作用。有人说，革命军会多，不开会行吗？我们不要以为自己的水平有多高，不要以为靠哪一个人就能包打天下。同志哥，不行呀！众人划桨才能开大船呢。好了，我的讲话到此结束。下面是分组讨论。"

白门柳说："韩总，光开会闷死人了，有没有什么小节目？"

韩恢说："这个你问文副总。"

如玉说："有呀，有呀。我们现在搞一个赛诗会，活跃一下气氛。中午，韩老板请大家喝酒。江心州上山打了不少活物，中午我们吃野味。"

茆金刀说："文老板你不是要我们难看嘛。你们当领导的都是大知识分子，出过国留过洋，肚子里肯定有货，我们这些粗人肚子里没有诗。"

众人哄堂大笑。

如玉说："茆金刀，你刚才的话就很幽默，我看你也能作诗。打头炮。我出个题目，《难忘的战斗生涯》。你来。"

茆金刀说："中。我试试，来段打油诗。'马陵山中是我家，要干革命靠大家。不当孬种先自家，有了大家有小家'。"

江心州说："茆金刀你这也叫诗？"

茆金刀说："你能。你试试，恐怕还不如我呢。"

江心州说："我还就不信这个邪呢。我来一段顺口溜。'早年大雁度生涯，后做绿林大当家。跃马飞上马陵山，威风八面人人夸'。怎么样？茆金刀，比你好多了吧？"

如玉说："不孬，不孬。有气派。"

白门柳说："看本姑娘的。'当年有个母夜叉，如今有个白小丫。万马军中一点红，巾帼英雄谁不夸？'"

如玉说："白门柳这气派比孙二娘大多了。谁再来？"

牛儿说："我也凑凑热闹。'瞎打误撞到马陵，打仗越多心越大。今日革命山大王，明朝泥腿坐公衙。'"

白门柳说："吉总也来一首。"

吉念祖说："这不是赶鸭子上架嘛。好！'一剑霜寒走天涯，革命人生处处家。忠肝义胆洒热血，神州遍开自由花。'"

白门柳叫了一声"好"。

如玉说："大家评评看，谁是诗魁？前两名有奖。"

白门柳说："吉总应坐头把交椅。我第二。"众人都赞成。

吉念祖说："文总，你奖励我们什么？"

如玉伸出双手，从桌上抓了一把花生和一把红枣，分别塞到吉念祖和白门柳手里，又将他俩拉带一块，说："我祝二位早结连理，连生贵子。"

吉念祖很不好意，看了白门柳又低下头。白门柳大大咧咧地说："文总，你这是拉郎配，如果我俩不能成双成对，你得帮我再找一个。"

茆金刀说："白门柳你别不知足了，吉总这样的人到哪找去？赶快把关系定下来吧，免得让你手下那帮女学生抢了去。"

白门柳眼一瞪："谁敢从本姑娘嘴里抢食吃，找死。"

茆金刀说："露馅了吧！"

分组讨论结束后，韩恢便宣布散会，只留下伏龙、吉念祖、文如玉。

招待马陵山绿林山寨头目的宴席就设在龙虎寨大厅里。吉念祖见人都到齐了，就宣布开席。韩恢站了起来，说："一年忙到头的，大家都很辛苦。过年时没在一起，今儿我特地请各位头领来聚聚。有人也许会问，这不年不节的，是不是有什么事？对，是有事。下面请吉总讲话。"

吉念祖端起一杯酒："我先敬各位一杯，这杯酒叫同心酒，凡是同意加盟革命军队伍的都一起干一杯。"

魏六说："吉大当家的，你这话是什么意思？我们七家山寨不是已经和革命军结盟了？"

如玉说："吉总的意思是让大家加入革命军，不是过去那种听调不听编的，而是合二为一了。这是好事嘛，诸位头领有想法，不妨谈谈。"

魏六说："这事预先也没人跟我们商量呀，这叫什么事吗？"

吉念祖把酒往嘴里一倒，猛地拍了一下桌子，厉声说："今天这事不是跟你们商量的，这是革命军总指挥部的决定。"

魏六勃然变色："吉大当家的，你想压服我们？吓唬小孩呢！"

如玉说："魏当家的，有话好好说。"

吉念祖说："我不跟你废话。第一次反围剿时，我们龙虎寨眼看就顶不住了，你们在哪里？打几枪骚扰一阵，就窜了，这叫联防共保吗？你们心里有没有愧？"

凤凰寨寨主封从党说："我们那会也受到了包围，泥菩萨过江，自身难保，真的顾不上你们。"

吉念祖说："你不要充好人，做空头人情，谁包围你了？你说说看。说不出来，今儿你别走！"

封从党说："你想怎么样？黑吃黑？"

吉念祖说："这叫红吃黑。不行吗？"

封从党说："你试试。"

吉念祖刷地站了起来："姓封的，你再乍翅，老子今儿废了你。你信不信？"

封从党正要说话，如玉拍拍他的肩膀说："不要发火，自己人，慢慢说，今天有的是时间。"

寒山寨寨主韩启龙说："我出去拉泡屎。"说着站起来就往走。

吉念祖手一指："有尿憋着，有屎夹住，你老实坐着。"

韩启龙说："吉大当家的，你这叫请客？分明是鸿门宴吗？你到底想干什么？"

吉念祖说："不明白？你要想走也行，签过字画过押走人，不加入革命军谁也别想走。"

马涧寨寨主张二豹说："老子今儿就不尿你，你能吞口唾沫把我咽下去？"

吉念祖抓过一只酒杯摔在地下，大声说："来人！"

牛儿等人从门外冲了进来，用枪对着众寨主。牛儿说："谁动我打死谁！"

魏六盯着如玉，说："文大当家的，你们这是演的哪一出？莫非真要吞并我们各山寨？"

如笑笑，说："你这话就不好听了。不是吞并，是合并。我们在一起反对袁世凯不好吗？何必分什么彼此？"

魏六说："文当家的，我最相信你。你给我句实话，如果我们今天不答应你们的条件，是不是就得掉脑袋？"

如玉说："掉脑袋还不至于，不过，这酒席到底吃到什么时候结束，我就不知道了。"

吉念祖将一张纸拍在魏六面前："现在开始在接受革命军改编自愿书上签字。你先来。"

魏六昂起头，一声不吭。

张二豹突然拔出短枪，对准了吉念祖。牛儿眼尖手快，甩手一枪，正中他胸膛，腰一挺，倒了下去。牛儿说："你们统统把枪交出来，谁对抗，张二豹就是榜样！"

魏六拔出短枪放在桌上，说："文当家的，我们是不是签过字，交出枪就能回去了？"

如玉说："签字当然欢迎。你急什么吗？这酒席才开始。我告诉你就是签过字，你也不能离开这，我们还要办革命干部学习培训班，恐怕十天半月也完不了。还有，即使你们愿意与我们合作，以后寨主也不能当了，只能当第二把手，另外，我们会给你再派个助手，也是二当家的，队伍的军事决定权收归革命军总指挥部。什么时候你们自己觉得能适合当第一把手了，我们再把你们重新推上去。这不是好事吗？"

魏六叹了一口气，说："今儿我们算栽了，早知道今儿摆的是鸿门宴，我就不来了。"

吉念祖说："请不请你得由着我们，你来不来就由不得你了。

你以为你哪个寨子能挡住我们的大炮吗？"

魏六说："算了，我也不跟你吃炝虾子了。我不识字，就按个手印吧。"

牛儿将一盒印泥放到魏六面前，他在自愿书上打了一个指模。其余寨主也接着按手印或签字。

如玉笑着说："大家喝酒。今儿我们来个一醉方休。"

众寨主早已没有一点酒兴，草草吃几口饭菜，就被牛儿带走了。

韩恢说："吉总和文总今儿一个唱红脸一个唱白脸，戏演得天衣无缝。这事总算弄成了，没出人命。可艰巨的工作还在后面，我们要做细致的思想工作，让这些绿林好汉口服心服。学习班就由文总负责。"

吉念祖说："依我看，干脆把这些土匪头子都杀掉，免生后患。"

如玉说："这些人也分三六九等，并非铁板一块，我们还是区别对待。慢慢做工作吧，毕竟捆绑不成夫妻。"

吉念祖说："等小孩子生下来了，他们也就死心了。"

韩恢说："这也叫逼上梁山。我们拖不起，这个举措是对是错，以后再说吧。"

第六十回

釜底抽薪退远敌　厉兵秣马壮军威

清晨，韩恢和如玉出了龙虎寨后门，沿着一条崎岖的小路向山顶攀登。眼前的峭壁黑黑的，湿湿的，淋漓着一道道细小的水流，在阳光下发出幽光。壁间的爬山虎、葛藤、虎耳草、石花茶，枝叶交织，纷披散漫。一棵矮小盘郁的格木树上，栖着几只野鸽，咕咕叫个不停。

翻过山梁，韩恢和如玉直插马耳峰。在一条蹬道前，韩恢停下了脚步，问如玉："土匪山寨的问题解决了，三元会又怎么办呢？"

如玉笑着说："说好出来散散心，不讲工作的，可你却还是满脑子事情。对待三元会丁三花他们，恐怕不能用摆鸿门宴的办法。"

韩恢说："为什么？"

如玉说："丁三花手下除了一支村自卫队，其余的都是会友门徒，散则务农，聚则成兵，我们只能争取，却无法改编。"

韩恢说："不管怎么说，也得让丁三花的屁股真正坐到我们这一边来，听调不听编哪成？至少他本人得参加义军，这是最低目标。"

如玉说："丁三花之所以和我们保持距离，主要还是对官府抱有幻想，不想把关系弄僵，因为他毕竟是一个乡绅。好的办法是把他和义军的命运捆在一起。"

"你有具体办法吗？"

"没有。"

"那我们再琢磨吧。"

　　马耳峰到了。如玉远远看见白龙潭边上有一个老人，手持钓竿，如老僧入定，一动不动。他看了片刻，认出垂钓者正是洛迦寺挂单老和尚明鉴大师，心中一喜，便拉着韩恢走了过去。明鉴也认出了如玉，点了点头："文公子，我们又见面了。"

　　如玉说："大师，你在钓鱼？"

　　明鉴说："出家人不杀生，钓鱼何为？我在钓龙。"

　　韩恢吃了一惊："白龙潭中真有龙，钓它干什么？"

　　明鉴说："潭里有龙，时隐时现。我钓龙是为了体悟精研帝王之术，也就是王霸之术。"

　　韩恢说："原来大师是王霸之术名家，那您可有门徒？"

　　明鉴说："没有门徒，那岂不成绝学？北洋军阀政府中有龙虎狗三杰，在他们的幕僚中，就有不少我的再传弟子。"

　　韩恢肃然起敬，说："由此看来，鬼谷子之学还在发扬光大。"

　　明鉴说："只要世间有图王者，王霸之学就不会断绝。"

　　如玉说："大师，你真的相信有龙吗？"

　　明鉴说："也许别人不信，可我信。有些人不懂装懂，自以为是，对于那些弄不清的东西就一概否定，还作出种种可笑的解释。世间之事复杂得很，神秘得很，人虽有眼却往往无珠，喜欢信口开河，胡说八道。"

　　如玉说："大师能说说龙到底是怎么回事吗？"

　　明鉴说："远古时龙就存在了，有人还以豢龙为业。而且历代都发现过龙，甚至捕捉到龙，书中上的记载随处可见。古人的智慧很高，绝不会愚蠢到把寻常动物附会成龙。人对龙的认识有一个由低到高的过程。老衲年轻时雅好收藏高古玉器。我有一个上古时的玛瑙龙形佩，形态很简单，半圆形，只有龙首比较细致，其余部分都简化了。还有一个汉代圆雕玉龙，首、身、尾、爪具体而微妙，十分生动形象。这说明上古之时人们就认识了龙，但在艺术上都表现不出来，而到后来就能以艺术为龙写照而真实地再现了。"

　　如玉说："龙有什么特性呢？"

　　明鉴说："变幻莫测，行踪不定，或潜龙在渊，或飞龙在天，形体多变，能大能小，面目迥异，或兽或人；隐现无常，暗寓朝局更替兴废。一言以蔽之，神龙首不见尾，人能见之而不能测之。"

如玉说："龙之性对于人之性有什么启发吗？"

明鉴说："随机应变，待时而动，以曲求伸，形左实右，弘毅致远，隐忍图强。"

如玉说："我有点明白了，龙性即人性，人道即王道。"

明智微微一笑："孺子可教也。"

正说着，戴小毛急急匆匆地来了，说："我有重要情况要报告。"

韩恢说："你慢慢说。"

戴小毛说："据可靠情报，淮阴城敌军正准备进攻马陵山。省城还派来两个团援兵，还有一支运粮船队，已至高邮以北。"

韩恢说："城内敌人有什么动静吗？"

戴小毛说："暂时没有大动作，不过，正在派人整理黄河滩兵营，准备迎接援兵。还有一个好消息。"

如玉说："你详细说说。"

戴小毛说："负责看黄河营的是仲八的老部下，领头的是一个叫杨士奇的人，他说在那边受到歧视排挤，有意带人再回到我们这边来。"

如玉说："杨士奇这个人我熟悉，我在巨山见过他。他是端木大师的青帮门徒，两人关系很好。这个人可以利用。"

戴小毛说："另外，三元会大当家的丁三花到龙虎寨来了，想见韩总和文总。"

如玉说："他有什么事吗？"

戴小毛说："听说是来借粮食的。"

韩恢心念一动，对如玉说："我们能不能将抵抗敌人进剿与解决丁三花三元会问题结合起来考虑呢？"

如玉眼睛一亮："如何结合？"

韩恢说："你看，宁军远道征剿，依靠的是粮草弹药，如果把他们的船队搞掉，敌人就会不攻自破，而丁三花的人恰恰又缺粮食，如果让他和我们一起劫运粮船队，既能满足丁三花的要求，又能把他推到我们这边来。"

如玉说："你是说让丁三花与官军彻底反目，弃旧图新。"

韩恢点点头："我就是这个意思，这叫一石两鸟。"

戴小毛说："丁三花老于世故，他能上钩吗？"

如玉说："我们也可以学学明鉴大师的钩龙之术？利字当前，形同钓饵，不怕丁三花不上钩。"

韩恢说："只要我们把方案做周密一些，破敌和争取三元会这两件事可以办到。另外，还可以利用杨士奇烧毁黄河滩大营，让敌人援兵食无粮屯无所。"

如玉说："那我们现在就走，边走边商量，等见到丁三花再说。"

韩恢说："好！就这样干。"

回到龙虎寨，如玉见丁三花一边抽旱烟，一边不停转悠，神情显得焦躁不安。如玉说："丁大当家的，你找我们是不是有什么急事？"

丁三花叹了一口气，说："这两年年成不好，不是旱灾就水涝，市面上粮食奇缺。我手下的不少弟兄都糊不上口了。想找你们借点粮食。"

韩恢说："这事好说，自家人嘛。我们虽然去年通过你在这里搞了一些粮食，可人多，也吃得差不多了，即使是想借给你，恐怕也是杯水车薪呢？"

丁三花急了："我是三元会会首，手下弟兄有难处，我不能坐视不管。可你们存粮又不多了，哪怎么办呢？"

如玉说："丁老哥，你们是不是真需要粮食？"

丁三花说："那还有假？"

如玉说："办法倒是有，就怕你没有胆量去取。"

丁三花说："只要能解我们的燃眉之急，皇杠我都敢劫。"

韩恢目视戴小毛一眼。戴小毛便将宁军带粮远征的事情告诉丁三花。又说："敌人大队人马是由陆路开往淮阴的，而粮食弹药等雇的是镇江天泰公司的轮船队由大运河北上，军队和粮队相距十多里。如果丁大当家有意虎口夺食，完全有机可乘。"

丁三花沉吟片刻，说："这是军粮啊！如果我带人劫粮，就与官府彻底反目了，那我必遭公开通缉。这事有点悬。"

韩恢说："丁大当家的，我看你这个三元会会首也不怎么样，就会吹牛皮，其实胆小如鼠。或许，你们压根就不需要粮食。"

丁三花急了，说："韩大老板也太小瞧我丁三花了。算了，我今儿豁出去了，要嫖嫖娘娘，要劫劫皇杠，我跟你们合伙干一票。反正不能让我手下弟兄饿死。你们说说，怎么干？"

如玉说："丁大当家的足智多谋，敢说敢干，手下弟兄又多，我的意见是你挑头当主力，我们派人协助你，抢到粮食四六分，你拿小头。"

丁三花说："这我没意见，只是我手下的弟兄战斗力不行，也缺少格林炮一类重火器，敌运粮船必有武装押送，我怕打不下来。"

如玉说："这好办，炮我们出，也出兵，另外再让吉总协助你指挥，这样就不会失手了。"

丁三花高兴地说："文总想的真周到。就怕吉总不买我的账。"

韩恢说："吉总那里没问题。这回是我们与三元会第一次真正合作，我们会全力支持你的。"

众人又商量了一阵，韩恢见方案差不多了，就对丁三花说："援敌运粮船队今天黄昏就能到淮阴城南黄庄，你回去先带人赶往那里设伏，吉总会带骑兵队和炮兵到黄庄与你们会合。具体怎么打，你和吉总现场商量。不过，你得多带些人和牛车，免得粮食运不出来。"

丁三花说："时间紧迫，我得回去了。我们黄庄运河堤见。"说罢，匆匆走了。

如玉写了一封信交给戴小毛，说："你去找杨士奇，表明我们的态度，老巨山队弟兄投诚我们欢迎。但他们一定要烧掉黄河滩兵营，以表诚意。具体怎么办，你与杨士奇商量。"戴小毛转身走了。

韩恢说："那我们如何应对敌人进剿呢？"

如玉说："有两种可能性：一是宁军失粮失屯会知难而退，一是勉强和淮阴敌军会合兵发马陵山，这不能不防，狗急还跳墙呢，如果敌人来我们就依托九个山寨跟他们干，主力置于敌后夹击他们。万一顶不住，就兜圈子，寻机歼敌。"

韩恢说："吉总走了，这事谁来负责？"

如玉说："还是老规矩，你坐镇大营指挥守寨，我负责外线作战。我们现在就开始进行作战动员。"

韩恢说："好。我们的扩军整军已经进行一段时间了，效果到底怎么样，这一次正好可以检验一下。我们一块去找吉总。"

当天深夜，吉念祖、戴小毛等人都回到了龙虎寨。韩恢和如玉早就等候在大厅里，一见二人平安归来，非常高兴，连忙问仗得得怎么样。

吉念祖说："打运粮船队还比较顺利，敌人有三个拖轮船队，就像水上火车一样，前面是轮船，卫兵也在上面，有一个连人。

我们分别打了三炮，轮船头就趴窝了，敌人也死了不少，其余都缴枪投降了。这样船队就被我们控制了。"

韩恢说："公路上的敌人和附近的敌人派没派兵支援？"

吉念祖摇摇头："公路上的敌人早被船队甩下十多里了，黄庄镇的警备队倒支援了，可都被三元会的人打回去了，敌人见我们有炮有骑兵，吓死了，溜的比兔子还快。"

如玉说："粮食怎么弄的？"

吉念祖说："到半路就分掉了，丁三花高兴死了。对了，船上还有不少枪支弹药，丁三花想要，我没给他。"

如玉说："那个丁三花肯定对我们有意见了。"

念祖说："没有。他还一再说，今后三元会就和义军是家人了。他承诺让护卫队参加我们队伍。"

韩恢说："丁三花没退路了，不投靠我们也不行。"

戴小毛说："杨士奇手下的人我都带回来了，黄河滩兵营也被他烧成了白地。"

如玉说："我要见见这个杨士奇。这个人很有才能武功又好，也讲义气，和仲八不同。有了他巨山队还能重新建立起来。"

韩恢说："淮阴城里和宁军援兵情况怎么样？"

戴小毛说："我正派人监视呢，一有新情况我马上报告。我估计，这会援兵差不多也到了淮阴，正到处找饭吃，找地方睡呢。"

如玉笑了："有客自远方来，对不住了，我们没能好好接待他们，弄不好就会像丧家之犬一样，流离失所。"

韩恢说："整军阅兵大会马上就要开始了。大家先去休息，改天我们再把这事议一下。"

半月后的一个晌午，马陵山根据地义军整军阅兵仪式揭开了帷幕。会场设在山下一块空地上，这里原来有一座破烂的土地庙，义军把它拆掉了，只留下一个戏台，又在后面安上一面芦席墙，上面写着大红会标。中间挂着孙逸仙先生像。主持人伏龙见台下人已到齐，便宣布阅兵开始。又首先讲话："我宣布，苏淮民治军第一师成立，阅兵仪式正式开始。我先宣布师部指挥员任职名单：师长，韩恢，副师长吉念祖，参谋长文如玉，政治部主任伏龙。下面，我公布各部番号和指挥员名单：第一团，团长张牛儿，第二团，团长江心州，第三团也就是特战团，团长白门柳。首先请第一团出列，接受师首长检阅。放礼炮！"

"咚！咚！咚！"格林炮弹接连炸响，声震长空，山鸣谷应。

第一团全副武装的指战员迈着整齐的步伐走向主席台，张牛儿走在最前面，神采焕发，解说员尤荐激动地说："大家看，光荣的第一团往我们走来了。他们当中有天山大队、龟山大队、巨山大队、鹭儿队大队，邵伯湖大队的老战士。开基立业，英勇善战。让我们向这些老战士致微！"

如玉紧盯着台下，他发现，这些战士虽然没有整齐统一的军服，但精神都格外饱满，威武雄壮，有一种无声的嘹亮。

第二团过来了，江心州领队，庄严肃穆，指战员目视前方，昂首阔步，脚下腾起一团烟尘。

尤荐高声道："现在向我们走来的是英勇的第二团，他们当中有工人大队、刀会大队、三元会大队、绿林大队。铁血男儿，豪气冲天。敬礼！"

第三团一出现，全场就出现了一阵骚动。

白门柳一马当先，手持军刀，英姿勃发。后面是滚滚铁流，战马雄壮，炮车轰鸣。

尤荐满脸红光，激动地说："精锐之师特战团开过来了。他们当中有骑兵大队，学生兵大队，炮兵大队，城防大队，侦察大队，运输大队，救护大队。身经百战，所向披靡，敬礼！"

阅兵历经一个时辰，已接近尾声。伏龙宣布："我们除了三个正规团，还有一支二线部队。因为有特殊任务，就不参加检阅。明天，他们将开赴山区和湖区屯田种粮。让我们向他们表示意。为了庆祝这个伟大的日子，我们还特地准备了一台文娱节，下面请大家观看演出。"

尤苻说:"第一个节目,乐亭大鼓,《武王伐纣》大家欢迎!"

两个抱鼓持云板的少女上台前。云板起,两个姑娘微微点头,边敲打鼓一边唱了起来:

> 齐刷刷　兵马威武,
>
> 明晃晃　刀枪闪亮,
>
> 轰隆隆　万炮齐鸣,
>
> 咚呛呛　战鼓擂响,
>
> 姜子牙中军帐一声令下,
>
> 武王的天兵下河阳。
>
> 纣王无道天下乱,
>
> 好比洪宪皇帝把民殃。
>
> 两军交战日色暗,
>
> 武王得胜旌旗扬。
>
> 无道君自焚在摘星台,
>
> 朝歌城万民放鞭又燃香。

这本是武王伐纣一小段,唱得不好列位看官多见谅。

如玉见早已认出登台表演乐亭大鼓的两个演员是顾莹、顾惜。待他们演毕,便迎上去打了个招呼。顾莹非常高兴,说:"文公子,没想到在这儿又碰到你。"

如玉一问才知道,顾莹的舅舅是在泗阳城里得知义军要在马陵山阅兵的,以为有生意,便赶了来。顾莹说:"文公子,我和姐姐也想学花木兰从军,你要不?"

如玉问顾莹:"你为什么要参军?"

顾莹说:"文公子是好人,你们的队伍也一定是好队伍,我看里边都是农民、工人、市民这样一些下苦人,还有女兵呢。"

如玉说:"好呀!好呀!你们先下去休息,等会我们再聊。"

顾莹拉着顾惜和舅舅转身离去了。

此时,吉念相和百门柳出现在台上,一边舞剑,一边唱起了黄梅戏《夫妻双双把家还》现排版唱段:

手中的宝剑成双对，

蝴蝶双双花从间，

你追我来我躲猫猫，

我无心来你不要纠缠，

寒窑虽破能蔽风雨，

可惜你是个无房的军漂哥，

你我好比一对欢喜冤家，

比翼双飞在人间……

如玉等人笑的前仰合，台下一片笑声，有人还高声叫喊着：

"吉老板，白娘子，快散喜糖！"

又上来一对跑早船的年轻男女，女乘花船，男摇破扇，一边扭，一边喝，唱的是淮海戏小书头《十八摸》。

台上台下笑作一锅粥。

如玉问韩恢："韩兄，心中感受如何？"

韩恢说："很高兴，很开心。人生苦短，精彩难遇。只要生命中有一段光华岁月，我愿足矣。"

他又问如玉："文兄，你呢？"

如玉说："人的生命就像一支蜡烛，发光要趁早，释放要极致。它也许只能驱逐一丝黑暗。但它的内心却是充满光明的。"

正说着，戴小毛来了，将一封信递给韩恢。看完，韩恢的眉毛皱了起来。他将信递给如玉，如玉看过又交给伏龙。信是赵恒均写的，邀韩恢进城谈判，说为表诚意，韩恢可以带枪、带护卫队，谈判地点也可以选择第三方。伏龙、如玉都不主张韩恢去，担心有危险。韩恢说："赵恒均这个人我了解，应该不会有什么危险。他想拉我，我还想拉他呢。"卢漱玉抱着儿子过来了，听说此事，也不同意韩恢冒险。

她说："你要是有什么不测，我和儿子指望哪个呢？根据地也完了。"说着，眼泪下来了。

韩恢说："再议吧。"

第六十一回

双雄会明堂试志　三侠行暗地护主

韩恢走进混派旅军人接待所客厅时，赵恒均已在那里等候，见人来了，便迎上去，伸出了手。两人坐定，一个勤务兵送上两杯安徽猴魁绿茶、水果，便退了下去。

赵恒均笑着说："韩兄，我们已见面了。我可是一直都挂念着你。"

韩恢说："赵兄是我的老长官，我也没有忘记你。"

赵恒均说："当年，你在我手下当团副，我很器重你，可你老兄却不辞而别了。"

韩恢微微一笑："道不同不相为谋，我再不走，就要掉脑袋了。"

赵恒均说："即便是你身份暴露，我也未必杀你。因为你是人杰，与黄兴是孙逸仙的左右臂。你做过苏军总司令、江苏督军。我怎么会杀你？倒是希望你我弟兄在一起共事，相互提携。"

韩恢呷了一口茶："过去的事情，不提了。你让我到这里来，说不是谈判，那又有什么事呢？"

赵恒均："我们虽然不谈判，不过有些事还是可以沟通一下的，我们应该能找到共同点。"

韩恢说："如果我没有理解错的话，赵兄是想让我与你站到一起，对吗？"

"是这个意思。"

"那赵兄你以为你能把我拉过去吗？恐怕不能。那你肯定要诉诸武力了。可你能消灭我们吗？"

"不能，可你也没有力量把我赶出淮阴城。尽管你很让我伤脑筋。既然这样，我们何不再深入交流一下，或许会有转机。有什么条件，你尽管提出来。"

"你为什么要消灭我们？这样对你有好处吗？"

"我是一个职业军人，守土有责。"

"你太近视了。你知道奉系军阀张作霖是如何坐大的吗？他就是借打击革命党之名，行骗取军饷兵源之势，拥兵自重，势力才越来越大的。"

"有道理。那韩兄的意思是？"

"我们未必能成为同志，但却可以成为朋友。我们可以互相容忍，共同依存嘛。世上没有永远的敌人，也没有永远的朋友。"

"是啊！我们的队伍里除了大小军阀，也有南方革命党分子，立宪派分子，无政府主义者，江湖帮会分子。我也不想打清一色的牌。不过，你韩兄也太让我失望了。有你在，我是如坐针毡啊！"

韩恢说："也许共荣共存就是我们唯一的共同利益。在这方面我们尽可以探讨，至于其他的就谈不上了。"

赵恒均勃然变色："那也未必，我现在就可以置你于死地。"他连声击掌。从门外涌进十来个青年军人，手中的枪一齐对着韩恢。

韩恢微笑着说："赵兄，这叫图穷匕首见。你终于露出庐山面目了。你现在就可以打死我，可我不服。你我都是职业军人，我是日本士官学校毕业的，你出于云南讲武堂。有本事在战场上并个你高我低，你这算什么。好！我认栽了。"他站了起来，走向门口。

赵恒均起身将韩恢拉了回来，按在沙发上，笑着说："我比你年长，怎么会出此下策？只不过是想试一试韩兄的胆量。"

韩恢说："这倒不必。我自从参加同盟会，就没打算活着衣锦还乡。谭嗣同你知道吧？百日维新失败，他本来可以逃离，可却甘愿被杀头。为什么？他是想用自己的鲜血和生命唤醒民众，让国家弃旧图新。难道我们革命党人还比不上维新派的仁人志士吗？"

赵恒均挥挥手，众人都退了下去。他说："韩兄，我倒以为你有些执迷不悟。你真的认为革命党能取代袁世凯坐天下吗？是不是有些不自量力？"

韩恢说："我承认，北洋军阀的势力还很强大，可我也知道，什么叫明知不可为而为之。精卫填海的典故你一定知道，我就甘愿做一只精卫鸟，不断叼木衔石，直到把大海填死，即使填不死，还有后人接着填。我相信，进步总会战胜倒退，光明总会取代黑暗。"

赵恒均笑着说："不斗嘴了。我说不过你。我有一个不情之请，不知韩兄能否答应？"

"你说说看。"

"如果你能保持克制，不要再在马陵山区推波助澜，搞什么土改、扩军、攻打城镇，就维持现状，我可以在粮饷等方面帮助你。"说罢拍了拍手。勤务兵进来了，手里拿着一张银票。赵恒均接过来递了过来。韩恢将他的手推了回去，说："有些东西不是能用钱买到的。赵兄不用多费心思了。"

赵恒均有些尴尬，说："这张一万块钱银票是给你个人的，我的一点心意嘛，收下吧！"

韩恢沉默不语。

赵恒均说："你不要钱，那就到我这里来干吧，你当我的参谋长。正好发挥军事专长。我不会亏待你的。"

韩恢说："富贵与我如浮云。刚才我已经说过了，除了共容求存，其他不必谈。我送赵兄一句话：'狡兔尽，良弓藏；敌国破，谋臣亡。'如果赵兄真的瞧得上我，莫准以后，我们也能走到一起。各派军阀中左右摇摆、骑墙观风、投靠革命党的也有不少。世事难料。袁世凯倒行逆施不可能长久，我劝你还是好好想一想个人以后的道路吧。"

赵恒均摇摇头，说："算了，公事先不谈。等会我陪你吃顿便饭，然后你在这洗个澡，休息一下，也顺便把我的话考虑一下，如有可能，咱们再聊。"他站了起来。

韩恢拿起礼帽，大步走出了客厅。

一位年轻的侍应生将韩恢领到了一间大型单人浴室内。

一池碧波，热气腾腾。

韩恢脱下衣服，走入水池。泡了片刻，顿觉有一股热流在全身奔突循环，精神为之一振。他眯上了双眼。

蓦地，他听到一阵杂沓的脚步声，睁眼一看，只见池边上站着一群妙龄女郎，赤身裸体，白花花一片，一股女子体香直透心脾。韩恢一惊，问道："你们是什么人？干什么的？"

一位纤秀的女子说："我们是金陵十二钗，当然不全是汉女，还有白俄罗斯的，印度的，塞尔维亚的，可能是水土关系，如今也看不出洋和土了。赵长官吩咐了，让我们好好服侍韩老板。"

韩恢上了水池，用长毛巾束好腰胯，坐到藤椅上。他说："你是谁？"

纤女说："我叫林黛玉，表演系毕业，特点伶牙俐齿，装傻充愣，善解人意。绰号话痨。领班。"

韩恢点上一支烟，闭着烟猛吸。

韩恢说："我是农民出身，今天被吓住了。你们到底是耍嘴皮的还是想玩真的？"

黛玉说："当然是玩真的，要不谁把钱？我就不信你是柳下惠转世，坐怀不乱。"

韩恢的目光变得迷离，觉得自己似在梦中。他的内心在搏斗，似有一股强力牵引着。金陵十二钗悄然逼了上来，令人晕眩。

"都给我蹲下！"

一声断喝，浴室内闪出一个姑娘，一手拿剑，一手握着短枪。黛玉惊叫一声，抱头蹲了下来，浑身发抖。韩恢定睛一看，大吃一惊："白门柳，你怎么会到这里？"

白门柳并不答话，用宝剑将衣服挑给韩恢，然后背过了身子。

韩恢迅速穿好衣裳，随之平静下来，看着白门柳。

白门柳转过身，对钗们说："你们都下去吧，今天不会开张了。今后不要让人当枪使。拉人下水，也不看看对象。韩老板是谁？还有黛玉我问你，你刚才看到什么了？"

黛玉说："我什么都没看到。"说罢，黛玉领着众钗弯着腰退了出去。

白门柳说："韩总，你先回房间吧。我去向文总汇报情况。"

韩恢说："是文总让你来的？还有谁？"

白门柳说："还有端木大叔，牛儿。我们都盯你半夜了，只是你在明处，我们在暗处。"

韩恢头发一甩，昂着头快步往门口走去，一袭长衫飘若浮云。

白门柳也跟了上去。她心里暗暗敬佩："这个韩总还真不是凡人，威严不能屈，富贵不能淫。够爷们，是个钢人。"

第六十二回

韩恢淮阴巧脱险　如玉管镇智借地

　　一大清早，韩恢就让侦缉队队长谢士元带他去见赵恒均。刚出门，他就碰见卞京娘。卞京娘说："韩老板，我正想到你那里去呢。"

　　韩恢说："你找我干什么？"

　　卞京娘说："伺候您啊！这是赵老板交代的，让谢队长在你外出时，听你使唤。在这接待所呢，你吃喝拉撒就归我管了。你这人也是的，我手下那么多姑娘你都瞧不上眼，夜夜干熬着，多清苦啊！要不，今夜我伺候您？"

　　韩恢说："你也不用这么小心，我跑不了。"

　　到了旅部，赵恒均正在鱼塘边钓鱼。他见韩恢来了，打了个招呼："韩兄，一大早你就来了，有事吗？今儿是礼拜天。"

　　韩恢说："你也别假惺惺的。你说好咱俩的事情一了，就让我走的，你为什么要扣着我不放？"

　　赵恒均说："这话太难听了。我是想留你在这淮阴城里多玩几日，放松放松。"

　　韩恢说："你也不要打哈哈了，想干什么直说吧。要不，你干脆把我关起来吧。搞那些名堂干什么？"

　　赵恒均说："韩兄，你真的太让我失望了。请你来一趟城里，请你吃，请你喝，请你玩，你总该得给我留点什么才是吧？"

　　韩恢说："你更让我失望。我原来以为你一个堂堂旅长、镇守使，应该言而有信，应该有点雅量，可你却用这种小人伎俩对付你的对手。"

　　赵恒均说："雅量我当然有，你想干什么吧？"

　　韩恢说："我让你现在就放我回去。"

　　赵恒均笑笑："这好办，看来你真是有些憋闷。你想到哪里玩，我陪你。过两天，我就让人送你回去。"

　　韩恢见再谈下去也无益，便丢下赵恒均回接待所。路上，他想了很多。他很后悔，不该不听文如玉的劝告，将赵恒均的为人想得太简单，对自己的能力估计得太高，结果中了敌人的圈套，陷入虎穴。此时，他更加想念文如玉和他的战友们。

　　走到十字街时，韩恢忽然发现白门柳正迎面而来。他心念一动，放慢了脚步。就在他和白门柳交会的那一刹那间，白门柳将一个纸团塞到了他的手里。韩恢回过头来看看谢士元，发现刚才的举动并没有引起他的注意，便若无其事地继续向前走。

　　到了接待所房间内，韩恢打开了纸团。一看才知道，文如玉进城了，正在想办法搭救自己，万一不行，就让端木林、张牛儿、白门柳强行下手抢人。韩恢暗暗叫苦。他认为都是自己连累了文如玉。自己有什么不测倒不要紧，如果再把文如玉等人搭进去那就糟了，马陵山根据地一定会受到更大损失。他点燃了一支烟，一边抽，一边想对策。

　　其实，在白门柳和韩恢接头时，文如玉就在路边一间香烟店里。白门柳见到如玉，说："任务已经完成了。下边干什么？是不是回北门大车店？"

　　如玉说："行。"

　　走到北门北侧一个广场时，如玉看见这儿有不少牛马，还有一些农民、商人模样的人在谈论什么。便问白门柳："这是个什么地方？"

　　白门柳说："牛马交易市场，每天都有不少人。"

　　如玉心念一动，说："我们过去转转。"

　　两人便走进了广场。如玉发现，这里除了水牛、黄牛，还有不少马匹，有的马还真不错，像是口外马，非常雄健，很适合做军马。

　　他便问一个卖马的中年贩子："老哥，你们每天进城卖马，进去城门方便吗？"

　　马贩说："方便，我们有路条。当兵的不管。"

如玉又问："要是没有路条能进出城吗？"

马贩说："路道熟的人也有办法进出。"

"怎么进出呢？"如玉来了兴趣。

马贩手朝北一指，说："要是不想花钱办路条，北城转弯处有一个豁口，从那就能进出。"

如玉说："城墙上怎么会有缺口呢？"

马贩说："不知道。听说是绿林军上次攻城时用炸药炸开的。后来又用泥土堵上了，可前不久又被人扒开了，成了一条便道。"

如玉向白门柳使了个眼色，离开了牛马市场，直奔北城墙。到那一看，如玉发现还果真有个缺口，两丈来宽，也没人看管，只是用一个破木门挡着。他试着拉了一下木门，门没有上锁，一拉就拉开了。他心里一喜。对白门柳说："我们要救韩总，这个缺口倒能派上用场。"

白门柳说："有什么用？韩恢后边有尾巴，很难甩掉，又不能来硬的。即便是他出了这个缺口，也跑不远。"

如玉说："这倒也是。不过，办法是人想出来的。我问你，要让韩总脱身，应该具备哪几个条件？"

白门柳沉吟片刻说："最起码有三个：第一，他能快速行动，如借助汽车、马匹等；第二，他能摆脱身边人的控制；第三，出城后有人接应，能挡住追兵。第四；还得有西渡大运河的船只。"

如玉眼睛一亮："说的好。这就有办法了。韩总目前在城里还是有一定行动自由的，他上哪里转转，散散步，谢士元也不好拦他，顶多是派人盯着。假定他能够走到牛马市场，再有匹马，我们的人再拦住谢士元等人，韩总就能从城墙缺口逃离。下一步，就是船的问题。"

白门柳说："我们到哪找马去？"

如玉说："就在市场上买嘛。"

白门楼说："不行，有了马，没有马鞍也没用。再说就算买到一匹马，也不能保证它是匹好快马。万一出点差错，前功尽弃不说，再救人就难了。"

如玉说："我过去一直以为你是个粗心的姑娘，没想到，你是粗中有细。"

白门柳说："我参加革命军这么长时间了，又当了团长，做事想问题肯定不能再像过去那样大大咧咧，风风火火的了。"

如玉说："我倒忽略了，人的性格是会改变的。"

白门柳说："别扯远了，还是说马吧。"

如玉灵机一动："你看能不能把我的那匹紫电弄到城里来呢？那可是匹神驹啊！韩总有了它，眼一眨，就能下去好几里。"

白门柳点点头："这好办，我可以把紫电送到牛马市场上去，让端木大叔伪装成马贩子。只要再通知一下韩总，他就能得到马。"

如玉说："好主意。那又怎么对付谢士元呢？"

白门柳说："这更简单，他敢阻拦，就干掉他。惊动人也不要紧。韩总马快，早窜了。再弄只船在于家渡口接应，一切都搞定。"

如玉说："先这么着。回到北门大车店，我们再和端木林大叔、牛儿合计一下。走。"

韩恢有散步的习惯，即使是在被软禁期间，也不改旧习。吃过早饭，他在院中遛了一阵，径直走出了大门。谢士元问道："韩老板，你要出去？"

韩恢"嗯"了一声，头也没回。

谢士元手向后一招，十来个士兵跟了上来。

到了北门，韩恢三转两转进了牛马市。端木林、白门柳正在卖马。韩恢向白门柳扫了一眼，白门柳点了点头。韩恢走了过去，围着一匹骏马转了一圈，问端木林："老人家，这匹马卖多少钱？是匹好马，我看中了。"

端木林拉过韩恢的手，玩起了袖里乾坤。韩恢点了点头："行，我要了。只是不知这匹马到底如何。不是徒有其表吧？"

白门柳说："老板你放心，一点毛病没有，正宗的河套马。名字叫紫电。"

韩恢说："能试一试吗？"

白门柳点点头，又低声说了句什么。韩恢这才发现如玉、牛儿也在一边。正说着，人群出现一阵骚动。韩恢定睛一看，暗暗叫苦，原来是赵恒均骑着马来了，身后还跟着几个荷枪实弹的卫兵。赵恒均确实是来找韩恢的，在接待所没见到人，便一路寻了过来。他已打定主意，如果韩恢再不就范，就除掉他。赵恒均见韩恢对紫电感兴趣，便下了马，围着紫电相看了一番，说："不错，是匹好马。怎么韩兄你想要这匹马？"

韩恢说："我也是一时心血来潮。不过，买了恐怕也用不上。我如今可是笼中之鸟啊！"

赵恒均笑笑："韩兄言重了。这么着，这匹马归你，钱算我的，只当是我的一点心意。"

韩恢对白门柳说："我现在就试试马。"说着，他一跃上了紫电。谢士元一愣，走了过去，抓住了马缰绳，说："韩老板，我看这匹马烈得很，我帮你牵马。"

韩恢看了看谢士元，又瞥了白门柳一眼，两腿一夹，一声"驾"，紫电便朝前缓缓走去。白门柳也跟了过去，紧跟在马后。"我来陪韩兄试马。"赵恒均似乎来了兴致，也上了马，向韩恢走了过去。

如玉向端木林使了个眼色。端木林点点头。

韩恢一边骑马，一边四下观看。他发现市场北面有两排民房，中间有一条通道。心里便有了底。他对谢士元说："你老拽着缰绳做什么？怕我跑了？快松手。"

谢士元一声不吭，仍紧紧抓着缰绳。

"砰！"

正僵持间，一声枪声，不知从何处飞来一颗子弹，正中谢士元左肩，他摇晃了一下，松开缰绳倒了下去。韩恢一愣，他不知道此时江心州正埋伏在对面民房屋顶上，黑森森的枪口已瞄准谢士元多时。韩恢迅速反应过来，抓起缰绳一抖，两腿一磕，紫电窜了出去。白门柳一个三跳步，也跃上了马背。

赵恒均急了，一边掏枪，一边催马。说时迟，那时快，端木林平地拔起，一个八步赶蝉已到近前，"呼"地打出一掌，将赵恒均打下了马，随即跃上马背，一声"驾"，窜了出去。

猝遇变故，众士兵也慌了，一边开枪射击，一边向端木林追了过去。市场上也炸了营，人叫马嘶，一片混乱。

如玉见韩恢和端木林已脱离险境，向牛儿挥挥手，迅速撤离了牛马市。也就是脚前脚后功夫，如玉、牛儿已与江心州会合，乘乱出了淮阴城，赶往运河于家渡口。

四月的湖滨，已是新绿满眼，天碧水蓝。湖畔柳丝轻拂，荷叶田田，芦苇青青，暖风阵阵。如玉转了一阵，心胸为之一廓，顿觉神清气爽。他对陪同考察的尤荐说："小尤，刚才我到屯田的营地转了转，情况总的来说还算不错，开荒的进度很快，只是士兵们的生活太艰苦了。住的是丁头舍，吃的是高粱饭。得想办法改善一下。"

尤荐说："我们这里条件有限，粮食也不富足，眼下只能将就。等新麦登场了，伙食会有所改善。不过，缺粮还不是大问题，还有比这更严重的情况呢。"

如玉一怔："什么情况你快说说，不要报喜不报忧。我到这里来，就是了解情况的。韩总对屯田很重视。"

尤荐说："也许你刚从淮阴回来不久，有些事吉总没有跟你说。"

如玉说："吉总来过这里？要是发生什么问题，你应该向他汇报请示，他会妥善处理的。"

尤荐说："既然文总真的不知道，那我就直说了。"

牛儿说："你们这些知识分子就是不爽快。有什么话你就说嘛。"

尤荐笑笑，将前不久发生的一件事告诉了如玉。

民治军是三月初开到洪泽湖边的，有四五百人，都驻扎在李宅村一带。一开始，工作进行得还顺利，虽然吃住条件差，但士兵们的热情很高，分片开荒的进度也比较快。可不久麻烦来了。

一天，营地里来了一伙人，都带着枪，领头的叫刘洪春，对尤荐说，这几千亩湖荡地是管镇刘家的，不是无主地，不能随便开垦。

问清了情况，尤荐才知道，这个刘洪春是管镇大地主刘恩荣的小儿子。这刘家不但是当地的豪门世族，而且大有来头，并非一般土财主可比。明朝开国时，太祖朱元璋追怀先世恩德想大修祖坟，可却不知道自己祖籍在哪里。便下诏征集凤阳朱氏源流线索。起初，有人告诉朱元璋，朱家祖籍在江南省句容朱家村。于是，太祖便准备在句容大兴土木。但不久，又有了新消息，据洪泽湖畔管镇一户姓刘的佃户说，太祖的祖父、曾祖父并未在句容住过，而是出于管镇区，在临水一个土岗上还能找到几座老坟。太祖将刘氏农民叫到南京，一盘问，情况还真是这样。明太祖大喜，不但赏赐了刘氏一大笔金银和土地，还将刘家钦定为陵户，世世代代为皇帝看守祖陵。从那以后，刘家便发达了，到清末民初，已拥有湖田上千顷，还挂过"千顷牌"。至刘恩荣这一辈，势力更大，自己当了乡董，还办起了民团，他的三儿子还在皖军当了营长，成了湖区乡绅首户。前不久，当刘恩荣得知有人在湖边开荒种粮，以为侵犯了自己的利益，便派民团袭击了民治军屯田驻地李宅，伤了人不说，还抢走了一批粮食。这事让前来视察的吉念祖知道了，便组织人伏击了管镇的民团，双方因此结了梁子，争斗不断，闹得人心惶惶。

听尤荇这么一说，如玉陷入了沉思。他直觉上以为这事处理的有些轻率，留下了一个隐患，对义军长期屯田极为不利。他对尤荇说："你是这里管事的头头之一，当时为什么不劝阻吉总？"

尤荇说："我人微言轻，也劝过吉总，让他冷静处理此事，可他一见伤了不少战士，就急眼了。"

如玉说："我们到这里是开荒种粮的，和土地改革一样，都是为了繁荣地方经济，保障队伍供给，没有一个安定的环境，怎么能长期待下去？再说，屯田的人马是二线队伍，缺乏战斗力，一旦湖区的土豪劣绅联合起来，局面就更糟了。"

尤荇说："我也担心这一点，可又没有什么好办法，一天到晚提心吊胆的。"

牛儿说："要不行，我从一团抽调一个连人来，保卫屯田。"

尤荇说："好呀，好呀！有了护卫队，就不怕刘家人来捣乱了。"

如玉说："战斗部队一个人也不许往外抽，赵恒均不会让我们在马陵山坐大的，残酷的斗争还在后面呢。得另想办法，最好是和平相处，一劳永逸。"

尤荇说："吃午饭时到了，我们回李宅吧。"到了李宅湖边一个大窝棚，如玉见到了茆金刀，问过情况便让开饭。

茆金刀说："这儿生活也太苦了，老子都快熬不下去了。文总，你来一趟不容易，我特地叫伙房为你烧了一盆昂针鱼烧豆腐，还炒了一盘鸡蛋和一盘竹笋咸肉，正好有一瓶烧酒，我们一块聚聚。"

如玉说："战士们中午都吃些什么呢？"

茆金刀说："天天老一套，高粱米饭，就咸菜疙瘩，青菜汤，一点油星都看不到。"

　　如玉说："还是有盐同咸，没盐同淡吧。你把那些好菜送到伤兵那里去，我和你们一起吃大锅饭吧。酒倒可以留下。骑了半天马，人都累散架了。"尤荇已将饭菜打好，几个人便吃了起来。

　　如玉问茆金刀："你能不能给我个底，这片湖荡地能不能种水稻呢？"

　　茆金刀说："地很肥，又有水，种稻一点问题都没有。文总，你就擎好吧！"

　　如玉说："你原来在战斗部队里，调你到这屯田你有没有什么想法？"

　　茆金刀说："我这个人吊儿郎当惯了，就喜欢舞刀弄枪的，乍到这，又捧牛屁股，还真有点不太适应。"

　　如玉说："你是鹭儿岛队大当家的，这里有几百号人，没有一个老资格镇不住。这里情况复杂，你要多协助尤荇把工作搞好。"

　　茆金刀说："在这里我主要管士兵训练，当家人是尤荇，这姑娘做事有板有眼，不用我操心。"

　　如玉说："我问你，如果让你处理屯田部队与刘家冲突这件事，你会采取什么办法？"

　　茆金刀说："还能怎么办？人家骑在我们头上拉屎拉尿，莫非还得忍气吞声装孬种？打他狗日的！"

　　如玉说："人家在暗处，我们在明处，怎么打？莫非专门组织一支队伍，天天防着民团？那还开不开荒。"

　　茆金刀说："那干脆去攻打管镇，掏刘恩荣的老窝。"

　　如玉说："刘家在湖对岸，我们孤军深入，一下子打不下来又怎么办？再说，这里也没有能打硬仗的队伍。"

　　茆金刀说："文总，动脑子我不行。你说怎么办，我照办就是了。"

　　如玉说："我一直在琢磨。我想这样：我亲身到管镇去一趟，拜望一下刘恩荣，跟他讲和。"

　　茆金刀说："不行不行。刘恩荣有七个儿子，个个武艺不俗，脾气又暴，人称洪泽七煞，狂妄得很，你去了有危险。"

　　尤荇说："我也不赞成文总去冒险。"

　　如玉说："莫非刘家能杀了我不成？他们有这个胆吗？要知道我的背后有民治军。"

尤荇说："他们敢不敢对你下毒手我不知道，可人家条件总是要提的，如果你满足不了他们的要求，谈又有什么用呢？"

如玉说："他们会提什么条件呢？"

茆金刀说："让我们卷铺盖滚蛋呗！"

如玉说："我要是不滚蛋呢？"

尤荇说："那人家非动硬的不可？"

如玉说："那买地行不行？借地行不行？租地行不行？合伙行不行？交换行不行？"

尤荇与茆金刀交换了一下眼色，两人频频点头。

茆金刀说："文总啊，我真服了你，你的脑筋转的也太快了。我们怎么就没有想到这些办法呢？"

尤荇说："这其中或许就有一把钥匙能打开刘家大门的那把锈锁呢。"

如玉说："尤荇，如果你是刘恩荣，你会选择什么条件？"

尤荇说："我还真摸不透刘恩荣的想法，只有去了才能知道。不过有一点可以肯定，拳不打笑脸。那个刘恩荣也是个有头有脸的乡绅，文总亲自登门，他未必会贸然下杀手。"

如玉说："这不结了。不入虎穴，焉得虎子。我还是到刘家去一趟吧，办法会有的。"

牛儿说："我们是不是做好两手准备，我从团里调一支短枪队来，为文公子保驾。万一谈崩了，就硬干。"

如玉点点头："韩总误入淮阴城那件事给我们的教训很深。这样，你派人去把端木大叔接到这里。其他的到时再说。"

牛儿说："有了端木大叔，就是龙潭虎穴我也敢闯。"到了管镇，如玉四处转了转，发现这个湖畔古镇很有气势，四周寨墙高耸，碉楼峥嵘，街市宏敞，人口稠密。西南角的刘家大院更是不同寻常，一座七进大院，方如棋盘，院里一株古树枝叶如盖，小瓦青砖的房舍黑鸦鸦一片，古朴之中带着一股阴森森之气。如玉心想，要是强打管镇，还真不容易得手呢，以致更加坚定了与刘家讲和的决心。他让尤荇进门与刘家人联系。管家问明了情况，便向刘恩荣做了通报。刘恩荣对小儿子刘洪春说："这个姓文的义军头领还真有点意思，声称有重礼面呈。也不知道他葫芦里卖的什么药？"

刘洪春说："姓文的肯定是为湖边那块地而来。没有什么好讲的，干脆将他们一伙除掉，免得后患无穷。"

刘恩荣说："义军势力不小，连淮阴城都敢打，杀人不妥吧？"

刘洪青说："那就不见。"

刘恩荣说："这也与礼不合。"

刘洪春说："不如这样，给他一个下马威，让姓文的人闯关而进，让他们领教一下我们刘家的厉害，知难而退。正好哥也在家。具体事情我来安排。"

刘思荣点点头。刘洪春和管家来到门口。刘洪春对文如玉说，"文先生，你要真想见家父，那就闯关而进吧，我们兄弟七人，每人把守一进院门，有本事你尽管闯，没本事就请回吧。"

如玉对端木林说："还是劳驾端木大叔您吧。"

端木林说："闯关不怕，难在分寸不好拿捏。重了，失手伤人，轻了，纠缠不清。"

如玉说："还是过关为上，点到为止吧。"

端木林点点头，对刘洪春说："刘公子，你看我怎么闯呢？"刘洪春双手一摊，掌中两枝峨眉针如飞轮乱转，闪闪发光。他架势一立，说："你先过我这一关吧。"

端木林已知刘洪春长于短兵功夫，而且深谙一寸短一寸险之理，不敢大意，心念一动，轻喝一声，上步探掌，一个虎扑掌击了过去。刘洪春不知面前这个老人是武林一代宗师，并未将端木林放在眼里。他见对方掌到，左手一伸，亮出峨眉刺疾点端木林咽喉，右手峨眉刺点向端木林胸口。端木林已判定对方路数，身形一矮一闪，已到刘洪春背后，左掌探出，横切对方后颈，打了个正着。端木林掌力奇大，虽然只用了四分力道，刘洪春也难以承受，一个前翻，飞了出去，倒在地下。

端木林大步流星冲到第二道院门。把关的是刘家老六刘泽春，手使一根熟铁齐眉棍，正横在门前。他见闯关人逼进，手中铁棍一划，一招"当头棒喝"劈了下来。端木林不闪不避，沉肩硬接，"吧"一声，铁棍弯成了弓形。他吃了一惊，摇摇头，悄然退过一旁。

第三关守卫者是刘家老五刘洪春，人称"鬼刀刘。"看上去他没拿任何兵器，但十指指端都套着五寸长利刀，锋利无比，加之招奇快，让人极难防备。两人一照面，端木林就吃了亏，右手臂被利刀划了一下，裂开一道血口，血透衣衫。端木林双眉一扬，乘对方右手鬼刀又到，一闪一让，用手托住刘洪春手臂，一拧一送，叫了一声"走"，刘洪春负痛蹲了下去，脸色煞白。

端木林又到了第五关，守关者刘家老四，刘泗春，手持两条铁制软鞭，双臂一交，耍的"哗哗"响，鞭影重重，人鞭难辨，声势惊人。端木林冷笑一声，脱下外套，三摔两绞，变成了一根软索，用力一抖，"啪"一声巨响，像巨蟒一样甩向刘泗春。刘泗春收鞭躲避，谁知软索半道已打了一个弯，如蟒首一般扑向对方下腹，"啪"一声，打了个正着，刘泗春一个吊毛，飞了出去。

到了第四关，端木林双臂一划，立了个门户，静等对手。守关者正是刘家老三刘滨春，皖军营长。他右手一举，微笑着说："老前辈，你可以让你家文总指挥进来了。"

端木林说："听说刘家弟兄七人擅长一种七煞阵法，你不拿出来让老夫开开眼？"

刘滨春说："这事先摆摆。您先去喊人吧。"

端木林将如玉、尤苻领到了一间大厅内。刘恩荣站起来，向如玉打了个招呼，又派人上了香茶。刘恩荣说："听口音文先生不像此地人，好像是京师人。"

如玉说："我正是北京人。"

刘恩荣呷了一口茶："那前清咸光年间大学士文大人是你什么人？"

如玉欠了欠身，说："是我祖父。"

刘恩荣说："哎呀呀，令祖父还是我老哥刘恩铭的座师呢。他中过进士，真是幸会幸会。"

如玉说："刘家名闻淮泗，人才辈出，我也是景仰的很啊！"

刘恩荣说："刚才文公子说要送我一份大大的见面礼，不知是真是假？"

如玉说："是真。"

刘恩荣说："不知是何礼？"

如玉说："我刚才进镇时，看见贵府大院方整如棋，四面封闭，院中还有一棵古树，恕我直说，贵府风水有些欠缺呢。"

刘恩荣吃了一惊："此话怎讲？"

如玉说："想必您是通晓文墨的，贵府大院如同一个'口'字，中间加一个'木'，不正是个'困'字吗？这种风水布局可与贵府不利啊！"

刘恩荣脸色阴沉了下来，沉吟片刻说："我看倒也未必。我家也出过进士呢！"

如玉说："刘老先生，你家院中的那棵古树是什么树？"

刘恩荣说："桑树。"

如玉说："桑者，丧也，主贵府主人不利。阳宅前不栽桑，后不栽槐，你家可有夭折的人？"

刘恩荣点点头："有，我大哥中了进士，在翰林院散馆外放安徽贵池州守，刚到任不久就得病而亡了。这莫非与我家祖宅风水有关？"

如玉说："风水这种事信则有，不信则无。"

刘恩荣说："我是信这个的。只是不知我家风水上的欠缺是否有办法补救？莫非要伐掉那株百年古桑？"

如玉说："这倒不必。那棵古桑在后院，只要将后院墙往里缩一下，将桑树隔在墙外，风水就能正过来。'古桑'如华盖也是能旺宅出贵人的。三国时刘备家院后就有一棵古桑，后来不是当了皇帝。"

刘恩荣的脸上露出了笑容，说："文公子，你送给老朽的这份见面礼，真是太贵重了，我要好好感谢你。有什么事，你只管说。"

如玉说："我来还是为了那块湖荡地，原来多有误会，还请刘老见谅。"

刘恩荣说："你们民治军占了我家的地，又打伤我家的人，不能说占到了一个理字。不过，只要你们退还我家的土地，这事也就算了。"

如玉说："我们民治军现在缺粮，不屯田开荒就坚持不下去，退地恐怕有困难。不知刘老能不能照顾照顾我们？"

刘恩荣说："你说说看，怎么个照顾？"

如玉说："按我们规矩，有主地，可以付些地租，无主地，就征用了，那也谈不上地租了。"

刘恩荣说："可我那是有主地呀，几千亩呢？能让人白种吗？"

如玉说："这事恐怕未必。刘老，不知你家那块地是什么时候买下的？有没有地契？"

刘恩荣说："听管家说，那块地归我家已有十来年了，当然有地契。"

如玉说："这话有出入。据我所知。李宅那块湖荡地原来还在湖中，是两年前才出水的，一向无主，你家也没有地契，只不过是派人围了一道矮堤。"

刘恩荣的脸红了，说："文公子真是有心人啊！不过，就算无主地，也有个先来后到的规矩，你们怎能鹊巢鸠占呢？"

如玉说："我要说的让你照顾我们，就是这个意思。就当是借种，我们不白种那块地，也可以适当付地租，比如二八开。你们每年也分一些稻米，补贴一下修堤费。"

刘恩荣摇摇头："二八不行，最少得对开。"

如玉说："对开也可以。只是头三年还是二八的好。那块地没有大批劳力开不出来的，而且生地粮食产量也不高，如果对开我们种就不划算了。"

刘恩荣沉吟不语。

如玉站了起来，说："算了，另外，我们每年再买你家一部分稻种。如果粮食多了，吃不完，我们可以按市场最低价卖给你们，让您家再赚些钱。你看这样如何？要是还谈不拢，这事我就不管了，双方如果动刀动枪，死几个人，那事情才难办呢，我可不想趟这种浑水。"

刘恩荣手一挥："话既然讲到这，就按文公子说的办吧。不过贵军一定得遵守约定。""我保证一斤粮食也不少你的。"如玉斩钉截铁地说。

刘滨春对端木林说："刚才听尤姑娘说，我们才知道端木师傅是武林泰斗。我们弟兄七个想向您讨教一下武功，不知能不能赏脸？"

端木林哈哈大笑："只要你家老爷子能给我们一口饭吃，你就是用七煞阵灭了老夫，也没有什么。"

刘滨春说："不是这个意思，我们是想拜在端木大师门下。今天中午我们就摆拜师宴。"

端木林看了如玉一眼，如玉点点头。

端木林说："拜师可以，不过有个条件，如果你们弟兄能用七煞阵打败老夫，那就无可无不可了。"

刘滨春说："行！这样我们就有指望了。"

如玉悄声对尤荐说："你告诉牛儿就说没事了，让他带短枪队撤离刘家后院，找个饭店吃饭。"

第六十三回

解围奔袭泗阳城　阻敌血战拒马岭

太阳落山了，大漠静悄悄的，如同洪荒一般死寂。如玉艰难地跋涉着，满头大汗，脚步踉跄。四望渺无人踪，只有随处可见的枯骨，有人的，有马的，有骆驼的。一棵树都没有，只有几蓬骆驼刺委顿在沙丘下。忽然刮起了狂风，飞沙走石，天昏地暗。如玉惊惧万分，伏下身子，拼命地扒着沙土。他想掏出一个地洞，藏身其间。但沙土却坚硬如铁，他的双手流出了鲜血。他吮吸了一下，又继续扒。一阵钻心的刺痛，由指头传遍全身。如玉大叫一声，跳了起来。他倏地睁开了双眼，发现自己居然躺在床上。

刚才那一幕，分明是梦境。他觉得后背有些发凉，顺手一摸，都是冷汗。他知道自己刚才为什么会做这样一个可怕的梦。他想起了午前的那次军事会议。

情报是戴小毛带来的。淮阴城里的敌人已倾巢出动，不但突然包围了泗阳城，还在城郊挖壕沟，筑地堡，建碉楼，东西一线绵延十多里长。这个情况引起了民治军高层的高度警觉，韩恢立即在龙虎寨大厅召开会议，分析敌情。但因为某些情况还不清楚，议了好长时间也没有结果。韩恢决定暂时休会，午后继续讨论。散会后，如玉觉得有些困乏，草草吃过午饭，便躺下了。

通讯排排长孟凡成来喊如玉开会，他便去了大厅。韩恢、吉念祖、戴小毛都在。

韩恢说："我们继续开会。让大家在午休时都想一想，现在各抒己见吧。"

吉念祖说："我越琢磨越觉得赵恒均这次来者不善，好像设了一个套，等我们去钻。"

韩恢说："敌人有些意图还是明显的，比如夺取泗阳城。至于说修那么长的工事防线，目的似乎是为了将泗阳城与马陵山分割开来，拱卫泗阳城。"

如玉说："赵恒均这两招都很毒辣。包围泗阳是攻我之必救，筑工事是阻我支援泗阳城。我们出兵反击是肯定的。因为泗阳城不可能长期坚守，只有不到一个营防守部队。问题在于我们从哪里进兵。"

吉念祖说："泗阳至马陵山的公路呗，还有其他进兵线路吗？"

如玉说："我的担心正在于此，公路上的情况不明啊！"

韩恢对戴小毛说："你还有什么情况补充吗？"

戴小毛说："刚才我亲自带人到公路上去了一趟，敌人到处都设了卡口，还派了一支巡逻队，人靠不上，也无法进入纵深。不知敌人要搞什么鬼。"

吉念祖变得焦躁起来："干脆派一支小部队强行攻击，打掉敌人的哨卡和巡逻队。这样公路上的情况不就知道了？"

如玉说："不能急躁。我认为在行动之前应该搞清敌人的真正意图，预测一下这次战斗的各种后果。我看有上中下三种结局：上等，我们打破了敌人对泗阳城的包围，救出了城里的机关和战斗人员，全身而退。中等，我们主力被敌人包围，但胜利突了出来，没有重大损失。下等，我主力受到重大损失，泗阳城、马陵山各寨全部失守，进退失据。我们应该力争第一种结果，避免第三种结果。而现在最有可能发生的结局就是第三种。我估计，消灭我有生力量，才是赵恒均的最核心阴谋。"

韩恢说："这就难办了，不救泗阳城又不行，救又可能陷入敌人包围圈，那怎么办呢？"

吉念祖说："我还就不信这个邪。如果我们主力沿公路强行推进，赵恒均有多大胃口能一口吞掉我们？"

韩恢说："假设敌人在公路上有埋伏，他们在暗处，我们在明处，贸然闯入纵深，肯定要吃大亏，这样不划算。"

吉念祖说："这也不行，那也不行，就坐在这里等死？等敌人打破泗阳城，修好工事，再集中力量向南推进，那我们的根据地就完了。我还是主张由公路强行攻击，接应泗阳城里的机关和战斗人员南撤。这次情况与上次不同。上次是伏龙主动撤退，这次伏龙已无法自行突围。"

韩恢对如玉说："这样，文参谋长你做个决定，事不宜迟啊！"

如玉说："我有个不太成熟的办法，折中一下。派一个连兵力沿公路北进，先打掉哨卡和巡逻队。然后向纵深边缘推进，只要发现敌人阻击，稍稍接触便退回。先弄清公路上情况。没发现敌人也撤回。为保险起见，派骑兵连作为先遣连队后援，防止先遣连被敌人咬住吃掉。"

吉念祖说："泗阳城那边就不管了？"

如玉走到地图前，用手在泗马公路西侧划了一条直线，说："我主力两个团沿公路两侧丘陵北进，先打破敌人封锁线，再攻击敌围城部队，接应城里我方人员南撤根据地。另外一个团做总预备队。"

吉念祖说："这样好是好，可丘陵山道不好走啊！"

韩恢说："避实击虚，是上上策，一石二鸟，即能避免走公路陷入敌围，又能解泗阳城之围，这应该算出上等结局了。有困难，咱们克服嘛！就这样定了。"

如玉对通讯排排长孟凡成说："下面我下达作战命令，三团白门柳部派出一个步兵连加一个骑兵连向公路方向突击。完成任务后撤回根据地，三团余部作机动，保护马陵山各寨。一团张牛儿部、二团江心州部由公路西侧进击泗阳城。吉副师长负责公路一线。韩师长负责保卫马陵山。我随一、二团北上，随队指挥。戴小毛继续监视敌人。孟凡成马上派人传达我的命令。"

韩恢说："一、二团主力的一切行动由文总谋长临机处置，不用请示。反二次围剿战斗的第一阶段现在正式开始，主要目标是救援泗阳城。大家分头准备吧。"

如玉对韩恢、吉念祖说："我要走了，你们两人保重。"

韩恢和吉念祖点点头："你也保重。"

如玉带着孟凡成、戴小毛离开了龙虎寨，前往一、二团驻地。马陵山东侧向南往北，都是高高低低，大大小小的丘陵，根本没有路，只有乱石、树林、野草地、河流，行军异常艰难，走得很慢。或许消耗体力过多，长长的部队里鸦雀无声，只有杂沓的脚步声和喘气声。

如玉和江心州走在部队中间。江心州见如玉很吃力，满头大汗，便抽出腰刀，砍了一根山棍让如玉当拐杖。

如玉说："江心州，我还真跟不上你的脚步，腿都软了。"

江心州说："文总，你是读书人，怎么能和我们这些下苦人比呢？不过，我觉得你的体力比刚来那会强多了。"

如玉说："我对自己还不满意，我想来一番脱胎换骨，真正与工农打成一片。"

江心州笑着说："你是穿上农民衣服，骨子里也不像下苦人，气派着呢。"

如玉说："区别就是差距，慢慢来吧。我想问你一件事，你认为我们突袭泗阳城围敌这一仗，能有几分胜算？"

江心州说："这个不好说。我给你讲个故事吧，或许对运兵有点作用。我打了不少年大雁野鸭，野鸭比大雁聪明。每次鸭群留宿过夜，领头的绿鸭都会派出一只哨鸭站岗，一有动静他就鸣叫报信。我对付哨鸭的办法是：先用火纸煤子在暗处绕一绕。哨鸭一叫，我就把火藏起来。接着再绕，一连三次。哨鸭每次向头鸭报警，绿鸭都没有发现情况，就会啄哨鸭。它再发现火光，就不叫了。我乘机用踏板船将抬枪推近鸭群，一搂火，就能打倒一大片。这叫兵不厌诈。对付野鸭是这样，对付敌人也差不多。"

如玉说："这个故事好。等我们到了泗阳城郊，就突然向敌人发动冲击。"

江心州说："这不够。我们应该先侦察一下敌情，找出敌人的软肋，突然给他一脚。或者，不如化装成敌军，等到对面再开火。这样胜算会大得多。"

如玉说："我们有敌军服装，可没带来。后一条不行，就按前面一条办。"

江心州说："另外，我们是不是得防备敌人反包围我们？"

如玉说："你这话是什么意思？"

江心州说："很简单，假如公路上有敌人主力，我们一打泗阳围敌，公路上敌人见计划落空了，那非反卷回来不过，配合围城敌军，内外夹击我们。如果敌人指挥官采用这一招，我们非吃亏不过。"

如玉说："你提醒得对。为了达到击溃或全歼围城敌军和避免我腹背受敌的目的，我们应该抽一部分兵力在城郊挖战壕，阻击公路方面援地。"

江心州说："这样就保险了。我也就是随口一说，到底怎么弄，还是文总你拿主意。"

如玉说："我也不是诸葛亮。基层指战员才是孔明。"

江心州说："文总，你在民治军上上下下威望越来越高了，大家都说你脑子快，办法多，又善于听取别人意见。有一件事我不明白，你是搞水利的大专家，怎么这样快就变成打仗专家了？是不是无师自通？"

如玉说："无师自通的事也有，但主要靠在实际斗争中学习、历练、感悟。一个人身份变了，肩上的担子重了，自然会变得小心起来，聪明起来。平常没事时，我满脑子都是战略战术，有时也看些古代兵法，人都陷进去了。至于说水利，还是等把国家的事情办好了再说吧。"

太阳慢慢地隐入了地平线，天渐渐地黑了下来。

如玉对江心州说："泗阳城就在前面了，你留下一个营就地挖战壕，位置尽量向东靠，准备阻击公路援敌。等一团打响，你迅速跟进一起歼敌。"说罢，又带着孟凡成、戴小毛等人赶到队伍前头。如玉对牛儿说："一团首先发起冲锋。你先派人侦察一下，找到敌人软肋，然后再突然开火。"

牛儿说："文公子，你的指挥位置在哪里？"

如玉指了指西侧一片密林，说："我在那里。我会随时和一、二团保持联系。你行动吧。"

牛儿走后，如玉在密林里隐蔽了起来，静候战况。不大功夫，北面响起了密集的枪声、爆炸声，火光把天际都映红了，如玉知道，突袭战已经打响。孟凡成手下的通信兵过来了，报告如玉说："一团正在和敌人激战，城内我方人员已经开始从西门撤离。二团也压上去了。敌人快要顶不住了。公路上的敌人主力两个团正向泗阳城郊攻击，二团一营阻击战打得很艰苦，防线还未失。张团长、江团长请求文总指示。"

如玉点点头，说："看来战况和预想的差不多。等我们击溃或全歼敌围城部队，一、二团主力就撤出战斗，回到这里，然后收缩撤回根据地。"

通信兵走后，如玉便独自沉思起来。他在谋划第二阶段的战斗方案。此时，他已经清楚地知道，打破二次围剿的关键在于能否歼灭敌军主力一部，改变敌我双方的强弱对比，形成一种新的均衡。他在地图上用笔画了一道线，那里是泗阳城南十里一个叫拒马岭的村庄。他决定在那里构筑防线，阻止敌人主力南进。

拒马岭阻击战未打响之前，乘战士挖战壕修工事的空隙，如玉回到了龙虎寨。韩恢、吉念祖见到如玉很高兴。韩恢说："第一阶段仗打得不错，我们不但没有落入敌人陷阱，还在泗阳城下咬了敌人一口，吃掉他们两个连兵力。"

吉念祖说："我要检讨，攻击公路之敌的我方两个连也有损失，步兵连推进太快，被敌人缠住了，伤亡过半。要不是骑兵连跟进，就被敌人包饺子了。这是我指挥不当。"

如玉说："方案是我定的，决心是我下去，受了损失，你检讨什么？"

吉念祖说："我对步兵连连长强调督促不够，他们推进一段，见没有什么情况，胆子就大了，结果陷进去了。"

韩恢说："打仗就是这样，灭敌一千，自损八百。教训先不说，还是讨论一下阻击战怎么打吧。"

正说着，伏龙带着王彦青来了。伏龙对如玉说："要不是你带人及时赶到，这阵我俩就见不到了。我还以为韩总不要我们了呢。"

韩恢说："你我都是生死弟兄，我能抛下你吗？过去我们和张大卓、颜承烈、樊炎一起创建革命军队伍，他们三人被敌人抓去杀了，我心里一直很难过。我可不愿意你伏老弟再出现什么纰漏。"

伏龙说："我有一个新的感想。这个泗阳城好像是一把双刃剑，我们占领了，既有好处，比如发展经济、涵养税源，不过又有坏处，如同一个包裹，守又守不住，敌人一来就得撤离。有时候，我真想甩掉这个包裹。"

如玉说："这倒真是个问题。这说明任何事情都有两面性，有得必有失。"

韩恢说："泗阳城争夺战还会长期打下去。我们的立足点是根据地，光打仗不占地盘怎么行？淮阴也是敌人的一个包裹，不也得背着。"

如玉心念一动，觉得韩恢之话大有深意，似乎可以做做文章。

韩恢问王彦青："搞土地分配的人都撤出了没有？"

王彦青点了点头："各乡镇村都站不住脚了。不过，我们的工作已经做到前头了，大约有三分之一村庄的无地少地农户都分到了土地，公粮任务下派也顺利多了。"

韩恢说："土改是由伏龙领导的城市工作部负责的，成绩很大。等敌人退走，工作还得抓紧。没有农民支持，我们在马陵山就站不住脚。"

吉念祖提议到前线去看看，韩恢等人便来到了拒马岭。战壕挖得差不多了，长长的，像一条巨龙蜿蜒于原野间，到处都是新鲜的土堆。如玉见老巨山队副寨主、二团一营营长杨士奇正在公路上堆石头，便走了过去说："杨士奇，你对这场阻击战怎么看？"

杨士奇将手中石头垒在石墙上，说："我过去没有打过这种仗。我认为不划算。好比要饭花子和龙王爷比宝，占不了上风。"

如玉点点头，说："你过去在土匪山寨时是怎么打仗的？"

杨士奇说："很少硬碰硬，能打就打，不能打就溜，我众敌寡就打，敌强我弱就避。地方大得很，敌人不可能长时间盯着我们，干嘛老待在一个地方？"

如玉说："这话有意思，用空间也能换时间，通过时空交换就能改变强弱对比。我很受启示。"

杨士奇笑着说："文总说什么我都听不明白。你们读书人说话总是文绉绉的。要是用我们的土话说，就是拖着打狗棍引狗，兜的圈子大了，时间长了，回头冷不防给它一棍子，就把狗打死了。"

你如玉说："不错不错。等会，敌人上来，你们一营在正面，首当其冲，仗可要打得灵活一些。尽量保存好自己，多消灭敌人。"

杨士奇说："文总让我们打，没得说的。你就擎好吧。"突然，"轰"的一声，一颗炮弹落在如玉身边，杨士奇一扑一滚，将如玉拉进了路边战壕。如玉抬起头一看，敌人已经压上来了，黑鸦鸦一片，足有两个营兵力。他便命令所有部队进入阵地，阻击来敌。此时，韩恢等人已退到了一个小山包后。见如玉也来了，便说："我看这场阻击战就由吉副师长来指挥吧，文参谋长可以先歇歇。"

如玉说："不要紧，我挺得住。"吉念祖说："还是下去歇歇吧。如果有什么事，我再让人去喊你。"

如玉和韩恢便回到了龙虎寨。天擦黑时，卢漱玉身背孩子带着一帮女兵上前线送饭，如玉便和她们同行。如玉对卢漱玉说："大嫂，你有孩子，不用上前线了，快回去吧。有危险。"

卢漱玉说："我们女人打仗不行，做做饭，送送饭还是称职的。危险我不怕。我这条命就是义军给的。"

如玉说："你们做了些什么饭食？"

卢漱玉叹了口气，说："高粱面饼子，煮红薯，还有咸菜和几桶山泉水。没有金贵东西。"

如玉摇摇头。到了阵地上，他发现敌人进攻的火力很强烈，炮弹不断在公路上及两侧炸响，新土坑遍地，正面有四、五挺重机枪，疯狂地喷吐着耀眼的火舌，子弹如同飞蝗。凭借强大火力的掩护，敌军不断发起冲锋，虽一次又一次遭到义军阻击，却一次又一次地反扑。公路两侧的敌人攻势也很猛，尽管在阵地前丢下一大片尸体，但仍然狂叫着往前冲。义军的伤亡也不小，一个又一个伤兵被女兵救护队抬出阵地。

如玉心情沉重，他在临时指挥战里找到了吉念祖。他一身灰土满脸通红，额头青筋暴涨，嗓音嘶哑，不停地来回踱步，显得十分焦躁。

"吉总，打得怎么样？"如玉问道。

吉念祖摇摇头："情况不好，伤亡太多。他妈的，赵恒均这回是蛤蟆吃秤砣铁了心了，想一口吃掉我们，真的玩命了。"

如玉说："二团指战员情绪怎么样？"

吉念祖说："还行，人死多了，个个眼睛都红了，打得很勇敢。"

如玉说："一团预备现在上不上？"

吉念祖说："再坚持一阵吧。我们已经打退敌人五次冲锋，他们也快吃不住劲了。"

如玉来到了临时救护所。一个洋大夫正在为一个战士取腿上的弹片，战士疼得满头大汗，却一声不吭。问了情况如玉才知道。这个洋大夫是美国人，叫白瑞德，泗阳城内基督教会医院外科医生，他是伏龙请来的。如玉用英语问白瑞德："白大夫，你为什么不给战士用麻药？"

白瑞德看了如玉一眼，肩一耸："这里的西药太少，没有麻药，消炎药更缺少。"

如玉心念一动："白大夫，你能不能给我开一张西药采购清单，我来想办法。"

白瑞德放下手术刀，很快写好一张清单。如玉看了看，折好放入衣袋。

这天夜里如玉在梦中被一阵枪炮声惊醒了，知道前线有情况，骑着紫电就驰向拒马岭。阵地上火光闪闪，烟雾弥漫，一片狼藉。问了吉念祖才知道，子夜时分，一队敌军发动偷袭，突破了义军防线，幸亏吉念祖及时组织一团预备队反击，才将敌人赶了回去。见吉念祖心情烦躁，如玉便留在了前线，陪他一直坐到天明。如玉知道，更惨烈的战斗还在后面。

第六十四回

运河畔借雾歼敌　牌九场乘乱夺城

　　拒马岭阻击战还在继续，转眼已过去了三天。这天中午，乘敌人暂停攻击的间隙，韩恢、如玉、吉念祖、伏龙在临时指挥所里开了一个碰头会。

　　韩恢说："这次阻击战打得还不错，虽然战斗非常激烈，前沿阵地也几次易手，但总算没有丢失。不过我们的伤亡也很大，大约一个连人没了。我们研究一下，下一步怎么办？"

　　伏龙说："现在是战役第二阶段，我们的主要任务是阻止敌人进犯，包围根据地。这个目的现在看来是达到了，但我们的伤亡也很大，这不利于我们保存有生力量。这种消耗战我们打不起啊！"

　　吉念祖说："打不起也得打，如果我们一松劲，敌人就会进入我根据地纵深，老窝都没了，我们撤到哪里去？我们有伤亡，敌人也同样有伤亡。这当儿，就看谁有狠劲了。"

　　韩恢说："打阻击战，是集体研究决定的。打是对的，而且战略目的也已达到。考虑到拼消耗于我不利，我们是不是改变一下战术？"

　　如玉说："这两天我一直在考虑这个问题，也向基层指战员了解了一些情况，不少人都反对死打硬拼，比如二团一营营杨士奇就是这种态度。我觉得现在改变战术是肯定的，不用讨论。问题是如何改变？下一阶段战役重点的突破口在哪里？"

　　韩恢笑着说："文总，指挥打仗你从来都是深谋远虑，不拘一格，让我们这些学军事的人都汗颜。有什么宝，你就快快献吧。"

如玉说："我肚子里只有煮红薯和咸菜，哪有什么宝？要是韩总硬赶鸭子上架，我就说一个不成熟的方案吧。"

吉念祖火冒冒地说："大知识分子，你能不能爽快点。真急人。"

如玉点点头："我想问大家一个问题，现在的淮阴城是什么情况？"

吉念祖一怔，说："空城一座呗！"

如玉手一挥："这就对了。淮阴城也是敌军的一个大包裹，赵恒均绝对舍不得丢掉。那么我们现在就出兵，东渡大运河，奔袭淮阴城，掏敌人老巢。"

伏龙说："这一招和赵恒均偷袭泗阳城有异曲同工之妙，太好了。这叫攻敌之必救，逼赵恒均回兵。"

如玉笑着说："我的想法不止于此。打淮阴城只是佯攻，目的有二：一是让赵恒均回兵，减轻拒马岭压力，二是调动敌人在运动中歼灭敌人主力一部。然后再收复泗阳城。"

伏龙说："你的方案好像还没说完嘛！"

如玉说："我还有更狠的后续招数：我主力东进后，先绕到敌人后面，从公路上兜击敌军后队，一是消耗敌人，二是钓鱼，引诱敌人分兵追击。接下来，我在公路两侧布一个大口袋，吃掉来犯之敌。如果能消灭敌人主力之一部，就算达到战役目的。如果打成击溃战，我则引主力后撤，待敌人主力东渡大运河时，我半渡击之，来一个赶王八下河。至于说拒马岭防线，考虑到敌人狗急跳墙，死攻马陵山九寨，我们不妨留下三团白门柳部继续阻止牵制敌人。另外，端木林大叔率船队至渔沟与我会合。"

吉念祖兴奋地说："文总啊，你的仗是越打越精了，这下真够赵恒均喝一壶的了。"

伏龙说："这叫一石三鸟，一解马陵山之围，二收复泗阳城，三有效杀伤敌人主力。"

如玉说："我们可不能小看赵恒均，那家伙也是云南讲武堂科班出身，深通韬略，这次他进剿我根据地使用战术就很诡异。如果我们变招，赵恒均也可能会变招。方案是死的，战况是活的，往往会出现许多预想不到的情况，我们必须再把方案想细一点。们还是听听韩总的意见吧。"

韩恢说："所谓战术方案一般只能想到六七成数，算无遗策，连诸葛亮也做不到。那怎么办呢？我的理解是：战术方案是开放的，基本不动，部分变通。这就叫奇正相生，随机应变。我同意文总的方案，立即执行。如果在实施过程碰到新情况，由文总临机处置。下面请文总说一说兵力部署。"

如玉说："如果大家没意见，那就这样：三团换防二团守拒马岭，但将骑兵队、炮兵队各分一半随我行动，打阻击由吉总负责；一、二团主力随我东上，至渔沟镇运河西公路上设伏待敌；韩总、伏总坐镇根据地掌握全面和后勤供应。"

韩恢说："现在大家就分头行动吧！"

民治军主力是在下午三时到敌后的。据侦察，因为未投入战斗，敌人后队警戒备非常松懈。如玉当即让指示张牛儿抽出一个营兵力向敌人突然发动进攻。牛儿一击得手，毙敌数十人。等敌人反应过来，沿公路追击，牛儿边打边退。而如玉已率主力先行撤往渔沟设伏。

黄昏时分，戴小毛报告文如玉，敌追兵已近，有一个团兵力。如玉派人将牛儿、江心州找到临时指挥所，说："敌人来了一个团人，怎么打，我想听听你们意见。"

牛儿说："我在暗，敌在明，一个团人有什么可怕，打就是了。"

江心州说："我们两个团，人员还不足，敌人一个团是足团，凑合二比一，优势不大，要是一口吃不掉，等后援敌人到了就糟了，非打黏糊不可。"

如玉说："依你看怎么打？"

江心州说："饼太大，如果掰掉一块，我们就能吞下去了。"

瞬间，如玉下定了决心，手一劈，说："据侦察，敌人的行进队形并不紧凑，大致是前面两个营，后面一个营，中间相距二三里路，头大尾小。那就将敌人拦腰再切一刀，一分为二。一团一营从中间穿插将公路封死，挡住敌人后队，坚决堵住。一团二、三营和二团全部攻击被我包围的敌人前队，务求全歼。骑兵队一部作为预备队。炮兵队一部也投入战斗。"

江心州说："这样打，敌人就插翅难逃了！"

如玉对牛儿说："一团一部打阻击，要坚决，不要怕伤亡。如果堵不住敌人后队，一营主官军法从事。"他又对江心州说："二团打歼灭战要凶狠，猛打猛冲，速战速决。不能拖泥带水。火炮一响，就冲锋。有什么情况，通讯排排长孟凡成会和你们联系。"

牛儿、江心州走后不久，一场新的战斗就分头打响了。如玉肚子待在牛王庙大殿里，等候前方消息。也就过了半个时辰，孟凡成来了，对如玉说："文总，敌情有变。"

"什么情况？"如玉"呼"地站了起来。

孟凡成说："敌人后队不是一个营，而是两个营，我侦察队情报有误，我阻击部队打得很艰苦，估计走不了多长时间，一团一营营长要求派兵增援。"

如玉说："如果挡不住敌人后队，肯定前功尽弃。情况危急，现在唯一的办法是上骑兵队。只是这样，要是再发生新情况，我手里就无兵可用了。"

正说着，如玉的耳畔忽然传来一阵雷鸣声，随之，窗外电光闪闪，风声大作，不移时，天暗了下来了，一团团浓黑的烟雾不断飘进殿内，眼前的一切变得模糊不清了。如玉吃了一惊，走出大殿一看，只见漫天大雾，如墨如炭，随风飘荡，晦不见日。

如玉心中一阵狂喜，对孟凡成说："这真是天助我也。你现在就随骑兵队去支援一团一营。我们有步兵、骑兵，又惯于野战，着怪雾，肯定能击溃敌人。"

孟凡成走后，如玉带着几个卫兵来到了二团阵地。此时，敌我双方正在混战，浓雾中人影绰绰，刀枪撞击声呐喊声、厮打声不绝于耳，根本分不清敌与我。如玉正在冷眼观察，一个敌军官带着几个士兵匆匆而来，看样子是想逃跑。如玉下令开火，卫兵们端枪扫射，敌人纷纷倒下。敌军官扭头就跑，如玉甩手一枪将他击毙。

"我们也上！"

如玉手一挥，带着卫兵冲进了浓雾乱阵之中。

太阳落山时，一场突如其来的怪雾渐渐消散了，渔沟歼灭战也结束了。清理战场，毙敌两个营有余，义军伤亡不到百人，取得完胜。不久，佯攻淮阴城的二团一部也乘船渡过运河回到渔沟。

如玉便带着主力部队，撤往运河大堤。他准备在那里再设一个圈套，给敌人以更大的打击。

如玉抵达泗阳城下已是三日后夜晚。戴小毛告诉他，城里还有敌一个营守军，因为这支部队没有接到撤离命令，故而没有回淮阴。

如玉说："他们在这里的主要任务是什么？"

戴小毛说："一是守城，二是守粮。"

如玉眼睛一亮："城里有多少粮食？"

戴小毛说："不少，都是前些日子运来的军粮，有好几万斤呢，大米，面粉，杂粮装了两个仓库。"

如玉说："我原来想强行攻城的，现在看来不行，万一敌人狗急跳墙烧掉粮食，就得不偿失了。春夏之交，青黄不接，粮食对我们很重要。"

戴小毛说："强攻不行那就智取。"

如玉说："这两天我满脑子都血啊火啊，乱糟糟的。智取我还真一时拿不出办法来。"

戴小毛说："我们能不能冒充敌军，就说前线来调粮了，骗开城门？"

如玉说："有敌人军装和进城口令吗？"

戴小毛摇摇头。

如玉说："那你先去抓个活口问问情况。"

如玉将部队带到了城郊红花水村隐蔽了下来，一边修整，一边等消息。翌日上午，戴小毛带了一个敌军士兵来见如玉。如玉便和这个士兵谈话。他问道："你是哪里人？叫什么姓名？"

士兵说："我叫沈士贵，桃源人，农民。"

如玉说："你偷偷出城干什么的呢？"

沈士贵说："南门外有家牌局，叫万源，我和几个兄弟常上那儿推牌九。"

如玉说："你和你们营长能搭上关系吗？"

沈世贵说："马马虎虎，我是勤务兵，能跟头说上话。"

如玉说："你们营长叫什么名字？有什么嗜好吗？"

沈世贵说："我们营长叫毛秋江，也喜欢推牌九，再就是玩女人。最近，他与侦缉处队的那个烂货卞京娘勾搭上了，每天在一起鬼混。"

如玉说："卞京娘不是谢士元的女人吗？"

沈世贵说："人家是逗她玩的，哪有真心。卞京娘就是一个逢人配。"

如玉说："你想不想活命？"

沈世贵说："想。"

如玉说："那我放你回去，帮我把你们营长钓出来，让他到万源牌局去打牌。我叫人给你点钱，就说赢的。办好这件事就算立功，我就放你走。否则城一破，你知道后果。"

沈世贵说："我一定把这事办到。绝不敢掉鬼。"

戴小毛将沈世贵带走。第二天晚上，戴小毛告诉如玉，毛秋江带了十几个卫兵和沈世贵已到了万源牌局。如玉说："我们现在就去哪里，会会这个毛营长。"

戴小毛说："带多少人去呢？"

如玉说："你安排吧。"

如玉一进万源牌局赌场，沈世贵就迎了上来，向毛秋江介绍说："这是文老板，做黄金珠宝生意的，南方人。我说的那个赌友就是他。"

毛秋江哈哈笑，大刺刺地说："听说文老板也喜欢玩牌九，兄弟我也好这一口。不过，赌钱场上无父子，我们初次打牌可不许耍嘴皮子，画手指头。"

如玉说："那自然。再说我一个外乡人哪敢？"

毛秋江说："知道牌场上规矩就好。这样今晚我们来场打牌九，起注十块袁大头，尽打不喝水。你是客人，你先坐庄。"他又指了指边上两个人，说："这两位也是我赌友，一个胡老板，一个刘大少。"

如玉放下手中皮包，开始码牌，出条子，他见陪家已下注子，抓过骰子，说道："头条不叫，开牌掷五，三家叫苦，离手速吃。"真掷了一个五点，如玉摸过牌一看，麻十配短八，便说道："劈面，软八爷，三家通吃。"

毛秋江一边捋牌一边说："软八就通吃？想得美。"牌一撬，是个长七，摇摇头，将十块银元推给如玉。胡老板六点、刘大少五点。如玉吃通庄。

如玉又上了二条，掷一个六点，说道："二把掷六，六六大顺。"正捋牌，毛秋江已亮牌。"啪"一声，说："花公鸡抖翎，天九。加炮打，二十块光洋。"胡老板抓了个长九，一脸得意。

刘大少地八，点子也不俗。毛秋江说："这下庄家要赔全场了。"

如玉牌一亮："不好意思，地杠。"又吃通庄。又出三条，胡老板摸过牌，说："文老板牌技不错啊，两把吃通庄。是不是玩了什么手彩？"

如玉一边捋牌，一边说："我从小就陪老爷子玩牌九，牌技多高不敢说，可从来不出老千。"牌一亮，两点。

毛秋江两眼放光："庄家不中了，庄户人拉屎头半截硬，二点还不赔全场。"

如玉说："我这二点是个孤丁二，赔全场未必。"

毛秋江一开牌，蔫了。憋十。胡老板憋十，又吃通庄。

如玉说："好手不赢前三把，慢慢来。"他欲和牌，毛秋江将他的手按住了，说："了条你敢不敢上？敢上，我堵庄家堆。"

如玉笑笑："有什么不敢上。"推出3条，并飞快地调了一下牌序，又报了堆上钱数："大洋二百四十元正。"毛秋江抓了几封银洋放在面前："赌堆。"胡老板二道赌堆，赌八点。刘大少三道赌堆，赌九点。

如玉抓起了骰子，三人眼瞪得像牛卵子。如玉一离手，掷了个九，说："九在手，庄家领头走。"掏了第一副牌，正是他挪过的尾牌。胡老板头上冒汗，口中念念有词道："八八，发发。"还真是八点，地八，一脸得色。刘大少一撬是个九点，也很高兴。毛秋江牌一拍，说："地杠。"伸手就去抓堆上银洋。如玉将他手一推开，撬开牌："李元霸砸天，铜锤一对。三家叫苦。"

毛秋江抹了一下脸色的油汗，说："我还真不信这个邪了。庄家四把吃全场。再来。"

如玉码好第局牌，又出了头条，说："各人下注，打牌就是玩的，不带急眼的。"正要掷骰子，看热闹的几个士兵要求挎小驴，如玉也同意了，各人纷纷掏钱傍着三个陪家下注，多少不等，充满期待。如玉刚掷了一个三出自抓三，牌一撬，憋十。赔全场。

门口放哨的一个士兵见挎小驴的也赢了钱，也向里屋探头探脑。沈世贵将也他推进场。二条刚出，一个女人扭着屁股进了屋。如玉一看，暗暗叫苦，居然是卞京娘。卞京娘认出了如玉，手指着，光张嘴，就是说不出话来。如玉朝戴小毛使了个眼色。戴小毛掏出短枪抵住了毛秋江的脑门："谁敢动，我打死他。放下枪。"话音未落，屋外又冲进几个义军便衣战士，一齐用枪对准屋里的人口毛秋江看着如玉；"文老板，你是赢家，不带黑吃黑的。"

如玉说："本人是革命军的大老板，红吃黑。我命令你让守城士兵投降，否则我就不客气了。"

卞京娘躲在桌肚子里，也被如玉拽了出来，说："卞京娘，你也跑不了。走。"

在南街粮库里，如玉看到了堆积如山的大米、面粉，心里充满了胜利的喜悦。他刚回到县府，就被一帮人缠住了，口口声声喊如玉是青天大老爷，说要告状。如玉一头雾水，将他们让进了花厅。

第六十五回

问民意韩恢跃马　会故友如玉置酒

　　如玉已打定主意认真倾听泗阳民众的呼声。他见众人已落座，便说："你们有二三十个人，有老有少，有男有女，方方面面，七嘴八舌，是一个一个讲呢，还是推选出一个代表说呢？"

　　一位长须老人说："我先说个大概吧。我叫陶云青，泗水书院山长。刚才我们看了安民布告，知道文长官是个大官，是个知识分子，而且到县城办过案。所以，我们就想反映一下民意，也就是给县民政署提些意见。"

　　如玉说："这里的当家人是伏民政长，大家如果对我们的新政府有什么意见，是不是等他回来再反映呢？我只是带兵路过这里，不了解情况，而且也不便于插手县府的工作。"

　　陶云青说："我们这些平头百姓很难见到伏长官，再说，就是见到了，提出意见，他也未必能采纳。"

　　如玉点点头，说："陶老先生，你能不能归纳一下主要都有哪些问题？"

　　陶云青说："新政府里的公职人员良莠不齐，作风不正派，办事欠公平、公正、公心，甚至腐化变质，贪赃枉法，假公济私。嘴上说是为民众谋福利，实质上和旧县衙没有多大区别，民主、民权、民生的阳光并没有照到泗阳城，让我们很失望。"

　　如玉心里一震："那就是说暗无天日了？"

　　陶云青："那倒不至于，但至少需要拨云见日。"

　　如玉沉吟不语。他觉得很为难，好多问题不是三言两语就能说得清楚的，也不是一朝一夕就能解决的，这关系到新政权建设的大问题。踌躇片刻，他有了主意。说："这样吧，我们还是先抓西瓜再抓芝麻，说一些比较大的事情，我心里也好有个底。谁先说？"

一位知识分子模样的中年人说："我叫王坦，我是当教师的。我觉得政府管理下的泗阳城没有新气象，仍然充满污泥浊水。"

如玉说："你讲具体点。不要光谈印象。"

王坦说："文长官也许还没有来得及浏览一下城里市容，没发现那些阴暗龌龊的东西。城里有赌局，有妓院，有售吸馆，可以说是五毒俱全。"

如玉说："售吸馆是卖什么的？"

王坦说："是专门贩卖鸦片、白粉等毒品的，这玩艺不知让多少人家破人亡，卖儿卖女。"

如玉问道："过去有售吸馆吗？"

王坦说："开了好几年了，不止一家，现在还在公开贩售。"

如玉说："这涉及社会风化和文化昌明。王先生你是什么态度？"

王坦说："应该坚决取缔，大力提倡新生活、新风尚。现在吃老海成了一种时尚，无论贫贱都好这一口，就连请客送礼都送白粉。"

如玉说："把这些营生都关了，那些人的生活又怎么办呢？比如说妓女，怎么安置呢？"

王坦说："这就是你们政府的事情了。只要下决心取缔，这些人的安置也不是没有办法。妓女就可以从良，参加生产劳动嘛。"对于那些伤风败俗、祸害社会，又伤风化的事情新政府应该有个明确的态度。

如玉频频点头，但并没有明确表态。他看见孟凡成来了，便问道："孟队长，有什么事情吗？"

孟凡成说："外面有两个人，一男一女，想见你。"

如玉说："你去把他们带进来吧。"

孟凡成出门将两个客人带进了花厅。如玉一看，非常高兴，那个男青年居然是白季方。只是那个面容姣好，学生模样的姑娘不认识。听了白季方的介绍如玉才知道，她叫白门荷，是白门柳的妹妹，山东大学文科学生，她和白季方是来找她姐姐的。如玉与白季方寒暄一阵，说："我这会走不开，你们也一块听听民众呼声，白门荷可以帮我做做记录。"说着将二人让到了身边太师椅上坐下。如玉说："刚才王先生讲得很好，下面谁讲？"

一位商人模样的中年人说："我叫汪淮生，开银楼做首饰的。我对县税务所有意见。那个陈泗民所长作风不正派，收税时是王小二开饭店——照客兑汤。税费交多交少，交与不交都凭他上下嘴唇一碰。不给好处不办事，给了好处乱办事。过年过节，他都暗示商家请客送礼。"

如玉说："你本人给他送过红包吗？"

汪淮生说："送过。不送行吗？"

陶云青说："我看最坏的就是伏长官手下的那个书记长了，叫罗宗贤，一点都不贤，过去在县衙当刑名师爷，摇身一变成了新县府大红人，八处伸手，翻云覆雨，八面玲珑，左右逢源，包办诉讼，代揽工程，安插私人，贪污受贿，吃喝嫖赌，浊气熏天。"

如玉说："有具体事实吗？"

陶云青拘出几张纸交给如玉，说："这是民众写的揭发材料，请文长官亲自过目。"

如玉说："你们是不是认为新政府一无是处，一团漆黑？难道他们为地方为民众一点好事都没做？"

陶云青说："那倒不是，整体而言，新胜于旧，也做了不少好事，也有不少善政，好与坏之比，只是七个指头与三个指头关系，而且起初确有一种朝气，慢慢地就变味了。问题在于现在不是评功摆好的时候，我们只想给新政府提些缺陷与不足之处，内心里怕一颗老鼠屎坏了一缸酱，给新政权脸上抹黑，慢慢失去民心。"

如玉说："陶先生不愧是读书人，不但界限清楚，是非分明，而且出以公心，持论中平。我代表县民政署谢谢大家。下面是这样：有文字材料可以留下来，没有发言的我会再安排时间，至于说大家反映上来的这些问题，我会在请示上级和作出研究后，给大家一个交代。我们的县民政署刚建立时间不长，而且因战事两次退出泗阳城，有些事没办好，希望大家多包涵，另外也多给我们一些时间。我赞成陶老的话：新胜于旧。"

众人走后，如玉对白季方说："你们是怎么找到这里的？"

白季方说："我们先到海州家叔白宝山那里，又找到淮阴我姑妈家，白门柳到过她家。接下来，就到了泗阳，没想到遇到文兄。"

如玉说："你此行还有别的事吗？"

白季方说："我的桃源新村农场去年搞旱改水，种水稻，今年想扩大种植面积，想到淮阴来购点良种，正好白门荷要找她姐姐，就与她一起来了。"

如玉说："白门柳现在成了一个人物，当上革命军的团长了。英勇善战，很受战士们拥戴呢！抽空，我就带你们到马陵山去见她。"

白季方说："文兄，你才是一个人物呢！由水利专家变成了职业革命家，军队指挥官，真是一步两重天。这个转变是怎么来的？"

如玉说："原来我只是想考察大运河，没想到也同时考察了社会，并由此认识到了改变社会现状的必要性和个人应尽的责任，从而确定了新的人生道路，最终投入革命洪流，一直战斗在大运河畔。我以为，只有先把国家的事情办好，才能把大运河的事情办好。"

白季方说："社会巨变既能改变一个人，也能造就一个人。你的人生转变就是一个最好的证明。文兄，你的所作所为，真的让人肃然起敬。"

如玉说："白兄过奖了。民族是伟大的，个人是渺小的。我不知道我所做的事业能不能成功，但个人追求止于至善的境界也许能达成。我认为国家利益和个人自我完善都很重要。"

白季方说："文兄现在的思想境界真是太高了，既心怀庙堂之忧又不忘独善其身。"

如玉说："对了，还有两件事我要对你说。一是我的夫人宫楚玥在我的老家常熟虞山脚下也办了一个新村，叫尚湖农场，就是参照你的桃源新村，目前情况不错。二是我们在洪泽湖边，马陵山下屯田，开荒种粮，你是农业专家，我想请你去指导一下。"

白季方说："这真是太好了，常熟我也许去不了，可洪泽湖是一定要去的。我也想考察一下那里的水稻种植情况。"

如玉说："那就太感谢你了。"

白季方说："文兄你真是个福人，既能为民众干大事，又能兼及新村主义，我祝你心想事成，一帆风顺。"

如玉说："一帆风顺只是理想，如果不是亲身体验，我真的不知道干革命有多艰难，要吃那么多的苦，我现在连家和老婆都顾不上了真是别妻千里音书断，梦绕衡阳云雁稀。"

白季方说："革命生涯自有辉煌壮丽之风景，如果每个人都能像你这样度过一生，也就可以仰俯无愧于天地了。"

如玉真诚地说："季方真是我的知音，谢谢你的肯定和鼓励。"如玉见天已到晌午，便将白季方和白门荷带到了县府食堂，亲自下厨炒菜。

如玉说："现在兵荒马乱的，市面萧条，我也拿不出什么好东西招待客人，就吃点当地土菜吧。"他做了椿芽炒鸡蛋、冷拌鲜黄花菜、地菌皮拌干丝、花生米爆炒辣鸭肠，笋干炒咸肉片，还有一盘大葱段和一小碟甜面酱，一份竹荪火腿片汤，又找来一瓶泗阳醇白酒。菜很快上齐了，五颜六色，色香味俱佳。白季方说："到底是南方人，连土菜都这么精致。文兄真称得上美食家了。"

如玉说："这几样菜是我用心做的，考虑到你们山东人的口味，所以有点辛辣东西。"

三人一边吃喝一边聊，白季方似想起了什么，说："刚才那些人好像对你们的新县府意见不小呢。是怎么回事？"

如玉说："恐怕主要是我们县府的公务人员工作没干好，还有缺乏自律，不检点，滥用职权，损公肥私，当地民众有怨气。这应该引起我们的重视。可我又想不明白，我们是新人新政，为什么变化会这样快？"

白门荷说："孟德斯鸠说过，'任何权利都容易被滥用，使用权利的人只有受到权利的界限才能停止。'历史经证明一个新政权，一种新事物，其兴也勃，其亡也忽。所以必须慎于初。"她星眸闪闪，气定神闲，温文尔雅。

如玉便对白门荷产生了浓厚的兴趣，心想：真是一娘生九等啊，姐妹两个，一个勇敢粗放，一个文静雅致。他说："白门荷，你能举个例子吗？"

白门荷说："这样的历史教训不胜枚举。当年，李闯王逐鹿中原，上上下下朝气蓬勃。待定鼎北京，迅速变质，文恬武嬉，一朝覆灭。"

如玉说："那怎么才能保持朝气呢？"

百门荷说："朝气一来源自于内生能力，二来源于外部压力。"

如玉说："你能不能说得白一些？"

白门荷说："简言之，内部要有一种约束力量，外部要有一种制衡力量。如果一个方丈光吃斋饭不念经，不撞钟，那么就会被另外一个方丈取而代之。有了这种戒惧之心，就不会敷衍塞责了。"

如玉说："这个比喻很好。可要想找到一种既有自我约束又有外部监督的好办法却不是一件容易的事。"

白季方说："文兄，我现在是种小田，你现在是种大田，通过实践是能找到办法的。"

如玉有点疑惑："我现在连小田都不种，何谈种大田？"

白门荷淡淡一笑："经济社会也是一块田呢，只不过大点，你不正在耕种吗？"

如玉也笑了："我差点被白兄绕进去。白姑娘真是冰雪聪明啊！莫怪是山大文科高材生。你毕业后有什么个人规划吗？"

白门柳说："我已经毕业，正在找工作，也规划了几条，可未敢翻身已碰头。性别歧视还在很严重，知识女性进入主流社会尤难。"

如玉说："一人脚下千条路。我给你一个建议，在我们这里多走走，多看看，接到地气，就有灵气。白门柳也是瞎打误撞参加革命军的，现在恐怕就是赶她也赶不走呢！一个人在朦胧状态中也能干好某种事情，慢慢地就会自觉了。"

白门荷说："深刻。换言之，不懂遵命道理也能干革命，可以先干革命后懂道理。"

如玉说："一种时代狂潮袭来，难免泥沙俱下，会裹挟许多人，但大浪淘沙，到最后留下了多是金子，当然也不乏沙子。沙子也不错呀，毕竟随波逐流过，总比一块顽石强。"

白季方说："文兄今儿兴致怎么这样好？"

如玉说："我刚刚打了一个大胜仗，可以睡几天安稳觉了，再加上遇到故人，自然心情老好。"

白门荷："我们是闲人，你是大忙人。赶快吃饭吧，等会你忙的吧，我们不用你照顾。"

如玉说："那这样，下午我还要处理一些急事。午后，你们上街转转，看能不能找到好稻种。改天，我送你们到马陵山去。不过不要乱跑，这里不安全。晚上我到这里找你们，房间我已经替你们安排好了。"

回到县府，如玉关起门来写了一个报告，主要内容是关于县城新政权建设的。他喊来孟凡成，让他亲自送给韩恢。让他没有想到的是，第二天上午，韩恢居然骑马来到了泗阳城，同来的还有王彦青。如玉十分高兴，一边端茶倒水，一边催着韩恢谈谈自己的看法。

韩恢喝了一大碗茶，抹抹嘴，说："我看这事不大，也不用大惊小怪。我们现在是小国寡民，手里只有一个县城，搞好搞不好，对全局影响大不。不过，它又带有样本意义，应该重视。"

如玉说："你具体说说嘛。"

韩恢说："对待县城新政权建设，我有三条意见：一、调查处理工作由你来做，好的要坚持，坏的要整改；二、要定几条规矩，对公共权利进行约束。同时也建立一个监督机构；三、要围绕打造廉洁政府这个中心任务，找到今后工作的具体办法和突破口。"

如玉说："地方工作我一直没接触，还是让伏龙回来做这件事吧。"

韩恢说："上次我让你到这里查一个奸情杀人案，目的就是想通过你了解一下县政府工作客观情况，你做得很好，不但把案情查清了，还给了伏龙不少建议。这次还这样办。伏龙正在马陵山整顿机关人员作风，还有几天才能回来。你在调研过程中碰到什么问题，涉及什么人，就坚决查，跑不了。"

如玉说："要不干脆你留下了主持这件事。"

韩恢说："我还有一个重要会议要筹备。我下午就回马陵山。王彦青留在这里协助你工作。"

如玉说："你如何评价县民政署前一阶段的工作？"

韩恢说："二八开，成绩是主要的，缺点是次要的，我们要用发展的眼光解决前进中碰到的问题，用时间换空间。有些情况吃过饭我们再聊聊。"

如玉说："只要你重视这件工作，我心里就有底了。"

几天后，如玉回到了马陵山，将一封《县级政权建设意见和若干问题的处理报告》交给了韩恢。

刚要走，韩恢交给他一封信。拆开一看，原来是宫楚玥寄来的。楚玥的信很短，一是说遵嘱已到上海购买了一批西药并送给了崔蒲蔻，购药的钱就来源于挖出来的那罐黄金珠宝，已花去一半。估计药品很快就能转到马陵山。一是说很想念如玉，只是不知何时才能见面。

如玉的心里翻起了波浪，久久不能平静。

第六十六回
湖畔务农见白鹿 山寨论计闻调令

和风徐徐，阳光融融，稻田里水波粼粼，禾苗青青。尤苻插了一阵秧，觉得腰有些酸，便直起身来，擦了把汗，活动活动腰身。她的目光被渐行渐近的一行人吸引主了。待来人走到田埂上，她才认出是文总等人。她洗洗手，上了田堤："文总，你们怎么来了？"

如玉说："四夏大忙，我们师直机关的人也不能闲着，来帮你们插秧。"

他将白季方、白门荷介绍给尤苻，又说："白季方是农业专家，等会，他不但要教我们插秧，还要指导我们种田。"

尤苻说："这下就好了。种田也是一门学问呢！我们得好好学学。"

白门荷说："白季方是我哥，他是来买稻种的，他教你不白教，等会你得有表示。"

尤苻说："那是自然。"

白门荷对白季方说："哥，你现在就给尤苻说说吧，我们也听听，长长见识。"

白季方咳嗽一声，双手向下一按："大家安静，现在上课。要学会种田，首先应该懂得劳动是一种快乐，这样才能全身心投入。"

白门荷说："哥，你当我们是小学生呢！对了，你原来就是老师，现在是故态复萌，拿我们过把瘾呢！"

众人都笑了。

白季方一脸严肃："刚才尤苻说的对，种田确实是一门学问。那怎么才能登堂入室呢？依我看，就是五个字：水土肥种管。我们现在还是靠天吃饭，干旱水涝都没办法，只能望天收。所以我们必须十分重视水利建设。我们这里靠湖不缺水，就怕涝。刚才我看了，湖边的围堤有些矮，得加高加固。要不然，辛辛苦苦忙半年，一场大水就泡汤了。"他见众人都看着自己，便问道："这样讲靠不靠谱？"

如玉说："白兄眼光也太毒了，一下子就发现了问题，你接着讲。"

白季方说："我们这里土和肥都没有问题，湖田土质好，氮磷钾含量高，很适合种水稻。两淮一带也是稻米传统产区，稻种品系也很优良。剩下来就是田间管理了，说具体一点就是植保，包括除草、耘稻、杀虫，必须认真细致，种水稻是三分种七分管，管不好就没有高产。"他随手拿起一把秧苗打开，从中抽出一株嫩苗摇了摇："大家看，这是什么？"

尤荇看了看，说："小稻秧呗！"

"王彦青你看呢？"

"我看也像稻秧。"

"白门荷呢？"

白门荷说："我看是陷坑。"

白季方笑了，说："还是我妹妹知道我的脾性。这不是稻秧，而是稗子草，两者的确很像，但不是一种植物。我说的除草，除的就是这种杂草。大家看，田间管理是不是很有说道？"

如玉说："什么是专家？这就是专家。幸亏刚才白兄没有考我，要是让我回答，会出洋相不可，季方兄，你得好好教教我们如何搞好水稻田间管理，我们会付学费给你的。"

白季方说："你是这儿的头，不用交学费。"

白门荷说："白教不上心，你干嘛不让文总交学费？"

白季方说："文总已经交给学费了。去年这当儿，他考察大运河路过山东，参观桃园源新村，赞助过我一千块大洋呢！可帮了我的大忙。"

白门荷瞥了如玉一眼，说："文总真有远见卓识啊，已经对我哥提前投资了。"

如玉说："白兄，今儿我不向你讨债。不过，你得在我这儿多留几天，多指导指导我们。"

白季方说："我心里有数，这片水稻关系到几千义军将士生存的大事，而且包含你们的生活愿景。我会尽心尽力的。"

尤荇说："我们今年才种第一季稻，插秧也不在行，还是请白老师给我们讲讲插秧吧。"

白季方说："实践出真知。我们还是先插秧吧。我们边插边讲。"说着，他脱下鞋袜，卷起裤腿，下到水田，拿过一把秧苗，准备插秧。众人也跟着下了水田。

白季方先插了两行秧，说："刚才我看过小尤插的秧，有毛病呢。"

尤荇一惊："是吗？"

白季方伸手拔起一束秧苗，说："大家看，尤荇插的秧苗，从腰部就是弯的，不直。这叫烟袋秧，插下去光长叶子不结穗。"

尤荇说："那问题出在哪里呢？"

白季方说："主要是拿秧的位置不对，太靠上。手指应该紧靠秧根，大拇指一按，就下去了，保证笔直。"说着，他做了几次示范。如玉等人便照着做。

白门荷插了一阵，手忙脚乱，溅了一头一脸泥浆，成了花八哥。她急了，说："哥，你看你插的多好多快，我顾得了手却又顾不上脚。怎么回事？"

白季方一看白门荷脸都花了，笑了，说："你这哪里插秧？

分明是打仗嘛！都成泥猴子了。"

众人看了看白门荷，都笑了。

白季方说："大伙注意，尤其是尤荇要注意，你是这里的头头。我们这里插秧有点问题，真的不科学，不规范。得采取新办法。"

尤荇说："白老师你说，我听着呢！"

白季方说："你们现在插秧用的还是老办法，用当地土话说，就是韩信乱点兵，以腰为轴心，随意插，两边甩，没行没距。这种秧苗插下去，长大了，采光通风不好，秧长的弱，结穗小，而且遇到浅水大风容易倒伏，还易于发生虫害。"

尤荇急了："白老师，让你这么一说，我都不敢下手了！"

如玉也发现了问题，说："季方兄，种不好庄稼一季子，可不敢马虎。你有什么好办法得拿出来，不能藏着掖着。"

白季方说："你们不好意思，我也不好意思。如果我下车伊始，指手画脚，指责太多，你们会不会批评我好为人师？"

白门荷说："哥，今天文总让你到这里来，就是让你做指导的，你还客气什么？知识分子心里弯弯绕就是多。"

白季方说："大家先洗手，上去喘口气。我也把这事好好说一下。"

众人上了田埂。尤荇向邻田一位战士说了几句什么，又回到了原处。白季方说："现在一些老稻米产区已经开始实行分行插秧了。具体方法是，用绳子将一块田划成长方格，每格宽度均等，一格插六行秧，行距均等，横向每穴秧苗距离也均等，每穴秧苗株数也对等。简言之，这叫横竖成行四下透光，横栽六穴十株秧。"

尤荇说："我懂了，只要白老师示范一下，拉个样板秧田，我们就能照着干。只是每穴一定得十株秧吗？"

白季方说："十株是约数，六至十二株都可以。我说的这种插秧方法最大好处是合理密植，有利于提高水稻单产。"

尤荇说："那现在怎么办？大伙每天都在插秧，进度很快。"

白季方说："先干着。下午我们找点草绳子，我帮你放个样子，再说说要点。"

尤荇说："天晌了，我们先吃饭吧。"

白门荷说："饭店在哪里？"

王彦青说："尤荇是让我们在田头吃。"

白门荷说："这倒新鲜，我还是第一次地当桌，天当房呢！"

一个战士挎个筐过来了。尤荇一边往外拿饭菜，一边说："现在开饭，没有筷子，大家去折两根杞柳棍子吧。"

等众人回来，饭菜已摆好。尤荇说："屯田点条件差，大家凑合吃点。我为大家准备的午饭菜是：冷拌苜蓿草头，小银鱼油汪豆腐，野鸭块烧杨花萝卜，辣椒炒鸡蛋，清炖鲢鱼头汤，饭食是槐花小麦盒子。都是土菜。"

白门荷先尝了一只槐花盒子："嗯，不错嘛，还真好吃，一股槐花香味。这种生活很有意思。"

如玉说："四菜一汤，生意跑光。不好意思。尤其是季方兄和白门荷，是客人，就将就吃吧。"

白季方尝了一口小银鱼汪豆腐，啧啧称赞："到底是风俗不同，这里的土菜也很精致可口。"

如玉说："好吃你就多吃点。"

白季方说："吃人嘴软，拿人手短。我还是先做点贡献吧，否则，就欠了尤荇的人情了。"

尤荇说："白老师，你想说什么？"

白季方说："种水稻我就不说了，说点多种经营上的事情。我觉得义军在这湖边屯田得有长远眼光，除了要盖些像样的房子，还要利用这里的有利条件养些鱼，养点鸡鸭鹅，种些菜，利用杞柳还能搞点编织，芦苇既能盖房子也能织席子，农副产品多了，吃不了，用不完，可以拿到集市上卖，变些活钱。把战士们的生活搞好了，人心才能安稳、屯田才有热情。另外啊，还可以增加点文化娱乐项目，如组织战士识字，学文化。"

尤荇说："白老师真是经济上的行家。这个主意好。我都舍不得让你走了。"

白门荷说："那你就嫁给我哥吧，这样他就跑不掉了。"

尤荇看了王彦青一眼，说："如果没有人吃醋，我就嫁给白老师。"

王彦青脸一红。

白季方说："秀才人情低纸半张。我也就是出点主意，动动嘴，妹子别瞎说。"

忽然，白门荷惊叫起来，手指湖堤："大家看，那是什么东西？"众人顺势一看，只见堤下草地里站着一只浑身白毛、头上长角，体有花纹似鹿非鹿的野兽，正瞪着大眼望着众人。

王彦青说："这大概是白梅花鹿吧？"

白门荷说："我看像是麒麟。"

白季方说："这也许是一只叫不上名字的瑞兽。"

白门柳早已站了起来，说："我们去捉它！"说着拔腿就跑。

众人也跟了上去，又四下散开。怪兽撒腿就跑。包围圈越缩越小。怪兽似乎有些急了，身一抖，腰间生出两只翅膀，一展，飞上半空，转眼就消失在东南天际。

白门荷说："这只怪兽好怪。它突然现身，预示什么？"

尤荇说："是不是我们这些人当中有贵人？"

王彦青说："没准有什么喜事来临。"

白门荷说："我看是暗寓逐鹿中原，刀兵正盛，大势奠明。"

"这预示着什么？"如玉陷入了沉思。遥望远方。

六月下旬，义军筹备已久的一次重要会议就要正式开幕了。这次会议来了不少人，民治军连排一级干部都参加，还有泗阳城里的机关干部，屯田点的干部，方方面面，代表有二、三百人，龙虎寨大厅坐得满满当当。负责会议材料和接待工作的王彦青、尤荇、白门荷等上上下下里里外外忙个不停。

如玉在半路上碰到刷标语的白门荷，问道："白门荷，忙的怎么样？在这里生活还习惯？"

白门荷说："还行，人虽忙，可心里很充实。大概这就叫接地气吧。"

如玉说："今后有什么打算？走不走了？"

白门荷说："如果有机会，我想出去闯闯。看看世界。最好能到南方，甚至是香港去看看。"

如玉说："具体想干什么呢？"

白门荷说："做记者，搞文秘、教书都行。"

如玉说："我想你会有机会的，这个世界大得很呢！"

韩恢拿着材料走了过来，说："快进会场，会议马上就开了。"两人便匆匆赶往会场。会议的主持人是伏龙。韩恢致开幕词。他有些激动，久久凝视着会场里的代表，胸脯一起一伏。他喝了一口茶，高声说："代表们，苏淮根据地军政委员会成立暨第一次代表大会开幕了。我很高兴，觉得有满肚子的话要讲。首先我向各位代表致敬！"他举起了一只手。

台下响起了一片热烈的掌声。

韩恢双手往下一接："最近，喜讯不断，好事连连。第一件喜事，我的第三次反围剿获得完胜，歼俘敌人一个团，根据地稳如泰山。第二件喜事，我们的军政委员会即将选举产生，根据地会有一个更加坚强高效的领导班子，党政军民建设将有一个大发展，第三次讨袁已转入新阶段。第三件喜事，我们的屯田取得了很大成绩，上万亩地水稻扬花，丰收在望。第四件喜事，也是最大的喜讯，倒施逆行、祸国殃民的北洋军阀罪魁祸首袁世凯一命呜呼了。"他带头鼓起掌来。台下掌声如雷，众人高声欢呼。

韩恢手一挥："袁贼一死，北洋军阀内部分崩离析，全国义军革命暴动风起云涌，各省政治军事集团纷纷易帜，宣布独立自治，民主革命正掀起新高潮，三民主义的新曙光已照彻人寰。"

一位女兵手捧一束山菊花走上台，献给韩恢，又掏出一个小本本和笔："韩总太有才了，像大明星，给我签个名呗！"

韩恢说："你叫什么名字？"

女兵说："胡里"

韩恢说："喔，你叫狐狸。"随即在本上签名又递给女兵。台下有人窃笑。

韩恢抖抖手上材料："这个讲话不是我写的，出自才女白门荷之手。好，我接着讲。我们的革命斗争已经取得了一定的成绩，但敌人的势力还很大，今后的斗争会更激烈，革命形势也会有反复，我们还有更漫长的路要走。如何评价我们现在的革命成果？有不同声音。有人说勇气很坚决，成果非常大。有人说，精神很保守，是小打小闹。哪种意见正确先挂起来。不过有一点是明确的，我们要继续巩固扩大革命成果。"

韩恢有些口渴，抓过茶缸却是空的。白门荷递给他一只大萝卜，他咬了一口，继续说："下面讲这次大会要完成的十大任务。第一条，在运河西岸渔沟一带要修工事，拱卫泗阳城，以逸待劳。不能让敌人想来就来，想走就走，跟走亲戚似的。第二条，要扩大根据地，实行东拒、西扩、男进、北上八字战略。这很重要。"

白门柳说："韩总你能具体解释一下吗？"

韩恢说："东拒就是挡住淮阴敌人，西扩就是向宿迁扩充，南进就深入洪泽湖区，北上就是挺进沭阳。有多大庙养多少和尚。

我们地盘太小了，县城太少了，回旋余地有限，不利于根据地巩固发展。"

吉念祖强调说："并不是我们胆小，不敢做大做强，怕招来更多敌人，而是敌人不让我们消停。饭要一口一口吃。"

韩恢说："第三个任务，更重要。为了适应革命斗争形势发展需要，经上级同意，我们决定成立苏淮根据地军政委员会，职能是党政军民一齐抓，这里最高机构，地位高于民治军。当然，领导班子组成人员要经过民主选单，优者上，劣者下，也包括我在内，除了四大正副主任委员，通有十来个委员，另外还有军队工作、政权建设、电田工作，民运工作，主改工作等等共十条。

下午再讲。为了调剂生活，开好大会，白门荷还编排了不少文艺节目。下面看演出。"

白门荷走上台："第一个节目，对口相声，《棺材氟子晴魔草》，表演者，茆金刀，江心州。大家欢迎"

茆金刀、江心州在掌声中走上台。这个现挂的对口相声把众人逗得哈哈大笑。

如玉也乐了，此时白门荷走上台表演起了独舞。正看得津津有味，他发现韩恢在看自己，便跟着韩恢出了大厅。

山道弯弯，熏风习习，鸟鸣关关。文如玉、韩恢骑着马并行，马蹄翻飞，尘土飘扬。阳光照在他们的脸上，汗珠闪烁着晶光。

韩恢说："好久没有出来走走了，骏马嘶风的感觉真好！"

如玉说："春风得意马蹄疾，一看看尽长安花。我们还要走多远？"

韩恢说："你与我的人生之路才刚刚起步，还得风雨兼程。不过，你我就要分手了。"

如玉说："韩兄，此话何意？"

韩恢说："按上级指示，准备将你调离淮北，到广州接受新的任务。一是代表苏淮义军总部汇报这里的工作情况，二是参加短期孙文学说理论学习培训。三是到美国港澳南洋募集革命经费。你们文家在欧美亲戚朋友、门生故旧很多，你又在美国读过书，人脉广泛，让你去做这项工作很有优势。中山先生对你这一段工作评价很高。"

如玉说："只要对革命斗争有利，到哪我都没有意见。"

韩恢说："你会再次见到赤金王冠，你把它带到欧美去，找个大主顾抵押出去，让它变成大炮，为革命轰出一条血路来，让民主自由之花开遍神州大地。以后，你也许有机会从事外交或者军事工作。"

　　如玉说："好啊！只是要与你分别，心里真的很舍不得，毕竟我们在一起战斗了这么多时间。"

　　韩恢说："或许我们还会见面。"沉吟片刻，又说道："过几天你就走，走运河水路，让端木大叔驾船，牛儿、白门荷也跟你走，这两人一文一武对你有用。你可以到老家稍做安排，看看楚玥。"

　　如玉说："那端木大叔以后干什么？"

　　韩恢说："协助崔蒲蔻到苏州建立新的联络站，串联江南绿林豪杰。共同讨袁。"

　　如玉说："那我还能回到马陵山运河畔吗？"

　　韩恢回望了一眼马陵山，摇摇头："不知道。让我们去迎接的战斗，新的人生吧。我和你做个约定，等我们老了，你要写出一部小说，题目就叫《运河志传奇》，我来作序。让我们记住这段共同战斗的峥嵘岁月。"

　　"好，我答应你。"

　　如玉举目远眺，乱云飞渡，峰回路转，他一声长啸，引吭高歌，唱起了韩恢夫人卢漱玉教给他的小硪号子——《运河船家》：

　　　来来回回一只船，
　　　深深浅浅两支篙，
　　　起起落落三片帆，
　　　上上下下四把浆，
　　　松松紧紧五张弓。
　　　大运河上的船家哟，
　　　看不透的江湖风云，
　　　道不尽的人生苦乐。
　　　风风雨雨一家人，
　　　恩恩爱爱两颗心，
　　　朝朝暮暮三块板，
　　　出出进进四只舱，
　　　反反复复五声号。
　　　大运河上的船家哟，

踏不平的波澜起伏，

唱不完的悲欢离合。

　　起风了，大雾弥漫，山隐路掩，天光明灭。如玉和韩恢策马缓行，如同漫步在云海之中，如玉的眼前幻化出一副瑰丽的图景：运河苍茫，风云变幻，白帆高举，渐行渐远，慢慢消失在云深水际之间。

尾　声

战淮阴如玉凯旋　风云起海州奔程

　　黄昏一辆军用卡车沿着公路疾驰，到了一座破旧的庙宇前，车停了，下来一位年轻时尚的女郎。她走进了大殿问一位书记官："你们闻师长在吗？我是中央通讯社战地记者白鸽。"

　　书记官将白鸽带到了运河边，指了指一位背河而立的军人。他似乎在沉思，口中还念念有词。白鸽听出来了，这位将军在吟诗：

　　　别梦依稀十二春，

　　　运河无声夕阳红。

　　　弯弓盘马到淮城，

　　　要建渡江第一功。

　　"闻师长，真是一首好诗啊！"白鸽赞道。

　　将军转过身来："我是闻捷，你是……"

　　书记官将白鸽的身份对闻捷做了介绍，闻捷眼波一闪，说："你不是白鸽，应该是白门荷。你想想，我在马陵山见过你。"

　　白鸽激动地拉住了闻捷的手："是文哥啊！真是没想到在淮阴见到你，你在这干什么？"

　　闻捷说："在攻打淮阴城的战斗打响之前，我作为一名共产党员，我想看看这条将我引上革命道路的大运河。"

　　一位年轻军官急匆匆走了过来，将一位中年汉子介绍给闻捷："闻师长，这位是苏淮地下先遣军马陵山支队吉队长，共产党员。"

吉队长说："我们是给大军运攻城云梯来了，还有什么要求，请闻师长指示。"倏地，他睁大了眼，说："你是文兄吗？"

"你是……"

"我是吉念祖呀！"

"哦……"闻捷频频点头，猛地抱住了吉念祖。过了片刻，他指着白鸽对吉念祖说："你看她是谁？像不像白门柳？"白鸽已认出了吉念祖，轻轻地说："吉大哥！"

"你应该叫我姐夫。"吉念祖笑着说。

"姐夫！我姐呢？这些年你们还好吗？"

吉念祖摇摇头，说："一言难尽啊！白门柳她正带着一支担架队往这赶。"

闻捷说："韩恢来了吗？"

吉念祖长叹一声："韩恢五年前就牺牲了。他奉命打入军阀内部，谋取军权，潜蓄力量，不幸被江苏督军察觉，诱杀于南京。"

"那伏龙呢？"

"也壮烈牺牲了，在南通南门小坝口被立宪派一位领袖和通海镇守使管云臣枪杀了。"

闻捷："太可惜了。真是生也壮烈，死也寂寞。"

吉念祖说："不，他们不寂寞，韩恢已魂归故里，还被南京国民政府追认为上将军。伏龙也归葬阜宁，被追认为中将。"

白鸽说："那马陵山根据地呢？"

吉念祖说："也被敌人摧毁了，只剩下我和少数弟兄到处游击，苦苦支撑。所幸的是我们终于等来了北伐军。文兄你这些年……"

闻捷说："我先到美国南洋筹款，后来又进黄埔军校当中校战术教官，黄埔军校政治部周主任让我懂得了真正意义上的革命。后来学校又让我又领兵打仗。"

"白门荷你怎么会和文兄在一起？"吉念祖问道。

白鸽说："当年文哥把我带到广州后，我就进了一家杂志社当编辑，后来又去了香港一家报纸，现在中央通讯社做战地记者。我也刚到这里。"

闻捷说："时间过得真快啊，真是物是人非，故人半为鬼啊！"

吉念祖说："文兄，楚玥、端木大叔、牛儿他们情况如何？"

闻捷说："端木大叔在常熟，楚玥常熟上海两处跑，办教育搞经济。牛儿也和我在一起，已经当上营长。这会正在北门阵地上。"

吉念祖说："这我就放心了。"

闻捷说："韩大嫂和她儿子情况怎么样？"

吉念祖说："卢漱玉大嫂和我们在一起。韩恢的儿子已经十三岁了。"

闻捷说："等打下淮阴，我一定去看看韩大嫂和她的儿子。"

"咴——"

一声马嘶，牵引了闻捷的目光。他发现不远处一颗槐树上有一匹骏马在踢蹄、嘶鸣。他问吉念祖："这匹马……"

吉念祖说："是紫电。你走后，他经常独自嘶鸣，似乎在想念主人。今天我就把它还给你，让紫电伴你再上旅途。"

闻捷走到紫电身边，抚摸着马背。紫电不停地用嘴蹭着闻捷。吉念祖、白鸽也走了过去。

吉念祖告诉闻捷，你走以后我们加入了共产党，上级多少派人来指导我们工作。1925 年 3 月 18 日，党组织派金刚带队从青岛乘小火轮从海上前往海州，对海属地区革命工作进行指导。金刚同志祖籍是海州当路村，他曾多次来到海州对海州地区很是了解，可惜在 1925 年 7 月因积劳成疾病故了。

闻捷说，1927 年 4 月 12 日蒋介石在上海发动反革命政变，1927 年 7 月 15 日汪精卫在武汉发动反革命政变，1927 年 8 月 1 日南昌起义暴发，1927 年 9 月 9 日秋收起义暴发。你们海州那边现在什么情况。吉念祖说，1927 年 6 月 9 日北伐军攻战海州，8 月 8 日又复陷于直鲁联军之手，国民党在海州没有合法地位，共产党又全部处于秘密状态，所以海州相对安全。

闻捷说在攻占淮阴前党组织已派人与我接头，北伐军继续往前打仗，部分共产党员要转入地下活动，因海州不是国民党控制区，把共产党员安排到海属地区开展组织活动，派去人员以教师或开办书店等名誉掩护，秘密发展党员，筹建党组织。

"轰！"

一声炮响，将三人的目光牵向了暮色中的淮阴城。

　　闻捷说："总攻开始了，我们师主攻北门，这会牛儿或许正带人攻城了，我们回指挥部吧，也就是当年义军的前指大营河神庙。"

　　三人默默地走向淮阴城，蓦地，闻捷回过头来，向运河投去了深情的一瞥，夕照中的大运河烟水苍茫，波光如练。白鸽也停下了脚步，掏出采访本，写下一行字：民国十六年（1927 年）九月十二日，与马陵山民治军老战士相逢于运河畔。是日北伐军十八军攻打淮阴城。

　　血战七个小时之后，北伐军拿下淮阴城，歼灭奉鲁联军所部一千余人。此役被史家称为北伐军"渡江追击以来第一恶战"。

　　城破之时，突起大火，火焰烛天，夜空若曙，运河如血。

海州火车站

　　战淮安后，此时由于叛徒告密，闻捷共产党员身份已暴露，随时面临国民党反动派的抓捕，情况紧急，党组织让闻捷秘密从淮阴到海州。闻捷从海州乘火车前往江西寻找党组织从此又踏上新的革命征程。

后 记

　　1984年我在江苏海洋大学（原江苏盐校）上学时学的专业是企业管理，对盐业生产、制作、布局及海水与盐场有了初步了解。1996年在河海大学读研究生二年，系统地学习了"技术经济及管理"专业，重点对大海、大江、大河与经济发展的影响进行了研究，为写《〈运河志〉传奇》打下了坚实的基础。

　　从2015年起，我围绕大运河沿线和分支不辞辛苦，行程10多万公里，历经江苏、山东、山西、安徽、上海、天津、北京、沈阳、河北、浙江、福建、广西、陕西、湖北、河南、江西、云南、重庆等18个省市，走访了先贤的祠堂、故里、故居、陵园、陵墓、纪念馆，考察了先贤们生活过的地方，收集了大量相关人士的珍贵实物、历史照片和故事等。

　　在7年多时间里我邀请王恒奇、许春艳、程嘉、石荣伦、于洋、卢同根等人对大运河沿线的省市县进行专题考察；10多次去山东考察，走遍了运河一线山东的每一个市县；对江苏境内所有运河和运河支流经过的地方都进行了实地考察等等。

　　在考察中，民国初期历史展现在我的面前，让我热血沸腾，如何围绕大运河写部作品，我逐步清晰地认识从"五四运动"发源地北京，到中国共产党成立浙江嘉兴南湖党的"一大"。把北京和嘉兴连接起来画一条直线，发现了这条革命的红线与大运河走似惊人的相似，北京与嘉兴直线中间连接点城市在淮安，淮安通过盐河与海州相连。当年这些地方究竟发生了什么，如何展现这条红色河、革命河，我决定用小说的形式来展现大运河。

　　于是我开始提笔疾书，围绕民国初期一个知识青年，从胸怀专业报国逐步走上革命道路的过程展开内容。

在写作过程中，大运河沿线各省市县是固定的相对比较好写，《〈运河志〉传奇》初稿刚完成时，江苏省把南京、南通、泰州纳入大运河文化带，2021 年 6 月又把盐城、连云港两市纳入江苏省大运河文化带，形成"8+3+2"模式，江苏全省各市全部纳入大运河文化带。我又把后增加的 5 个市写入书中，并重点增加了这几个大运河支流城市的照片。形成了比较完整的大运河体系和江苏支流体系。

在写作这部书的几年里，我早上 4—5 点就起床开始写，中午也不休息，晚上继续写到深夜，终于完成了《〈运河志〉传奇》书稿。

《〈运河志〉传奇》终于面世了，在写作过程中得到相关人士的支持和帮助，在本书出版过程中赵娟、李正冬、卢同根、徐习军等提供了帮助，连云港市中级人民法院王冰为本书整理打印了初稿，出版社编辑老师为本书编辑出版辛苦工作，在此一并表示诚挚的感谢！

本书在写作过程中引用和借鉴了专家学者书籍同时也参考了部分作者的研究成果，在此表示深深的敬意。由于本人水平有限，书中错漏之处在所难免，敬请专家、学者、广大读者批评指正！

王绪益

2021 年 11 月 4 日于徐圩坨人书屋